# 天使战疫

## 中央广播电视总台抗疫报道作品集

中央广播电视总台　编著

中国国际广播出版社

## 图书在版编目（CIP）数据

天使战疫：中央广播电视总台抗疫报道作品集 / 中央广播电视总台编著.
北京：中国国际广播出版社，2020.12
ISBN 978-7-5078-4698-0

Ⅰ.①天… Ⅱ.①中… Ⅲ.①电视新闻－新闻报道－作品集－中国－当代
Ⅳ.①I253

中国版本图书馆CIP数据核字（2020）第098641号

## 天使战疫：中央广播电视总台抗疫报道作品集

| | |
|---|---|
| 编　　著 | 中央广播电视总台 |
| 策划编辑 | 骆红秉　张利生　窦小文　吴克宇　闫　爽　罗　娜　徐　琰　潘东辉　胡姝姝　黄光顺　张　雪 |
| 出 版 人 | 张宇清　田利平 |
| 执行编辑 | 李　卉　张娟平 |
| 责任编辑 | 筴学婧　梁　媛　林钰鑫 |
| 校　　对 | 张　娜　王秋红　郭　鑫 |
| 设　　计 | Guangfu Design\|张晖 |
| 制　　作 | 闫　磊　郭立丹 |

| | |
|---|---|
| 出版发行 | 中国国际广播出版社［010-83139469　010-83139489（传真）］ |
| 社　　址 | 北京市西城区天宁寺前街2号北院A座一层<br>邮编：100055 |
| 印　　刷 | 北京九天鸿程印刷有限责任公司 |

| | |
|---|---|
| 开　　本 | 787×1092　1/16 |
| 字　　数 | 560千字 |
| 印　　张 | 35 |
| 版　　次 | 2020年12月　北京第一版 |
| 印　　次 | 2020年12月　第一次印刷 |
| 定　　价 | 98.00元 |

天使战疫

# 以英雄品质报道英雄事迹
# 以战斗姿态展现战士担当
## （代序）

慎海雄

“草木知春不久归，百般红紫斗芳菲。”在暮春时节、在春天的最后一个节气里，同志们平安凯旋，我们的心情无比激动。我代表中央广播电视总台党组、编务会和全台5万名员工，欢迎你们凯旋！向奋战在抗击疫情最前沿的总台武汉前方报道组全体成员致以诚挚问候和崇高敬意！

新冠肺炎疫情发生以来，习近平总书记亲自领导着这场波澜壮阔的疫情防控人民战争。中央广播电视总台积极响应习近平总书记号令，忠诚履行党的意识形态重镇职责使命，充分发挥宣传报道主力军作用，全力以赴、尽锐出战，举全台之力开展疫情防控宣传报道，投入采编播力量超过5500人，派出216人的报道团队第一时间深入湖北防控一线组织宣传报道，发稿量超60万篇次，直播场次1700多场，超过2200家国际主流媒体连续转发总台疫情防控报道，多项数据刷新海外传播纪录，国际传播力稳步提升，有力有效引领国际国内舆论，受到习近平总书记和领导同志充分肯定。90多个日日夜夜，同志们披星戴月，奋战在抗击疫情的最前沿，向中国、向世界传递中国人民坚定信心、同舟共济、科学防治、精准施策的这场人民战争、总体战、阻击战。你们用心血和汗水忠诚履行了习近平总书记提出的党的新闻舆论工作职责使命，展示了党的新闻舆论工作者在战斗最前线的英姿风采，谱写了新时代党的新闻舆论工作者的动人篇章！同志们没有辜负党中央对总台的期望，没有辜负总台全体员工对你们的期望！

你们的平安归来是总台人最大的欣慰。“儿行千里母担忧”，更何况你们是奋战在抗疫斗争的第一线、最前沿。三个多月来，我们和你们的家人一样，最牵肠挂肚的就是大家的健康平安。中央领导同志一直关心着大家，多次询问同志们的工作和生活情况。总台千方百计、想方设法把各项安全保障工作做到最极致，始终和你们站在一起，做你们的坚强后盾。很欣慰大家没有一个掉队，没有一个感染，做到了我们在你们出征时的期望：平安参战，平安归来。

你们的业绩是总台历史上光辉的一页。三个多月来，同志们1100多次深入“红区”一线开展采访报道，推出《战疫情》《武汉直播间》《天使日记》等40多个疫情防控报道专栏，全媒体平台发稿13 000多篇，用一个个镜头、一段段声音、一篇篇报道，凝聚起众志成城、共克时艰的强大力量，生动形象、深刻感人地展示了这场史上罕见的中国人民抗疫战争，记录了这段感天动地、惊天地泣鬼神的壮丽诗篇。

你们的精神是总台强大的力量支柱。三个多月来，同志们以英雄品质报道英雄事迹，以战斗姿态展现战士担当，抒写了新一代中国人的精气神，向全中国人民乃至全世界人民展示了武汉保卫战、湖北保卫战的一幕幕壮丽瞬间，得到领导同志充分肯定和社会各界高度评价。事实再次证明，我们的队伍无愧为一支拉得出、打得赢、敢胜利的新闻铁军！总台为同志们感到骄傲和自豪！

今天的新闻就是明天的历史。同志们冒着生命危险记录的这段历史，是总台非常宝贵的财富。让我们更加紧密团结在以习近平同志为核心的党中央周围，继续弘扬精益求精、一丝不苟、追求完美的工作精神和舍我其谁、敢战必赢的工作作风，进一步发挥总台宣传报道主力军作用，奋力打造具有强大引领力、传播力、影响力的国际一流新型主流媒体，为夺取疫情防控和经济社会发展双胜利提供更加有力的舆论支持，为实现“两个一百年”奋斗目标和中华民族伟大复兴的中国梦作出中央广播电视总台人新的更大贡献！

（本文是2020年4月25日中宣部副部长、中央广播电视总台党组书记、台长、总编辑慎海雄在中央广播电视总台武汉前方报道组返京欢迎仪式上的即席讲话）

# 目 录

# 第一章
# 白衣为甲

湖北武汉市等地近期陆续发生新型冠状病毒感染的肺炎疫情，必须引起高度重视，全力做好防控工作。目前正值春节期间，人员大范围密集流动，做好疫情防控工作十分紧要。各级党委和政府及有关部门要把人民群众生命安全和身体健康放在第一位，制定周密方案，组织各方力量开展防控，采取切实有效措施，坚决遏制疫情蔓延势头。

——摘自中共中央总书记、国家主席、中央军委主席习近平 2020 年 1 月 20 日作出重要指示

# 引子 警钟敲响

【编者按】2020 年 1 月 20 日，中共中央总书记、国家主席、中央军委主席习近平专门就疫情防控工作作出指示，要求各级党委和政府及有关部门把人民群众生命安全和身体健康放在第一位，采取切实有效措施，坚决遏制疫情蔓延势头。同一天，国家卫生健康委员会成立新型冠状病毒感染的肺炎应对处置工作领导小组，指导地方做好疫情应对处置工作。《新闻 1 + 1》节目独家连线国家卫健委高级别专家组组长、中国工程院院士钟南山，回应民众关切。在节目中，钟南山院士首次明确“新冠肺炎肯定存在人传人”等重要判断，正式敲响了全国疫情防控的警钟。

## 新型冠状病毒肺炎，情况如何？

首播时间：2020 年 1 月 20 日
首播平台：央视新闻频道《新闻 1 + 1》

【解说】武汉，两天新增 136 例确诊病例。

【新闻播报】武汉市已经加大筛查力度，目前，新增病例相关流行病学调查正在深入进行。

【解说】北京、深圳，也出现确诊病例。

【新闻播报】患者为 66 岁男性，现居广东深圳，2019 年 12 月 29 号赴武汉探亲。

【解说】疫情 20 多天，防控进展如何？

【新闻播报】新型冠状病毒传染来源尚未找到，疫情传播途径未完全掌握，病毒变异仍需严密监控。

**【解说】**《新闻 1 + 1》今日继续关注：新型冠状病毒肺炎，情况如何？

**评论员白岩松：**您好观众朋友，欢迎收看正在直播的《新闻 1 + 1》。

毫无疑问，今天绝大多数的人们都在关注着武汉新型冠状病毒肺炎这样的一个发展的情况，因为就在过去这两天的时间里头，新增病例明显增长。但是在说到具体这个数字之前，我们还是要先来了解一下什么叫冠状病毒。我们来看，关于冠状病毒现在我们已知的有六种，黄颜色的是四种，这黄颜色的相对来说它的程度比较轻，是类似感冒这样的一个轻微的呼吸道的症状。到了红颜色的这两种，那就是比较严重的呼吸道疾病。其中就包括我们非常熟悉的，在 2003 年的时候跟它正面遭遇的 SARS，这一共有冠状病毒是六种。那好了，武汉的这个为什么叫新型冠状病毒肺炎？那新型冠状病毒新在哪儿？因为它是第七种，在医学领域里头，但凡未知就会引起人们的格外警觉，而随着人们对未知到逐渐知道其实就是一个战胜它、让大家越来越有安全感这样一个过程，我们正处在这样的一个进程当中。好了，接下来我们就了解一下这个新的疫情的数字，关于新型冠状病毒感染的这个肺炎的这种病例，可以说今天一天数字始终在变，到今天晚上六点的时候，境内累计报告新型冠状病毒感染的肺炎病例是 224 例。确诊是 217 例，其中湖北武汉占据了绝大多数，198 例，北京市是 5 例，广东是 14 例，都具有某种输入性的一种特征。好了，我们接下来再看疑似病例，一共有 7 例，四川省 2 例，云南省 1 例，上海市 2 例，广西 1 例，山东省 1 例，但是请注意，上海市这两例疑似当中就在一个多小时之前的时候有一个明确，就是确诊了，也是从武汉的这个输入性这样的一个病例，于是它就带来了一个改变，什么改变呢？我们现在的确诊病例已经由 217 例变成了 218 例。好了，今天习近平总书记对疫情也作出了重要指示，强调要把人民群众生命安全和身体健康放在第一位，坚决遏制疫情蔓延的势头。今天我们晚上的节目也是在电视直播的同时，央视新闻的新媒体也在同步直播，一会儿一个情况介绍的短片之后，我们将连线国家卫健委高级别专家组的组长钟南山院士，他将为我们所有的人带来最权威的解读。来，接下来了解疫情状况。

**【新闻播报】**截至 1 月 20 号 18 时，境内累计报告新型冠状病毒感染的肺炎病例 224 例，其中确诊病例 217 例。武汉市 198 例，北京市 5 例，广东省 14 例。疑似病例 7 例，四川省 2 例，云南省 1 例，上海市 2 例，广西壮族自治区 1 例，山东省 1 例。

**【解说】**武汉新型冠状病毒感染的肺炎疫情，今天出现了不小的变化。最令舆论关注的，自然就是新增的确诊病例。

同样在今天，北京大兴区卫健委发布消息，大兴医疗机构之前接诊的两名发热患者，也已经被确认为新型冠状病毒感染的肺炎，这两个病例都有去武汉旅行的经历。

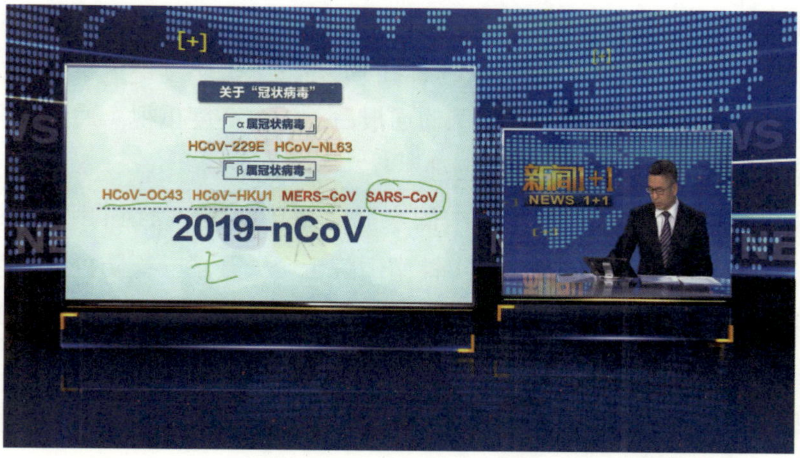


白岩松解读"冠状病毒"

事实上，梳理过去几天武汉市卫健委发布的通报，我们可以发现，在 1 月 16 号以前，武汉市累计报告新型冠状病毒感染的肺炎病例，基本维持在 41 例，但从 16 号开始出现增加，其中 16 号新增 4 例，17 号新增 17 例，18 号新增 59 例，19 号新增 77 例，从而使武汉市 19 号的累计病例达 198 例，并增加了一起死亡病例。

除了武汉、北京，国家卫生健康委在今日凌晨也确认，深圳也确诊了一例输入性新型冠状病毒感染的肺炎病例。

**【新闻播报】**患者为 66 岁男性，现居广东深圳，2019 年 12 月 29 号赴武汉探亲。目前患者病情稳定，广东省已对密切接触者进行追踪随访。

**【解说】**与此同时，浙江省卫健委发布通报称，1 月 17 号以来，温州、舟山、台州、杭州陆续发现 5 例武汉来浙并出现发热等呼吸道症状患者，目前均在定点医院隔离治疗，病情稳定，密切接触者已实行医学观察。

**【同期】**

**央视记者蒋晓平：**这几天我也是在最核心的武汉金银潭医院里边，也就是主要收治这些病人的主要医院。根据我的观察，实际上医护人员的反应也是很平稳、平静的，他们医生有的甚至通宵在这儿工作，护士有时候进去专门救治，在里面待上二到四个小时，他们出来之后往往都是一身汗，身上的衣服都湿透了，家也顾不上，舍弃小家为大家，医生还是非常辛苦的。

**【解说】**目前，关于新型冠状病毒确诊病例，泰国公共卫生部表示，已确诊 2 例，日本厚生劳动省称，也已确诊首例患者，此外，韩国疾病管理本部 20 号发布消息，他们也确诊了 1 例。

【同期】

**中国外交部发言人耿爽：**我们第一时间向世界卫生组织分享了新型冠状病毒的基因序列信息。在接到有关国家相关病例的通报后，中方高度重视，通过双多边渠道与各方保持密切沟通，加强合作、全力应对。

**白岩松：**好，我们接下来马上连线国家卫健委高级别专家组的组长钟南山院士。而且我要先给观众朋友介绍一下，其实钟南山院士今天开了一天防控会，包括要去对它进行评测，开会开到了晚上7点钟，可以说刚散会不久，就要接受我们的连线，非常辛苦。钟院士您好。

**国家卫健委高级别专家组组长钟南山：**你好。

白岩松连线钟南山院士

**白岩松：**钟院士，首先大家会非常关心的是，我注意到身边人在议论的时候都在谈论的是，它跟SARS的区别是什么？您最有经验了，这个答案是什么？

**钟南山：**我觉得跟SARS联系是很自然的，因为它这个病原也是属于冠状病毒的类型，那么SARS是冠状病毒的一种类型，中东呼吸综合征也是冠状病毒类型。现在出现的既跟SARS不一样，也跟中东呼吸综合征不一样，因为尽管它有很多的同源性，但是它是一个跟它平行的、完全不同性质的一个病毒。我看过病人，这个病人的情况、发病的情况、白血球的情况、胸片的情况是有近似的地方。所以在这个意义上它们有共性的地方。但是为什么就是一定要跟它相比呢？那我觉得这个病，就新型冠状病毒的感染现在刚刚开始。同时现在正在爬坡，所以跟SARS那个时候相比传染性没有那么强，毒力也还没那么大。所以至于以后会怎么样，一个要看它的发展情况，另外一个也看我们如何很快地控制病情，控制它，减少它的传染，因为传染的过程，它逐渐适应在人体的过程毒力会增加。所以现在这么比的话，我觉得从疾病的严重性跟传播力来说，两个还是有差别的。

**白岩松：**接下来针对这个差别，我相信我们也会注意到一个数据。就是到现在为止，你看现在我们通过这个 PPT 能够感受到，1 月 19 号的时候，武汉市的累计确诊病例 198，但累计死亡病例是 3，那么这个数字是否意味着它对人的这种生命的威胁性是远远小于 2003 年的 SARS 的，还是因为我们打 SARS 那场战役积累了很多的经验，因此导致 3 这样一个数字不至于让大家太过担心？

**钟南山：**我想两个因素都有，首先刚才讲的第二个因素，这个肯定，因为现在一旦有新型冠状病毒感染的话，我们确实积累了一定的经验。有一些人有低氧血症，我们很快地用上，不单是一般的氧疗，或者说是用面罩通气，高浓度的氧疗等等，治疗的措施跟支持疗法比以前有很大的进步。但是另一方面不能因为这个疾病处于一个起始阶段，现在的病死率不能说明全面，恐怕还得看这个疾病的发展，所以在这个问题上我想我们还是应该提高警惕的。当前这个情况并不能代表它的全貌，因为这个疾病刚刚开始，也处于一个爬坡的阶段。

**白岩松：**钟院士，另外还有一个，这两天之所以引起大家更大的警觉，是因为一下子新增的病例非常非常的多，那是由于我们采用了新的试剂，因此它来进行判断，包括检测速度更快了、更准了，还是跟病毒发生自身的某种规律也有关系？

**钟南山：**同样是，您这个问题问得很好，同样也是两个原因都有。一个就是说对新的疾病的话，各地的试剂各方面它有点不一样，所以在一开始的话，它需要有一个权威的单位来进一步印证，这样的话，它需要拖一些时间，所以有一段时间它是比较停滞的。另外一个也有这个因素在里头，为什么呢？我是昨天去武汉的，前天、昨天、今天这个情况都有不同，所以现在也在一定意义上说明了现在这个疾病在局部的这种发展是比较快的。

**白岩松：**钟院士，接下来一个问题，就是涉及武汉，您也正好去了武汉。这次跟 SARS 去比较的话是非常明确的，比较集中在武汉，而且像上海、广东等地都是输入性的病例，也都与武汉有关系，这对于防控来说是一个好消息吗？您怎么去看待武汉的非常明确的这样的一个位置？

**钟南山：**任何的这种急性的传染病出现都不是好消息，但是这个是说明它一定的特征，那么在一定意义上从流行病学看，它不单是集中在武汉，而且集中在两个区，这两个区大概占了 45%，那么这两个区有一个特点，就是有一个比较大的所谓海鲜市场，实际上我们在那儿看相当多的并不是海鲜，而是野味，就是说野生动物。那么这个野生动物目前从各方面的初步的流行病学的分析（来看）的话，它实际上通过野生动物传到人，这个是比较大的可能。那么最近的情况是什么呢？野生动物市场现在经过了当地政府积极地处理，现在已经关闭了。但是现在还是有出现人传人的这个现象，所以这样的话，现在应该是我们提高警惕的时候。也就是说有这个人传人的话，那这个是一个很重要的值得我们警惕的一点。

**白岩松：** 没错，钟院士这块正好涉及这个问题了，就是关于人传人前几天的时间里头，大家还不能确定。那今天包括您刚刚开完这个会议，针对人传人现在的这个判断是什么样的？

**钟南山：** 过去曾经是有风险或者是什么，现在目前的资料表示它是肯定有人传人。一个在武汉是有这样的肯定的一些证据，同时在广东有两个病人他没去过武汉，但是家人在去了武汉以后，染上了新型冠状病毒，那么回到家里，这两个人就分别在两个家庭都染上了新型冠状病毒，那么经过病毒的检测是一致的。所以现在可以这么说，肯定有人传人的现象。

**白岩松：** 好，一会儿还会有很多大家非常关心的问题，再请您给我们带来权威的解答，接下来透过一个短片，再去了解一下相关的延伸的情况。

**【解说】** 今天上午，武汉华南海鲜市场，仍有多名身穿白色防护服的专业人员在开展防疫调查工作，而从 1 月 1 号开始，这里已经休市 20 天。

**湖北省医疗组专家、武汉市金银潭医院副院长、主任医师黄朝林：** 我们武汉市高度重视患者救治工作，集中患者、集中资源、集中专家、集中收治，将确定的新型冠状病毒感染肺炎（病例）全部收治在我市定点医院，采取一人一医疗团队、一人一诊疗方案，开展规范诊疗。

**【解说】** 二十天来，除了患者的治疗，防控也不能有丝毫懈怠。从 1 月 14 号起，在武汉，机场、火车站、长途汽车站、客运码头，开始设置体温检测点、排查点，对离开武汉的旅客体温检测工作也逐步加强，同时加强了对公共场所及公共交通的管理，实施出境离汉人员管控。

**【同期】**

**市民王女士：** 在社区的宣传下，我们知道家里要勤通风，要勤洗手。出门的话戴口罩，大家尽量少到人群密集的地方去。

**【解说】** 而防控手段的逐步升级，首先就是检测手段的升级。

**【新闻播报】** 16 号在省疾控中心收到国家下发的试剂盒对我市送检的患者标本进行病原学检测后确认了新增病例。

**【解说】** 1 月 17 号，武汉市各级医疗机构被要求，要做好预检分诊和发热门诊管理工作，做到早发现、早隔离、早治疗。

1月19号，在规范预检分诊和发热门诊工作的基础上，采用优化后的检测试剂盒，对全市发热门诊隔离治疗的不明原因肺炎病例，进行采样检测。

**【解说】**目前，最让舆论担心的，当然是春运，面对最大规模的人口迁徙，如何防控应该是各地疾控部门的难点。

今天，在上海市十五届人大三次会议闭幕后，上海市市长应勇的记者会，就有记者提到了本地的防控。

**【同期】**

**上海市市长应勇：**（上海）市委市政府责成市有关部门，高度重视，采取有力措施，进行有针对性的防治。我们目前加强了对一些可疑病例的甄别和筛选，一旦上海发生确诊的此类病例，我们将依法依规及时向社会公布。

**白岩松：**好，接下来我们继续连线国家卫健委高级别专家组的组长钟南山院士。钟院士，现在因为它是作为一种新型的冠状病毒，我们对它的了解已经到了哪个程度，离知道它的这个病原还有多远？

**钟南山：**我想现在对它的了解还是很不够的，我们只能够从原则上，第一，它是一个新型的冠状病毒。那么它引起的一些症状，跟以前SARS有些是相似的。第二，它的源头是什么动物，基本上还不清楚。只是从各方面的流行病学的调查（来看）的话，它是来自一个野生动物。那么可能性比较大，比如说像竹鼠、獾这一类这些。那么它进一步的要注意的就是什么……

**白岩松：**就是需要进一步地去了解和研判，然后钟院士，我身边很多人，包括网友也都在关注，现在从你们医学专家的角度，包括整个医疗体系怎么面对它，应该怎么办？而普通人应该怎么去防范？

**钟南山：**我想，对普通人来说这个很重要，就是提高警惕，提高对它的认识，因为现在对普通人来说，实际上是有些升级了，它的传染性，因为它现在已经存在人传人，同时医务人（员）也有传染，所以这个是要提高警惕了。我想关键的是这么几条，一个就是预防，不要得。那么不要得的话是有几个，因为现在绝大部分是来自武汉，或者去过武汉，所以现在我的总的看法就是没有特殊的情况不要去武汉，这个是很重要的。另外如果现在在外地自己有了一些不舒服或者感冒，应该到当地的发热门诊去看，必要的时候进行排查。那么自己有些不舒服的话是要戴口罩，戴口罩还是有用的，现在我听说N95都脱销了，实际上并不一定非要戴N95，因为这些病毒它不是说单独地存在，它常常存在在飞沫里头。那么飞沫带着病毒的话，一般口罩的话，外科口罩等等，这些还是能够阻挡大部分的、黏在飞沫上的病毒进入呼吸道，所以我觉得戴口罩还是有用的。

**白岩松：**最后就是非常简短的普通人意识到了什么样的症状的时候，就一定要去医院治疗，是发烧吗？

**钟南山：**现在因为在冬季，这个暖冬应该就是说流感也比较多，当然光是发烧还是不够。有几个东西很注意，一个去过武汉或者说家里边有从武汉过来的，这是一个前提。另外自己有发烧，这个就要比较警惕了，这个情况必须到发烧门诊去看，同时必要的时候做核酸的检测。

**白岩松：**好，非常感谢钟院士带给我们的解析，同时我们希望是在初期的时候保持足够的警觉，另一方面信息始终公开，大家就可以很好齐心协力地去防范它。

主创人员：
吕志佳、刘明君、白岩松、王晓琛、孔茜、魏雪娇、王茜、刘喆、郭丹丹、杨婷、毕浩云、张进、张昊、李欣怿、赵威、李阳、张小美、李昊、欧鹏鹏、邓嘉星、杨海波

## 第一节 风暴之眼

【编者按】湖北省尤其是武汉市为全国疫情防控的重中之重，是打赢疫情防控阻击战的决胜之地。疫情暴发初期，武汉市站在了病毒最为肆虐的“风暴之眼”，以金银潭医院为代表的一批最早收治新冠病毒感染者的定点医院成为最危险的“红区”。武汉本地医务人员是全国抗击疫情行动最早的“急先锋”，他们坚守在最前方，用血肉之躯支撑起抗击疫情的“第一道”防线。

【编者按】武汉市金银潭医院是武汉收治新冠肺炎感染者最早和数量最多的医院，也因为一场疫情，而成为媒体舆论关注的焦点。《新闻调查》聚焦这所“热”点医院，用冷静的记录、翔实的数据，在疫情暴发大约两周这个时间节点上，以金银潭医院为样本，阶段性盘点了一线医务人员是如何获知疫情、如何应急处置、如何科学决策的一系列过程。

# 火线金银潭

首播时间：2020 年 2 月 1 日
首播平台：央视新闻频道《新闻调查》

## 金银潭医院忙碌的现在时

**【同期】**

**金银潭医院检验科主任项杰：**把所有的名单，手续完备了你可以送过来，好吧？我们安排加班检测。你这样子的你所有的名单都给我，你包括我们这边那个的，我要名单齐全的，免得出错。对对对，我们把手续都弄全，尽量加班，把那个完成。

**【解说】**项杰是武汉市金银潭医院检验科主任。他所在的这家医院自新型冠状病毒疫情暴发以来，成为焦点。金银潭医院不仅是武汉市首家收治新型冠状病毒确诊病例的定点医院，也是到目前为止武汉市收治感染患者数量最多的医院。作为医院的检验科，工作量非常大。

**【同期】**

**记者：**我看您刚才不停地接各种各样要求检测的电话。

**项杰：**有的是病区需要出院的病人，有的是疑似的病人要排查的，还有区里头各个下级单位送检的样本都要进行协调。

**记者：**你们现在不只是医院的检测任务吧？

**项杰：**现在还承担了整个东西湖区的检测任务。

**【解说】**根据2020年1月27日国家卫健委发布的《新型冠状病毒感染的肺炎诊疗方案（试行第四版）》规定，对于疑似病例，要“采集呼吸道或血液标本进行新型冠状病毒核酸检测”，“疑似病例连续两次呼吸道病原核酸检测阴性（采样时间至少间隔1天），方可排除”。而解除隔离和出院标准，除了“体温恢复正常3天以上、呼吸道症状明显好转”之外，还需进行“连续两次呼吸道病原核酸检测阴性（采样时间间隔至少1天）”。

**【同期】**

**记者：**今天您现在已经收到多少检测样本的需求了？

**项杰：**差不多有300的样子。

**记者：**这对于你们实验室的承受能力来说是什么样的？

**项杰：**实验室的人员在安排倒班和加班，我们一般晚上做核酸检测的话，会做到12点多。我昨天拍了一些照片，很多工作人员（一天工作下来）都是里外湿透了的，他出来的时候背心上面、绿色的工作服上面全是汗水。我们是从12月底到现在没有一天休息的。

**【字幕】**我们对项杰医生的采访不到十分钟……

**【同期】**

**记者：**您不舒服了是吧？

**项杰：**身体有点不舒服。

**记者：**那您先坐一会儿，护士，护士，赶紧来帮忙。

**护士：**你是血糖问题还是什么？我给你抽血。

**项杰：**不用了，不用了，没事。

**护士：**隔壁就有管子……

**【解说】**记者停止了对项杰的提问，但是他却没有停止工作。

**【同期】**

**项杰：**病房的那个样本扫进去没有啊？系统里面。

**【解说】**为了保证及时快速地提供检测结果，实验室的每一个环节都在高速地运转着。

**【同期】**

**项杰：**分拣的、分拣的，赶紧把样本扫进去我看一下，你这儿的样本分出来没有啊？赶紧送到各个室里面去，赶紧，核酸的样本都已经交接完毕了吗？都给他们。大概多少个？还有东西湖区的，待会儿要送100多份。跟那边说一下，让他们两个人一起上，要不然的话他那上面温度很高，你穿的隔离服温度很高的，容易中暑。中暑没人照看，一定要两个人啊。

【解说】金银潭医院是湖北省、武汉市突发公共卫生事件医疗救治定点医院，在新型冠状病毒肺炎疫情暴发之前，金银潭医院也收治肝病、结核病、艾滋病、血吸虫病、手足口病、人感染H7N9禽流感等其他传染性疾病患者。随着疫情的变化，金银潭医院已不再收治其他病人，专门收治新型冠状病毒肺炎的患者。就在实验室对面的住院楼里，金银潭医院对原有的普通病房进行了改造，并从其他科室调集医护人员，陆续开设新的病区，从而能够收治更多的新型冠状病毒肺炎确诊患者和重症患者。“南五楼”是医护人员们对新增设的第五病区的称呼。

【同期】

**金银潭医院南楼五病区主任夏家安：**马上进入潜在的半污染区，我们先做下初步的防护，戴上帽子、口罩，这个是外科口罩。

【解说】夏家安是第五病区的主任，在疫情暴发之前，他一直在这家医院从事结核病的诊疗工作。第五病区设立之后，他成为这个病区的主要负责人之一。

【同期】

**夏家安：**半污染区我们就要更换口罩，要戴N95口罩，一般我们戴两层手套。（我们急的时候应该是要严格遵循三级防护。）

**记者：**这边您说改造，这些都是经过改造的吗？

**夏家安：**初步改造，以前就是这样，因为这是按照传染病的要求建造的。你看这传送窗，它单向的，我送东西的话，那边一定要关上关拢，不透气，我这才能打开，我打开关上以后另一面才能打开，它是单向的。

**记者：**就不能同时开。避免污染。

【解说】第五病区收治的均为确诊感染了新型冠状病毒的患者，其中多数是重症，每天医护人员都要做好准备，随时应对紧急情况的发生。

【同期】

**记者：**这个病房现在有几个病人？

**夏家安：**三个，因为它要摆放很多仪器，像呼吸机，有透析的，有输液泵，它占位置，医务人员再围起来，根本就不够位置。

**记者：**像这一个病房的话，需要几个护士？

**夏家安：**一个病人，我们配2.5个，按这个比例来，这是标配。

**记者：**那我们现在看到的……

**夏家安：**没有那么多，我们总共护士有 30 人，还有下夜班的休息的。医护人员很紧张，几个病人一个护士，我们基本上做到了一个护士，这个可以做到，但是慢慢地随着支援的到来，情况可以大大地改善，这是肯定的，我们向上级领导反映，马上调派 25 个有 ICU 经验的护士来。

**【解说】**医护人员在离开重症病房后，要先脱掉防护服，洗手消毒。在离开半污染区、进入医生的休息区后，夏家安摘掉了口罩。

**【同期】**

**记者：**咱们这个区域，您觉得需不需要戴口罩？

**夏家安：**如果是在清洁区域的话，是可以不戴口罩的。因为现在重症病人比较多，是由普通病房改成了重症病房，但是我们的空调系统进风和出风都是独立的，我们特地为医务人员隔了一层安全区。

**【解说】**夏家安说，他 2001 年从医学院毕业，2003 年就遇上了“非典”。

**【同期】**

**夏家安：**我当时是住院医生，第一批进了“非典”病房，我们当时心里有点害怕，因为毕竟年轻那时候，但是我还是义无反顾地进入了“非典”病房，没想到 17 年后再次进入了新型冠状病毒病房中。

**记者：**当时咱们的医院收治了多少“非典”病人？

**夏家安：**因为武汉发生“非典”非常少。据我所知，我们医院确诊的病人没有多少。

**【解说】**据夏家安回忆，2003 年整个武汉市只有 3 名确诊的“非典”患者，但是 17 年后情况完全不同了。

**【同期】**

**记者：**您是什么时候开始参与到救治新型冠状病毒肺炎的？

**夏家安：**从参与到现在，现在是第 31 天了。（2019 年）12 月底我进来的。

**记者：**那个时候其实还没有明确它到底是什么样的病毒。

**夏家安：**对，几天后我们通过对病人的检查，因为传染病医院敏感性很高，对传染病敏感性很高，马上就做了肺泡灌洗。

**【解说】**据夏家安回忆，首批病人转入金银潭医院的时间约在 12 月 29 日前后，当时作为传染病医院，多次与病毒性肺炎、流感等各种各样的传染性疾病打交道的金银潭医院的医生们，对于这批病人的病症感到了异样。

【同期】

夏家安：因为是从肺部表现的，那些人都做了CT和肺部影像学。

记者：肺部是什么样的？

夏家安：毛玻璃一样改变，是病毒性心肺的典型症状，所以我们就警惕了，因为我们有“非典”和中东呼吸综合征的经验，还有禽流感的救治经验，我们很敏感地感到这一次不一般。平时没有发生疫情的时候，每年也有很多病毒性肺炎，我们进行流行病调查，这么集中地在一个地方引起了我们的警觉。

【解说】记者在金银潭医院了解到，2019年12月30日上午10点，院领导电话通知：“由于在ICU病房有数例不明原因肺炎患者，在上呼吸道取样没有找到病原体，疾控部门需要采集下呼吸道标本，要求在做好防护的基础上，通过支气管镜进行支气管灌洗和刷片留取标本。”12月30日下午4点40分，金银潭医院实际完成提取下呼吸道样本操作的患者为7例。随后，这些样本被送往中国科学院武汉病毒研究所进行检测。5天后传来确切消息，从金银潭医院提取的下呼吸道样本中分离出了新型冠状病毒，不明原因肺炎的病因明确了。

事实上，就在样本送检的过程中，转入金银潭医院的患者在不断增加。据夏家安回忆，2020年1月3日，在尚未确切得知致病原因的时候，金银潭医院就已经开始腾空南住院楼第五层原来的结核病普通病房，陆续收治数量不断增加的患者。

【同期】

夏家安：当时处理的时候还是以轻症为主，因为刚发作，第一批病人是华南海鲜（市场）的密切接触者。

记者：第一批有几个人送到你们这里来？

夏家安：我的病房的话刚开始来的时候，我印象当中大概有三十几个人。

记者：这三十几个人全是跟华南海鲜市场有密切接触的人吗？

夏家安：大部分有关系。不一定是确诊病人，只是观察病人和疑似病人。

记者：他们当时有什么样的症状？

夏家安：还是以咳嗽、发热、呼吸困难为主。

记者：当时你们对这三十几个人采取什么样的措施？

夏家安：首先是隔离，我们知道的病人一定要切断传染源，首先是隔离，有效的隔离。再就是消除恐慌情绪，有时候恐慌情绪比疾病本身更可怕。像我的病房高峰的时候有38个病人，目前我就20个病人。

记者：那18个人呢？

夏家安：轻症的转出去了，我转出去15个，但是你有不断地收进来的，流动的，不是一成不变的，我也不断地收治进来，死亡的也有，但是我们死亡的病人还是以合并基础疾病和老年人居多。

**记者**：到现在为止，您这个病房死亡的有多少人？

**夏家安**：死亡的目前 5 人。

**记者**：有没有人从重症转到轻症的。

**夏家安**：有。有好转的。

**记者**：好转的有几个？

**夏家安**：好转的大概也有 12、13 个。

**记者**：目前看来好转的比死亡的要多。

**夏家安**：对的，比死亡的多，大部分还是好转的，包括从我病房出院的也很多，也有出院的。

**【同期】**

**金银潭医院南楼五病区主治医师李昕**：你好，我是金银潭医院的。你之前在我们这里住过院，我打电话随访一下。

**出院者**：现在还好，没什么问题。

**李昕**：没有什么不舒服是吧？

**出院者**：没有。

**李昕**：那好，那你在家注意休息好吧！

**出院者**：好的。

**李昕**：新年好。

**【同期】**

**记者**：出院多长时间了大概，到现在为止最长时间的？

**夏家安**：最长时间出院 20 天的都有。最早的一批病人进来，出院了 20 天都有。

**记者**：没有出现他复发再进来？

**夏家安**：没有，我们全部进行随访的。

**【同期】**

**李昕**：是专门记的，就是专门记随访人的本子。

**记者**：就是这一次疫情发生以后的。

**李昕**：对。

**记者**：这个本子上现在大概有多少人？

**李昕**：我刚刚简单数了一下，大概有二十来人。

**记者**：都出院了？

李昕：对。应该这是第一批，一直到 12 号，可能后面就是 14 号，15 号也有。

【解说】据院方介绍，早期由于未能获得核酸检测试剂盒，以及国家统一的诊断标准尚未出台，金银潭医院因此成立了自己的专家组，包括本院、湖北省以及国家有关部门的专家，对每一个病例进行出院会诊，并制定了自己的出院标准，其中包括：持续 10 天不发热、症状消失、血常规恢复、肺部 CT 病灶明显吸收好转等等多项标准。据金银潭医院住院楼南五区的医生表示，他们负责随访的出院人员有 20 多名，均在出院时叮嘱需自行在家隔离 2 周，目前尚未发现任何复发病例。

【解说】金银潭医院原有的重症监护室设在南住院楼的第 7 层，由于新型冠状病毒肺炎重症患者的数量不断增加，院方又增设了第 6 层作为重症病房。大约在 1 月 17 日前后，第 5 层也改造为重症监护病房，并且不再收治病症较轻的病人，专门收治重症患者。也就是从那时开始，对第五病区医护人员们真正的挑战，开始了。

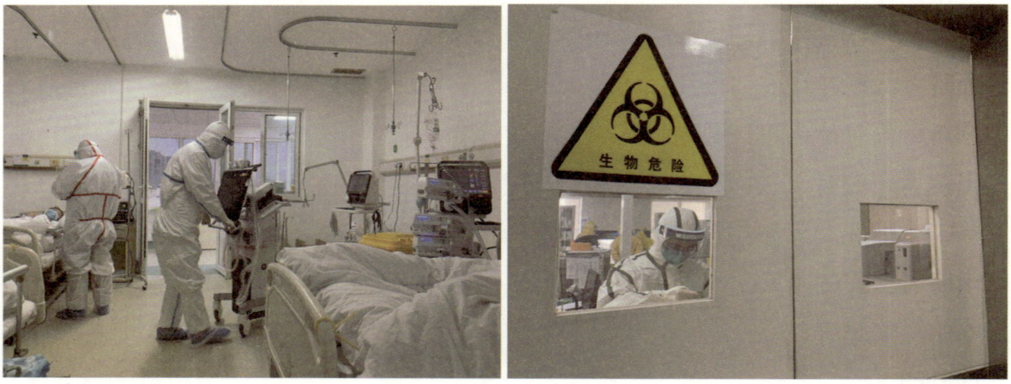


拍摄现场照片

## 异常艰难的重症病房

【同期】

金银潭医院南楼五病区护士长彭璐：把这个拿进去，他们需要的。

对讲机：帮我准备一下东西。

彭璐：正准备着，稍等一下。12 床正在准备用雾，26 床正在给你配药。呼吸机的延长管放在 1 房的传递窗里面，你们直接去拿，有 5 支。

【解说】彭璐原来是金银潭医院儿童传染病科的护士长，2020 年 1 月 5 日，她工作的儿童传染病科关闭，彭璐带领十几名护士加入新组建的南住院楼第五病区。

**【同期】**

**彭璐：**我们当时在儿童传染病科的话只有一个科室内有 ICU，就是比较重的需要无陪的孩子需要我们去护理，但是没有这么大的量，不像现在二十几个病人，可能都是重症的，那时候可能（患者数量）少一些。因为我们这个科室当时组建的时候，就不是都是 ICU 经验的，从各个科室抽调过来的人，后来就是各个地方的 ICU 护士来协助我们，来支援我们，然后才能达到现在这样的规模。现在有 ICU 的护士带着我们一起做，可能会接触一些平常没有怎么接触过的。

**记者：**边做边学。

**彭璐：**对，边做边学，边学边做。

**【解说】**从改建为重症病房开始，来自湖北省不同医院的富有 ICU 经验的医护人员就陆续前来支援第五病区。

**【同期】**

**华中科技大学协和医院重症医学科副主任尚游：**我们还要向上级进行呼吁，来增派更多人手，如果有条件的话，也不能说让你们外援的一直在这儿干着，或者内援的一直干着，都累垮了，都倒下了，都躺到病房里了。

**【解说】**尚游是华中科技大学协和医院重症医学科的副主任，记者见到他时，他刚刚从协和医院回来。

**【现场】**

这是我们大家共同的心愿。

祝我们早日胜利！

**【同期】**

**尚游：**今天下午你在这儿没找到我，是因为有一些材料他们这儿没有。我没办法跑回我们医院我们科室，我跟领导说急需这个东西，他说你拿去吧，等于全国人民都在捐助，我们自己科里面拿点东西算什么。

**记者：**像这样的改造，临时的改造，有没有能力来收治最重症的患者？

**尚游：**现在已经和我们先进的 ICU 差距越来越小了，基础性硬件措施有了，这是第一。第二我们软件，我们管理、我们医疗质量能够保证，这个才能够更好地降低死亡率。因为这个疫情确实是突然发生的，我觉得这个放在任何一个国家，恐怕都很困难，我觉得我们中国自上而下各行各业都做得非常投入，尤其是我们医疗行业，医生、护士都是非常投入、非常敬业地救治病人。

**【解说】**据了解，第五病区收治的患者最多的时候达到 38 名。而按照重症监护室的标准，1 名患者应配备 2.5 名医护人员。当时尽管有湖北本省内其他医疗机构的支援，但医护人员的数量距离这个标准仍旧很远。

【同期】

**记者**：改成了 ICU 以后，对于一个病人每天对他进行什么样的护理？

**彭璐**：比如说生活护理，有一些病人躺在床上不能动，你要帮他打水喂饭，要给他擦洗，有时候有的病人下床你要扶他去上厕所，可能有时候要端屎端尿，这些都是生活护理我们要做的。

**记者**：常规的一些事情？

**彭璐**：还有治疗、病情观察，因为病人病得很重，有时候医生不在的话我们就要负责观察病情，有情况要及时跟医生汇报，发现异常我们就要处理。

【解说】由于转入重症病房的患者以年长者居多，衰老和原有的基础性疾病，让年长的患者在新型冠状病毒面前几乎无力还手。迄今为止，有 5 名患者先后在第五病区的重症病房里去世。

【同期】

**彭璐**：其实会觉得有点沮丧。我们做了我们能够做的，能够尽最大努力做的，但是有些病人的病情实在是太危重了，我们可能就会有回天乏术那种感觉，就感觉有点无力，就觉得我们能够做的我们都尽力做了，但是还是没能救回来。

【解说】随着时间的推移医护人员普遍开始感到疲惫。

【同期】

**彭璐**：可能 17 号刚刚收那一批（重症）病人的时候觉得还好，还能够应付，还能够做得到，但是后来慢慢地病人越来越重了，有些病人情况不好了，不断有新病人入院，慢慢就变成了重的 ICU，基本上重的病人都在我们这里，就开始觉得有点吃力了。

【同期】

**夏家安**：因为我是医生，我家人都笑我“铁石心肠”，因为医生看惯了生死。但这几天我确实很多时候禁不住泪流满面，就不自觉流泪，为什么呢？不是为我自己流泪，我是看见我的同事，这种场景——一出来厚厚的防护服，不能上厕所，不能吃东西，不能喝水，这种辛苦可想而知。我们的护士群体很年轻，20 多岁，你说他们不怕是不可能的，人之常情，他们已经累到忘记了怕，只有出来的时候宣泄一下感情，对着我也是流泪，我没办法。确实，很苦。我们已经做了一个医务工作者所能做的一切。看到那种场景的话，任何铁石心肠的人都很感动，非常感动。

【解说】为了保护自己家人的安全，医护人员们或住进了医院安排的酒店，或几个人另租房子合住，或自己独居，一个多月来，他们几乎不回家。

1 月 24 日，除夕到来了。金银潭医院的医护人员们说，往年每到春节就会格外轻松，因为病情较轻的患者都会回家过年，医院里几乎见不到人。但是今年春节，医院病区一再增加，患者的数量也在不断增加。夏家安说，除夕那天医院的午餐和晚餐都很丰盛，有很多市民点餐送到医院的门口，感谢医护人员们为抗击疫情、救治患者的辛勤付出。

**【同期】**

**夏家安：**很感动，有人民群众站在我们后面，我们非常温暖，也是支持我们干下去的动力。

**记者：**除夕你们吃了什么？

**夏家安：**要说实话吗？说实话我一直在病房抢救，10 点半才从病房出来。夜晚 10 点半，我没吃，比较好的盒饭我没吃进去，我太累了，我没吃，喝了一碗汤就睡觉了。

**【解说】**或许在金银潭医院的除夕夜，饿着肚子疲惫地入睡的医护人员，不只夏家安一个。或许他们当时没有余力去多想，由全国各地医护人员组成的生力军，正在集结，准备向武汉进发。

## 援兵到来

**【解说】**金银潭医院的综合住院楼，在陆军军医大学医疗队和上海医疗队抵达武汉支援后，又新增设了三个病区，开始收治更多的新型冠状病毒肺炎患者。中午陆军军医大学医疗队的专家们在讨论患者的病情。

陆军军医大学此次派出了由 150 人组成的医疗队，其中包括 40 多名医生、90 多名护士以及 15 名指挥协调人员。医疗队专家的医学背景以感染控制、呼吸以及重危症为主。这支队伍在 2020 年 1 月 24 日除夕当天中午 11 点 45 分抵达武汉。次日根据指令进入金银潭医院，1 月 26 日开始接收患者。

**【同期】**

**陆军军医大学医疗队队长徐迪雄：**我们的目标就是打胜仗、零感染，两个目标。

**【解说】**徐迪雄是陆军军医大学医疗队的队长。据他介绍，医疗队的 150 名队员都是相关科室的业务骨干，很多人曾经参加过抗击“非典”、援助非洲抗击埃博拉疫情，或参与处理其他传染病突发公共卫生事件。也许正因如此，陆军军医大学医疗队被派到了武汉市收治新型冠状病毒肺炎患者数量最多、重症患者也最多的金银潭医院。

**【同期】**

**徐迪雄：**装备的话我们自己储存了一些装备，主要是自身防护的，再一个就是我们也准备打硬仗。来了以后，我们得保证 2 到 3 天我们自己马上展开工作，相关的药品、耗材我们都带上去了。我们也有个经验，我们单独组建了一支队伍出去以后，还是要至少在两三天之内要立足自我保障。一般这种大动员出来以后，我想一般两三天以后相关的物资的话，从全国各地还是可以保障的。因为我们抗震救灾的话，开始是紧缺的，但是慢慢管理体制机制运转正常以后，相关的物资从全国各地慢慢都会过来的。

**记者：**你们做了哪些工作？

**徐迪雄：**我们的工作主要第一个就是把整个病房的一些设置流程进一步优化。举个例子就是，一个清洁区、一个半污染区、一个污染区，我们更加严格。原来它里面有一些两个门可以打通的，可以互串的，我们现在把它规范了。那两个门必须卡死，不能走动的，分区是很严格的，这是第一个。第二个就是我们的医务人员，从进去到出来，我们规范操作流程是很规范、很严格的，从穿衣服到洗手到进去，到第二次穿衣，我们严格规范流程。我有一句话，在自我防护上面越细越好，越严格越好。我觉得标准绝对不能降的，我觉得也是对我们医务人员负责任。第三项工作的话，我们重点是 30 多人成立了一个组织机构，医生怎么个优化，护理员怎么个优化。

**【解说】**医疗队在迅速完成了必要的准备后，确立了先接手综合住院楼四层、五层病区，并尽快再增设一层病区的方案。1 月 26 日，73 名患者住进了由医疗队负责的病房。1 月 29 日，接收病人的总数达到 79 人。

**【同期】**

**记者：**现在这 79 个病人据您的了解，大概都是一个什么样的状况，或者可以分成几类？

**徐迪雄：**可以分成三类吧，一个是轻微的，轻一点的普通的病人，第二个是中危的病人，第三个是危重的病人，主要还是普通的病人为主。

**记者：**这个比例能占多少？

**徐迪雄：**能占到 85% 左右。

**【解说】**针对不同患者的病情，医疗队展开了救治。

**【同期】**

**陆军军医大学医疗队专家李琦：**我们团队相对来讲确实……因为“非典”的时候我是全军专家组成员。

**记者：**现在有一些什么样的想法和判断？

**李琦：**我觉得是可能前期因为整个社会医疗资源短缺，所以疑似病人比较多，确诊的病人受一个是场所，一个是（检测）试剂盒的量的限制，可能并没有把他确诊。但是随着这些装备啊物资啊，包括它的检测速度这些跟上以后，现在的所谓的暴发增长，可能更多的是原来积压下来的。

但这个数字最重要的体现出来其实就是为了归口集中，集中患者，然后集中资源，要集中专家，集中治疗，把这四个集中能够做好，特别是重症病人。但对于一般的轻症的病人，或者中度的病人来讲，集中主要是从传染病的防控角度来讲，它的意义非常重大。所以我们想就是说如果说从医疗的合理安全、资源的优化配置上来讲的话，比如说有社区的这样的病人，以（医疗）小分队的形式，比如说 2 到 3 个人就上门的这种就诊的方式，就改变病人到医院或者到诊所，把这个模式转换一下，就把普通疾病转化为传染病处理的角度去。

**记者：**这是很好的方式。

**李琦：**这个方式当然对医务人员压力会非常大，但是如果各级都动员起来，比如社区也能这样管理，那么它也起到一个有效的筛查这么一个把关作用。然后换句话说，你不去他就来，那你去是有防控主动性，他要来你就是被动传染性。所以从观念上来讲，要转变一下。

## 保护好全国人民才能保护好自己的家人

**【解说】**来自全国各地的医疗队越来越多地出现在金银潭医院，除了陆军军医大学和上海医疗队成建制地负责整层病区外，其他医疗队的医护人员会根据金银潭医院的实际需要，被分派到各个病区。2020 年 1 月 29 日早上，连日阴天的武汉天气放晴。金银潭医院住院楼前的院子里，聚集着准备进入病区的医疗队队员们。

**【同期】**

**记者：**你们什么时候到的武汉？

**医疗队队员：**1 月 27 日晚上 10 点钟。

**记者：**今天来到这里是？

**医疗队队员：**等待进入病区。

**医疗队队员：**我们都是安徽省的各大三甲医院。

**记者：**挑选的。

**医疗队队员：**对的。

**记者：**你们其实是最精干的力量才能来？

**医疗队队员：**基本上可以这么说。

**记者：**你们原来在那里的工作岗位是什么？

**医疗队队员：**重症监护室。

**记者：**来到这里也是做重症监护？

医疗队队员：等待他们分配，应该都是进入 ICU 重点监护。因为 50 个人全都是重症监护。我们在 ICU 已经干了十几年了。

记者：你们不害怕吗？

医疗队队员：不害怕。

医疗队队员：来的时候还是有一点担心的，现在经过培训之后，底气也十分充足，我们能够战胜这一场面对疾病的战争。

记者：给了你们什么样的特殊培训？

医疗队队员：理论与技能都培训了。

记者：看你们的状态并不拒绝来，也没有勉强。

医疗队队员：没有，我们都是自愿的。

记者：家里人没有劝阻一下，说别去了，让别人干吧。

医疗队队员：都能理解，然后也都安排好了。

记者：您是八几年的。

医疗队队员：1985 年的。

记者：您是哪一年的？

医疗队队员：我是 1989 年的。

医疗队队员：我是 1984 年的。

医疗队队员：我是 1992 年的。

记者：她最小。

医疗队队员：90 后的。

记者：您也是自愿的吗？

医疗队队员：对。

记者：家里人有没有担心啊？父母会舍得你出来吗？

医疗队队员：没和爸妈讲，后来他们知道了，也没有讲特别多。

记者：您叫什么名字？

医疗队队员：我叫刘静（音）。

医疗队队员：我叫马宝甫（音），我的父母也不知道，我只是告诉了我的妹妹，我妹妹也是医疗工作者，她会表示理解。

医疗队队员：我姓于，于常伟。

医疗队队员：我叫翟小华（音）。

医疗队队员：保护好全国人民才能保护好自己的家人。

记者：加油！大家多保重！

**【字幕】**1 月 31 日下午，武汉市金银潭医院，20 名新型冠状病毒肺炎患者出院，最大年龄 64 岁，最小年龄 15 岁，截至目前，武汉市金银潭医院累计出院确诊患者 72 例。

主创人员：
李冰、何方、冯健、郭洁

【编者按】除夕之夜，是万家团圆的日子，但由于疫情严重，武汉市金银潭医院里的白衣战士们放弃了与家人团圆，仍然坚守在救治患者的抗疫一线。疫情之下，医护人员和患者成为同一战壕的战友，齐心协力共渡难关。

## “我们过年　白衣天使帮我们过关”

首播时间：2020 年 1 月 25 日
首播平台：央视综合频道、新闻频道《新闻联播》

**【解说】**除夕夜里，当我们举家团圆的时候，医护人员却在重症监护室、隔离病房、急诊室里抗击疫情，是他们帮助我们渡过难关。

今天凌晨 3 点，武汉金银潭医院隔离 4 病房医生值班室内，病房呼叫灯忽然闪起来。当班余亭医生立刻换好隔离服进到病房里，总台央视记者也迅速进入隔离病房外跟踪拍摄。透过隔离窗户，记者看到突发状况的是一位老人，余亭和护士抢救后就守在老人家的身边，直到老人病情平稳后才走出隔离病房，已经是 6 点多。

就在余亭抢救患者的时候，他的妻子丁娜也正在重症病房忙碌着。武汉金银潭医院 2019 年 12 月 29 日开始收治病人后，28 天了，夫妻俩都守在各自的病房里，一个在 4 楼，一个在 6 楼，楼上楼下想见上一面却很难。

**【同期】**

**总台央视记者蒋晓平：**这是你爱人的柜子。

**南楼病区副主任重症病房护士丁娜：**对，每次都是这样，他不在，我直接给他把干净的衣服拿过来，再把他脏的衣服拿回去。

【解说】在护士肖志敏的眼中，9 岁的儿子彭羽佑异常顽皮，因为这场疫情，她已经连续上班很多天了，就在几天前，她一早醒来时，儿子把一张画放在了妈妈的枕头旁。

【同期】

**武汉市金银潭医院南楼六病区护士肖志敏：**他就问我，他说妈妈你知不知道我那个画是什么意思，我说你就是想要妈妈陪你呗。他就说这个就是他心里的玩具城堡，他打了一个叉叉就是不要了，然后那个有一个爱心就是母爱最伟大，然后和妈妈在一起的时候就是天上是有彩虹的。

【解说】医护人员比谁都懂得在这场“战斗”中所面临的危险，但是，他们却选择逆行而上，守护患者。

【同期】

**总台央视记者蒋晓平：**陈爹爹您好，祝您新年快乐！您现在病情怎么样？

【同期】

**陈义和：**不发热了，能吃一点饭了。能吃一点饭还能下床上厕所，比以前强多了，谢谢大家，谢谢你们（医生和护士）这些天的精心照顾，忘我工作，不怕感染，日夜守护在我们病人身边。

【解说】除夕夜，医院为大家准备了热乎乎的饺子，还买来了红红的窗花和灯笼，面对疫情，医患是一个战壕的战友，齐心协力共渡难关。

【同期】

**华中科技大学同济医院感染科副主任郭威：**通过我们的努力早日把这场疾病控制下来，至少我们的家人、我们的同事以及我觉得乡亲父老不要受病痛折磨。

【解说】护士和患者写下了共同的心愿。与你同在，武汉加油！这也是所有人的心愿。

主创人员：
蒋晓平、苗毅萌、张萍、郑怡哲

【编者按】武汉金银潭医院院长张定宇身患渐冻症，生命进入倒计时，同为医务人员的妻子被病毒感染住院。即便如此，生命的“噩运”并没有让张定宇屈服，而是愈战愈勇。他舍小我为大我、舍小家为大家的胸襟和面对困境的乐观无畏、勇敢担当，感动了无数观众。渐冻斗士张定宇被授予“人民英雄”国家荣誉称号。

## 张定宇：向极限挑战

首播时间：2020 年 2 月 2 日
首播平台：央视新闻频道《面对面》

**【导视】**奋战在抗击疫情最前沿。
**张定宇：**我们要保卫我们的武汉。
他却身患绝症开始生命倒计时。
**张定宇：**突然有人告诉我，你前面不会是太远。
无法照顾被病毒感染的妻子。
**张定宇：**心里面最害怕的就是失去她。
《面对面》专访武汉金银潭医院院长张定宇。

**【解说】**在抗击新型冠状病毒感染的肺炎疫情中，武汉成为这场没有硝烟战争的主战场。作为武汉最大的专科传染病医院，金银潭医院目前收治了新型冠状病毒感染的肺炎疑似和确诊患者超过 800 人，成为疫情之战的最前沿。党委副书记、院长张定宇带领全院 600 多名医护人员奋战了 30 多天，没有节假日，也不分白天黑夜，每天接无数电话，协调各项工作，处理各种突发事件。之前，有媒体报道他 57 岁，在接受《面对面》的采访时，张定宇特地对自己的年龄做了声明。

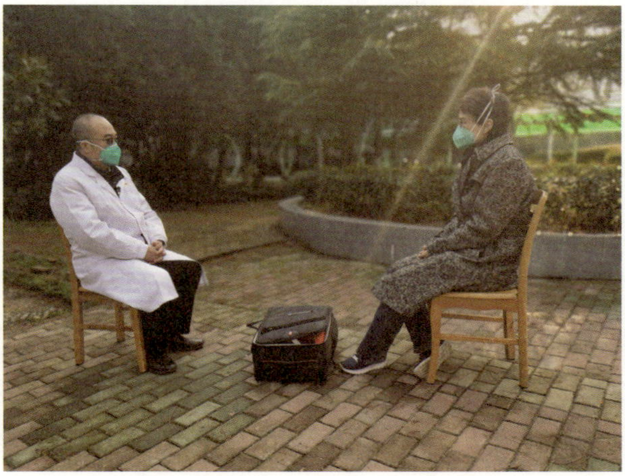

《面对面》专访武汉金银潭医院院长张定宇

**【同期】**

**张定宇：** 我 1963 年的，我应该是 56 岁的，他们为什么说我 57 岁，这应该是不对的，我是 1963 年 12 月份的，所以我是 56 岁。

**记者：** 您一定要做到精准。

**张定宇：** 应该往小说，我愿意多做点事情，愿意时间稍微长一点。

**【解说】** 张定宇对时间有着特别的敏感，他曾说：“自己必须跑得更快，才能跑赢时间，把重要的事情做完；必须跑得更快，才能从病毒手里，抢回更多的病人。”

**【同期】**

**记者：** 这一次跟病毒在打的时候，您觉得最大的挑战对您来说是什么？

**张定宇：** 最大的挑战应该是这些病人数量的激增和我们人力资源不足不匹配这之间的关系。我能做的就是把大家充分调动起来，能够匹配上去。我告诉大家我们要应对这件事情，我们必须应对，我们现在已经站在了一个风暴眼上，必须把这件事情压下去，我们要保卫我们的武汉，保卫武汉人民。

**【解说】** 2019 年 12 月，武汉部分医疗机构陆续出现不明原因肺炎患者，引起张定宇的高度警惕。当月 29 日，来自华南海鲜市场的首批 7 名不明原因肺炎患者，转入金银潭医院。4 天后，该院正式开辟专门的病区。临近春节，随着从别的医院转诊过来的病例急剧增加，医院 ICU 病房原有的 14 张床位已经饱和，为了能够收治更多的病人，清空其他的病区，开辟新的 ICU 病房成为张定宇工作的重点。

**【同期】**

**张定宇：** 我的病区是一个一个转移，比如他在肝炎这个专业，他在结核这个专业，我在艾滋这个专业，或者其他专业的病区。当时我们把一个病区清理出来，开始接收这种病人的时候，大家不是往后躲，反而是跃跃欲试。“张院长，如果再关病区，我们病区也愿意上。”我们有几个主任都是这么表态的。

**记者：**为什么可以做到这一点？

**张定宇：**养兵千日，用兵一时，我们作为一家传染病机构、传染病医院，我们应尽一份职责，这种突发的传染病我们这家机构能不能顶上去？确实能顶上去。

**【解说】**即使不仔细看，也可以看得出张定宇走路的姿势和常人不同。2017 年，一直风风火火的张定宇开始感觉自己的双腿出现问题。刚开始，他以为问题出在膝关节或者髋关节上。然而，经过一系列检查，2018 年 10 月，张定宇被确诊患上了运动神经元病，也就是人们常说的渐冻症。这种罕见病目前无药可救，通常会因为肌肉萎缩而逐渐失去行动能力，就像被慢慢冻住一样，最后呼吸衰竭而失去生命。

**【同期】**

**记者：**您怎么接受这样一个现实？

**张定宇：**刚开始还是很恐惧，有一两个晚上或者两三个晚上，我们也睡不好。

**记者：**您爱人和您同时知道这个消息吗？

**张定宇：**对，她跟我同时知道，所以她是以泪洗面，当时她很痛苦。

**记者：**您呢？

**张定宇：**我稍微有点沮丧，我喜欢做事情，我热爱生活，完了以后突然有人告诉我，你前面不会是太远，不可能再走多长时间，那个时候不可能有太远的时候，当然我会觉得有点沮丧。

**记者：**给了您不会太远是多远？

**张定宇：**因为我自己是医生，我们会检索到很多这方面资料，远的话可能十年左右是最远的，不远也就是五年左右。

**记者：**您说的是生存？

**张定宇：**生存。

**记者：**但是正常能够走？

**张定宇：**那个就不敢保证，不知道会是多久，所以这就是为什么我特别珍惜每一点时间每一刻每一会儿，我愿意在下面行走，我愿意和大家在一起，我愿意和空气、阳光在一起。

**记者：**可能不管谁赶上都会想怎么这么不公平，怎么会轮到我头上，您有时候会想到这些吗？

**张定宇：**我还真的没这么想过，我也不知道我为什么没这么想，它是一种罕见病，可能某个基因的突变，某个位点发生改变，就是那么一个改变，改变的因素很多，不是人为可以操纵的，为什么要为这个事情较劲呢？我不要去较劲，它掉下来，应对就完了。

**【解说】**作为医院的党委副书记和院长，张定宇除了告诉自己的工作搭档、院党委书记王先广外，向全院职工隐瞒了自己的病情。

**【同期】**

**王先广：**讲了我心里很心疼，他有一次下楼的时候就差一点摔下去了，因为他腿没有支撑的力，他私下跟我多次说，他说王书记，我们俩在一起的时候，你就帮我扶一下，真的（我）也是心里很不舒服。他说我就这几年，我能做一点，你就让我做一点，你不要拦着我。他一再要求我不要跟任何人说，他就是一个不愿意把自己的痛苦或者困难，让同事们分心。

**【解说】**每当有人问他，张定宇都搪塞说自己的膝关节不好，不明原因的同事们只是感觉到，院长的性子似乎越来越急了。

**【同期】**

**张定宇：**我在说事情的时候，你们根本没人听，我说要采痰，采深部的痰，你怎么还是捞个咽拭子？

**【同期】**

**张定宇：**以前也急，现在好像更加有点着急。

**记者：**说起这个病的时候，虽然隔着口罩，我看不到您的表情，但是我知道您的眼睛还是带着笑意的，这么沉重的话题，您还笑得起来？

**张定宇：**我现在已经能够面对它了，因为我觉得这不是一个多么可怕的事情。

**记者：**这还不可怕？

**张定宇：**因为人生的终点都是要面对死亡，这是一个很正常的事情，只是突然有人告诉我，你的终点不可能走得太远，我就把这个时间我用多点，我用足一点，把它用好，不是一样可以实现我自己的一些事情、一些想法吗？

**【解说】**从武汉市第四医院副院长，到武汉血液中心主任，再到 6 年前出任金银潭医院院长，张定宇的白大褂，已经穿了几十年。然而，这次新型冠状病毒感染的肺炎疫情，是他从医生涯以来的最大挑战。这挑战不仅来自急剧增多的患者与医院救治能力的矛盾，还来自他自己身体的变化。

**【同期】**

**张定宇：**最近应该是有两三个月突然感觉到在萎缩，就是臀大肌这一块，屁股这一块，我们每个人摸自己的屁股是饱满的，有一天睡觉的时候，突然发现这个屁股怎么凹那么多下去，人的股骨头不是特别容易摸的，自己可以摸到关节囊和关节间隙。

**记者**：您感觉到自己身体的变化，心里什么滋味？

**张定宇**：应该说还是有忧虑的，自己的身体在这么萎缩，而且我还是一直保有一定的运动量，希望能够把这个肌肉练得更发达一点，虽然肌细胞会逐渐萎缩，但是没想到它萎缩的速度还是比较快的。

**【解说】**随着肌肉的萎缩，张定宇感觉到自己的腿脚越来越不灵便。

**【同期】**

**张定宇**：因为我每天这样行走，工作应该说有点痛苦。

**记者**：怎么痛苦？

**张定宇**：走路步态，特别是上楼、下楼的时候我愿意走，我不是不愿意走，哪怕是现在，我还是特别愿意走，但是下楼的时候我怕摔跤。

**记者**：这些会影响到您这一次投入跟病毒的作战中去吗？

**张定宇**：还是有点影响的，比如我进隔离病房我要穿防护服，要套裤子，它是连体裤，这时候我就需要我的同事帮助把裤子套上去，两个裤管给我套上来，我自己再穿起来，这么一个动作，脱衣服这个动作我也需要别人来帮助。

**记者**：这一次您身体已经感觉到屁股的肌肉在很大程度上萎缩了，为什么还要进入工作量这么大、节奏那么快的跟病毒的斗争中去？

**张定宇**：这是我的岗位，我还是一个共产党员，我觉得我能够带领这家机构，带领这家医院，带领我们医生护士、我们检验、我们药学、我们全院干部职工冲上去。

**【解说】**非常时期，金银潭医院以超常规的方式高速运转，作为一院之长，张定宇几乎一刻也闲不下来，超强度的工作，让拖着病体的他有些吃不消。

**【同期】**

**张定宇**：这次确实感觉到累。

**记者**：是什么感受？

**张定宇**：困，以前我不会有的，特别是晚上 10 点、11 点稍微有点吃不消，走路脚都迈不开。

**记者**：可以歇歇吧？

**张定宇**：可以去看看，歇……以后我会长期这么歇着，我为什么不现在多做一点呢？哪怕在家里也会这样，我跟我妻子在一起，我现在担心摔跤，我们一般在家里做完菜，汤盆我自己不端，但是我会帮助她，大家一起来刷碗或者做菜、洗菜，这些我都会去做，以前是一些我不怎么做的事情。我现在就跟他们说我现在要多做一点，万一我不能做了，只能看着你们做，那我很难受的，你觉得是不是这个道理？以后我会被固定在轮椅上，我现在为什么不多做一点，我多走动一点，我多干点活，这样你不会更充实，以后少留下一点遗憾吗？

**【解说】**然而，就在张定宇争分夺秒带领全院医护人员救治患者的同时，在另外一家医院防控一线工作的妻子却被新型冠状病毒感染，随后入院接受隔离治疗。

**【同期】**

**张定宇：**当时心里确实很难受，觉得自己没尽责，自己在抗击病毒性肺炎的疫情，结果自己的家人，自己的后方还有人染病，是这么一个感觉，害怕是在第二天还是第三天晚上回家的时候，因为我们也看到有的病人转危，不是特别好，虽然这个比例不是特别高，但是有些人转危不好，你不知道你的家人你的妻子她会怎么样，我的妻子会怎么样呢？所以当时我开车的时候，一下子眼泪就夺眶而出。我把车停好以后就去她病房，也没做什么，就在旁边陪一下她，她当时还在输液，还在打吊针，陪陪她，跟她聊一聊，随便说一点，有一搭无一搭说一点，但心里面最害怕的事就是失去她，我当时一直就想，我千万不能失去你，我绝对不能失去你，就是这种感觉，有这么一丝恐惧，有那么一丝害怕，那次是让我最害怕的一个晚上。

**【解说】**工作在医院，又是妻子的密切接触者，张定宇同时接受了检测，他庆幸自己没有被感染，得以继续和全院医护人员共同战斗。面对越来越多的病人，张定宇分身乏术，一连三四天都顾不上去医院看望妻子一眼。

**【同期】**

**记者：**张院长，您心里面忙完了以后，一天累下来，夜深人静的时候，会不会想到自己的以后？

**张定宇：**刚开始想过，现在几乎没怎么想这个事情，我们现在能做的就是做好现在的事情，可能这跟思维习惯有关系，你必须把当下做好，而且要做长远谋划。

**记者：**您别介意，对您来说多长远叫长远？

**张定宇：**五年也是一个长远，十年也是一个长远，我的思想并没有残疾，我的指挥调动并没有残疾，我当然能够做这些事情。

**记者：**这一次病毒，病虽然很凶险，但是只要医生、护士尽力，总会把绝大多数病人拉回来的，也就是说即便得了病，也是可逆的，但是您想过没有，您自己得这个病，只有一个方向。

**张定宇：**对，它只有一个方向走。

**记者：**不可逆的。

**张定宇：**我很早就知道了，我不用想它了，为什么要一直想它呢？我不用想它了，不想它并不是逃避它，因为我也知道后面会去做什么这些事情。我会被困在轮椅里面，实在不行我会困在床上，以后我会用眼睛眨巴着跟你说话，完了以后可能会用呼吸机，再不好的时候我会在胃里面做造管，在你们吃饭的时候我只能往胃里面打东西，就会是这种状态。我想你想好了，你就已经知道是什么事情，你就用不着成天为这种事情发愁，为什么愁它？我先把当下的事情做好不行吗？

【解说】1 月 24 日，除夕夜，8 点左右，张定宇接到武汉市卫健委的电话，解放军海陆空三支医疗队共 450 人，分别从上海、重庆、西安三地乘军机星夜驰援武汉。上海医疗队 136 名医护人员凌晨两点抵达武汉，进驻金银潭医院。安顿完医疗队住下，已是凌晨 3 点。大年初一，陆军军医大学医疗队成建制接管该院两个病区，经过 3 个多小时准备，第一批确诊感染新型冠状病毒的 20 名患者转入。上海医疗队也正式接手金银潭医院老病房，共两个病区约 80 张床位。当天，金银潭医院接收 70 多名转诊患者。张定宇拖着行走不便的双腿，连续工作 48 小时。

【同期】

张定宇：在这么一个危难的时候，来支援武汉的传染病防控的工作，真是雪中送炭啊，我代表我们同事，代表整个武汉市的市民，感谢大家，谢谢大家。

【解说】之后，在接受媒体采访时，张定宇公开了自己的病情。

【同期】

记者：为什么这次选择说了？

张定宇：我们当天来了很多上海和北京的医疗队，医疗队里面有很多大牌的专家，我心目中很优秀的一些专家，我应该是很恭敬很好地接待他们，对他们要展示我应有的一些礼貌，中国人总要讲的迎来送往，你该送别人一脚两脚之类的，但是我做这个动作对于我来说就很困难，我上楼还可以，我下楼梯的时候特别困难。

我一般蛮少能够去送这些专家，总是感到心里很忐忑，所以我还不如就这个机会告诉大家，我不是对你们不礼貌，不是不尊重大家，而是我确实不方便，另外一方面我也是想告诉我们的同事，我们是一起在战斗。我们背负很重，我们同事也背负很重，只要我们自己能够把自己扛起来，自己能够担的东西往极限伸展，我们肯定还是能够做到一些事情。

记者：什么叫往极限伸展？

张定宇：因为我们同事已经确实到了极限，因为从疫情开始到现在，确实在接近这种极限，我也想告诉大家，我也在极限，我一直就在极限的边缘工作，我一直就是这样在极限状态下，跟你们一起工作。

【解说】张定宇希望通过公布自己的病情，在关键时刻激励身边的同事迎难而上，最终夺取抗击疫情的胜利。当得知院长的病情后，全院的医护人员被感动了。

**【同期】**

**南六病区护士长程芳：**有一次我们下乡去，参加专科联盟的一个会议，所有的院长都起来说了话，他当时就说了一句，他说我因为腿现在特别疼，现在我就坐着说，不方便站起来，然后跟大家道歉以后，他说了一段话，就没想过他是生病的一个人，我们就觉得这个一瘸一拐，就是他的常态。现在回头想真的不容易，连他发脾气，我觉得都是一种奢侈，他现在还有力气发脾气。

**【同期】**

**张定宇：**反而搞得他们眼泪汪汪，我没怎么眼泪汪汪，好可怜我们院长，哈哈哈哈，我倒不这么觉得，我觉得好像我还能带领你们，我还是你们领导，我还能跟你们一起战斗，如果允许我还可以跟你们一起工作四年。

我非常感激我们的同事、我们的护理队伍、我们的医生队伍、我们的检验队伍、我们的后勤队伍，我对他们充满了感激，因为我们整个队伍一起来应对这场疫情，我仅仅是在这里带领大家、指挥大家、协调大家的工作，我在给大家提供一些服务，提供一些指引，仅此而已。我没有比他们做得更多，我们同事比我做得更多，他们的牺牲比我要大得多。

**【解说】**从 2019 年 12 月 29 日首批转入 7 名新型冠状病毒感染的肺炎患者以来，金银潭医院已经治愈了 70 多名被确诊新型冠状病毒感染的肺炎患者。而就在我们采访的前一天，张定宇的妻子也痊愈出院。

**【同期】**

张院长与妻子视频聊天（记者在旁边）：

**记者：**出院以后您见到她了吗？

**张定宇：**昨天见到她了。

**记者：**昨天回家了？

**张定宇：**嗯，我没跟她说你在这里。

**记者：**嗯。

**张定宇妻子：**喂？

**张定宇：**你稍微整理一下子。

**记者：**快躺着吧。

**张定宇：**还躺着呢。

**记者：**您好。

**张定宇妻子：**您好，您好。

**记者：**我采访张院长，您是昨天出院的。

**张定宇妻子：**对对对。

**张定宇：**你为什么还睡着呢？

**记者：**您身体恢复得怎么样了？

**张定宇妻子：**恢复得挺好。

**记者：**刚才我问张院长，我说他不关心您。

**张定宇妻子：**他太忙了。

**记者：**您得这个病在医院住的时候，您最怕的是什么呀？

**张定宇妻子：**我最怕我变成重症以后，我不能跟他们在一起了，这是我很愧疚的。他这么忙，我本来应该在家好好照顾他，结果我也生病了，我真的很愧疚。有时候看他步履蹒跚的样子，我心里很难受其实，还是要坦然面对，疾病面前，我们每个人都还是要坦然面对它，一起克服困难。

主创人员：
张士峰、王惠东、董倩、张诚、张宏飞、王萧宇、王枫

【编者按】“此事我没有告之明昌，个人觉得不需要告诉，本来处处都是战场！”武汉疫情暴发初期，武汉大学人民医院的张旃医生第一时间写下“请战书”，被网友热传并称为“与夫书”。张旃和丈夫李明昌都是医生，危机来临，职业坚守是他们的本能。

## 张旃：非常请战

首播时间：2020 年 2 月 9 日
首播平台：央视新闻频道《面对面》

**【导视】**主动要求常驻留观室，请战书并非“与夫书”。

**张旃：**你想你去上前线，但是你又不想让他知道你有这种风险，就免得他牵挂。

同为医生夫妻间早有默契。

**李明昌：**如果我是呼吸科医生，我肯定也上前线。

非常时期的请战，日常工作的坚守。

**张旃：**在焦虑中送走旧年，在期盼中迎来新年。

《面对面》专访武汉大学人民医院呼吸科医生张旃。

**【解说】**“我申请长驻留观室，对病人进行进一步的分检工作，好处在于不再需要不停地院内会诊，可以减轻其他医生的负担，病人也可以获得延续性治疗，留观室床位也可以流动起来。”

1 月 18 日，武汉大学人民医院的院领导收到了这样一份请战书，申请人是武汉大学人民医院呼吸和危重症医学 II 科的党支部书记、副主任——张旃。

**【同期】**

**记者：**到留观那儿去，为什么？

张旃：主要一个原因是我在那儿轮过一个班，就是整个医院安排，我们呼吸科的医生要到那儿轮，轮的时候我就发现了这些问题。

记者：发现什么问题？

张旃：发现那个地方很危险。

【解说】危险早在她进入留观室之前就已悄然集结，而呼吸科刚好是感知这一危险的第一道屏障。2019 年 12 月份，张旃所在的呼吸科收治了一些不明原因的肺炎患者。

【同期】

张旃：我们查了很多的病原菌都是阴性的，它有一些自身的特点，比如它的白细胞低，比如它的 CT 呈现云雾状，跟普通的肺炎是不一样的，并且似乎也有一些聚集现象，这就提示可能是呼吸道的传染病。专家门诊的时候就发现具有这种特征性的病人越来越多，这个时候就感觉这个事情非常严峻。所以当时我正好在要求我们呼吸科的医生，也要去分管一下二楼的留观室，相当于轮流去值班，当时就发现有一些问题。

记者：什么问题？

张旃：可能有一些医生的防护意识没有我那么强，因为当时留观室它是一个分流的地方，就是最好这个地方是分检病人的地方。危险性在于，因为他进来的时候你是不知道他是阳性还是阴性的，只能说高度疑似，这些人其实很多都是有传染性的。

【解说】此时的留观室，聚集着大量疑似病人，重症监护室里也收治了一批未经确诊的重症病人。而当时，疫情并未得到足够重视，无论是病人还是医生，都缺乏特别的防护意识。

【同期】

张旃：(对待）这批病人我们当时也只有最基本的口罩，但是我们就是做到了，我们能够做到的一个极致。病人戴口罩，病人家属戴口罩，把他们进行一个隔离，放在一个房间里隔离，房间保持通风，除了必要人员进出以外，其他人员一概不让进。比如说像我只让我进，然后叫他的一线医生进，就两个人进。所有的我们不是还有很多轮科医生吗，在这里进修轮科的医生一概不让他们进。我们就是做到这些，我们也没有感染，你做到你能够做到的极致就可以。

【解说】到 1 月 12 日，张旃所在的科室先后有两批具有不明原因肺炎症状的患者治愈出院。根据她的记录，这些病人来的时候很重，主要有发热，基本都有呼吸困难，但经过全科人精心诊治，大概都在 10 到 14 天就明显好转出院了，凭借高度的职业敏感和防护意识，张旃所在科室的医生并未感染。

【同期】

张旃：第一批病人，我没有给他们做一些检测，但是第二批我做了，就发现 IGM

和 IGG 都是阳性的。

**记者：**这意味着什么呢？

**张旃：**这意味着第二批病人的确是新型冠状病毒肺炎感染，我想那时候那么重的，我也把他治愈出院了，有一部分信心来源于此，在我们搞不清楚这是什么病的时候，我们临床医生，也可以有办法去处理这些病人。

**【解说】**就在这批患者出院的前一天，也就是 1 月 11 日，武汉市报告了第一名新型冠状病毒感染肺炎的死亡病例，更多的疑似病例正在涌入医院，留观室的任务变得更加繁重和危险。张旃觉得，需要有更加专业的人员在留观室值班。

**【同期】**

**张旃：**我觉得我去那儿应该是最合适的。

**记者：**为什么您最合适？

**张旃：**因为我是我们支部书记，我觉得我也要做到能够保护大家，我们自己的医生也会很疲劳，再加上他（们）可能防护意识不够，他（们）在很疲劳的情况下，防护意识不够的话就很容易中招，这是站在医生的角度出发。第二个就是站在病人的角度，因为病人他需要一个延续性治疗，这样的话他也可以早一点去他该去的地方。第三个就是要让这个留观室的功能真正发挥，你必须要有一个很有经验的医生，你要在那儿，你才能真正发挥作用，让留观室发挥作用。

**记者：**但是您也是出诊的医生，而且还是出诊的名医，如果在这样一个复杂的关口，更需要有经验的医生在一线，看更多的病人，那您怎么不从这个角度考虑？

**张旃：**当时我就觉得这个地方非常重要。

**记者：**重要在哪儿？

**张旃：**重要就像我刚才说的，要把这些病人赶快分检。分检的话就让那些比如你已经阳性的那些病人，就把他送到该去的地方，减少其他医生的风险。

**记者：**你自己不怕？

**张旃：**风险肯定有，但是我可能觉得，第一个我临床经验是很丰富的，第二个因为我有防护意识。

**记者：**医生谁没有防护意识？

**张旃：**因为我毕竟参加过，在广州的时候参加过（抗击）“非典”，所以我的意识会比他们强一点，这一点我是这么感觉的吧。

**【解说】**回到 17 年前抗击“非典”的时候，张旃就职的广东省第二人民医院作为广东省应急医院承担了大量 SARS 病人的救治工作，那段经历让她觉得自己可能比别人更能保持冷静。1 月 12 日到 1 月 17 日，尽管武汉卫健委没有通告新增病例，但医院感受到的压力有增无减。1 月 18 日，张旃写好了自己的请战书，除了申请长驻留观室之外，她还申请停掉她的专家门诊，并请加强留观室的防护，固定下级医生。在请战书的结尾，张旃这样写道：“此事我没有告之明昌，个人觉得不需要告诉，本来处处都是战场！”明昌姓李，是张旃的丈夫，也是武汉大学人民医院神经外Ⅰ科主任。

**【同期】**

**张旃：**当时我做这个决定的时候，其实是没有跟老公商量的，就是觉得我是一个呼吸科的大夫，我觉得做这种选择是非常自然而然发生的。其实我当时想过潜意识里，可能还是不太愿意跟他说。

**记者：**为什么？

**张旃：**可能还是怕他担心。

**记者：**您看啊，您一开始说不要恐慌，您不恐慌，但是为什么怕您爱人恐慌呢？

**张旃：**那个时候就觉得，你去上前线，这些东西有风险，但是你又不想让他知道你有这种风险，就免得他牵挂，免得他担心，不如让他不要牵挂。当时想能瞒就瞒着，后来瞒不住了，是别人跟我讲，说你这个不行，你还是得跟你先生商量一下吧。

**【解说】**听了同事的劝告，张旃在把请战书交给院领导后，将自己的决定告诉了丈夫。

**【同期】**

**李明昌：**当时我问她，我说你真的想好了吗？

**记者：**为什么要问“真的想好了吗”这句话？

**李明昌：**因为像这样，还是有点担心。

**记者：**担心的是什么？

**李明昌：**因为我也经历过“非典”，当时我也在广州，我的很多同学、很多医生当时也染病了，也倒下了，甚至有的医护人员走了，去世了，所以我知道这个病毒还是很厉害的。

**【同期】**

**记者：**假如他说不，有可能改变吗？

**张旃：**他应该不会说不的，我感觉他不会说。因为他工作其实也挺忙，他经常也在外面，他经常也是做手术做到半夜，因为他是神经外科医生，他也经常通宵接台做手术，我一般都是很支持他工作的。

**记者：**所以有这个铺垫，你就相信他不会说不，因为你是支持他的。

**张旃：**对对对，再一个因为我先生他是一个非常好的医生，他对病人也非常好，因为我这也是站在病人的角度来处理问题，我觉得这样来推测的话，我觉得他应该不会阻拦，但是担心肯定会有的。

**李明昌**：我问她，我就说你想好了没有，其实我问她这句话的时候，希望她能够有机会能不去最好。

**记者**：为什么没说出来？

**李明昌**：我觉得她不可能听我的，因为这个时候也该她去了，作为一个医生来说，如果我是呼吸科医生我肯定也上前线，因为我们虽然都在一线，但是她是最前线，就像士兵一样的，她是第一排的士兵，我们是第二排的士兵，只是说分工不同而已。

**【解说】**同为医生，习惯了这个职业带来的生活方式，共同遵守这个职业所遵循的道德操守，这是李明昌和张旃夫妻之间特有的默契。

**【同期】**

**张旃**：他就跟我讲，他说首先要吃好，因为我生活细节方面有的时候差一点，他就会比较担心，他说你要吃得好，要睡好，休息好一定要保证，因为休息不好免疫力会下降的，免疫力下降，就可能会出现其他的问题。

**【同期】**

**记者**：她要是走的话，对你们家庭的正常运转会产生什么影响？

**李明昌**：没有什么影响。

**记者**：为什么？

**李明昌**：因为我孩子也回老家了，我也是医生，我们经常是这种生活节奏，没有什么要准备的。我觉得主要是她的防护问题。

**记者**：她的防护问题？

**李明昌**：当时我跟她说，我说你去一定要做好防护，当然我相信她，因为她是专业的医生，而且她有这个经验。

**记者**：那干吗还要说这么一句话？

**李明昌**：叮嘱一下吧，有时候父母叮嘱我们很啰唆，实际上都是知道，但是为什么要叮嘱，实际上很担心。

**【解说】**医院同意了张旃的申请。而就在张旃进驻留观室几天后，1 月 24 日，她的那封请战书被流传到了网络。因为那句“此事我没有告之明昌”，这封请战书被网友称为现代版的“与夫书”。这时候，武汉已经实施了进出人员管控，人们对病毒危险的认识比之前更为强烈，李明昌是从别人转发的朋友圈里看到这封请战书的。

**【同期】**

**记者**：您从朋友圈，等于从第三方那里知道，不要告诉明昌，看到这句话的时候心里什么滋味？

**李明昌：**这个我觉得是这样的，因为她知道我肯定会理解，但是她不告诉我，肯定是怕我担心。我们在一起有二十多年了，都是普通的一个家庭，亲情在那儿。

**【解说】**从进入留观室开始，张旃就进入更加残酷的战时状态。新型冠状病毒没有特效药，人类对它的了解仍然有限，临床医生对病人的诊治和对病毒的观察是重要的经验来源。

**【同期】**

**张旃：**比如您可能知道有一些病人，他在金银潭医院，就是病情危重然后转到金银潭医院去了。去到金银潭医院的初期，医院因为收治能力有限，所以都必须只收确诊的病人，但是他周围的人已经出现了症状，肺部影像也很厉害，但是他核酸检测是阴性的。因为核酸检测阴性，核酸的检测检出率不可能是百分之百的，它是有一定阳性率的。所以这部分阴性的病人，就留在我们留观室，其实我们临床考虑（这些病人）就是，那么这部分病人，其实是很危险的。

**记者：**他这个危险表现出来的是什么样？

**张旃：**他也可以有传染性，他也会有传染性的，这部分病人他检测是阴性，不等于他就是阴性。当然最后证实，的确最后又查了几次，就查出来是阳性了。但是你在阴性到转阳的这个过程当中，其实它是有传染性的，我是不放过的。

**记者：**你知道它是正在从不是到是的这个确诊过程中，你能做什么，你能为自己做什么？

**张旃：**我觉得做好防护，这是一个。第二个，因为我是一个医生，因为我们也做科研，我在临床的观察过程当中就发现，有一些病人有消化系统症状，那么消化系统症状的话，有没有可能他的消化系统就有这个病毒呢，所以我后来就写了一个科普，就是小常识，当天晚上阅读量就过了 10 万，里面就提到消化系统的传播途径是要纳入考虑的。那么这就意味着你做防控，要关注这个现象，你不能说你专门是考虑飞沫传播，消化系统传播你也要纳入考虑，你要勤洗手，对吧？你的粪便要进行管理，所以一旦发现这个情况以后，我赶快给我们指挥部打了报告，赶快提醒他们要关注这一点。

**【解说】**虽然同在一家医院，但夫妻两个见面的机会并不多，常驻留观室之后，即使回家，张旃也是采取严格的消毒隔离，自己单独在一个房间休息。大年三十，张旃在医院值班，李明昌一个人在家吃了所谓的年夜饭。

**【同期】**

**记者：**怎么吃的年夜饭？

**李明昌：**当时医院送的盒饭，医院专门给我们医护人员准备的盒饭，30 块钱一个标准，我去领了一份。

**记者**：30 块钱还算是高规格的？

**李明昌**：平时都是十几块钱的。

**张旃**：那天是有人给我发微信，其实我不认识，因为我的手机号码不是被无意中披露出去了吗。有人发信息就说今天你还好吧，应该是大年三十那天吧，我根本就不知道，那天是除夕，就是每天去上班，管病人，日子过得稀里糊涂的。然后我一看我就说，今天大年三十了，就是这样一个状况的，好像也没有太多的时间去管过不过春节，这个东西没有，我觉得这个春节没有。我在我的朋友圈里写了，在焦虑中送走旧年，在期盼中迎来新年。

**【解说】**在张旃的请战书上，还写了这样一段话：“呼吸道变异病毒不是第一次侵感人类，也不会是最后一次。恐慌没有必要，临床医生今日的临床经验远胜往昔。”

主创人员：
张士峰、董倩、郭佳、黄瑛、张诚、赵裕华、王枫

# 第二节　千里驰援

【编者按】武汉告急！湖北告急！万家团圆的除夕之夜，全国各地援鄂医疗队火速集结、逆行出征。疫情发生后，中国人民解放军、中央和国家部委、各省区市派出340多支医疗队、42 000多名医务人员火线驰援，他们义无反顾奔赴湖北和武汉，与当地医务工作者并肩作战，以越是艰险越向前的大无畏革命精神，为疫情防控工作作出了重大贡献。

【编者按】医者的集中出征，是最美的逆行，也是全国一盘棋、集中力量办大事的体现。以“一省包一市”为标志的对口支援制度，在这次的抗疫中派上了大用场。行动背后有制度，制度深层有内在逻辑，就是要把人民的生命安全和身体健康放在第一位。评论在医务队伍出征的第一时间发出，点出了背景和深意。

## 把医者仁心与制度初心凝结在一起

首播时间：2020 年 2 月 8 日

首播平台：“央视新闻”客户端《战“疫”每日观察》

出征，出征，出征！

元宵节前一天，出征场面再次集中到来。由北京医院、北大第一医院、北大人民医院、北大第三医院、北京协和医院、中日友好医院等 6 家医院队伍集结而成的新一批国家医疗队出征，都是由医院领导带队、业务骨干组成，大多是前一天中午接到部署，第二天一早出发。

四川华西、上海中山、广州中山、山东齐鲁……出征的队伍来自四面八方。在前方，已有上万名他们的同事，和当地医务人员并肩战斗了很多天。这不是第一次增援，可能也还不是最后一次。

医者的出征，总是给人一种莫名的感动。医者仁心，仁者有力。他们出征之际在自家医院门口照下的合影，都是能记入历史的瞬间。医者集体出征，意味着病魔仍猖狂、患者待救治，这都是火烧眉毛之下的出征，是去救命的出征，是不惧死神、前赴后继的逆行，是给万千百姓带去生的希望和勇气的出征，是天使冲上去与魔鬼搏斗的出征。

出征，出征，出征！

在这张张合影里，我们看不清楚他们每一个人长什么样子，但这并不妨碍我们牢牢地记住他们。

2 月 3 日召开的中央政治局常委会会议强调，“继续根据需要从全国调派医务人员驰援武汉”，“尽量把精兵强将集中起来、把重症病人集中起来，统一进行救治”。第二天，中央应对疫情工作领导小组会议作出部署，“集中优势力量，调派高水平医护团队整建制接管重症救治医院或病区”。

显然，昨天的集中出征，就是在落实中央的这个要求。疫情防控阻击战刚打响时，危情骤发，多是临时抽组突击队式的出征。而随着情势发展，已经有了因应的变化——重症病人逐渐被集中起来，整建制地把以 ICU 重症医护人员为主的医疗队派过去，每个医院派出的队伍都是一支自成体系、可以直接接管医院或病区的战斗力量。

全国一盘棋、集中力量办大事。在此次疫情防控中，正体现出更深层的调动力。同样是在昨天，国家卫健委透露，已建立了 16 个省支援武汉以外地市的对口支援关系，以“一省包一市”的方式，提升医疗救治能力。换句话说，除了调派国家队，还调集了 16 个省的地方医疗力量。“对口支援”，这个集中力量办大事的好做法，在紧急关头，又一次派上了用场。

对口支援，是被实践反复证明过的、行之有效的制度性安排。在之前各种救灾、重建以及东西部协作、扶贫脱贫工作中发挥了重要作用。这种方式能充分调动地方积极性，汇聚更多资源，并且因“对口”而责任清晰、便于检验成果。

制度，由人创造，也由人来落实。中央号令、全国动员，对口支援、一包到底，国家队和地方队并肩上阵……行动背后有制度，制度深层有内在逻辑，就是要把人民的生命安全和身体健康放在第一位，就是当人民群众遇到疫情蔓延，得拿得出成形有效的制度性办法，把一支支精武有力的医疗队伍，送到最需要的群众身边去。

无须讳言，在湖北武汉的疫情早期防控中，暴露了问题和不足，其中亦有治理体系和治理能力上的短板弱项。当下，一是要把短板带来的问题及时止住，止损；二是要发挥制度长项，尽快化解难题，扬长；三是“总结经验、吸取教训”，完善。

制度，不是冰冷的条文。有效管用、符合中国国情和实际的制度，是有温度的，是体现这个国家稳定的价值追求的。所以我们说，制度是有初心的。这份初心，就是探索制度、制定制度、执行制度的人的初心。

在那些出征时刻的大合影上，是一个个鲜活的个体生命。他们每一个人决定自己要站进这个合影的队列里，是因为有着共同的仁心、初心。而制度的初心，已经体现在动员、集合、出发、抵达、上阵的全过程里。

把医者仁心与制度初心凝结在一起，力量就会增强。祝他们有力地去、平安地回。

主创人员：
特约评论员 杨禹

【编者按】1月24日除夕夜，在武汉市十万医务人员坚守岗位的同时，军队3支医疗队共450人，广州、上海等地方医疗队抵达武汉……各方力量的汇聚只为更多患者能够早日康复。在这场没有硝烟的战斗中，广大医务人员有苦不言苦，有难不怕难，与当地医务人员并肩作战、共渡难关。

# 打赢疫情防控阻击战：广大医务人员奋战在抗击疫情主战场上

首播时间：2020年2月17日

首播平台：央视综合频道、新闻频道《新闻联播》

**【解说】**习近平总书记指出，新冠肺炎疫情发生以来，广大医务人员冲锋在前、无私奉献，全国各族人民众志成城、团结奋进。经过艰苦努力，疫情形势出现积极变化，防控工作取得积极成效。总书记的话激励着湖北省医护人员和来自全国各地的3万多名医疗队队员并肩战斗、尽职担当。

**【解说】**武汉胜，则湖北胜，湖北胜则全国胜。对主战场武汉的增援持续进行中。

1月24日除夕夜，在武汉市十万医护人员坚守岗位的同时，军队3支医疗队共450人，广州、上海等地方医疗队抵达武汉。

1月27日，30支医疗队，4130名医护人员在武汉开展工作。

1月28日，国家再调集13支近1800名医护人员赶赴武汉。

截至2月16日，全国各地累计已派出了251支国家医疗队，28 752名医护人员，军队派出多个批次医护人员支援武汉抗击新冠肺炎疫情，各方力量的汇聚只为更多的患者能早日康复，共渡难关。

【同期】

**浙江省支援湖北医疗队虞洪：**我想我们会一如既往地保持我们的初衷，到抗疫的第一前线救治病人、我们要做到床等病人、医生等病人。

【同期】

**国家卫健委医政医管局副局长焦雅辉：**短时间内能够集中这么多的优质医疗资源，一方面体现了我们制度的优越性，另一方面也体现了我们全国医务人员秉承着救死扶伤、大爱无疆的职业精神，对于打赢这场疫情防控的阻击战和人民战争，我们充满信心。

【解说】河南支援医疗队进驻武汉第四医院已经 23 天，他们已经把原本陌生的病房变成了自己熟悉的主战场，137 名队员中，除 51 名党员外，已有 66 名队员在战“疫”一线递交了入党申请书。凭借过硬的医疗技术，河南医疗队收治的 157 名患者，已经有 29 人康复出院。

【同期】

**河南省支援湖北医疗队王耀平：**来了就是一家人，一切为了救治患者，按照总书记的嘱托，打好这一战。

【解说】江苏已先后派出 8 批 2497 名医护人员，医疗队是目前各省派往主战场人数最多的。患者韩静在同济医院中法新城院区江苏医疗队负责的病房里，在出院前夕，她请照顾过自己的医护人员写下名字，她说自己出院时，只要带走这张纸。

【同期】

**患者韩静：**因为我回去（出院）之后我家住了新房了，我要买个最美的相框，把它放在床头，虽然我不能记住你们每一个救过我命的人，但是我要感恩有你们，你们不顾生命危险救我们，你们是最可爱的人，加油！我们必胜！

【解说】国家集合优质资源，统筹安排 19 个省份对口支援湖北省除武汉市外的 16 个市州及县级市。19 个省份积极响应，为人民群众筑起一道坚固的防疫战线。

为了抵挡住病魔，为了人民群众生命安全和身体健康，在这场没有硝烟的战斗中，广大医务人员有苦不言苦，有难不怕难，他们平凡而又伟大，在厚厚的防护服下，我们不知道他们是谁，但是我们非常清楚，他们是为了谁。

【同期】

**中国工程院副院长、中日友好医院呼吸中心主任王辰：**习近平总书记多次就疫情防控问题，作出重要的部署，这个部署是科学的和清晰的，现在关键是如何落实好的问题，医务界有信心坚决地把这个事情办好，为国家为人民，交出份满意的答卷，承担我们应负的职责。

主创人员：
烨辉、晓平、怡哲、徐进、赵彤、苏洲、张萍、迎春
江苏台、浙江台、河南台、湖北台、江西台

【编者按】他们为人父母、为人子女，但是在疫情面前，他们更是“白衣战士”。在祖国和人民最需要的时候，来自全国各地的医务工作者隐瞒父母、泪别子女，毅然奔赴抗疫前线。特稿展现了全国各地医务人员舍小家、为大家，肩扛大爱与大义的崇高精神。

## 抗击疫情父母图鉴：涓涓父母情　拳拳儿女心

首播时间：2020 年 1 月 28 日
首播平台：“央视新闻”客户端

新型冠状病毒肺炎疫情举国关注。一批批白衣天使奔赴前线，尽自己的天职救死扶伤。在危险面前他们没有退缩，请战书上的签字和手印是他们的誓言与决心。

### 在父母面前　他们是孩子

瞒着父母来到武汉支援的护士，奋战在抗击病毒的第一线。面对镜头，她们用手遮脸，生怕父母认出自己，替自己担心。

山东省立医院 ICU 护理专业护士长丁敏申请赴前线后，一直不知如何告知年迈的父母。然而父母的一通电话，让丁敏泪流满面：“刚刚接了父母的电话，本来不知道怎么开口，没想到两位老人从亲戚口中已得到消息，他们说，我们支持你，你就应该去，不用挂念他们。听完他们的话我想哭……”

武汉科技大学附属天佑医院护理部急缺人手，90 后的护士黄诗琪第一时间主动请缨，前往发热门诊和呼吸二病区支援。

黄诗琪的父亲也是名医生，面对女儿赴前线支援，他说：“说支持是假的，但是她要求去，做父母的只能说支持了。”

## 在孩子面前　他们是父母

曹晓英是湖南省郴州市第二人民医院的医生，因为疫情，春节无法和家人团聚。在给儿子的一封信中，曹晓英说：“我深知感染病给人们带来的痛苦和折磨，我毕生的愿望就是消除这种痛苦和折磨。对不起儿子，我们短暂的别离是为了千家万户的欢声笑语。”

上海市第十人民医院骨科康复护士许虹与 12 岁的女儿告别。女儿给妈妈下了规定：一定要做好防护措施并且每天跟她汇报情况。

暨南大学附属第一医院重症医学科副主任王志刚在出征武汉前与两个女儿告别，大女儿紧紧抱着爸爸，甚至还把他抱了起来。

广东省人民医院 CCU 医生李杰，在离家前与儿子依依不舍。儿子紧紧拉着爸爸的手，说“不要走”。

山东烟台市奇山医院重症医学科主任牛传振，在介绍新型冠状病毒感染病例的情况时，突然哽咽道：“我突然想到我的孩子……”

有些医护工作者的孩子还小，她们不舍但也时刻准备好奔赴前线，因为“身为医护人员不能做一个逃兵，国难当头，医护人员没有退缩的理由”。

每一个坚守者的背后，都写着“舍小家，为大家”的医者情怀；每一个坚守者的背后，都离不开家人支持。战“疫”前线的医护人员虽不能陪伴亲人身边，但他们守护了更多家庭，挽救了更多生命，这是最大的依托，也是人生最高的信任和荣誉。

**一家不圆万家圆。**

**只愿世间无病痛，患者更团圆。**

**向战斗在战“疫”前线的医务人员致敬！**

主创人员：
温露、黄羽麒、刘虔

【编者按】除夕之夜，南京大学附属逸夫医院的刘敏随江苏省第一批支援湖北医疗队出征武汉。面对懵懂的孩子，她强忍不舍与思念，轻声说："孩子，妈妈打完'怪兽'就回家！"

## 战"疫"家书·妈妈打完"怪兽"就回家

首播时间：2020 年 2 月 23 日
首播平台："央视频"客户端

2020 年 2 月 1 日，天气晴

我是南京医科大学附属逸夫医院呼吸科护士长刘敏，今天是我来到武汉支援的第 8 天，也是和孩子分开的第 8 天，这还是我第一次和儿子分开这么长时间。记得第一次跟他分开是我刚来逸夫工作那会儿，他跟老人在乡下，我每周轮休时回去看他。第一次分开回去看他的时候，他还在摇篮里睡觉，睁开眼看到我的时候，我看到他眼里的陌生，他竟然撇过头不理我。今天这样的一幕又上演了，儿子在视频的那头问："妈妈你啥时候回来呀？你把怪兽打败了吗？我想你了。"

我的眼泪不由自主地流了下来。我说："儿子，妈妈今天刚打完怪兽回来，今天妈妈胜利而回，明天妈妈还要继续打怪兽，还不知道什么时候回来呢。"这时的儿子竟然转过身不愿再跟我视频，我心里那滋味别提有多难受。我告诉他，只要妈妈把这边怪兽全打光，妈妈会尽快回去陪他的。儿子你要加油，妈妈也加油，武汉加油！

### 儿子的短信

好妈妈我想你了，虽然我们过年没有在一起，但是我一直很爱你，想你！

亲爱的妈妈，我为你感到骄傲，你真是我的好妈妈，你好不容易坐着“复兴号”来到了武汉市，你真伟大，我真的希望你能健健康康、快快乐乐地回来陪我玩，我真的好想你。

儿子给我写了两段话，虽然还有错别字，他能说出这个话，让我特别感动，就觉得我再怎么辛苦都是值得的。

思念是软肋，也是盔甲

主创人员：
陈晓夏、宾芳、董晧、郝建隆、钱成

【编者按】复旦大学附属中山医院重症医学科副主任钟鸣是受国家卫健委指派首位赶赴武汉的上海医学专家。1 月 23 日，他独自一人从上海乘高铁抵达湖北，1 月 24 日进驻武汉市金银潭医院开展工作。在金银潭医院南六病区，他从最初的无力、自我怀疑到一点点熟悉“对手的轮廓”，渐渐摸索出救治的方法和规律。

# 一个急转弯般的加速，他们，就离去了

首播时间：2020 年 3 月 3 日
首播平台：央广中国之声

## 记者导言

我是记者郭静。

最早注意到他，是因为一张照片：空旷的站台上，一个孤独的身影背着背包，正准备登上列车。你看不到他的面容，因为，他没有回头。

大年二十九，钟鸣率先“逆行”（复旦大学附属中山医院提供）

刊发这张照片的微博下，是 1950 条评论和 4.4 万点赞。相比后来疫情中那些大热的微博，这个数字并不惊人。微博刊发的时间是 1 月 23 日 22:46，微博文字告诉人们，受国家卫健委指派，他是上海首位赶赴武汉的医学专家，此时，已快抵达。

在大批医疗队驰援武汉之前，这个率先出发的孤独的背影让我格外印象深刻。整整一个月后，我在武汉金银潭医院南六病区见到了他。他叫钟鸣，是复旦大学附属中山医院重症医学科副主任。采访那天，他戴着外科手术帽和口罩，这掩藏住了他的英俊；但沉稳的语调后，他的专业、理性、严谨、细致，包括温暖，我感受得淋漓尽致。

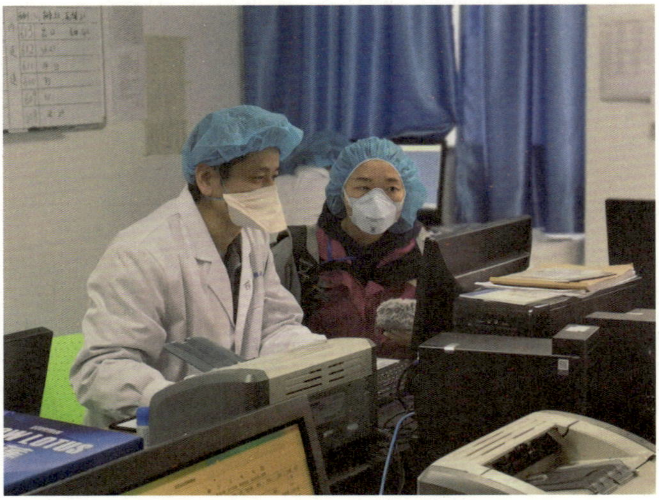

总台记者郭静采访钟鸣

## 钟鸣自述

### 一个电话就出发了

我叫钟鸣，来自上海复旦大学附属中山医院，是名重症医学科医生。

1 月 23 日上午，我作为我们科室负责医疗的副主任，和上海其他几家医院的人一起在开卫健委的视频电话会。十点半左右，接到邱海波院长打来的电话。邱院长是国家卫健委高级别专家组成员之一，他说他跟北京协和医院 ICU 主任杜斌教授已经在武汉了。

邱院长告诉我，需要再调几个人过来，问我愿意去吗？我想，肯定得去。

那时候，我对疫情的了解跟大家一样，都是在网上看的。如果说比大家稍微多了解一点，那是通过医院内部会议，还有电视电话会议。我大概知道疫情比较严重，病人比较多，有人传人。

我回科室拿了些东西，交代了一下工作，就回家准备行李。

孩子看到我上班中途回来，还很奇怪，问我，爸爸你怎么回来了？我说我要出差。她说：“你不会去武汉吧？”我说我真的是去武汉，还叮嘱她要听话。她表面没说什么。我们家的性格都是这样，“爱在心里口难开”那种。

在家吃了一个午饭，跟妻子、女儿简单地交代一下。我妻子也是医生，早就习惯了。本来这个春节，我们是准备去澳洲旅游的，半年前行程就定好了。想着趁过年有点放松的时间，陪她们去玩一下。我之前在美国待了两年，跟她们相聚的时间并不多。

简单收拾一下衣服、行李，我们院工会主席、党办副主任、医务处长到我家来送行，他们还紧急帮我买了些生活用品，然后把我送到高铁站，就出发了。

那天，上海只调了我一个人去。武汉“封城”进不去了，我只能先到麻城。那趟车上确实没什么人。

湖北省卫健委派一辆车在麻城接上了我，送我到武汉高速公路入口，在这里又换了一辆能够进武汉市区的车。当时不像后来大部队，他们可以包机直接“空投”到武汉。

一个人就是一支队伍

**一来就进入最高级别的战斗**

我是江西人，上大学的时候来过武汉。妻子是在武汉上的大学，同济医科大学，所以我对武汉有种亲切感。

印象中武汉是个非常大的城市，好吃的很多。因为热，又喜欢吃辣，大家的性格都是大大方方的，嗓门也大。环境也好，有长江，有汉江，武大有樱花，很漂亮。

之前武汉堵车很厉害，这次却出奇地安静。路上没有车，也没有人。就像有人说的那样，这个城市被按下了暂停键，一下子就完全凝固了，暂停了。

第二天，大年三十。上午就到了金银潭。当时下着小雨。车开进医院的时候，院里似乎完全没有人，和想象中那种气氛还是蛮符合的。

我们邱院长带着我们直接到了南七楼的ICU，就是金银潭医院原来的ICU。在门口穿了很多层衣服进去了。感控专家李六亿老师也在，她一直在和我们强调感控防护的事情。那时候就觉得，好像还真挺严峻的，传染性可能是未知的。

等我们全副武装走进去之后，就看到很多很危重的病人和非常忙碌的护士，医护人员都戴着那种带新风系统的正压头盔。刚走进病房看一个病人，旁边就不停地有病人被送进来，医护人员非常忙碌地在准备床位、过床、调试各种设备，呼吸机、ECMO。觉得一来就直接进入一种最高级别的战斗状态，很紧张。

我是从事重症医学的，各种大的紧急的场面、高压的场面都经历过，这是我来金银潭的意义所在。但是，平时的急救都是面对一种我们已知的疾病，哪怕它很重。但金银潭那个场面，是未知的，我对病毒的传染性、它的发病规律，都是未知的。

**太难了……所有的工作都非常难**

第一梯队到武汉的有四位国家卫健委专家组成员，除我之外，还有广州医科大学的桑岭教授，他是钟南山院士的学生；郑霞教授，浙大一附院也就是李兰娟院士他们医院的，有很丰富的处理疫情的经验；还有一位是苏北人民医院的ICU主任郑瑞强教授，他是邱海波院长的学生，当年参加过SARS。

当时郑瑞强教授去了武汉肺科医院，我们三个留在了金银潭工作。桑岭教授和郑霞教授留在七楼的ICU，把我放在了六楼。

六楼是原来结核病病区临时改成的ICU，人员，包括硬件、软件都不是ICU的配置，他们说挑战更大，所以我就来六楼了，一直在六楼工作。

很长一段时间，床位都非常紧张，要来的病人太多了，收不进来。每层病区大概有30个床位，曾经有一段时间我们把病人控制在22到24个，是因为我们想提高救治的质量，所以把床位相对控制一下，这样可以把工作做得更精细一点，不是疲于应付。

但是太难了，首先面临的就是硬件。

ICU要求有一定的床间距，因为我们的操作会在床头，也会在床的两边，可能在任何地方。但六楼这个病房原来就是个普通病房，所以做很多事情非常局促，要把床挪来挪去，很麻烦。

正常的ICU有吊塔，很多的管路、线路都要放在吊塔上，它是便于移动的。但是这个地方没有，只有一个床头柜，一个病人只有一个氧气接口，没有压缩空气接口。很多高级的监测设备也没有。我们只能靠那些简单的监护手段来推测，可能发生了什么样的病理变化。

还有人力的问题。

通常一个 ICU 床位要标配 2.5 到 3 个护士，就算按照 25 个床位来算，一个病区至少需要 60 到 75 个护士。但当时，我们大概只有三十几个护士，而且有一半的护士还不是 ICU 背景。职业的敏感性、反应性和熟练性会决定很多事情。非 ICU 背景的护士跟有 ICU 背景的护士差别是很大的，因为这里的任何一个病人，都是我们原来工作的时候面对的最重的病人，病人出现各种状况，没有 ICU 背景的话，你根本来不及反应，也没有能力反应。

因为是隔离病房，我们的信息交流也非常困难，这么多人的信息，全靠一部对讲机。

平时我想知道病人的一些事情，随时到床边去就可以。但是现在不行了，得通过对讲机。病人不好了，我们穿衣服进去起码得 15 到 20 分钟，这期间可能又发生很多事情。里面的医护团队如果没有默契、没有熟练度的话，你都不知道病人发生了什么情况；等你去的时候，时间窗又过去了；然后你在里面想做事情，也没有跟你配合非常熟练的护士，这就使得所有的工作都非常难。

**厚厚的防护装备下，所有的感观都被削弱了**

虽然我是重症医学专家，但治疗传染病不是我的专长。刚来的时候，进病房前按照流程把防护装备从头到尾穿一遍都要花很长时间，而且我也不知道穿得好不好、对不对，虽然有督导老师在边上。

按照标准，手套我们得戴两层；如果进病房操作的话，得戴三层。每戴一层，灵活性都会受到很大影响。有一些操作，比如说摸动脉，戴了两三层手套之后，触觉的灵敏性会下降很多。另外还有很多操作需要精确控制，但我穿戴了很厚的手套和衣服，动作的精确性就会受到很大的影响。

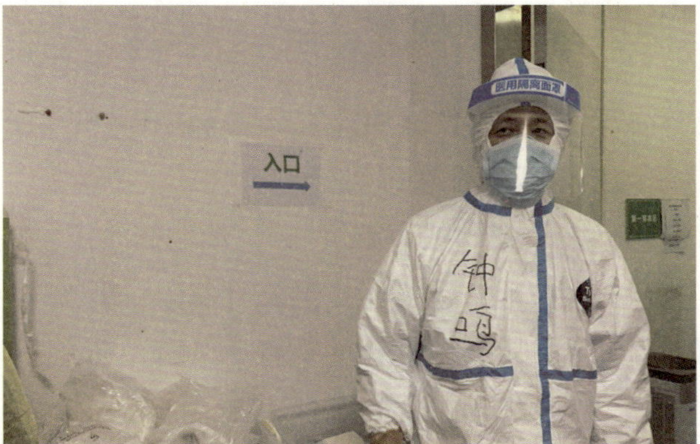


钟鸣医生在病房

加上本身这里不是个标准ICU，就是普通病房，而且是很久以前建的那种普通病房，灯光是普通的几个日光灯，非常暗，戴的护目镜还会起雾，看不清楚，也听不大清楚。整个感觉就是，所有的感观都被削弱了。

防护服又重又不透气，经常是一身湿透，对体力也是很大的挑战。

2003年SARS发生的时候，那时候上海只有8个病人，没轮到我去一线。我经历过2008年汶川地震，当时我是坐直升机空降到汶川映秀边上的三江乡。

地震和疫情，虽说都是突如其来的灾难事件，但感受还是大不相同。汶川地震，风险主要在余震。我们后来睡帐篷，选择空旷的地方，风险性就没那么大了。只要你能睡着，就可以安心地睡一晚上。

不像这次新冠肺炎病毒，我们对它的传播途径都不太清楚，所以我也不知道什么样的防护是有效的。我平时工作的时候这样是不是有效的？我在生活区这样是不是有效的？……其实都不是非常有底，有可能很安全，也有可能不安全，我们处在一种不确定中。

我们不知道什么样的武器，可以对抗这样的敌人。

**一个急转弯般的加速，他们，就离去了**

回想以前的工作，很多危重病人，虽然我不能保证一定能把他们救过来，但是对疾病的发展，我多数情况下还有预测的能力。

但是在金银潭，很多病人出乎我意料地离去了。

有一个女病人，年纪不是非常大，也就五十几岁吧。我一直对她还蛮有信心的，有一天我甚至跟她说，这两天你再好一点点，我就要把你转出去了，所以你一定要有信心。结果突然有一天，她的氧合急剧恶化，快到让人没有办法思考，只有马上气管插管；插管之后在我们高强度治疗下，病情暂时稳定住了。但是一天中午，她突然一下，又氧合呼吸恶化，指标掉下去，再也起不来了。很快心跳就停了，非常快，心肺复苏都没有效果。

真的，我跟她讲话的那些非常鲜活的景象，现在还在我的脑子里，给我的打击是非常大的。相信这种感受，很多医生都经历了。

无论是多大年纪的病人，其实刚开始的时候，他们的症状往往都不重，甚至有些人没有症状，有些人就是发热咳嗽，慢慢进展到气急；但是当你用了呼吸干预手段，比如说高流量的吸氧，或者是呼吸机无创的支持后，病人又能进入一个稳定的状态。一开始我们看到这种病人，都觉得他们的病情是稳定的。

但是，一旦进入疾病的加速阶段，据我们观察通常会在起病三周左右，他会很快地进入快速恶化，快到需要去气管插管、用有创的呼吸机，甚至会考虑要去上

ECMO。即使在这种高强度的支持下，呼吸指标依旧非常差，很多病人这时会出现循环衰竭，进入休克状态，或者出现肾功能不全，或者是心肌损伤。

从病人加速不好到离去可能就是一两天，甚至一天之内。

一个急转弯般的加速，很快就离去了，快到让我们都有些错愕，有一点措手不及。

病人们都渴望能够活下去，他们知道我们是来医疗救助的，就很感谢我们。那些感谢的话，我印象都是非常深刻的，不由自主就会想很多。

想得多，加上人一直处在一定程度的紧张状态中，睡眠就不会像在家里那么深。

这就是现实，我已经在这里了，已经在全力以赴了。偶尔休息的时候，也会和妻子沟通交流一些医学上的东西，但主要还是说一些生活上的事情。我们彼此都希望，每天短暂的交流是一种放松，聊一些生活上的事情，让彼此都感到安心。

彼此都觉得对方安好，是我们能够安心工作的前提。

**一个月之后，我已经像一个战场老兵**

在这待了一个月之后，我想我还是了解到了一些规律性的东西，已经像是一个战场老兵。

从刚来对情况不太了解，到初步认识到挑战非常大，再到经受挑战、有好的时候也有坏的时候，再到现在，慢慢地摸到了些规律，心态上慢慢适应，也变得更沉稳了。

难免有时候也会激动。有时候在病房里看到病人情况不好，本能也会急一下。但说实话，没有在我原来的医院要求那么高，或急的次数那么多。因为在一个熟悉的、人力充沛的环境里，大家都有责任把工作做得更好；但是在金银潭，大家已经是拼尽全力，是付出百分之两百的努力在工作了，不是百分之一百，所以你不能提一些不切实际的要求。

这里武汉的同事们比我更早进入抗疫情的斗争，早一个月或大半个月。本身他们的家庭、他们的生活，是受到了疫情严重影响的。但是我周围这些武汉的同事，几乎没有人说“我不行”，“我要往后退一步”，没有。他们每天默默地做着自己的事情，不跟你谈条件，你要我做什么我就做什么。这些同事很多时候是我学习的榜样，是我能够坚持下去的动力。

还有很多其他来援助的医疗队，大家心态都还挺好的。我们知道我们很艰苦，但是大家平时在一起还是会开开玩笑。我们都在同一个战壕里，弥漫着一种战壕里的乐观主义氛围，不是每天大家在一起怨天尤人。

生活上也非常适应了。我一直开玩笑说，我们住的万豪酒店已经提前实现了共产主义。住店、吃饭什么都不要钱，生活物资就堆在门口，你需要就去拿，完全是按需分配。

**金银潭绿化好得就像公园一样**

相比刚来的时候，我们在流程和经验方面也有了一些收获。

流程高效了很多。从一个病人收进来、他应该放到哪个床位上、由谁来管，护士应该做哪些检查，我们上来应该做哪些检查，接下来检查应该几个小时做一次，我们都会根据不同病人的不同情况来决定。

我们既不想过度检查——因为在护士如此稀缺的情况下，护士的劳动力是绝对要保证的，但我们也不想放弃任何治疗的机会，对真正危重的病人，我们该检查一定要检查到位。

包括气管插管的时机。我们刚来的时候，很多病人插管的时机相对比较晚，氧气指标只要是够用的，我们就觉得还可以。后来我们发现，很多时候，即使氧气的指标够用，病人如果依旧处于一种很窘迫的状态，他的肺还是会继续恶化，所以我要更早地去阻断它，用有创呼吸机去做一个保护性通气策略，避免肺进一步恶化。

现在我们就会区分出来：这个病人如果是年轻的，是有救治希望的，我们就会早干预。我们也总结出来，高龄的病人尤其是男性高龄病人，或者是合并有高血压、糖尿病、慢性肾功能不全的病人，他们的生存率要低一点。过于激进的治疗，会对循环功能和心功能造成负荷，很多时候他可能不一定能够承受得了。对这些病人我们就用相对保守的方法来维持。这些改进都是基于经验的积累，是根据前期的斗争经验慢慢总结出来的。

最早的时候，全市的重症病人主要集中在金银潭医院和武汉市肺科医院，我们把这里的工作经验和临床数据反馈给卫健委，卫健委会根据我们的工作基础调整后面的救援方式。比如刚开始的时候，一个地方医疗队通常是几个医院混编成一支医疗队，现在基本上变成了一个单位整建制接收。我们中山医院就有一支一百三十多人的队伍，整建制接收了武汉大学人民医院东院的两个病区，都是自己的同事，都是非常熟悉的人，配合会更默契。

现在，金银潭医院的负担也轻了很多。绝大多数病人都能得到收治，危重症的比例也大大降低。另外，那些大规模、整建制、实力很强的医疗机构来了以后，他们分担了大量的危重病人的救治。

一个最典型的例子，就是金银潭负责收病人的陈主任，一开始他每天都在不停地接电话，说“一定要来个病人”“一定要加个床”，现在这种电话越来越少，甚至我们会有空床的时候。

金银潭是我到过的中国医院里面绿化最好的，从我工作的六楼往下看，有大片大片、很茂密很茂密的大树。每天上班的路上能看到很多鸟，比如喜鹊。我没有见过哪个医院生态有这么好的。在医院里面走一走，就像走在公园里一样。可在这一切背后，每栋楼里，都有很多的病人，都有大量辛勤劳动的医护人员。

我的女儿今年 13 岁了，她很开心，因为开学终于延期了，她的理想终于实现了。现在开始上网课，她又有了新的烦恼：因为作业又来了，每天要在视频里打卡。

这也是特殊情况下的特殊经历，我相信，她应该也会永生难忘这个经历。

主创人员：
策划：高岩、任捷
采访：郭静、李行健
编辑：章成霞
制作：单丹丹

【编者按】在全国各地援鄂医疗队的协助下,收治床位不断扩增,救治力度不断加大,救治水平不断提升。本片采访拍摄了广东援洪湖医疗队和黑龙江援汉川医疗队在当地医院 ICU 中工作的情景,呈现了援鄂医疗队作出的卓越贡献。

# ICU 里的“救兵”

首播时间:2020 年 2 月 27 日
首播平台:央视综合频道、新闻频道《焦点访谈》

**【演播室】**

**主持人劳春燕:** 您好观众朋友,欢迎您收看今天的《焦点访谈》。

面对新冠肺炎疫情在湖北全省的严峻形势,2 月初,在中央全面部署下,一个由 19 省份支援湖北省武汉以外的 16 个市州的对口支援机制迅速建立起来。号令之下,火速集结,一支支医疗队、一批批医护人员携带着装备从全国各地抵达湖北,对口支援为湖北防控疫情发挥了怎样的作用?抗击疫情的第一线,这些医疗队在做些什么?我们跟随记者的镜头去看一看。

**【同期】**

A:来把这个床降低一点。一、二、三。

**【解说】** 这是湖北荆州洪湖市人民医院,经过广东医疗队的专家团队改造之后的 ICU 病房,收治的第 17 名新冠肺炎重症患者。

**【同期】**

**广东援荆州医疗队队员、广东省第二人民医院重症医学科主任、主任医师邢锐:**

收治现在是很快的，咱们是昨天（2 月 15 日）把这个病房，把它腾出来，晚上连夜就搬了，这 20 张床只要是用好了，迅速就能使重症病人死亡率降下来。

**【解说】**荆州的新冠肺炎患者确诊人数在千人以上，是除武汉外疫情最严重的三座城市之一。在海南省提前支援的基础上，2 月 11 号广东省第一批对口支援湖北荆州医疗队 108 名队员抵达，85 名来自广东南方医院的专家和护士和两位省级重症专家成建制驰援荆州疫情形势最严峻的洪湖市。

**【同期】**

**广东省援助湖北荆州新冠肺炎防控前方指挥部总指挥黄飞：**洪湖市的重症也最多，洪湖市的危重也最多，洪湖市的病例数、重症数和危重症病例数，占了整个荆州的 25% 左右，我们第一时间首先作出的一个决定，就是希望我们调动最精锐的、最先到的部队能够开赴洪湖，来支援洪湖的防疫战。

**【解说】**洪湖疫情严重，却没有一间收治新冠肺炎重症、危重症的 ICU 病房。在广东医疗队抵达的第 3 天，56 岁的广东省重症专家邢锐冒着风险为两位病情危急的重症患者实施插管手术，挽救了两个生命。

**【同期】**

**广东省援助湖北荆州新冠肺炎防控前方指挥部副总指挥朱宏：**这里没有负压病房怎么办，这个病人又非常需要，而且既往的经验，我们广东很多抢救的经验来说，插了管成功率会很高的，不插管几乎就没有希望。在这样的情况下，不管多危险还得选择，像是邢锐教授，按道理都不允许进去了，但是他自己坚决要求去，他说我是 ICU 的老兵。

**【解说】**要降低死亡率，洪湖必须有一间新冠肺炎重症 ICU。仅用了 24 小时，在广东医疗队的帮助下，原有的普通重症病房改造成了这个有 20 张病床，专门收治新冠肺炎重症、危重症患者的 ICU 病房，这对扭转洪湖的疫情有着重要的意义。

**【同期】**

**广东援荆州医疗队队员、南方医科大学南方医院护士曹赛：**（血氧饱和度）85 是吧？注意看一下心率，看一下血氧。

**【解说】**ICU 病房里，一位患者的病情突然急转直下。

**【同期】**

**曹赛：**病人血氧饱和度下降，我们怕他痰堵住。

B：准备插管了，酒精、生理盐水，然后再准备一个 7 号半的气管插管。

**【解说】**在这里，与时间和生命赛跑每时每刻都在进行。从广东和洪湖的力量合二为一的那一刻起，他们赢得了宝贵的时间。在洪湖抗击疫情第一线拼速度的还有他们。

【同期】

**广东援荆州医疗队队员、金域医学检验中心工作人员李慧源：**满负荷运营的话，我们每天可以检测500人的样本，我们现在最大的意义是尽快把没有确诊的病人，通过这个核酸检测把他诊断出来。

**【解说】**在荆州，洪湖离武汉最近，在武汉实施封城管理之前，近5万人从武汉返乡回到洪湖，这个庞大的数字下是大量需要被快速检测和筛查的疑似病例。但当时，洪湖当地没有核酸检测的资质，所有样本送往荆州，单程就需要三个小时左右，更别说排队等待结果的时间。

【同期】

**朱宏：**我们要跟这个病魔赛跑，它是每一秒钟、每一分钟都有可能传递给新的人，但是因为种种情况没有办法做筛查。有些人有症状，那他是新冠肺炎的病人，还是其他的情况，没有办法区分，所以有一大批这样隔离的密切接触者，这个形势比我们原来的数字想象还要严重得多。

**【解说】**广东医疗队决定立刻帮助洪湖市搭建核酸检测平台，在当地相关部门的配合下，洪湖市申请到核酸检测资质，有了这个日均检测量达到500例的核酸检测实验室，整个过程不到48小时。

【同期】

**广东援荆州医疗队队员、南方医科大学南方医院感染内科副主任、主任医师、教授孙剑：**最终的目标，我们是希望把这4.9万从武汉回来的人，凡是有发热或者呼吸道症状的人，全部都排查一遍，就是把已经住院的这些确诊，或者疑似病人周围的密切接触者全部都排查一遍。

**【解说】**截至2月24日，洪湖市所有新冠肺炎确诊患者密切接触者筛查工作已全部完成。从对口支援开始，广东援助荆州医疗队，在针对洪湖市的疫情防控工作中，建立起患者分区管理和集中救治的一整套方案。为了能够快速掌握每一个患者的情况，医疗队打通了9家定点医院的患者信息系统。远程会诊的方式，为专家们赢得了更多的时间。

【同期】

**孙剑：**要知道我们到病房去查看病人，光是穿防护服和脱防护服，就大概需要一个半到两个小时的时间，有了这套远程的系统，相当于整个洪湖地区病重的病人，我们就做到心中有数。

【同期】

C：孙教授，我先把11号的结果给您看一下。

**黄飞**：广东那么多年来，我们锻炼培养了一大批公共卫生人员，大批的临床的专家和实验室检测的专家，也积累了很多的经验，我们认为我们来到这里的使命就是救人、救人、救人。

D：这里闷不闷，有一点咳嗽。

E：刚刚住进来这里啊，不用太担心。

F：我知道我知道。

E：虽然家人没有在身边。

F：有你们我们就放心了。

E：我们就和你的家人一样。

**【解说】**疫情防控，湖北面临的挑战最大，但其他省市压力同样不小，但对口支援的省份没有迟疑，果断挤出物资，满足受援地的需求，派出精锐部队出征。于是，我们看到了搬家式的山东援助、硬核式的江苏支援，看到了东三省倾囊相助。

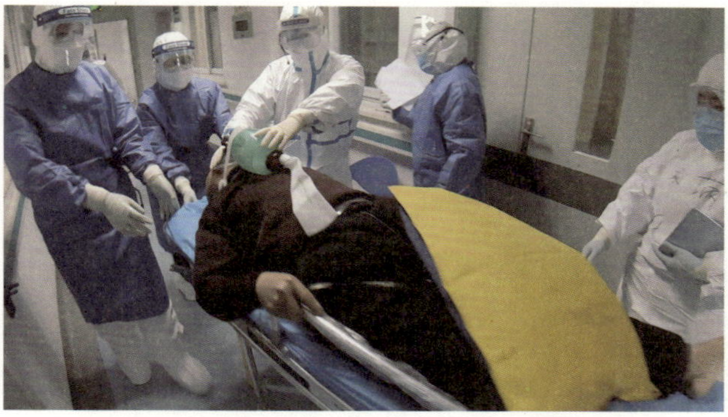

黑龙江省第三批援助湖北医疗队在救治病人

**【同期】**

G：这个是什么东西？

**黑龙江省第三批援助湖北医疗队队员、黑龙江省医院神经科呼吸重症监护室主任武猛**：这是我们一会儿要进去插管（需要戴的面罩）。

**【解说】**他叫武猛，黑龙江省医院重症专家。抵达孝感之前，在黑龙江绥化抗疫一线连续奋战。

**【同期】**

**武猛**：汉川是重灾区，死亡率一直居高不下。到这边来，一接手的危重症就大概20多例，今天（2月20日）的病人是17个，17个重病患者，所以感觉压力特别大。

【解说】除武汉外，孝感是湖北省疫情最严重的地区，确诊人数超过 3000 人。1 月底，孝感疫情告急，重庆市率先派出医疗队支援。2 月 12 号，按照 19 省份对口支援总体部署，黑龙江省紧急调派 340 多名医护人员抵达孝感。包括武猛在内的 125 名医护人员，直接下沉到孝感市疫情最严重的汉川市。

【同期】

**黑龙江省第三批援助湖北医疗队副领队、哈尔滨市第一医院副院长杜继伟：**我这边接手以后，主要对他们急重症这一块进行诊治。同时我们下一步也希望组织一个专家团队，帮助由普通型到重型转化这一块再起到一些作用。

【同期】

H：氯化钠一百，也是静脉注射。

【解说】经过两三天磨合，黑龙江医疗队迅速接管了汉川市人民医院，集中收治新冠肺炎患者的两个 ICU 病房，26 张重症病床，全部 300 多名患者的治疗和护理。这支队伍集结得并不轻松，黑龙江本身的疫情压力不小，医疗资源同样紧缺。支援孝感的医疗队来自全省 6 个地市不同专业，他们中几乎所有人都是从黑龙江抗疫一线直接转战孝感一线。

【同期】

**武猛：**我觉得是这样，可能还真的是咬紧牙关，在自己的防疫还能维持的时候，把自己能够抽调出来的精英送过来，我觉得这是有担当、负责任的，因为毕竟湖北这边更需要人手。

**汉川市人民医院重症病医学科主任王平超：**前期我们感到很大的压力，总是想把病人治好。他们来了以后，第一个就是缓解了我们的压力，也给了我们信心。

**黑龙江省第三批援助湖北医疗队队员、黑龙江省医院南岗分院总护士长乔适：**这个不能拿下来，不能拿下来知道吧？不能拿下来这个。这个是帮助你呼吸的。

【解说】乔适，黑龙江省医院南岗分院总护士长，她是这次黑龙江支援汉川的医疗队护理组组长，虽然她自己也已经在黑龙江抗疫一线连续工作了近一个月，但这里护士们的工作强度是她没想到的。

【同期】

**乔适：**有的护士戴的这个防护镜，我们进去要进行除雾的处理。但是后来它已经不是雾了，里面全都是水，就是防护镜下面这个凹的地方有两汪水，特别心疼，看着她们。

**乔适：**咱们今天开始用这个护理记录单。

【解说】乔适的团队 74 人，分别来自黑龙江十几家医院，有些并不是重症护理专业，但乔适必须让她的队员们快速适应这里高强度、高危险性、复杂的重症护理工作。因为她希望让汉川的护士能快速轮换下来得到休息，因为紧急情况随时都有可能发生。

【同期】

I：这个病人收哪一床？能不能自己坐起来？

J：慢一点，再往里推一点。

【解说】重症病房接收的新病人突然危急，血氧浓度瞬间降到只有 27%。

【同期】

武猛：把呼吸机给你戴上去就好了。

K：别紧张，别紧张。

L：这 3 根管子不行，拿 5 根管的。面罩。

武猛：别紧张啊大爷，放松、放松。放松，您正常喘气，配合一下很快就会好的。血氧上升，52% 了，好了上来了。

【解说】在现场所有医护的抢救下，病人的情况稳定下来。

【同期】

武猛：我们尝试给他上了一个无创呼吸机，好在迅速缓解了，我们需要再观察情况。

【解说】这是在汉川人民医院的重症病房里每一天都在进行的战斗。来支援的黑龙江医疗队和汉川的医护人员竭尽全力和时间赛跑，挽救生命。温暖而坚定的力量，在两支队伍之间传递，他们的无畏是对彼此和患者们最有力的支撑。

【同期】

乔适：有一些状态好的病人，他们的心态特别好，对生命充满了希望，让我觉得自己特别神圣这个时候，所以说自己做接下来工作的时候，义无反顾的。

乔适：感觉怎么样？

M：我感觉我今天的状态比往常要好得多。

乔适：所以您要接着加油。

M：我肯定会照着你们医生说的话，我来操作（配合）。

袁芮：你配合得非常好，主要还要有信心，战胜自己。然后要加强营养，这样你就会好得快一些。

M：这个没问题。

乔适：加油击个掌来。加油加油。

M：谢谢你们。

【演播室】

劳春燕：中央号令、举国动员，这是制度优势的集中体现。闻令而动，敢打硬仗，医护人员勇敢担当，全国现在有 300 多支医疗队，共 4 万多名医护人员正在湖北和当地的医护人员一道并肩战斗。在多方协同作战之下，我们看到收治床位在不断扩增，救治力度在不断加大，救治水平在不断提升，诊疗方案也在不断优化。与此同时，则是病亡率和重症比例的下降。相信不断积累的经验，也将为下一阶段的救治奠定更好的基础。

感谢您收看今天的《焦点访谈》，再见。

主创人员：
王文佳、刘晓晨、付鹏
广东台：周鹏、杨霄
黑龙江台：侯殿东

【编者按】2020 年 1 月 29 日到 3 月 22 日，中国之声推出特别策划《天使日记》，邀请奋战在一线的医务人员以语音自述方式讲述发生在战“疫”最前线的故事。54 期节目中共有 343 位医务人员，从重症监护室、普通病房、方舱医院发来 349 篇声音日记，汇聚成战“疫”一线最真实、最动人的“广播连续剧”。

## 天使日记（选编）

首播时间：2020 年 1 月 29 日
首播平台：央广中国之声

2020 年 1 月 28 日　晴

我是山东大学齐鲁医院呼吸与危重症医学科的护士张静静。山东医疗队赴武汉支援的第 3 天，因为女生的长发更容易出汗，藏匿病毒，而且不方便穿防护服。为了更好地照料病人，我把自己的头发剪成了寸头，理了个男孩发型，在来之前我已经做好了剃成男孩头的准备。和我一起剪发的还有我们山东医疗队的 10 多名女战友。现阶段在爱美的女孩子们眼中，尽快地遏制疫情，比秀丽的长发更重要。作出这个决定我不后悔，有全国人民的支持，相信我们一定能战胜疫情。

主创人员：
谭朕、王成林、肖源

2020 年 1 月 29 日　晴

我是吉林省吉林大学第二医院的护士，我叫袁莉，今天是我来到武汉同济医院支援的第 4 天。

来到武汉的每一天，我们都在争分夺秒，尽管每次穿完厚重的防护服都会大汗淋漓，我的脸上也早已留下了 N95 的印记，但看着躺在病床上被病毒折磨的你们，我多想挣脱这一切束缚，拉起你的手，告诉你们，请相信我，让我陪你们一起渡过难关。而对于 2100 公里以外的你们，我可能要说一声："对不起！"

爸爸妈妈，对不起！这个春节不能好好陪伴你们，更让你们担心了，但这是我的使命！老公，对不起！我知道你一定会支持我、理解我！我爱你！孩子，对不起！看着你挣脱爸爸的怀抱奔向妈妈的时候，妈妈真的很舍不得你！但是妈妈要告诉你，一个人来到这个世界上，要尊重生命，更要敬畏生命！同时也要学会爱与奉献。

主创人员：
周益帆、于忠涛

2020 年 2 月 14 日　雨

我是江西省第一批支援随州医疗队的护士罗艳，来自南昌市洪都中医院。今天是来到湖北随州的第 8 天。

今天有个振奋人心的好消息，10 号床的病人在大家齐心努力下病情好转，要从重症病房转回普通病房了。这是我们江西医疗队进驻随州市中心医院 EICU 后第一个转回普通病房的病人，大家都很开心。准备转科前这位病人一直握着我的手不愿松开，还对我们比画着胜利的手势，眼神中充满了感激，我们和她一起加油打气。

白天有点空闲时间，我和妈妈通了视频电话，电话里没说几句她又流泪了。她一边叮嘱我千万要注意安全，照顾好自己，不用担心家里，还说全家都以我为荣；一边又牵挂我在这里工作累不累，吃得习不习惯。妈妈平常不爱用智能手机，我来到这里后，她特意学会了查我这边的天气预报，说过几天会有降温，担心我带的衣服不够，想给我寄几件厚的羽绒服，也不知道我这里能不能收到。

因为怕爸妈过于担心，这次来湖北随州执行抗疫任务，我也是"先斩后奏"的，到了出发前一刻我才告诉了妈妈，就是不想再让她替我操心。亲爱的老妈，请您放心，我一定会圆满完成任务平安地回来。

主创人员：
白杰戈、张晶、谢元森、苑竞玮、傅蕾

2月24日　湖北孝感　多云

我是孝感市中心医院呼吸内科护士长袁曼，23号晚上7点30分，在院领导带领下，经过医护团队共同努力，抢救无效，我们的战友、挚友——黄文军宣布临床死亡，年仅42岁的他，走了……

黄文军作为医院呼吸内科副主任医师，是一位资深专家，疫情暴发以来，呼吸科一直在收治新冠肺炎患者，从未间断过。1月24日，他主动提交请战书，申请去隔离病区工作。黄医生自身有糖尿病，却一直坚守在工作岗位上。白天上发热门诊，顶在最危险一线工作，晚上赶往孝感市各县市区，去参加新冠肺炎疾病相关的专家会诊工作。他平时工作态度也是这样，积极主动，从不叫苦叫累，因为黄文军体态微胖，说话快人快语，脸上总是笑容满满，因此我们大家都给他取名为“老黄牛”。

老黄，工作中，好多次在走廊里和你碰面时，我们都喜欢跟你斗嘴耍贫，因为我们都知道你不会生气，其实我们就喜欢看到你灿烂的笑容。

当得知你确诊新冠肺炎以后，我立即给你打电话，我们都劝你放下手头的工作，赶紧住院，你总是说“还好，不要紧”，还在乐观地笑，可你不停的咳嗽声，真是让人担心。后来，你病情加重，大家准备给你插管时，你在一张纸上写下：“不插管，我还好。”我们都知道，你是怕传染给同事……

老黄，老黄牛……你还听得见我们的呼喊声吗……

主创人员：
白杰戈、凌姝、张晶、王成林、冯会玲、陈庆滨、雷恺、吴卓胜、金昀瑾
孝感台：聂云
山东台：赵国伟
新疆台：丁晓丹、许红涛

主创人员：
高岩、刘钦、郭静、刘黎、谭朕、白杰戈、钱成、常亚飞、张明浩、肖源、李行健、周益帆、任梦岩等

## 第三节　闻令而动

【编者按】新华社北京4月17日电　中华人民共和国中央军事委员会主席习近平日前签署通令，嘉奖军队执行新冠肺炎疫情防控任务全体人员。嘉奖令指出，新冠肺炎疫情发生后，全军部队坚决贯彻党中央、中央军委决策号令，闻令而动、勇挑重担，不负重托、不辱使命，为打赢疫情防控人民战争、总体战、阻击战作出突出贡献。

【编者按】系列纪录片《重托》，以亲历者的视角，深入抗疫一线，聚焦人民军队和退役军人驰援武汉、积极参加地方疫情防控的故事，表现了新时代中国军人闻令而动、勇挑重担、敢打硬仗的作风，彰显了人民子弟兵不辱使命、不负重托的责任与担当。全片总时长近150分钟，共4集，分别为《闻令而动》《无畏冲锋》《生命至上》《老兵本色》。

## 《重托》第一集 闻令而动

首播时间：2020年4月23日
首播平台：央视国防军事频道《国防故事》

**【画外音】**

国家需要你，人民需要你，你就应该往前冲啊。

我们一定要争分夺秒、拼尽全力，越早能接收病人越好。

对于国家来说，军人的责任就是保卫这个国家。

我们是军人，有责任完成好这次任务。

军人誓词里就有体现，随时准备牺牲自己的生命。

我们军人就三个字，向前进。前方是敌人，我们向前进；前方是疫情，我们向前进。

国家有难，匹夫有责，在这个时候我觉得应该义无反顾地冲上去。

哪怕是我们倒下，我们也是面朝着敌人倒下。

**【新闻播报】**央视新闻播报

自2020年1月23日10点起，全市公交、地铁、轮渡、长途客运暂停运营，如果没有特殊原因，市民不要离开武汉，机场、火车站、码头等离汉通道也暂时关闭。

**【解说】**今年，武汉的除夕显得异常安静，在几乎空无一人的大街上，弥漫着一种不安的气息。

**【新闻播报】**央视新闻播报

经中央军委批准，解放军分别从陆军、海军、空军军医大学抽组三支医疗队 450 人，分赴金银潭医院等三家定点医院，开展疫情防控和救治工作。

**【解说】**1 月 24 日凌晨 3 点，倪榴达接到医疗队奉命支援武汉的电话。

**【同期】**

**军队支援湖北医疗队队员倪榴达：**到了 5 点钟的时候张华打电话过来了，说，主任，院领导只是叫你们携带一些简单的洗漱用品，7 点钟前到医院集合。

**【同期】**

**倪榴达妻子佘若男：**军人在国家最有危难的时候，他们只有义无反顾地冲向那里。也就是说每个军人所付出的也是在考验他们背后的妻子，应当说军嫂就是半个军人，我也跟他一起战斗。

**【解说】**过些日子就是倪榴达 60 岁的生日了，他觉得这次出征武汉是对自己的一次考验，他要到那里站好自己军旅人生的最后一班岗。

**【同期】**

**军队支援湖北医疗队队员仲月霞：**应该是 24 号凌晨 4 点，就是通知我下午 6 点就要出发。所以我就把去成都的机票退掉了，退掉了以后就做出了先不去陪母亲休假的这个计划。

**【同期】**

**仲月霞弟弟：**哪个……这不是。

**仲月霞母亲：**忘了是啥地方了。

**仲月霞弟弟：**这是电力机械厂。

**【解说】**仲月霞 85 岁的母亲是一位阿尔兹海默症患者，照片上的这些亲人很多已经不在她的记忆里，但稍有清醒的时候，她都会把所有的情感留给她的大女儿，大女儿是老人家一生的骄傲。

**【同期】**

**仲月霞母亲：**没看出来。

**仲月霞弟弟：**连自己闺女都不认识了。

**仲月霞母亲：**没看出来，哪个是啊？

**【同期】**

**仲月霞：**好在母亲她遗忘，她要是很清醒，我去援非的时候，她就老流泪，老盼着我打电话啊……但是她现在有老年痴呆症，有一个好处就是，我可以哄她。

【解说】仲月霞从小就是一个品学兼优的孩子，在家里懂事、体贴、孝顺。当兵35年，她是一名优秀的军人，先后参加过十几次重大医疗救援行动，多次立功受奖。但忠孝不能两全，父亲病危的时刻，她却正在远方执行任务。

【同期】

**仲月霞弟弟仲文军：**我说是父亲不太好，马上就要走，其实我父亲当时已经走了……我说你看吧，父亲都这个样子了，你看你回头能不能再见一面……我父亲去世是下午6点半，她回来的时候都是凌晨3点多了。

【同期】

**仲月霞：**我觉得他一定会很体谅我，虽然他不在的那一瞬间我不在，但是我对他的爱我觉得他一直都能感受到，他的在天之灵一定在保佑着我。

【解说】仲月霞为自己没能陪伴父亲最后一程深感内疚，她要把对父亲的爱，加倍地献给母亲。但是这次，她还是选择了离开。

【解说】空军军医大学某医院呼吸内科护士长雷燕的母亲，老早就开始准备年夜饭，她要让女儿在出发之前，吃上自己亲手包的饺子。

【同期】

**雷燕母亲张改风：**我把饺子弄好了给女儿送过去。女儿邻家有个老太太，在外面贴对联，跟我说，三口都走了。我就赶紧给女婿打电话，因为燕燕开的车，我给女婿打电话，女婿小龙说都到医院了，他们都走了，赶不上了。

【同期】

**雷燕女儿许紫瑄：**妈妈跟我说，她很快就回来了。然后又说因为这个疫情非常严重，所以她也要去，要舍小家为国家。

【解说】雷燕早早打理好行装，提前安顿好老人和孩子，做好了随时出发的准备。

【同期】

**军队支援湖北医疗队队员雷燕：**08年的汶川地震我就特别想去参加抗震救灾，但是当时自己怀孕了也就没有去成，今年我们国家面临这么大的灾难，我又有16年的呼吸科工作经验，又是呼吸科的护士长，这是我的责任、我的义务！

【解说】雷燕的请战被批准，她终于可以走上战场了。

【解说】1月24日凌晨，山城重庆，陆军军医大学也在一阵阵急促的电话铃声中早早醒来。

【同期】

**军队支援湖北医疗队队员徐迪雄：**1月24日凌晨3点钟，接到了预先号令，我就接到了电话，当时可能就马上几个单位都动起来了，包括人员抽组，包括对武汉疫情的研判。

【同期】

**军队支援湖北医疗队队员毛青：**应该说还是很仓促，没有想到可以这样讲。

【同期】

**军队支援湖北医疗队队员宋彩萍：**我们在抽组医务人员特别考虑的就是，一个就是个人的政治思想素质、身体素质、心理素质、专业技能要经得起考验。

【解说】几个小时之内，陆军军医大学就把 150 人的医疗队组建完成了。骨干队员大多数都参加过抗击“非典”，国际医疗救援，抗震救灾等大型任务。经过 10 多个小时的紧张准备，由陆军、海军、空军共 450 名医务人员组成的医疗队，分别在西安、重庆、上海三地集结。

【解说】整理好行装，终于到了和亲人告别的时候。宋彩萍，这位参加过无数次救援行动的老兵，每一次与儿子的离别都让她万般不舍，儿子就在这一次次离别中慢慢长大了。

军队支援湖北医疗队队员宋彩萍多年前援非与此次出征武汉都不得不与儿子分别

【同期】

**宋彩萍：**我也不想让孩子他们来送我，因为每次这种送别其实心里还是会有一些难受的，其实一个人再坚强，我觉得在面对老人、孩子的时候也没有办法坚强得起来。

【同期】

**宋彩萍儿子高予阳：**送别的时候我记得是给了她一个大大的拥抱，当时她上车了之后，在车开走的时候，她就在窗子里面跟我们挥了一下手，但她就挥了一下就转过身去了，因为看得出，她是在流眼泪了。

【解说】在为海军军医大学医疗队送行的人群中，没有陈怡的儿子，因为她没有告诉儿子要出征武汉的事情，她怕她 12 岁的“小暖男”还承受不了与妈妈别离的伤痛。

**【同期】**

**军队支援湖北医疗队队员陈怡：**我们考虑是大年三十这个比较特殊的日子，我就跟他讲，妈妈今天上班去了就先不回来了，因为科里面已经收疑似病人了，这个他是能够接受的。

**【同期】**

**陈怡儿子顾辰宇：**我知道妈妈去武汉这件事情就是在大年初七、初八的那个时候，当初是我爸爸给我看了一个视频，我就给妈妈发微信，她就回我了说，是的，妈妈去武汉了，你放心，妈妈一定会平安回来的。开始妈妈骗我是不想让我担心。

**【解说】**陈怡把儿子留在了家里，随她出征的是 17 位年轻的护士。

**【同期】**

**陈怡：**我们所有的护士一起开会，我就跟她们说了一句话，我说我们不要想任何东西，我们只要认认真真、踏踏实实地把活干好，保护好自己，一个不少，平安回来！

**【解说】**彭渝接到命令的时候正在值班，她没有把出征武汉的事情告诉父母，也没有告诉孩子，甚至没有告诉同为军人的丈夫。

**【同期】**

**军队支援湖北医疗队队员彭渝：**本来也快到大年三十，不想让他们担心，一直在问我什么时候回去，我就告诉他们，这一周的班值完了之后再回去，所以说我在抽组。第一也确实非常忙，没有时间告诉他们；第二也是不太想让他们为我担心；第三也不想因为这个疫情造成他们的一些恐慌。

**【同期】**

**彭渝丈夫唐峤：**上午的时候，我看到朋友圈推送的消息和新闻媒体的报道，才发现了彭渝他们登机的镜头。我想，唉，这怎么就没有跟我说一声啊！

**【解说】**丈夫理解彭渝的心思和她肩上的责任。小小的抱怨只是因为爱得太深，于是他给妻子留言：你是我妻，也是战友，盼凯旋！

**【同期】**

**彭渝：**他后来才知道我出发了，好像有点怪我，其实我知道他并不是真怪我，是因为担心我，等到他平静了以后给我发了一条非常让我暖心的短信，那一刻我觉得，我们俩心灵是相通的，他只是在用另外一种方式鼓励我、支持我。

**【解说】**对亲人深怀愧疚，却义无反顾奔赴抗疫前线的还有空军军医大学某医院副主任医师胡世颉。

**【同期】**

**胡世颉妻子张蓉：**以前老大小的时候他就没管过，从小到大都是我和我父母管。

那会儿他在当住院总，基本上24小时都在医院里，我们当时其实是住在他这儿的，但是他也回不了家。

**【解说】**为了弥补对家人的愧疚，胡世颉几个月前就筹划着春节放假带家人外出旅游，但这次他只能又食言了。

**【同期】**

**军队支援湖北医疗队队员胡世颉：**我刚接到消息的时候，是凌晨3点多，我没跟我父亲一块住，我给他发了一条微信，就说，爸，我要去抗（击）病毒了，很简单。然后我父亲早上7点多回的，就4个字：不辱使命。

**【解说】**胡世颉的父亲胡先林曾经也是一名军医，他一生把职责作为最大担当，随后他又给儿子回复：你能作为一个国家重要历史性事件的参与者，这是宝贵的人生财富，也是你与全家的骄傲……医院选择了你是对你的信任和重托，你要全力以赴，科学应对，平安归来！

**【同期】**

作为医者，我希望同志们不忘初心、牢记使命。

作为一名军队工作者，我们负命前行，感到无比骄傲。

认真执行好当地给我们的各种的要求。

召之则来，来之能战。

我们有信心也有能力，完成这次光荣的任务。

我要求你们，一个也不能少，有没有信心？

有！

**【解说】**1月24日，除夕之夜，三支医疗队启程飞往武汉。在他们的行列里，有90后的年轻人，也有参加过抗击“非典”、抗震救灾、国际维和等重大医疗救援行动的老战士、老专家。

**【同期】**

**机长广播：**白衣战士，家国情怀，使命担当。祝愿你们为武汉迎来更美好的春天，也祝愿你们此仗必胜，平安归来，向你们致敬！

**【解说】**23点44分，三支军医大学医疗队和他们携带的物资全部抵达武汉。

**【解说】**走下飞机的时候，医疗队队员宋彩萍收到一位武汉同学的短信：彩萍，解放军来了，武汉人民有希望了！

此时，在机场开往驻地的大巴上，响起央视春晚直播的片尾曲《难忘今宵》……

**【解说】**火神山医院10天建成，成为全国人民瞩目的焦点。唐丽娜没有想到，她真的能在火神山医院同战友们一起战斗。2月1日唐丽娜随部队增援武汉，成为火神山医院ICU病房的一名护士。进入病房之前，她总会在自己的防护服上写上许梦的名字，是因为她要兑现一个承诺。7 天前，除夕夜，军队支援湖北医疗队队员到达武汉，联勤保障部队所属各大医院也在悄悄地做着驰援的准备，医生、护士纷纷报名请战。

2020 年 1 月 24 日，除夕夜，军队支援湖北医疗队队员抵达武汉天河机场

联勤保障部队所属各大医院医务工作者驰援武汉

【同期】

**军队支援湖北医疗队队员唐丽娜：**当时许梦就跟我说，护士长我特别想去，我想跟你一起去。我说我都不知道能不能去呢，你跟我一起去。她就说咱俩一块儿，她其实真的是跟我一样，特别渴望到前方去。

【同期】

**军队支援湖北医疗队队员许梦：**有了这个想法之后我就自己先准备了一下个人的物品，我觉得一旦有这个任务我要第一个出发，随时听从组织的安排。

【解说】但是，因为专业的原因，许梦参加医疗队的请求没有被批准。

【同期】

**唐丽娜：**当天通知她说首批名单里面没有她的名字的时候，她就哭了，忍不住地掉眼泪。

【同期】

**许梦：**哭得特别伤心……但她安慰我，她说你别担心，咱俩一直在一起。

【同期】

**唐丽娜：**我说我去就相当于你去，我走到哪儿你许梦会跟我到哪儿。我说我进病房的时候会在隔离服上写上你的名字，咱俩同进退。

【解说】许梦出生在一个军人家庭，爷爷奶奶都是战争年代出生入死的老战士，父亲也曾是一名军人，她从小就是在军人奉献、牺牲精神的熏陶下长大的。

【同期】

**许梦父亲许宁：**我就跟她交代，我说在这种情况下，你作为一名护士，作为一名白衣战士，你必须要出去。这个你不要有任何犹豫，你放心大胆地去，我们在后面做你的后盾，坚决支持。

**【解说】**志在出征的许梦没能如愿，她时刻期待着下一次机会。

**【同期】**

**许梦：**去了机关我敲开了我们院长的门。我就告诉他，既然作为护士我去不了一线，那我去做保障人员也可以，我去做保洁阿姨，做这些事情都是可以的。

**【解说】**马上要出发了，张迁放不下正在病痛中煎熬的岳母，他匆匆来到岳母的病床前，与老人告别。

**【同期】**

**张迁：**你一定等我回来啊，不要难受，你不要难受，我知道我知道，你等我回来啊。你放心好了啊，妈妈你不要难受。

**【同期】**

**军队支援湖北医疗队队员张迁：**我只是跟她讲，我出去执行任务，可能要过一个月左右回来，我说你治疗的事情你放心，所有的治疗方案已经定好了，你安安心心治疗就好了。

**【解说】**王晓靖也是在病床前跟父亲告别的，告别时父亲说，我无大碍，你放心走吧，我等你回来。

**【同期】**

**军队支援湖北医疗队队员王晓靖：**他说你去吧，你放心去吧，我们有你大姐、二姐，你放心去，那里有那么多的人需要你们，需要你们解放军。你们解放军一出动，总是能胜利，你这么多年的临床护理经验，现在是党和人民考验你的时候了。

军队支援湖北医疗队队员王晓靖和孙艳在即将离开武汉时，
前往长江边，祭奠各自去世的亲人

【解说】父恩重如山，疫情催人急。王晓靖告别了父亲，匆匆踏上了征程。但是，这一别却是永诀，父亲没有等到她回去。2 月 14 日在驻地开往火神山医院的通勤车上，王晓靖得到父亲去世的消息。

刚刚失去父亲的还有王晓靖的战友孙艳，出发时父亲的鼓励和叮嘱犹在耳边，但父亲慈爱的音容却成为孙艳再也不能追回的记忆。

【同期】

**王晓靖：**昨天我们两个抱在一起哭呢，她说我看你挺坚强的，我说我爹看着我呢，我要表现给我爹看。

【解说】王晓靖和孙艳的父亲去世后，部队领导和战友们给予了她们极大的关怀，但由于疫情，她们无法回去送父亲最后一程，但老人的嘱托已经牢记在女儿的心里。身上厚厚的防护服隐藏了她们所有的悲痛，她们依然把春风一样的关怀带给每一位患者。

【解说】农历正月初五，俗称破五，这一天北方人要放鞭炮、吃饺子，象征着赶走所有的灾祸，也象征新的一年正式开始了。雷燕的母亲照例包好了女儿最爱吃的韭菜馅饺子，为女儿遥寄祝福，也祝愿跟雷燕一样在前方战斗的将士们战胜病毒，平安回家。

【同期】

**雷燕母亲张改风：**燕燕，你在那边放心啊，家里啥都好着呢，我们大家都支持你，你把你的身体保护好，才能救很多的人，我们希望你平安归来，加油！

【解说】在阻击病毒的战场上没有硝烟，但它和有硝烟的战场一样危险。面对生死，军人自有军人的抉择。90 后女孩李晨是第一次参加这样重要的行动，虽然她还不知道疫情会如何发展，但是，作为医护人员她知道危险在哪里。出发之前，她为自己作出了最坏的打算。

【同期】

**李晨弟弟李子帅：**她告诉我她的手机开锁密码，她告诉我她把银行卡放在哪里，所有的密码全都拍了一张照片，说放在手机里面了。

【同期】

**军队支援湖北医疗队队员李晨：**其实就是怕有个万一，什么事情都说不好嘛，意外和明天哪个先来谁也不知道。

【同期】

**李子帅：**她就说让我隐瞒好，她说这个事情让我知道就行，不要让家里人知道。

【解说】火神山医院感染八科二病区护士长李淑华，是一位有三十年军龄的老兵，在几年前参加的非洲维和行动中，她曾亲身经历过战友牺牲的悲痛。二月的武汉，正是病毒肆虐的时候，确诊人数每天都在增加，李淑华深知危险随时可能降临。

【同期】

**军队支援湖北医疗队队员李淑华：**就是想着我真的有事的话，我得跟孩子交代一下啊，我最不放心的就是孩子，实际当母亲的都是这样。像我们这个年龄，真的有一句话就是，不是孩子离不开我们，是我真的离不开孩子。

【解说】此时，李淑华在远方的女儿也在关注着妈妈，盼着妈妈平安回家。

【同期】

**李淑华：**坐到车上，打开微信，看她给我画的这幅画，当时我就真的含着眼泪给孩子把这封信写完。真的是积蓄了好几天的这种情绪。

【解说】在从医院回驻地的通勤车上，李淑华给女儿写道："如果真有那么一天，我也不后悔。如果幸运让我安全回家，妈妈就继续陪你，咱俩一言为定，下一辈子我还想做你的妈妈。"

【解说】在武汉，抗击病毒的英雄里，其实每个人都知道自己所面临的危险，但是从没有人后退过半步，也从来没有人因为害怕危险而在逆行出征时退缩。

【同期】

院长同志，第三批援鄂医疗队集结完毕，请指示。

【解说】2 月 13 日，许梦终于如愿以偿，她和郑洁等五名护士从石家庄出发，驰援武汉。在湖北省妇幼保健院光谷院区，许梦、郑洁等这五位新来的年轻护士再一次向组织提交了请战书。

【同期】

**许梦：**我们分配在了药剂科，是在清洁区，这个工作对于我们来说是最安全的。作为一个护士、一个医务工作者来讲，这是最安全的，因为不直接面对病人，但是对于我们护士来讲，其实我们还是想去"红区"工作。

【同期】

**军队支援湖北医疗队队员郑洁：**护理（岗位）毕竟是我们的战位，我们五个人也都是护士。并不是说药剂科药品配送的工作就不重要，它也重要，但是我觉得可能去从事自己的本专业更能发挥自己的作用。

【解说】多次请战之后，郑洁、许梦、杜俊平、刘俊燕、赵平静这五朵金花终于成为光谷院区抗疫最前沿的战士。

【解说】李晨的母亲在新闻中才知道，李晨大年三十已经到了疫情最严重的武汉。她夜里不能入睡，她流着泪开始悄悄地给女儿写信：亲爱的女儿，妈妈好想你……你去武汉抗击病毒，妈妈支持你，因为妈妈知道，你是妈妈的女儿，也是国家的女儿……女儿你身为一名医务人员，在国家最需要、最危难的时刻，你义无反顾地冲锋在前，妈妈为你骄傲。女儿，注意身体，保护好自己，待到樱花烂漫、春暖花开，等你凯旋。疫情一秒不解除，我女儿一秒不下战场……坚持、坚守、加油、胜利！

【解说】此时倍感幸福的，还有火神山医院的老专家倪榴达，今天是他 60 岁的生日，妻子和女儿精心的安排，让他倍感幸福。

【同期】

**倪榴达女儿倪隽珺：**我和妈妈，平时我们在家里最喜欢唱的一首歌是什么？

**倪榴达：**《毛主席的战士最听党的话》。

**倪隽珺：**对的对的，你好聪明啊！

【解说】这是一首让倪榴达夫妇彼此倍感亲切的歌；这首歌，见证过两个人的青春，也见证了他们共同的成长。再过几个小时，倪榴达将再次进入“红区”，他 60 岁的生日也将在“红区”度过。

【解说】对宋彩萍来说，儿子予阳是她过去最放不下的牵挂。几年前，予阳还是一个爱哭的小男孩，如今予阳 16 岁了，他开始学着跟大人一样去思考问题。在妈妈去武汉后，他写了这篇作文，字里行间都是对妈妈的鼓励和关爱。予阳在作文中对妈妈说：“很多人都说你是英雄，可在我的心里，你只是我一个人的妈妈。”自从妈妈走后，与妈妈视频聊天成了予阳每天最大的期待。这次，他想把刚刚学会的一首歌唱给妈妈听。

【同期】

**宋彩萍儿子高予阳（歌声）：**你带泪的笑容，有天会带来雨后的彩虹，世界因为你，在黑暗中感动。

**宋彩萍：**宝贝，你唱得太好了，你现在唱得特别棒，你真的唱得特别棒，你真的让妈妈很骄傲。

**高予阳：**那妈妈早点回来。妈妈你哭了。

**宋彩萍：**妈妈是高兴得哭了……

【解说】无论儿女年岁多大，永远都是母亲的牵挂。

【同期】

**仲月霞：**妈！

**仲月霞母亲：**还得多长时间回来？

**仲月霞：**你知道我在哪嘞？

**仲月霞母亲：**啊？

**仲月霞：**我在哪嘞？妈，我在啥地方呢？

**仲月霞母亲：**说啥？她在哪里嘞？

【解说】仲月霞的母亲已经记不清太多的事情，但是女儿女婿却像刻在了她心里。

每当清醒的时候，她都会反复询问，他们去哪了？

【同期】

仲月霞母亲：还得多长时间回来？

仲月霞：很快就回去了呀！

仲月霞母亲：啊？

仲月霞：很快很快就回去了！

【同期】

仲月霞：忠孝难两全，我觉得从我个人来讲，我现在在为国家尽忠吧。那我回到家只要我有时间，我一定会尽量陪伴她，陪伴我的母亲，尽量给她更多的关爱。

【解说】离开武汉前，王晓靖和孙艳相约来到长江边，此时，大江两岸，杨柳依依，涛声依旧。

【同期】

王晓靖：我不知道你在那里是否看到我的表现，我是在努力弥补啊，对您老人家的亏欠。

【同期】

孙艳：我觉得我还没来得及（给您）养老，就只能给您送终。

【解说】她们面向远方，遥寄对父亲的哀思，作为女儿，她们没有为父亲尽孝，留下遗憾；作为军人，她们不负重托，担当使命，九泉之下的亲人一定会倍感欣慰。她们知道，人民的利益高于一切，为国尽忠，是人民子弟兵的誓言。

【画外音】

只要党和国家，一声号令，需要军人冲在前的时候，那军人是不能含糊的。

这么多年，军队对我的培养好像就烙在了我的血脉当中。

我相信任何困难我们都能克服。

通过这件事就更加爱祖国爱人民。

我想告诉我的女儿，你一定要有信仰，一定要爱自己的国家。

不辱使命，这就是我们的担当。

主创人员：

刘智力、李昕、侯东合、倪宁、冯新杰、吴经春、单立、李丹、吴双、戚杨、段佳宾、刘辉辉、霍礼博、曹阳、侯婷婷、胡渝、石力、杨绍琛、樊斌、王俊康、吕晓博、董豫、陈刚、周广跃、冷俊鹏、薛冰、王震宇等

【编者按】《人民军队战“疫”纪实》（第一集）以记者同军队支援湖北医疗队队员陈静的视频连线采访为切入点，回述除夕夜军队医护人员驰援武汉以及进驻汉口医院、重建重症监护病房时面临的各种困难，动人心魄、扣人心弦。报道勾勒出不同专业、不同年龄段的军队医务工作者英雄群像，讴歌了疫情防控斗争中，军队医护人员冲锋在第一线，同病魔较量、舍生忘死的勇气和信念。

## 人民军队战“疫”纪实（第一集）

首播时间：2020 年 2 月 5 日
首播平台：央视国防军事频道《军事纪实》

【字幕】2020 年 2 月 2 日下午 4 点，军队支援湖北医疗队进驻武汉第 10 天，记者接通了医疗队队员陈静的电话。

【同期】

陈静：你好。

记者：您好护士长，您好。

【解说】记者连线的是军队支援湖北医疗队的一名重症监护室护士长陈静，趁着她难得休整的间隙，记者终于和她通上了话。

【同期】

记者：咱们现在汉口医院的情况怎么样？

陈静：我们的工作目标是提高救治的成功率，降低病亡率。我觉得主要做了两方面，一个就是科学救治，我们规范了他们的诊疗方案，使得很多病人的治疗效果得到大大改善。第二个就是防疫防控工作的落实，对整个医院的三区进行重新布局，人员经过了培训，然后制度进行了建立，我觉得这些都提升了大家的防疫防控意识，使得我们在防疫防控方面取得了阶段性胜利。到现在为止，已经收治了 140 个病人了，这一周的工作进展得非常快。

**【解说】**陈静在汉口医院的支援工作可以说是跟“死神”赛跑，连呼吸的时间都分秒必争。然而，几天前，她还在和家人享受春节团聚的温馨。一场突如其来的疫情打破了原本祥和的春节氛围，武汉感染新型冠状病毒的肺炎患者持续增多，打赢武汉疫情防控阻击战，事关全局。

疫情就是命令，除夕之夜本该是万家团圆的时刻，军队支援湖北医疗队 450 人逆行出征，来自陆军、海军、空军军医大学的队员分别从重庆、上海、西安三地乘军机出发，驰援武汉。医疗队分别进驻武汉金银潭医院、汉口医院和武昌医院，而这 3 家地方医院接诊的新型冠状病毒感染的肺炎病例多，医护人员压力大。来自海军军医大学的陈静他们首先接手了汉口医院的重症监护室，这里距离华南海鲜市场只有 4 公里，是防疫最前线的重灾区。

**【同期】**

**陈静：**我们穿了这三层防护服，体力消耗很大，而且所有的工作当中，病人不熟悉，物品不知道放哪里，流程不熟悉，我们使用的信息化系统是完全不一样的系统，突然会发现你药不知道从哪里领，医嘱不知道怎么执行。

**【解说】**47 岁的陈静和很多战友都曾奔赴过埃博拉疫区，出访过太平洋和加勒比海地区的十多个国家，有着丰富的医疗经验。但接手重症监护室后，形势的严峻还是让他们捏了把汗。

**【字幕】**大年初一

**【同期】**

**地方医生：**这个我再来想办法，我们现在工作人员已经上了一个月（班），都真的是顶着很大的压力……

**陈静：**我懂，我懂。

**【解说】**地方医护人员连续工作已经疲惫不堪，好几个已经累倒，医院防护物资出现紧缺，甚至很多保洁人员都回家过年了。

**【同期】**

**地方医生：**我们的医护人员确实是（着急）。

**陈静：**我要保护你们。

**地方医生：**这个通道问题，回来跟我们主任再说一下，看怎么再调整。

**【解说】**地方医护人员着急得连声音都在颤抖。重重困难摆在了陈静他们面前。

【同期】

陈静：不可以再进，我要封掉了，听到没有？

【画外音】

陈静：我来了第一件事情，就是整个环境的布局改善和环境的清洁。

【解说】时间就是生命，为了尽快遏制疫情，医疗队队员全员开始了全负荷运转，全面打响了支援地方战胜疫情的阻击战。

【同期】

陈静：洗手戴手套。

军医：我洗好了，我洗了好多遍了。

陈静：好多遍了吧。

军医：我洗了无数遍了。

陈静：你换手套了吗？你换个手套再洗手。每个人你一定要注意防护，现在是自己管理自己。

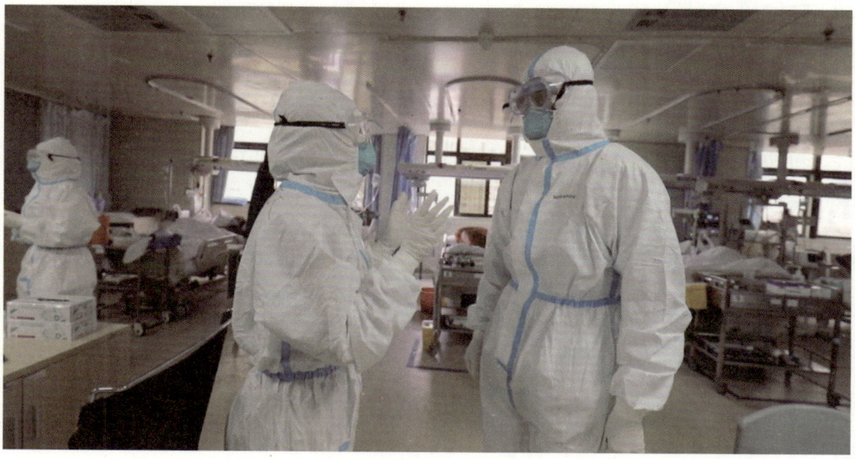

临近退休、身体不好的护士长陈静日夜坚守在汉口医院重症监护室（摄像：张婷）

【解说】重症监护室是这场疫情防控战争中的最前线，医护人员随时面临着被感染的危险，对于每一个即将走进病房的同事，作为重症监护室护士长的陈静都要再三确认他们的防护工作。

【同期】

陈静：因为为什么，你这个东西现在是从这回去，但是你的东西拿出来全污染掉了。

【解说】不漏过任何疑似污染源，哪怕是路过的保洁人员。

【同期】

保洁：我才从外面过来。

陈静：你以后包不能落地，这个地面都很脏。你要保护你自己，听明白没有？这是为你好，不是不相信你，你把包拎起来。

【解说】甚至在面对来采访的记者时，她也不顾情面地严肃告诫。

【同期】

陈静：你不能摸，你现在犯了一个最大的错误，进了这个区不能摸。不要乱摸自己的脸。因为有可能你的手无意碰到哪里，它都带着传染源。听懂我的意思了吗？

【解说】虽然在重症监护室里，医疗队队员都穿着防护服，戴着护目镜，很难分辨性别和年龄，但陈静通常是嗓门最大、语气最“尖锐”的那一个。很难想象，一年前她才刚刚做了两个大手术，身体元气还没有完全恢复。

【同期】

陈静：我带了 48 个长征（医院）的孩子来，如果我不把工作理顺，你叫我怎么有理由向他们的父母交代？

【同期】

陈静：我们到了这里以后，其实我们海军军医大学每一个成员都是倾尽全力，想尽我们自己的所能去（打赢）这个没有硝烟的战争，我们把汉口医院当成了我们新的一个家。

【解说】这个马上要退休的护士长把战场当成了自己的新家。短短几天，他们结合参加抗击“非典”、抗击埃博拉等非战争军事行动的实战经验，对诊疗环境进行了清理改造，将病房重新划分为清洁区、半污染区和污染区三个区域。每天的工作虽然异常艰辛，但秩序有条不紊。在这场没有硝烟的战争中，他们用专业和爱守护着自己的家。

【同期】

医护人员们：武汉加油，武汉加油。

【网络视频】

大叔：一点不假，真的点赞哪。感动得流泪。我不敢呼吸，我每天看着他们，我就流泪了，我流泪了，被他们感动，真的太伟大了，了不起，解放军和护士都了不起。

【解说】她叫陈怡，是军队支援湖北医疗队驻汉口医院呼吸一病区的护士长。除了圆满完成任务，陈怡最大的心愿就是带着身边几十个孩子平安回家。

【同期】

陈怡：医院说发生了传染疫情，可能要组建医疗队的时候，我们所有人员都积极报了名，据我所知，医院所有的军人和文职护士，几乎应该说是百分之百所有人都报名了，包括我自己。刘浩怡还有李晨，她们出来的时候都没有跟父母讲，一直瞒着父母，因为父母年纪大了，怕父母担心，都是说在我们自己医院加班，过年不能回去。

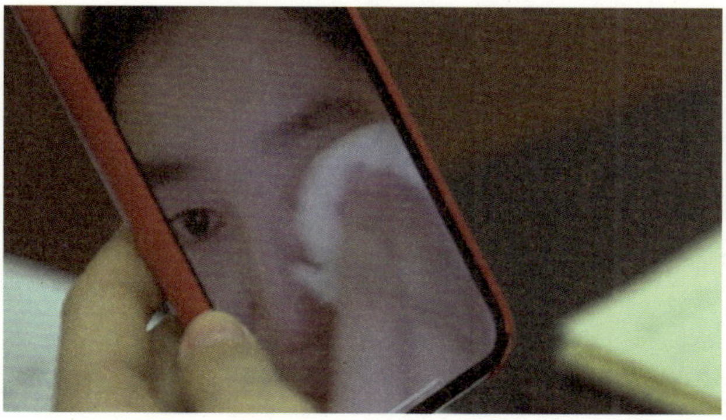

陈怡在视频连线时第一次动容地摘下口罩（摄像：侯正文）

**记者**：您儿子有多大了？

**陈怡**：12 周岁。刚开始我们是瞒着孩子的，但是两三天以后，因为现在的通信太发达了，他在微信里头看到了有我们的报道，他找到了我。完了以后他就立马给我发微信，说：“妈妈，你骗我，你是不是去武汉了？”

**记者**：那如果让您现在跟儿子说几句话，您想说什么？

**陈怡**：我希望我对他说，小宇，一定要努力学习，在家听爸爸的话，帮妈妈照顾好爷爷、外公、外婆，妈妈一定会加油，一定会平安归来。那时候我们再一起吃一顿年夜饭，你跟我说过的，我回来的时候，你会帮我烧我最爱吃的一道菜，妈妈一定会回来的。我回来很开心地吃你为我做的这道妈妈最喜欢吃的菜，谢谢儿子，谢谢老公，还有谢谢爸爸妈妈对我的支持，有你们，我很放心。大家一起加油！谢谢！

**【解说】**陈怡第一次在镜头前摘下了口罩，我们也终于看清了她的面容，此刻我们觉得她是最美的白衣天使。面对来势汹汹的疫情，陈怡他们不是不害怕，但只因肩负军人和医生的双重使命，他们义无反顾地披上了铠甲。

陈怡带着对孩子的牵挂奋战在抗疫一线，而和她并肩作战的还有很多还没成家的 90 后女孩。

有一段被很多网友转发的视频，视频里的主人公是一名 24 岁的护士。执行驰援武汉抗击疫情的任务，她没有告诉家人。刚刚结束了 5 个小时的夜班，她从重症感染区走出，由于连续每天 10 个小时的救治工作，她的脸被紧紧扣住的口罩和护目镜压出了血印，不得不贴着创可贴。

**【同期】**

**骆燿：**我要扯了哟，因为我里面有水疱，完了完了，里面水疱破了。

**记者：**你叫什么名字？

**骆燿：**名字就不要说了，因为毕竟如果我妈妈或者家人知道，他们会非常担心，不要播我的名字。不要播名字，不要播名字，谢谢。

**【解说】**和疫情赛跑，医护人员每天都在挑战生理和心理的双重极限。和这个女孩一样的还有很多年轻的身影，他们虽然辛苦，却义无反顾。她是来自空军军医大学的郭玮，连续工作完 4 个小时之后，同事给她和战友照了一张照片。

**【同期】**

**记者：**你为什么会哭呀？下了班应该感到高兴啊，终于给忙完了。

**郭玮：**我刚刚看到你拍的那张照片，不知道自己变成那样子了。

**记者：**原来那么漂亮是吧？那您说她漂亮吗？那您说郭玮漂亮吗？

**同事：**郭玮在我心目中最漂亮。

**【解说】**她是来自海军军医大学的医疗队员朱丽香，为了把时间都用在救治病人上，她工作期间几乎没有喝过水。

**【同期】**

**记者：**那你们要是这个过程中像是吃饭、喝水怎么办？

**护士：**憋着，不能喝水的。

**朱丽香：**不存在吃东西，如果我吃了，喝了，出来了，我的衣服就浪费了，又要重新再穿一回。太浪费了。

**【解说】**他们都是忙碌在疫情防控一线的医疗队队员，看看他们的手，再看看他们的脸，防护服和口罩遮挡不住他们作为军人的勇气和信念。

**【解说】**这里是武汉市金银潭医院，也是武汉市集中收治已经确诊新型冠状病毒感染肺炎患者的医院，入驻这里的军队支援湖北医疗队就战斗在疫情防控的最前线。

这是来自陆军军医大学的队员曝光的一天微信步数。他们在狭小的病房里，来来回回，每天都是一两万步。而他们迈出的每一步，都是在与时间竞赛，和死神博弈。

在来来往往的脚步中，不仅有年轻的军医和护士，更有很多“60 后”的专家。

**【同期】**

**毛青：**我 1984 年入党，老党员，所以说，说简单一点，医生第一这是职责，第二，这个肩上扛着我们军人的责任，作为一个老党员，任何一个身份都是义不容辞的。我们都是往前冲。

**【解说】**毛青是此次陆军军医大学援鄂首席专家，进驻武汉后，毛青就一直扎在金银潭医院，虽然已经年过五旬，但他每天的工作时间都在十几个小时以上。毛青和战友们有一个习惯，每天的工作完成后，他们要在病房多留一会儿，想尽办法安抚患者的情绪。

**【同期】**

**毛青：**如果他有一些症状的改善，我们就鼓励他。同时，还有一些时候，比如说让他可以和家属视频连线，有家人关怀，同时还可以给他举一些成功的例子，这样可以增加他的信心。

**【解说】**和毛青一样，他的同事徐迪雄、任小宝等7人都是年龄超过50岁的专家。他们凭借专业知识和丰富的医疗经验，将先进的理念和技术带到了防控一线。

短短几天，医疗队队员在武汉金银潭医院建立了全方位的感染防控体系。对诊疗环境进行清理改造，按照污染程度划分不同的区域，避免医务人员和患者出现交叉感染。

**【同期】**

**医护人员：**脱防护服的时候请注意，要把防护服卷紧，否则脱的过程中，很容易污染内层的衣物。

**【解说】**而在综合病房楼的医疗队办公室，感控专家都会24小时值班，透过“天眼”显示屏，随时提醒所有队员规范动作，防止疏漏。

在疫情防控的关键时刻，医护人员每分每秒都在面对看不到的“敌人”，时刻存在着交叉感染的风险，但是医疗队的队员没有任何退缩。

**【同期】**

**医护人员：**放轻松，对了，特别好。

**【解说】**面对患者，医疗队员们的每一个专业动作都小心翼翼，无微不至。他们散发的自信和乐观更是在治愈、感染着每一个病人。

**【同期】**医护人员和患者唱《我和我的祖国》

我和我的祖国
一刻也不能分割
无论我走到哪里
都流出一首赞歌
我歌唱每一座高山
我歌唱每一条河

**【同期】**

**两个女孩：**加油，武汉加油，武汉必胜，全国人民都关心你们。

【解说】这两个女孩是武汉一家医院的医护人员，在工作中意外感染。经过医护同行的细心诊治，这一天她们要康复出院了。

【同期】

宋彩萍：我们的护士她在岗位上感染，作为同行对她的关心和治疗，然后还有她本人的这种乐观和坚强，我们一起努力，所以能很快地好起来。真的很高兴，很高兴，我相信我们全国的医护同行们看到都会很高兴。

【解说】虽然这两名康复的女孩不是军人，但是面对陪护她们多日的军人医护人员，她们敬了一个军礼。

【同期】

患者：来到这边，他们医疗队对我们精心地照料，我们得到了康复，感谢他们对我们的照顾，不远千里到我们武汉来支援，这个疾病并不可怕，我们有信心战胜它们。

【解说】随着军地医护人员的共同努力，这样出院的患者越来越多，武汉疫情防控一线不断传来好消息。越来越多的患者被治愈，他们可以重新回到家中，享受家庭的温暖，而对坚守在一线的医疗队队员来说，他们虽然也有父母，有儿女，但在祖国需要的时候，这里就是他们冲锋的战位。

【解说】在武昌医院的战位上，这两名来自空军军医大学的医疗队队员有些特殊。

王鑫是一名医生，旁边是他的妻子仲月霞，两人共同经历过援非抗埃、“非典”救治等重大任务，而现在，当任务来临，夫妻再度同时请缨，一起走上战场。这一天，王鑫小心翼翼地帮仲月霞检查好防护服，他们为彼此写下对方的名字，新一天的战斗就要开始了。

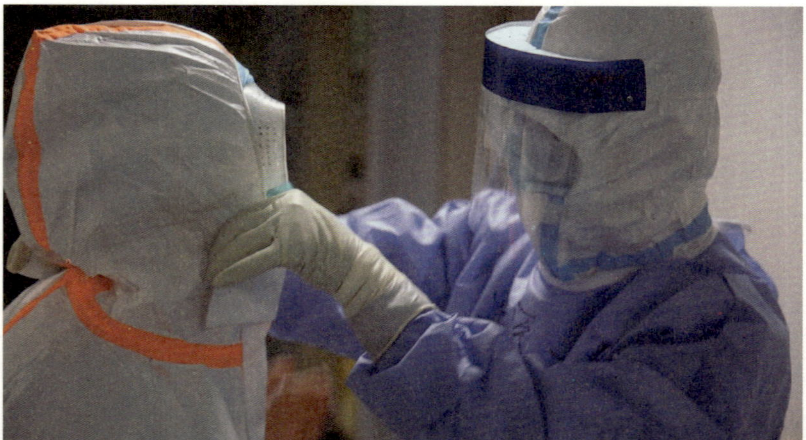

王鑫帮妻子仲月霞检查防护服（摄像：苏昱亚）

除了王鑫和仲月霞之外，在支援武昌医院的队员里，夫妻同上战场的还有传染科的杜虹和李璟，放射科的雷海涛和急诊科的焦大脉，同在呼吸科的朱倩倩和屈先俭，他们既是相濡以沫的爱人，又是并肩战斗的战友。

**【解说】**中部战区总医院的王艳，原定正月初六办婚礼。突发的武汉疫情让她脱下嫁衣，穿上防护服，走进了感染病区。

**【同期】**

**记者：**你原来定的今天要结婚？

**王艳：**对，是的，正月初六。

**记者：**那你今天还奋战在咱们抗疫的一线？

**王艳：**告知家人，然后把婚期推迟。婚期再定，等到这个疫情结束。

**记者：**我听说当时你是主动要求要在这坚持？

**王艳：**首先，我作为一名党员，平常大家都说要有带头作用，在这种情况下更应该做到这样，不能喊口号。其次，我作为一名医务工作者，我觉得这是我的本职工作，我觉得我的同事们都很辛苦。

**记者：**我们祝福你啊，你今天虽然没有办成婚礼，但是我觉得你奋战在一线更有意义。

**王艳：**对，谁能够遇到这样的大事，对吧。以后就是说起来终生难忘。然后也可以跟自己未来的孩子讲……（哭）

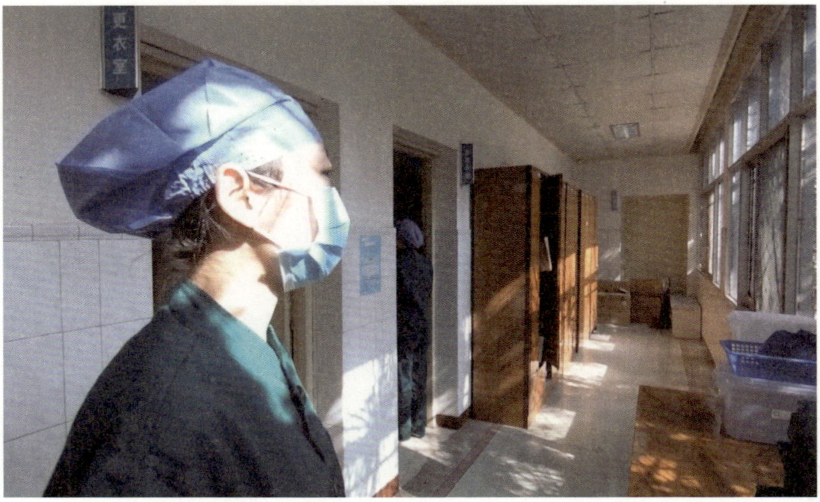


面对镜头，王艳不愿让记者看到她的泪水（摄像：车伟）

**【解说】**每一名一线队员的身后，都藏着不为人知的故事和感动。在疫情防控的关键时刻，作为军人，作为白衣天使，他们勇敢逆行，义无反顾。在祖国和人民最需要的时候，他们冲锋在前，救死扶伤。

2月3日，军队抽组的医护人员承担起了武汉火神山新型冠状病毒感染肺炎专科医院的医疗救治任务，更多确诊患者迎来了治愈的希望。

疫情还在继续，我们相信，军地合力，一定能凝聚起磅礴力量，坚决打赢这场疫情防控的攻坚战。愿奋战在抗疫一线的医护人员早日平安归来。

主创人员：
薛欣

【编者按】解放军3支医疗队在出发之际成立了3个临时党委和18个临时党支部。2月1日上午，在武汉市金银潭医院综合病房楼举行了一场特殊的入党宣誓仪式。在武汉抗疫一线，一位党员就是一面旗帜，一个党组织就是一座堡垒。

## 党旗在疫情防控一线高高飘扬

首播时间：2020年2月2日

首播平台：央广中国之声《国防时空》

【解说】在武汉疫情防控一线，军队各级党组织和广大党员医务工作者坚决贯彻党中央、中央军委和习主席决策部署，奋力投身疫情防控阻击战。经过陆军军医大学医疗队精心救治，2月1号上午，两位新型冠状病毒感染的肺炎患者康复，从武汉市金银潭医院出院。

【同期】

患者：有他们医疗队对我们精心的照料，我们得到了康复，我们要感谢他们不远千里到我们武汉来支援！

【解说】这两名患者的主管医生叫王斌，他和同事每天都要穿上全身防护服在污染区工作，精心观察病情变化，随时调整治疗方案。

【同期】

王斌：说不害怕肯定是不可能的，毕竟是这么强传染的一个疾病。我是一名拥有15年党龄的老党员和10年工作经验的呼吸科专科医生，只能往前冲。

【解说】一位党员就是一面旗帜。有32年党龄的呼吸疾病专家、陆军军医大学医疗队李琦教授本身也是一位慢性呼吸道疾病患者。他是带着便携式呼吸机来到武汉的。就在这几天，李琦和专家组同事昼夜不停，为每一位重症患者制订了精细的个性化治疗方案。

**【同期】**

**李琦：**党员是冲在前面的，我们很多老同志、老专家他们不是说说话而已。每天他们进入病区，而且对具体的医疗把关，我们做到了层层负责。

**【解说】**一个党组织就是一座堡垒，战斗力就是感召力。解放军 3 支医疗队在出发之际成立了 3 个临时党委和 18 个临时党支部。年轻护士高爽看到身边的党员，哪里危险就冲向哪里，在火线提交了入党申请书。

**【同期】**

**高爽：**他们遇到疫情都是争先恐后地冲在前线，非常羡慕他们，也希望跟他们并肩作战，所以坚定地要加入中国共产党。

2 月 1 号上午，一场特殊的入党宣誓仪式在武汉市金银潭医院综合病房楼举行

**【现场】**入党宣誓声

2 月 1 号上午，一场特殊的入党宣誓仪式在武汉市金银潭医院综合病房楼举行。

经陆军军医大学医疗队临时党委研究，决定发展 11 位同志为入党积极分子，批准 10 位入党积极分子转为预备党员，预备党员黄爱红被批准提前转正。

**【同期】**

**黄爱红：**入党是很光荣，但更是一份责任，我希望火线入党，能够为我们党旗增添光彩。

主创人员：
孙利
通讯员：刘远桥、高涛

【编者按】2 月 13 日，空军出动 11 架大型军用运输机向武汉紧急空运军队支援湖北医疗队队员和物资，这是我国自主研发生产的新一代大型运输机运 -20 首次参加非战争军事行动。报道通过采访多位参与任务的机长及医疗队队员，展现了他们受领任务、精心筹备、顺利抵达的种种细节。

# 新一批军队医疗队乘空军飞机今天上午抵达武汉

首播时间：2020 年 2 月 13 日

首播平台：央视国防军事频道《正午国防军事》

**【同期】**

**总台央视记者薛冰：**这里是武汉天河机场，现在是北京时间 2 月 13 号上午 9 点钟，大家可以看到在我身后，首架搭载着新一批军队支援武汉医疗队医务人员和物资的军用运输机已经抵达机场，细心的观众可以发现，它就是我国首架自主研发生产的新一代大型运输机运 -20。此次运 -20 加入武汉疫情防控的空运任务当中，也标志着我们人民空军战略投送能力实现了一个新的突破。

**【解说】**按照中央军委命令，空军 13 号凌晨出动 11 架大型军用运输机，分别从天津、沈阳、张家口、成都等地起飞，向武汉紧急空运军队支援湖北医疗队队员和物资，这也是继本月 2 号以来，又一批医务人员和物资抵达武汉，投入疫情防控工作。

**【同期】**

**军队支援武汉医疗队护士王舒芳：**我是第一次来，也是第一次乘坐军用运输机，感觉来支援很自豪。

【同期】

**军队支援武汉医疗队护士：**我们连夜过来，心情很急切，希望尽早投入抗疫战斗。

【解说】此次共有 6 架运 -20 参与运输任务，这是我国国产运 -20 大型运输机首次参加非战争军事行动，也是空军首次成体系大规模出动现役大中型运输机执行紧急大空运任务。

【同期】

**中部战区空军航空兵某师师长吴健：**实际上我们真正的准备时间不到一天，要规划航线，整个飞机一些设备要加装，还要考虑整个运输过程中人员的一些保障需求，包括复杂天气怎么应对，包括一些特殊情况怎么处理，既要安全，又要顺利圆满，所以我们还是做了很全面的一个方案。

【同期】

**中部战区空军航空兵某团团长杨军：**我这架飞机拉了 170 个人和 10 吨物资。经过装卸货以后我们 6 点多起飞，9:03 两架飞机分别降落武汉天河机场，可以说我们的反应还是比较迅速的。我们认为运 -20 是国之重器，就是在祖国最需要我们的时候挺身而出，也是我们运输机战略投送能力提升的一种体现。

【解说】据了解，此次任务部队精心挑选机组人员进行科学编组，详细规划飞行航线，确保飞机和机组均以最好状态投入紧急大空运任务中。军队医疗队医务人员也是做好了精心准备奔赴武汉。

军队支援湖北医疗队离机列队

【同期】

**薛冰**：现在是北京时间 13 号上午 9 点半，目前所有军用运输机已经全部抵达武汉。刚才通过观察我发现，这些医务人员虽然经过了一夜的奔波、忙碌后显得有点疲惫，但是我们可以透过镜头看到，大家正在整装列队，马上他们就要乘车奔赴各个医院，展开病患的救治工作。我们相信，随着这些医务人员和医疗物资的加入，会为尽早结束这场疫情防控阻击战提供源源不断的人力、智力和物资的支撑，也祝愿他们在武汉的工作能够一切顺利，尽早平安凯旋。

主创人员：
薛冰、胡瑞、吴熠

【编者按】在武汉市的中部战区总医院，有这样一对并肩作战的夫妻，丈夫肖瑞峰是医生，妻子陈练是护士。记者记录下了他们一天工作中平凡又感人的瞬间，展现了军队医护人员舍小家、为大家的大爱风采。

## 抗疫战场的最美夫妻

首播时间：2020 年 2 月 9 日
首播平台：央广中国之声《国防时空》

**【解说】**在武汉市的中部战区总医院，有这样一对夫妻，丈夫肖瑞峰是医生，妻子陈练是护士。当新冠肺炎疫情发生后，这对白衣战士并肩作战，共同投入疫情防控一线。

**【解说】**一大早，武汉的天空中飘起了细雨，丈夫肖瑞峰和妻子陈练早早地来到了医院，准备和值守夜班的同事交接工作。

**【同期】**

**记者：**今天有什么工作计划和安排呢？

**肖瑞峰：**我们还是照常执行，现在一个病区分为三个医疗小组，每个医疗小组中有 5 个医生，护士那边大概就是分为办公、管床的护士，大概 6 个小时就会轮换一次。

**记者：**待会儿您妻子就要去病区了？

**肖瑞峰：**对，她们一会儿就要去病区了。你看到没有，我们内科楼就是这一栋，呈一个 H 形的。我们内科一共有 7 个病区，污染病区就这三层，我们生活区在 4 楼和 5 楼。

【同期】

陈练：老公，清晨是新一天的开始，我们两个一起努力……

【解说】进入医院内部，几句简单的鼓励后，陈练推开潜在污染区的大门，准备穿上防护服，进入病区；肖瑞峰也开始查看最新的病人肺部 CT 扫描结果，研究调整诊疗方案。肖瑞峰说，虽然自己和陈练是夫妻，但在抗疫一线，两人更多了一重身份——战友。

【同期】

肖瑞峰：我们是同行，可能互相理解更深刻一点。作为医务人员，这个时候是责无旁贷的时刻，当时我报名之后，她还是很支持我的，最后她自己也参加了。其实刚好我们处于一条战线，在一个病房工作，可能也是我们的幸运吧，我们随时可以见面，可以互相关照。

【解说】作为主治医师，肖瑞峰每天都要负责 5 到 6 个住院患者的治疗，一天工作时间长达十几个小时。而妻子陈练甚至比肖瑞峰更忙，有时候她上完白班又上夜班。陈练说，在这样高强度的工作中，爱人之间的关心和鼓励是激励彼此坚守战位的一种动力。

【同期】

肖瑞峰：因为在下面穿防护服，我们是厚厚的几层，口罩都是两层，所以非常不透气。当时也是看到我不舒服，也很担心，就让我在边上，在凳子上面稍微趴一下、靠一下，这样减少体力消耗。各自给彼此鼓励，这样的话我们的心情也会好很多。

【同期】

肖瑞峰：老婆辛苦了，喝点水吧，累不累呀……

【解说】在紧张忙碌中，一上午的时间匆匆而过。当妻子从隔离病房走出时，肖瑞峰立刻为妻子递上了一瓶水。肖瑞峰说，和妻子陈练共事 10 多年来，二人不仅在感情上心有灵犀，而且在日常工作中也是配合默契。

【同期】

肖瑞峰：比如有时候碰到病人的情况，收治新病人，一个口头医嘱基本上就能把这个事情交代清楚，或者一个眼神就知道该做什么处理。

【同期】

肖瑞峰女儿：爸爸妈妈……

【解说】回到休息区，他们迫不及待地给在家的两个女儿打通了视频电话。陈练说，年前，肖瑞峰把身体不好的岳父岳母接到武汉来，准备一起过春节，但这场突发的疫情打乱了计划，他们不仅没能照顾老人，而且还把两个女儿留给老人照顾。

**【同期】**

**陈练：**每天和她们视频，她们看到爸爸妈妈时，眼泪都快下来了，都问我们什么时候能回去。昨天（女儿）在视频里还说："妈妈回来，我都不让妈妈走了。"

**【解说】**虽然对父母和女儿心有亏欠，但是抗疫任务面前，夫妻俩只能把这份思念埋在心里。陈练说，短暂的别离是为了更好的重逢，自己和丈夫将继续奋战在抗击疫情的第一线。

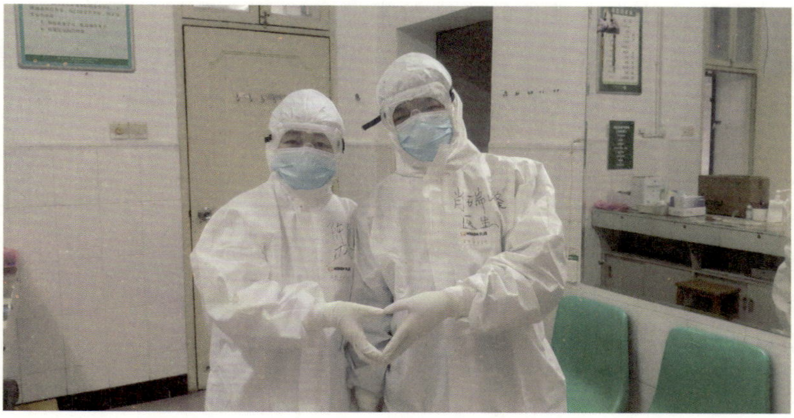

肖瑞峰和陈练进入"红区"前的合影

**【同期】**

**陈练：**我想武汉无数个家庭，特别是医务工作者，都是像我们这样的，都不能回家，看到孩子这么想念爸爸妈妈，我和老公都觉得我们要努力打完这场仗，再回去和她们团聚。

主创人员：
王锐涛
通讯员：车伟

【编者按】这部宣传片讲述了军队支援湖北医疗队在救治一线和死神交锋，让生命延续的感人故事。表现了人民军队闻令而动，敢打硬仗，在疫情防控战场上发起一次次冲锋的风采，通过一幕幕瞬间的回顾，生动展现了人民军医为人民的使命担当和无私情怀。

## 我是人民军医！我们是人民的军医！

首播时间：2020 年 4 月 2 日
首播平台：央视新闻频道《东方时空》

**【解说】**防护服下，你看不见我的脸。我，有很多身份，是那个离危险最近和死神交锋的勇士。

**【字幕】**陆智杰，军队支援湖北医疗队队员。不到 10 厘米距离抢救患者，把危险留给自己。

**【同期】**

快点心跳停了，快挤肾上腺素，肾上腺素，用劲挤！

**【解说】**我是风暴中心的逆行者。

**【字幕】**张军，军队支援湖北医疗队队员。平均每 13 分钟完成一位患者的接收，为患者打开“希望之门”。

**【同期】**

**对讲机：**接诊中心又来了十名病人，请准备接诊。

**张军：**病人由于难受抓着我的防护服死死地抠，那种状态下你上还是不上？必须得上！我觉得这是我们的职责！

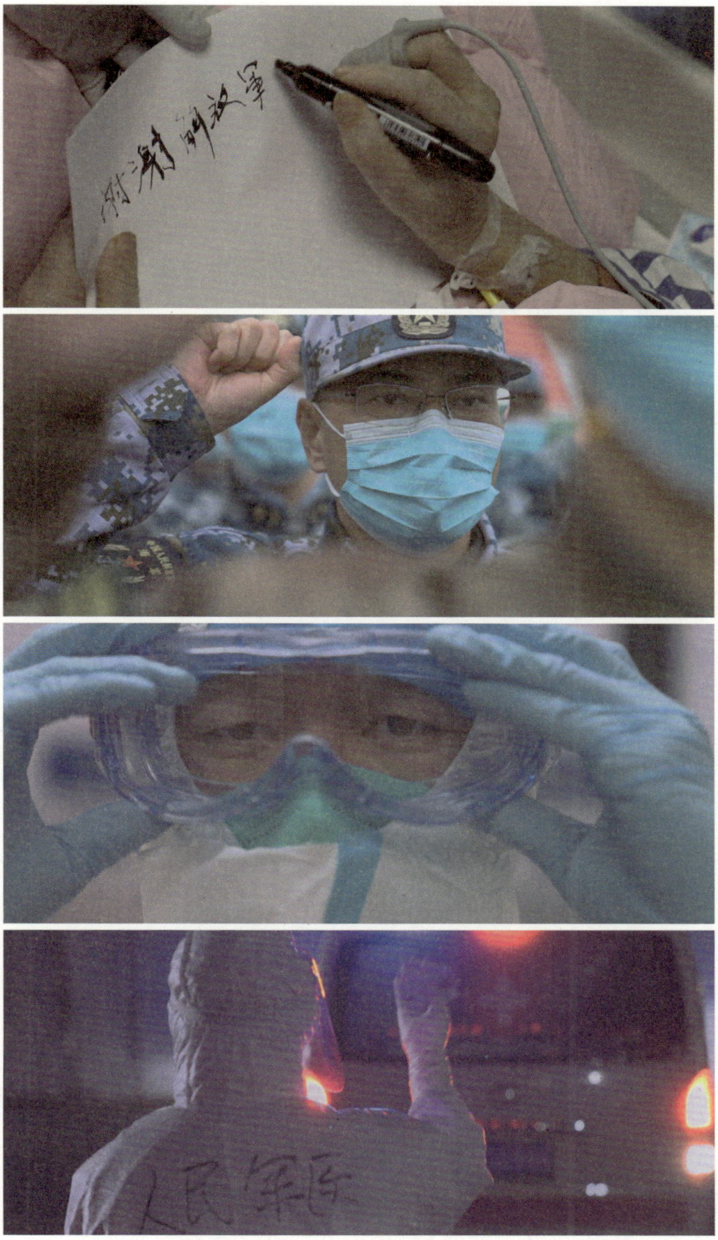


我们是人民的军医

【同期】

一、二，慢点。马上插管！马上插管！

【解说】我必须直面病毒。

【同期】

病人马上就到了，我们奉献自己力量的时候到了，有信心没有？

有！

【解说】我是团队的脊梁。

【字幕】宋青，军队前方专家组副组长，奔波在多家医院，为危重症病人治疗指明方向。

【同期】

我觉得你们做得特别好！你早上点 ECMO，你看他恢复得多好啊！

我们感觉这个病人恢复得真的挺好！

感谢宋主任！

不用感谢，病人好了是最重要的。

【解说】也是家里的顶梁柱。

【同期】

孩子：爸爸妈妈我想你们了。

妈妈也想你们。

他是这个家庭的丈夫和父亲。但是他首要是一名军人，我们要知道自己的使命是什么。

【解说】而此刻，我更要撑起另一个大家。

【同期】

护士长：（累得）哭了，但是我作为领导、护士长，我多坚持一会儿，大家看到可能就觉得护士长都能坚持，我们为什么不能坚持。

护士们：加油！

【解说】因为，多一分钟坚持，患者就多一份希望。

【同期】

心跳回来了，回来了！心提到嗓子眼儿，真的是太紧张了！身上全部湿透。

非常激动！最后这个病人救活了！氧气打开，氧气开到 4 升 / 分，稍微松松手他可能就走了。但是我们想把他拉住，把他救回来！

嘴张开好极了，顺利撤机，非常好！ 99.9%已经成功了！

他们都出院了，你们有没有信心？

有！

有信心啊！

【解说】摘下口罩，我也是平凡一人！

【同期】

（车上流泪）对不起，我心脏受不了了。

【字幕】王晓靖，军队支援湖北医疗队队员。2 月 14 日在前往医院的车上接到父亲离世的消息。

**【同期】**

**军队支援湖北医疗队队员王晓靖：**妹妹说，老三，我告诉你咱们没爹了。那个瞬间真的是非常痛的感觉。

**【字幕】**张迁，军队支援湖北医疗队队员。2 月 17 日，张迁泪别躺在病床上的母亲，出征武汉。

**【同期】**

**军队支援湖北医疗队队员张迁：**妈妈，我接到命令，要外出执行任务一段时间才能回来，你一定要等我回来。

**【字幕】**全军先后派出 3 批次共 4000 多名医护人员支援武汉抗击新冠肺炎疫情。

**【解说】**你不知道我是谁——

**【同期】**

**火神山医院感染一科二病区副主任任小宝：**我不需要他记住我们，因为我们进去的时候代表的是什么？代表的是人民军队。但我知道你是谁，因为你是我的病人，我们是为了爱而来维护你们的。

**【解说】**我却知道我为了谁。

**【同期】**

**患者甲：**是你们又挽救我第二次生命，谢谢你们啊。

**患者乙：**我刚刚得这个病的时候，我想死，感谢我们的部队，对我真的好，要不然我没命了。

**患者丙：**我无法用语言表达，只有一句话，感恩。

**患者丁：**奶奶永远都能记得，你们太好了，没有你们，我活不到现在。

**医护人员：**奶奶，下次来武汉看你好吧！

**患者丁：**好！

**【解说】**白衣为甲，誓死不退。

**【字幕】**单润刚，军队支援湖北医疗队队员。患有过敏性皮炎 20 多年，每次穿上防护服都承受巨大痛苦。

**【同期】**

**军队支援湖北医疗队队员单润刚：**来了以后再没考虑过皮炎，痒啊，尤其汗水一多，盐蜇到上面那个疼像针扎一样的感觉。最痒的时候比割刀子还痛苦。

**【同期】**

**火神山医院重症医学二科副主任马凌：**国家有需要的时候，这就是我们该来的时候。病人需要的地方，就是我们该来的地方。我们是人民军医，我们是人民的军医。

【解说】我的名字只有始终如一的四个字。

【同期】

我是中国人民解放军军人，我宣誓：服从中国共产党的领导，全心全意为人民服务，服从命令！

【解说】我是中国共产党党员！我是中国人民解放军军人！我是人民军医，永远护佑人民的平安、健康、幸福！

主创人员：
刘笑宇、苏洲、许溟、王俊康、孙国强、赵健

## 第四节　雷火出击

【编者按】1 月 23 日，武汉市政府决定参照北京小汤山医院模式建设一家专门集中收治新冠肺炎患者的医院——火神山医院。1 月 25 日，决定在火神山医院之外，再建一家雷神山医院。任务急如星“火”，行动“雷”厉风行，短短十天，两家医院双双落成，这是无数与时间赛跑、与死神竞速的建设者们共同创造的奇迹！了不起的“中国速度”背后是异常严峻的疫情形势，确诊病例每天都在陡增，两“神山”医院全力收治病人，成为武汉抗击疫情的重要战场。

【编者按】快速建成的两“神山”医院能否高效地投入运转？是否会造成交叉感染？记者通过对两家医院设计和施工人员的采访以及医院现场的拍摄，展现了两家医院及时建成和交付使用背后众多行业、企业和工作人员的努力和付出。

## 两“神山”医院投入战“疫”

首播时间：2020 年 2 月 7 日

首播平台：央视综合频道、新闻频道《焦点访谈》

**【演播室】**

**侯丰：**继 2 月 4 日火神山医院收治的首批 50 位患者进入病区，2 月 6 日，武汉雷神山医院也开展验收并逐步移交，两座短时间建成的应急医院相继投入使用。这是在抗击疫情的非常情况下的非常举措。那么，快速建成的医院，能否高效投入运转？是否会造成交叉感染和对环境造成影响？我们去现场看看。

**【解说】**同时间赛跑，与病魔较量，从 1 月 23 日下达任务开始，火神山医院和雷神山医院先后都在很短时间相继建成。这是又一个奇迹，了不起的“中国速度”，万众一心的中国力量。

了不起的“速度”背后，是异常严峻的疫情形势。从确定新建火神山医院的 1 月 23 日当天到 2 月 6 日火神山、雷神山医院相继交付，武汉市确诊病例每天都在陡增。

不断增加的定点医院床位数量，远远跟不上疫情蔓延速度。新建火神山、雷神山医院，集中收治疫情患者，将很大程度上缓解其他医院的压力，减少交叉感染。

**【同期】**

**军队支援湖北医疗队队员张权宇：**在您住院期间，我会负责对您的治疗。这个房间是两人间，这有洗手间、热水器，包括空气过滤设施都做得很好。您是从哪个医院转来的？

众多行业、企业和工作人员为两“神山”医院的建成忙碌

**患者**：汉口医院。

**张权宇**：发病到现在多少天了？

【**解说**】雷神山医院将有 1600 张病床，2 月 6 日也通过验收并逐步移交。医护人员到位、医疗设备到位、药品到位，快速建成的医院，能否高效投入运转？记者一直带着这样的问题，在几天的采访中寻找答案。

【**同期**】

**中南建筑设计院有限公司副总建筑师张颂民**：我们的建造时间比通常的传染病医院建设，至少速度是提高了 100 倍。我们也是分阶段、分步骤全面配合现场的施工，一步步把这个项目完成的。边设计，边施工。

【**解说**】雷神山医院的设计者是中南建筑设计院有限公司，从大年三十的晚上 6 点多钟接到任务，24 小时，就拿出了设计方案。

【**同期**】

**张颂民**：当时我们定下了三个原则：第一个原则就是时间，要快速建起来，因为在目前这种形势之下，时间就是生命。第二个就是对环境应该是完全没有污染，周边的建设环境，第三个就是一定要保证我们医院工作人员的工作环境是安全的，能够把院内的交叉感染降到最低。

【解说】火神山医院位于蔡甸区，雷神山医院位于江夏区，两家医院的选址都远离武汉市中心。

【同期】

张颂民：这个地方选址是我们市政府通过咨询了多轮专家，选择的这个位置是远离城区的，也远离了学校，远离了人口密集区。它是城市的下风向。

【解说】虽然远离市中心，但周围也都分布着社区、单位，甚至都紧邻湖泊，在这样的区域建起两家医院，会不会对周围的社区群众造成影响，会不会对周边环境造成长久的破坏呢？雷神山医院是中建三局负责承建的，2 月 4 日记者采访的时候，他们正在安装调试污水处理设施。

【同期】

中建三局绿投公司雷神山项目指挥长朱海军：整个场区我们按照垃圾填埋场的这个标准来建设，这样我们厂区下面设置了两道土工布一道防渗膜，保证我们的医疗废水一滴都不渗到地下。

【解说】不让污水渗漏，即使下雨，地面水也不会渗透下去，这样就不会影响地下水以及周围湖泊的环境。那么医院的污水如何处理呢？

【同期】

张颂民：所有的污水对医院来讲全部是要收集起来的，对于我们这样一个传染病医院，它的要求就更高了，我们把它的消毒的方式以及消毒的时间都大大延长了，集中做了一个污水处理站，固体垃圾集中收集，也做了一个专门的焚化炉。

朱海军：我们这是一体化的设备，基本上是成品的集成化的工艺。这个在现场施工拼装的工作量是很小的，在短时间内我们能够把设备集成起来，这个质量上是没有问题的。

记者：如果这套设备坏了怎么办呢？

朱海军：我们所有的设备泵组都是采用一用一备的配置，万一坏了，我们有备用设备。第二个我们会马上组织力量把出现故障的设备抢修。

【解说】雷神山医院建筑面积达到了 7.9 万平方米，相当于当年“非典”时期北京小汤山医院的近 4 倍。

【同期】

张颂民：传染病医院的工作强度很高，因此我们基本上是按照 1∶1.5 的这个配比来配备。也就是我们医护人员的比例是我们这个患者的 1.5 倍。因此我们这边配备的是 2300 人的住宿生活场地，在医院的整体布局上，我们可以看到它像一个鱼骨形的布局，也就是说中间是我们的医生、医护工作区，一个一个的病区是放在医生工作区的两侧。技术上应该说就是采用了三区两通道的设计，三区就是有清洁区、污染区、半污染区，两通道就是病人通道和医护通道是分开的，医生的工作区是非常安全的。

**【解说】**医院内部，特别是在疫情严重的时候，避免交叉感染极其重要。比如，医院里被疫情感染者污染的空气，会不会导致医院内部医护人员与患者之间出现交叉感染呢？ 2 月 2 日，记者在火神山医院采访时，正有工作人员进行防范检测。

**【同期】**

**总台央视记者金珠：**我现在是在火神山医院的病房，在我的身后湖北省疾控中心、卫监所的工作人员正在对病房的环境进行检测，他们检测的三个关键指标分别是房间每小时的换气次数，房间和房间之间的压力梯度和室温。他们在整个火神山医院要检测的区域分为负压手术室、重症监护室、负压病房、负压隔离房以及医技楼。

**【同期】**

**张颂民：**我们医院是污染区、半污染区、清洁区这三个区，负压病房意味着我们污染区的空气压力是最低的。也就是说所有的空气的流动它是从清洁区流向半污染区，再从半污染区流向污染区。它不会逆向流动，也就意味着我的这个传染源它不可能从我的污染区跑到半污染区再跑到这个清洁区去。

**【解说】**负压病房，是利用一种特殊装置，使病房内的气压低于病房外的气压，外面的新鲜空气可以流进病房，病房内被患者污染过的空气不会泄漏出去，而是通过专门的通道收集处理。这样，病房外的空气就不会被污染。

**【同期】**

**湖北省疾控中心卫监所工作人员：**测的是房间的净压差，也就是我们通常所说的压力梯度。这个值是确保我们负压病房安全的一个非常重要的指标，可以确保我们外面的风是向我们病房里面吹的，把传染源控制在病房内不至向外面扩散。

**张颂民：**而且我们病房的新风量都是比普通的传染病医院加强了很多，在每个房间也配上了很多空气消毒的机器，家里民用的在办公室里面，基本上是不需要有气压差的。那么在我们的传染病医院里面是有气压差的。它是要人工组织气流的流动方向，不能让这个空气的流动是随意的，它要朝着清洁区、半污染区和污染区这个方向流动。

**【解说】**火神山、雷神山医院，包括病房、ICU、医护办公室、机房、库房、垃圾暂存间，等等，内部主体结构都是由集装箱活动板件现场拼装而成的。集装箱活动板件有相对固定的尺寸，大概在 3 米乘 6 米大小，设计人员要在这样的空间内合理布局。

【同期】

**医护人员**：这是隔离病人的隔离病区和外界的一个通道。普通医院是用不到的，只有传染病区、隔离病区才有这种传递窗口。把门关好、密封好以后，消毒一定时间以后，那边可以打开把东西拿走。

**记者**：如果时间不到那边是打不开的吗？

**医护人员**：对，全是负压的。所以我们每次送饭都是敲门，一定注意他关上以后我们才能放。两边不能同时开。

**【解说】**临时调集来的集装箱板房，并不是完全用于医疗救护的，这就需要进行改造。

【同期】

**中建三局一公司安装公司项目责任经理程华忠**：这个集装箱就是普通板房，所以它整个开关插座的定位实际上是按照原来功能设置的。比方说像这个最早的定位可能是在那个角落里面。实际上这个房间是两个病房是两张床，这个主要是一条医疗带，这里面有很多过氧实施系统，还有一些弱电系统和一些整个的电器的一些管线在里面。我们要根据最新的图纸对整个管线进行重新改造。

**【解说】**2 月 4 日记者在雷神山采访的时候，工人们正在 24 小时满负荷、两班倒地与时间赛跑，对活动板房逐一进行改造。改造后的病房可以安装医疗、通风设备，满足救治患者的需求。

【同期】

**张颂民**：我们医院的医疗设备上面尽量配齐这种治疗设备以及检查设备，这个里面包括有我们的 CT、X 光，有功能检查、B 超、心电图，还有手术室，还有检验中心，一整套的医技流程都是配套完善的，来为病人的检查治疗做好准备。那么这些东西都得根据现场的要求来做。因为现场是每天一个样子，时时刻刻在进展，不可能说所有的事情能够在办公室、在计算机上面完全预料到。

**【解说】**建成后的火神山、雷神山医院，都实现了 5G 网络全覆盖，网速最高可到 40G 每秒，可以支持全高清远程会诊和医疗数据采集，这就为危重患者、病情复杂患者的医疗诊治提供了必要的条件。现在，两家医院都已经先后交付，医护人员也正在以最快的速度适应新环境，实现医院的高速运转。

【同期】

**武汉火神山医院院长张思兵**：我们全体人员正在病房、药房、检查室忙碌，做好收治病人前的所有准备工作。习主席的指示要求打赢这场防疫的阻击战。

**【演播室】**火神山、雷神山的相继建成是在稳妥考虑方方面面的前提下，争分夺秒的紧急行动和高效动员的结果。它们的背后，是众多行业、企业和工作人员的努力和付出，是亿万中国人民的牵挂。对于目前复杂严峻的战“疫”情况来讲，它们的及时建成和交付使用，以及更多正在进行施工和改造的抗疫医院，定会拯救更多人的宝贵生命，共战病魔，共护健康。

主创人员：
冯成、王剑锋

【编者按】两“神山”医院的建设是全国上下众志成城的生动缩影，是国家行动，是政府作为，更是14亿同胞的守望相助。《“两座山”背后的故事》节目专访中建三局党委副书记、总经理陈卫国，讲述“两座山”背后四万多建设者如何在封城封路情况下克服重重困难，保证工程质量，通过细节讲述了建设者们感人至深的故事和心路历程。

## “两座山”背后的故事

首播时间：2020 年 4 月 5 日
首播平台：央视新闻频道《面对面》

**【解说】**2020 年 1 月 23 日，腊月二十九，武汉市决定在蔡甸知音湖畔修建一座容纳 1000 张床位的火神山医院。项目的牵头单位是总部位于武汉的中建三局集团有限公司。刚刚上任一个月的中建三局党委副书记、总经理陈卫国成为建设总指挥。

**【同期】**

**记者：**你们接到这个任务，有没有明确告诉你们这个医院什么时候要建成交工？

**陈卫国：**当时就是说要在十天左右建成这么一个医院，没有很明确地说是要七天、八天、九天，还是十天还是十一天。

**记者：**最后这十天是怎么定下来的？

**陈卫国：**应该是在我们开始施工以后，最后确定下来给中央有一个上报的时间，那时候明确下来十天。当时的疫情非常严重，我们也知道这是与时间赛跑，与死神赛跑，早一天当然就更好。

**【解说】**火神山医院总建筑面积 3.39 万平方米，编设床位 1000 张，开设重症监护病区、重症病区、普通病区，设置感染控制、检验、特诊、放射诊断等辅助科室。10天之内，要建成如此规模的传染病专门医院，这是陈卫国乃至中建三局集团从未承担过的重任。

**【同期】**

**记者：**所以当时这个任务落在您身上的时候，敢接吗？

**陈卫国：**不能不接，这就是命令。三局在湖北是最大的施工企业，在全国也是排名靠前的，我们不干，谁能干？如果我们不干，我们自己良心上也说不过去，我们企业干部职工也不会接受。

**记者：**但是内心里真的是没把握，那是一种什么感觉？

**陈卫国：**军令如山，完不成是要负很大的责任的。当时有一个宣传口号，我觉得其实特别感动的：苟利国家生死以，岂因祸福避趋之。

陈卫国接受记者采访

**【解说】**一声令下，一场事关生死的基建战全面打响！中建三局派出设计团队与工程设计单位共同设计。而在领受任务的1月23日当晚，中建三局调集武汉市正在加班的5个建设项目中的工人，场地平整等工作迅速展开。1月24日，除夕夜，施工现场灯火通明，上百台机械陆续进场，国家电网数百名职工运送大批变压器、电缆，施工送电，钢筋、管材陆续进场。

**【同期】**

**陈卫国：**抢时间，场平、地基、基础、板房这些结构，我们都往前抢了两天时间。

记者：就在这个过程，你们难在哪儿呢？

陈卫国：1 月 24 日的时候我们在挖基础的时候，测量就发现场地的高差特别大，要把这个土方平衡就需要挖填 40 万方土，这个就要挤占两天多的时间。我们先把条件成熟的先开始做，条件不成熟的最后去抢，第二个就是上更多的设备和动员更多的力量，去把土方施工的时间尽量缩短。

【解说】任务艰巨，但施工人员奇缺。正值过年，很多项目停工，工人都回家过年。中国建筑举全集团之力，第一时间调集 12 家单位参战。中建三局通过各种方式集结管理、施工人员。

【同期】

记者：计划要找多少人？

陈卫国：一开始计划找七千人，我们统计我们在手的劳务，现在留在工地上可以立即调动的劳务就是八百人。

记者：还有九成的缺口呢？

陈卫国：我们把七大公司负责人全部叫过来，你们给我去找人，你们给我从全国各地去找人，在朋友圈里、微信群里，队伍你们去发动，人、材料、设备，我不是万能的，你们是万能的，你们必须去找过来。

记者：大年三十晚上你不让人回家？

陈卫国：当时心里没有底，到底能找来多少人，心里一点底都没有。

【解说】徐飞，30 岁，湖北十堰人。腊月二十八，徐飞离开武汉返回十堰，而刚到家的第三天，他就得到返回武汉的通知。

【同期】

记者：当时你知道武汉的疫情发生到什么地步了吗？

徐飞：因为当时我走的时候这边还没“封城”，也就是我刚好走就“封城”了。

记者：十堰更安全还是武汉更安全？

徐飞：按道理说肯定十堰更安全，但公司里面招我们回来，肯定是回来的。

【解说】和家人告别后，凭借手机上中建三局开具的电子通行证，徐飞驾车四个多小时，到达已经“封城”的武汉，直奔火神山工程现场。当时给他的任务就是去加工厂生产暖通风管，而且，所需要的工作人员由徐飞自己召集。

【同期】

记者：他们都是你的什么人？

徐飞：都是以前我们一起做事的。

记者：都是工友？

**徐飞**：对。

**记者**：好说服吗?

**徐飞**：还好，他们信得过我。

**记者**：说报酬的事了吗?

**徐飞**：这个东西目前不谈。

**记者**：人家问了吗?

**徐飞**：也没问。

**记者**：那你问别人了吗?

**徐飞**：没有。

**记者**：你觉得为什么大家会这样?

**徐飞**：这次是国家方面的事情，我说先有国家后有小家，并且他们都在武汉附近，打电话一个一个沟通，过后我又开车去接。

徐飞接受记者采访

**【解说】**跟徐飞和他召集的工人一样，越来越多的管理人员和农民工从大年初一开始从全国各地向武汉集结。

**【同期】**

**陈卫国**：很多工人，分包队伍，这些供应商他们也知道了火神山是一个救命工程，是武汉“封城”以后的一个信心工程，他们也有这种认识和意识。村里都把路封了，交通很有问题，有一个队伍老板开着大巴，一个村子一个村子去接人，我想他们也意识到国难当头，大家还是要挺身而出。

**记者：**看着这些人一个队伍一个队伍、一群一伙都来的时候什么感觉？

**陈卫国：**激动，也掉泪，就觉得有希望了。

**记者：**你知不知道你这个任务要多长时间内完活？

**徐飞：**工期当时拿图纸的时候看了，我们是1月27日开始在加工厂制作，三天时间把所有的风管全部拿过来。

**记者：**同样的任务量平时要多久？

**徐飞：**平时一个月，一环接一环。

**记者：**你这儿不能慢？

**徐飞：**对，不能慢，因为这个东西使用起来，设备装起来都是封闭式的，要送风要排风，里面污染都是在房间里面出不来。

**【解说】**就在火神山工地刚刚平整好场地的时候，1月25日下午，武汉市决定在火神山医院之外，半个月之内再建一所雷神山医院，总体规模超过两个火神山医院。春节停产停运期间，仅存的一点人机物料都投入建设火神山医院，再开辟第二战场，可谓难上加难。

**【同期】**

**陈卫国：**你只要能来，都来，来了以后现场再来分配任务，管理人员也是。我们有一个从马来西亚回来的国际项目经理，他也正好回国。

**记者：**来过春节的？

**陈卫国：**来过春节，他腿有伤，本来是回国养伤的，后来我们跟他讲说那你只能干一件工作，就是在工地的门口给工人测温，所以他就当起了门神。当时也跟大家开玩笑，我当上总经理才一个月就碰上这么一个硬骨头，那个心理压力是不好用语言形容和表达的，每一天、每一时、每一刻都是高度紧张、焦虑、着急、挣扎。

**【解说】**用三天的时间赶制出火神山医院所需要的暖通风管，徐飞带着工人，第一时间赶到了火神山医院工地，进行吊装。作为领班，他带领的工人后来增加到二十多名。

**【同期】**

**记者：**你的任务是一天工作多少小时，完成多少工作量？

**徐飞：**现场只要是哪方面跟不上，你就干哪方面。

**记者：**眼里有活？

**徐飞：**对，比如坐那吃饭都说每天都干得非常累，现在疫情越来越重，早点做出来早点投入使用。

**记者：**谁说的话？

**徐飞：**我跟他们说的话，公司里领导也这样说的，我说我们都作为湖北人，疫情如果慢慢延长是什么后果，谁都想得出来。前段时间称了称体重，瘦了十多斤，晚上加班基本上不回酒店，公司安排有酒店住，基本我都不回，都在车上，都想着怎么把事情做出来，想着第二天事情怎么做，考虑这些事情尽量往前赶，因为时间不等人。

**【解说】**瞬息万变的火神山、雷神山施工现场，经网络直播后，上亿网民当起“云监工”，不少观众留言：“两山”奇迹的背后，是一个个建设者倾尽全力做到快点，更快点。但是，就在 1 月 31 日这一天，出于最高防护级别的需要，火神山医院方面提出已经建好的三区两通道的设计必须调整，即将交工的建设队伍又迎来了最艰难的时刻。

**【同期】**

**记者：**这个调整是大调整还是微调？

**陈卫国：**这个调整就像最后一根稻草。我们都已经到了身体和心理上的极限，几天几夜没睡觉了，就拼着把它交出去的这一刻，然后来了这么一个调整，就像最后一根稻草，把整个团队压在接近崩溃的边缘。

**记者：**怎么改？

**陈卫国：**我们要把护士站的内隔墙拆掉，空调设备也要做一些调整。完成这个量做了一个估算，要搞两天。

**记者：**但事实上留给你们多久？

**陈卫国：**当时讲一个晚上。

**记者：**那怎么办？

**陈卫国：**所有人所有管理人员就死盯在那里死扛，没有别的办法。把人全部压到这上面来，中建集团的董事长在这里督战，跟他报告，我说现在必须要紧急调人，晚上 12 点钟给他打电话，他说要多少人，我需要一千空调工、一千电工，从外省马上就来，就派人增援，就采取这些措施。

**记者：**每次您去开协调会的时候，听到如果有方案上的改动，您心里是什么感觉？

**陈卫国：**我们就像夹在石头缝中的蚂蚁一样，就没有任何的余地，只有把自己的力量施展出来。每次进去开会的时候我都紧张。每次都要表态，每次表态的时候我也觉得很纠结，但是最后从嘴里说出来，还是坚决完成任务。

**【解说】**2 月 1 日，火神山医院三区两通道设置完成，中午 12 点，场地基础施工全部完成。2 月 2 日，火神山医院正式交付！ 2 月 4 日，上千名解放军医护人员进驻火神山医院后开始收治病人。但对于陈卫国来说，此刻还远远不是轻松的时候。火神山医院交付 4 天后，也就是 2 月 6 日，雷神山医院的交付时刻正在逼近。

【同期】

**陈卫国：**我把火神山 2 月 2 日交出去以后，到雷神山的时候晚上开了一个动员会，整个团队就觉得这个任务完不了，完不成。

**【解说】**随着疫情的迅速发展，雷神山医院设计几度变更，5 万平方米、7.5 万平方米、7.99 万平方米，短短六天，雷神山医院规划总建筑面积三次增加，床位从 1300 张增加至 1600 张。人员紧张、物资紧张、设备紧张，而时间更紧张。

【同期】

**陈卫国：**当时我们就从火神山抽调一个最强的队伍负责雷神山的建设。在雷神山建设的时候碰到的最大困难就是物资、人员。就是没东西了，当时铜管缺六千多米，整个湖北省买不着了。人员在火神山原计划要转战一部分人过来的，已经极度疲劳。

**记者：**怎么解决的？

**陈卫国：**再动员，要求全国各地的分公司马上带人连夜驰援武汉，向中建总公司求援，从广东、从北京、从深圳、从四川驰援来了几百管理团队和几千队伍，一下子就把雷神山的工人从一万多人加到了两万两千多人。

**【解说】**这是 2 月 4 日雷神山医院的建设现场，1000 多名管理人员，10 000 多名作业人员，1400 多台各类大型机械设备及运输车辆，3000 多套箱式板房，3300 套机电安装物资，在亿万网民的“云监工”之下，进行着奇迹前的冲刺。

【同期】

**陈卫国：**其中最感人的是焊氧气管的工人。因为我们这个氧气管比较特殊，能够焊这个氧气管的人不多，当时的时间特别紧。这伙工人干了三天三夜没回去睡觉，一个女同志带队干了三天三夜。我们跟她讲说你必须得回去休息，再不休息要出人命。他们坚决不走，说第一批房不交出来，我们就不走。

**记者：**您说他们是为了什么这么干？

**陈卫国：**这就是希望，大家都指着这个医院。咱们医院要是建不成，大家都是齐心合力的这个场面，那咱们在这当中，不就掉链子了吗？

**【解说】**2 月 6 日下午，武汉市城建局会同市卫健委开展雷神山医院验收工作并逐步移交。2 月 8 日晚，容纳 1600 张床位的雷神山医院收治首批确诊患者。因为是传染病医院，所以两座医院病区水电气等系统的运行、维修保障成了比施工更为艰巨的任务。

【同期】

**陈卫国：**病人一收治以后，病房里面就是战场，就是高风险区，有没有人肯进去维护，进去维护感染了怎么办，这里面到底有多大的风险和危险。

**记者：**怎么跟人家农民工开口？

**陈卫国：**但这个事情必须要去做，没有人去维修，这个医院那谁去保障呢？

**【解说】**雷神山医院工程收尾时，徐飞和他手下的十几名工人选择继续留下参与维保。

**【同期】**

**记者：**那可比盖医院的时候要危险？

**徐飞：**是，当时没有这样考虑过。后来越来越多人支援，我说我们作为湖北人都往后退，那谁来干？

**记者：**你维保的时候都做过什么？

**徐飞：**室外风机里面的滤芯全部更换。

**记者：**换这个滤芯的时候你们要冒的风险有多大？

**徐飞：**相当于你站在病毒口一样，把屋里面病人呼吸这些东西经过这个吹出来，相当于跟病人近距离接触一样，比它还凶险。

**记者：**你经历过这么多，什么感触？

**徐飞：**每天看着有出院病人，感觉自己做，比较值了。

**【解说】**小到空调调温、电视换台、龙头漏水，大到新风系统故障，接到任务安排，维保队员必须第一时间进入病区工作。因此，他们成为除医护人员、住院患者之外，进入“红区”频次最高的群体。高峰期，有 494 名维保人员在“两山”医院一线，全天候响应院方和医护人员的需求。最多时每天完成 600 余项维保事项，确保医院正常运转。

**【同期】**

**记者：**您说他们能留在这儿，是为了钱吗？

**陈卫国：**有什么钱比生命更重要，因为“红区”是非常危险的，他挣到的钱毕竟不算是一笔很大的数目，我觉得他心中肯定还是有一个英雄的梦和英雄的情怀，我们现在叫他们火雷兄弟。没有这些火雷兄弟，火神山和雷神山是立不起来的。

主创人员：
张士峰、董倩、张诚、黄瑛、沈公孚、郭佳、王枫

【编者按】2020 年初，新冠肺炎疫情的进展牵动着全体国民之心，总台首个国家级 5G 新媒体平台——“央视频”积极承担媒体责任，充分发挥技术优势，于 1 月 26 日起连续十余天，通过 5G 信号对武汉火神山和雷神山两座抗疫医院的施工现场进行 24 小时慢直播，引发亿万网友蹲守观看和热烈讨论，在疫情期间迅速引发巨大社会反响。

## 火神山、雷神山医院慢直播

首播时间：2020 年 1 月 26 日
首播平台：“央视频”客户端

“央视频”利用 5G ＋ CPE 技术和中国电信网络专线，架设 7 路慢直播镜头，全面呈现整个工地及周边的建设景象；启用多层级系统设计方案，采用“公有云＋专有云＋私有云”三级云架构，经受住了亿万量级观众同时在线的考验，有力保障 APP 直播的高效、高清、高流畅和高稳定。此外，“央视频”还增加了两路 VR 直播，一路让用户全视角观看医院建设过程，另一路直播武汉天河机场抗疫物资运送情况。

全国网友得以全（近）景见证火神山和雷神山崛起的全过程，不仅在客户端小屏 24 小时“交接班”留言互动为武汉加油打气，还通过电视大屏投屏实时追踪各种作业器械的行踪，并在其他网络平台自发宣传和讨论，“云监工”“叉酱铲酱”“挖掘机天团”等关键词多次登上微博、百度等热搜榜。“直播造医院”让民众团结一致聚焦于共同抗疫的关键议题，在同情共振中形成强大的网络舆论场。系列慢直播在央视频端内累计观看人数达 1.33 亿人次。

1000 万截图

2000 万截图

火神山医院慢直播现场

雷神山医院的风雪战“疫”人

主创人员：
杨继红、王秀帅、姜华、张璇、石传凯、孙瑶、董大伟、刘爽、商杨、杨娜娜、林喆、杨浪、张珊珊、韩嫣、高林、王未、董皓、刘欧、曲柳燕、高业赢、金文静

【编者按】火神山医院工程由中建集团在汉子企业中建三局牵头建设。报道讲述了中建三局工程总承包公司职工李松，带着妻儿从贵州老家连夜逆行近千里，克服重重困难赶到工地参与建设的感人故事。

## 集结，向着“火神山”

首播时间：2020 年 3 月 25 日
首播平台：央视农业农村频道《遍地英雄》

2020 年 1 月 23 日，为防止新冠肺炎疫情肆虐扩散，武汉封城，城市按下了暂停键。但确诊的感染人数与日俱增，武汉各医院床位告急！火线造医院，迫在眉睫！

1 月 23 日，武汉市决定参照 2003 年北京小汤山医院，利用十天的时间建设一座大型专科医院——武汉市火神山医院！工程由中建集团在汉子企业中建三局牵头。而此时，中建三局工程总承包公司职工李松则刚刚带着妻儿回到老家——贵州省铜仁市沿河土家族自治县熊家沟村。

李松说，他们一般春节才回老家一次，今年的春节比较特殊，岳父、岳母和儿子的生日刚好是初五、初六、初七，家人计划给他们三个人一起过一个很热闹的生日。

李松他们回来当天，测过体温后，一家人在岳母家进入自我隔离状态。由于当地电路出现故障，从除夕到初一，村子都处于停电状态，网络也没有信号。李松人虽然在贵州，内心也在牵挂着武汉的疫情。

初二凌晨，村子终于恢复供电，李松在朋友圈看到了武汉火神山医院开建的消息。他迫切地想回到武汉参与火神山医院的建设。然而，要回武汉，就要穿越贵州、重庆、湖南和湖北四省市。为防止疫情扩散，各地都开始实行交通管制，怎么样才能回到已经封城的武汉呢？在做通了岳父岳母的思想工作之后，李松立即联系家乡的政府部门，表明自己想要回去参与火神山医院建设的愿望，寻求家乡政府和中建三局的支持。

1月26日21点，一纸来自中建三局的紧急调令下达！1月26日，大年初二深夜23:00，李松瞒着自己的家人，在岳父岳母的千叮咛万嘱咐中，一家三口终于踏上前途未卜的武汉归途。一路疾驰近千公里，1月27日上午十点多，李松一家终于到达了武汉。把妻子和孩子送回家后，李松拿了些洗漱用品和换洗的衣服就直奔火神山建设工地。

李松

疫情如火，举国支援。最高峰时，工地上有7000多名工人、上千台大型机械设备同时作业。整个工地昼夜灯火、不眠不休！

中建三局工程总承包公司总经理、火神山医院建设指挥部指挥长邓伟华说："我们每个人都是争分夺秒，可能我们早半天、早几小时完工，可能就会给更多的病患提供生存和痊愈的机会！"

李松被分配到资源保障组，负责工地建设设计和技术对接。火神山医院整个功能的复杂程度和要求远超小汤山医院，建设难度始料未及，物资需求量巨大，施工材料上，现场需要1835间箱式板房，1.4万立方米混凝土，特殊物资临时备货难，型号参差不齐。李松他们只能依据现有材料优化设计。

"厂家生产的板房规格、型号都存在差异，我们必须把不同厂家的材料拼装到一起，这样的现场深化设计能力非常重要。"李松说。

在"时间"这个军令状下，施工周期被压缩到极限，一旦出现闪失，没有任何转圜余地，建设过程必须环环相扣。李松每天都要根据图纸反复检查有没有漏掉的材料，在图纸每次变更之后，必须快速反应、做好应对。

李松说："我们连续作战两三天都是很正常的，每天休息的时间就只有三到四个小时，在这种氛围当中大家都感觉不到累！"

虽然每个人都顾不上累，但极致的累总是不知不觉中悄然而至！"每个人一倒在床上就能秒睡，有的坐在凳子上靠着墙就睡着了，很多人在吃饭的时候，吃着吃着就睡着了。"李松的同事肖帅说。

火神山医院，一个看似不可能完成的任务，通过一系列非常规的方案、一次次克难攻关，火神山医院在千万"云监工"下顺利推进。

中建三局总承包公司总经理、火神山医院建设指挥部指挥长邓伟华说：“火神山医院建设没有捷径可走，全是靠我们在这10天里用高强度的劳动力资源和物资资源的投入来完成的，这个工程是集了千万人的智慧和力量！”

火神山，来自全国各地的近万名建设者们，每个人都有不一样的人生故事。但从会聚在火神山的那天开始，他们就用自己的肩膀扛起了共克时艰的担当！

十天十夜，火神山医院拔地而起；34 000平方米，1000张床位，完工次日，开始收治新冠肺炎患者；床位有效率达到100%，这座以惊人速度建成的抗击疫情的堡垒，赢得了全世界的赞叹！

作为火神山医院的建设者和参与者，李松说：“其实没有什么基建狂魔，不过是千万个我们不分昼夜地负重前行；其实也没有什么奇迹发生，不过是我们千万个工友众志成城，携手共渡难关！”

忠党爱国、筑者仁心、勇于牺牲、使命必达，李松他们不是直接救人的天使，但却是拼上自己向死神抢时间的英雄！2月2日，接力棒从李松他们手里，交到了1400名部队医护人员的手上。一个多月的时间，已经有近2000名新冠肺炎患者在这里走向重生！从至暗到黎明，每个人竭尽所能的努力和付出，是我们在抗击疫情面前继续前进的底气和力量。

火神山如火如荼的建设现场

主创人员：
向清敏、霍宏宇、张莉

【编者按】火神山医院是武汉抗击新冠肺炎疫情的前沿阵地。总台记者走进医院重症医学二科，记录下了医护人员争分夺秒救治患者生命的瞬间。

## 火神山，生命救治进行时

首播时间：2020 年 3 月 6 日
首播平台：央广中国之声《国防时空》

### 在 ICU，每天都有患者在好转，也会有患者不幸离去

**【现场】**ICU 仪器嘀嗒声

**【解说】**上午 9 点，做好层层防护后，记者走进火神山医院重症医学二科病房。

这是一个大开间的结构，医护工作站在中间，两侧摆放着 15 张病床。值班的副主任赵汉卫说，这样设计，医护人员可以随时观察到每位患者的病情变化。

**【同期】**

记者：情况怎么样？

赵汉卫：（现在）14 个病人，本来是 15 个，夜里走了一个。

记者：多会儿走的？

赵汉卫：凌晨三四点钟。

记者：他是什么情况？

赵汉卫：是一个比较危重的病人。

记者：是呼吸衰竭吗？

赵汉卫：呼吸衰竭。

记者：现在这 14 个患者怎么样？

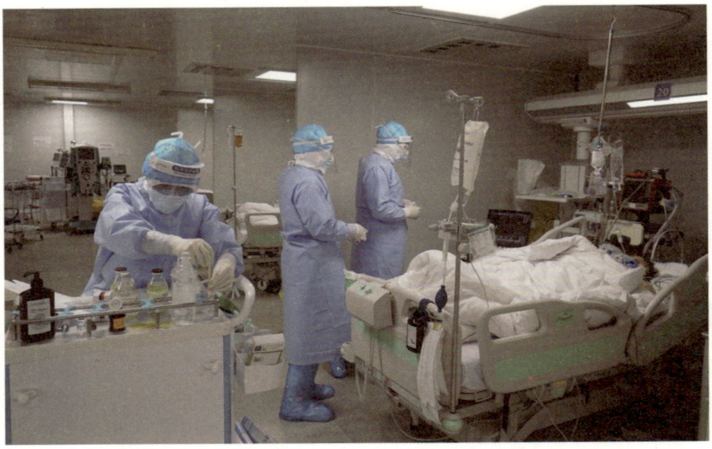

护士在准备药品，医生在观察患者病情

赵汉卫：有一个在上 ECMO，是 17 床，比较多的病人还是比较重的，插管的病人有 5 个。

【现场】ICU 仪器嘀嗒声

【解说】在火神山医院重症医学科，经常会有重症患者病情好转后转入普通病房，也会有患者不幸离去。17 床患者是一位老年女性，目前已经失去意识，依靠先进的 ECMO 体外人工膜肺在维持生命。

【同期】

记者：这是 ECMO？

赵汉卫：对，这是 ECMO 机器，相当于我们的肺。从股静脉出来的血，通过机器，相当于我们肺给它交换过以后氧气进入了。你看，这个颜色比较深一点，那个颜色比较鲜艳一点，自己用眼睛也可以看得出来，那是因为里面氧气多了。

记者：她什么时候上的 ECMO？

赵汉卫：是昨天下午。上完 ECMO 以后她的心跳 60 多，饱和度是 100，血压比较稳定，我们通过血气分析看它的 PH 值，酸碱平衡，二氧化碳分压、供氧分压数值都是比较好的。

记者：稳定下来了？

赵汉卫：对，这样她就有恢复的希望了。

## 28 床患者从鬼门关又回来了

【现场】ICU 仪器嘀嗒声

【解说】除了先进的医疗设备，救治患者更需要医护人员的专业与敬业。

20 床患者病情出现变化，值班医生唐君立刻把移动式彩超机推到床头进行检查，及时调整了用药。

【同期】

记者：病人病情怎么样?

唐君：这个病人是比较危重的，多器官衰竭。刚才又出现了一个血压下降的情况，正常人的血压都在 120/80 左右，刚才出现了六七十的状态，就是收缩压，这时候就不能满足脏器的灌注，所以必须去给一个干预。

记者：他现在相当于已经失去意识了?

唐君：可以这样理解，麻醉状态下，我们现在用了一些镇静的药物、镇痛的药物。我们现在要做的就是一些积极的支持治疗。现在我们进行了一些增加液体的输注，进行了升压的处理，血压已经在逐渐回升。

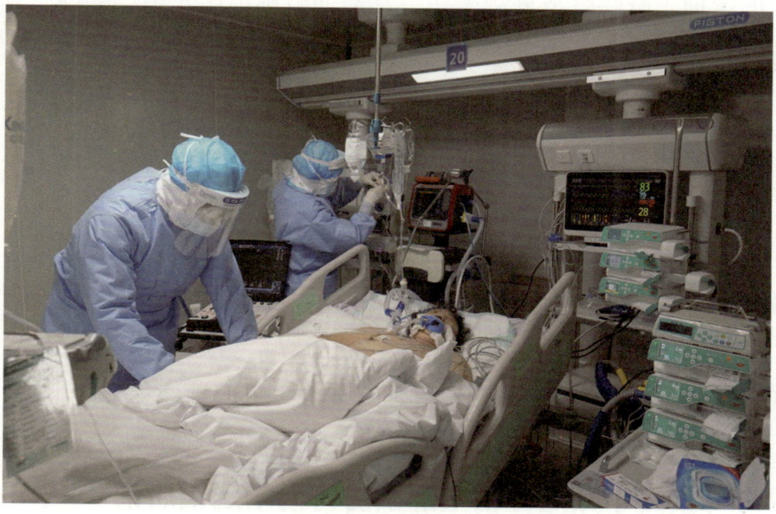


精心救治

【现场】

赵主任，这个床过来看一下……

【解说】20 床刚刚稳定，28 床又有了紧急情况，几位值班医生都冲了过去。

【同期】

记者：150、160 那是心跳吗?

赵汉卫：那是房颤。

【解说】房颤全称心房颤动，是最常见的持续性心律失常。28床患者同时患有陈旧性心肌梗死，合并腹主动脉瘤和新冠肺炎。出现房颤并发症后，心内科专业出身的副主任马凌立刻建议，采用电击法进行心脏除颤。这是一项风险很大的操作，根据医疗规程，马凌接通了家属的电话，征询意见。

【同期】

马凌：你好，我是火神山ICU，我姓马。

家属：明白。

马凌：这个病人突然发作了一个心房颤动，我们感到他合并心肌梗死，我们把药用上去以后现在心率太快，现在跳160、170，如果按照这个来维持的话，短时间内几分钟可能人就不行了，我想征求一下你的意见，我们想用电击来给他复个（心）律，这是他唯一存活的方法，你们同意不?

家属：该怎么做怎么做，你们说怎么治好就怎么治。

马凌：那我们先急救了。

【解说】同事把心脏除颤仪推到床边，马凌把电极板压在患者胸部，利用脉冲电流进行电击，反复几次。

【现场】脉冲电流声反复两次……

【解说】不一会儿，28床患者从鬼门关又回来了。

【同期】

马凌：老先生合并了多种疾病，这次又得了一个危重性的新冠肺炎，所以情况很差。现在心跳慢慢降下来了，这样血压就稳住了，这给我们争取了下一步治疗的时间。尽管还是很重，总是还有点机会，我们这儿就是这样，只要有一线的机会，我们就尽全力用最好的设备、最好的医疗条件和最好的技术，争取给他一个活下来的机会。

## 军医谢奇峰：终于知道孙悟空那么厉害为啥还怕唐僧

【现场】拍背声音

【解说】病房的另一侧，上着ECMO的17床患者仍然无自主意识，医护人员一起动手，为患者翻身拍背，实施俯卧位通气治疗。虽然穿着厚厚的防护服，值班军医谢奇峰和大家一样动作娴熟。

【同期】

谢奇峰：刚来的时候很难受，当时接收个病人，把病人从那个地方（推到）门口，20米的距离一个小坡，推上来以后就感觉腿基本上发软了，喘气也喘不上来，整个处于缺氧。而且因为戴着这个呼吸很困难，感觉整个人智商被压制了。

记者：脑袋勒得慌吗?

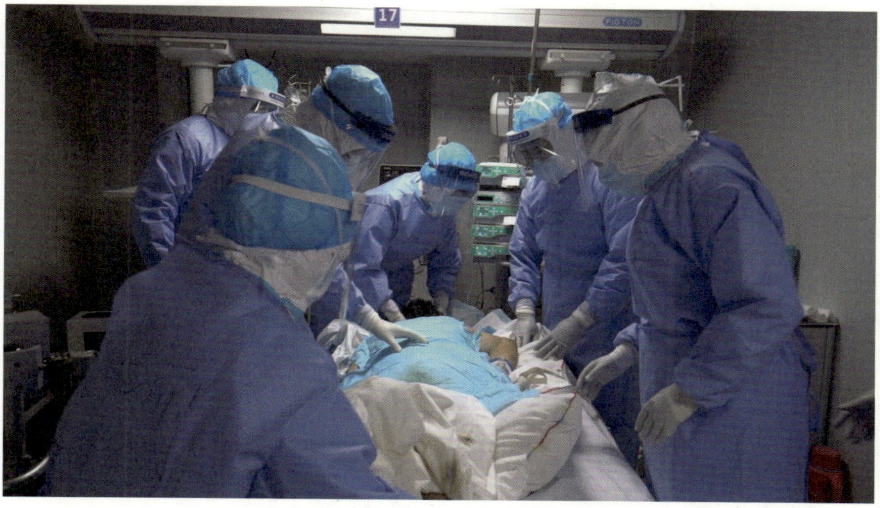

医护人员对17床实施俯卧位通气治疗

**谢奇峰：**勒久了会，我们现在有一个体会，为什么孙悟空那么厉害都怕唐僧，因为上了紧箍咒。我们的护目镜、口罩和面屏，三层束缚带，压在你的额头上一圈，真的跟上个紧箍咒一样。

**记者：**孙悟空就不听话的时候（被）念念紧箍咒，你们是天天的？

**谢奇峰：**现在好了，现在基本上能扛下来。说实话现在适应能力还是不错的。包括对于病人整个救治的流程规范化的东西，以前来的时候，多多少少还是有点慌乱。现在大家对于紧急情况的处置，都是严格按照我们制定的秩序来落实。

## 25床稍稍好转就挣扎起来开始玩手机

**【解说】**火神山医院的重症医学科，医护人员、患者与病魔的战斗持续进行中。17床患者还在昏迷中，20床患者险情不断，28床患者刚刚从鬼门关走了一遭，25床患者情况稍稍好转，就挣扎起来开始玩手机。

**【同期】**

**记者：**我看你状态很好啊？

**25床患者：**就是气短一点。

**记者：**没事，咱这儿有最好的设备，有最好的医生，您肯定会越来越好的。

**25床患者：**我跟你们说，我进来就没担心过，我有信心，你们也给我加油，给我力量。

**记者：**好，25床一定会好的。

25 床患者：谢谢。

【解说】一旁的 24 床患者看到记者与 25 床攀谈，也开始嘟囔起来。

【同期】

记者：24 床指标也还可以？

赵汉卫：还可以。

24 床患者：我可以回家。

记者：你想回家是吧？这是最好的医生在给您治呢。

24 床患者：我知道。

记者：您肯定能恢复回家的，祝你早日恢复！

24 床患者：谢谢谢谢！

【解说】时钟指向 11 点半，医护人员交班的时间到了。

【现场】ICU 仪器嘀嗒声、患者呻吟声

【解说】就在记者准备离开病房时，又一位患者从昏迷中苏醒，缺氧带来的痛苦让她呻吟起来，接班的医护人员又开始了新一轮战斗。

【现场】ICU 仪器嘀嗒声

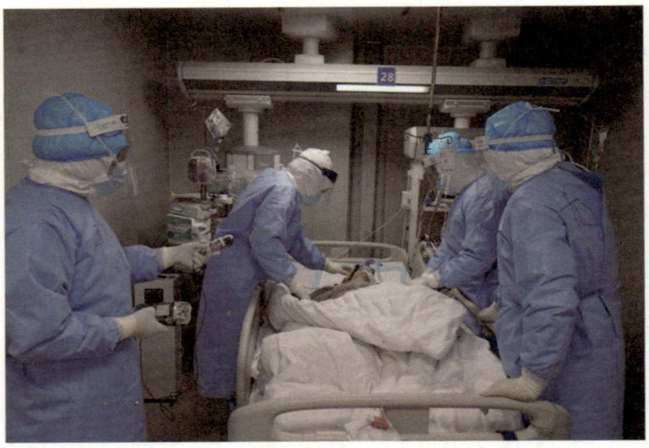

记者王锐涛（左一）在火神山医院重症医学二科采访

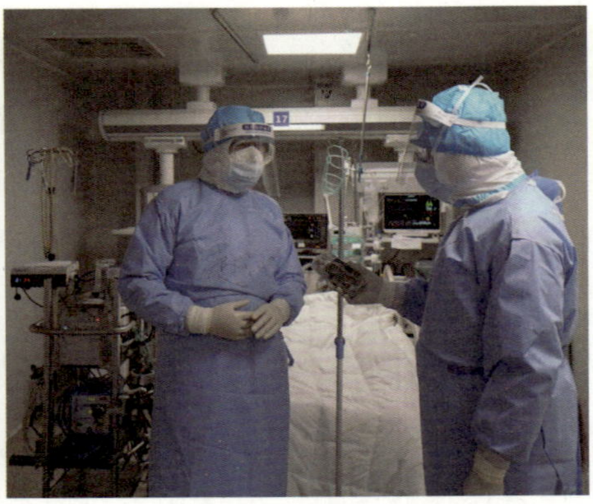

火神山医院重症医学二科副主任赵汉卫接受记者孙利（右）采访

主创人员：
孙利、王锐涛

【编者按】军队支援湖北医疗队护士吴亚玲，2008 年赴汶川抗震救灾，2014 年赴西非抗击埃博拉疫情，2020 年为抗击疫情她进驻火神山医院。在抗击疫情一线得知母亲突发疾病过世的消息后，她面向家的方向三鞠躬……

## 母亲突然离世，火神山医院护士朝着家的方向三鞠躬……

首播时间：2020 年 2 月 12 日
首播平台："央视军事"微信公众号

面对母亲的突然离世，正奋战在火神山医院的护士吴亚玲没有丝毫心理准备，她会怎么做？

### 面向家的方向三鞠躬

昨天下午，吴亚玲的母亲突发主动脉夹层破裂，在云南昆明过世。平日身体硬朗的母亲突然走了，这带给吴亚玲巨大的打击，她哭了整整一夜。

今天上午，母亲的遗体火化，仍在抗击疫情一线的她联通了家人的微信，她说，想最后看一眼母亲。面向家的方向三鞠躬，这是吴亚玲悼念母亲的方式。

### "抗击疫情，不胜不归"

今天，吴亚玲还是像往常一样，走进火神山医院重症二科，继续奋战，抗击疫情。

44岁的吴亚玲，2008年赴汶川抗震救灾，2014年赴西非抗击埃博拉疫情。现在她在火神山医院的工作，是监督每一名进入“红区”的医护人员穿戴好防护服，协助他们做好防护。大家都说：“她工作特别认真负责，我们医护人员要实现零感染，靠她了！”

听说了吴亚玲母亲去世的消息，领导和同事们都来看望她。“这个事情我们之前都不知道，而且她今天还像原来一样在工作，主任说了，我们才知道。”

疫情面前，吴亚玲和她的战友们始终把治病救人放在第一位。吴亚玲说：“我会在这里把我的工作做好，完成好我的任务，抗击疫情，不胜不归！”

**网友：心疼她**

这一幕，看哭了很多网友，大家都心疼这个勇敢坚强的女儿。

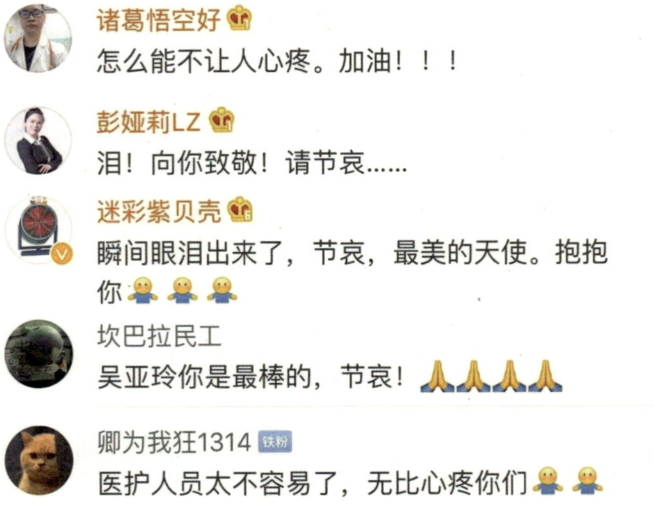


再叫一声妈妈，
希望女儿能成为妈妈的骄傲，
原谅没能送最后一程，
待春暖花开，
一定去看您。

主创人员：
刘智力、李昕、侯东合、刘一鸣、白晨、任泽兵、秦祎、侯碧丹、伊凯新、樊斌、冷俊鹏、汪学潮、旷岳军

【编者按】经中央军委主席习近平批准，军队抽组1400名医护人员承担火神山医院的医疗救治任务。两名随军记者在环境恶劣、形势严峻的地方为网民传回宝贵的独家视频《“火神山”一线实录》，引起广泛关注。

## “火神山”一线实录（选编）

首播时间：2020年2月2日
首播平台：“央视新闻”客户端

### 我们到了！1400名军队医护人员向武汉火神山医院集结

经中央军委主席习近平批准，军队抽组1400名医护人员于2月3日起承担武汉火神山新型冠状病毒感染肺炎专科医院医疗救治任务。该医院主要救治确诊患者，编设床位1000张，开设重症监护病区、重症病区、普通病区，设置感染控制、检验、特诊、放射诊断等辅助科室。

据了解，医护人员中有不少人曾参加小汤山医院抗击“非典”任务以及援助塞拉利昂、利比里亚抗击埃博拉疫情任务，具有丰富的传染病救治经验。

总台前方记者记录了军队出发和抵达武汉的过程。

### 病房外，医护人员每天不得不花三四个小时做的事

与新冠肺炎零距离接触，医护人员承担了巨大的风险。对于普通人来说，一下班，人就放松了。但在武汉火神山医院，医护人员最紧绷的时刻之一，就是下班脱隔离服。

仅仅脱下隔离服，就需要 26 步，错一步，都有被感染的可能。

不仅如此，回到住处，要想进门，他们还得先在门外给自己身上一处不漏地喷上消毒液，包括鞋底。

医护人员说，从病床到卧室，他们每天需要花在防护上的时间，有 3—4 个小时之多。

### 这个元宵节，我们一起加油！

这个不寻常的元宵节，在收治新冠肺炎病人的火神山医院，记者记录下了这样一个小片段：

一对老夫妇，双双感染了新冠肺炎，同住在一间病房里。前些天，老两口发烧不退，情绪也不好。在火神山医院抗疫的医疗队伍中，护士长黄咏梅和科室主任张明德也是一对夫妇，为了给老两口打气加油，他俩相约一起去给老夫妇送上节日的祝福。黄咏梅说：“我们俩想为他们做一点鼓励加油的事，让他们多一些信心战胜病魔，早日康复。”

黄咏梅夫妇的小卡片上面写着：要保持乐观的心态。要坚持，信心能够战胜病魔，我们一起努力，加油。

不管是患者夫妻，还是医护人员，疫情时期，很多这样的小家庭，都在与病魔顽强搏斗。

你若无恙，我便安好。

这个元宵节，大家一起加油，一起期待春暖花开。

### “火神山医患交流群”：指甲剪借用一下

武汉火神山医院的隔离病房，有一个医患交流群。确诊患者们之间会聊点啥？群里的“抢手货”又是啥？大家会因为什么“抢”红包？来看《火神山一线实录》。

**“吃不下也要吃，这是打仗，生死搏斗”**

刚建群的时候，群里的对话很“正常”：

“赵主任，请问我今天要输液吗？还需要打两天消炎针吗？”

“不打针了，口服药就可以了，口服更好。”

“我是 6 号床的，已咳三天了，离开氧有咳痰……”

治疗不断深入，大家越聊越熟，“吃”成了头号话题：

“吃不下饭怎么办？”

医生答：“如果没有食欲，除了药物外，还可以按摩腹部，从右下腹开始……”

热心病友接茬了：“我严重的时候，吃一口饭肚子疼 2 分钟，我是坚持吃了一个小时吃下去的……”

有什么担心的事，和大家说说，似乎变得没那么可怕。

**指甲剪成“抢手货”**

几天过去，群里更加“人间烟火”了：

“生活上有什么需要的？尽量帮大家解决，外面有无人超市，可以帮大家买……”赵医生群里一问，答案花样百出：

“头发都成团了，想洗澡，需要买洗发露。”

“我要扎头发的橡皮筋＋指甲剪＋肥皂＋卫生纸……”

“我需要剃须刀＋毛巾……”

“谢谢收到洗发露，发红包你查收。”

“洗发露是医院有的，不需要发红包。”

最供不应求的是指甲剪。医生说不能人手一个，医院有公用的，顿时……

“请问指甲剪在谁那里呀？”

“请问谁有指甲剪，15 床借用一下。”

“同求指甲剪，15 床用完以后，我来借。”

“指甲剪在 19 床，有需要来拿。”

……

会好起来的，对指甲剪、洗发露和下饭菜的渴望，就是对生活的向往。

**等疫情结束，请你们吃武汉小吃**

当然，群里少不了真情流露的时刻：

“非常心疼你们医生护士，每天精神和身体双重压力，我从内心真是表示感激、敬佩。”

“疫情结束后，请医护人员吃武汉小吃。”

“出了院我要申请做志愿者帮助别人。”

医生这样回复大家：

“现在大家也是经历着可能是一生中最艰难的时刻，希望大家坚持住，不要放弃。希望熬过了这段时间，生活会变得重新美好，你会更爱你自己，更爱你的家人，更爱你周围的人。希望到那时你可以重新找到属于你自己的那一份美好。”

隔离病毒，不隔离爱。爱和希望，比病毒蔓延得更快。

2月13日火神山首批治愈患者出院。祝微信群里的你们，早日分隔四海，却仍心意相连。

## 一封手写的信，隔着窗也能读懂你的真情

潘阿姨就要出院了，隔着两层玻璃的传送窗上，贴出了一封给她的信："回去以后一定要注意休息，劳逸结合，不可过度劳累……"

写信的是火神山医院的护士许静，她当天的班不能进入隔离病房，隔着玻璃喊话，还有话想对潘阿姨说："她听不见我说什么，我也听不见她说什么，所以我就想，把我想对她说的话写在纸上。"潘阿姨的老伴儿在疫情中病故，医生护士们有空就来陪她。后来，潘阿姨身体稍好一点就开始抢着干活。

拖地、套垃圾袋……大家看在眼里，感动之余也有几分担心。"我还是特别想叮嘱阿姨几句，因为这个阿姨她特别爱干净，特别爱劳动。但是她病情还在恢复期，不适宜大量劳动。"在火神山度过二十个日日夜夜，并肩闯过一个又一个生死难关。一开始，这封信没有署名。潘阿姨一定要许静补签上。

病好了，出院了，纵然不在一起，你永远是我牵挂不断的亲人。

"当时就掉眼泪了，看到很模糊。"

贴在传送窗上的纸片，是穿越生死的希望，是逾越这个冬天的力量。

主创人员：
王剑峰、周少军、张宗尧

# 第二章
# 医者仁心

在湖北和武汉人民遭受疫情打击的关键关头，广大医务工作者坚韧不拔、顽强拼搏、无私奉献，展现了医者仁心的崇高精神，展现了新时代医务工作者的良好形象，感动了中国，感动了世界。

一线的医务工作者最辛苦，承受着难以想象的身体和心理压力，许多同志脸上和手上被磨出了血，令人感动，是新时代最可爱的人。我向你们表示崇高的敬意！

——摘自习近平总书记2020年3月10日在湖北省武汉市考察新冠肺炎疫情防控工作时的讲话

## 第一节　大医精诚

【编者按】新冠肺炎疫情突如其来，严重威胁我们的生命安全和身体健康。以钟南山院士代表的流行病学专家和疫情防控专家们冲在前线，以其睿智判断、高超医术、家国情怀成为引导全社会科学抗疫的主心骨、压舱石、定盘星。正是他们在疫情期间的献计献策，才有了中国防控工作的高效和有力，最终取得抗疫的阶段性胜利。

【编者按】2 月 2 日，总台央视记者独家采访了钟南山院士，他对病毒出现粪口传播风险、疫情的走向，以及即将迎来返工高峰如何进行疫情防控、社区如何进行疫情防控等方面的问题进行了解读。这是钟南山院士首次接受媒体采访回应新冠病毒的最新发现以及疫情防控相关热点话题。

## 战疫情·独家采访钟南山院士

首播时间：2020 年 2 月 2 日
首播平台：央视综合频道《晚间新闻》

**【导语】**今天总台央视记者独家采访了钟南山院士，他对病毒出现粪口传播风险、疫情的走向，以及即将迎来返工高峰如何进行疫情防控、社区如何进行疫情防控等方面的问题进行了解读。

**【同期】**

**总台央视记者陈旭婷：**几个问题现在大家都特别关心的，昨天传出的病毒有粪口传播的风险，您怎么看？

**国家卫健委高级别专家组组长、中国工程院院士钟南山：**有可能。

**陈旭婷：**有可能是吗？

**钟南山：**对。因为现在这个问题是非常重视的，要重视的，因为在粪便里头已经发现了有携带者，粪便会不会传染？当然这个问题我们还是值得高度警惕的。因为什么？在湖北、江西有些地方确实有很多人有这个习惯：在二级城市都是有便桶的，（使用）完了以后再洗，有时候在鱼塘里头洗，还是应该值得注意的，在防控方面要注意。

**陈旭婷：** 像这样的情况，我们在研究方面还有进一步进行研究吗？

钟南山院士就粪便传播问题回应记者

**钟南山：** 有，现在首先我们要调查在我们现在已经患病的人里头，在粪便里头，它具有的带病毒的人有多少？这个是一步一步来了，首先有没有，完了以后了解他的病毒的载量什么还是很需要的。因为从了解（的情况）来看，尿现在初步好像还没有，但是大便还是应该值得注意的。为什么在有些地方那么高？现在还是很高，（粪口传播）还是很值得注意的问题。

**陈旭婷：** 还有一个问题，最近我们发现全国的确诊病例的数量上升比较快，这个数据能说明什么问题？跟疫情的走向有没有关系？

**钟南山：** 现在看起来主要上升的还是武汉。因为其他的我今天早晨没看，昨天的整个的治疗看起来主要的还是武汉地区的占多数。所以我们作了一个中央政策，对武汉进行比较或者所谓的围堵了，对于病例的话，我想还是完全对的。要是已经大规模（传播），像以前 SARS 的话，全国很多地方都大暴发了。似乎现在我没有看到很明显的其他地方的大暴发，我没看见。

**陈旭婷：** 所以说集中的数量也不能说明什么问题，是吧？

**钟南山：** 它（确诊病例的数量）现在是升高，升高可能还会持续一段时间，但是我相信不会太长。

**陈旭婷：** 我还有最后一个问题想问您，马上就迎来返程高峰了，返工潮，您觉得在防控方面要注意什么呢？

**钟南山：** 返工上次我也讲过，就是从外头回到武汉的人，他原来没有，现在经过了这十多天了，大概潜伏期也差不多了。所以没病也就没了。有的话可能在当地治疗了，所以他回来特别是回到武汉这些应该问题不是很大，但是武汉要出去的还是很值得商榷的。

**陈旭婷：**关于社区防控您有什么看法吗？

**钟南山：**非常重要，社区非常重要，因为现在光是看上头，看政府是不够的，社区互相的监督，注意戴口罩、通风，这些可能在一定意义上起到决定性的作用。

**【导语】**那么刚才看到的这一段一直是处于移动状态的一个采访，是记者在钟南山院士参加一个电视电话会议之前进行的。会后，院士就大家关切的新型冠状病毒是否会通过粪便传播的问题，再次做了解释。

**【同期】**

**钟南山：**现在我们在不同的地方都发现有一部分病人的粪便里头测出它的核酸阳性。我们现在正在努力正在做，能不能分离出病毒，所以现在还正在检测，需要点时间。

那么但是不管怎么说，在粪便里头发现有核酸的阳性的话，还是应该高度关注的。因为什么？假如真的分离出病毒的话，那他的粪口传播的可能性就增加了。

**陈旭婷：**分离出核酸和分离出病毒有什么区别？

**钟南山：**分离出病毒就是有活病毒了，核酸只是核酸，它有它的序列，它可能存在。这要是分离出病毒，那就说明在粪便里头有生存的冠状病毒，这个问题就更大。

主创人员：
公海泉、陈旭婷、黄东旭、陈杰雄

【编者按】围绕如何解决武汉大量病人无法收治的问题，2月5日的《新闻1＋1》连线了中国工程院副院长、呼吸与危重症医学专家王辰院士。王辰院士跟随中央指导组到达武汉，提出了“建立方舱医院”的建议并实施，这在武汉的“应收尽收”中起到非常关键的作用。同时面对当时舆论普遍在提的“拐点何时到来”的问题，王辰院士明确“武汉感染者的基数还没有摸清，何谈拐点”等重要信息。此期节目，成为武汉在解决病人收治问题上的转折点。

# 疫情分析·连线王辰院士

首播时间：2020年2月5日
首播平台：央视新闻频道《新闻1＋1》

**白岩松：**您好观众朋友，欢迎收看正在直播的《新闻1＋1》。

首先我们来看一组确诊病例的数字，大家马上就能感受到现在武汉的压力有多大，其次就是湖北的压力有多大，再然后是全国的状况。我们来看过去5天时间，新增的确诊病例。你看全国（除掉湖北）几乎是一个相对稳定的状态，755、669、726、890、731。那么湖北（除掉武汉）是在增长，771一直到1189，也就是昨天。但是一看武汉我估计很多人眉头马上就皱起来，知道它的压力有多大，因为是从5天前的576跳到894，然后是昨天的1967。大家看到的时候是人数，但是我看到的第一个是床位，第二个就是各种资源的紧缺和巨大的挑战。我们来看，现在整个武汉的确诊病例已经达到了8351。那么到昨天为止，28家定点医院，8254张床位，但是已用是8182，空床位大家不用看这个数字，因为有出院的，有转到火神山的，是个动态的概念，随时就会被新的确诊病例给填满。那接下来就有了方舱医院这样一个概念，我们看最新的标题，这可是今天晚上，一个是 8 点 44 分，一个是 8 点 51 分。15 家医疗队齐聚武汉江汉方舱医院正式投入使用。武汉市卫健委，即日起定点医院只收治确诊重症、危重症病例和疑似危重症病例。它意味着什么？我们现在是不是轻症的方舱医院能够全部解决，它又意味着什么？马上要连线一位权威的嘉宾，是现在已经到达武汉，呼吸与危重症医学专家、中国工程院的副院长、中国医学科学院的院长王辰院士。

**白岩松：**王辰院士，您好。

**王辰：**岩松，你好。

**白岩松：**刚才我在分析这个数字的时候，现在能明显感觉到武汉的压力已经是非常非常大了。那么您 2 月 1 号就到了武汉，现在感受到的这种压力，您看到的情况是什么样的？

**王辰：**形势严峻，大批的患者没有能够及时地收入到医院来，这个是我们面临的很大的压力。而这批患者在社会上的流动，在家庭中的居住，会造成更进一步的家庭和社区的感染，这个是加剧疫情最重要的因素。

**白岩松：**您刚才提到一个家庭聚集，包括这个感染，但似乎又充满着矛盾，一方面大家很听话，都在家里待着。但是恰恰在家里待着，如果有一个人感染了，就会变成全家都可能接触感染，怎么去面对这种情况？

**王辰：**关键是要把已经诊断的病人及时收入到医院里来进行集中收治和隔离，避免和家庭成员及其他社会成员的接触。而在已经感染的患者中有一类患者叫作轻症患者，这类患者实际上他本身的移动性是更大的，于是他在社会上造成传染的问题就更突出。对这类患者现在尤其是收治不够，现在有限的床位都用在中和重的患者身上，或者危重的患者身上，轻症患者大量未收入院的现象是存在的，构成了很大的问题。

**白岩松：**你看，王辰院士，我知道你是 2 月 1 号到了那儿之后，你们看到了武汉现在的状况，提出了方舱医院这样一个概念。为什么会提出这个概念？它能多大程度解决现在武汉所面临的挑战？

**王辰：**我们必须想办法解决收治容量的问题，而收治容量前期已经采用了很多扩大定点医院等这些方法，但是容量还是非常有限的。实际上现在如果我们采取一些大场所，比如说会展中心、体育馆这样的场所，迅速加上一些床位，哪怕这些床位的医疗条件、医疗强度不是很大，但它的容量可以很大。比如说很大的会展中心，一个场所就可以是几百（甚至）上千张床位，这样的话，就可以很快增加收治床位，解决大量床位不足的问题。而由于很多的病人是轻症病人，这种病人是不宜在社会上的，必须收入医院来进行集中收治隔离。这样方舱医院可以重点用于收治确诊轻症的患者，把这样的患者收入方舱医院，使他既能得到医疗的照顾，又能跟家庭和社会隔离开，这是解决现在大量的患者在社会上造成传染的重要的举措，应当说是关键性的举措，把病人收进来。

**白岩松：**其实过去方舱医院可能对于很多军事爱好者来说，会知道它是一个跟野战军有关的，可能是集装箱这种可移动的战时医院，这次为什么用这样的一个名字，是否也有新的内涵在里边？

**王辰：**这次实际上是一个大的容积，有同事开玩笑说就像是挪亚方舟上面给了一个舱位，这样让患者的生命能够有所救赎和依托，这个我想是（方舱医院的）另外一个解释。但是方舱医院主要是用来收治轻症病人，它的医疗条件并不像正规医院那样完备。但是对于轻症患者来说，它基本上是够了，主要进行一定的生活照护、基本的医疗。同时方舱医院对患者有一个非常好的看护，同时观察（患者）一旦出现病情恶化的时候，能够及时转到正规的医院去进行治疗。因此这样形成一个有序的层级。这种医院是由最小的社会资源、最简单的场所（进行）的改动，能够最快地达到迅速地扩大收治容量的作用。这个是目前解决问题的非至善之法，但是没有比它更好的办法的时候，这个办法就变得可取了，是解决收治的主要矛盾的现实之策。

**白岩松：**其实从另一个角度来说，我也看到了您刚才提到的这块，这是否意味着你们作为专家所提出来的建议，在决策的过程中也非常快，另一方面它改成真正立即可以接受轻症病人的速度也非常快？

**王辰：**是的。专家提出来以后，迅速得到领导的理解和支持。我觉得这个决策过程是非常快的，充分地体现了国家意志和领导力。现在的关键问题就是执行力的问题，我们希望能够做到最有效的执行，而初步看来执行是比较快的。

**白岩松：**那接下来大家还会有一些担心，因为这是一个新的概念出现在公众的面前。大家看到画面上方舱里头密密麻麻的病床就会担心，会不会危险。虽然你已经跟媒体解释了，一旦确诊了轻症之间他们不会互相传染，等等，但是大家的担心有道理吗？

**王辰：**有一定的道理。但是你知道实际上轻症病人他生活是可以自理的。他的突出的问题第一需要得到医疗，而这种医疗的强度并不大。另外他能够跟社会和家庭隔离开，而方舱医院提供了这样一个在目前大疫情的情况下现实可行的办法，应当说它是可取的。有一些担心，我想也是正常的，但是我想通过医患、社会和百姓之间共同的理解和帮助，这个问题完全可以解决。在方舱医院里边要多一些人文关怀，要多一些病友之间的互助，大家是共付时间的阶段，因此大家都需要付出，都需要共同的努力，为了这个社会，为了国家和民族。

**白岩松：**王辰院士，在谁进入方舱医院，当然之前的数据说有 90% 都是轻症的患者，但是准确性就变得非常重要了。如果一次或者说不是感染者进了方舱医院，他可能就会被感染，这一关怎么去把？我们怎么做到之前的检测和确诊快并准确？

**王辰：**我们的设计是确诊的，也就是核酸阳性的才往里收，而且高龄的不往里收，有基础合并症的，容易病情加重的不往里收，因此方舱医院应当说实际上是一个轻症患者的社区。在这个社区里边，他生活上大概两周左右，使病毒消失，使健康恢复，中间并不乏医疗照顾，虽然它的强度不是很大。我重复一遍，这个不是至善之策，但是没有比这个更善之策的时候，这就是可取之策、现实之策，应当是当为的办法。

**白岩松：**在现在涉及整个确诊的这样一个过程的时候，有很多概念出现在公众的面前，像 CT、核酸、试剂盒，等等，现在我们是否已经拥有了更加成熟的、快速而准确的检测方式？

**王辰：**检测方式还是主要是对病毒核酸的检测，这个病毒核酸的检测能力在迅速地提升中。虽然依然不够，而且不同的企业、不同的试剂之间的精准程度也还有差别，但是总体的能力在迅速地提升中。但是这个病也有一个特点，它并不是所有患这个病的人都能够检测出核酸阳性的，因此有大量的看着流行病学史上、接触史上像是，临床症状上也像是，但是核酸未能得到确诊的这样病人现在被列为疑诊病例。我倒是建议实际上在武汉这样的一个疫情非常突出和严重的地区，对于有流行病学史的，对于有这样典型的临床症状的，只要是这样出现的时候，应当可以列为临床诊断病例。因为即便是对于核酸是确诊的病人，实际上回过头来看，它在检测中对于真是这个病的病人，也不过最高有 30% 到 50% 的阳性率。也就是说，通过咽拭子这种办法还是有很多这样的假阴性的，也就是说核酸没有发现，但实际上是的。因此设出临床诊断这个档级是非常必要的，便于临床处置，便于病人的分类管理。

**白岩松：**针对方舱医院还有两个问题。第一个就是如此大密度的患者出现在这一个大空间里头，对我们的医护人员来说是否加大危险或者说有挑战？

**王辰：**（医护人员在方舱医院）是跟在病房和 ICU 里一样的，都是在一个共同的存在病毒的这样一个污染空间里边，防护条件是一样的，对医护人员还好。对于患者来说有一种大空间，空气上是有一定的稀释作用的，而且本身这些病人都是核酸阳性的确诊病人，都是同一个病毒的感染，因此彼此之间不存在一个交叉感染问题。其他的一些担心，比如说流感这些情况，我们在入院的条件里边也已经设了，应当是流感的抗原检测是阴性的病人，才收到这里边来。而且在院内出现其他的交叉感染情况，跟一般的医院的情况是一致的。对于院内感染的防控，应当说条件肯定不好于严格的传染病院，但是这个是现实可行的，应当说是一个在目前情况下的一个好办法，要抓主要矛盾。

**白岩松：** 过去由于轻的、重的都要挤压在定点医院里头，其实床位非常有限。这次方舱医院一共在建的是11家，因为这速度非常快，可能会解决万张床位，是否可以彻底缓解武汉所面临的，当然我说的是疫情在突变的这种情况下，满足现在的床位需求？

**王辰：** 坦率地说，现在武汉到底有多少病人，这个数并不是十分清楚。我们期望这个病例数不多于现在所涉及的一两万张的方舱医院的床位数。但是如果说社区的交叉感染不制止的话，这个数还是一个未定数。因此现在最关键的就是要达到方舱医院的初衷，也就是说尽量的大容量，能收尽收地把在社会上的传染源，这样的病人，尽量收治到医院里边来，而这个收治容积是通过方舱医院这样特殊的医疗场所形式来满足的，进而降低家庭和社区的传播，从而使整体的疫情趋于下降，这个的确是在关键时期所形成的关键之举。因为如果不采取充分的像方舱医院这样一个决然措施的话，现在一般的医院的容积无论如何是容不下这么多的病人的。只有把社会上的这些病人收到医院里面来加以治疗和隔离，才能够切断传染源，才能够控制疫情，这个是一个关键之举，是必须做出的决断。而这个过程也特别希望得到社会上的认同。我也问过一些社会上的人士，他们一致认为，如果说是在家里得了病，在家里没有床位，和家人在一起的话，虽然方舱医院条件或许要艰苦一些，但是这已经是比在家里边要强得多得多的这种情况。而且这个磨合也特别地需要得到我们的社会，特别是患者的理解和支持，这个时候需要大家共度时艰。

**白岩松：** 刚才在您的嘴里也说到了，应收尽收，然后还有后面四个字是应治尽治，这是刚才湖北的相关的领导也提出来的。那么我们现在是不是已经在奔实现这个目标去前行了？

**王辰：** 方舱医院就是这样一个具体的努力，属于应收尽收的努力，而同时应当加大核酸的检测的能力、检测的容量，每天检测的核酸数应当能够满足我们诊断的要求。提醒大家注意的是，目前每天增加的病例数实际上不是准确的增加的病例数，是根据核酸的检测出来的确诊数，并不是所有的病例，所有新增加病例都是被检测出来的。因此新增病例数和我们每次报的数是有差别的，我们报出来的数是每天新增的确诊数，这点是要注意概念上的区别。

**白岩松：** 没错，也就是说其实还有存量。

**王辰：** 很可能，而且（对）这个现象必须具有充分的关注，必须实事求是地看这个问题，采取一些非常决然的办法才能解决。

**白岩松：** 这涉及存量和准存量，就涉及了一个疑似，现在疑似采用的方式是隔离等等，您觉得是否已经像方舱医院的出现这样非常好地解决了轻症患者，现在在疑似这方面是否有了准确的对应？

**王辰：**疑似的在设计上的安排是很清楚的，必须单间隔离，我们期望的是现在疑似中的没有进行过核酸检测，能够尽快地完成核酸检测，来明确他是不是应当收入方舱医院这样的医疗容量，或者他是一个比较重的病人，迅速地收到医院里面去。而疑似的病人我们现在又分出一类叫作临床诊断，临床诊断就是在流行病学史上和临床表现上已经和这病的特征高度吻合的时候，尽管没有病原性的检测依据，这样的病人也必须立刻收入院进行相应的治疗。

**白岩松：**王辰院士，其实很多人在新闻当中都知道，您在领导整个面对这次疫情的这种科研攻关，你看我们的包括有网友也在问特效药什么时候出来。我们现在针对性的治疗方法和特效药是否大家可以收获一点乐观的信息？

**王辰：**实际上大家必须很清楚，要想战胜疫情的话，有两条工作主线：一条工作主线就是防控和医疗，另外一条工作主线就是科学研究。面对冠状病毒肺炎这样一个新发的呼吸道传染病，必须认清它的规律，能够以科学研究的方法来找到解决它的办法，也就是铸就科技之剑来战胜新冠病魔。在这里必须要注意到，药物是大家所渴求的，一直所期望的。其中我们现在观察了很多的药物，比如说前期的克力芝，这个是不能个例地（认定）使用方法有效与否，另外的一个叫作瑞德西韦，我们对它抱有一定的希望，或者抱有比较大的希望。根据前期的结果。其他的，像羟氯喹等等，也包括一些中药，我们都需要进行更进一步的临床观察来确定其疗效。特别提醒大家的是个例的药品的有效，所谓药的有效和无效，这个不是真正的科学的结论。想得出科学的结论的话，一定要进行严格的、临床的科学实验才能够得出结论。比如说现在大家所期望的瑞德西韦这药我们就在今天正式开始了它的临床试验，期望能够尽快地给大家一个科学的结论，它有效与否。而前期的克力芝这些药也都是近期应当说有最后的结论会出来，这样都可能回答这些问题。其他的一些办法，包括康复者的血浆等都是历史上一直在用的办法，也在积极地研究和推进中。

**白岩松：**针对这次疫情，前期我们整个的科研人员取得的成果是非常大的，现在正在攻什么关，什么时候它可以不是远水能解现在的渴？

**王辰：**现在首先最重要的是看看近期能不能有一些有效的药物，我们能够发现并且进一步地生产出来。比如说我刚才说的几类药，还有包括像羟氯喹等等这些都可以一试。其中瑞德西韦大家抱的希望比较大，但是也有待更进一步地明确其疗效。远期一点就是疫苗，冠状病毒的疫苗是有它的一些特殊性的，在疫苗的研制中是属于不大容易的一类，这点我们一定努力，但是要看后来的结果。

白岩松：接下来大家关注的是，我们现在过去了一段时间，跟这个病毒打了一段时间的交道了，最初的时候它是陌生的，它是第七种，现在我们是否对它已经有了更多的了解，到了什么程度？

王辰：还很有限，这个时间太短，科学是有一定过程的，必须以这种非常冷静的目光、非常清晰的头脑以及缜密的行动来推动科学研究。坦率地说，到目前为止，我们对这个病毒知道的还是有限的。但是欣慰的是，从我们国家对这个病毒的它的新的病毒种的确认，到它的核苷酸序列的确认，到它的初步的生物学性状、病毒的培养、病毒的动物感染的模型的建立，已经为后来的研究打下一个良好的基础。我们期望在不久的将来尽快地能够产生对这个病毒本身的特性、发病规律和它的应对方法的一系列的科学和技术成果。

白岩松：这些天，包括我在内，也经常向我们专家提出拐点在哪里，其实我都有点不好意思了，有点逼我们的科学家和专家算命的这样一个概念。今天我看到您说了一句话，现在对于高峰值、高峰和拐点并没有依据，能不能更加清晰地给我们解释您的这个判断？

王辰：首先要明确拐点的概念是什么？这个拐点如果指的是发生的人数先是持平，然后迅速地下降，最后归于一种常态或者这个消除疾病的话，那个转折点就是拐点。但是现在的问题是，首先我们现在疫情的底数不甚清楚，这点如果不甚清楚的话，这在判断上是根据不足的。另外是现在的病情，有多少在社会上没有能够进行隔离的病人，这种社区和家庭的传播现在还是相当严重的。在这个情况下，如果不采取明确的、决然的措施来加以控制的话，这个拐点不是说是人为就能够精确地预期的。另外还有病毒的变异这些问题。大家知道这个病毒是人体作为宿主的病毒，它在这种新的宿主身上要进行病毒的适应，这种适应过程就发生变异，变异具体体现在传播性和致病性上，这个未可预期。再有就是下一步我们人员的交流情况，我特别欣慰于中央做出了关于延长春节假期的这样一个很英明的决定，这个是在武汉出去的人的发病的 14 天的潜伏期之内，能够在各地还能够发现有流行病学标记的人采取的重点干预的办法。而在这个时间过了之后的话，大家再回来上班，那个时候应当相当多的人已经在当地发病，应该在当地已经开始进行了防控的措施，那个时候就会好很多，因此人员流动是另外一个因素，再有的话，或许天气变暖也是个因素。

白岩松：好，非常感谢您带给我们的解析，谢谢。

主创人员：
《新闻 1 ＋ 1》全体

【编者按】“如果再继续扩大感染，如果其他的省没有控制，也像武汉那样蔓延，那可对中国的经济社会损失会很惨重的，对我们国家经济社会的保障已经到了刻不容缓的程度，只有严格地控制传染源，才能让传染病不发生大流行。”根据以上判断，她建议武汉封城。1月23日上午10点，武汉正式封城。她就是国家卫健委高级别专家组成员、中国工程院院士、传染病诊治国家重点实验室主任李兰娟。

1月24日，总台记者董倩对李兰娟进行了独家专访。新闻新媒体中心记者在全网率先发布《新型肺炎潜伏期有传染性吗？如何区别于普通感冒？》《为什么武汉要实施进出人员管控？传染病学专家：疫情已经刻不容缓》等三篇稿件，回应公众关切。

# 传染病学专家李兰娟专访系列

首播时间：2020年1月25日
首播平台：“央视新闻”客户端

## 1. 新型肺炎潜伏期有传染性吗？如何区别于普通感冒？

“新型冠状肺炎”疫情的防控情况是当下民众高度关注的问题。根据相关部门通报数据统计，截至1月25日18时：29个省（区、市）累计报告新型冠状病毒感染的肺炎确诊病例1372例。全国多地启动重大突发公共卫生事件一级响应。

新型肺炎潜伏期到底传不传染？冬季感冒高发，如何区别普通感冒和新型肺炎？网络上医生分享的在家治愈经验可以效仿吗…… 春节期间，总台记者董倩对国家高级别专家组成员、著名传染病专家李兰娟院士进行了独家专访。

今年73岁的李兰娟院士曾在“非典”、“甲流”、H7N9禽流感等传染病事件防控中有重大创新和技术突破。这次新型肺炎暴发，她作为国家卫健委高级别专家组成员赴武汉听取了有关防控情况汇报并查看现场。

**新型肺炎只有通过呼吸道传播吗?**

**总台央视记者董倩：**到现在这个阶段，这个病毒传播的途径，我们到底心里有数了吗?

**国家卫健委高级别专家组成员、中国工程院院士李兰娟：**基本上现在比较明了，呼吸道的传播是肯定的，另外有没有通过血液传播、粪便传播、污染物品的传播，这方面还需要进一步的证实。

**潜伏期到底传不传染?**

**董倩：**您说过病毒潜伏最长期也就是14天，那么这14天里面有没有可能也传染（给）其他人了?

**李兰娟：**这个事情我也一直在调查和了解，目前发现还是有的，在潜伏期也有可能传染给其他人。所以在接触（病源）14天以内，我们要对他进行医学观察和相对隔离。

**如何区别普通感冒和新型肺炎?**

《新型冠状病毒感染的肺炎诊疗方案（试行第三版）》显示，新型肺炎以发热、乏力、干咳为主要表现。鼻塞、流涕等上呼吸道症状少见。那么在冬季流感高发期，民众如何区别普通感冒和新型肺炎呢?

**董倩：**得了普通感冒和不幸染上了新型冠状病毒的表现有什么不一样?

**李兰娟：**目前早期的症状是非常相似的，有的发烧、有的干咳，有的呼吸道症状，发烧以后乏力，甚至有的还有点消化道的症状。所以我们要鉴别的话，最重要的就是咽拭子取个样，做个病毒的检测。现在技术非常好了，能报告你是甲流还是乙流，还是新型冠状病毒，非常清楚。

**董倩：**到哪儿去做这件事?

**李兰娟：**每个医院流感病毒都应该可以检测，现在新型冠状病毒的试剂应该定点的医院也有了，都能检测了。

**轻症患者均可居家隔离治疗吗?**

最近，被感染新型肺炎医生在家自我治疗并治愈的新闻频频被报道，这是否意味着，轻症新型肺炎患者可以居家隔离治疗呢?

**董倩：**您建不建议，如果看到早期的、跟感冒差不多的症状，自我隔离自己在家治?

**李兰娟：**因为最近刚好有个医生报道了自己在家里自我干预后完全治愈的情况，我觉得也有他一定的道理。因为他本身是医生，他自己懂，所以是不怕的。他知道自己的情况不会加重，那么在家里休息得比较好，吃得比较好，康复得比较好。但是在家中没有医疗条件的情况下，还是住院更加安全一点，因为定期要复查胸部的片子看有没有加重。如果你自己不是医务人员，对自己情况不了解，肺部的炎症发展如果比较快，还是要在医院里治疗。

李院士在采访中表示，免疫功能低下（的人）、老年人等更容易感染或转变成重症患者，这部分人需要格外重视防护。春节期间，她建议民众不要参加大型聚会，少去人多密集地区，勤洗手，戴口罩，保持室内通风。

### 2. 农历除夕，73 岁的院士赴京参加这场会议……

武汉新型冠状病毒的防治备受关注。

近日，我国宣布开展新型冠状病毒肺炎疫情应急科研攻关，钟南山任组长，14 位专家组成了新型冠状病毒感染的肺炎疫情联防联控工作机制科研攻关专家组。

农历除夕，国家卫健委高级别专家组成员、中国工程院院士、传染病诊治国家重点实验室主任李兰娟从杭州赶到北京，参加科技部召开的关于新型冠状病毒研究的会议。中央广播电视总台记者董倩对李兰娟院士进行了独家专访。

董倩独家专访李兰娟院士

**这次会议有何重要意义？**

**董倩：**在大年三十下午，您从杭州到北京来，是要参加什么重要的会，在这样的一个时间段要开？

**李兰娟：**这是我们面对当前新型冠状病毒感染的情况，国家科技部紧急召开的关于科学研究部署的会议，所以通知我来参加。我作为一个感染病（学）的专家，我认为应该过来。

**董倩：**在当下的情况下，科学研究有多重要，以至于要在大年三十下午还要专门开一个会？

**李兰娟：**科学研究跟科学防控是密切相关的。在一个新发传染病到来的时候，许多情况我们是不清楚的。这个病毒它有没有变异？它为什么导致致病？为什么有的人会变成重症？发病机制怎么样？怎么样来建立一套有效防控措施？这些都是一边通过科学研究和探索，一边就直接用于防病治病。所以说，科学研究和防控是同步进行的。

**开展治疗的重点和难点是什么？**

目前新型冠状病毒感染的肺炎如何开展治疗？重点和难点在哪里？

**董倩：**其实这就像打一场仗一样，出现了一个病毒，就好像敌人，我们要跟它去斗。但是病毒这个敌人走的是什么途径？它传播的速度有多快？它的杀伤力有多强？我们现在掌握有多少？

李兰娟（右一）等专家前往武汉金银潭医院和武汉疾控中心实地了解情况

**李兰娟：**我们临床指南已经第一版、第二版，出了第三版了。这个临床诊疗指南，就是说这个病毒，目前初步地根据现在发病的情况看来，感染早期有发烧、有不舒服、有干咳。从初期到加重，大概是第 10 天左右，这个规律基本上清楚了。那么它的潜伏期也基本上清楚。差不多 10 天到 14 天左右，这个时间段知道了，我们就对有明确接触者做医学观察和控制。这个时间我们已经比较清楚了。感染以后的病程，也已经比较明确了。所以目前来讲，还是轻、中（症）的病人比较多，重度的相对比例还比较低。但是它都有一个演变的过程，所以我们要严防病人重症变危重症，要加大抢救力度。

除了奋战在疫情第一线的医护人员们，科学家们也一直在和时间赛跑。李兰娟院士今年已经 73 岁。此前，她作为国家卫健委高级别专家组成员，前往武汉金银潭医院和武汉疾控中心实地了解情况。

农历除夕（1 月 24 日）一大早，李兰娟院士匆匆踏上了飞往北京的航班。刚到北京，简单吃了顿外卖饺子，就开始接受采访。

**行程紧张　飞机上过除夕**

由于行程紧张，李兰娟当天开完会还要赶回杭州，除夕之夜在飞机上度过。

**董倩：**再说到您，大年三十，您跑到北京来了，您三十晚上怎么过？

**李兰娟：**我在飞机上过。

**董倩：**今天晚上再赶回去吗？

**李兰娟：**我 7 点多飞机回去，这个没关系，我们习惯了。我们医务人员，年三十、过春节、节假日，都得上班。生病的人不会说节假日不生病，所以医务人员同其他的交通等工作人员一样都得上班。

**他们的坚守和付出　给人们带来信心和安全**

无论是 84 岁的钟南山还是 73 岁的李兰娟，连日来，他们实地了解疫情、研究防控方案、接受媒体采访，同时还要在医院诊治患者。正是他们的坚守和付出，为更多人带来信心和安全。

李兰娟院士表示，她已经向国家提出来，可以带队去支援武汉。她说："武汉有需要，我随时带队前往""国家的大事，自己义不容辞"。

## 3. 为什么武汉要实施进出人员管控？

从 1 月 23 日 10 时起，武汉市和周边的鄂州市、仙桃市、潜江市、黄冈市、荆门市等相续宣布暂停运营城市公交、地铁、轮渡、长途客运，暂时关闭机场、火车站、高速公路等离开通道，严防武汉新型冠状病毒疫情扩散。

传染病学专家李兰娟在接受总台记者董倩独家专访时表示，武汉实施进出人员管控是因为疫情已经到了刻不容缓的程度，只有严格地控制传染源，才能不让传染病发生大流行。

**为什么提出对武汉实施进出人员管控的建议？**

**董倩：**我刚才听同事介绍，说您是其中提出建议的一位专家，当时您做了什么样的研判？因为这个决定不是个小决定，尤其是在这样一个春运的背景之下，为什么要做出这样的一个建议？

李兰娟：我非常关注武汉的感染以及全国各个省的感染情况。从各个省感染的情况看来，武汉出来的人导致了各个省感染，不仅是一代（感染），可能有的省都已经产生了第二代的感染，这是非常危险的。如果再继续扩大感染，如果其他的省没有控制，也像武汉那样蔓延，那中国的经济社会损失会很惨重的，对我们国家经济社会的保障已经到了刻不容缓的程度。国务院很快地把这个传染病设定为乙类传染病，但必须按照甲类传染病管理，就是按传染病法认可的这种方法，只有严格地控制传染源，才能让传染病不发生大流行。

**对武汉实施进出人员管控晚了吗？**

**董倩**：从科学的角度来说，这是绝对应当这么做的。但是要不要去考虑现状，如果把这个现状也考虑进来的话，您在做建议的时候是怎么考虑的？

李兰娟：所以说做这个决定国家也是非常慎重的。如果要厉害一点，估计早几天就关掉了。

**董倩**：为什么？

李兰娟：但是这个也要考虑一下你讲的这个问题，要慎重，考虑到人，所以就观察了几天，但是看来不行。现在全国二十几个省都有输入性的病人，所以必须采取严格的措施才能控制这个疫情，否则可能还会继续蔓延。

**董倩**：在等待的这几天，您心里什么滋味？

李兰娟：我天天在观察各个省发病的情况，如果一旦各个省有第二代病人，或者武汉出来的人还在传给其他人，那就必须控制武汉出来的人。

**董倩**：因为刚才我们说了科学越早越好，但是现实是赶上春运？

李兰娟：这是一个平衡，也是一个科学。太早了，当然是最好，但是太早了，你要想到老百姓，想到方方面面，毕竟是个重大社会问题，对吧？一个重大的决策，所以观察几天，这也是应该需要的。这个办法已经是国家采取的最强硬的办法。

**武汉实施进出人员管控还要多久？**

**董倩**：武汉什么时候是个头，他们要隔离多久？

李兰娟：新发病人明显减少，甚至新发病人没有了，肯定可以解除了。武汉毕竟1000多万人大多数是没有感染的。控制传染源，切断传播途径，保护易感人群，这三句话对传染病暴发的情况是非常重要的。

主创人员：
杨华、王姗姗、张鸥、崔霞、张士峰、董倩、乔全兴、李雯婷、顾小慈、杨弘杨、杨帆、刘洪波、宫鹏飞、刘婷玉、张熙、刘晓峰

【编者按】她，曾经参与抗击“非典”和埃博拉，也是电影《战狼 2》中拼命保护疫苗的陈博士的原型。新冠肺炎疫情暴发后，她又一次冲锋在前，为人类研究新冠疫苗。她带领的团队研发的腺病毒载体重组新冠病毒疫苗，在全球率先进入二期临床试验。她就是 54 岁的女将军、军事科学院军事医学研究院研究员陈薇。

央视军事通过《正和病毒赛跑，54 岁女将军登上〈新闻联播〉！她是〈战狼 2〉中人物原型》《陈薇院士回应疫苗二期试验！志愿者中还有位 84 岁的老兵……》两篇报道，讲述了陈薇院士及其团队的事迹和成果，致敬军队科研工作者为抗疫做出的杰出贡献。

## 陈薇院士系列报道

首播时间：2020 年 3 月 8 日、2020 年 4 月 14 日
首播平台：“央视军事”微信公众号

### 1. 正和病毒赛跑，54 岁女将军登上《新闻联播》！她是《战狼 2》中人物原型

曾经参与抗击“非典”和埃博拉，电影《战狼 2》中拼命保护疫苗的陈博士就是以她为原型，新冠肺炎疫情暴发后，她又一次冲锋在前。她就是 54 岁的女将军、中国工程院院士陈薇。

**登上《新闻联播》　她为人类研究新冠疫苗**

陈薇，军事科学院军事医学研究院研究员，近 30 年来，一直与“毒”为伍，与“疫”同行。

3月3日，央视《新闻联播》报道，陈薇领衔的科研团队“闻令即动、争分夺秒，集中力量展开应急科研攻关，在新冠肺炎疫苗研制方面取得了重要阶段性成果。”在接受采访时，陈薇说：“力争在最短的时间内，将我们正在研制的重组新冠疫苗，推向临床、推向应用。”

新冠肺炎疫情发生后，陈薇带领团队，大年初二就进驻武汉，已经在武汉坚守了一个多月。1月30日，陈薇团队迅速在负压帐篷式移动实验室搭建起核酸检测平台。他们应用自主研发的检测试剂盒，配合核酸全自动提取技术，大大缩短了核酸检测时间，加快了确诊速度。

陈薇原本和84岁的老父亲约定，春节要回家探望老人。但是疫情就是命令，她又一次闻令出征。父亲最了解女儿，他知道只有等疫苗研究有眉目了，她才会坐下来喘口气。他说：“女儿天天面对病毒，在实验室一工作就是八九个小时。她很努力，工作也很辛苦，但她从来不说。”

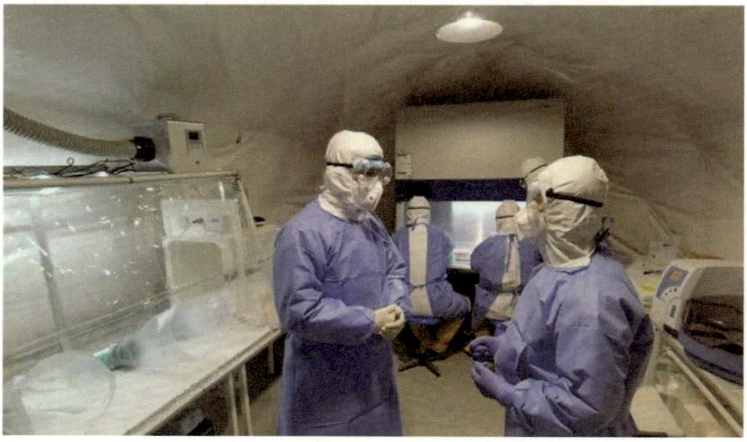

陈薇团队在负压帐篷式移动实验室

**放弃高薪工作　她毅然选择从军**

陈薇出生于1966年2月，浙江兰溪人。1988年，陈薇毕业于浙江大学化工系，进入清华大学攻读硕士。

学生时代的陈薇是一名“学霸”，也是热爱艺术的时尚文艺女青年。她在清华社团组织舞会，担任报刊编辑，在咖啡厅做服务生……很少有人想到，这样自由洒脱的女大学生会选择入伍参军。一次偶然机会，导师让她去军事医学科学院取样本，她第一次得知还有这样一家单位。1991年，陈薇放弃了深圳一家知名医药公司的工作机会，到军事医学科学院攻读博士。从此，她开始了军旅生涯。

**对抗“非典”和埃博拉　她从未退缩**

2003 年“非典”疫情暴发，陈薇带领团队研发出广谱抗病毒药物，14 000 名预防性使用“重组人干扰素 ω”喷鼻剂的医护人员，无一例感染。由于要和“非典”病毒近距离接触，陈薇被单独隔离。100 多天里，丈夫和 4 岁半的儿子只能从电视节目中看到她。在电视里看见妈妈接受采访，儿子对着电视机深深一吻。后来，陈薇看到这张照片，瞬间泪目……

2014 年，西非埃博拉疫情暴发，致死率 50%—90%，陈薇率队赴非，取得了新基因疫苗二期临床试验的成功，被誉为“埃博拉终结者”。她在非洲抗击埃博拉病毒的经历，被电影《战狼 2》借鉴，塑造出陈博士这个角色。

儿子亲吻电视机里的妈妈

世卫组织宣布塞拉利昂埃博拉疫情结束，当地工作人员合力将陈薇托举起来

2015 年，陈薇晋升少将军衔；2019 年，陈薇当选中国工程院院士。频繁接触高致病性病原微生物，陈薇从未退缩，始终冲锋在一线，她说：“我是一个母亲、一个女儿、一个妻子，我希望我的家人健康，同样希望全天下的人都健康。穿上这身军装，一切都是我应该做的。”

致敬，盼凯旋！

主创人员：
刘智力、李昕、侯东合、刘一鸣、孙毛宁、徐蕾莹、徐妙帅

## 2. 陈薇院士回应疫苗二期试验！志愿者中还有位84岁的老兵……

军队研制新冠疫苗，进入二期临床试验。500名志愿者中还有84岁老兵熊正兴。

**全球率先启动二期临床试验**

由军事科学院军事医学研究院生物工程研究所陈薇院士团队研发的腺病毒载体重组新冠病毒疫苗，于12日开展二期临床试验。世界卫生组织官网公布，这是全球目前唯一进入二期临床试验的新冠病毒疫苗。

**84岁志愿者是名老兵**

13日上午，84岁高龄的武汉老人熊正兴在女儿的陪同下完成了疫苗接种，成为二期临床试验中年龄最高的志愿者。老人说："我曾经也是一名军人，全国人民都在努力抗疫，我也想做点贡献心里才踏实。"

中国工程院院士、军事科学院军事医学研究院研究员陈薇表示："与一期临床相比，我们这次二期临床有个很大特点，就是放开了年龄的上限，让60岁以上的志愿者也能加入其中。新冠肺炎危重患者中，高龄人群较多，疫苗要为他们提供安全屏障。"

**腺病毒载体重组新冠病毒疫苗研发进展显著**

在防控新冠疫情的过程中，我国组织开展了多种技术路线的疫苗研发，其中腺病毒载体重组新冠病毒疫苗研发工作进展显著，目前处于国际领先地位。

陈薇说："我们这个疫苗是以改造过的腺病毒为载体，搭载的是新冠病毒的S基因，那么是让人体产生对这S基因的免疫记忆，S基因编码的就是我们看到的新冠病毒那个毒刺的那一段，也就是我们人体会对这种毒刺产生免疫记忆。一旦有真正的病毒侵入人体的时候，我们就能识别毒刺，识别整个病毒，然后将病毒拒之门外。"

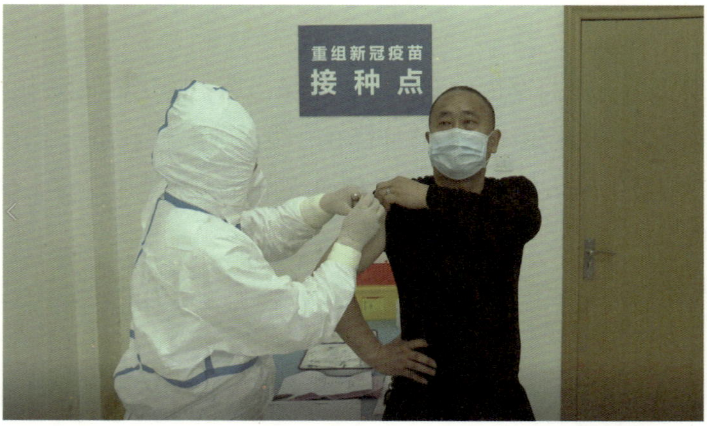


志愿者接种疫苗

**二期临床试验已有 273 名志愿者接种疫苗**

1 月 26 日，陈薇率团队赴武汉一线，与北京后方科研基地同时作战，开展疫苗研发攻关。3 月 27 日完成疫苗一期临床试验接种的 108 位志愿者，目前全部结束集中医学观察，健康状况良好。

腺病毒载体重组新冠病毒疫苗二期临床试验将招募 500 名志愿者参加，并引入安慰剂对照组，进一步评价疫苗的免疫原性和安全性。截至 13 日 17 时，已有 273 名志愿者接种疫苗。

主创人员：
刘智力、李昕、侯东合、刘一鸣、孙毛宁、徐蕾莹、秦祎、梁辰、徐妙帅、鞠亚倩、刘喆萱、张伟、苏洲、刘笑宇、张振威、邵龙飞、权东、何治锦、王虎

【编者按】“中医是能解决一些重大问题的，我应该多干一点，那么好的东西应该为中国人健康服务，为人类健康服务，完全能做到。我就希望中医和西医各自有优势，优势都很突出，把这两种优势要是互补，是中国人的福气。”

一位72岁的老人坚持在武汉抗疫50多天，做了胆囊摘除手术，通过中医综合疗法对抗新冠疫情，取得非常好的效果。他就是中国工程院院士、天津中医药大学校长张伯礼。张伯礼院士被授予“人民英雄”国家荣誉称号。

# 张伯礼：把“胆”留在武汉

首播时间：2020年3月22日

首播平台：央视新闻频道《面对面》

【导视】年逾古稀，临危受命。

张伯礼：我这个岁数本身在这儿摆着，说明疫情很重才让我来负责，否则不会让我这个老头来。

轻伤不下火线。

记者：您想干吗去？

张伯礼：我想指挥战斗。

连续奋战50多天，他有着怎样的心愿？

张伯礼：我就希望中医和西医各自有优势，把这两种优势要是互补，是中国人的福气。

《面对面》专访中央疫情防控指导组专家组成员、中国工程院院士、天津中医药大学校长张伯礼。

**【解说】**这位身穿防护服，为新冠肺炎康复隔离者问诊的，是中央疫情防控指导组专家组成员、中国工程院院士、天津中医药大学校长张伯礼。两个多小时内，连续接诊了近 20 人，72 岁的他，已经在武汉抗疫前线奋战了 50 多天。

**【同期】**

**记者：**您这个岁数，穿上那么密不透风的防护服憋两三个小时。

**张伯礼：**可以，没问题，就是出汗，汗多，整个里面都湿了，就没问题。我是一次去看看的，他们在里面待着，并且隔一天那么一次。

**记者：**那人家多大岁数，您多大岁数？

**张伯礼：**当然有这个问题，但是我老不觉得我那么大了。

**记者：**您觉得您多大岁数？

**张伯礼：**我脑子里真没这个年龄问题。

《面对面》董倩独家采访张伯礼

**【解说】**1 月 26 日，大年初二晚上，正在天津忙于指导疫情防控的张伯礼，接到了中央疫情防控指导组飞赴武汉的通知。

**【同期】**

**张伯礼：**让我转天早晨到北京机场集合，我说什么事，他说就是到武汉去。我说多长时间，他说三个月。我说那么长，我说准备什么东西，他说不知道。我说还有谁，不知道，什么都不知道，就接到通知准备来。知道当时武汉的疫情很重，也有思想准备要来，甚至自己想申请来，但是来那个瞬间。您太厉害了，这么一下触到泪点上了。

**记者：**张老师，为什么说到这个时间的时候，您反应会这么大？

张伯礼：还从来没人问过这个问题。所以当时还真是感到很突然，尽管有思想准备，但是还是很突然。

记者：您身经百战了，按说有紧急的情况请您出去也不是什么新鲜事？

张伯礼：是。

记者：为什么这一次您回忆起来的时候，情绪仍然会这样激动？

张伯礼：一个是悲壮，因为当时武汉已经从那知道情况是很严重的，并且当时对冠状病毒的了解远远不像现在了解那么多，所以觉得是中央让我去，我这个岁数本身在这儿摆着，说明疫情很重才让我来负责，否则不会让我这个老头来。

记者：您可以说不来吗？

张伯礼：绝对不能说，这个也没想到不来，一点都没想过这个。但是我知道它不紧张，不会叫你来这是一个。第二个领导叫你来就是一份信任，这份信任是无价的，绝对不能推。

【解说】2003 年，张伯礼曾组建中医医疗队，抗击“非典”。17 年后，他再次临危受命，参加抗击新冠肺炎疫情。1 月 27 日，作为中医医疗救治专家，张伯礼随中央指导组乘机抵达武汉。

【同期】

记者：您看到的是什么？

张伯礼：看到的状况，发热门诊已经是拥挤不堪，大夫已经不堪重负，就是医院被挤爆了，就在那段时间。但是最可怕的是里边这四类人混杂在一起，甚至确诊的病人也没地方住院，一床难求，那么乱，乱到这种情况没想到。

记者：您说的乱是混杂？

张伯礼：混杂，病人都混杂在一起，医院被挤爆了，看病要排几个小时，并且有病的、没病的、输液的、留观的、等着确诊的统统都混在一起，陪诊的也都放在一起。这些人里边，不是的以后也都是了，互相交叉感染太厉害，所以你不分离永远不行。当时中央指导组副组长陈一新，他来了说一句话非常清楚，他说不关掉水龙头，这地永远擦不干，水龙头老在那儿跑水，这地老是擦不干，这句话用得特别恰当。

【解说】针对当时医院人满为患，确诊患者、疑似患者、无法排除感染可能的发热患者、确诊患者的密切接触者“四类人员”存在交叉感染风险的状况，分层分类管理、集中隔离成为中央指导组的决策。张伯礼还提出，在西医没有特效药、疫苗的情况下，对集中隔离的疑似患者实行中医治疗，“中药漫灌”一是别错失治疗时机，二是安慰情绪，这个建议被中央指导组采纳。

【同期】

记者：面对这么复杂的情况，您怎么就知道用什么药去治？

**张伯礼**：我们在 1 月中旬，一直在盯着这个病，特别是跟武汉保持着联系，开始在一月二十几号的时候，春节前有几个少量的专家已经到了现场，看了病人，我们拿电话就联系了，知道他当时的情况。当时大家非常（一致）形成共识——湿毒、湿毒疫，方子就在脑子里了，咱们就弄。特别是在天津已经有病人了，这些情况你看到这个以后去研究怎么对付它。因为我说中药它比较安全，第二个就是现成的，我们药厂给做成了袋药，直接给送到隔离点外边，不就挺好吗？

**【解说】**在中央疫情防控指导组的推动下，武汉开始征用学校、酒店作为隔离观察点，并为集中隔离的疑似患者普遍服用以治湿毒疫为主要功效的中药袋装汤剂。

**【同期】**

**张伯礼**：刚刚开始喝药的时候，中药推得都很难。

**记者**：因为什么？

**张伯礼**：有人说中药没效，那么大面积吃中药，对老百姓负责任吗？

**记者**：哪儿来的反弹意见？

**张伯礼**：都有，所以我说这次特别感谢的是中央指导组，特别感谢党中央、国务院领导的决策，支持中药，要不我们也不敢那么大胆去做。

**记者**：当时有一个很现实的问题，到哪儿去做这些药？

**张伯礼**：我们国家的实力真强，并且企业能力也强，所以当时我开出这个方子来，怎么来做呢？我和湖北有个企业叫九州通，原来就有联系，就知道这个企业，接触不多。我就试着给这个企业打个电话，我说现在有那么个事，能不能帮忙做点药？他说没问题，你说做多少我们都能做，我们全力配合。

**记者**：钱呢？

**张伯礼**：我说没有钱，现在不知道谁给钱，因为这个事不是短期的，煮几天不是这样，可能是个长期的，我相信政府最后会埋单。人家就讲不问价钱，直到现在也没问。

**记者**：那您给他下的任务是多少？

**张伯礼**：下令第一天 3000 袋，第二天就 10 000 袋，我当时说的名不好听，叫漫灌中医药，要让中医药漫灌，就是全都给。

**记者**：为什么用这个词“漫灌”？

**张伯礼**：太多了，病人太多分不清了，分不清你就只能说都给。因为是一个病因，相同的症状，在这种情况下，古代也是用一个大锅药给大家喝，我们叫通治方，或者叫标准方。

**【解说】**令人欣慰的是，通过普遍服用中药，集中隔离的很多发热、疑似患者病情得以好转，效果不错。

【同期】

记者：您怎么去定义效果不错？

张伯礼：怎么来看它有效没效，就是从疑似病人里边最后确诊的病人。开始的时候确诊病人能确诊到 90%，就是这里边病人，就是刚才咱看排队那些人基本 90% 都是真的。隔离以后喝中药喝了七八天以后再检查，这些确诊的病人里边大幅度下降，下降到 30%。

记者：您觉得在这个过程里面中药起到什么作用？

张伯礼：起到了一个隔离的作用，起到了一个安抚人心的作用，起到了一个把它鉴别的作用。有的病人我就是几天，好了。好了以后，我也不烧了，这是治愈了。我可能就是个流感，因为那时候也正是流感的季节，所以他可能就治好了。这个病人虽然不烧了，一查，检查核酸是阳性的，这可能就是个确诊病人，确诊病人就到定点医院就把他隔离开了，分别开了。

记者：张老师您说这个阶段如果不上中药，又会是什么结果？

张伯礼：我觉得最大的问题还不是治疗问题，是恐慌。在那时候给我关在里边不给我任何药吃，我觉得是无助的。我觉得我就等着，等着是我怎么处理，不是我怎么处理，没有药，跟一天吃几服药吃两袋药不一样。

记者：您觉得您的药更多的是心理抚慰，还是说真起作用？

张伯礼：真起作用，加上心理抚慰，治疗的同时加一点抚慰，让病人（感觉）起码我吃药了，是这样。

【解说】2 月初，在中央指导组推动下，武汉着手将会展中心、体育场馆等改造为 14 家“方舱医院”，集中收治新冠肺炎轻症和普通型患者。张伯礼与同是中央指导组专家的刘清泉教授写下请战书，提出筹建一家以中医药综合治疗为主的方舱医院。2 月 12 日，经中央指导组的批准，张伯礼作为名誉院长，率领由来自天津、江苏、湖南、河南、陕西等地中医医疗团队组成的“中医国家队”，进驻武汉市江夏区方舱医院。

【同期】

记者：您一开始为什么要用中医的方式承包下来一个方舱医院，您的目的是什么？

张伯礼：我有信心，前面有工作基础，不是凭感情，也不是凭义气，我在湖北中西医结合医院、在武汉中医院已经收治过轻症病人，用中药治疗完全能治好，但是最后也说是中西医结合。为什么？我里边有西医的仪器设备，心电监护、氧气、心电图、血压计、一些急救的药物都有，这样病人也放心，我们也放心。

记者：假如遇到这样的病人我不想听你的，我就想要求吃西药，您怎么办？

张伯礼：有西药，你要是真想吃西药，我也有。这些药除了原来给一些老人，他（们）原来有高血压、糖尿病，这样的药我也得给他（们）预备点。第二也有一些西药，你要说我就不吃中药，可以。要不说有个小故事，方舱里旁边两张床挨着，一个老太太，一个姑娘，这个姑娘说我不吃中药，我平常也不吃中药，苦，我不吃，我也不信中药。这老太太吃了，吃了以后老太太退烧了，这个老太太跟她说，姑娘你也得吃，你看我就退烧了。这姑娘说我也烧她也烧，她吃了就退烧了，说我也试试。等她一吃，她说了这个苦能忍受，还可以，吃完以后隔了一天，她也退烧了。她说中药还是有效的，并且她吃完了以后，除了退烧，她感到浑身也轻松了，肌肉疼、酸胀也都好多了，所以她就以后每天定时吃中药。

**【解说】**据统计，从 2 月 14 日开舱，到 3 月 10 日休舱，江夏方舱医院在 26 天运营中，共收治新冠肺炎轻症和普通型患者 564 人，其中治愈 482 人，82 人包含 14 名有基础病的患者按照休舱要求转至定点医院，所有患者中没有一例从轻症转向重症。

**【同期】**

**张伯礼：**564 个病人里没有转重的，按照一般结果，这些病人里边有 6% 到 10% 要转成重症，也就是 500 个病人里边转成重的要是 10% 的话就有 50 个转重的都可以理解，我们一个没有。我们最后有一个非常好的感觉，病人退烧了，有些人对这个还是信不信，模棱两可。但是很重要的一个指标是血里的指标变了。这个冠状病毒对人的伤害很大在损害人的免疫功能，免疫功能它表现在你身体的白细胞数量都在下降，特别是中性粒细胞在下降，淋巴细胞在下降，所以造血的功能都受到影响。但是我们发现这些病人好转以后，他（们）的淋巴细胞数上去了，白细胞数上来了，就是症状改善了，血里的生化指标在改善。

**【解说】**除了江夏方舱医院之外，后来，在武汉市投入使用的全部方舱医院的治疗中，中药的使用率超过了 90%。

那段时间，指导临床、进入隔离病区察看患者、亲自拟方、巡查医院，等等，张伯礼不分昼夜高负荷工作。2 月 15 日凌晨，张伯礼胆囊炎发作，腹痛难忍。中央指导组的领导强令他住院治疗。2 月 19 日凌晨，张伯礼接受微创胆囊摘除手术。手术之前，张伯礼让医院不用征求家属意见，自己签字。手术很成功，但手术之后，张伯礼的双腿又出现血栓，必须卧床。

**【同期】**

**张伯礼：**两条腿要伸直待着，最少要待两个星期。我说两个星期可真不行，实在是不行，我尽量听话，一个星期，多给点药，之后住了一个星期。

**记者：**如果不听话，您会跑到哪儿去？

**张伯礼：**定点医院你不去啊？方舱你不去吗？

**记者：**您想干吗去？

**张伯礼：**我想指挥战斗，到现场去指挥，去说那就不一样，出来我说我听话，在房间里待着，在房间里就可以处理很多事了。腿的事我是第一次说，我跟学生都不说，别人都不知道。

记者：您为什么不想让别人知道？

张伯礼：动摇军心，当时还有一个想法，在这期间我们国家中医局一直往回赶我，让我回天津去。

记者：为什么当时让您来三个月这时候又赶您？

张伯礼：他说你有病了，你那么大岁数了，人家都挺害怕，你在这儿出点好坏谁担责。

记者：您想回吗？

张伯礼：绝对不可能的，我是绝对不回。

记者：为什么？

张伯礼：刚铺开打仗，你怎么就撤离战线了。

记者：但是您的确有实际的问题？

张伯礼：有实际的问题可以克服，在这儿可以解决，绝对不回，这是我的想法。我几次跟他们说不可能，不要想这个，就不可能回。

【解说】就是在张伯礼手术后的第三天，2 月 21 日，他的儿子，天津中医药大学第四附属医院执行院长张磊带领天津市第 12 批援汉医疗队来到了武汉。按照张伯礼的要求，张磊没有去探望父亲，而是直接去了江夏方舱医院驻地。

【同期】

记者：能够在这么一个非常特殊而且很危险的疫情严重地区，你们两个又做的是一件事情，不想跟你父亲见面啊？

张磊：想，中管局的领导也允许我可以先去协和医院看看父亲。

张伯礼：他说来了，我说你打住，我说你来了不就问候问候吗？你又不能帮我治疗，又不能减轻我的痛苦，你来了问候，电话里问吧就可以了，坚决不能来。

记者：爸爸在医院里呢，为什么不可以看看呢？

张伯礼：不来好，那边队伍是给你派活的，你来了以后，你到这看耽误时间。

【解说】之后，虽然同在武汉，但因为各自忙于工作，除了电话沟通之外，父子二人并没有见上一面。3 月 10 日，江夏方舱医院休舱，父子俩在武汉共同抗疫 20 多天后首次见面，见面时间仅有 10 分钟。

【同期】

记者：你那个时候见到你父亲什么样？

张磊：我觉得瘦了，但是我没想到瘦了 15 斤。当时因为我在舱里负责我们整个天一病区，因为有很多病人要出院，到下午 2 点出舱的时候，我们在方舱医院对面的草坪上，我们天津队的全体队员照合影，正好大伙儿看见我父亲，他们都喊他张校长。我的队员就告诉我，队长，校长过来了，咱能请校长来照张相吗？后来我就跑过去把他请过来，后来他也特别高兴，说应该陪天津队队员们照张相。

儿子张磊与张伯礼和记者视频

**记者：** 你叫他照相的时候，你是叫爸来照个相，还是校长来照个相？

**张磊：** 校长。

**记者：** 为什么不叫爸？

**张磊：** 因为旁边一堆队员，在那种情况下应该叫校长更合适。当时也说了，最后对于他的身体说了一句，我就说身体还行吧。他说挺好的，不用管，回去带好队伍。

**【解说】** 按照统一部署，3 月 17 日，张磊与天津市第 12 批援汉医疗队返回了天津，但张伯礼依然坚守武汉。他说：“这回我把胆留在了武汉，更加与武汉市民肝胆相照了！”

因为一部分痊愈出院的患者还有咳嗽、憋气、心悸、乏力等症状，肺等脏器及免疫功能尚有待修复，张伯礼在 2 月中旬就在湖北省中西医结合医院、武汉市中医医院建立了新冠肺炎患者康复门诊，专门管理、治疗这部分病人。

在中国工程院和马化腾基金的支持下，张伯礼和王辰、李元元三位院士牵头，为被感染的医务人员建立了一个康复管理平台，以中西医结合的康复方式，帮助他们更好地康复身心，回归正常生活工作。

**【同期】**

**记者：** 您说人总得有一个目标，您 70 多岁了，还这么高强度地干，您的目标是什么？

**张伯礼：** 中医是能解决一些重大问题的，我应该多干一点，那么好的东西应该为中国人健康服务，为人类健康服务，这完全能做到。我就希望中医和西医各自有优势，优势都很突出，把这两种优势要是互补，是中国人的福气。

**【解说】** 除了在轻症患者身上普遍使用中医中药之外，在武汉，中医也进入 ICU，辅助西医参与重症救治，中医药治疗新冠的经验成为中国方案的亮点。

我们采访的当天，也就是3月19日，“封城”第57天，武汉新增确诊病例、新增疑似病例、现有疑似病例第一次全部归零。

**【同期】**

**张磊：**今天是个很特殊的日子，一个是今天早晨我们一起来在隔离点，就看见今天武汉新增确诊和新增疑似人员归零了。我们全体在我们这个隔离点的几十名的医护人员，大家在微信群里都非常高兴，这是个非常好的日子。既然拐点了，我估计您回天津的日子也应该不远了。希望这些日子在武汉和两个师弟，你们三个互相照顾，注意身体，然后生日快乐。

**记者：**谁生日？

**张磊：**今天是他72岁生日。

**记者：**今天是您生日？

**张磊：**农历二月二十六。

**记者：**那今天真的是我们会找日子，在您生日的时候采访您。

**张磊：**他们一早也都在驻地，和武汉的同志给您订了蛋糕。

**张伯礼：**不用蛋糕，我不吃蛋糕，现在上哪儿订蛋糕。

**张磊：**他们都买了，特别精致的一个，他们拍图片给我发过来。

**记者：**还有惊喜？

**张伯礼：**快拿来，一块儿尝尝，赶紧拿来，拿来一块儿尝尝。

**记者：**张磊，看这是什么？

**张磊：**蛋糕，就是这个蓝色的盒子。

**记者：**您跟孩子说两句话吧，他祝您生日快乐了，我老抢你们爷俩的话，赶紧说两句吧。

**张伯礼：**武汉清零就是最好的祝贺了，告诉整个天津医疗队的同志们，第一个赶紧休整好，第二个总结好，跟家里人团聚，赶紧回到医院正常工作，并且还要做好准备。你转告他们，包括两个，第一个现在海外需要中医药，所以我们要做好准备，（第二个）你们都有一线经验了，还要准备去海外，完全有这可能。现在好几个国家都向我们提出来，能不能支援人去，特别是懂中医药的人，带着中医药去。

**张磊：**我们也有这样的准备，去了一定完成任务。

主创人员：
张士峰、王惠东、董倩、孟克、张诚、赵裕华、赖健、王枫

【编者按】“新型冠状病毒比SARS‘狡猾’。”1月27日，新闻新媒体中心记者对国家卫健委高级别专家组成员、中国疾病预防控制中心流行病学首席科学家曾光进行了专访，这是第一次有媒体用“狡猾”一词形容新冠病毒，准确概括了病毒的特点，广为人知。

## 流行病学专家曾光专访系列

首播时间：2020年1月28日
首播平台：“央视新闻”客户端

### 1. 新型冠状病毒比SARS“狡猾”

新型冠状肺炎疫情防控备受关注。全国多地启动重大突发公共卫生事件一级响应。国家卫健委高级别专家组成员、中国疾病预防控制中心流行病学首席科学家曾光，在接受总台央视记者专访时表示，新型冠状病毒比SARS“狡猾”，原则上所有人都是易感的。

**总台央视记者崔霞：**您2003年曾参与防控“非典”，这样一个疫情的传播速度以及它的强度、它的致病率和SARS有什么不同？

**国家卫健委高级别专家组成员、流行病学专家曾光：**因为这个敌人的话，我们以前没有遇到过，跟SARS比，它实际上比SARS“狡猾”。它在武汉的社区传播的速度是快的，因为这病我们还不完全清楚在哪，可能还有很多轻症的，可能也就是跟一般的感冒差不多，我们不清楚。所以武汉这个仗的话，可以说是在跟病毒的界限、敌我界限不清楚的情况下展开的。

专访流行病学专家曾光

我觉得现在的话，不要都挤到医院发热门诊去。因为我们现在是冬季呼吸道高发季节，哪个是冠状病毒，哪个是流感，哪个是普通感冒，很难区分的。我们倒建议把发热门诊挪到公园去，比如公开场合、露天场合，这些地方是不容易互相传染的。把重症的送到医院去。

## 2. 要鼓励报告感染病例　相信会有春暖花开的时候

国家卫健委高级别专家组成员、中国疾病预防控制中心流行病学首席科学家曾光，在接受总台央视记者专访时表示，目前多地出现感染病例增长的情况不可怕，就怕不报告，所以要鼓励报告。他说，隔离措施是压平流行高峰的一个好的手段，“我们有春暖花开的时候。春天以后往夏天的话，气候的变化是不利于呼吸道传染病流行的”。

**疫情公开化　迅速控制疫情**

**崔霞：**广东，包括浙江，这些地方也是（确诊病例）增长比较快的地方，那么有哪些针对性措施来把这些地方的一些问题解决？

**曾光：**任何一个其他省，湖北省以外的地方，我们不怕病例报告，一定要鼓励报告（发现的病例）。你哪怕出现二代病例了，你及时发现、及时报告了、及时控制了，都是好样的。你出现三代病例，只要战线清楚，迅速控制都是好的，都应该表扬。就是使疫情公开化，发现疫情和控制疫情连为一体，这样它会迅速被控制的。我们不怕三代、四代的，关键就是控制谁。

根据有关安排，春节假期已延长至2月2日。曾光表示，这对减少人员大范围流动，对遏制疫情很有必要。他说："多两天很重要，因为现在正是这个节点。我觉得快到它最长的潜伏期了。武汉感染的人，差不多该暴露的都暴露了。让它暴露出来，暴露出来的话，有利于防治。"

曾光介绍说："我们有疫情直报系统。任何医院发现病例以后，都是直接报国家疾控中心。轻症多少、重症多少、死亡多少、整个大的趋势、年龄构成的变化，这些信息都能够报上来。"

针对总台央视记者提问的"疫情何时会进入下降期"，曾光说："要从流行病学观点来看的话，我们的隔离措施是压平流行高峰的一个好的手段，也能收到一个比较好的效果。"他说："我们有春暖花开的时候。春天以后往夏天的话，气候的变化是不利于呼吸道传染病流行的。我们人类多了一个帮手，天然的帮手，我们和气候一块对付它，一块歼灭它。"

### 3. 原则上所有人都是易感的　戴口罩就是为疫情防控做贡献

春节期间，广东、天津、青岛、安徽等地通报了新型冠状病毒感染的肺炎聚集性病例，那么家庭团聚其乐融融之时如何做好疫情防护呢？春节返程高峰即将到来，怎么更好地防控？流行病学专家曾光在接受总台央视记者独家专访时表示，聚集性疫情是防控重点，戴口罩是为疫情防控做贡献。他说，原则上所有人都是易感的，应该把儿童当成易感者加以保护。他同时认为，现在还没有出现超级传播者。

**曾光：**所谓聚集性疫情就是这样的，比如说在一个家庭、在一个班级或者在一个单位或者在一个车间，同时有多人一起发病，这叫聚集性疫情。他们可能的话，是被一个人传染的，也可能的话在这单位形成传播链了，你传我，我传你，这么传下去了，所以聚集性疫情往往就是我们做公共卫生工作防治的重点。

聚集疫情的话为什么影响大？这种病人的话，其中就是重症出现得多，往往会造成社会的恐慌，所以这个是我们一定要重点防治的。比如我们说超级传播者，实际上就是最典型的聚集性疫情了。

针对"现在有没有出现超级传播者"的问题，曾光说："现在我看还没出现。"

据了解，一些地方的新增病例当中出现了婴幼儿病例，这是不是意味着新型冠状病毒的传播已经出现了低龄化，或者婴幼儿也是易感人群？对此，曾光表示："在SARS期间确实是儿童病例很少，不但少而且轻。我觉得我们看法还是这样，不能拿SARS来套它，毕竟是两个不同的病。"

他说："应该把儿童都当成易感者，加以保护。我说这是我们公共卫生安全性的原则。在情况不清的时候，我现在觉得还是谨慎点好。现在听说小学、幼儿园开学时间都推迟了，所以儿童的晨检、小孩戴口罩的问题提到了日程上。”

曾光在接受总台央视记者采访中还特别提醒民众，春节团圆应避免大规模聚会聚餐，尤其春节返程期间，每个人出门一定要佩戴口罩，这是对自己负责，也是对社会负责。戴口罩就是实际参与防控的具体行动。

他说：“实际上戴口罩这个行为往小处说是保护自己，往大处说是为这次和新型冠状病毒疾病做斗争做贡献的。因为每个人都戴了口罩，疾病传播速率就会下来，有利于疫情的遏制。戴口罩就是一个实际参与防控的具体行动。”

主创人员：
杨华、王姗姗、张鸥、崔霞、顾小慈、乔全兴、杨弘杨、陶嘉树、关红妍、刘旭

【编者按】“共产党员先上”的硬核言论让上海医疗救治组组长、华山医院感染科主任张文宏教授成为“网红”。1 月 30 日，央视上海站记者陈雯通过新媒体直播的方式专访张文宏教授。整场直播让广大网友对共同抗疫多了一份了解和理解，配合医务人员一起打赢这场“战争”。

# 对话上海医疗救治专家组组长张文宏

首播时间：2020 年 1 月 30 日
首播平台：“央视新闻”客户端

**总台央视记者陈雯：** 各位网友大家好，我是中央广播电视总台的央视新闻的记者陈雯。现在我们是在前方上海的演播室为大家带来最新的报道。现在请到了上海医疗救治专家组的组长张文宏教授，也是复旦大学附属华山医院感染科的主任。针对网友们很关心的问题，比如说如何去隔离病房查房、医生有没有被感染的风险、医生如何轮换值班，等等，请张文宏教授给网友解读一下。

**上海医疗救治专家组组长张文宏：** 好的，其实很多网友问这些问题，最主要的还是对我们医疗体系的不了解。其实在隔离区查房时，我发现经过过年前到年后，医生已经是非常疲劳了，连续地作战，在过年前一直到年后的初三初四，非常劳累。而且最主要的是什么？因为现在所有的综合性医院，虽然我们的保护措施也很好，但是毕竟不在像公共卫生中心那样的负压体系里面，所以医生多少会有一些担心和恐惧。而且都是年轻的医生，其实他们也不是自己恐惧，其实我很了解这些医生，他们很多是家里都有小孩，有老人。所以在这种情况下，我做一个带头。所以我跟我们科室的另外一个年纪也是蛮高的副主任——张继明教授，我们就轮流。我们就带下面医生、护士长，我们一起进去查房，所以这样查房事实上是一个姿态。事实上在我们（复旦）附属华山医院我们的条件也很好，除了没有负压以外，我们隔离了很多疑似病人。我们如果是在这里是穿好足够的防护，我们一般采用二级防护，基本上也是没风险的。但是你不是说一点风险都没有，因为你稍微一个防护不好，暴露了以后，你就会有感染的风险，然后（病毒）就带回家了。所以在这个时候，我们主任就要带头来做这个事。这个事你领导、主任如果不做，年纪轻的人去做，大家都是医生，为什么风险只是年纪轻的医生冒呢？所以这个也是我跟我们整个科室的几个领导小组，大家一起做了决定，所以也不单单我们进去查房。

张文宏教授讲疫情期间领导的带头作用

那么现在换岗的是哪些人换上去？会不会不科学？大家觉得，有人在说了，你现在把他换岗，是不是把那些、换下来的都是水平很高的，换上去的都是水平很差的？因为他们太不了解我们华山医院了。华山医院感染科在国内其实名气是非常响的，名气非常响。而且我们的规模很大，我们现在总部的院区是作为定点医院。我们还有几个分院，各个分院遍布在上海，有东院，有西院，还有北院，北院跟我们一起来做定点医院。所以在换岗上，我们第一步就是要把其他的院区没有在这里轮岗的这些医生，全部都要换下来。其实他们水平都是一样的，平时本来就是定期我们几个院区换岗的，但这次要集中的换岗。但是还有一点，就是大家还是心怀恐惧。

所以这个时候大家也知道网络上提到所谓的共产党员的这种说法，引起网络很多的议论对不对？

因为我自己作为一个共产党员，我在这里也不讳言，就是大家当时都讲好的，你入党的时候不是讲好的吗？那么就按大家讲好的办。因为从来没有讲好过，在这种高风险的时候谁应该上，谁应该不上对吧？只有共产党员这件事情大家讲好了，我没有给大家讲很高的党性，只是大家都按照大家讲好的事情去做就 OK 了。入党的时候讲好了，有风险的时候大家先上，那么这个时候就很简单，并不是说特别高尚什么什么，我觉得这个都不至于。

对网上热议“共产党员先上”问题张文宏教授回应不要过分解读

其实其他医生也非常高尚，其他医生都非常好、也非常棒，但在这个时间，你要毫不犹豫地进去，而且没有任何的推脱理由的，你也只有这个理由了。我找的这个办法就是按最重要的一个契约的做法。讲好了，入党的时候大家都讲好了，我们按这个讲定的办。我也是共产党员，大家也都是，我们大家一起上，大家觉得很好。

我这样一弄，事实上大家整个科室其他的不是党员，在医生这个职业里面，大家其实都是一样的，无论是党员或者非党员，你作为医生的本身，在需要的时候其实他都会冲上去的，但在这个关键的时候，我们怎么样让大家更具有一点，就是没有争议的大家一起上去。因为这个方法，引起了网络热议，给我造成很大的困扰。我们防疫的任务很重，这么多人关注我，事实上对我造成了很大的影响，所以我觉得更多的关注应放在武汉的一线的医生上，他们一定比我更累。武汉的医生你想想看人家工作了多久了？一个多月了，病床都不够，很拥挤，防护设施也不够，医生非常劳累，对不对？我们都很清楚。所以你说上海医生去干什么？是人家医生水平不够吗？哪里啊！

人家医生水平很高的。但是一个多月的连续作战谁都会很劳累，非常劳累。所以我们这样的医生去换岗，所以你说的换岗就是这个概念。换岗以后我们发觉他们现在因为病人太多，我们新的两个医院还没建起来，大家都知道火神山、雷神山医院，是吧？最终的床位会达到 13 000 张，所有的武汉的都加起来。他们告诉我那边的条件现在还是非常艰苦，所以你说现在应该关注谁。

我们自己科室医生也有在武汉，在武汉现在最早的定点医院，金银潭医院，我觉得非常值得大家去关注。我们就有医生进去了，“偷渡”进去的，我们医生怎么“偷渡”进去的你知道吧？一个武汉协和医院的医生，在我这里进修。他偷偷地自己先跑到武汉邻近的城市，湖南啊，然后再叫了一个的士跑到湖南湖北的交界。再越过这个交界，再叫辆车，再回到武汉。他说我要跟我的其他（武汉协和医院）的同事一起战斗，他要跑到最危险的地方，我没有问他是不是共产党员，但是我至少告诉你这一句话，这一刻他回去，肯定不是因为是党员不是党员，而是基于一个医生的职责。这一点我觉得是我们换岗的这个事情的一个本质。

**记者：**今天其实除了刚才您谈到的这些问题，网友也很关注替换下来的第一批的医护人员。他们接下来会不会有一个自我隔离的这样一个过程？那么第二批的医护人员，他们大概会工作多长时间？

**张文宏：**是这样的，在上海市公共卫生中心，就是上海的所谓的“小汤山”那里，我们按规定的做法是每一批人进去工作两个星期，然后就开始下来，下来要隔离。特殊的就是在负压病房旁边的一个隔离区去隔离，再隔离两个星期，然后他就可以出来。出来以后要先回去休息，然后再重新的有一轮新的换岗。现在全国做到像这样的一个换岗，做不到的。第一个做不到的，我就问你武汉的医生做得到吗？做不到。工作到现在了，现在有多少个医院已经实施换岗了呢？病房都没有，有时候病人可能还住不进去。医生现在都刚刚进去，我们不能保证每一个医生都换岗，然后我们换岗的医生他们到底能不能得到很多的休整，现在都不好讲。我们有一个自我隔离的，但是我们这个隔离还是比较宽松的一个自我隔离。因为在我这边的一个综合性医院的隔离区，病人没这么多，它病毒的密度没这么强，我们又是充足的通风，如果你做了一个充分的二级防护，你是可以隔离，也可以不隔离。

那你说再次怎么换岗？我们一般现在就是，如果工作量是可以的，我们就两个星期到一个月换一次。但是如果工作量很大，我们可能就是规定好，就是每个人做一两个星期，两个星期就换下来。所以在我们这里现在的换岗，这一批上去，说句实话，我一开始说换岗共产党员先上，但是我这样一讲，很多的不是共产党员的意见很大，到最后大家都上了现在，根本就没有分（党员非党员）。

所以我觉得关于换岗、自我隔离，换岗以后的自我隔离，每个医院一定要根据自己的防护的措施。如果你的防护措施不到位的，对不起，你一定要隔离，风险会极大。第二个，如果你这里的确诊病人是很多的，对不起，你要隔离。所以我给大家这个建议，你看好不好？

**记者：**我看您今天赶到我们这儿也是风尘仆仆的，而且看起来挺疲惫的，戴着口罩，黑眼圈也更加浓郁了。其实是想问一下，您的一天是怎么度过的？

**张文宏：**因为这段时间确实比较忙，实际上说句实话，我自己都搞不清楚现在一天还是两天，有时候，因为很多事情都压在这里。就是基本上也没有计划，都是跟着应急的状态来做，所以这个其实也不怎么正常。所以从过年前到现在为止，实际上基本就是大部分时间都在医院中度过，当中还加了两件事。两件事就是国家卫健委现在对中国的一个防护，基本上它还是非常关注。非常关注的话，我们作为国家的督导组的专家，所以我当中还去了两次内蒙古跟河南，去看当地的一个防控的工作，当然收获很大。但是这些事情放在一起，上海市我们查房，我们公共卫生中心的查房，还有我们华山医院有时候也查房。然后呢专家组开会，跟卫健委的领导还有上海市政府的领导提建议，然后再研判疫情和救治的情况，不断地进行适合我们本地区疫情的一个策略，这些都是我们要做的事情。

昨天那个视频（共产党员先上）弄好了以后，我的时间都被剥夺了。所以从今天起，其实很多媒体我基本上都是全部不接受（采访）。因为我这边工作非常繁忙，我主要的工作还是一个救治；第二研判疫情，跟上海市专家，我们大家一起根据现在复杂的一个疫情变化，我们要做出随之而变的防御的一个策略，要进行精准的防疫。这个是我现在（工作）的重中之重，所以像媒体整天来采访，我自己到最后搞不清楚了，我到底是做什么的。

**记者：**您也反复提到会去公卫中心，您觉得在一线的救治的过程当中，对于医生来说，或者说对于您来说，您觉得最棘手的问题是什么？

**张文宏：**现在棘手的问题，还是人力，现在人力严重不足。因为无论是上海还是外地，全国最缺的是人。在上海还稍微好一点，但是我们还是觉得奇缺。我们现在都是上海市中山医院，当然我们华山医院、中山医院、瑞金医院、上海市第一人民医院，我们都在支援公卫。第二个他们自己（公卫中心）有一批人，还有上海现在病人也就100多，我们有一些出院了，现在100人还不到一点。但就这样，你想想看，100多这样的人，有些病人重症的还要插管，事实上人力是奇缺的，这是第一。

第二就是防护的设备你是不是跟得上？其实据我所知很多医院跟不上，上海还算可以的，上海还不算太差，但是事实上各大医院都是缺的。所以你说怎么办？也就是说我们现在最缺的是什么？我觉得一个是人力，人力就是我们常态化的医院，对于传染病感染病这个学科的储备，现在看起来将来还需要加强的，这是一个。第二个现在防护的措施，我觉得需要政府来统一地调配，要非常充足。我们上海各个单位自己还算可以，医院的领导还是动足了自己的脑筋，因为现在货都买光了，所以这个也是最缺的。我就告诉大家这两点，一个是缺人，第二个是防护的用品，这两点我认为是至关重要的。大街马路上很多人戴着 N95 口罩，我觉得有什么必要呢？我今天跟你坐在这里采访，戴个外科口罩就足够了，这种外科口罩可以几亿地生产了，全国人民戴这个口罩就可以了。N95 口罩就给医生用吧。我们一般的防护戴这种外科口罩足够足够了。缺人、缺防护设备，这两个是很关键的。

**记者：**感谢张教授，同时也给我们做了一个防护知识的普及，也就是说其实口罩也是分不同的等级的，在不同的环境当中我们第一个是要节约，第二个也要合理地来佩戴。

**张文宏：**对对对，你讲的没错。

**记者：**此前您也曾表示过，其实再过几天的时间也就要迎来元宵节了。之前您说元宵节的前后将是控制疫情发展的一个关键的节点，那现在您还支持这样一个观点吗？

**张文宏：**元宵这个点实在是太太太重要了。你想想看元宵是正月十五，你算一下时间点，今年大年夜是 1 月 24 号，元宵算起来时间应该是 2 月 8 号。1 月 23 号是什么日子？是我们整个把武汉进行一个交通管制的时间，是不是？所以，武汉进行了交通管制，把这个城市进行了一个停顿下来的动作，对吧？你说为什么要把城市给停顿下来？事实上这是做一个非常重要的物理隔离，就是传染病也好，感染性疾病也好，事实上在里面没有秘密的。这个就是说有病毒或者细菌，人跟人之间的传播。但是我跟你现在都没有接触了，你说我怎么传播给你呢？所以在这里一个非常重要的思想，城市跟城市隔开，特别是大家跟现在发病率很高的城市隔开。然后在这个城市里面，大家网格化地隔开。

隔开以后，有些人已经生病了，你就到医院去；但是有些人还没有生病的，他一般有最长两个礼拜的一个潜伏期，如果在这两个礼拜的潜伏期，我们充分地把人员都给发现了。你想想看，是不是把发病的人都在一起进行隔离治疗了，那社会上不就是没有传染源了吗？那就好了。所以这两个星期的是什么呢？非常关键的，你是不是充足地、充分地、最大限度地找到这些生病的人。原则上来讲，你如果前面的措施都是成功的，两个星期后是不是就不大有病人了，不大有病人在社会上流窜了。所以你说你上班的时间应该选在几号呢？

我很难去判断其他城市的做法，但至少我们上海定下来说 2 月 9 号，它有个什么特殊的说法，好像是不建议你开工还是什么、有个说法。15 天，就到 2 月 9 号是吧？你看看，正好跨过元宵。所以这个时间节点是很重要的。就是为了给这个城市留了非常充足的空间，再对我们进行一个防疫，把发病的病人给发现，再进行一个隔离的治疗，那么你的效果就比较好。如果你这个时间节点没到，有病人出来，那么风险就很高。但是这里有个很大的一个悖论在哪里呢？上海我们没有复工，但是其他外地的城市它就开始，有私人的小企业或者什么的，他们可能就开始复工了。所以这里还有一个实施的问题，那么可能不断地有（人员）开始向上海过来。所以我们上海也就非常依赖于其他城市的防控，其他城市防得好，我们也舒服；防控得不好，会影响其他城市。反过来上海防控得不好，也会影响他们；他们防控得不好，影响我们。

这个是非常关键的，要把病人留住。如果病人不留住，你会怎么样呢？很显然，他在自己隔离期没有结束的时候，他已经感染了，他就出来了。他就在这个过程当中会感染很多的人，这个叫什么？二代病例。二代病例都是本地户籍的，他就到处走，三代病例。三代病例也不是武汉的，也是本地的户籍。如果不是武汉的，所在的医院和地区，他也不会去查，我们现在主要是查湖北来的。那如果有大量的二代病例、三代病例不是来自湖北的，你就查不到，查不到你怎么办呢？他就在这个上面蔓延，风险是不是极大？所以在疫情的控制，现在元宵正月十五这个日期、这个点是非常关键的。我们要做足了工作，后面才会有好日子过。现在哪个地区这个工作做不好，哪个地区后面的日子不会太好过。

所以现在问题已经不是在武汉，而是在武汉以外的其他城市。武汉打歼灭战，我们大家都进去，打得怎么样？我们最后要看大家的战果如何，我今天不去评论，因为我现在没有在武汉的现场，但是武汉的医生肯定是最最艰难的。你想想看我们打的什么仗？我们打的是保卫战，人家打的是大决战，你说哪个轻松？所以从整体上来讲，我们医生都很劳累。但现在最最劳累的还是武汉的这些医生，还包括我们上海、全国各地派进去的支援的队伍，所以我们在这里应该是对他们表示最大的敬意。这也是为什么大家把目光放在我身上，我觉得极度不爽，你懂我意思吗？没必要，我也不需要关注，我把自己事情做好，所以关注疫区的最最辛苦的这些人，关注我们的医生。我们科室的徐斌医生，现在在武汉，在金银潭医院，这些人非常了不起。所以我觉得应该对他们表示敬意，也希望广大的网友今天如果在线上多去关心他们。你们对他们的关心越多，他们得到的支持就会越多，这是很显然的事情，是不是这样？

**记者：**您之前也提到您会经常进出位于金山的公卫中心，我们其实很多网友也很关注，现在确诊以后被集中进行治疗，治疗的过程当中，您觉得有没有什么药或者治疗方式是相对来说有效果的？另外我们也知道您是参与了 17 年前“非典”的这样一场战役，当时“非典”有的治愈的病人是留下了一些后遗症的，我们这一次治愈出院的病人会不会有后遗症？

**张文宏：**我们现在跟17年前（相比）事实上有很大的进步，但是还有些东西我们现在没有改变。很大的进步是什么呢？比17年前，我们今天的一个治疗方案，在呼吸系统的支持方面，我们的设备比以前要先进很多。所以整个上海还有北京这些大的城市整体的死亡率、病死率现在一下子比“非典”的时候要降低了。那这里当然有两个原因，一个原因就是这个疾病本身没有“非典”那时候那么重，第二个就是我们救治的水平提高了。所以这个疾病现在跟“非典”前面（相比），因为我们上海现在有100例病人，在我那里现在还有几个（病人）是今天晚上要过去的。整体上来讲这一次重症的病人上海的比例不是太多，按现在算起来也就10%—15%是重症的。到目前为止100多个人中，病死的人数是1个人。当然现在整个疫情没有结束，我不能告诉你就只有这一个病人，这显然是不可能的。但是至少战“疫”打到这个份儿上，我的一个死亡率。

你现在不能拿武汉来做比较，武汉的病死率跟外地病死率没有可比性。因为武汉现在这个阶段，治疗的病人当中，很多轻的病人还住不进去，因为新的医院还没造起来，住进去的都是特别重的，所以病死率会更加高一点，这是第一点。第二点，那边的医疗设备，现在一下子出来这么多病人，医疗设备就不够了，所以对呼吸系统的支持可能不够。所以病死率的差异，大家不要觉得好像武汉的医生水平很低，不是的，武汉医生水平很高的，那里的武汉协和、武汉同济都是全国一流的医院。但是现在问题说医疗资源够不够，床位够不够，收治的病人重不重，这些都是核心的。但是从一个整体的情况来看，这个病现在的一个严重程度跟SARS不是一个等级了，我认为应该至少差一个等级。SARS的时候50%的病人可能都是重症，30%的病人可能是要死掉了，现在我们那个比例都是放在那里的。

我们经过很好的救治，很多病人都出院了，所以你也问到一个很好的问题，这个病人出院以后会不会是像SARS以前的骨头断了，长期用激素呢？我明确告诉你，这一次的病人我们不需要用大剂量的激素，所以一般在我们这边病人用的都是小剂量激素。因为开始的激素剂量都是我定的，我拍的板。这个激素的剂量跟SARS的时候（相比），只有它的1/10，1/5到1/10的剂量，而且疗程很短，一般只有三到四天就结束了。所以在这样一个剂量的使用的过程，他怎么会有后遗症？所以我们有几个病人激素都不用的。像现在已经出院的五个病人，就是轻症的，吊水都没吊，吃口服的药就可以了，就出去了。

那你肯定会很关心现在有没有特效药。现在特效药网络上也有很多都在报道，在公共卫生中心我们也会用一些艾滋病的抗病毒药物，因为据说有效，这些病人也都用的。那么到底效果如何，我们要等这次疫情全部结束以后，我们要分析用的、不用的病人差异在哪里，这个差异性出来了，我们对这个药物的疗效评价就出来了。所以这一次的一个治疗整体上来讲，跟 2003 年 SARS，我认为有一个极大的进步，但是唯一不变的是我们还是没有特效的药物，所以现在来讲预防就很重要。

所以这也是这个疾病和流感最大的区别，很多人就会告诉我，他说为什么这个病既然不是很重，那为什么像这样大惊小怪地要把病人都隔离起来集中收治呢？流感是有特效药物的，生病了我特效药物吃上去我就没事了。一个有特效药物的疾病风险度要降低，这是很关键的。第二点，现在如果这个病我把它放出来，你已经看到了，武汉一下子就会这么多病人，所有的人类对它是没有免疫力的。这么多的病人都感染，都涌到医院里去，你可以想象一下现在是什么情景。你可以不要去想象医院，你就想象一下银行，所有在银行里存钱的人都去银行换钱。那就是挤兑，挤兑是不是很可怕？这个今天我们在武汉发生的事情，所以这个病毒至少目前这个阶段我们是不能把它放出来的。

这一点我们国家做的现在目前这个策略是非常正确的。那什么时候有可能会把它回归到医院做，就是少发了，病人不多了，我们有可能就是可以采取这么一种情况，我觉得也是未必不可以。但是现在我们讨论这个事情为时过早，我们还是要见一个，隔离一个，集中治疗一个，这样比较好。

**记者：**听您讲了这样的案例，我们还是确实增强了不少的信心。但是也有网友细心地做了一个比对，比如说到现在为止，确诊的病例已经是超过了 2003 年“非典”确诊的病例。对于这样一个数字的比较，您觉得能说明什么？

**张文宏：**这个比较太好了。没有比较就不会发现差异，你一比较就发现我前面给你比较了什么？病毒的重症程度。你现在给我比较什么？你给我比较传染性。你可以看出来，从这个角度来讲，是不是它的传播数、力量至少不弱于 SARS，但是你说为什么我不判断它比 SARS 更加厉害呢？这是什么原因？我为什么不判断它比 SARS 更加厉害？是因为有很多外在的因素干扰我们的比较。像我就问你 2003 年有高铁吗？2003 年有这么多航班吗？ 2003 年中国的经济有这么发达吗？有这么多打工的人在武汉吗？大家再看，仅温州地区，某些县市在武汉的人就要十几万。这些都是 2003 年不敢想象的。所以有这些社会经济的因素掺杂在里面，我们对现在这个疾病的一个传播系数，你很难去计算。我的团队做过计算的，我们基本上可以得出一个结论，它的传播能力跟 SARS 比较接近，也是不低的一个传播的系数，这也就是为什么国家现在要采取极端的防控策略。像这种极端的防控策略，我们在 2003 年都没有碰到过。但是这次采取了，把武汉暂时性地交通管制。所以它的一个传播性比较强，致病性相对来讲比较弱，是它的特点。这也是给我们下一步的整个防控提了很高的要求。

所以在未来的一个防控的过程当中，不单单是武汉，武汉以外的城市，我们仍然要做很多工作来制止它的蔓延，这也是我今天希望在这里传达给广大的网友：就是说武汉的战斗非常激烈，我们希望在两个月内能够很好地控制住，但是武汉以外的城市（持续）多久的时间现在确定不了。大家现在工作做得好，防控得好，时间短。如果防控得不好，有可能会打成一个胶着的持久战，这个请广大的网友自己心里也要有数。

打得好不好，不就靠老百姓，靠整个医疗体系吗？老百姓不配合，这个仗打不好的，现在就是已经到了这个地步了。所以我就希望大家都很清楚目前的形势，希望大家都有一个美好的春天。只要在春天到来的时候，我们能够控制住。如果春天到来的时候还控制不住，只能等待夏天了，天气回暖以后可能会略有改变。所以我还是很难在这里做一个预测，所有的预测都是受我们自己决心有多大、配合的力度有多大而决定，谢谢你。

**记者：**您也提到了老百姓的配合的力度，您觉得我们怎么样去做，能够更加有效地帮助这场战役取得一场完美的胜利？

**张文宏：**你这个提的真的非常重要。当时在武汉封城之前，事实上跟很多的民众还没有做非常充分的沟通和说服工作，所以会有一些病人会露出来，现在很多人不是都回来了嘛。但是已经回来了以后，现在到元宵还有一段时间，我希望这些人都应该是居家的在那里过年，这是一点。

第二点，在这个城市的民众，我们现在还是要减少外出，让这两个星期的时间，让这个病毒，自己生病的发出来，没有的也看一下观察期，要把它过掉。在这两个星期过掉了以后，你肯定会问我，那大家都不要过日子了？日子总归要过，现在还没到不能过日子的地方，因为正月十五也好，2 月 9 号也好，3 号也好，很多人要返程了。返程以后日子怎么过？我希望至少在我们上海，我希望现在病例数是有限的。也就是说现在 100 多个，后面 200 多个，我觉得都能接受，300 多个也能接受。您觉得我们现在上海有多少人？ 3000 万，包括流动的人口在里面。3000 万，我哪怕是 300 个，也就十万分之一吧。十万分之一是极低极低的比例。十万分之一当中只有一个，你认为十万人当中，你跟这个人碰到的概率你觉得很高吗？你认为我跟你今天碰到的概率很高吗？在今天晚上我们碰了以后，下次基本上就不大可能了。因为我现在不大做媒体了，所以我跟你碰到的几率也就非常偶然的。你下一次跟别人（碰到）的几率，你碰到这个人的概率十万分之一。我不讲高低，只不过是大家活在不同的空间，你也碰不到他的，所以这种概率实际上是很低的。在这么低的概率下，你再做一件事情就够了。

在疫情没有过去的时候，世卫组织没有宣布中国已经都很好，中国自己还不断地有散发病例出来的时候，你要做一件事情。就今天我跟你这样，碰面的时候戴一个外科口罩，简单的、很薄的口罩。然后回家第一件事情先洗手，把外面穿的衣服挂在门口的换衣间或者门口的挂钩上面，进去。如果你再比较老到一点，晚上睡觉之前先洗个澡。那这个事情都做好，你感染新型冠状病毒的概率就基本上低到乘飞机空难差不多了。你觉得我们有什么理由现在不过正常的日子呢？所以这个对我们现在的整个医疗体系有极大的挑战，就是我们是不是可以维持几百例的病例数。如果这个例数过了几千例以后，那这个情况不一样了，几千例变成武汉了，那这个事情完全不一样了。

所以现在对整个的卫生系统体系必须有非常清醒的认识。这段时间加班不要怕累，不能怕累的。不管你是共产党员不是共产党员，你现在怕累了，后面日子更难过。这个阶段，所有的医务工作者是不能怕累的，没办法。因为这时候如果我怕累了，后面我的日子更难过，除非我不做医生了。我的日子更难过，老百姓的日子更难，大家都难过。你说现在我吃点苦头，以后日子好过一点了。现在马马虎虎的、糊里糊涂的，后面的日子很难过。所以必须有清醒的认识，老百姓也是的，我们在一起做一件事情，这个事情我觉得一定要把它给做好。

**记者：**您前面也反复地提到，就是我们是在打保卫战，那武汉这样一个地方是在打最后的大决战。您也提到，其实跟武汉的医生比起来，他们更加辛苦。我就想问一下，代表广大的网友问一下，我们在武汉的医生，他们面临最大的困难是什么？其实包括像您这样的，会去到像在上海郊区的公卫中心的医生，您觉得分成不同的两类的医生，他们面临最大的困难以及最需要的关心是什么？

**张文宏：**现在在我们上海，医院里的治疗的诊治的条件和水平，实际上都是还算过得去的。唯一的就是我们辛苦。像我们科室到现在为止，过年前到现在为止，没有人休假的。

你知道真的不好的是武汉的兄弟，他们那边现在人数还是不够，病人数还是很多，因为新的医院没有建起来。全国支援还不能完全解决他们换岗的问题。再说现在他们城市交通封锁以后，供给呢？吃的东西呢？冬天，取暖呢？人家说取暖不是有空调吗？空调要关房间的。你这里有空调开着，你家都把窗子打开的？肯定要关住。关住没有负压，你知道风险有多高吗？所以你知道我在那边，我们派的队员给我们讲，他说张老师到最后我们在做决定，要活着还是要温暖？后来大家觉得还是冷一点吧。所以就是为了什么呢，把窗子打开。

**记者：**我看到有媒体报道出来，有一些护士、有些医生手指头都冻得通红。

**张文宏：** 所以我们现在医院就筹了一批暖宝宝给他们送去，事先不知道的，你不去现场，你不知道。我以为他条件应该是很好了，但是现在发觉完全不是这么回事。

**记者：** 我们去机场拍摄第二批出征医疗队员的时候，他们就反复在说，互相之间交代说到底有没有带够两样我们都没有（想到）意料之外的物资，一个是像您说的暖宝宝，还有一个是要带尿不湿。您觉得这是出于一个什么样的考虑？

**张文宏：** 你想想看，最大的一个问题，我们穿防护服的是不是？你穿了二级防护，里面好几层的，穿好，严严实实的，像太空服一样的，这个层次是非常多的，你要进去非常烦琐。好，你说我要小便，你是不是出来你把它脱掉，脱掉这个服装就扔掉了，你得再换一套。我就问你，你家带几套这样的服装？所以进去基本上这样，我的医生发短信给我：张老师，我现在进去前面尽量不喝水。他的秘诀就是尽量不喝水，你理解我的意思吧？所以一个人你不喝水还不够，尿不湿你看，也不能承载很多水分的。

一个不喝水，第二个带个尿不湿。这个就是我们现在医生在那里的现状，我自己觉得是非常艰难，所以现在我在这里最后再呼吁一声，我今天在你这里做完节目，就结束了，我们把关注投到武汉“作战”的那些医务人员身上去，好不好？我们如果给武汉很多的关注，我相信他们一定会得到更多的援助，这个是他们现在急需的。我觉得我们大家把掌声应该送给在武汉的这些战友，我觉得这是至为关键的。虽然我们也不好过，但是我认为他们更难过，这是很显然的一件事情，这是第一个祝福。第二个祝福，我希望这次疫情早点过去，让我们所有的人及时地回归正常的生活，我认为这个对我们是至关重要的。

**记者：** 您前面讲到武汉特别需要我们更多的关注和支持，从实际的角度来说，您觉得他们最缺的是什么？

**张文宏：** 我现在不好讲，但是至少现在我自己觉得，他们武汉的医生现在已经太劳累了。因为我在群里一直也跟他们交流，但是最近一段时间可能稍微好一点点，但是估计还是非常疲惫。第二个，物资还是缺乏，就是防护的物资还是缺乏。所以我现在期待着我们那两所新的医院赶快造好，造好以后病人进行分流，早点让武汉的这些医生能够回归到正常的生活。已经一个多月了，只要是人，我自己觉得，都很难耐受这么强大的风险，还有非常超负荷的体力，我是觉得应该给他们点赞，这个是我们应该给他们的很重要的一个支持。

我相信国家也看到了，现在习总书记都是亲自抓、亲自部署，所以我相信武汉的情况很快就会改观。而且在两个月内结束武汉的战“疫”，我认为我是有信心的，至今我有信心。其实业界很多人对我最早提出来的这个看法还是有看法的。我是说武汉，有可能大家都做到位的话，现在的策略都能够实施的话，我们两个月内可以初步地控制疫情。武汉以外的城市我们可能会时间拖得稍微再长一点。多长，由各地自己的整个医疗体系来决定。所以最后我们也是非常祝福武汉的同道，早点控制疫情，早点回归正常的生活。

**记者：**您也讲到现在可能接下来更多的目光，我们要做好外围城市的这样一个保卫战。其实比如说我们现在所在的上海，您也提到了常住人口有 2400 万，包括一些外来人口，加起来可能有 3000 多万的这样一个人口。接下来不管是延迟复工也好，还是怎样，终归会迎来一个返程客流的高峰。这样一个时期的到来，对上海来说意味着什么？我们需要从哪些方面做好防护的措施？

**张文宏：**老百姓，就是普通的民众，我前面跟你提到了，还是维持比较警觉的态势，这是很重要的，也就是说你还是有被感染的风险，这点要有的。第二个就是我跟你讲，不必要的聚会少参加，这个是仍然维持不变。第三个就是一般的近距离的交流，戴口罩、少握手、勤洗手、多通风，我相信老百姓一般这个事情就会过去。但是更大的任务其实在哪里？其实大家没有看见，我不知道网友里面是医务人员为主，还是普通的民众。社会（各界）都有的话，我希望在这里的政府部门的人如果能够听到我的声音，我将会感到非常荣幸。这个时候其实考验的是什么呢？整个的医疗体系。医疗体系在这个难得的几个星期里面，最好能够迅速地调整到位。调整到位以后就说我们做好准备，在复工以后，在全国各地过来的人当中，还是有不少的感染者。假设有，但是我们要具备能力把他们给识别出来。因为他们再也不是只来自湖北了吧，医疗体系要准备迎接这一轮的小高峰。如何做，就靠城市的管理能力。

我是整个管理体系当中的一个医疗团队的一个分子，我也希望我们的整个的团队能够经受住这种的考验，这个是很关键的。

**记者：**好，非常感谢张教授今天能够在百忙之中来到我们这儿，我觉得我们还是要代表广大的网友向您这样的医护人员表示崇高的敬意！

主创人员：
陈雯、孙慧升、郭恩友
（该视频最后一部分为节目节选内容）

## 第二节　生死时速

【编者按】生命高于一切，救治重症就是分秒必争。广大医务工作者同时间赛跑、与病魔较量，不顾个人安危，与“死神”抢夺病患生命，有些医务工作者甚至付出了生命的代价。

我们应该永远记住这些“最可爱的人”。

【编者按】如果你在四万多支援武汉的医务工作者中做个调查，哪项治疗最危险，一定会有一个共同的答案：气管插管。当患者的口腔、气管开放的瞬间，病毒会随呼吸喷涌而出，弥漫在医生的面部和全身周围。

由于感染风险极大，在经过了多次请求后，今天，武汉协和医院终于同意记者跟踪拍摄。总台记者第一次深入污染重区，跟随一支小分队，见证他们的惊心动魄。

# 插管小组：直面病毒，与死神抢夺生命

首播时间：2020 年 2 月 29 日

首播平台：央视新闻频道《新闻直播间》

## 1. 插管小组：直面病毒，与死神抢夺生命

【导语】如果你在四万多支援武汉的医务工作者中做个调查，哪项治疗最危险，一定会有一个共同的答案：气管插管。当患者的口腔、气管开放的瞬间，病毒会随呼吸喷涌而出，弥漫在医生的面部和全身周围。由于感染风险极大，在经过了多次请求后，今天，武汉协和医院终于同意记者跟踪拍摄。请随我们的镜头，深入污染重区，跟随一支小分队，见证他们的惊心动魄。

【同期】

央视记者朱慧容：现在我们进入污染区了，今天我们要跟随插管医生完成插管。

【解说】要进行插管治疗重症病人，52 岁，有多种基础疾病和并发症。

【同期】

华中科技大学同济医学院附属协和医院麻醉科副主任肖维民：不紧张啊，老人家。

**华中科技大学同济医学院附属协和医院麻醉科主任陈向东：**这都是百分之一（浓度丙泊酚），是吧？

**身边护士：**是的，百分之一。

**陈向东：**这芬太尼多少？

**身边护士：**芬太尼 0.2（毫克）。

**【解说】**插管之前，注射麻药至关重要。剂量大了，会影响病人的其他脏器；剂量小了，病人一旦出现呛咳，大量飞沫会直接危及医生的安全。

**【同期】**

**陈向东：**那边准备好了吗？呼吸机准备好没有？

**肖维民：**可以，赶快给（药）吧。

**【解说】**负责插管的医生正在给病人提供着氧气，示意麻醉医生可以开始推药。

**【同期】**

**陈向东：**推完了。

**【解说】**麻药起效了，插管医生要用最短时间，把喉镜插入，寻找导管进入的空间和位置，也就是这个动作让病人气道直接开放，此时，大量的病毒正在向外扩散。

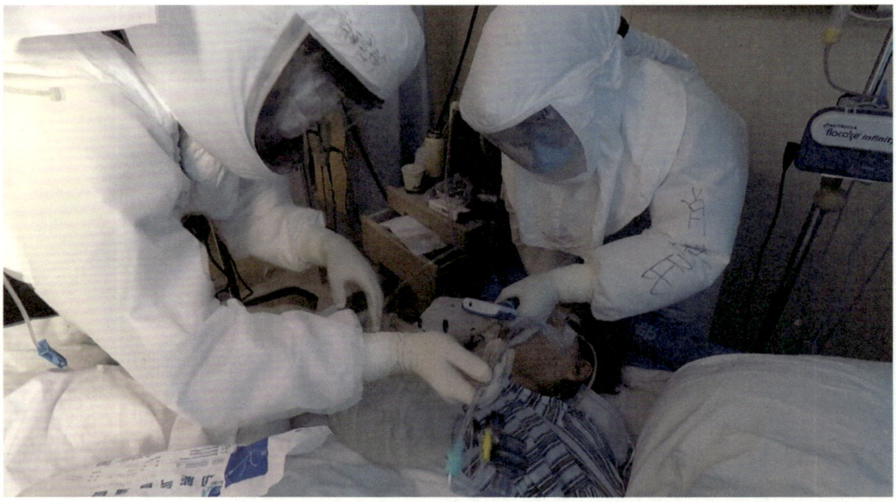

插管医生为病人插入喉镜

**【同期】**

**肖维民：**好的，进入。等一下，肺有点阻力。

**【解说】**从打开病人口腔的那一刻开始，病毒就开始扩散。在这样的环境中，插管医生要尽可能快地完成全套流程。

【同期】

肖维民：好，好，插管成功。注射器。

【解说】对于肺炎重症病人来说，缺氧耐受力差，一般插管在 3 到 5 分钟内完成，但是在这里，要尽量控制在两分钟之内。插管完成，医生在做最后的检测。突然又有了新的情况。

【同期】

肖维民：呼吸机在工作吗？血压稍微有点低，血压有点低。

陈向东：呼吸机工作没有？

身边护士：在工作，现在气道压是 21（厘米水柱）。

陈向东：尽量再打大一点。

身边护士：我是想再打大一点。

陈向东：没事，打到 30（厘米水柱）。

身边护士：那我们再打大一点。

陈向东：打到 30（厘米水柱）。

【解说】病人的各项体征指标逐渐恢复，负责麻醉注射的医生还在关注着最后一个异常数据。

【同期】

陈向东：别动，我看一下她的脉搏氧（饱和度）究竟多少。好了，刚刚可能是动的原因，这就很好了。

记者：哪个指标说明很好了？

陈向东：我们看一下这个脉搏氧，脉搏氧（饱和度）100%，心率 73，心率很规整，非常好。

【解说】与主治医生交集之后，插管小组又要赶赴下一个病房。

## 2. 独家探访：奋战在疫情前线的插管小组

【导语】插管的两分钟是直面病毒。但是整个过程却是医生们在用自己的沉着、镇定、专业能力，跟死神的较量。在武汉市协和医院西院的这个插管小组共有 16 名医生，他们穿梭在住院楼里的每个病区，负责整个病区的所有病人的插管工作。

【解说】在医院办公室，我们见到了当天值班的插管医生们。

【同期】

陈向东：听说在她家庭里，她蛮厉害。她说来就来，不同意也得来，应该是这样吧，是吧？

**华中科技大学同济医学院附属协和医院麻醉科医生聂冰清：**没有不同意，主要是担心，有老公还有小朋友，然后还有婆婆。

**记者：**你怎么说服他们呢？

**聂冰清：**就说我们是医生，这种时候我们不往前冲能怎么办？

**华中科技大学同济医学院附属协和医院麻醉科医生宋丽敏：**这件事我家人听我的。

**记者：**怎么能听你的呢？

**宋丽敏：**因为我是一名医生，能够用自己的专业做些事情，还是让人觉得特别有意义。

**华中科技大学同济医学院附属协和医院麻醉科医生林肯：**也没有说不让去，而是跟我说一定要做好防护。我的外婆是个老的妇产科医生，她还在教我怎么做防护。

**【解说】**在现场记者了解到，这个团队的组建只用了20分钟。

**【同期】**

**记者：**您一开始在微信群里征集谁愿意，想到大家是什么反应吗？

**陈向东：**真的还不好猜，我当时想第一我先报名。我报名看看效果，如果报名不多，那就只能指派。但自愿报名的效果非常好，大概20分钟全部爆满。

**记者：**看到大家那么多人报名的时候，什么感觉？

**陈向东：**当然还是很感动。虽然风险很大，我们的大家也很积极，但是我们不想没有很好的防护、没有科学的精神去做一些无谓的牺牲。我想我们大家当一个非常优秀、负责任、合格的麻醉医生和医务工作者，这就够了。每个人安安全全。

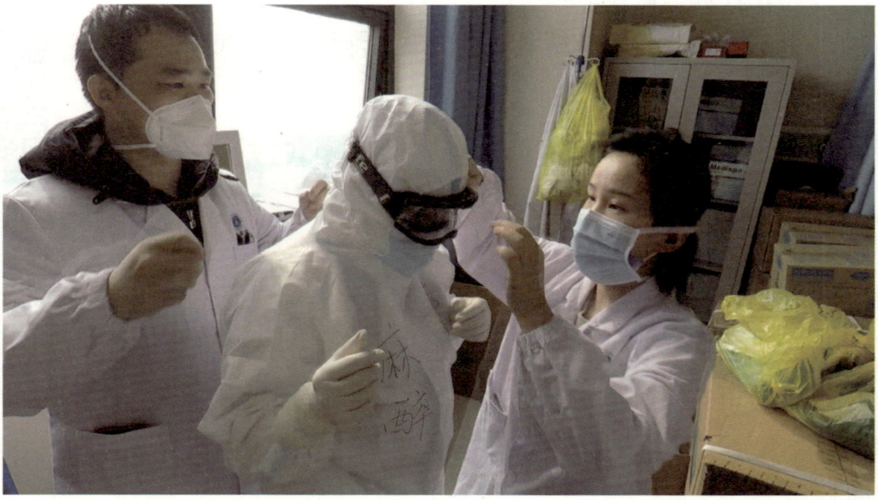

麻醉医生佩戴正压呼吸头套

**【解说】**每次进入病区前，插管小组的成员都要相互帮助。三级防护服的基础上，用胶布缠住每一个接缝，不让皮肤有任何暴露。最近，他们多了一个新装备——体型巨大的正压呼吸头套。

**【同期】**

**陈向东：**绝对担心，我们麻醉医生自身都知道风险很高，不止我担心，每个队员担心，每个人身后的家庭、妻子、儿女、父母都担心。

**【同期】**

**记者：**你跟病人离得这么近，感受到她呼吸的时候，你是什么感觉？

**华中科技大学同济医学院附属协和医院麻醉科医生王丽：**因为我们插管本来就是一个很紧急的情况下，没有什么觉得害怕。后来想还是会害怕，我下班回去就会想，今天处理哪个病人的时候，可能会让自己受到一个比较高风险的暴露。但是也会安慰自己，因为我们防护措施还是做得比较到位的，感染几率还是很小的。

**【解说】**在个队伍当中，大部分的医生都是像王丽一样的年轻人，80 后、90 后居多。时间仓促，他们至今没有一张集体照。只有第一天到达住宿酒店后，部分医生的合影。作为插管医生，插管前要给病人推麻药，插管过程，病人醒来后多数都不记得了。但他们却是在最紧急的时候，为病人送上氧气的人。采访快结束的时候，我们用镜头拍摄下了每一位当天当班的插管医生。

**【同期】**

**华中科技大学同济医学院附属协和医院麻醉科医生晏鑫：**希望我们的努力，可以对疫情（控制）起到很好的帮助。

**聂冰清：**我自愿主动报名参加我们的插管小分队，希望能尽我的绵薄之力，给更多的重症患者带来一点希望，加油！

**华中科技大学同济医学院附属协和医院麻醉科医生马进：**我相信通过大家一起努力，我们一定会战胜这次疫情，祖国加油！武汉加油！

主创人员：
朱慧容、周琨

【编者按】该报道选取了感染新冠肺炎的孕妇生产的早产儿，感染了新冠肺炎6个月的婴儿作为报道主线。他们在住院期间，医护人员不仅对他们精心救治，而且还像对待自己的孩子一样照顾这些小宝宝的生活。

## 宝贝，你好！

首播时间：2020年2月17日
首播平台：央视综合频道、新闻频道《焦点访谈》

**【演播室】**日前，国务院应对新型冠状病毒肺炎疫情联防联控机制，发出通知要求，把人民群众生命安全和身体健康放在第一位，对孕产妇和儿童等重点人群优先予以保障。看看记者在武汉的探访。

**【画面】**中部战区医院的小患者壮壮宝宝伸懒腰

**【同期】**中部战区总医院儿科护士张程、罗俊杰

宝贝给你换一个新的纸尿裤。

好了，别哭了，吃奶好不好？

好，血氧饱和度100。

吃奶了宝贝，可会吃了。

吃奶了宝贝，吃奶好吗？

可会吃了。

慢慢吃。

**【解说】**这个宝宝小名叫壮壮，1月27日在武汉的中部战区总医院出生。因为他

的妈妈是新冠肺炎的确诊患者，所以他的出生也是困难重重。

**【同期】**

**中部战区总医院妇产科副主任陈滢：**急诊做了 CT 之后，双肺感染是非常严重的。一定要把这个病人做一个终止妊娠的这种选择。当然，这个还是要征求病人家属的意见，因为对于这个孕产妇来说，属于这种，可能发生重症的高危人群。

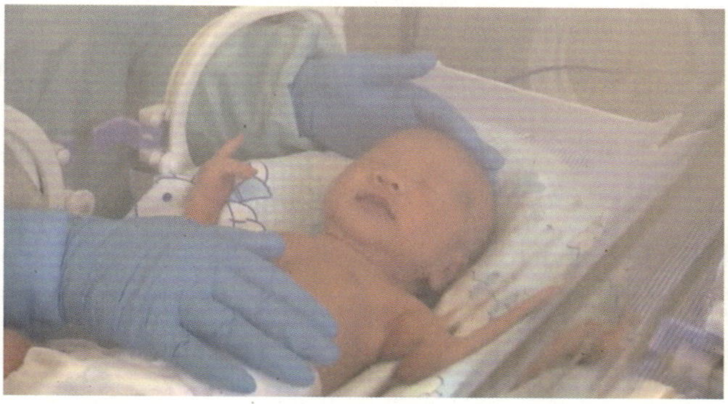

被精心照顾的壮壮

**【同期】**

**壮壮妈妈李女士：**当时跟老公商量就是说能保大人就保大人，能保小孩就保小孩。

**【解说】**为了确保产妇和婴儿的安全，中部战区总医院组织了新生儿科、妇产科、感染控制科等多方专家进行了联合会诊。

**【同期】**

**陈滢：**如果说这个孕妇不终止妊娠，我们在（新冠）肺炎的抢救中间，一个是用药，药物对母体和胎儿的影响，如何取舍药物的剂量，对医生来说是个棘手的问题。如果说终止妊娠，对孕妇（新冠）肺炎的救治来说，也有有利的方面，对孩子来说有一个早产的风险。

**【解说】**经过专家的会诊，1 月 27 日当天，就对孕妇实施了剖宫产手术。孩子出生后立即转到新生儿科的病房。接下来，这个小生命就要面对两个关口，一个是早产关，另一个就是要检查是否也被感染了新冠肺炎。

**【同期】**

**中部战区总医院儿科主治医师徐洪涛：**这个宝宝他是胎龄 34 加 4 天，早产。当时的体重只有 2.4 公斤，小孩当时的情况呼吸还是比较急迫的，整个肤色，就是口唇皮肤的颜色是稍微有点缺氧的表现。

【解说】孩子转到新生儿病房后，所有参与救治宝宝的医护人员就开始帮助宝宝闯关。

【同期】

徐洪涛：他是 19 点 09 分出生的。我们医生、护士当天晚上一直在里面坚守着他的，担心他有各种各样的病情变化。晚上，他吐了很多白色的黏液出来，这些黏液很容易引起气道的堵塞，有可能危及生命。我们当时的医生和护士就一直马上给他清理呼吸道、吸痰、洗胃，后面的病情就比较平稳了。

【解说】因为孩子的核酸检测还没有出结果，所有的医护人员都要按照三级防护的要求进行各种操作。

【同期】

徐洪涛：我们一直坚守了十几个小时，很累，连说话都喘气的，中间又不能吃、不能喝，不能上厕所。第一天晚上确实不容易，但是小朋友确实很争气，后面还比较顺利。

【解说】经过两次核酸检测，都是阴性，说明孩子没有感染新冠肺炎，这让孩子家长和医护人员都松了口气。为了让壮壮妈妈见到宝宝，医护人员组建了一个微信群，把壮壮的爸爸和爷爷奶奶也拉到群中。2 月 9 日，壮壮通过视频第一次见到了妈妈。

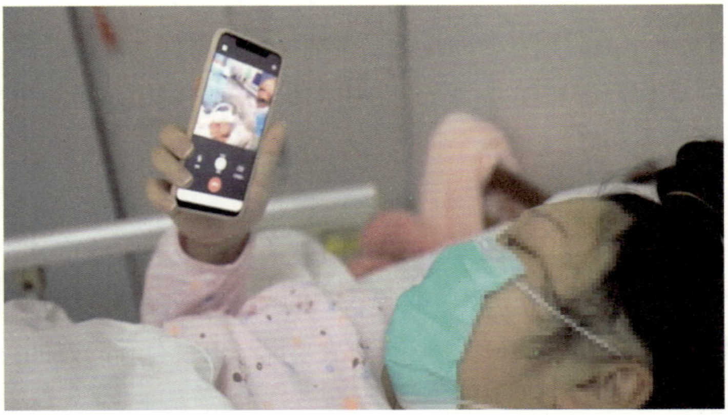

壮壮通过视频第一次见到了妈妈

【同期】

医生：看到宝宝了吗？

壮壮妈妈李女士：看到了。

其他家人：我再近一点看看宝宝，我看到了。

**壮壮妈妈李女士：**感谢护士医生们啊。

**医生：**全家团圆啊，在线团圆。

**【医生查房现场同期】**

小宝今天吃奶吃得怎么样？

挺好的，每次都是 60 毫升。白天吃了 4 次。

吃饱了注意观察他的呼吸和心率，注意防止他呕吐、返流。行，小朋友恢复得非常好。

**【同期】**

**徐洪涛：**目前完全靠自己独立地吃奶就已经很好了，体重长得也是很好的，到目前为止体重长了 1 斤多。

**【解说】**实际上小壮壮 2 月 10 日就已经达到了出院的指标。但是因为他的父母都是新冠肺炎确诊感染者，还在住院接受治疗，宝宝出院没有人照顾。考虑到壮壮家里的困难，中部战区总医院决定让孩子继续留在医院，直到他的父母可以出院的时候，一起接他回家。

**【同期】**

**徐洪涛：**回家没有人带，我们都当他的爹妈了。我们都很喜欢他。

**【解说】**现在壮壮的妈妈还在治疗中，为了让她安心治疗，照顾壮壮的医护人员会和壮壮妈妈视频连线，让她多看看孩子。

**【视频现场同期】**

**医生：**看一下宝宝，刚刚吃完奶。看见了吗？

**壮壮妈妈李女士：**看见了。

**医生：**看见宝宝了吧？看宝宝长胖了吗？

**壮壮妈妈李女士：**长好了，长胖了。

**医生：**小脸也圆了吧，再看一下。

**壮壮妈妈李女士：**照顾得很好。

**医生：**你看他吃完奶好享受吧。好可爱的。宝贝来看看妈妈。你叫什么名字啊？壮壮看妈妈。妈妈给起的名字叫壮壮，希望宝贝能茁壮成长。

**壮壮妈妈李女士：**睡着了啊？

**医生：**宝宝睡了哟。你今天做的检查怎么样？

**壮壮妈妈李女士：**做检查都蛮好。

**医生：**很好啊，我们希望你早点出院，接宝宝回家好吗？

**壮壮妈妈李女士：**好的，感谢你们帮我带孩子。

**【解说】**现在壮壮妈妈最盼望的就是一家人都好起来。等到疫情结束，他们带着孩子去看看这些照顾壮壮的医护人员，记住口罩后面，这些无私的白衣天使。

**【同期】**

**壮壮妈妈李女士：**给他们个大大的拥抱，因为他们把我的宝宝照顾得这么好，也把我们从鬼门关救出来了啊。

**【画面＋同期】**医务人员穿防护服准备进病房

**【解说】**疫情发生以来，像壮壮这样被医护人员精心照顾的婴幼儿还有很多。武汉儿童医院是新冠肺炎患儿的定点救治医院，内科综合病区是收治首批确诊患儿的隔离病房。

**【画面＋同期】**一组医务人员照顾小患者，接护士交班检查乐乐

**【解说】**1 月 31 日，刚刚 6 个月大的乐乐被确诊患新冠肺炎，住进了武汉儿童医院内科综合病区。

**【同期】**

**武汉儿童医院呼吸内科护士胡纤：**好了，哭什么呢？热水倒了给你弄点吃的好不好？

**同事：**现在要测量体温了吗，纤纤？

**胡纤：**现在几点了？

**同事：**我出去看一下时间。

**【解说】**6 个月大的孩子正是需要人照顾的时候。

**【同期】**

**武汉儿童医院呼吸内科副主任医师陈鹏：**25 号左右他妈妈确诊，但是他父亲是在外地。我们的护士就承担了大部分的护理工作。

**【解说】**突然离开熟悉的家人和环境，乐乐有些“认生”，加上生病，他感到不舒服，只能用哭来表达。

**【同期】**

**陈鹏：**大一点的小孩他表述比较好，他可以自己说我胸闷啊，或者说乏力，小孩他就没有办法表述。小小孩你从他活动的状态、神态这些方面来判断他的状态。

**【画面＋同期】**抱着乐乐溜达画面

**胡纤：**不喜欢坐，就喜欢抱着，要走，只能在这里走动一下。

**【解说】**因为家人不在身边，缺乏安全感的乐乐，只要睡醒就要抱，这给原本就十分忙碌的病房增加了工作量。为了照顾好他，每天 24 小时，病区专门排了个班，三班护士轮流照顾他。

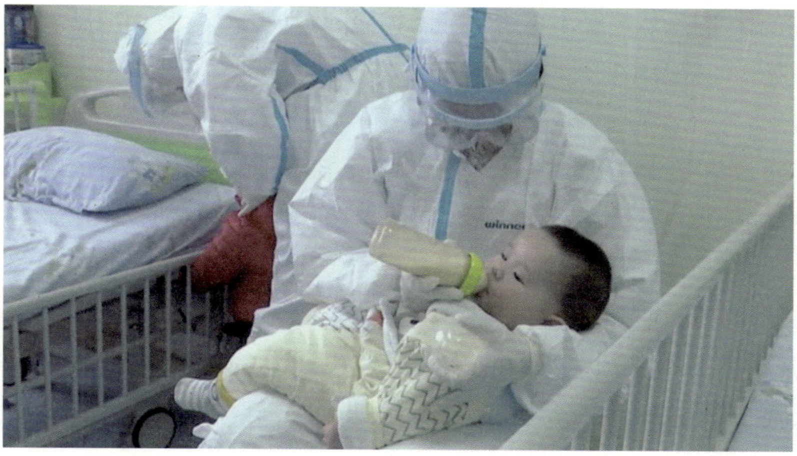

胡纤给乐乐喂奶

**【同期】**

**胡纤：**因为他比较缺乏安全感的，他想通过大家温暖的怀抱这样子，找到一种安全感，很依赖在人的身上，我们现在像他这种情况就安排专班带。

**【解说】**在乐乐的床头，贴着一份养娃“说明书”，这是护士“妈妈”们与他慢慢“磨合”后，总结出来的照顾经验。每个接班的“妈妈”都会参照这份“说明书”来照顾他。现在乐乐已经转到呼吸内科，由护士胡纤接力专门照看。这份养娃“说明书”也跟乐乐一起转到了胡纤手里。

**【同期】**

**胡纤：**每天守着他，所以一些小习惯都可以摸得很清楚。到那个点，比如说他有时候突然玩得好好的突然开始哭了，那个时候说明他要吃。然后吃的时候他就会小腿在那儿抖动，特别高兴，我好满足那种感觉。

**【解说】**说来也巧，胡纤的孩子只比乐乐大一天。面对突然而来的疫情，正处于哺乳期的她把孩子留在家里让爱人照顾，自己进入隔离区给小患者们当起了“临时妈妈”。

**【同期】**

**胡纤：**抱一下我们吃牛奶好不好，我们冲牛奶给你吃好不好，妈妈抱一下，我们喝牛奶。

**记者：**你刚才说什么妈妈？

**胡纤：**对啊，因为跟孩子差不多大，跟我自己小孩差不多，习惯性叫妈妈妈妈。穿着一身白白的衣服，但是也想给他一点安全感，让他有一种像在妈妈身边一样的感觉。我们有一个习惯，（护士）谁抱孩子有时候都是这样妈妈来抱，就是这样子的。

**【解说】**现在的乐乐已经不再害怕穿防护服的医护人员，反而成了一个“自来熟”，不论是谁抱着，他都会乖巧地趴在肩头，不哭不闹。

**【同期】**

**胡纤：**因为穿着一身防护服，密不透风，就是感觉其实还是特别累的。整个人闷在里面，全身都是不停在出汗的。因为乐乐现在有 20 多斤，所以整个人抱着还是有一点吃力的。

**【医生查房现场同期】**

乐乐的核酸检测我们已经得到结果是两次转阴了，今天就可以联系家长了。

他昨天晚上吵不吵，他经常晚上很吵。

还算是比较乖的。

没有吐吗？

没有吐，食欲还蛮好的，没有咳嗽。

奶量是多少？

奶量是一顿 150 毫升，现在是加副食的。

昨天有跟他妈妈说吗？

说了，他妈妈因为现在还在医院，也没有办法过来，就会安排他的舅舅过来接他，还有办理出院的事情。

**【解说】**乐乐就要出院了，因为他的妈妈还在住院只能让舅舅来接他回去照顾。出院前护士长宋庆跟乐乐妈妈视频，一遍遍地叮嘱她回去照顾乐乐的注意事项。

**【同期】**

**武汉儿童医院呼吸内科护士长宋庆：**回家之后注意孩子照顾方面，不要受凉、不要受热。目前他是 3 小时一次，每次 100 毫升左右，每天的饮水量在 150 毫升左右。

**乐乐妈妈：**好。

**宋庆：**你发现他长了四颗牙齿没有，在家长了四颗牙齿没有？

**乐乐妈妈：**他只长了上面。

**宋庆：**他下面也长了两颗牙齿，现在有四颗牙齿，回去之后给他买一个磨牙棒，就是乳胶那种，咬咬乐。

**【解说】**2 月 14 日是乐乐出院的日子。早上，乐乐的舅舅来接他。胡纤不放心，再一次地叮嘱着照顾乐乐的各种细节。

**【同期】**

**胡纤：**小孩接回去，主要就是生活上的照顾。

**乐乐的舅舅：**谢谢你们了。

**胡纤：**拜拜了，宝贝。

**乐乐的舅舅**：希望这次的疫情早点结束。

**胡纤**：我们也是希望这一场疫情早点结束。

**【字幕＋音乐】**（医护照顾孩子的画面＋医务人员摘掉口罩的照片）

希望孩子们长大后能够记住口罩后面的这些“白衣天使”的样子。

**【演播室】**看了这些小婴儿的故事，真得好好感谢“白衣天使”的守护。“白衣天使”用耐心、爱心和细心呵护这些婴儿。希望他们长大之后，知道在他们生命刚刚开始的时候，曾经有一群陌生人，这样守护过他们，给了他们生命和希望。

主创人员：
王宁、冯成、刘晓晨

【编者按】这次新冠肺炎疫情中，每一位患者都得到了全力救治。武汉的高龄老人，更是得到广大医护人员的悉心照料。该篇报道讲述了武汉市中医医院医护人员全力救治、悉心照料高龄患者的故事。

# “给他们的关注更早一些，更多一些”

## ——武汉全力救治每一位高龄新冠肺炎患者

首播时间：2020 年 4 月 17 日
首播平台：国广环球资讯广播

面对新冠肺炎疫情，中国全力救治患者。武汉的高龄老人患者，更是得到广大医护人员的悉心照料。来听总台环球资讯广播记者李琳、朱宛玲从武汉发回的报道：

“我现在眼也不花，耳也不聋。腿还比以前有劲了，上三楼都不要拄拐棍。”

说话的这位老人名叫徐明。今年 95 岁的徐爷爷精神矍铄、思路清晰，丝毫看不出是位不久前才治愈出院的新冠肺炎患者。

2 月，徐爷爷被确诊为新冠肺炎患者，在武汉市中医医院汉阳院区进行治疗，由于病情加重，还一度被转入 ICU 病房接受治疗。

在医院接受治疗的这段时间，无论是医生还是护士，都特别关照徐爷爷。曾经照顾过徐爷爷的护士江琛说：

“（徐）爷爷说每天食堂送来的米粉或者面条他吃不习惯，平时在家里都吃稀饭。我就把这个信息给我们护士长说了，护士长当时就记在心里了。因为当时我们都是隔离病区，也不能回家，条件也比较简陋，后来我们护士长自己去买的锅买的米，特地给他熬的稀饭。第二天早上我就给他带到病房里面，爷爷也很感动。”

在医生和护士的全力医治和精心照料下，徐爷爷转危为安，并治愈出院。虽然已经出院一个多月了，但是谈起这段经历，老人还是很激动。

“我这条命是医护人员捡回来的。他们对我无微不至地关怀。他们知道这个病是传染性很大的，却不顾自己的安危来照顾我，我非常感谢。”

和徐爷爷一样，付春枝奶奶和李洪盛爷爷夫妇俩也是在武汉市中医医院治愈的高龄新冠肺炎患者。两位老人的平均年龄有 82 岁。回想起当初确诊时的情形，付奶奶现在还心有余悸。

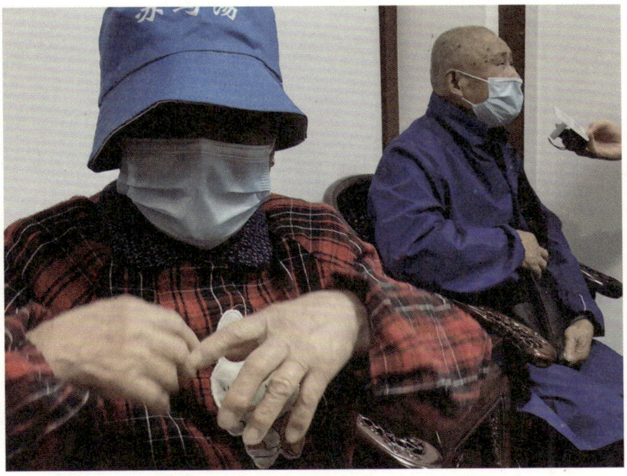

平均年龄 82 岁的治愈患者夫妇（摄影：李琳）

“怕呀，吓死了，人都不知道吓成啥样。后来在中医院住院，好些了，我就不怕了。医院对我们负责，对我们特别关心。”

据两位老人的管床医生刘雯雯女士介绍，高龄患者由于免疫力相对较低，在治疗的过程中，医护人员会更加关注。

“治疗起来主要就是年纪大的人怕他的病情转变比较快，而且年纪大的人通常都有一些基础性疾病。比如说老人可能一开始有点血糖异常，要每天去监测他的血糖。”

截至目前，武汉市中医医院汉阳院区累计收治新冠肺炎患者 600 余人，其中 400 余人治愈出院。在这些治愈的患者中，大部分是高龄患者。武汉市中医医院急诊科主任李旭成介绍：

“我们不会说你年龄大了，救治就会怠慢一点的，反而我们给予他们的关注更早一些、更多一些，并且我们给他们的安慰还更多一些。实际上年龄越大，恐惧的心理越多。无论是心理上还是疾病方面，他们都是值得我们更关注的。”

国家卫健委医政医管局监察专员焦雅辉透露，疫情发生以来，武汉 80 岁以上的确诊病例超过 2500 例，医护人员面对患者不分贫富、性别、年龄，一视同仁，全力救治。

“这些高龄患者当中，重症发生的比例比普通人群要高，是普通人群的一倍。也就是说我们普通人群重症发生率是 20%，在这些 80 岁以上的高龄患者当中，他的重症的发生率是 40%。即便是这样的一个重症的发生率，我们现在高龄患者的救治成功率仍然达到了接近 70% 这样的一个比例。”

主创人员：
李琳、朱宛玲、张军勇、刘轶瑶

【编者按】武汉市金银潭医院是最早打响抗击疫情的主战场。随着各地医疗队援助力量的加入，重症患者的救治显得越来越精细化，越来越人性化。记者深入医院的重症隔离病房，耳闻目睹、亲身感受到医护人员为此所付出的巨大努力，也观察到了“床等人”的可喜变化。

## 探访武汉金银潭医院：重症治疗，人文关怀

首播时间：2020 年 2 月 24 日
首播平台：央视综合频道、新闻频道《新闻联播》

【导语】武汉市金银潭医院是最早收治新冠肺炎患者的定点医院，随着来自 8 省市的 630 名医务人员的支援，这里的情况已经得到缓解。

【解说】在金银潭的 ICU 病房，重症患者王枫姣是一名产妇，昨天刚刚拔除气管插管，转危为安。

【同期】

**广州医科大学附属大学第一医院重症医学科副主任桑岭：**我知道当妈妈不容易，你也很坚强，知道吗？加油，你一定行的！

【解说】40 岁的桑岭是钟南山团队成员，1 月 23 日便来到金银潭医院，参与重症及危重病人的临床抢救。他说，如今重症治疗的诊疗方案不断规范、完善，设备和技术保障不断提升，来自全国各地的医疗队整建制接管重症病区，大家对于降低病亡率很有信心。

【同期】

**桑岭：**哪个国家能像中国这么有魄力去干这事？你不能想象的，真的不能想象。

整建制接管，全国号召这样冲来这里下去干活，还在不同的团队之间配合还行。

【解说】在金银潭医院，还有来自湖南、安徽、重庆、河北等省市的 8 支重症护理医疗队 270 余名医护人员，对重症病人进行针对性的护理。

【同期】

**福建省第一批支援湖北医疗队护理组组长陈巧玲：**我们的治愈的患者 65 例，而且零死亡率，而且我们也是零感染发生率，护理人、医护团队也没有发生感染。

【记者出镜】

**总台央视记者蒋晓平：**这里是金银潭医院的北三病区。正月初一，上海第一批援鄂医疗队来到金银潭医院之后呢，就整建制接管了这个地方，改造成专门用于收治危重症患者的专门区域。

【解说】65 岁的中国地质大学教授范力仁，因病重 1 月 25 号转到金银潭医院。当时呼吸急促，生命危重，由于配套的呼吸面罩不舒服，烦躁不安，先后拽坏了三个面罩。现在范力仁教授已经转危为安，很快就可以出院了。

【同期】

**患者范力仁：**给我们救治，给我们提供了生活上的帮助，特别是提供心理上的帮助。上海医疗队在服务方面，真的非常好。

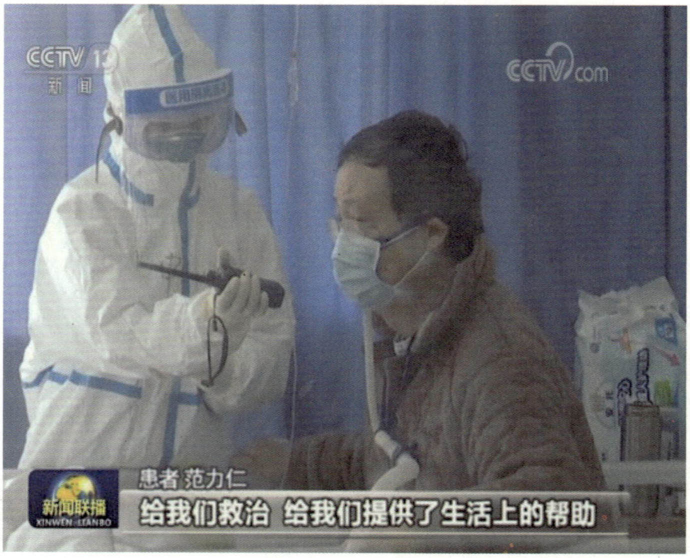


新冠肺炎患者范力仁讲述上海医疗队对他无微不至的照顾

【记者出镜】

**蒋晓平：**在武汉，由于有更多重症定点医院的加入，原本最早收治重症的金银潭医院已经出现了床等人的现象。比如这个重症病区，原本它的总床位是 16 张床位，现在只有 11 个病人在这里接受治疗。

**【解说】**在各方共同努力下，金银潭医院的治愈率在不断提高，目前已累计收治病人 2036 名，出院 1171 人。

**【同期】**

**湖北武汉金银潭医院副院长朱琥：**连续四天我们收治的都是个位数，而我们出院的每天有 40 个到 50 个。现在给我的感觉，是整个的状况在好转，所以这个更加增强了我们抗击疫情的信心。

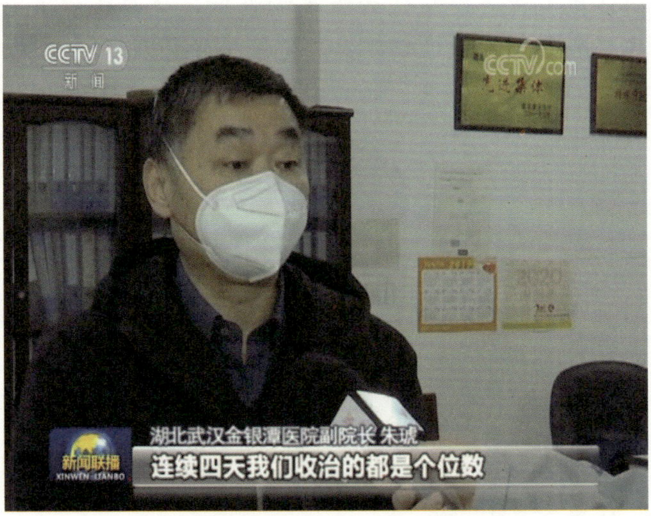


湖北武汉金银潭医院副院长朱琥讲述可喜变化

主创人员：
任永蔚、蒋晓平、徐进

【编者按】2020 年 3 月，武汉疫情渐渐消退，但在隔离病房里，仍有数以千计的重症和危重症患者、数以万计的医护人员正争分夺秒地与病毒进行着拉锯战。记者选取了集中收治重症、危重症患者的武汉同济医院光谷院区作为深度调查点，全面展示了重症救治之难和重症“国家队”的艰难探索，记录了护肾队、护心队、护肝队、急诊插管队、营养支持队、心理队等各路顶级专家与死神较量的惊心动魄的过程。

# 重症

首播时间：2020 年 3 月 14 日
首播平台：央视新闻频道《新闻调查》

## 引子：患者曾经如潮涌来

**【解说】**3 月，阴冷的空气正在告别这座城市，疫情也在迅速消退。集中收治轻症患者的方舱医院陆续关闭休舱。但在收治重症和危重症患者的定点医院里，人们仍在与病毒进行着艰苦的拉锯战。

**【字幕】**2020 年 3 月 6 日　武汉　同济医院光谷院区

**【解说】**来自上海、山东、浙江、江苏、福建、广东 6 个省市的 17 支医疗队，共 2300 多名医护人员，已经连续工作了一个多月。

**【同期】**

**厦门医疗队：**今天有带那个厚的隔离服，（手消毒液）缓冲区两瓶，剩下都拿到污染区。

**【解说】**而600多名同济本院的医护人员中，有不少人和医务处长祝伟一样，也已经几十天没有回过家。他们与17支援鄂医疗队一道，共同肩负起了救治上千名重症和危重症患者的责任。

就在一个月以前，这里是另外一番景象。

2020年2月9日，武汉市宣布同济医院光谷院区为增设的新冠肺炎定点医院之一，开始集中收治重症和危重症患者。此后连续三个夜晚，来自多个隔离点、医院和社区的转运患者的车辆不断涌向医院。

**【同期】**

**同济医院光谷院区院长刘继红：**那个场面你可一辈子忘不了啊，交通车一车一车的，一来三四百个病人同时住院，我们过去住院怎么做？来一个登记一个，身份信息搞到位，你住到几楼几床去。这次突然来这么多病人，登记还来得及吗？100个人负责登记都来不及。

**【解说】**当时武汉市新冠肺炎疫情正处在快速增长期，每天新增确诊病例超过千人，医疗资源高度紧张，同济医院光谷院区奉命开放的17个病区、828张床位，专门收治重症和危重症患者。

**【同期】**

**同济医院光谷院区战时医务处处长祝伟：**患者大部分都是老年人，到了后半夜人都疲劳，要睡觉，要休息。我们需要做的是马上为他安排一个病房，安排一张病床，让他躺下，他的心就放下了。我们从2月9日开始收病人，三天收满，三天三夜我没睡觉。因为病人不能等，病人着急，放在医院外面就多一分感染的机会。

**【解说】**卫健部门发布的数据显示，被新冠肺炎病毒感染的人群中，约80%为轻症，大部分可以靠人体的免疫力自愈；但还有10%以上会发展成为重症或危重症。这部分人在生理上承受病痛的折磨，在心理上也可能会陷入困境。

**【同期】**

**同济医院光谷院区消化内科护士长胡兰：**我曾经也跟别人说过有位患者，10床那个38岁的，他是跟我讲的，他说“我是撑着一口气来的”，到站到我病区门外的一刻他说“我是有点站不住了”，他说“我差点就绝望了”。

**【解说】**迄今为止，人们尚未发现能够有效杀死新冠肺炎病毒的药物。那么奋战在一线的医护工作者们如何才能做到减少危重症患者的死亡率、提高治愈率？如何才能抚慰那些正在经历煎熬的身心？《新闻调查》记者记录下这个非常时期，人们所付出的非凡努力。

## 一、救治危重患者的“国家队”

【字幕】2020 年 3 月 5 日　同济医院光谷院区　E3 区 10 楼　病区

【解说】方巍是青岛援鄂医疗队医疗组的组长，也是一位经验丰富的重症医学科医生。2 月 10 日他和来自青岛大学附属医院的 130 多名医护人员一起，整建制接管了这层病区。

【同期】

**青岛援鄂医疗队医疗组组长方巍：**人有五感，视觉、触觉、听觉还有味觉。

**记者：**这对医生来说本来要很敏锐的。

**方巍：**对，我们的敏锐性就会下降，穿上这层防护服之后，我自己形容就是五感尽失，听觉、触觉、视觉，（眼睛）也看不清楚，真是阻挡了对病人病情的观察。

【解说】根据国家卫健委的要求，这批援鄂医疗队要承担起救治重症和危重症患者的任务，并提高治愈率、降低死亡率。

【同期】

**方巍：**现在感觉怎么样？

**病患：**还好。

**方巍：**想不想回家？

**病患：**怎么会不想回家呢？

【同期】

**方巍：**你像我们这批就主要是以呼吸和 ICU 的医生为主，还有急诊科的，另外辅助一些有其他内科专业的医生。

**记者：**医生大概能占多少名？

**方巍：**30 名。

**记者：**剩下 100 人是护士。

**方巍：**护士其实也是很重要的，你像我们这一批的话，有 20 多个护士都是有 ICU 背景的，重症医学背景的，（他们）发挥了很大作用。

【解说】当时按照国家卫健委的要求，方巍他们从青岛自带了一周的防护用品和医疗设备，以便能够迅速投入救治重症和危重症患者的高强度工作中。

【同期】

**方巍：**我们也希望在（防护）物资方面给武汉，这也是我们的一个援助，不光是人的援助。第二就是一些医疗器械，包括我们带了两台有创呼吸机、八台无创呼吸机，还带了监护仪、除颤仪，包括气管镜，我们拿最好的东西来支援武汉。

【解说】从 2 月 9 日到 11 日，短短 3 天之内，来自 6 个省市的 17 支医疗队，共

2300多名医护人员先后进驻同济医院光谷院区。

**【同期】**

**刘继红：**医疗队带来的物资有的3车、4车、5车，有的10车，都有。当时很感动，他们还怕什么东西不见了。我说你放120个心，我说我专门团队的负责把你（物资）搞到位。

**【解说】**方巍医生今天要查看的这位老人，就是他们在接管这个病区后所接收的第一批40多名重症患者之一。

**【同期】**

**记者：**这位患者情况怎么样？

**方巍：**这位患者（病情）还比较重。他年龄比较大，85岁，然后戴着呼吸机，现在看已经戴着10多天了。因为病人的病情比较重，一些器官的功能、心功能，包括凝血都是有问题的，这个病人前两天连续两天都出现消化道出血，出血量还是很大的。

**【解说】**呼吸机是救治新冠肺炎患者时，医生们常用的一种机械通气装置。重症患者通常会出现呼吸衰竭的情况，而呼吸机能够帮助保持肺内气体的交换功能。对于那些出现重度呼吸衰竭的患者，还要实施气管插管，并使用镇痛镇静药物，以便让患者处于镇静状态，避免造成痛苦。但是医生们也清楚地知道，当患者不具备自主意识、无法自行移动时，护理和救治的难度也在成倍增加。

**【同期】**

**方巍：**因为像这样病人的话，他的病理生理变化是非常迅速的，而且病人的内环境也是非常脆弱的。我们的护士都是按照每小时来统计指标，而不是一天统计一次，包括他各个指标的监测，这都是非常非常重要的。

他这个心脏收缩力很差，很差是吧。你看我给你回顾一下，他这个液体量很多，这是左心室，你看收缩幅度很小，而右心室很大，这是右心室，这是左心室，但是倒没见到什么明显阶段性病变，心梗可能性不太大，就是心肌力量不行。

**【解说】**在为患者仔细进行了超声检查后，几位医生立即会诊，讨论如何针对病症恰当地用药。

**【同期】**

**医生：**枸橼酸他有，有一次讨论的时候枸橼酸都有。

**【解说】**方巍医生没有离开病房，他要等待用药之后再观察老人情况的变化。

**【同期】**

**方巍：**其实这次新冠病毒的话，它是一个全新的疾病，跟我们以前接触的病毒和病毒性肺炎真是完全不一样。对一些危重病人的话，我们主要是做各个器官功能的支持，帮助病人度过这样的困难期。所以说其实我们医生做的更多的是抢时点，给病人恢复的时点。

【解说】对于病情危重的患者来说，没有特效药似乎就意味着死亡。但是现在，医护人员们正付出巨大的努力，试图在死亡到来之前及时地按下暂停键，为患者赢得恢复的时间，让他们还能有机会靠自身的免疫力战胜病毒，获得生的希望。

【字幕】同济医院光谷院区　E1 区 5 楼　重症监护病区

【解说】这里是上海华山医院援鄂医疗队负责的重症监护病房，是整个光谷院区 17 个病区中危重症患者最集中的地方，也是单位时间内医护人员密度最高的地方。

【同期】

医生 1：2020 年 3 月 2 日早交班。1 床，现在其他的话，心脏的指标、血压、心率，包括我们说其他的，像电解质各项指标都还可以，但是主要是一个血栓的问题。

医生 2：他胃管应该撤了吧，导尿管也应该撤了吧，昨天我就让撤了，锻炼，然后拔管子。这个患者一直喊饿。

医生 3：这个刚才我跟李主任也讨论过。这种病人要给营养，但是一定要控制，不要让他吃这么多。所有的器官还在恢复之中，包括心脏还在恢复之中，所以大家对这种恢复治疗的人，给他吃很多很多，一定要限制。

医生 2：好。

医生 1：口服万古很安全，它不吸收的，有的时候可以通过鼻饲的。

【解说】陈澍来自华山医院感染科，记者见到他的这天，他已经在这里工作了整整一个月。但对于刚刚接管这个病区时的情景，他记忆犹新。

【同期】

**上海华山医院援鄂医疗队陈澍：**感觉到一来就是一种“战时”气氛，上上下下的感觉就是“打仗”，没什么话好说的。当时就是觉得要冲上去了，炮火连天的声音，就给人感觉赶紧上去。我就坐在这个角落里写流程，写好以后同济配的护士长，她马上把这个流程变成文档什么东西到处贴。因为你这时候要完全培训大家掌握好，不现实。不现实怎么办？在这堵墙这个角落做什么事？我把它贴出来，做两步，这里是手消毒，第二步脱手套，再走过去，这个地方你要做什么事？不然的话你永远记不住。就是说前几天我是没法睡觉的，我经常晚上会焦虑地醒过来，我希望我的队伍进去不要没防护好。半夜做梦一下子醒过来，因为梦境里边就在抢救病人的病房里面。突然看到一个护士穿得严严实实的，像只大白熊一样的，戴了一只外科口罩，她没有戴防护性的医用口罩——N95 口罩，这是最危险的，必然会感染。我一下坐起来了，我说要死了，怎么会有这样的事情发生？我一想做梦，躺下再睡，再也睡不着了。

护士：每一个篮子里面东西都有，按照这个步骤来，不懂就问我。

【解说】在持续了一个多月，每天 4 至 6 小时一换班的工作频率中，一线的医护人员们早已熟知该如何进行严密的个人防护，他们也不再对这种疾病心生恐惧。

【同期】

陈澍：没进病房的时候，你说医务人员一点没有恐惧心，那是假话，人人都怕的。你没看到病人，你想象是传染源，知道吧？就想到万一感染上怎么怎么样，去看到了这个人，你觉得他是个很需要我们去照顾的、非常不幸的一个人，一个病人，你就会完全不一样。所以现在我都在踩刹车，大家要注意，因为进去拼命一样地干，这些年轻的孩子们，你（不可能）不感动，你真的感动，我有的时候看到他们我都掉眼泪。

护士、医生：加油！

【解说】医护人员所有的努力，就是为了能够尽量减少死亡，给这些病情危重的患者们赢得战胜病毒的时间，重新恢复生机。

【同期】

记者：碗里是粥吗？

患者：稀饭，还有一个包子。

记者：你还放了辣椒了？

患者：没有，西红柿炒鸡蛋。

记者：肉包子吧？

患者：好像是酱肉包子吧，应该是酱肉包子。

【解说】这位就是医生们在交班时，再三叮嘱必须限制饮食的患者。

【同期】

患者：我是要着吃，找医护人员要，饿。

【解说】他今年 50 岁，在住进同济医院光谷院区之前，已经发烧多日。他先是在家中吃药，后来到发热门诊打点滴，但是肺部感染不断加重。2 月 17 日他开始出现呼吸衰竭，被转入由华山医院援鄂医疗队负责的重症监护病区。由于他的病情十分危重，当时负责他的医生是医疗队的队长李圣青。

【同期】

陈澍：当时的时候他用无创呼吸机打氧气的话，血氧饱和度上不来，只有百分之八十几，呼吸很窘迫，那么插了管。

【解说】陈澍医生所说的血氧饱和度是指人体血液中血氧的浓度，它是呼吸循环的重要生理参数。正常情况下，人体动脉血的血氧饱和度为 98% ，而当时这位患者只有百分之八十几。这意味着，他的全身脏器都处于缺氧的状态。

【同期】

**陈澍：**氧合上不来的话，时间久了，他其他的脏器都会出现损害。到后来的话，他就不光是一个肺功能衰竭、呼吸功能衰竭，他其他各功能都要衰竭，所以这个就是很糟糕的事情了。

【解说】当时医生们决定迅速为患者实施更为有效的人工通气措施——气管插管，这个任务交给了急救插管小分队。高峰是同济医院麻醉科的医生，也是急救插管小分队的队长。

【同期】

**同济医院光谷院区麻醉科主任医师高峰：**我们所做的临床麻醉工作，很大一部分病人都是全身麻醉。全身麻醉的病人基本上都需要做气管插管，所以这项操作是我们日常进行的一项操作。经过了千百次的这样一些训练，所以说我们得到的训练机会最多，我们做这项操作是最熟练的。

【解说】由于新冠肺炎的重症和危重症患者有可能会发生多脏器衰竭的情况，因此在实施救治过程中，不仅需要重症医学科、呼吸科和感染科的医护人员们承担起主要的工作，也需要更多的学科发挥所长、通力合作与相互支持。

【同期】

**刘继红：**同济医院是综合性医院，我们同济有这种队伍，后来我们成立了护心队、插管队、护肾队、护肝队，营养支持、神经精神方面的支持，中医、中药这些部门，就是各个队都有，但水平是参差不齐的。因为我们作为医生来讲，最重要的是救命，所以我们讨论或者每个病人会诊以后要做什么事情，你医疗队行就行，不行，同济医院专门队伍我来帮你做，把它落实下去。

【解说】2 月 17 日，急救插管小分队准备为 1 床的患者实施气管插管。这个操作要面临双重风险：一是医护人员直接面对患者打开的呼吸道，二是患者在插管时没有自主呼吸，全靠自身血液中储备的有限氧气来供应全身的需要。一旦插管失败，将给患者带来更大的伤害。

【同期】

**高峰：**这个时候就要求我们要用最有效、最快速的方式来完成插管。我们要求是零失败、零失误。如果一个人操作的情况下，可能会有一些紧急的情况。两个人配合的情况下，我们可以确保万无一失。

**记者：**这两个人怎么来配合？

**高峰：**分工我们是这样的：一个人负责主要的操作；另外一个负责一些，给病人注射药物，同时要监测病人的这样一些生命体征，随时来进行调整，给病人保驾护航。

**【同期】**

**护士：**他有点胖，给 2 毫克咪唑。

**医生：**对，先给 2 毫克咪唑，然后丙泊酚先给个 40 到 50 毫克，看情况可以再给一点丙泊酚。

**病患：**等一下。

**医生：**先不说话，慢慢地吸气，吸气。来深呼吸，慢慢吸气，深呼吸来。

**医生：**我们现在整个气管插管的操作就已经完成了。在整个过程中，我们看见插管还是非常顺利的，病人氧饱和度始终是维持在 94% 以上。接下来我们做的就是要把呼吸机的参数，要进行一定调整，然后我们把后续的镇静药要给他继续用下去。

**【解说】**很快 1 床患者的监护仪显示，血氧浓度开始提升。根据病历记录，插管后 1 床的血氧饱和度恢复到了 96% 左右。但是 3 天过后，即便是在给予纯氧的情况下，患者的血氧饱和度又下降到了 93%。

**【同期】**

**记者：**那给他插管以后没有办法改善他的氧合，这是什么原因？

**陈澍：**这说明肺的底子太差，就是你虽然把氧供进去，他里边弥散不了，他可能肺泡里头都是一种胶冻或者水样的东西，呼吸窘迫的炎症渗出很厉害，氧透不到血里去。如果你撑不过这个阶段，那就很糟糕。

**【解说】**医护人员们和新冠肺炎病毒的拉锯战就这样无声地开始了，如果不能尽快改善这位患者的缺氧情况，他的大脑、心脏、肾脏、肝脏等全身的器官，都将受到致命的损害。这位患者将来不及等到他自己的免疫系统恢复正常，就会因为其他脏器的衰竭而死亡。那么，到底还有什么办法能够帮助他渡过难关呢？

## 二、时间，一切努力还是为了赢得时间

**【字幕】**2020 年 3 月 4 日　同济医院与意大利米兰 Niguarda 医院交流新冠肺炎救治经验

**【同期】**

**意大利医生：**那些人必须隔离在家。

**【解说】**周宁是同济医院心血管内科的医生，也是护心小分队的成员。一个月前，他刚刚结束自我隔离期，就来到光谷院区参加对新冠肺炎重症和危重症患者的救治。

**【同期】**

**同济医院心血管内科副主任医师周宁：**事情是这么回事，我是 1 月 17 号收治了一名 35 岁的青年男性，这个病人当时心跳特别快，已经出现了心源休克的一个表现，血

压都低了。19 号我给他做了手术，手术做得很成功，21 号出院时候他也觉得很开心。

**【解说】**但是 1 月 21 日，就在这位患者出院的当晚，周宁发病了。

**【同期】**

**周宁：**发热、咳嗽、腹泻、严重乏力。

**记者：**然后怎么办呢？

**周宁：**所以当天晚上我就自己穿好比较好的隔离设备，戴口罩、戴帽子，然后去我们主院区的发热门诊，去做血液检测，所以我把结果、症状跟我们医院的呼吸科专家也请示过了。他说从你的接触史、你的症状和你的检查结果来看，应该高度怀疑是被感染了。所以你现在应该立即做好自我隔离。

**【解说】**为了不传染给自己的父母和孩子，周宁带上足够的药品和食物到另外一处住所进行隔离。而他开始隔离的第三天，正是除夕。

**【同期】**

**周宁：**今年的春节觉得还是挺特殊的，因为工作 10 年了，中间出国了几年，所以跟我父母 10 多年就没有在一起吃个团圆饭。我春节之前特地把父母从外地接到武汉，想跟他们过一个团年。谁知道武汉成为疫情暴发的一个中心点。所以出现这种情况，过个团圆年是不大可能的。但是两位老人我觉得还是要照顾一下他们的情绪，我也是怕他们太担心，所以我就戴了两层口罩，全身裹得严严实实的。他们吃团年饭，我旁边坐着看，没等他们吃完我就走了，我坐了大概十几分钟，我就走了，是从形式上表示我来跟你们吃个团年饭。

**记者：**但心里面蛮难受的吧？

**周宁：**搁谁其实心里都不好受。

**【解说】**在此后进行自我隔离的一个星期里，周宁的体重减少了 12 斤。大部分时间都躺在床上的他，用手机敲出了患病的经过，并通过微信公众号发送，文章点击量超过 1500 万。

**【同期】**

**周宁：**我那时候第一感受是整个社会太过恐慌了。当然疫情很严重，我们应该加强十二分之警惕，这肯定是没错的。但是普通民众的心里恐慌，会对疫情的控制带来很大的困难。所以我当时好了以后，我想告诉大家的是，第一个要有战胜它的信心。第二个要提高警惕，要接受医务人员的建议，然后再去做隔离，不要盲目地自我诊断。但是我确实非常忧心，因为在那个时候疫情已经是非常非常严峻了，各个地方，武汉市更惨烈，死亡病人越来越多。我们一线的老师们、同事们压力非常大，工作强度非常高。我真是看到他们心里特别难受，就想自己应该去做点什么。那时候我觉得身体情况也还可以，应该是没有什么很大的问题，所以我就跟我们医务处报备，我说我随时可以出来工作。结果 2 月 10 号光谷院区开放，我就过来了。

**【解说】**就在周宁重新开始工作的第 7 天，他担任护心队副队长参加了重症监护病区 1 床患者的救治。

**【同期】**

**周宁：**就是我们经过这一段时间的观察，新冠肺炎患者，特别是重症和危重症患者，他除了肺部的呼吸衰竭和低氧血症之外，他还会出现其他各个脏器的损伤，其中心脏损伤是导致患者死亡的一个非常重要原因。但是我们知道这一次各地援汉医疗队里面的医务人员的主体部分是重症医学科和呼吸科，以及感染科，心血管医生很少的。所以我们院区的领导在院区开放之后，就决定成立多个脏器的功能支持小组，其中包括我们心血管支持小组，我们把它取名为同济光谷院区护心小分队。

**【解说】**据周宁介绍，护心小分队成立后，首先对光谷院区 800 多名住院患者的病历全部进行了梳理，发现有 160 多例或存在心脏等其他基础性疾病。

**【同期】**

**同济医院心血管内科主任汪道文：**所以这些病人怎么办？我就说你们（护心小分队）主动出击，就是派医生到那去。

**【解说】**汪道文，武汉同济医院心内科主任，作为疫区当地的医生，他们比援鄂医疗队更早、更多地接触到了新冠肺炎患者，并积累了宝贵的临床经验。

**【同期】**

**汪道文：**我们见到了在协和、在（同济医院）中法新城院区严重的心脏病史，可是他就把心脏药都停了，我们希望他在治疗肺炎的过程中，原来的心脏病不要出问题。比如说 10 床、18 床都可能有问题，但你未必请我看他，可是我们有意识地要来看他，我说这个病人今天血压怎么样？心率怎么样？他原来的药是什么？现在还在用没有？我们就要督促他用，一个中心目标就是要提高救治的存活率，减少死亡。

**医生：**所有的患者，累计的存活率，使用 CRRT 的存活率达到了 50%。

**【解说】**与此同时，由同济医院肾内科的医护人员们组成的护肾小分队，也在做着相似的工作。

**【同期】**

**同济医院肾内科副主任医师何凡：**我们当时也是非常焦急，我们用三天的时间筛查了整个医院的 800 多名患者。

**记者：**你怎么筛查？

**何凡：**我们第一个就是给所有的患者开具细胞因子和淋巴细胞亚群的这些检查，

特别是这些已经合并有呼吸衰竭的患者，我们重点关注。

**记者：**每个人都要查一遍？

**何凡：**对。

**【解说】**何凡，同济医院肾内科医生，他们也在更早的对新冠肺炎重症患者的救治过程中，发现了肾脏损害和炎症风暴等复杂的问题。

**【同期】**

**何凡：**那么我们发现重症和危重症的患者，他的肾脏功能损害的发生率还是比较高的，有 5% 到 10% 左右。那么同时，大概有 80% 的危重症患者，他是合并一个重症的，很重的炎症风暴，就是细胞因子的，从血液里面查的细胞因子的数量非常高。

**【解说】**何凡所说的细胞因子主要为人体自身的免疫细胞所合成和分泌的小分子多肽或糖蛋白。免疫细胞通过它们彼此沟通，冲锋到人体受到病毒感染的部位、吞噬遭到损伤的细胞。细胞因子还可以引发炎症，令被破坏的机体肿胀、发热以及疼痛，这些都是人体自我保护的功能。但是人体的免疫细胞也会因感染病毒而出错，产生过多的细胞因子从而导致细胞因子风暴。有研究者形容：细胞因子风暴是一种强烈的求助信号，目的是让免疫系统霎时间火力全开。但这却是一种类似于自杀式的攻击，在损伤病毒的同时也给人体各个脏器留下一大堆连带伤害。

**【同期】**

**何凡：**现在大家公认的炎症风暴是新冠肺炎重症向危重症转化和进展的一个很重要的原因之一。

**记者：**那像其他的疾病也会出现这种类似的状况吗？

**何凡：**我们有一些疾病会有这种类似的征象。比如说重症暴发性心肌炎，还有我们血液科的有一个叫嗜血综合征，这些疾病都有炎症因子的风暴。我们正是在早期治疗暴发心肌炎和嗜血细胞综合征，我们在前期治疗这些疾病中，我们发现血液净化可以有效地清除体内的细胞因子，阻断我们的炎症风暴。所以说在新冠肺炎的病理（生理）过程中，我们发现了细胞因子风暴以后，我们立即就提出，我们要将这样一个血液净化的技术应用于炎症风暴的阻断，清除细胞因子。

**【同期】**

**何凡：**200 毫升，你先打 200 毫升，我们做第一次血气分析的时候我们看，看它的变化。

**【解说】**于是，护肾小分队和护心小分队与华山医院援鄂医疗队的医护人们一起，开始了对 1 床患者的多学科联合救治。

**【同期】**

**周宁：**然后我带着我的护心小分队穿防护服进入病房，亲自给他做的 VV-ECMO 植入。

**记者：**这个患者上了 ECMO 以后他的反应怎么样？

**周宁：**他运转之前的氧饱和度大约只有 93% 左右，（ECMO）运转开始后很快百分之百，达到了我们彻底纠正低氧血症的要求。这也就是说，他全身已经不出现低氧的情况了。另外一个好处是什么呢，我的 ECMO 支持下，他的呼吸机就可以逐渐减除或者降低支持力度，让他自己的肺慢慢开始恢复功能。

**【同期】**

**周宁：**我们（CRRT）机器要连到他的（ECMO）设备上面，它是一个循环，又是另外一个循环。

**记者：**怎么连接，在哪里连接呢？

**周宁：**你看这边一个膜肺，那么氧是从这里进去的，我们的血是从这抽出去，在机器里面滤过之后，往这里再还给患者。现在血已经到这来了，马上就会到这里。我们的 CRRT（透析）机，一方面是保证他酸碱的平衡、电解质的平衡，另一方面他如果有多余的水分，我们就可以清除多余的水分。再一个如果他有炎症因子，我们会给他清除掉，特别是在做 ECMO 的时候，血液在体外氧合的时候，很多病人都合并细胞因子的问题，炎症因子都非常高，这对这个病人的康复是极为不利的，所以我们的 CRRT（透析）机，在保证他的酸碱电解质的平衡，同时清除炎症因子，这样对他的康复会很有帮助。

**【解说】**2020 年 2 月 21 日，1 床患者停止了血液净化治疗，他体内的炎症因子并没有再增加，避免了细胞因子风暴的发生，各个脏器受到了保护。2 月 27 日，他脱离了 ECMO 的辅助；28 日，他彻底脱离有创呼吸机，顺利恢复自主呼吸。

**【同期】**

**上海华山医院援鄂医疗队队长李圣青：**把 ECMO 脱掉你就解放了，你就好了。

**医生：**千万坚持一下，5 分钟之内结束，好不好？看看，看到没有？你活过来了。有信心啊，很好的。不容易啊，太棒了，阶段性胜利。

**李圣青：**一个脱呼吸机，一个脱 ECMO，你说我们多有成就感，今天简直是个好日子，我们喜大普奔啊。

**【字幕】**脱离 ECMO 和呼吸机五天后

**【同期】**

**护士：**现在能坐起来了？

**病患：**能坐起来，可以坐起来。

**护士**：还喘不喘？

**病患**：喘气还好，不乱喘。

**护士**：喘气功能还可以，看你精神还蛮好的。

**病患**：精神还可以，他们照顾比较好，他们医生照顾得好。

**【解说】**就在1床患者渐渐康复的同时，青岛援鄂医疗队负责的一名危重症患者也经过多学科合作的救治，成功地拔掉了气管插管。今天他要离开病房去做肺部CT检查。

**【同期】**

**护士**：你不要紧张，我们好不容易给你救过来了，我们主任比较谨慎，一定要保证安全才敢让你出去做CT。然后你就深呼吸，不要喘那么快。

这个是以防万一，万一病人要是出现缺氧或者是喘气不好的话，我们可以给他做人工的通气，都备着。

**【解说】**据同济医院光谷院区统计，到3月11日上午10时，17个病区中脱离有创呼吸机并拔管的患者共有10人，累计使用ECMO 4人，其中脱机3人，正在治疗1人，累计进行血液净化（CRRT）治疗165例次。在这里住院的每一位患者，只要病情需要，都会得到多个学科医生们共同的关注和救治。

## 三、救命也要救心

**【解说】**2020年3月11日上午，厦门援鄂医疗二队的随队心理专家丁丽君走进了隔离病房。

**【同期】**

**厦门援鄂医疗二队随队心理专家丁丽君**：你好，我是跟你视频过的丁医生，我今天过来看你。

**患者**：你好。

**丁丽君**：听说你现在好很多了？

**患者**：现在好多了，非常感谢你们。

**丁丽君**：不客气。我们每个人的心情对我们疾病的康复都非常重要，那天视频咨询我看你非常焦虑。

**患者**：我真的没想到我这个病引出了这么多状况。这两天非常想家。

**丁丽君**：想家是很正常的，我们每个人在这里被隔离的时候都会想的。

**患者**：我出来有40多天了，在这里我今天是31天。我到现在都搞不明白，为什么就是我中招，我没想到我真的这么倒霉。

**【解说】**对于很多患者来说，他们在度过了刚刚住院时短暂的情绪舒缓期后，就会呈现出各种各样的心理问题。在国家卫健委发布的《新冠肺炎诊疗方案》（试行第七版）中明确提出：“患者常存在焦虑恐惧情绪，应加强心理疏导。”

【同期】

丁丽君：新冠肺炎这样的一个非常大的公共卫生事件，造成了很多人的一些心理的冲击。所有参与其中的（病人），他的心理上都会或多或少地受到影响。

记者：通常大家会以为住进医院了，有医护人员照料了，就可以把心放下来了，但实际上情况要复杂得多。

丁丽君：是的，这个是我没来以前没有预料到的。

【解说】据丁丽君介绍，在厦门援鄂医疗二队里，一共配备了12名精神专科医护人员。从接管病区时开始，他们每天都会安排一名精神科护士进入隔离病房，为患者提供必要的心理支持。

【同期】

丁丽君：你能够把自己内心的这种感受说出来，这就是治疗最重要的一步。

患者：是的，因为我没有人（可）说，我也不敢跟家里人说，跟家里人说了，他们也会有心理负担，他们更加担心。我之前谁都不敢说的，我家里人都不知道。然后现在把它全部都说出来了之后，自己心里的感受都说出来之后，我会心里舒服很多。

丁丽君：对，所以就是有时间你也可以再跟护士说。

患者：这些护士真的都非常好，有时候也会跟我聊天，跟我说，开导我，都蛮好的。

【同期】

胡兰：当时还来了一对（老）夫妻，他们俩就非一定要住在一个房间里面。那个奶奶就显得很应激，就是特别惊诧。你给她做什么事情的时候，她说你在干什么？你不要碰我，你不要摸我。

记者：她为什么？她怕什么？

胡兰：怕我们医护人员传染给她。

丁丽君：这是在我们病房里的患者非常非常普遍的一个现象，他都会认为别人的病比他可能更重，怕别人再感染他。

胡兰：这期间我们就是每一次我们的医疗队老师他们说不动，我们就不动，当着他的面进行手消毒。

丁丽君：我就要我们大后方设计了一款安心卡。那个安心卡上面就是写说，我们在来看您以前，我们已经充分消毒了，您就放心吃好睡好，病毒由我们打败。

【解说】由于新冠肺炎具有家庭聚集性感染的特点，还有一些重症患者的家人也在接受治疗或被隔离，甚至可能已经因新冠肺炎去世。他们要面对的是生理和心理上双重的困境。

【同期】

**丁丽君：**我们病房里现在就是有一位患者，他其实老伴也去世了，他也非常悲伤，但是他说他不想表露出来。但是我们做哀伤辅导的话，我们也是要取决于这个患者本身，他如果觉得说出来让他舒服一点，那我们就让他说，如果他觉得他说了更伤心，那我们就让他自己决定说还是不说。我们总是在那里。他如果想让我们陪伴，我们随时都可以。

【解说】从 2 月 9 日到 3 月 11 日上午 10 时，同济医院光谷院区已累计收治重症和危重症患者 1315 人，累计出院 533 人（含转方舱医院 13 人），仍在医院接受治疗 711 人。

【同期】

**无锡援鄂医疗队领队许红阳：**第一批的病人现在逐步情况都是在改善，但是他这种病情的改善跟我们以往常见的其他疾病不同，改善得非常非常慢，他们之所以恢复时间长，是因为我们目前没有特效的药物，针对这样的病毒。所以绝大部分我们的治疗都是在支持、对症，希望病人自身的免疫力、自身的淋巴细胞起来识别这些病毒，把它清除掉，这个就需要一定的过程。

【解说】经历了最初的“战时”状态后，同济医院光谷院区渐渐进入平稳运行的日常状态。17 支援鄂医疗队尽心尽责地看护各自病区的患者，护肾小分队依旧每天为需要的患者实施血液净化，插管小分队的工作量则已经减少了很多。而医务处处长祝伟最关心的是如何让每支医疗队都发挥出最好的水平，从而进一步提高治愈率，降低死亡率。

【同期】

**祝伟：**我们会抛出很多病例，当然都是我们病房收治的病人，特别是一些疑难的，大家一起想办法，一起去分析病人的病情，去提出自己的意见。

通过这种交流，通过这种碰撞，来自各地的医疗人员激发出火花，最后得出一些共识性的意见或看法。实际上对于我们更快地认识新冠肺炎这个疾病，更快对它的治疗形成一个非常好的印象，起到了非常重要的推动作用。

【解说】这天下午，又有几名患者的各项指标已经符合国家卫健委《新冠肺炎诊疗方案》中的出院标准，从而获准离开医院。他们将前往指定的隔离地点，度过 14 天的隔离期。而湖北省卫健委公布的疫情数据显示，武汉市每日新增确诊病例一直不断下降。

主创人员：
李冰、何方

【编者按】疫情初期，记者最早进入手术室，完整记录下李兰娟院士医疗团队利用世界先进的人工肝技术对危重症患者进行彻夜救治的全过程。这一过程展现出一线医护人员面对危难时尽职尽责的职业态度、精湛高超的职业水平以及自信从容的乐观主义精神。

## 争分夺秒，通宵手术抢救重症患者

首播时间：2020 年 1 月 29 日
首播平台：央视新闻频道《新闻直播间》

【导语】为了抢救危重患者，奋战在抗击疫情一线的医生们不分昼夜、通宵达旦地开展抢救工作。今天（29 日）凌晨，在浙江大学医学院附属第一医院的感染科，一场特殊的手术争分夺秒地展开，这是浙江省第一次使用以李兰娟院士命名的人工肝治疗技术抢救新型冠状肺炎的重症患者。记者记录下了手术全过程。

【现场】坐电梯

【同期】

那就走。走。

【解说】深夜 11 点，记者在浙江大学医学院附属第一医院的隔离病房见到感染科医生俞亮时，他正端着一个装着毛巾、香皂的脸盆。他要去做手术。

【同期】

**浙江大学医学院附属第一医院感染科医生俞亮：**去做人工肝治疗。

【解说】1985 年出生的俞亮，是浙江大学医学院附属第一医院感染科的大夫，从 2013 年就开始从事新发突发传染病的临床和科研工作。

【同期】

俞亮：李氏人工肝治疗应该在 H7N9 的时候，证实能够在早期把这些重症病人的细胞因子风暴这个过程阻断掉，所以我们现在就去做治疗。

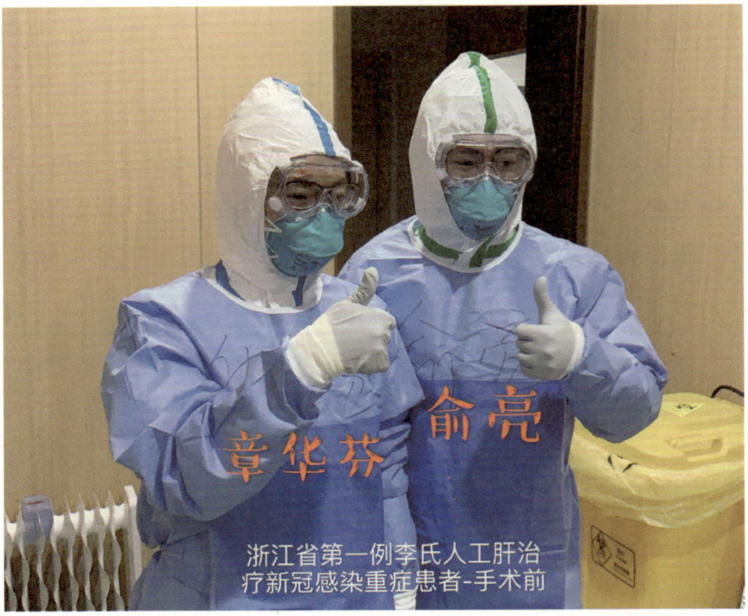


1 月 29 日，杭州。浙大一院。进行人工肝手术前，俞亮和护士长章华芬合影

记者：我看你还拿着脸盆。

俞亮：因为那里面是污染区，我出来之前得洗完澡，所以先把工具带上。

【解说】今晚要接受人工肝治疗的是一名新型冠状病毒感染肺炎的危重症患者，两天前转院至浙大一院。昨天（28 日）上午，医院组织了多学科联合诊疗的会诊，判断患者病情有进一步恶化的可能，决定采用曾经在抗击禽流感疫情时起到重要作用的李氏人工肝技术，展开手术治疗。

【同期】

俞亮：今天下午和晚上，我们都在协调治疗所需要的器械，还有用血这些东西，现在都准备好了，我们就准备进（手术室）了，争分夺秒。

【解说】已经临近午夜，俞亮和护士长章华芬赶紧换上防护装备。手套、口罩、护目镜、防护服、鞋套，一样都不能少。由于患者是危重病人，感染的可能性更大。但这次治疗对于俞亮和章华芬来说，却有着不同的意义。

**【同期】**

**俞亮：**这是浙江省第一例用李氏人工肝治疗新型冠状病毒感染肺炎重症患者的。

**【解说】**李氏人工肝治疗，是李兰娟院士首创的一种器官替代治疗。它可以通过人工肝技术，达到清除呼吸道传染病重症患者细胞因子风暴的效果。作为李院士的弟子，俞亮承担了此次人工肝治疗的先决条件——人工肝置管术。

进入隔离区，俞亮先到医生值班室，了解患者的最新情况，并适当地调整治疗方案。

**【现场】**进入手术室

**【同期】**

**俞亮：**开工。

**【同期】**

**俞亮：**我觉得它有意义呢，是因为病人那么多，那么重，大家也都挺紧张的。要是能有一个好的治疗方法，治好了这么重的病人，大家也就不紧张了，也是信心的一个提升吧。

（手术结束，从手术室走出来）**俞亮：**行了，机器上去了。现在正在滤着。章华芬护士长还在里面继续待着。操作做完了，但是整个治疗还要持续 6 到 7 个小时。这段时间我可以出来喘口气，然后一会儿还得进去。

**【解说】**防护服一脱下，俞亮的后背已经被汗水打湿，留下了深深的汗渍。接下来，俞亮还要在这里等待第二场手术。

主创人员：
杨军威

【编者按】前段时间，火神山医院重症医学科一科，一位“硬核”唠叨的护士登上热搜，她就是护士长陈静。该报道通过捕捉陈静的“唠叨”细节和救治患者过程中的感人故事，刻画出她严厉、“硬核”实则内心温柔的形象，表现军队医护人员工作中不为人知的艰辛、专业严谨的精神、无私奉献的精神。

# 直播结束后，“硬核”唠叨的护士长突然哽咽了……

首播时间：2020 年 2 月 16 日
首播平台：“央视军事”微信公众号

前段时间，“硬核”唠叨的护士长陈静登上热搜。她被网友称为又“唠叨”又严厉的“大管家”。现在她转战火神山医院重症一科，再一次面对镜头，她突然哽咽了……

## “他们真的非常非常勇敢”

在重症一科，护士长陈静主要负责感控工作，也参与 ICU 的救治。昨天，她参加央视国防军事频道《正午国防军事》直播连线，讲起了护士们的工作日常。

“和我一起来这里的护士，很多都是 90 后，年龄很小，有的人因为长时间穿戴防护服和护目镜，恶心想吐的时候，会深吸一口气缓一缓继续工作……他们不想浪费一套防护服，不想离开这个‘抗疫战场’，不想给其他战友增加负担。他们真的非常非常勇敢。”这些感人瞬间所积聚的情绪，让陈静没有忍住泪水，直播连线结束后，她突然哽咽了……

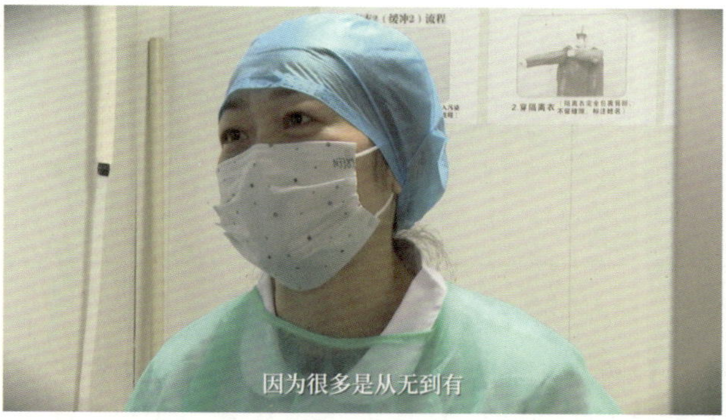


采访“硬核”唠叨的护士长陈静（记者薛冰）

## “我要保护好他们”

“参加过这么多次行动，这次应该是最艰难的，因为很多是从无到有。我们是在工地上开始工作的，感动的点太多太多。”

记者看到，贴在墙上的医护人员排班表显示，每人每天有四个小时的班，但实际每人每天的工作时间，长达八九个小时。不能吃喝，不能上厕所，穿着密不透气的防护服，常常全身湿透……

谈到同事们那些坚守岗位和令人感动的瞬间，陈静都会忍着眼里的泪水，让人心疼，也更感受到她心里的坚强，而这种坚强也化为这位护士长“硬核”唠叨式的保护。

“洗手换手套”“手不要乱摸”，语速快、重复叮嘱、不留情面，她帮医护人员穿好防护服，并在防护服上写下鼓励的话，每个细节都不放过。

这并不是陈静第一次直面疫情。2014 年，陈静随医疗队奔赴埃博拉疫区，在此次抗击疫情一线，陈静不停地向医护人员传达，“只有医护人员做到零感染，病患才能看到希望”。

从记者来到重症一科到直播结束，两个小时里，陈静没有闲下来过，协调安排各种工作，像知心大姐一样叮嘱和监督大家做好防护。面对面交流时，大家都戴着口罩，虽然只能看到陈静的一双眼睛，却能强烈感受到她的温暖和善良。

我们记住的，不仅是“硬核”唠叨护士长，更是她乐观、积极的心态。如果人间真的有天使，那一定是这般模样。

主创人员：
刘智力、李昕、侯东合、刘一鸣、白晨、任泽兵、秦祎、梁辰、侯碧丹、李凯山、薛冰

【编者按】为众人抱薪者，终将被铭记。武汉市卫健委的讣告中写道，“他不顾个人安危，始终奋战在抗疫一线”；世卫组织总干事说，“他的去世是巨大的损失”。2 月 18 日 10 时 54 分，武汉市武昌医院党委副书记、院长刘智明在抗击新冠肺炎疫情中不幸感染，经全力救治无效，不幸逝世，享年 51 岁。在生命最后的这段日子里，刘智明仍然带领全院医务人员奋战在抗疫前线，夜以继日，不眠不休。

# 医魂犹在矢志明

## ——追忆武昌医院党委副书记、院长刘智明

首播时间：2020 年 2 月 20 日
首播平台：央广中国之声《新闻晚高峰》

【导语】2 月 18 日 10 时 54 分，武汉市武昌医院党委副书记、院长刘智明在抗击新冠肺炎疫情中不幸感染，经全力救治无效，不幸逝世，享年 51 岁。在生命最后的这段日子里，刘智明仍然带领全院医务人员奋战在抗疫前线，夜以继日，不眠不休。

为众人抱薪者，终将被铭记。武汉市卫健委的讣告中写道，“他不顾个人安危，始终奋战在抗疫一线”；世卫组织总干事说，“他的去世是巨大的损失”。该如何实现自己的人生价值？不同的人会给出不同的回答。而在抗击疫情的这场战役里，无数一线医护工作者用专业的技术、敬业的精神，甚至是生命的代价，给出了“重于泰山”的回答。

### 他 51 岁的生命永远定格在江城武汉的草木萌动之时

“雨水”刚刚过去，2020 年的春天已在近前。武昌医院党委副书记、院长刘智明

却不能再回到他的母校，看看那些即将盛放的樱花。他 51 岁的生命，永远定格在江城武汉的草木萌动之时。

武昌医院党委副书记、院长刘智明

**妻子蔡利萍：** 他们医院是在 1 月 21 日的时候被武汉市作为第一批定点医院征用，然后他给我打了个电话，要我给他准备点衣物。结果到了第 2 天（22 日）凌晨的时候，我看他还在用护理部的电话跟我联系，然后说医院很忙，就不回家了。

回忆起刘智明最初发病时的情景，妻子、武汉市第三医院光谷院区重症病区护士长蔡利萍说，那几天，丈夫一直是在“默默扛着”。

**蔡利萍：**（当时）我就觉得他呼吸有点急促，我说你现在呼吸感觉到有点问题了。他觉得走路、下楼梯确实有点气喘，这样子才住院的。

工作间隙，当蔡利萍终于抽身得以去探望丈夫时，却被主诊医生告知，刘智明的情况“很不好”。那一刻，她想要放下自己的工作来照顾丈夫，却被刘智明拒绝了。

**蔡利萍：** 整个病情一直都蛮重的，他从住院以后就一直高烧，高热不退。14 日转过去了以后一直情况都不是很好。他一转过去立马就插管了，插管了以后（17 日）上了 ECMO。

ECMO 被视为挽救肺炎患者生命的终极手段之一，在患者眼里，这能让他们“起死回生”。但这一次，奇迹没有发生。2 月 18 日 10 时 54 分，刘智明永远地离开了他心爱的岗位、他的家人、朋友……

## 即使承受巨大压力依然带病奋战在抗疫一线

**武昌医院副院长黄国付：** 我不仅是他的下属，也是他的战友、他的同学。

武昌医院副院长黄国付，从疫情暴发之初也一直奋战在抗疫一线，刘智明领回“要把医院改为定点医院”的任务时，他就在场。

**黄国付：** 1月21日下午的4点接到指令以后，要求6点发热门诊正式启用。大家在门口也看到我们过去门诊已经改成了发热门诊。所以刘院长在4点回来以后，应该在4点半，就召开了我们职能部门的动员会。然后在5点也召开了全院临床一线主任的动员会，会后就开始启动。当天也就是21日的下午6点，就完成发热门诊改造，正式接诊患者。

黄国付说，从接收转运病人到改造医院病区，再到多方筹措医疗物资……1月21日—23日的三天时间里，刘智明承受着巨大的压力。

刘智明在武汉市第三医院时的工作照

**黄国付：** 他一直是带病工作，根据院感专家（意见），我们院区改造一般是（能承担）300个病床左右，但是基于病人的需求，基于我们当时接到的指令，完成了504个编制床位设置。多的时候，能到527个（床位）。1月24日他确实撑不住了，下午就住进了ICU。

## 生病也“远程安排”工作是他的一贯的作风

即便作为重症患者、身处ICU病房，刘智明也还是放不下院里的工作，常常进行“远程安排”。而这一切在武昌医院党政办主任李秀荣看来，只是院长一贯的作风。

**武昌医院党政办主任李秀荣：** 他经常是吃住在医院，就睡在办公室。抗击疫情以来，他一直坚持到一线去参加指导临床的工作。他的办公室非常小，能摆下的沙发也很窄，你知道他是一个1米8的大个子……现在有的时候路过他办公室，（哭泣）

感觉他仍然在办公室坐着……

这几天，武昌医院的所有人都沉浸在痛失院长的悲痛之中。院消化内科主任王珣告诉记者，忙碌之余，很多往事都会一一浮现。

**武昌医院消化内科主任王珣：** 我们科室稍微比较特殊，以前我们还没有一个独立的消化内科，它是跟呼吸科在一起。等于说是从2018年的元月份，消化内科才独立成科了。前期的话我们发展还是相对其他的一些三甲医院有一定的差距，我们自己感觉到压力比较大。我们有时候办一些国家级或者是省市级的继续教育项目，刘院长他每次都会亲自来参加我们的会议，然后给予我们精神上面的鼓励和帮助。特别让我感动的是，他自己病了，但是他在住院期间一直都在问，说因为他接触了很多的自己的医生职工，他特别怕自己传染给其他的人。我就觉得他自己都已经病得那么重了的情况下，他第一时间想到的还是自己的职工，而把自己都放在最后面才去考虑。

## 他几乎满足了所有人对“医者仁心”的所有想象

疫情之下，这位众人口中风度儒雅、待人谦和的院长，与大家告别得太过匆忙。除了为医院发展长期倾注大量心血之外，刘智明对患者的牵挂也没有分“院内院外”。

王珣：我们有一个老病人，经常在我们科室住院。他有一次跟我们护士长说，那个子高高大大的，是不是你们院长？后来我们护士长说，是的。老人说，他人特别好，有一次下雨，在医院门口他也没有带伞，然后刘院长还帮他打伞，然后还问他爱人的情况，住在哪个科室？病情怎么样？后来还把伞借给他用……

优越的学历背景，敬业的职业精神，高大帅气的外表，刘智明几乎满足了所有人对“医者仁心”的所有想象。而他的以身殉职，也成为他自己对这四个字作出的最后的、坚定的回答。

李秀荣：我想我们只有把眼泪擦干，团结一心，把院长的遗志继承下去，把他未完成的事业完成好。只有这样，我们才能够慰藉他的英灵。

主创人员：
张明浩（黎明）、杜希萌、凌姝

【编者按】有人专门用声音软件测量过，他每次与患者沟通，始终能将自己音量控制在60分贝左右，被称为“60分贝暖医”。武汉市中心医院甲状腺乳腺外科党支部书记、主任、主任医师江学庆同志，在抗击新冠肺炎疫情工作中不幸染病，经全力抢救无效，于2020年3月1日凌晨5点32分在武汉市肺科医院去世，享年55岁。

武汉市中心医院在公告中写道：“从事外科专业30余年，在医院工作期间兢兢业业、甘于奉献，对患者耐心细致、尽职尽责，为医院发展作出了重要贡献。”

# “他像一棵树，他在我们就不怕”

## ——追忆武汉市中心医院主任医师江学庆

首播时间：2020年3月2日

首播平台：央广中国之声《新闻纵横》

**主持人**：武汉市中心医院甲状腺乳腺外科党支部书记、主任、主任医师江学庆同志，在抗击新冠肺炎疫情工作中不幸染病，经全力抢救无效，于2020年3月1日凌晨5点32分在武汉市肺科医院去世，享年55岁。

武汉市中心医院在公告中写道：“从事外科专业30余年，在医院工作期间兢兢业业、甘于奉献，对患者耐心细致、尽职尽责，为医院发展作出了重要贡献。”

**【解说】**被患者和医护亲切称为“60分贝暖医”的江学庆永远离开了我们，他的生命定格在了江城三月的第一天。

**【同期】**

**武汉市中心医院甲状腺乳腺外科护士长戈文心**：今天（3月1号）早上5点我得

到消息的时候，那个时候其实当时没有哭，因为蒙了。因为我一直觉得他会回来，没有想象过，这个科室没有他在的时候该怎么办。

**【解说】**1 月 17 号的时候，同事们发现江学庆看起来病恹恹的，没精神，还穿了厚衣服。（同事们）就提出让他休息。但他说今天有 4 个病人预约了手术，答应了别人今天一定要做，不能让病人等着。

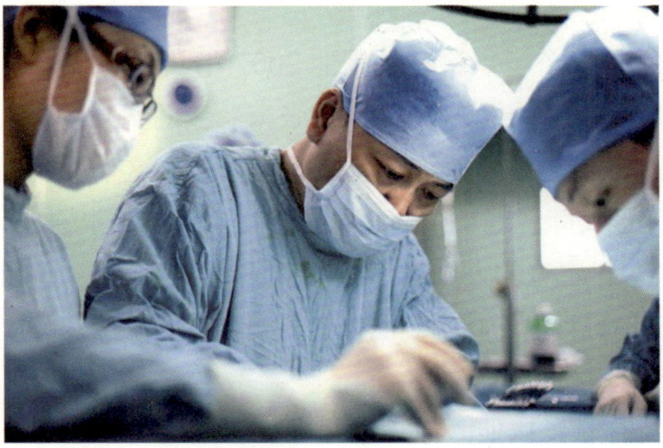

江学庆操台手术

**【同期】**

**戈文心：**因为他也是 50 多岁的人了。但是因为他这么多年一直都是在一线这样拼的，然后他觉得他今天有 4 台手术病人预约了，而且他也答应今天一定要给别人做手术，所以他说我今天不能够说不做，我有 4 个病人等着。

**【解说】**1 月 17 号当天，江学庆做了 CT 后确诊，入院做了对症治疗后情况有所好转。同事们当时对新冠肺炎还持乐观态度，觉得只是个病毒感染，可能住几天就好了。在住院期间，江学庆还不忘布置科室里的工作。

**【同期】**

**武汉市中心医院甲状腺乳腺外科副主任医师李海：**在这中间间断去看过，有进过两次他的病房，还有一次没有进去，在门口喊他说说话。有时候不让我们进去，觉得怕把我们也感染了。（他说）见到你们有风险，隔着门，在门外打开一个缝，可以喊话，可以听得到、可以交流。要我们把科室的工作安排好，他也认为他可能过几天就会出院了。

**【解说】**然而谁也没想到他的病情发展得那么快，1 月 22 号转入武汉市肺科医院后，1 月 27 号就上了 ECMO，全力抢救超 30 天。

【同期】

李海：在病重期间我们还录了他小孙子的视频，在他床边放，召唤他，刺激他。他在插管的最后一刻，我还打了电话跟他说了两句话，鼓励了一下他。一旦插管了，你就不可能再跟他有任何的沟通。

【解说】谈到江学庆的爱好，从还是住院医师起就一直跟着江学庆的李海想了很久后说，可能就是工作吧。

【同期】

李海：这个科室是一个新兴科室，是他 2007 年回国的时候成立的，一直到现在 12 年。从一个小的科室，刚才回来只有十几张床，我们就五六个人跟着他，发展到现在最多 200 多张床，我们全科室医护加起来八九十人。这个规模很不容易，花了很大的心血，所以江主任他实际上他整个的心思都扑在这个工作上。

【解说】江学庆对科室里的人像老师、像家长、像老大哥，但唯独不像主任。他的同事们给他打 100 分，说他像一棵树，他在就很安心。但在对家人方面，他却是不及格。

【同期】

戈文心：他女儿有时候找他，你知道都是在哪找他吗？都是去门诊找他。因为我记得很早以前，他的门诊太多病人了，堆满了。他女儿那个时候也在门口等着，他陪家人的时间真的是很少。

【解说】江学庆不是一个爱发朋友圈的人，查看内容设置了三天可见，戈文心说他永远有一种危机感，朋友圈都是一些学术文章的转载。

【同期】

戈文心：他发的大部分就是那些转载的乳腺癌、甲状腺癌，什么论坛有最新的什么方法，包括一些新的技术，我觉得他给人的感觉就是他永远都有一种危机感。他永远都在说我们科室一定是要继续发展，他从来没有说我们科室发展的状态已经很好了，大家就可以躺在老本上。

【解说】一直到现在，江学庆的同事对他的离开还有一种不真实的感觉。虽然这棵大树没有了，但科室里的人已经在他的庇佑下变得更厉害。

【同期】

戈文心：看他走了之后，直到现在我觉得还是不是很真实。有一种不真实的感觉。你觉得这个事情可能就是一个幻觉，希望他能够回来，希望他还是能够回来。这个疫情过完之后，我们都会比以前更坚强。我们现在遇到了很多事情，我们都敢往前去做。

主创人员：
常亚飞

# 第三节　最美的她

新冠肺炎疫情发生后，广大女医务工作者义无反顾、日夜奋战，坚守在疫情防控第一线，展现了救死扶伤、医者仁心的崇高精神。广大党员干部、公安民警、疾控工作人员、社区工作人员、新闻工作者、志愿者等中的妇女同胞们忠诚履职、顽强拼搏，做了大量艰苦工作，用实际行动为疫情防控斗争作出了重要贡献。

——摘自2020年“三八”国际劳动妇女节到来之际，中共中央总书记、国家主席、中央军委主席习近平向奋战在疫情防控第一线和各条战线的广大妇女同胞致以问候

【编者按】《向抗击疫情的巾帼英雄们致敬》评论文章，多角度梳理了抗疫一线巾帼英雄担使命、献智慧、出力量的感人事迹，深情讴歌中国女性的勇气、担当和风采，展现了习近平总书记对广大妇女同胞的深切关怀。

# 向抗击疫情的巾帼英雄们致敬

首播时间：2020 年 3 月 8 日
首播平台：央视网《央视快评》

在全民抗疫的关键时刻，我们迎来了第 110 个“三八”国际劳动妇女节。习近平总书记代表党中央，向奋战在疫情防控第一线和各条战线的广大妇女同胞表示诚挚的慰问，向全国各族各界妇女同胞致以节日的问候！总书记强调，各级党委和政府要关心关爱疫情防控第一线和各条战线的妇女同胞，大力宣传防疫抗疫一线的巾帼典型，激励和支持亿万妇女为打赢疫情防控人民战争、总体战、阻击战贡献智慧和力量。

巾帼英雄不胜数，谁说女子不如男？面对突如其来的新冠肺炎疫情，在近两个月的鏖战中，各行各业女性同胞向险逆行，第一时间奔赴抗疫一线，勇敢无畏、日夜奋战，向世界展示了中国女性的勇气、担当和英雄风采！

“她”担使命！与时间赛跑、与疫魔缠斗。目前全国有超 4 万名医务人员支援湖北，其中女性占了多数。湖北“疫情上报第一人”张继先、“我应该上战场”的杜富佳、金银潭医院抗击疫情一线年龄最大的护士梅芳、因公殉职的夏思思……她们不畏艰险、夜以继日、连续奋战，展现了救死扶伤、医者仁心的崇高精神，用实际行动书写了中国女性敢于担当、甘于奉献的动人故事。

“她”是智慧！我们看到，李兰娟院士驰援重疫区紧密跟踪研究抗病毒药物，陈薇将军率领团队加紧研发疫苗……广大科研战线上的女性以极高的科研能力为抗击疫情提供了有力的智力支撑，以极强的专业能力展现了新时代女性的职业精神！

“她”有力量！疫情防控是一场总体战，在城乡社区群防群控一线坚守，在流水线上加班加点生产，女性的身影活跃在抗击疫情的各个阵地。从两进武汉运送物资的大货车司机谢琳，到疫情期间连续38天送货的女骑手叶爱玲，再到日夜守在火神山医院建设现场的建筑工人胡晓红，各行各业的女性头枕九州月、脚下一片星，胼手胝足、顽强坚守，铸就了抗疫不可或缺的“硬核”力量。

建功新时代，巾帼展风采。在这个特殊的日子，我们向抗疫前线的每一个“她”致以崇高敬意，你们是这个时代最美丽的风景！全社会都要以巾帼英雄们为榜样，坚定信心、同舟共济，立足岗位、争做最美奋斗者，为坚决打赢疫情防控的人民战争、总体战、阻击战贡献我们的力量。

主创人员：
钱蔚、李绍飞、樊帆

【编者按】节目讲述了中部战区总医院感染内科主任江晓静在抗疫一线的事迹。春节后本应退居二线的江晓静在疫情发生后一直坚守在一线，带领团队研究救治方案，在二月初即提出“一人一策、治疗关口前移”的方案，大量患者在江晓静团队的及时救治下转危为安。此外，节目还记录了火神山医院里90后的护士团队在疫情面前没有退缩，挑起大梁照顾患者的积极风貌。展现出女性医护工作者救死扶伤、医者仁心的崇高精神。

## 战“疫”一线最美的她

首播时间：2020年3月8日
首播平台：央视综合频道、新闻频道《焦点访谈》

**【同期】**

**中部战区总医院感染内科主任江晓静：**现在怎么样了？

**患者：**挺好，挺好。

**江晓静：**估计这几天可以出院了，那你好好休息。

**患者：**谢谢。

**【解说】**这位女医生是中部战区总医院感染内科主任江晓静，疫情暴发以来，她一直在抗疫一线救治患者。最近几天，这里收治的病人相继转好出院，江晓静看上去总算轻松了一点。

1月24日，是中部战区总医院接诊新冠肺炎患者的第一个高峰，在感染科当了30多年医生，这样的场景江晓静却没怎么见过。

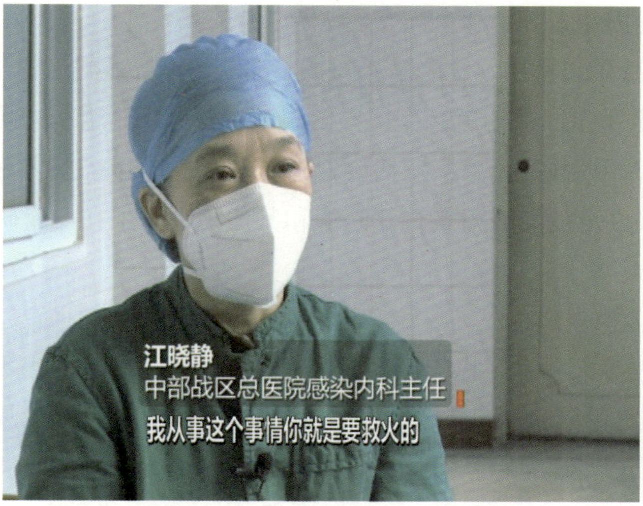


中部战区总医院感染内科主任江晓静

**【同期】**

**江晓静**：当时在发热门诊，那个病人拥挤的，就没有办法，最后医院在我们发热门诊旁边有个自行车棚，就盖了一个大棚，让病人在那个地方候诊。

**【解说】**人多床少，很多患者不能及时入院，对一个感染科医生来说，江晓静很清楚这意味着什么。

**【同期】**

**江晓静**：（病人）找不到病床，他就会回到社区，或者他再奔波在医院之间，那就是一个流动的传染源。

**【现场】**

**江晓静**：这是 2 月 4 号的，到 2 月 9 号患者就出现了呼吸窘迫。

**【解说】**江晓静已经 56 岁，春节后本应退居二线。但疫情来了，她没有太多时间去考虑以后的事。

**【同期】**

**江晓静**：要退居二线了，但是命令也没有下，我职责还是在这里的。我从事这个事情你就是要救火的，有了火情你能不去吗？

**【解说】**江晓静和同事们一起开始了与这个未知疾病的抗争。1 月，对于江晓静和她的同事们来说，是最艰难的一个月。

**【同期】**

**江晓静**：那个时候病人来了以后，一开始用既往的经验，因为对这个病没有太多的认识，发现治疗效果不好，那个焦虑是前所未有的。

【解说】在诊疗的过程中，江晓静和同事们都发现，普通型患者一旦转成重型，特别是重型发展成危重型，救治就会变得异常艰难。普通型到重型的转变可以发生得很快，如果没有得到及时发现治疗，病情会急剧加重。如何阻止这些轻症患者转成重症，是他们应该尽力做好的事。2 月初，江晓静和其他几个医生在一起研究后，提出了治疗关口前移的方案。

【现场】

**江晓静**：这是今天早上 8 点的，目前他的血压还可以，氧合也不错，呼吸频率才只有 17 次，这还是可以的。如果一旦突然出现呼吸窘迫，这个要特别小心，会不会有心衰的表现，我们中午再总结一下。

【解说】护士长周勤和江晓静从进医院上班就在一起工作，如今两人已经合作 30 多年。

【同期】

**中部战区总医院感染内科护士长周勤**：她分来是小医生，我一分来是小护士，我觉得我们那时候就像那种学生时代一起走过来的那种感觉。江主任在生活中就是一种很柔弱、很瘦小的女性。但是实际上她一旦走入病房，进入工作状态的时候，她就是一个很果断、很坚强、一丝不苟的人。

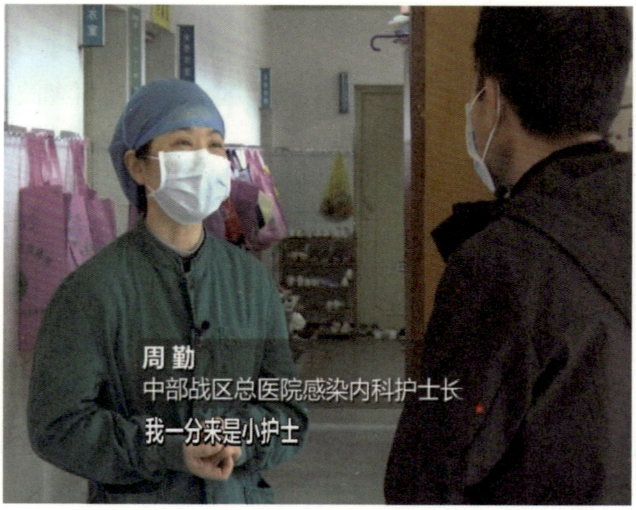


中部战区总医院感染内科护士长周勤

【解说】周勤的护理团队早已习惯江晓静的高标准，但在新冠肺炎的救治中，江晓静对他们提出了比平时更细致的要求：实时监测并记录每个患者的状况，实施一人一策的方案。

【同期】

**江晓静**：你不能说我一个方案，我医嘱一开，你们执行去吧。那你每一个人，你都要关注到他的特殊之处。

【解说】在新冠肺炎的患者中，还有一些人有高血压、糖尿病等基础病，这就要求在治疗新冠肺炎的同时还要兼顾患者的其他疾病。对于这些患者，江晓静要求精确记录患者的各项数据，他们每天摄入和排出的量都要用量杯和秤计量。

【同期】

**周勤**：比如说吃饭的饭量，你能达到平时量的 80%，还是 50%，然后要细到您早上吃了什么？睡眠要精细到睡了几个小时。我们早交班就必须交代，你如果没有说到这些，主任都会问到，那他昨天晚上休息了几个小时？他为什么没有休息（好）？护士必须要能答得上来的。

【解说】这样做是为了做到对每位患者心中有数。在没有特效药的情况下，这是最笨也是最有效的做法。

【同期】

**江晓静**：你就是要在这里守着，把病人盯着，他的一点点的病情变化我都要分析，他给你的时间窗是很短的，你看到这个就马上要处理。我们有了这个细致方法，遇到这样每一个人都知道，这种情况我护士要知道要报告医生了。

【解说】在团队共同的努力下，一些由轻症滑向重症的患者，及时被发现并得到了治疗。2 月 11 号，联勤保障部队抽组专家到达武汉，准备加入中部战区总医院，参与重症、危重症患者救治。当晚没来得及交接，就赶上了一台紧急的手术，专家李福祥和江晓静医生的第一次见面就是在手术室里。

【同期】

**联勤保障部队抽组专家李福祥**：我当时想着，这么柔弱的一个女子的话，这么大一个病区，而且现在病情也还是有一两个非常重的这个病人的话，当时想着是不是有点为难了。

【解说】手术中，这个雷厉风行的女医生给李福祥留下了深刻的印象。在接手重症、危重症病人后，这个女医生带领团队前期所做的工作更是让他刮目相看。

【同期】

**李福祥**：咱们的危重症有，但是数量比我们想象的要少。实际上来看早期如果能够在这个急性缺氧阶段，能够果断阻止这个过程，实际上后期危重症转化就要明显少得多，也就是给我们赢得了一定的时间。那我们江主任他们做的事情，他们就是说让患者离悬崖远一点，这是一个非常了不起的一个工作。

【现场】

江晓静：今天干吗来了？

病愈患者：今天过来献血然后复查。

江晓静：复查？

病愈患者：对。

【解说】就在江晓静医生换好防护服准备查房时，一个病愈的患者出现在了办公室窗口。

出院患者返回中部战区总医院献血，并感谢江晓静

【同期】

病愈患者：当时出院的那一天没有碰到江主任，所以其实我心里一直都很想亲口当面对江主任说一声谢谢。

【解说】这位患者入院时是轻症，其间突发呼吸窘迫。因为发现及时，江医生紧急调用无创呼吸机给他上了仪器，很快，把他从悬崖边拉了回来。今天，他特意返回中部战区总医院献血，并感谢江医生。

【同期】

病愈患者：这个就是我的献血证。我觉得这应该就是一种延续。因为我觉得我的命是江主任救的，所以我希望能够，我也做不了什么东西，希望能够用自己微薄的力量贡献一点，能够救治更多的病人。

【字幕】火神山医院

【现场】穿防护服

**护士茅艇华**：阿婆给你量一个血压好吗？

**阿婆**：好。谢谢。你们都辛苦了。

**茅艇华**：不辛苦。

**阿婆**：多亏你们，要不然我就走了。

【解说】每次量血压，这个阿婆都要和护士茅艇华寒暄几句。在火神山医院，像茅艇华这样的90后女护士在护士团体中占了一大半。

【同期】

**茅艇华**：118，50。

**阿婆**：谢谢你们。

**茅艇华**：你有什么不舒服打铃。

【解说】很多人眼中的孩子，如今已经披上战衣，治病救人。

【同期】

**护士张允**：我叫张允，跟三国时期的一个名将同名。我是90的，比她们要大一点。

**护士周礼霞**：我叫周礼霞，我是95年的。

【同期】

**火神山医院感染二科一病区护士宋茂**：病人你给他测个血压，测个血氧饱和度，病人都很客气会说谢谢，有的病人在厕所，同一个病房的人会跟他说快出来，护士姐姐来了，赶快出来配合她们一下，非常感动。

【解说】在高强度的ICU里，每个护士都有自己的分工。紧张，但有序。（收拾大小便画面）

【同期】

**记者**：你们每天都要处理这种？

**护士葛雅芳**：对。病人大小便情况都是我们护理的。

**记者**：你九几年的？

**葛雅芳**：96的。

【同期】

**护士伏雨佳**：那个心电监控仪器上面的，像是一些什么心率、氧饱（和度）、呼吸（频率），然后还有血压，这上面都会显示的。这个呼吸机，它功能也蛮多的。

【解说】这个护士姑娘说起仪器的功能头头是道，她才 23 岁。话语中夹杂着稚嫩，工作起来却有股不服输的韧劲。

护士们穿着防护服、戴着口罩和护目镜，在高强度的 ICU 里忙碌，时间一长，偶尔会产生不适。

【同期】

护士孙青：我刚出去吃了个巧克力，不知道我怎么晕了。感觉好多了，刚刚太心慌。

医生：七床给他查个血气。

孙青：好的。

医生：孙主任说看要不要插管。

孙青：七床要插管？

医生：孙青！

孙青：好的好的。我先给七床测个血气。

【解说】病房里的一位老人，对孙青印象特别深刻，亲切地称她为小孙姑娘。

【同期】

患者：你好啦？

孙青：我好了。

患者：（你要）休息好，不要生病了。

【解说】照顾老人久了，孙青和老人之间建立起了一种更像是亲人的关系。

【同期】

孙青：你玩微信吗？

患者：我不玩微信。

孙青：好的，那我下班了，明天见啊，明天见。

患者：注意身体，注意身体。你是为我们服务，把你搞病了，我们就对不起人。

孙青：那不会那不会，你也要注意休息好。好，明天见啊，明天我还来的，拜拜。

【解说】四五个小时的忙碌，摘下目镜和口罩的那一刻，她们又显露出青春的模样。

【同期】

记者：看看你的脸上，这都是勒痕啊？

护士 2：是的。

护士 1：（这时候）才是最爽的。

护士 3：全世界都是我的了感觉。

护士 1：太丑了。

【解说】这是奋战在疫情一线的女医护人员，病患面前，她是温暖细心的呵护者。

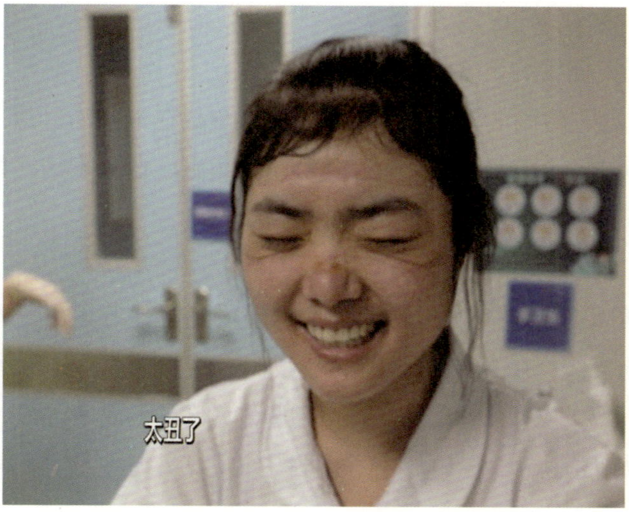


摘下目镜和口罩的“白衣天使”

【现场】

**火神山医院重症医学一科护士长陈静：**我跟你说，你不要有任何顾虑。

【解说】病区里，她是唠唠叨叨的硬核护士长。

【现场】

**陈静：**你怎么从这里进来了，这是不可以进的，这是污染的。

【解说】她是 73 岁，经常一天只睡三小时，与医护人员商讨诊疗方案，带领团队救治危重病人的女院士。

**树兰（杭州）医院副院长汤灵玲：**李院士你太逞强了，您比我们大那么几十岁呢。

**中国工程院院士李兰娟：**没有问题。

【解说】他们是方舱医院里来得最早、走得最晚的感控医生，防止医护人员感染，是他们最重要的任务。

【同期】

**河北支援湖北第三四批医疗队感控组队员李红霞：**我们希望一块儿平安地来，然后再一块儿平安地回家。

**医生：**赶紧，抓紧时间。

**记者：**现在是有插管病人是吗？

**医生：**对。

【解说】她们是女医生，更是女战士，她们是奋战在“红区”中的“红区”的插管女医生。

记者：已经插好了？

医生：对。真正插管的话就十几秒时间。

【解说】在这次疫情中，众多女医护人员始终奋战在最前沿、最危险、最辛苦的战“疫”一线。不畏艰险，主动请战，拼尽全力拯救病患。这个春天，她们是抗击疫情一线最强力的支撑，是绽放在荆楚大地最美的铿锵玫瑰。

【同期】

**华中科技大学同济医学院附属同济医院麻醉科副主任万里：**三八妇女节到了，按照以前我们科室的传统，每年的三八妇女节我们会给女医生送一朵玫瑰花，送个巧克力。今年可能对不起大家了，我没法给你们送玫瑰花了。以后等疫情过去了，我给你们每个人送一束玫瑰花。

【字幕】

在这场战“疫”中，武汉市约有 11 万名医务工作者，另有 4.2 万名来自各地的医务工作者驰援湖北，其中，女性约占三分之二。

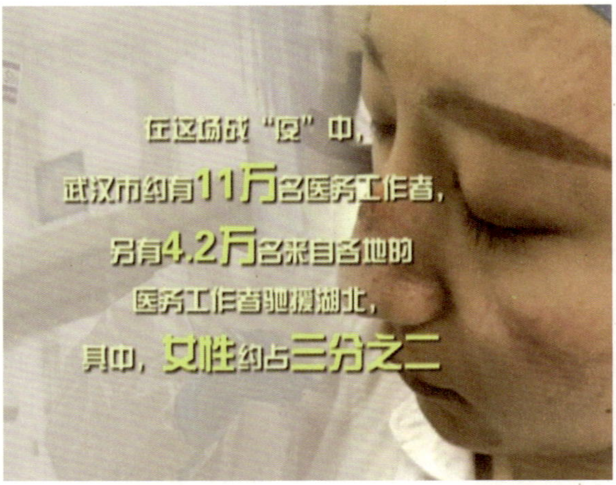


战“疫”一线最美的她们

主创人员：
冯成、赵园、路一鸣、付鹏

【编者按】在火神山医院，女性医护人员占比近58%。病区护士长徐习和战友因身着蓝色防护装备被患者亲切称为病区里的“蓝色娘子军”。记者通过在感染区内6个多小时的完整跟拍，记录下徐习和战友们在工作中表现出的女性医护工作者特有的细腻、专业、温暖和坚强。

## “火神山”纪事：走近“蓝色娘子军”

首播时间：2020年3月8日
首播平台：央视国防军事频道《正午国防军事》

**【同期】**

**记者：**护士长，记不记得这已经是来武汉的多少天了？

**火神山医院感染五科一病区护士长徐习：**有28天了吧。

**记者：**每天都是这个点来上班吗？

**徐习：**每天都是这个点。

**【解说】**早上上班的第一件事就是交接。

**【同期】**

**徐习：**你们今天第一次上8—12点时段的班，要对病人出院流程特别熟悉。比如昨天就应该完成了物品的消毒，今天完成出院的宣教，包括12点之前要（让康复者）吃完午饭。

**【解说】**迅速交接完，徐习护士长开始带领大家穿上“战袍”。为了能留出更多时间在病房里工作，无数次进出“红区”的她们，如今，已经能在半小时内完成烦琐的全套防护用品的穿戴。

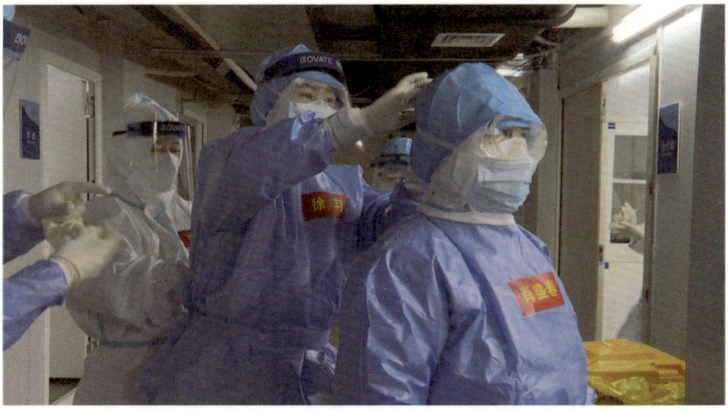

护士长徐习与战友相互协助穿戴防护用品。（拍摄：薛冰）

【同期】

徐习：怎么都要半个小时。

记者：半个小时，这已经是穿得很熟练的状态了。

徐习：对对，要的，很熟练的情况下半个小时从（准备间）过来。

记者：我们刚才估计（穿了）有 40 分钟吧？

徐习：有啊，我都以为你们俩（记者和摄像）晕在里面了。真的，我刚还在跟她们开玩笑，我说我们记者是不是晕在里面了。

记者：看来我们还要更加熟练才行啊。

【解说】穿上防护服，穿过一扇扇分隔清洁区、半污染区和污染区的门，通过这条只能前进不能后退的路，一直走到“红区”。

上午是护理团队最忙碌的时候，为患者取餐，给有需要的患者喂饭、漱口，接着，再为患者一一治疗。

【同期】

徐习：怎么样，昨天睡得好不好？

患者：好。

徐习：太好了。

患者：谢谢。

徐习：把门关好啊，同志们。

【解说】进入病区，徐护士长第一站就来看望 42 床的邱奶奶。

【同期】

徐习：因为我们这个病区相对重一点的就是我们 42 床这个阿姨，我一来首先就要看重病人。

**记者：**那看完以后放下心了吗？

**徐习：**我觉得我看到她这个状态，我心里就很开心，就放心了，因为我每天看到病人一天比一天好，我就很开心。

**【解说】**监督和指导，是徐习护士长每天最重要的工作内容，这也意味着，她要关注更多的细节。大到病区里各种医疗设备状态是否正常，小到病房里电视机遥控器是不是好用，她都要管。

**【同期】**

**徐习：**这个呼吸机用完以后，你对这个呼吸机怎么处理？

**护士肖盛春：**用 75% 的酒精或者是含氯消毒剂进行全部擦拭。

**徐习：**管道呢？

**肖盛春：**管道是一次性的，只有湿化罐是要浸泡消毒的。

**徐习：**然后这个湿化罐没问题吧？

**肖盛春：**是的。

**【解说】**走廊里，45 床的刘阿姨正在散步，她已经两次核酸检测阴性，近日就要出院了。看到朝夕相处近一个月的护士们，刘阿姨很激动。

**【同期】**

**火神山医院患者刘女士：**当初接到通知说我被分配到火神山医院了，我的一颗心就放下来了。

**记者：**为啥啊？

**刘女士：**因为火神山是我们人民子弟兵接管的，我说我有救了。真的，我非常感谢你们，没有你们的照顾，就没有我的今天。

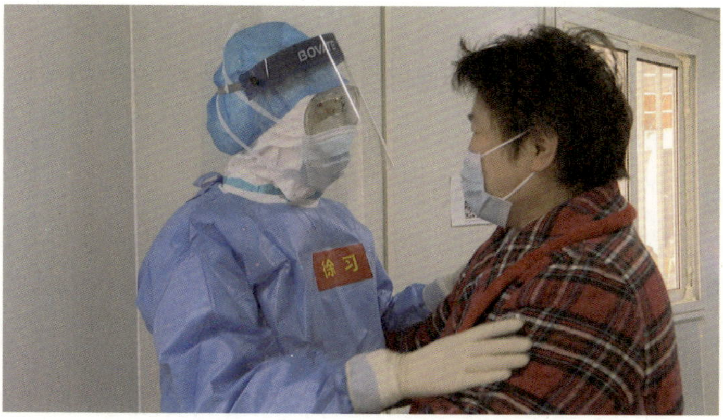


火神山医院患者刘女士感谢医生

【解说】徐习护士长告诉记者，来到病区里后，她的身份就只剩两个：军人和医护人员。而她的任务只有一个，那就是为了患者能尽早康复，把工作做得细一点，再细一点。

徐护士长带领的护士团队在来火神山之前都是各自所在医院的护士长和副护士长，其中很多人还参与过援助黎巴嫩、缅甸、越南和抗击埃博拉等行动。但即使是面对这样一支有经验的队伍，在对全部流程的检查上，徐护士长仍然很严格。

【同期】

徐习：要对照医嘱查对，不要出现错误啊，要实现双人查对，她加药环节有没有遵守无菌操作规程。这里面每一个环节，包括操作完了以后，有没有对治疗室进行消毒，物体表面的擦拭消毒，空气的消毒，地面的喷洒消毒，这全部都是一套流程，都要非常规范执行，才能保证我们病人的安全。

【解说】“蓝色娘子军”团队里藏龙卧虎，这位坐在电脑前从事信息录入和各区域护理岗位调度的护士谢红，来火神山医院之前是一名儿科护士长。

由于病区里一些老年或幼儿患者的静脉条件不理想，治疗过程中，护士们还要戴着护目镜和三层手套，但这些都难不倒她们。

【同期】

徐习：我这个病区是三个梯队，第一个梯队就是资深护士，如果她觉得扎针一次成功有困难，我们有专门的静脉导管穿刺专科护士，如果她还感觉到有困难，我们儿科护士长就在这里，她工作时间长，这是第三梯队。无论在多么困难的客观条件下，我们一定要保证静脉穿刺的一针见血率。

【解说】徐护士长告诉记者，其实患者除了接受药物治疗，康复训练也很重要。在感染五科的护理团队中，就有 14 名曾是经验丰富的专科护士。

【同期】

徐习：在接受药物治疗的同时，肺康复专科护士会教患者做肺康复操，然后给予一些理疗康复。

【解说】在病房的一面墙上，记者发现几张温馨提示，内容包括医护人员简介、患者出院流程等。这是徐护士长为帮助患者康复而特别设计的，她说，这份工作再怎么仔细都不为过。

【同期】

徐习：（患者）会跟家里的人说这里的医疗护理团队很强的，因为他们看了这个介绍，给他（们）一个信心。我硕士是心理学专业，所以我会在这些细节上多考虑，怎么细都不为过。

**【解说】**徐护士长和战友们的细致工作被患者们看在眼里，有的患者还引用基辛格在《论中国》里的话形容这支护理团队，“中国人总是被他们之中最勇敢的人保护得很好”。而当记者问起徐护士长，作为一名“最勇敢的人”，在疫情过后有什么心愿时，答案却出乎意料的简单。

**【同期】**

**徐习：**我想带孩子去玩一玩。

**记者：**想去哪儿啊?

**徐习：**陪陪她。就去晒晒太阳，看看蓝天，我都觉得是件很幸福的事。

**【解说】**在忙碌之余，千里之外的孩子是她最大的牵挂。采访中，我们的记者得知，徐习护士长 2 月 2 日紧急出发奔赴武汉时，9 岁的女儿在十几天前才做完全麻手术。现在女儿由妈妈和丈夫照顾，恢复得很好。徐护士长说，她每天全身心地投入工作，也是因为与女儿分别时关于一个一百的约定。

**【同期】**

**徐习：**我来这里的时候，当时我女儿问我，妈妈你要去武汉去多久，我说，你等妈妈 100 天，为什么是 100 呢？因为我刚来的时候，她刚做完全麻手术十来天，我就来武汉了。所以我才希望她身体 100 分，学习 100 分，但是更重要的是，我就特别希望我们这个团队，包括我，能够通过这种专业的、优质的服务，为武汉人民、全国人民交上一份 100 分的答卷，我们才不虚此行。

**【解说】**徐护士长说，刚来武汉那段时间，因为要为尽早收治首批患者做足准备，她和护理团队每天都早出晚归，只有睡觉前才能通过视频和女儿聊聊天，而女儿也总会问她一定要去武汉的理由。

**【同期】**

**徐习：**我一次次告诉她，妈妈有两个身份，一个是军人，一个是医务人员，无论哪一种身份都要求妈妈冲在第一线，冲在最前面。其实她才 9 岁，我不知道她是否听得懂，但我想，她长大以后一定会明白我说的是什么。

主创人员：
薛冰、胡瑞

【编者按】疫情期间，安徽的一个家庭中4个大人相继被确诊新冠肺炎住院，4岁的女儿和只有2个多月大的婴儿被留在了集中隔离医学观察点。没有家人的照顾，孩子该如何生活？一支由社区卫生服务中心多名护士自愿报名组成的“临时妈妈”队紧急上岗了，她们用同样的“母爱”，守护着新冠肺炎患者们的孩子。

## 集中隔离点里的“临时妈妈”队

首播时间：2020年2月15日
首播平台：央视新闻频道《战疫情特别报道》

【同期】

临时妈妈：你看，多多在吃奶，多多，你看你妈妈，多多。

多多的姐姐：妈妈！

孩子妈妈：妹伢（当地方言）！

临时妈妈：你家多多今天早上喝了多少奶，你知道吗？

孩子妈妈：100？

临时妈妈：100多呢。你看，给妈妈看看。

【解说】在这个集中隔离医学观察点里，帮着孩子跟妈妈通视频，是临时妈妈们每天都要做的事。因为两个孩子的父母和爷爷奶奶都陆续被确诊为新冠肺炎，因此，尽管两个孩子目前暂未发现被感染，但作为密切接触者，他们被安排进了集中隔离医学观察点。

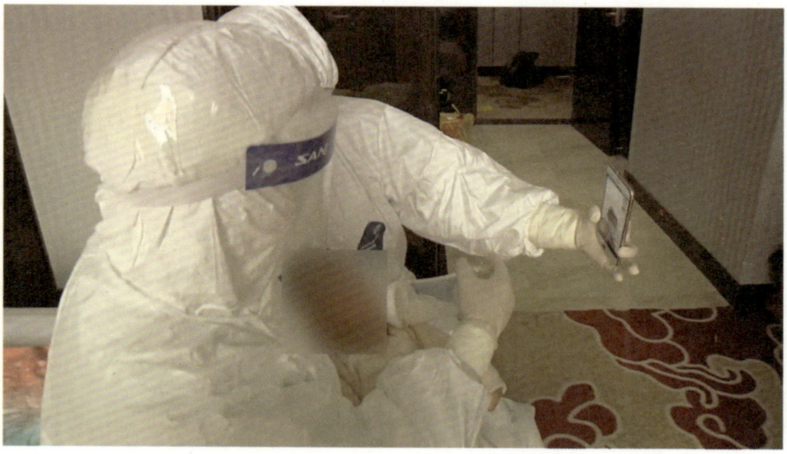

临时妈妈和孩子妈妈的视频现场

【同期】

**孩子妈妈：** 也没确定好谁来照顾我家两个宝宝，我就很担心很担心，因为安庆我也没有什么亲戚，我家里人都跑到医院来隔离了。

【解说】在得知这一情况后，辖区卫生服务中心的护士祖璐鹭主动请缨。她说，自己是一个两岁孩子的妈妈，可以承担起照顾孩子的工作。

【同期】

**安徽省安庆市迎江区人民街道社区卫生服务中心护士祖璐鹭：** 因为我孩子才两岁，刚刚断奶，我带孩子这方面可能还可以。我想我要尽我一份力量，把孩子照顾好一点。

【解说】就在祖璐鹭当起临时妈妈后，辖区的疫情防控应急指挥部也向全区医疗工作者发出了到隔离医学观察点照顾孩子的倡议。倡议被迅速响应，不少医生护士主动请缨，要求担任“临时妈妈”。

【同期】

**安徽省安庆市迎江区民政局局长郑李平：** 短短一个小时之内，我们一共有 25 名医护工作人员响应倡议，志愿到隔离点来照顾两个孩子，志愿充当临时妈妈。后来经指挥部详细研究，选定了 6 名业务能力强、具有爱心的“临时妈妈”。

【解说】每天，临时妈妈们 24 小时轮流照顾两个孩子。除了检测孩子的体温，关注身体状况之外，还要给他们喂奶、换纸尿裤、陪孩子玩耍，帮他们擦洗、换衣服等。

【同期】

**孩子妈妈：** 每天看到我家宝宝视频，两个宝宝被她们照顾得无微不至。小宝还天天洗澡，我自己一个人带他的时候，我都不是天天给他擦澡。我家大宝也被她们照顾得很好。真是太感谢她们，但是我一直也没办法看到她们防护下面真正的面目。

【解说】现在两个孩子已经慢慢和临时妈妈们熟悉起来了。据介绍，待孩子们隔离期结束之后，暂回原居住地，街道将安排相关负责人继续照顾两个孩子。

主创人员：
李屹、李秀吉

【编者按】在3月8日国际劳动妇女节这个特别的日子，央视频推出“独家连线”特别节目《她们》，献给在抗疫一线的伟大女性。正是一个个的“她”，扛起了守护人们健康的重任。此视频集中展示了女性医护工作者在抗疫一线的突出贡献。

## 她们

首播时间：2020年3月8日
首播平台：“央视频”客户端

2019年12月下旬，我们开始面对新型冠状病毒的挑战。

在疫情奋战期间，离不开每个群体的奋力支持。这其中，也离不开身边的她们。

她是阮征，神经内科代理护士长。疫情期间，加入北京支援湖北医疗队。

她是邱贝文，武汉餐饮从业者，疫情期间为医护人员送了16 000份盒饭。

她是金建敏，呼吸内科主任医师，北京同仁医院援鄂医疗队领队。

她是发热门诊医生，疫情期间放弃和家人团聚的机会，依旧坚守在工作岗位。

她是蔡卫敏，重症医学科护士，加入北京支援湖北医疗队。

她们既是父母的女儿，也是孩子的母亲。她们用女性特有的力量，温柔拥抱着不安的心。

这场抗疫行动中，诠释着太多的女性力量。

疫情当前，她们这样说：“你保护世界，我保护你。”

与疫情对抗的她们，如钢铁般坚强。今天是一个特殊的日子，让我们发自内心地对她们说一句：妇女节快乐！

妇女节特别节目——《她们》

主创人员：
陈晓夏、宾芳、王未、丁然

【编者按】《战疫女神节日快乐》中法双语海报由总台欧拉中心选取抗疫一线女性医务工作者的肖像制作，展现一线抗疫工作中的女性医务工作者为社会作出的贡献。本节选取中文海报部分。

## 《战疫女神节日快乐》妇女节系列图文海报（选编）

首播时间：2020 年 3 月 7 日
首播平台：CGTN 法语频道微博、脸书、推特平台

**【“亲爱的，我很好。”——北京宣武医院代理护士长阮征】**在武汉协和医院ICU 重症监护室，护士阮征每天都需要和重症病人近距离接触。为了让家人和朋友安心，她每天都会发一条朋友圈报平安。“亲爱的，我很好。”这是阮征对家人说的最多的一句话。

阮征在武汉协和医院 ICU 重症监护室

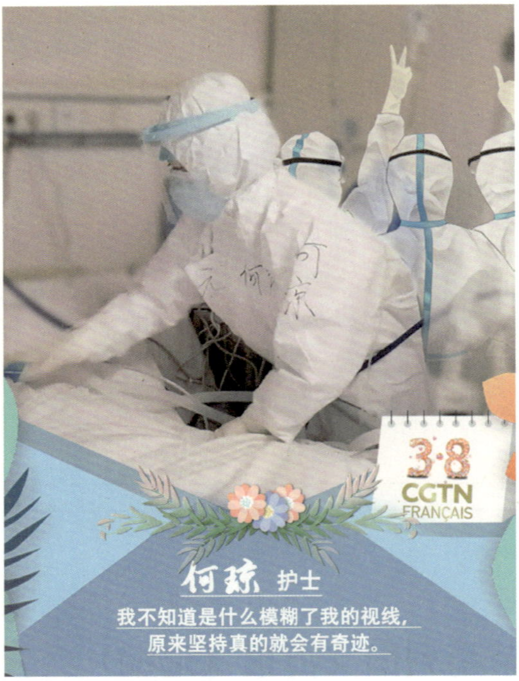


何琼在武汉红十字会医院

【“原来坚持真的就会有奇迹”——四川广元市中心医院ICU护士何琼】在武汉红十字会医院，一位60多岁的患者氧合持续下降，面临着生命危险。患者必须翻身侧卧。由于没有多余的枕头，患者本身也没有力气，护士何琼一手撑着患者，一手撑在墙上，维持这个姿势半个小时以上，终于挽救回了患者的生命。她在日记中写道：“我不知道是什么模糊了我的视线，原来坚持真的就会有奇迹。”

董芳在武汉市第三医院首义院区ICU重症监护室

【“我们也会害怕、彷徨”——武汉市第三医院首义院区重症医学科主任董芳】与董芳同为医生的丈夫因救治患者一度感染上新冠肺炎。她在值班日记中写道：“我们虽然被称为战‘疫’战士，但心底里也会害怕、彷徨，害怕自己被感染，害怕家人受到伤害，害怕病人不给我们时间和机会。”

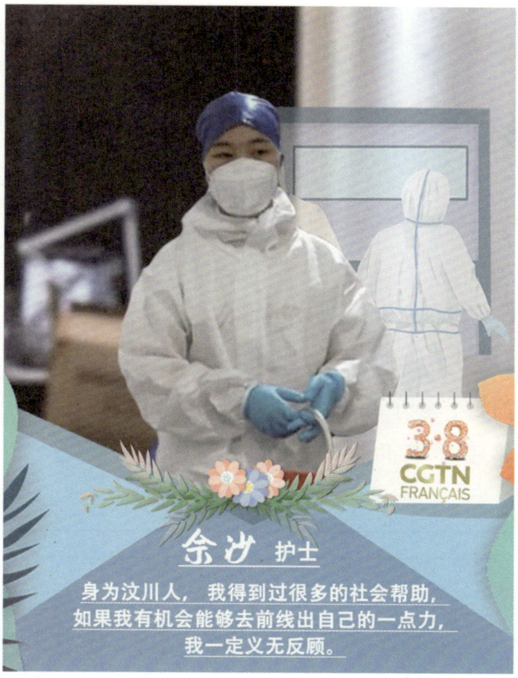


佘沙在武汉大学人民医院东院区

【“我是汶川人呀”——四川省第四人民医院护士佘沙】24岁的佘沙是四川省第四人民医院的护士，也是2008年汶川大地震的幸存者。她怀着一颗感恩的心，两次请战，终于获批奔赴武汉。她说道：“身为汶川人，我得到过很多的社会帮助，如果我有机会能够去前线出自己的一点力，我一定义无反顾。”

【“妈妈去雷神山打怪兽了”——大连医科大学附属第二医院护士杨婷】杨婷是大连医科大学附属第二医院的护士，也是一对两岁半双胞胎的妈妈。新冠肺炎来袭，她主动报名支援武汉。她写信对孩子们解释道：“妈妈要变成奥特曼超人，去和病毒怪兽打一架。”

肖像原图来源：
央视新闻客户端新闻图片、央视新闻客户端视频截图
主创人员：
宋嘉宁、俞江、刘丽园、陈倩倩、王晓静、夏伊丁

【编者按】央视网推出“三八”国际劳动妇女节战“疫”特别策划《战疫女子十二图鉴　致敬最美的“她”》设计组图，展现战“疫”过程中李兰娟、张继先、杜富佳等坚守在战“疫”一线岗位上的优秀女性，并分别以梅兰竹菊四篇喻示其品格与风采。

## 战疫女子十二图鉴　致敬最美的“她”

首播时间：2020 年 3 月 8 日
首播平台：央视网

主创人员：
张莉、刘京京

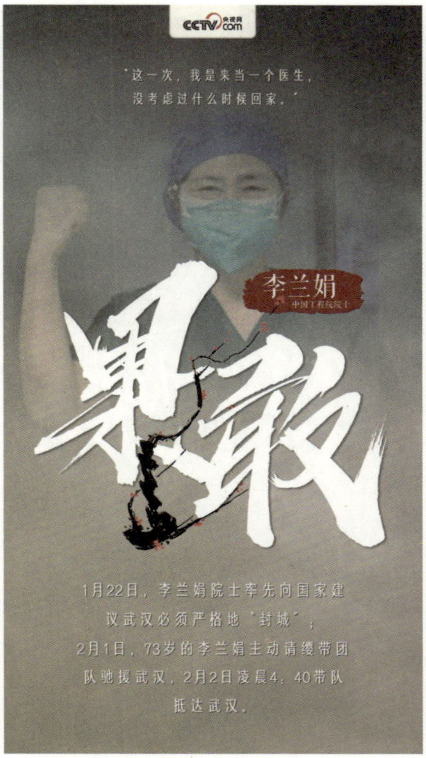
CCTV.com 央视网
“这一次，我是来当一个医生，
没考虑过什么时候回家。”
李兰娟
中国工程院院士
果敢
1月22日，李兰娟院士率先向国家建
议武汉必须严格地“封城”；
2月1日，73岁的李兰娟主动请缨带团
队驰援武汉，2月2日凌晨4：40带队
抵达武汉。

CCTV.com 央视网
“我们现在感觉自己做对了！”
张继先
“疫情上报第一人”
严谨
今年54岁的张继先任湖北省中西医结合医
院呼吸与重症医学科主任。作为新冠肺炎
疫情防控工作拉响警报的第一人，2月4日，
张继先被湖北省人力资源和社会保障厅、
省卫生健康委员会记大功奖励。

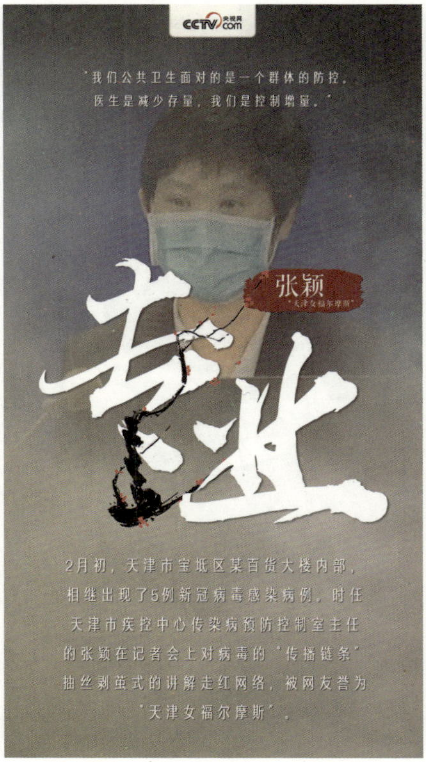
CCTV.com 央视网
“我们公共卫生面对的是一个群体的防控，
医生是减少存量，我们是控制增量。”
张颖
“天津女福尔摩斯”
专业
2月初，天津市宝坻区某百货大楼内部，
相继出现了5例新冠病毒感染病例。时任
天津市疾控中心传染病预防控制室主任
的张颖在记者会上对病毒的“传播链条”
抽丝剥茧式的讲解走红网络，被网友誉为
“天津女福尔摩斯”。

CCTV.com 央视网
“我应该上战场，这次疫情应该‘让我来’。”
杜富佳
排雷英雄的妹妹
坚定
排雷英雄、时代楷模杜富国的妹妹杜富
佳是贵州第八批援鄂医疗队中的一员。
疫情发生后，杜富佳两次主动向医院申
请去疫情最严重的地方工作。她说，这
是哥哥杜富国的精神在激励着她。

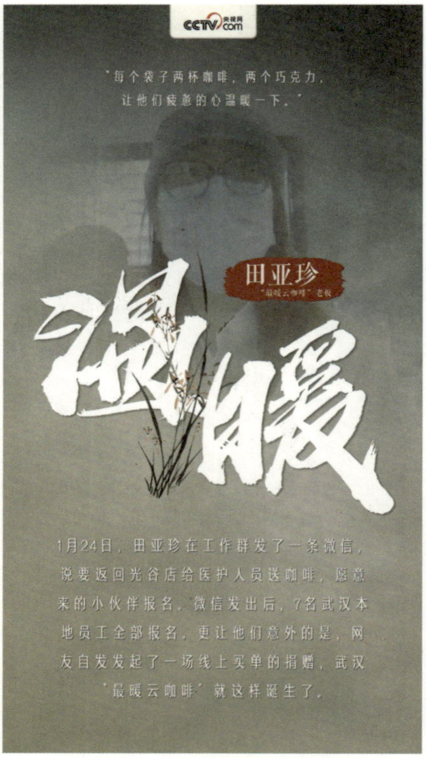
CCTV.com 央视网
"每个袋子两杯咖啡，两个巧克力，
让他们疲惫的心温暖一下。"
田亚珍
"最暖云咖啡"老板
温暖
1月24日，田亚珍在工作群发了一条微信，
说要返回光谷店给医护人员送咖啡，愿意
来的小伙伴报名。微信发出后，7名武汉本
地员工全部报名。更让他们意外的是，网
友自发发起了一场线上买单的捐赠，武汉
"最暖云咖啡"就这样诞生了。

CCTV.com 央视网
"国家有难，我们'90后'正值青年，
身强力壮，应该往前冲。"
李文琦
在深圳工作的哈尔滨人
热忱
1993年出生的李文琦是第一次当志愿
者，春节返乡，听说社区缺少志愿者，
第二天就到疫情防控卡点站岗。3月3
日，是李文琦当志愿者的第12天，也是
最后一天。随后，她将返回深圳复工。

CCTV.com 央视网
"这么多年党的教育，
这个时候逃，说得过去吗？"
梅芳
金银潭医院年龄最大的护士
坚守
梅芳今年58岁，是金银潭医院抗击疫情
一线年龄最大的护士。
疫情来临之时，延迟退休的她毅然报名，
冲到一线。

CCTV.com 央视网
"作为网格员，就像是一个社区中心点，
需要用自己的耐心、细心和关心去连接好每一个人。"
黄柳媛
社区网格员
尽责
黄柳媛是海口市玉沙社区的网格员，
她要负责社区3个小区的1831户，还
有5个酒店、2个工地以及1家商场。
每天要走上2万多步，一个背包、一
双平底鞋是她的标配。

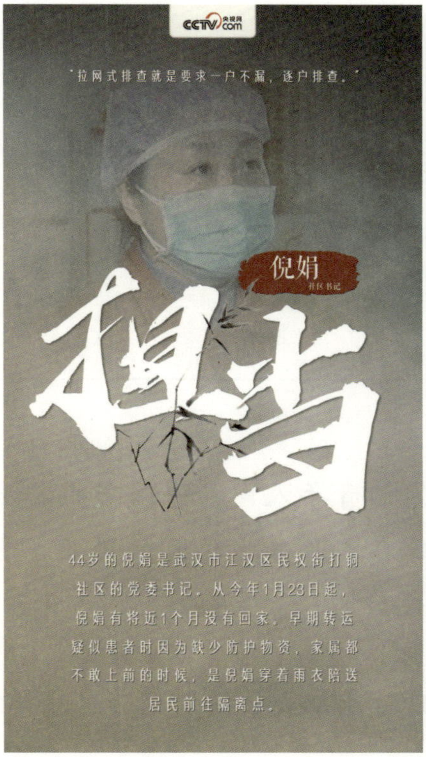
“拉网式排查就是要求一户不漏，逐户排查。”
倪娟
社区书记
担当
44岁的倪娟是武汉市江汉区民权街打铜社区的党委书记。从今年1月23日起，倪娟有将近1个月没有回家。早期转运疑似患者时因为缺少防护物资，家属都不敢上前的时候，是倪娟穿着雨衣陪送居民前往隔离点。

“此事我没有告之明昌，
个人觉得不需要告诉，本来处处都是战场！”
张旃
有情
1月18日，武汉大学人民医院呼吸与危重症医学II科党支部书记、副主任张旃写下抗疫请战书，申请长驻留观室，却选择瞒着自己的丈夫。她说，潜意识里怕他牵挂，然而这正是她对丈夫的牵挂。

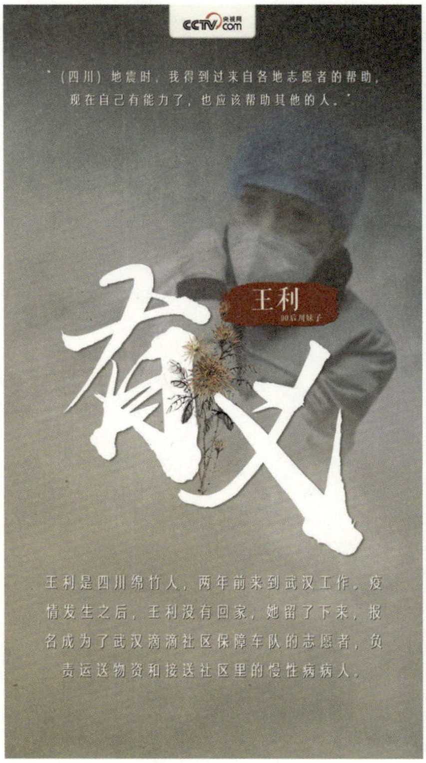
“（四川）地震时，我得到过来自各地志愿者的帮助，
现在自己有能力了，也应该帮助其他的人。”
王利
90后川妹子
有义
王利是四川绵竹人，两年前来到武汉工作。疫情发生之后，王利没有回家，她留了下来，报名成为了武汉滴滴社区保障车队的志愿者，负责运送物资和接送社区里的慢性病病人。

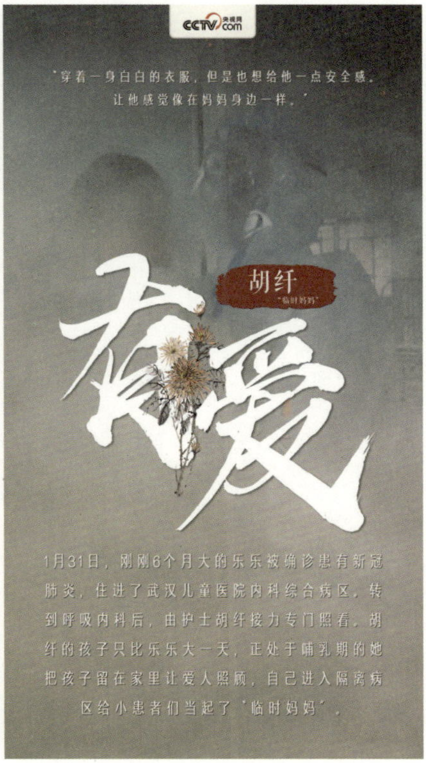
“穿着一身白白的衣服，但是也想给他一点安全感，
让他感觉像在妈妈身边一样。”
胡纤
“临时妈妈”
有爱
1月31日，刚刚6个月大的乐乐被确诊患有新冠肺炎，住进了武汉儿童医院内科综合病区，转到呼吸内科后，由护士胡纤接力专门照看。胡纤的孩子只比乐乐大一天，正处于哺乳期的她把孩子留在家里让爱人照顾，自己进入隔离病区给小患者们当起了“临时妈妈”。

# 第四节 我们长大了

在新冠肺炎疫情防控斗争中，你们青年人同在一线英勇奋战的广大疫情防控人员一道，不畏艰险、冲锋在前、舍生忘死，彰显了青春的蓬勃力量，交出了合格答卷。

——摘自习近平总书记3月15日给北京大学援鄂医疗队全体“90后”党员的回信

【编者按】“到现在我家里人不知道我在干吗，如有不幸，捐献我的遗体做研究攻克病毒，请大家也不要告诉我父母，唯一的要求请妥善安排我的家人！”“老师，我不是很优秀，但是关键的时候我不会退缩。”来自“95后”护士李慧给护士长的短信让人泪目。他们敢于担当敢于奉献，他们在该坚强的时候绝对坚强，该站出来的时候他们义无反顾。

## 战“疫”中的青春力量

首播时间：2020年3月17日
首播平台：央视综合频道、新闻频道《焦点访谈》

**【演播室1】**在抗击疫情一线，有一个数字特别值得关注：在4.2万多名驰援湖北的医护人员中，有1.2万多名是“90后”，其中相当一部分是“95后”甚至“00后”。而在各条战线上，还有无数的年轻人，用自己的方式贡献着力量。3月15日，习近平总书记在给北京大学援鄂医疗队全体“90后”党员的回信中表示：“在新冠肺炎疫情防控斗争中，你们青年人同在一线英勇奋战的广大疫情防控人员一道，不畏艰险、冲锋在前、舍生忘死，彰显了青春的蓬勃力量，交出了合格答卷。”

### 护士李慧：别怕，有我们在

**【解说】**李慧，1996年生人，2018年8月入职武汉科技大学附属天佑医院肿瘤科，成为一名护士。她始终觉得自己是个各方面都很普通的“95后”女孩。但是在1月23日，她却给护士长发来一条不普通的短信。

“到现在我家里人不知道我在干吗，如有不幸，捐献我的遗体做研究攻克病毒，请大家也不要告诉我父母，唯一的要求请妥善安排我的家人！”

【同期】

**武汉科技大学附属天佑医院护理部大外科护士长姜萍：**我当时看了以后我就流泪了，因为我也有孩子，她前面说了很多她的工作的情况，后面说了一句话就是老师，我不是很优秀，但是关键的时候我不会退缩……

【解说】从1月25日开始，天佑医院成为14家专门收治发热病人的定点医院中的一家。在此以前，医院已经开设了发热门诊。李慧主动请缨到抗疫情最前线隔离四病区，就是在那里她写下了上面这段文字。在隔离区，她主要负责病人的治疗与生活护理工作，比如采集咽拭子、抽血、送药等，此外还要给病人发放早午餐、清理大小便等，烦琐而辛劳。

【同期】

**病患：**她给危重病人端屎、端尿、喂饭、喂药，其实她家里对父母亲没有那样做过。我们是非常感谢（她的），（她的行为是）非常感人的。

【解说】但这些跟采集咽拭子相比，都算轻松的，因为那要冒很大的风险。病人往往会因为生理反应而不由自主咳嗽，大量高浓度的病毒便会随之喷涌而出，给医护人员造成极大的危险。死亡的威胁近在咫尺。

【同期】

**武汉科技大学附属天佑医院肿瘤科护士李慧：**那个时候已经就是想到了最坏的结果了，就已经往那方面想了。

【解说】死亡，是每一个医护人员每天无法回避的问题。截至2月13日，医务人员死亡6例，确诊1716例。所有人都处于危险之中，但是在困难面前，没有退路。因为对于病人而言，医护人员就是守护生命的最后一道屏障，是照亮黑暗的最后一道光。

【同期】

**李慧：**我也蛮怕我自己遭遇不幸，我也蛮怕我还没有见到我爸，我就在一线上感染了什么的。然后我就想着如果真的是遭遇了不幸的话，就把遗体捐献做医学研究。那样的话可以帮助大家更快攻克这个病毒，那也是一件好事。

**姜萍：**我们医院很多00后包括90后的孩子，不像我曾经想象中的那种很娇滴滴的……（他们）非常认真负责，然后也敢于在困难面前不断去挑战。

**武汉科技大学附属天佑医院护理部主任陈秋霞：**没有想到在整个疫情中间，那么有担当，而且非常有职业精神，（我）觉得非常感动。

【解说】在一大批像李慧这样的医护人员的精心照料下，许多病人都已康复出院。

分别前，这些病人对于90后、00后的表现感慨万千。

**【同期】**

**病患1：**她们表面上看起来娇滴滴的小公主，实际上她们敢于担当，敢于奉献。她们在该坚强的时候绝对坚强，该站出来的时候她们义无反顾。

**病患2：**真的谢谢她们，真是最可爱的天使。

**【解说】**正是因为这段特殊的经历，让李慧对生命、对家庭、对人生有了更多的感悟，也让她一下子成熟了许多。

**【同期】**

**李慧：**等疫情过去，我想回家，我想见我的家里人，然后我想跟我家里人一起吃一顿团圆饭，因为我过年都没有回去，我还是蛮想跟他们吃年夜饭的。

应该好好生活，珍惜当下……一定要抓紧时间去完成你想做的事情。

主创人员：
宁柯、前方

【编者按】她曾在一段采访视频中因脸部严重的压疮怕被家人看到，执意不肯说出自己的名字，而被大家所记住。她就是骆燿，是90后女护师，也是抗疫一线女战士。记者近距离走近这位姑娘的工作生活，发掘出很多鲜活的90后年轻人的珍贵品质和感人瞬间。

## 骆燿：是90后女护师　也是抗疫一线女战士

首播时间：2020年4月1日
首播平台：央视国防军事频道《正午国防军事》

**【导语】**90后的年轻人在这次抗击疫情阻击战中发挥了不小的作用。在4.2万多名驰援湖北的医护人员中，有1.2万多名是90后。习近平总书记曾在给北京大学援鄂医疗队全体“90后”党员的回信中指出，广大青年用行动证明，新时代的中国青年是好样的，是堪当大任的！今天我们就来认识一位在火神山抗疫一线奋战的90后女护师骆燿。1月24号除夕夜，骆燿随队乘坐军机驰援武汉。随后小骆被大家关注要源于这样一段采访视频。

**【同期】**

**总台央视记者薛冰：**视频中的这个姑娘叫骆燿，她因为在接受采访的时候执意不肯说出自己的名字，怕妈妈担心，而被大家所记住。那么这个24岁的女孩儿在生活中是什么样的，她跟大多数90后的年轻人又有什么区别呢？今天我们就来到了骆燿所在的医疗队的驻地酒店，我们现在就一起去跟她聊一聊。

火神山医院90后护师骆燿军装照（摄影：胡瑞）

**火神山医院感染一科一病区护师骆燿：**因为我们才到武汉，才开始穿三级防护进行工作，我们本身是没有经验的，然后脸上就出现了一些压疮，起了小水疱。它其实看上去没有（像）很红的那种压疮那么吓人，但实际上它感染的风险是增加的。我就怕播出之后家里面会很担心我在这边的状况，所以当时第一反应就是不要播我的名字。

**【解说】**来到武汉，工作时间以外，骆燿的生活很简单，读小说、写论文、练瑜伽，偶尔也打两把手机游戏，和大部分年轻人没什么区别。但记者却发现，小骆的衣橱里似乎有些特别，几乎全是军装。骆燿说，这源于她从小对军人的一种崇敬感。

**【同期】**

**骆燿：**就觉得他们那种毫无畏惧的信仰，就让我觉得，他们为什么死都不怕，非要去执行任务。小的时候你会疑惑，后来你慢慢就会想向他们学习，想成为那样拥有信仰，或者说毫无畏惧的人，所以就对衣服（这身军装）也很迷恋，也是我当时想考军队文职的一个初衷吧。

**【解说】**为了不让父母担心，以前偶尔才和家里联系的她现在几乎每天都会跟爸妈视频，哪怕只是简单地问声好，而“保护好自己”也成为妈妈每次都会叮嘱的话。

【同期】

骆燿母亲万天袖：现在是最关键的时候，你要注意身体，保护好自己，照顾好自己，然后做好自己的工作，本职工作做好，就是这样。

薛冰：平时妈妈私下跟你聊天也会叮嘱这些吗？

骆燿：会，一般都会说，你要保护好自己，一定要做好防护。她说的最多的就是保护好自己。

【解说】在火神山医院，作为一名护师，骆燿每天的工作很繁杂，包括给病区的所有患者测量体温、发放口罩、做治疗，满足患者生活上的需求等。刚开始那段时间，每天要工作两个班次，特别疲惫，但小骆曾护理过的一位左侧身体偏瘫的患者在出院时的一个举动却让她突然觉得一切都很值得。

【同期】

骆燿：因为他也提不了东西，我就送（他）到门口。然后他当时就用偏瘫的身子一直给我鞠躬，嘴上说谢谢谢谢，他也流泪了嘛。我当时也觉得很感动，觉得过来（驰援武汉）那么多的辛苦，所有（的付出）都很值得，也会觉得如果有这么可爱的武汉人，武汉迟早都会好起来。

【解说】在火神山医院奋战的60多天里，骆燿送走了很多康复出院的患者。当有些人知道她是90后，为她竖起大拇指时，骆燿总会说起这样一句话。

【同期】

骆燿：成功不必（不一定）在我，但成功一定有我。我想这是对不仅是我们90后，是对所有人的形容，就是武汉好起来的话，你不能说哪一部分或者哪一个年龄阶段的人起了什么作用，就是大家共同起的一个作用。

【同期】

薛冰：通过今天的跟拍，我发现骆燿在工作当中还有两个特质，就是专注和严谨。我想虽然事无巨细的工作是作为一名护师这个职业的日常，但是正因为有了她们这样认真的态度，才让我们相信，疫情结束就在不远方。

【同期】

记者：疫情结束以后你最想做的三件事是什么？

骆燿：三件事啊，先回家吧，回家跟爸爸妈妈外公外婆一起吃个真正意义上的团圆饭，然后去想去的地方旅游一下，然后见见老朋友，大概就是这三件事。

主创人员：
薛冰、胡瑞、高涛

【编者按】17 年前，她只有 9 岁，看着妈妈离家参与抗击“非典”。17 年后，她也学着母亲的模样，奋战在抗疫一线。该报道选自“战疫情特别报道·白衣天使战‘疫’家书”系列，讲述北京大学第一医院支援湖北医疗队的 90 后护士李佳辰到武汉后，母女二人的信件来往，展现了母亲对女儿的爱、对女儿上前线抗疫的鼓励和骄傲，以及 90 后的担当和对医生救死扶伤精神的两代传承。

## 90 后护士李佳辰的战“疫”家书

首播时间：2020 年 3 月 7 日
首播平台：央视新闻频道《新闻直播间》

【导语】一代人有一代人的担当。面对这次疫情大考，众多“90 后”挺身而出，用青春作坚守，用自己的实际行动担当起时代的重任。北京大学第一医院国家援鄂医疗队的护士李佳辰就是其中一位。17 年前，她只有 9 岁，看着妈妈离家参与抗击“非典”。17 年后，她也学着母亲的模样，奋战在抗疫一线，在这场没有硝烟的战场上，和母亲用家书传递着爱与责任。

【现场】

**北京大学第一医院第三批国家援鄂医疗队成员李佳辰：**给您测个体温，36 度 7。

【解说】这位正在忙碌的护士叫李佳辰，是北京大学第一医院国家援鄂医疗队的队员，而今已经驻守在专门收治新冠肺炎重症和危重症的武汉同济医院中法新城院区快一个月了。2 月 10 号凌晨 3 点，她刚刚结束在武汉的第一个夜班，就收到了妈妈发来的微信。

记者采访护士李佳辰（摄影：李志贵）

【同期】

李佳辰：就问我你是不是下班了，然后我就震惊，我妈还在远方陪着我，要等着我下班给她报个平安。

【解说】李佳辰的妈妈韩金香，是北京市大兴区人民医院的一名护士长，2003 年曾参加抗击“非典”疫情。疫情暴发后，她就鼓励女儿支援武汉，但孩子真到了前线，她却忍不住担心，算准了女儿下班的时间给她发微信。这天晚上，她还在自己的笔记本上，把对女儿的爱和牵挂写了下来，并用照片把这封手写的“家书”发给了女儿。

【同期】

妈妈（念信）：

小丫头，今天是你在武汉的第一个夜班。“非典”时那个在电话里为我弹奏《世上只有妈妈好》的小女孩已经成长为战士。闺女，防护服穿得是不是规范？戴着三层手套操作是否方便？你对躺在病床上的患者，如何传递温暖？闺女，坚持住，你正在用智慧与汗水与病魔开展搏战。

【同期】

李佳辰：特别感动，17 年前我妈在“非典”的时候，那时候我虽然还小，不是特别理解我妈去干吗了，但是我也很担心她。然后 17 年之后，就换成是我妈特别担心我。

【解说】带着妈妈的叮嘱，李佳辰每天奋战在重症病房，一个人要照顾五六名重症患者，输液、打针，测血糖血压，负责他们的生活起居，帮他们做心理舒缓。每一样工作她都尽心尽力，尽力多给病人传递温暖。

【同期】

李佳辰：对那些一些生活不能自理的（病人）就会格外多问着点，问他们冷不冷需不需要盖被子。遇到病人特别焦虑烦躁的时候，就会想起我妈跟我说的，就是一定要给病人多一点耐心，给病人多一点温暖。然后我就会比较耐心地去跟病人解释，或者安慰他。指着监护仪，告诉他，你看你的氧合特别好，只要平静地喘气就会越来越好，（这样做）还挺有效果的。

【解说】佳辰说，对于新冠肺炎重症患者来说，改善通气是最重要的，所以要认真盯着每一位重症患者，除了帮他们减轻呼吸机带来的不适，还要帮助卧床患者两小时翻一次身，帮他们及时拍背、咳痰、清理排泄物。尽管每天都要和病毒直接接触，但看到病人好转出院，她会觉得一切都是值得的。

【同期】

李佳辰：有一个阿姨上着呼吸机，就一直在跟我重复说一句话。我还以为是有什么重要的事，我把她那个面罩稍微扣开一点，让她一个字一个字地说。我发现她重复了半天的话，说的就是，你们是救我命的，谢谢你。（当时我）就觉得特别感动。

【解说】深有感触的李佳辰，在工作之余也给妈妈写了一封回信。

【同期】

李佳辰（念信）：

亲爱的老妈：

十七年前，虽然我还小，不能确切地理解何为前线，何为没有硝烟的战场，但在我心里，妈妈是个拯救生命的英雄。

如今，我也像当年的您一样，肩负使命，站在这个没有硝烟的战场上。老妈，别紧张，请给我逆行向上的勇气，我正是当年那个勇往直前的你啊！

放心吧老妈，我定会不辱使命，照顾好我的病人。

放心吧老妈，我会时刻牢记您的百般叮咛，保护好自己。

放心吧老妈，你的女儿已长大。

【解说】坚守在北京收治新冠肺炎定点医院的李佳辰妈妈，收到了这封回信百感交集。

【同期】

**李佳辰妈妈、首都医科大学大兴医院副主任护师韩金香：**就是“老妈我已经长大了”，就这句话我就觉得真的挺欣慰的。（女儿）长大了，（我）也挺自豪的。另外我也看到，就我们这个奉献、关爱，就这种护士精神，南丁格尔精神，真的是一种传承。

**【解说】**李佳辰所在的北大第一医院医疗队，一个月下来，一共接诊 65 名重症患者，其中危重症患者 10 人，已有 40 多人陆续康复出院。

【同期】

李佳辰：我觉得就是对生命有了更多的一层理解，包括以后在工作当中。因为我本身工作的地方监护室也是没有家属陪伴的，可能会从病人的心理上给病人更大的鼓舞跟安慰。延续这种精神，就是奉献、责任和担当。

主创人员：
刘轩、李志贵、郑忠营、周培培、付海亮

【编者按】12 年前，汶川地震，刘佳在损毁的校舍中，盼到了解放军的救援；12 年后，她成为一名军队文职护士，主动请缨赴武汉战“疫”救人。“长大后我就成了你！”接受了解放军的帮助，又以解放军的身份救人。

## 解放军在汶川地震救出的女孩，如今从军在武汉“报恩”

首播时间：2020 年 3 月 26 日
首播平台：“央视军事”微信公众号

12 年前，汶川地震，她在损毁的校舍中，盼到了解放军的救援；12 年后，她成为一名军队文职护士，主动请缨赴武汉战“疫”救人。“长大后我就成了你！”

刘佳，是军队支援湖北医疗队的一名“90 后”护士。走路快、动作快、说话快，是她给人的第一印象。“无奋斗，不青春”，她的防护服上写着一句格外阳光的宣言。

这几天，随着地方援鄂医疗队陆续回撤，部分新冠肺炎患者集中到她所在的武汉泰康同济医院。“有点像踩着雷上班的感觉，病重一点的患者转到这边来了，所以我们一天比一天忙。”虽然忙个不停，她的心中却是干劲满满。

### “给我一次机会，让我报当年的恩”

刘佳的动力，源于 12 年前那场地震和生死救援。2008 年，汶川地震，刘佳所在的中学损毁严重，交通受阻、通信中断，她和同学们在无助中度过了一生最难忘的一天一夜。

汶川地震中刘佳所在中学损毁严重（记者王俊康）

刘佳回忆："那时候没有东西吃，很冷。我记得很清楚，解放军来了，在操场上给我们搭帐篷，拿来食物，安抚我们说，'没事，别怕！'直到现在想起来，我都觉得特别暖。这份恩情，我铭记在心。我就想以后能做什么事、做什么职业帮助到其他人。"

怀揣着这份报恩的心，刘佳在大学毕业后，考取了陆军军医大学西南医院的文职人员，实现了最初的梦想。面对突如其来的疫情，她两次提交请战书，要求到武汉去。"作为解放军的一员，这就是我一直想做的事！给我一次机会，让我报当年的恩！"

## 在直面生死中成长

从被解放军救出，到成为一名军队文职人员去帮助别人，自信、率真的"90后"川妹子刘佳把这归结为"命运的轮回"。实际上，是因为她拥有一颗感恩的心。

在"红区"工作的一个多月里，刘佳让所有人看到了她的成长，看到了一个"90后"对责任、对使命的诠释和担当。然而，到武汉之初，一切并没有想象的那么顺利。"刚来的时候像戴了紧箍咒，才进'红区'十几分钟，感觉头都要炸了，然后我就出来了。我当时特别沮丧：大家都可以，怎么我不行？我觉得浪费防护服，拖累小伙伴！"

"一名患者在我们夜班时心脏骤停了，对我的触动挺大的。那天回去之后，连续好几个晚上，我的脑海里都会突然浮现出他的脸，感觉自己为什么不可以再尽力一点，说不定他就救回来了……"

事后，医疗队的心理专家对刘佳进行了心理辅导，年轻的刘佳觉得自己一下子就长大了。"我觉得每个医护人员都应该上一堂课：应该怎样面对一个生命垂危的患者。

只要我们拼尽全力，就不留遗憾。不要太过于苛责自己。”

### “长大后我就成了你”

曾经，“90 后”是一群被大人们悉心保护的孩子。如今，这些“当年的孩子”正成长为抗击疫情的中流砥柱。

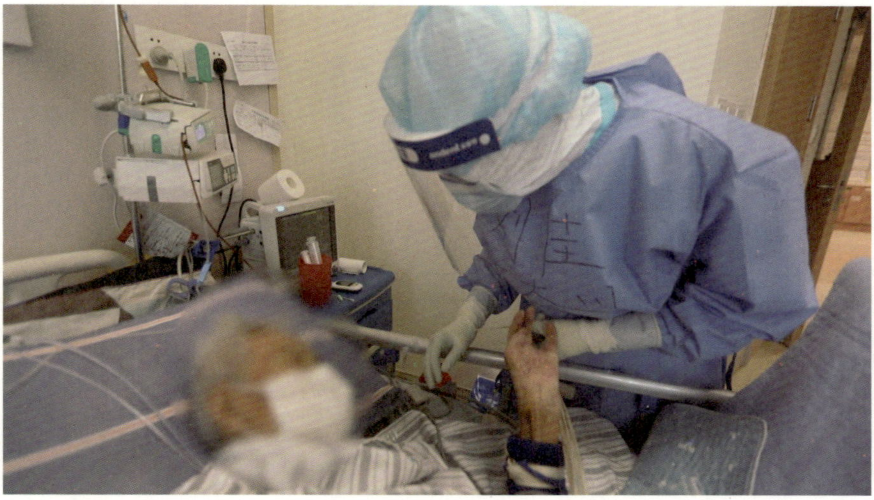

刘佳照顾病患（记者王俊康）

尽管直面生死、与死神赛跑时义无反顾，但那些画在病区墙上的卡通人物、写在防护服上的小小心愿、言语间流露出对美食的渴望，还是“暴露”了他们的年纪，尤其是在患者的眼里。“我靠着栏杆，婆婆可能看我感觉精神不太好，就特别温柔地说，‘孩子，是不是太累了？是不是想家了？你们过来真的很不容易……’我特别感动，一下就哭了。”

逆行武汉，刘佳不但实现了少年时从军报恩的梦想，更收获了一份特别的“礼物”——火线入党。“汶川地震的时候，我接受了解放军的帮助。这次来武汉，我又以解放军的身份，帮助其他人。就像歌曲唱的——长大后我就成了你！”

花样年华，戎装在身，义无反顾，英勇抗疫。谢谢奉献和坚守，“90 后”好样的！

主创人员：
刘智力、李昕、侯东合、刘一鸣、孙毛宁、徐蕾莹、白晨、任泽兵、秦祎、梁辰、鞠亚倩、侯碧丹、李凯山、王俊康、陈刚、周广跃、罗杨

【编者按】讲述人林永健以“青春”为主题，讲述了广州中山大学附属第三医院内科ICU“90后”女护士朱海秀的故事。朱海秀在驰援武汉时，参加工作还不到一年。当时武汉防护设备紧缺，在接受总台央视的记者采访时，她曾说：“不想哭，哭了护目镜会花。”该报道选自央视综艺频道《战“疫”故事》第三季。

# 青春

首播时间：2020年4月17日
首播平台：央视综艺频道《战“疫”故事》

**【演播室】**

大家好，这里是中央广播电视总台《战“疫”故事》特别节目，我是“铭记时刻”的讲述人林永健，今天我想和您分享的主题是青春。我本人是一个“70后”，讲青春，肯定有人要说我装嫩，但我确实和很多“90后”“00后”共过事，有些还成了忘年交。

当疫情袭来时，这群在家长眼中长不大、睡不醒的孩子转身逆行，成为抗击疫情的中坚一代。他们中，有人为上前线推迟了婚约，有人从国外背回一万五千个口罩，也有人坚守一线，将生命永远定在了青春无悔的年纪。更有1.2万多名“90后”医护人员驰援湖北，占总人数的近三分之一。

2000年出生的刘家怡是广东援鄂医疗队年龄最小的队员。记者问她，你还是个孩子，还需要别人的帮助。她哭着回答，我穿上防护服，我就不是孩子了。

26岁的留学生吴芃，从没想过会在英国成为正能量红人。由他制作的首张英国疫情走势图在英国卫生部社交账号下获得当日最高点赞量，从此他每天更新为民众带去抗疫咨询与经验。他说，抗疫不是哪个国家的事，需要全世界一起努力，守望相助。

【同期】

**中山大学附属第三医院驰援武汉医疗队队员朱海秀：**我不想哭，我眼泪在眼睛里打圈。我一哭的话，我的护目镜就花了。我就干不了事情了一会儿，对不起。

【演播室＋画面】

这个女孩叫朱海秀，一句不能哭感动了众多的网友。但多数人并不知道她是中山大学附属第三医院驰援武汉医疗队中最小的队员，出生于 1997 年。腊月三十是家人团圆的日子，也是朱海秀奔赴异乡的起点。做出这个决定，她是瞒着父母的。而从新闻中得知实情的家人，也没有拆穿女儿，只是问候多了起来。直到有一天妈妈对她说，我梦见你去支援武汉了。

【同期】

**朱海秀：**前几天我父母知道了，然后我爸我妈都给打电话，那是我第一次见我爸哭，在我面前，22 年来，我爸第一次哭。

【演播室＋画面】

看到爸爸偷抹泪水，却仍在鼓励她好好工作。她说，我觉得自己不是个称职的女儿，过年也没能回去吃顿团圆饭。

除夕当晚，海秀已抵达武汉，她看着空荡荡的街道，毫无年味儿。突然觉得心疼，心疼这座城市，更心疼城市里的每一个人。

三天的培训后，海秀到了武汉市汉口医院，每天七八个小时，在厚厚的防护服里忙碌辛苦。病人虽看不清他们的面孔，却慢慢地熟悉了他们的声音。60 床的爷爷有点耳背，但每次听到海秀扯着嗓子喊爷爷的时候，脸上的皱纹都笑得拢在一起。

【同期】

**朱海秀：**有一次去给爷爷送饭的时候，就故意用河南话去逗他，我说："爷爷，吃饭啦，吃饱了啥都好！"然后有时候也去给他倒水喝，会用河南话去喊："爷爷，喝水啊，咱多喝水，多喝水身体好得快。"然后爷爷每次都说好，他那种湖北腔和河南腔加在一起，就感觉到是家的感觉。相处时间长了我就把爷爷当作我的亲人一样。

【演播室＋画面】

还有一位聋哑患者，虽然他是个聋哑人，但是海秀却用自己的沟通方式，每天和他咿咿呀呀，连比画带猜。海秀说："我就是想和他说说话儿。"

3 月 22 日，驰援武汉两个月的朱海秀也准备回家了。一路上警车护送，医院两旁小区的居民，也都出来送行。在高速堵车时，路上的私家车也会鸣笛护送，每个人都在说着"谢谢"。回想第一天来武汉的场景，海秀觉得很欣慰，自己是做了一件很有意义的事情。

**【同期】**

**朱海秀：**很多人说我们“90后”像孩子，可是当我们真正地站上战场，我们带着最坚硬的铠甲上场，我们有足够的能力和勇气去保护他们。就像我们的前辈保护我们一样，我们保护着他们。

**【演播室＋画面】**

哪有什么白衣天使，不过是一群孩子，换了一身衣服，学着前辈的样子，治病救人，和“死神”抢人罢了。

习近平总书记在给北京大学援鄂医疗队全体“90后”党员的回信中说：“青年一代有理想、有本领、有担当，国家就有前途，民族就有希望。”一代人有一代人的长征，一代人有一代人的担当。如果说疫情让每个人都度过了一个漫长的黑夜，这黑夜却如成人礼，让年轻的他们一夜长大。青春无敌！青春无悔！青春无惧！谢谢你们，共和国新一代的脊梁！

主创人员：
刘欣

【编者按】央广音乐之声“青春无悔”系列节目聚焦此次疫情中支援湖北的90后医护人员、志愿者，讲述他们抗疫工作经历和感悟的同时，用生动真实的音乐方式展现出这些有血有肉的青年逆行者的鲜活形象。通过被访者和主持人的电话隔空互动，用音乐联结各个战线上的休戚与共众志成城，为全国上下共同防疫攻坚的年轻人们加油打气，树好榜样，做好引领。

# 青春无悔

首播时间：2020年3月
首播平台：央广音乐之声

## 青春无悔——90后女护师倪艳霞

90后的倪艳霞是重庆两江新区第一人民医院骨科二病区的一名护师。2月20日早晨，倪艳霞接到医院的援鄂通知，下午她就随重庆援助孝感志愿队出征，支援湖北孝感东南医院。在孝感东南医院一个多月的时间里，倪艳霞和同事们一起完成了对新冠肺炎患者的日常治疗和护理工作。

湖北疫情日趋严重时，倪艳霞第一时间上交“请战书”，志愿支援一线。

2月20号下午，为打赢疫情防控的阻击战，重庆两江新区派出医护人员出征湖北孝感，与湖北人民、孝感人民站在一起，齐心协力、并肩作战。在这一次两江新区援鄂医疗队中，女性医护人员占80%以上，出生于1991年的护师倪艳霞就是其中一位。

**倪艳霞：**当时是早晨7点半的时候，那个时候我在轮休，还在睡梦中，就接到了通知，下午1点就要出发，去湖北支援。其实当时还来不及想太多，但还是有点紧张和担心。这时候我的丈夫给了我最大的支持。他是一名退役军人，他觉得在国家危难的时候，需要挺身而出。也是他让我没有后顾之忧，全身心地投入抗疫工作中。

**倪艳霞：** 头发剪短是非常有必要的。主要是有两个方面：第一就是自我防护。第二就是到病区肯定会方便一些。因为我们穿防护服的时候，都要求不能有一丝的头发露在外面，不然会增加病毒传播和感染的风险。还有就是长头发可能不是很好洗，可以节省一些时间吧。

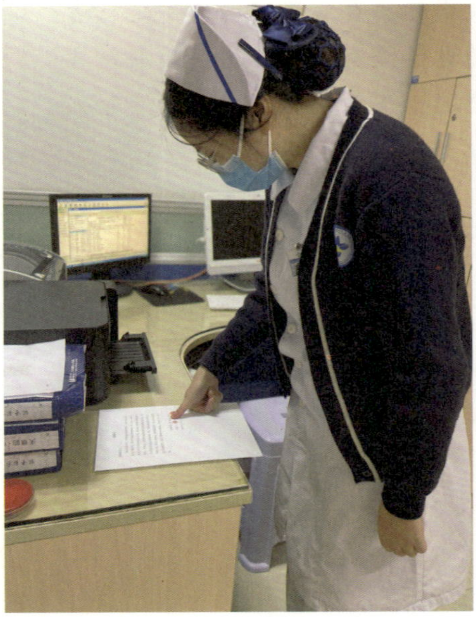

倪艳霞上交“请战书”

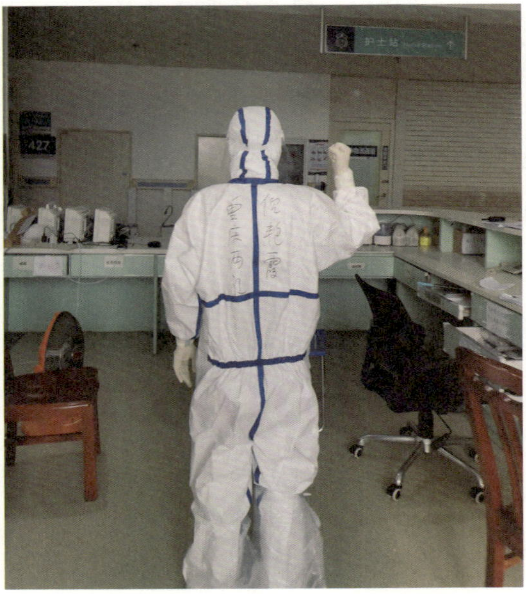


倪艳霞第一次进入孝感东南医院隔离区

从事护师工作六年来，倪艳霞平时都是一级防护，只需要戴外科口罩就可以，来到孝感，她第一次穿上了真正意义上的防护服。

**倪艳霞：** 我之前是一名普通的骨科护士，这是我第一次真正意义上穿上防护服。虽然在这之前我做了很多功课，但还是出现了身体上的一些缺氧、恶心等症状，但在那样的时刻，这些都是能克服的。

喂药、喂饭、打水、换衣服……病患的家属不在身边，身为护师的倪艳霞，和同事除日常护理外的一切，还积极关心照料病患。

**倪艳霞：** 这个时期的患者和我们平时护理的患者是有些不同的，除了要保证这个患者最基本的治疗，打针、输液、发口服药这些之外，我们还要照顾患者的衣食住行，包括喂饭、打水……有些患者比较担心的话，我们也要进行简单的心理护理。

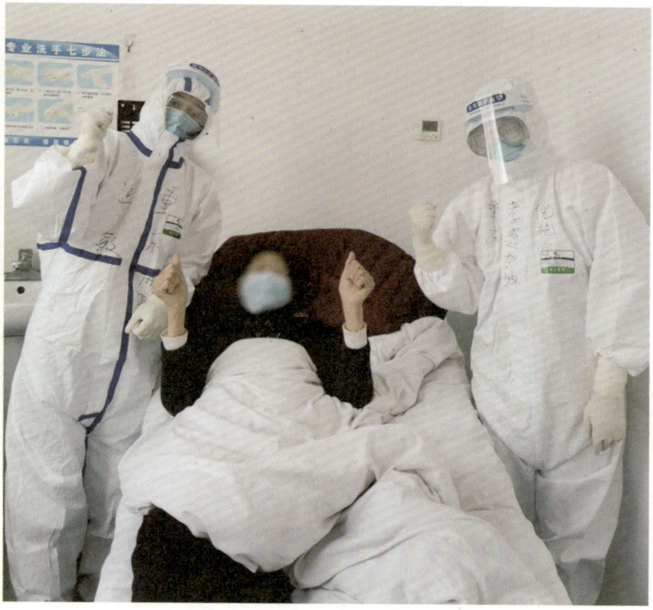

倪艳霞（左）和同事为病患心理疏导

这一次的特别护理工作是医患之间相互沟通、理解、配合下完成的，内心特别温暖。

**倪艳霞：**每一次给病人做一点点事情，他们都会跟你说谢谢，（我）就特别满足，觉得自己做这一切都是值得的。后来就逐渐适应了这个工作的环境。老公也一直在后方支持着我。他说等我平安回来，就一定陪我去看周杰伦的演唱会，完成我儿时的梦想。

3 月 23 日，倪艳霞完成援鄂任务，随队回到重庆，接受集中隔离。之后，她将回到自己的岗位，继续当好一名白衣天使。

## 青春无悔——90 后男护士邢德盛

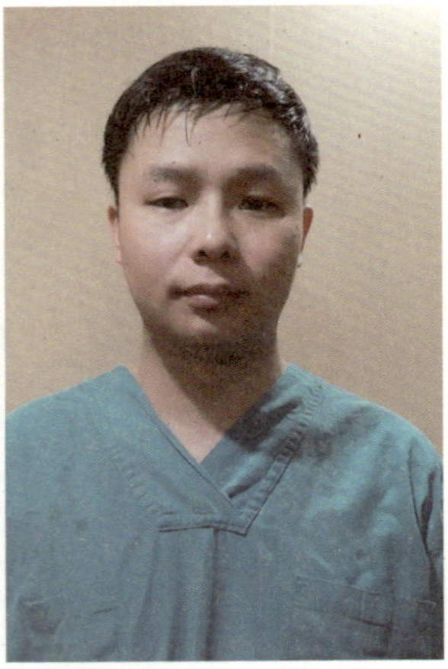

战“疫”青年——90 后男护士邢德盛

作为为数不多的男护士，现任职于河南新乡医学院第一附属医院急诊科的邢德盛，因为驰援武汉毅然推迟了婚期，和同事们一起奔赴抗疫一线。当爱情遇上疫情，他首先选择了去武汉支援。

邢德盛和女朋友王茜雅相恋三年，他们同在一家医院，女友在泌尿外科上班，两人原本商定今年（2020 年）2 月底举办婚礼，但当邢德盛得知医院要组建医疗队驰援武汉时，他第一时间报名应征。

**邢德盛：**我接到这个来武汉工作的（消息）时候是大年初一的晚上，我们这个突击队来的时候召集得比较突然，是晚上 10 点多开始打电话通知人，一个小时就把这个队伍组建起来了。打电话问我能不能来的时候，茜雅就在我旁边。我看了看茜雅，茜雅一般不会阻挡我做一些比较重大的决策，我马上回复说：“我可以。”但是，来就肯定知道结婚是要往后拖了，说不好啥时候才结婚，等回去再商量吧！

与女护士相比，男护士在体力、耐力、应急能力等方面较有优势。邢德盛也在日常的工作中承担了更多的体力活儿。

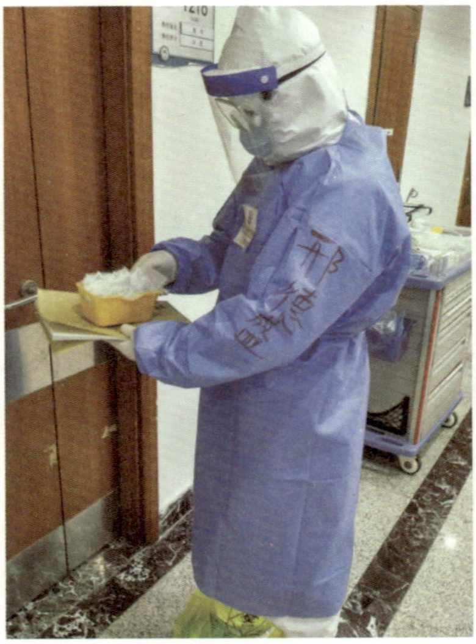

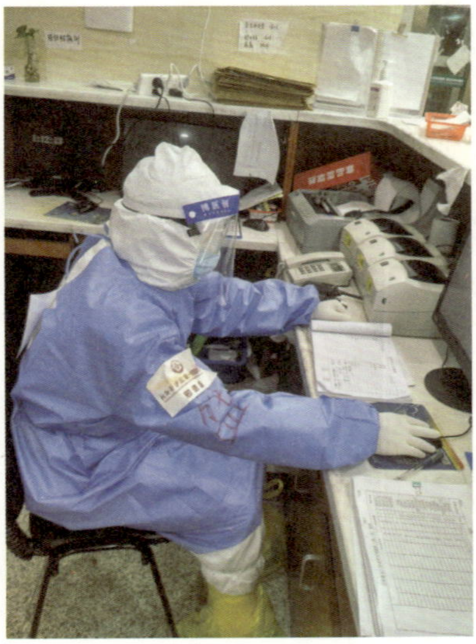

邢德盛承担送饭、病毒消杀、值班等工作

**邢德盛：**我们没有具体分工，都是合作来完成的。但是男护士体力相对来说有一些优势，包括病房的消杀工作，需要背个消杀的大壶，用消毒液给病房喷杀，这些一般由我们来完成。

即便有着多年的急救、防护经验，在这次抗疫工作中大家还是面临着许多的困难和考验……

邢德盛和一同参加抗疫的医护人员

**邢德盛：**我感觉不管对于我们来说，还是对于病人来说，最大的困难就是心理上的问题。我觉得每一个在隔离病房工作的同事，都在心里跟自己打了一仗。因为隔离病房环境比较特殊，病毒是看不见、摸不到的，你不知道自己会不会因为一个小的疏忽，或者一个不小心沾染上这个病毒。穿着隔离服在隔离病房里面工作的时候，生理上的压力也造成了一定的心理压力。在这里，我们都能锻炼出来一个比较强大的内心。

面对突如其来的疫情，许多情侣、夫妻都放弃团聚，诠释了真正的爱与担当，而这也将成为他们最珍贵的回忆！

**邢德盛：**有一些我在武汉这边的照片，到时候在婚礼上我要把它放出来，因为我今年28岁，但是我感觉这将会是我一生中最难忘的经历！

主创人员：
毛才桃、刘磊、章莹莹、王昱森、钟晓光、张卓然、王晓璐、钱璟炜、刘琳、孙杨、曾艺馨、高敏、章音婧、徐曼、杨若希、梅卿源、安琪、徐曼、李晓东

# 第三章
# 众志成城

面对突如其来的严重疫情，中国人民风雨同舟、众志成城，构筑起疫情防控的坚固防线。武汉和湖北是疫情防控阻击战的主战场，武汉胜则湖北胜、湖北胜则全国胜。一方有难，八方支援。我们举全国之力实施规模空前的生命大救援，用10多天时间先后建成火神山医院和雷神山医院、大规模改建16座方舱医院、迅速开辟600多个集中隔离点，19个省区市对口帮扶除武汉以外的16个市州，最优秀的人员、最急需的资源、最先进的设备千里驰援，在最短时间内实现了医疗资源和物资供应从紧缺向动态平衡的跨越式提升。各行各业扛起责任，国有企业、公立医院勇挑重担，460多万个基层党组织冲锋陷阵，400多万名社区工作者在全国65万个城乡社区日夜值守，各类民营企业、民办医院、慈善机构、养老院、福利院等积极出力，广大党员、干部带头拼搏，人民解放军指战员、武警部队官兵、公安民警奋勇当先，广大科研人员奋力攻关，数百万快递员冒疫奔忙，180万名环卫工人起早贪黑，新闻工作者深入一线，千千万万志愿者和普通人默默奉献……全国人民都“为热干面加油”！

——摘自习近平2020年9月8日在全国抗击新冠肺炎疫情表彰大会上的讲话

# 第一节 十四亿人的抗疫

【编者按】“伟大出自平凡，英雄来自人民。面对这次突如其来的疫情，从一线医务人员到各个方面参与防控的人员，从环卫工人、快递小哥到生产防疫物资的工人，千千万万劳动群众在各自岗位上埋头苦干、默默奉献，汇聚起了战胜疫情的强大力量。”在这场疫情防控阻击战中，没有旁观者。14 亿团结奋斗的中国人民，是这些战“疫”成果背后真正的英雄，都应该被历史铭记。

【编者按】3 月 10 日，在疫情防控斗争的关键时刻，习近平总书记来到武汉这个重中之重和决胜之地，先后来到火神山医院、武汉市东湖新城社区，深入一线情暖人心，给广大干部群众以极大振奋和鼓舞。《新闻联播》头条对此重点报道。

## 情暖江城　万众一心

——习近平总书记在湖北省考察新冠肺炎疫情防控工作　鼓舞广大干部群众坚定战胜疫情的信心

首播时间：2020 年 3 月 11 日
首播平台：央视综合频道、新闻频道《新闻联播》

**【导语】**习近平总书记于 10 日专门赴湖北省武汉市考察疫情防控工作，代表党中央，看望慰问广大医务工作者、人民解放军指战员、社区工作者、公安干警、基层干部、下沉干部、志愿者、社区居民、患者及家属等。在疫情防控斗争的关键时刻，总书记来到武汉这个重中之重和决胜之地，深入一线情暖人心，给广大干部群众以极大振奋和鼓舞。大家表示，一定咬紧牙关，坚持不懈，赢得疫情防控斗争的全面胜利。

**【解说】**习近平总书记在武汉考察的第一站，就来到了集中收治重症患者的武汉火神山医院，这里的 1400 余名医务人员始终奋战在战“疫”第一线。总书记视频连线正在病区工作的医务人员。他说，一线的医务工作者最辛苦，承受着难以想象的身体和心理压力，许多同志脸上和手上被磨出了血，令人感动，是新时代最可爱的人。总书记亲切的关怀和动情的话语，让在场的医务人员倍感温暖。

**【同期】**

**武汉火神山医院感染五科二病区护士长何红艳：**习主席说，我们都穿着防护服、戴着口罩，他看不到我们完整的面容，但我们是他心目中最可爱的人！我心里觉得特别温暖。主席还说，（他）从很多报道上都看到了当我们摘下口罩的时候，脸上都被压出了压痕，甚至是伤痕累累，他看到了以后他说他很心疼，大家当时听完了以后热泪盈眶。

**【解说】**习近平总书记还视频连线了感染科病房正在接受治疗的患者。这位今年81岁的患者，被送进火神山医院时已经意识不清，双肺大面积感染，病情危重。经过20天的精心治疗，（他）如今能吃能动，肺部感染状况明显减轻。

**【同期】**

**武汉火神山医院患者：**现在我的身体恢复得很好，生活能够自理，说话有劲，声音洪亮，所以跟习主席对话的时候，习主席说，（我的）声音很好。感谢习主席。感谢党中央。感谢所有的医护人员。

**【解说】**武汉火神山医院从2月4日起开始收治病人，截至3月10日24时，已累计收治2404名患者，累计治愈出院1335人。目前，在院病人1014人，全院医护人员保持零感染。

**【同期】**

**武汉火神山医院院长张思兵：**习主席反复强调要做好病人的救治工作，要提高治愈率，降低病亡率。在后续的战斗中，全体队员一定落实好主席的决策部署，一定把这场抗击疫情的人民战争、阻击战坚持到底，向党和人民交出一份合格的答卷。我们充满信心，我们一定能赢。

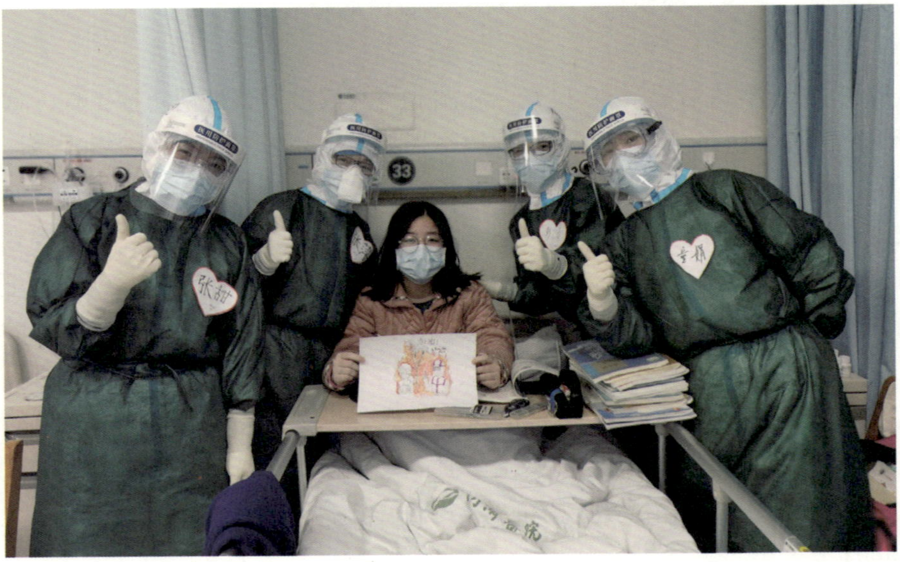

华中科技大学附属同济医院中法新城院区即将参加中考的小女孩患者作画感谢医务人员

【解说】无惧生死，不计代价。在这场抗疫战斗中，许许多多平凡的医务工作者无私奉献，冲锋在前。湖北省当地和外地支援湖北医护人员代表回想起与总书记的面对面，既受鼓舞又感温暖。

【同期】

**武汉大学人民医院呼吸与危重症专科二科主任胡克：**总书记在他的讲话中充分肯定了医务人员在这次疫情中所作出的突出的奉献和努力，讲得非常动容。在将来的工作里头，我们会按照总书记的指示和精神，一定要把这次的疫情最终消灭。

【同期】

**福建省立医院党委副书记、福建专科护理队领队李红：**代表 40 000 多的援鄂的医疗队员站在总书记的面前，总书记说我们是功臣，要给我们记头等功。实际上，我们都是普通的医务人员，在祖国和人民需要的时候，我们来到武汉，国家和人民才是我们最坚强的后盾。

【解说】武汉东湖新城社区是习近平总书记考察的第二站。东湖新城社区共有居民 3325 户，12 765 人。疫情发生以来，社区采取“线上自选＋无接触配送”模式，为居民提供基本物资团购服务。东湖新城社区的生活物资集中配送点就设在小区内主干道上，分为爱心菜发放点、平价菜供应点、团购包配送点。总书记来到社区后，沿着一个个摊位，详细了解这些蔬菜、肉类的价格、发放时间、配送人群等。

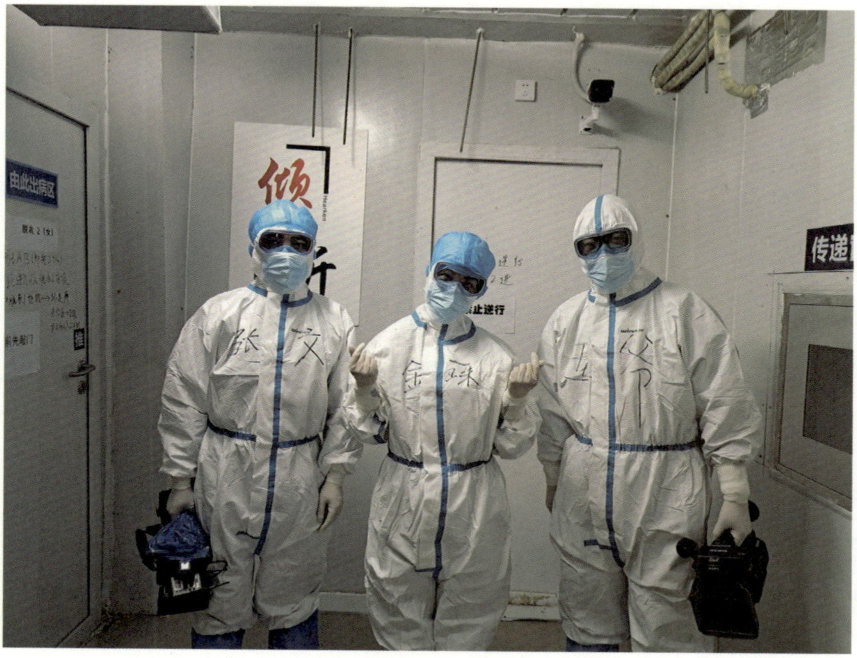


央视湖北站记者张文、金珠、潘巍在火神山医院采访

【同期】

**武汉市东湖风景区管委会办公室副主任（下沉干部）李晓湘：**到了我们爱心菜的发放点，他就问这个菜要钱吗？我说这个是政府免费发放的。他问怎么没有肉？我就跟他讲，免费“爱心菜”都是蔬菜。我就指了一下这一边：“这一边是平价菜，是有肉的。”

【解说】黄颖是一名“90 后”创业者。疫情发生后，她主动来到东湖新城社区做志愿者。20 多天来，她一直在为居民配送生活物资。在配送点，她向总书记介绍了自己做志愿服务的经历。

【同期】

**武汉市东湖新城社区志愿者黄颖：**总书记回过头来，就说“辛苦了”。我们真的很感动。因为总书记说“辛苦了”的时候，除了被肯定、感动之外，我也觉得我们做了一件特别有意义的事。我觉得我们“90 后”“00 后”是可以承担起这种责任的。

【解说】在社区党群服务中心，习近平总书记对社区内网格员的工作流程、社区目前确诊患者数量、防控情况等，问得特别仔细。

【同期】

**武汉市东湖风景区东湖新城社区居委会网格员杨铭新：**从中我感受到了总书记时刻关注着武汉疫情的发展和武汉人民的吃穿住行是否得到了保障，说明总书记的心和我们武汉人民是连在一起的。

央视湖北站站长王涵采访社区工作者

【同期】

**武汉市公安局东湖分局内保大队队长肖侠：**给我印象最深的就是，习总书记多次提到要加强社区服务，多次问到（有）哪些困难群众。党中央和习总书记对我们人民群众深厚的感情，我能感觉得到，所以非常激动。只要我们万众一心，众志成城，在党中央的领导下，在人民群众的支持下、拥护下，我相信我们一定可以打赢打好这场新冠疫情的人民战争、总体战和阻击战。

【解说】自疫情发生以来，东湖新城社区累计确诊 32 人，通过科学组织、积极救治、严格管控，2 月 21 日以来已经连续 19 天无新增确诊病例。

【同期】

**武汉市东湖风景区党工委书记黎东辉：**总书记很深情地说了一段话，他说武汉是多么好的一座城市，武汉是一座英雄的城市，武汉人民是英雄的人民。听到这一段话，我真的很感动。我相信对我和我们在座的所有人，以及我们武汉千千万万为这次疫情作出奉献、作出努力、作出付出的人来说，都是巨大的安慰和巨大的鼓舞。我们也会进一步按照总书记的嘱托，把疫情防控工作继续抓实、抓细、抓落地。不获全胜，决不收兵。

【解说】总书记的到来，温暖着社区的居民们。大家说，要充满信心，构筑起群防群控的人民防线，打赢这场疫情防控的阻击战。

【同期】

**武汉市东湖新城社区居民赵可为：**当时主席就走到我的窗户底下来了。我就大声喊："主席辛苦了。""主席你好。"当时主席非常亲切，仰起头和我打招呼，他说："你们辛苦了。"当时我就跟他挥挥手，他跟我挥挥手，我好开心。他就说让我们一定要坚持下去，我想我们一定坚持到最后。

【同期】

**武汉市青山区冶建花园小区居民胡昇：**总书记有一句话直击我的心。就是说，我们这一次一定要在武汉决战、决胜，打赢这场疫情。作为一个武汉市民，我相信我们武汉英雄的人民，一定会战胜这次疫情，一定要取得最后的胜利。我希望武汉能够像总书记期待的，将会再一次被载入史册。

主创人员：
肖振生、王涵、白央、金珠、倪晶依、徐之昊、丹枫、苏洲、佘利霞、张文、潘巍、孙丽鹏、虹旭、高磊、马力、培培

【编者按】疫情防控正处于胶着对垒状态，广大医务工作者冲锋在前，社区防控一线和各行各业万千的普通工作者尽职担当。这篇报道从白衣战士、社区一线工作人员到电力硬汉，展现了一幅全民众志成城、齐心抗疫的感人图景。

# 义无反顾冲向前　众志成城战疫情

首播时间：2020 年 2 月 16 日
首播平台：央视综合频道、央视新闻频道《新闻联播》

**【导语】**习近平总书记指出，现在疫情防控正处于胶着对垒状态，广大医务工作者一定要坚持下去，发挥火线上的中流砥柱作用。要广泛发动和依靠群众，同心同德、众志成城，坚决打赢疫情防控的人民战争、总体战、阻击战。总书记的话激励着抗疫一线的白衣战士，社区防控一线和各行各业万千的普通工作者尽职担当，奋勇向前。

**【解说】**抗疫一线的广大医务工作者牢记总书记的嘱托，以白衣作战袍，在最危险的阵地上义无反顾，冲锋在前。

**【解说】**武汉市金银潭医院的重症监护室，是抢救危重症病患的最后一道防线，这里的医生护士们已经连续奋战了一个多月。

**【同期】**

**武汉市金银潭医院重症监护室护士长瞿昭晖：**在 ICU（重症监护室）里面，一般的话，你们进去，在里面待，可能待个二三十分钟，你们就会觉得胸闷不适，但是我的护士，她（们）至少是 5 到 6 个小时，有的最长的她（们）会待 10 到 12 个小时，所以我们都是“女汉子”。

【解说】“女汉子”们不仅要负责翻身、拍背、吸痰，时刻关注病人的生命体征，即使拉着 60 斤重的氧气罐，也健步如飞。

【同期】

**武汉市金银潭医院重症监护室护士宋婧媛：** 他们（病人）用的是高流量氧气，浓度需要很大，一罐氧气只能用半个小时。

**记者：** 那一（白）天一晚上（一个病人）大概要用多少瓶？

**宋婧媛：** 大概要 20 多瓶，近 30 瓶。

【解说】尽管每天的工作环境危险大、责任重，但重症监护室的全部 48 名护士们轮流倒班，24 小时守候在危重病人身边。

【解说】在中部战区总医院，57 岁的女军医江晓静已经和同事们奋战了一个多月。1 月 4 日，他们医院感染科就收治了第一例不明原因肺炎患者，随后几周发热门诊的数量迅速攀升。有着 34 年从业经历的江晓静，感到一场战役即将来临，原本过完春节就该退居二线的她，第一时间又冲上了第一线。

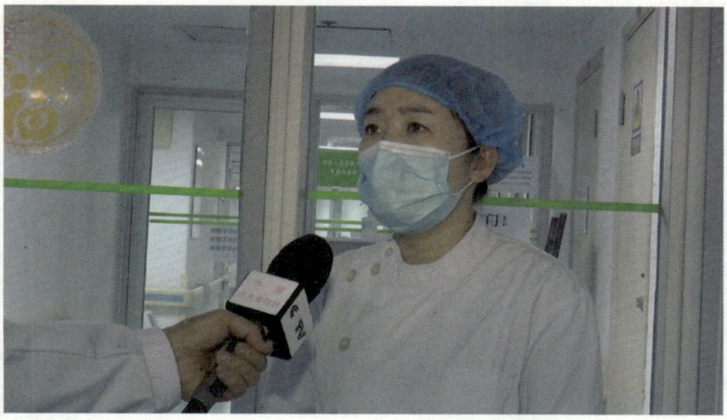

金银潭医院护士长瞿昭晖说，她们 48 名护士都是“女汉子”

金银潭医院护士宋婧媛要拉 60 斤重的氧气罐

【同期】

**中部战区总医院感染科主任江晓静：**我觉得更多的还是一种职责，因为我们就是从事传染病专业的。你这个时候怎么能退呢？不可能的。没有想过这个问题，因为我们一辈子一直都是这么做的。

【解说】重症病房是最危险的“红区”，沿着这条不长的楼道，江晓静记录下每一位患者的病情状况、检测指标和治疗方案。疫情发生以来，在江晓静的医院和她一起奋战的战友已经增加到 100 多人，微信群里记录着各个科室的紧急增援，而一道道深深的勒痕则见证着她们不分昼夜的工作。

【同期】

**患者：**有信心就可以战胜，要相信医生，相信我们国家投入这么大力量做这件事，一定会好起来的。

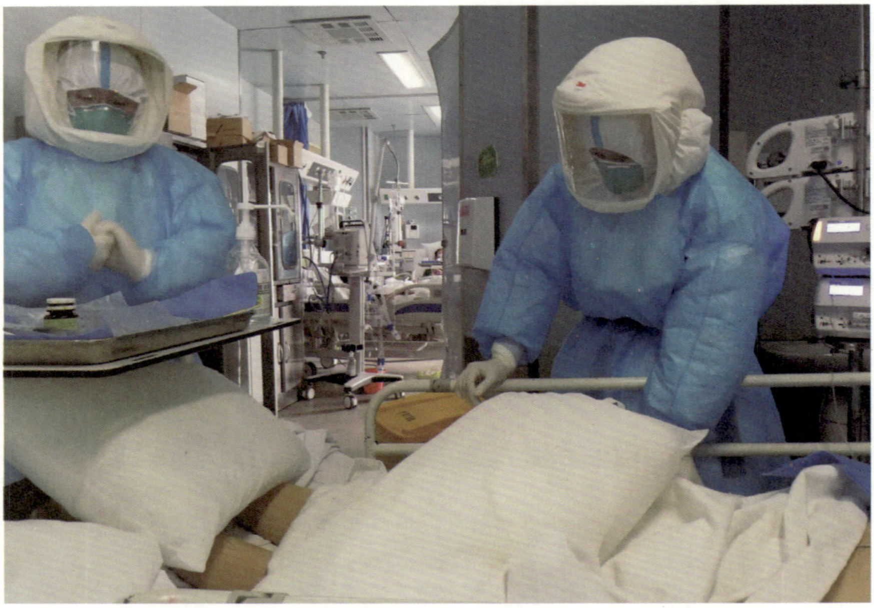

“红区”重症病房最危险，但护士们在里面一般要待 5 个小时，最长时达 10 个小时

【解说】社区是疫情联防联控的第一线，把社区这道防线守住，就能有效切断疫情扩散蔓延的渠道。按照总书记的指示精神，社区的干部们争分夺秒摸底排查，协助转运患者，拉起了联防联控保护网。夏兰兰是武汉市新洲区汽渡社区的一名社区工作人员，她所在的社区共有 1892 名居民，对发热人员进行摸底排查是社区工作的重中之重。

**【同期】**

**武汉市新洲区汽渡社区网格员夏兰兰：**因为她比较固执，老是说："我是普通感冒，我是老支气管炎。"我们就去做她工作，因为这是防疫特殊期间。如果真是的话，得及早救治。

**【解说】**几经劝说，董女士不再固执，由于她的孩子都在外地，夏兰兰约好救护车，陪着董女士一起去做检查，安置好她，已经是凌晨2点多。"每天都要与发热人员打交道"，夏兰兰说，"内心不会没有任何担忧，但只有你淡定了，居民们才能安心。这是工作，也是责任。"

**【同期】**

**夏兰兰：**我们会做好防护，只有我们把基层防疫关口把控牢，防控斗争才能全面胜利。

**【解说】**"疫情防控不只是医药卫生问题，而是全方位的工作，各项工作都要为打赢疫情防控阻击战提供支持。"和时间赛跑，同病魔较量，需要新一批的方舱医院尽快投入使用，国网武汉供电公司的电力员工们全力投入了用电设施的保障工作中。

**【同期】**

**国网武汉供电公司员工陈世雄：**你们内外配合好，不要把人伤到。

**【解说】**在武汉江岸区的红桥工业园内，陈世雄和他的班组成员正为新建的长江新城方舱医院搭建用电设备。昨天半夜接到指令后，他们需要在今天一天时间内完成整个园区的供电送电，保证2月17日就能收治病人。从大年三十开始，陈世雄先后参与火神山医院、雷神山医院的应急照明和低压电源保障工作，短短20多天，这已经是他和同事们接到的第四个建设项目了。

**【同期】**

**陈世雄：**习总书记说，现在全国人民都和我们湖北武汉人民站在一起。对我这个武汉本地人来说，我非常感动。作为一名电力职工，我要尽我最大努力，做好我分内的事情，我相信在我们大家的共同努力下，武汉一定会好起来的，中国一定会更加强大。

主创人员：
任永蔚、蒋晓平、郑连凯、田琪永、张军
湖北台：罗峰

【编者按】“武汉不愧为英雄的城市，武汉人民不愧为英雄的人民，必将通过打赢这次抗击新冠肺炎疫情斗争再次被载入史册！”习近平总书记如是说。疫情之前，他们都是普通的武汉伢，每日清晨奔波在飘浮着热干面气息的城市。危急关头，他们挺身而出，识大体顾大局，一个个平凡的武汉人把自己活出了英雄的模样，为疫情防控作出了重大贡献。该报道展现了英雄的武汉人民坚守一线、守望相助的感人画面。

## 湖北武汉：英雄的城市　英雄的人民　不惧风雨　坚守一线

首播时间：2020 年 3 月 14 日

首播平台：央视新闻频道《战疫情》特别节目

【导语】40 多天的时间，武汉这座城被按下暂停键。40 多天的时间，有一群人一直在奔跑。他们不惧风雨，坚守一线。他们是白衣战士、公安干警、志愿者、超市大姐、快递小哥……在这个没有硝烟的战场上，他们挺身而出，守望相助。一瞬间、一个人、一段事，见证、铭记这座英雄的城市。

【同期】

**江夏区公安分局民警张明智**：我叫张明智，是武汉市公安局江夏区分局郑店检查站民警。我们从 1 月 23 日开始对道口进行风控，2 月 2 日就成立突击队，开始执行转送发热患者的任务。我爱人在医院工作，我在下面转送病人；她就在楼上工作，她忙她的，我忙我的。老婆叫我“黑猫警长”，我叫她“白衣天使”。封城之后，越来越多的医护人员运送各种生活物资往武汉走，我们心里面越来越感动。

**【同期】**

**医护人员：**谢谢。

**张明智：**我们应该谢谢你。

**张明智：**说句通俗的话，自家出事了邻居都过来帮忙，我们自家人不能看着袖手旁观，看着不管哪，所以我们理所应当要冲上去。

**【同期】**

**华科大附属同济医院医生周宁：**我叫周宁，我是心血管内科的内科大夫。这一次疫情，我是在同济医院光谷院区担任护心小分队的成员。

护心小分队的作用，主要是从上游拦住新冠肺炎患者中心血管疾病导致的死亡。我们对所有的被感染者，都是心怀敬意的。他们是用身体当作武器，来跟病毒作斗争。我们跟他（们）是一个战壕的战友，我们是用我们的技术和药物来帮助他（们）克服病毒。

**【同期】**

**志愿者曾少峰：**我叫曾少峰，我是道能义工的创始人。自从疫情发生以来，我们从 2 月中旬开始，每天做 5000 多个馒头，免费送给社区的老人。做 5000 个馒头，每天得十几个小时，十多袋面粉，到现在已经做了将近十万个馒头。

生病交给医生，吃饭交给我。帮不上别的忙，只能帮这个小忙，尽我们的责任。我一定要把这场仗打赢，不管 3 个月还是 5 个月，我绝对不退缩。

**【同期】**

**超市员工陈颖：**我是武商集团武商超市的陈颖，我们一直做的一个工作，是让我们近 45 个社区的居民能够在家里吃上肉、吃上菜。每天我们将近有 6 吨的货到门店，“10 元爱心菜”是 2000 份，加上其他的蔬菜大包有 3000 多份。其实，我们不是不怕，职业的使命让我们选择一直坚持下来一直做。我的同伴，他们有骑 3 个小时自行车过汉江，过长江，来到门店上班。

今年也是我的本命年，最大的愿望是希望这一切早点结束，希望跟我的同事，吃着热干面去武大看樱花。

**【同期】**

**快递员贾胜治：**我是贾胜治。我是一名配送员。

有人说我们是“逆行者”。其实，跟一线的医生、护士相比起来，我们做的都微不足道。我们就想让他们吃得好点，穿得舒服点。

**贾胜治：**这是给你们带的饺子，下班饿了可以自己蒸着吃。

**医护人员：**太感谢了。

**【同期】**

**贾胜治：**能为他们做点事情，我们感到很有成就感。

**医护人员：**谢谢。

**贾胜治：**也感谢你们！

**【同期】**

**城管安全员李佳：**里面那个医疗垃圾你们要注意，可能有针头的，千万不要把针头按了，不要用手按。

**李佳：**我叫李佳，今年35岁，是湖北武汉人，来自江汉区城市管理执法局的安全员。现在我在这边，做一个环卫保洁的领班。刚开始是比较累的，因为刚开始，当时有1000多个病人，但是我们只有四十几个人。一个人平均都要清理两吨多垃圾，协和医院后勤部的医生说，这段时间要是没有我们的环卫保洁工作，他们整个方舱医院就会瘫痪。我觉得就冲他们说的这句话，我们来这里，值得。

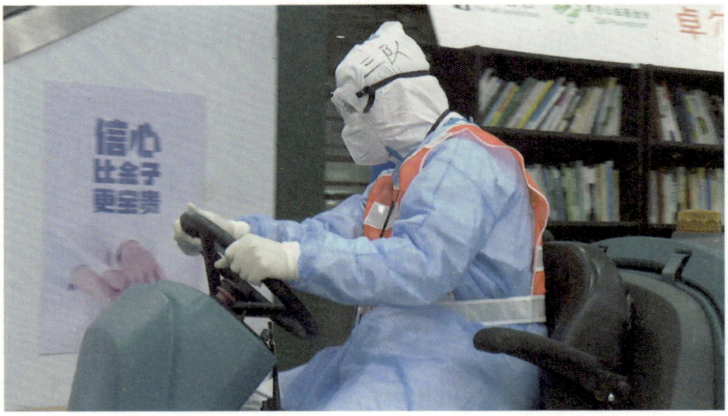


城管安全员李佳在江汉方舱医院清运垃圾

**【同期】**

**公交司机刘强：**我叫刘强，江夏公交的一名司机，为来援助我们的医护人员做通勤保障工作。从雷神山医院到市内的各酒店，哪怕一个人、一件物资，我们也要去。

**刘强：**到齐了吧？到齐了，我们就先走了！

**刘强：**那时候我送他们下班的，上夜班的，他们都下了。我一看，有一个睡着了，倒在那个车厢里边。真的。我真的很感动。他们就是上班一个个精神饱满，但是到了下班的时间，他们真的很疲惫。下班的时间，我们尽量把车开慢一点。不管是睡觉也好，还是坐着休息也好，尽量让他们舒服一点。

公交司机刘强接送援鄂医疗队到雷神山医院

【结语】

在这场新冠疫情防控的严峻斗争中，武汉人民识大体，顾大局，不畏艰险，顽强不屈，一个个平凡的武汉人把自己活出了英雄的模样，为疫情防控作出了重大贡献。正是由于武汉人民的牺牲和奉献，有了武汉人的坚持和努力，才有了今天疫情防控的积极向好态势。武汉人民用自己的实际行动，展现了中国力量。武汉人民不愧是英雄的人民。

主创人员：
王涵、李炜、晶依、金珠、之昊、波涛、张文、向林、伟超、潘巍、高重、魏轶

【编者按】有阴影的地方，必定有光。疫情之中，14亿中国人都是光源！这部短视频以“十四亿分之一的光”为切入点，讲述疫情之下闪耀微光的凡人故事。即使再微弱的光，也能照亮一处黑暗，十四亿分之一的光凝聚在一起，也能守护山河无恙！

# 十四亿分之一的光：再微弱的光，也能照亮一处黑暗

首播时间：2020年4月17日
首播平台：央视网《快看》

当人们带着期待、满怀信心走进2020年，没有人能想到这一年会以这样的方式开场：城市被按下暂停键，生活不再有“烟火气”，生命变得格外脆弱……

灾难降临时，总有英雄现身。

这一次，英雄是抢救生命的医护人员。他们说：“天塌下来，有长个子顶着；疾病来了，我们医务人员会冲在前面。没什么可怕的，会好起来的。”

这一次，英雄是挺身而出的人民警察。他们说：“危险是警察的本质属性，逆行是我们的标准动作。疫情不退，警察不退。”

这一次，英雄是被称为“基建狂魔”的建筑工人。他们说：“其实没有什么基建狂魔，不过是千万个我们不分昼夜地负重前行。”

这一次，英雄是守护家园的志愿者们。他们说：“我们就是想为自己的城市出一份力。”

这一次，英雄是保障生活运转的“摆渡人”。他们说：“湖北人民需要什么我们就提供什么，倾尽最好的物资优先援助湖北。”

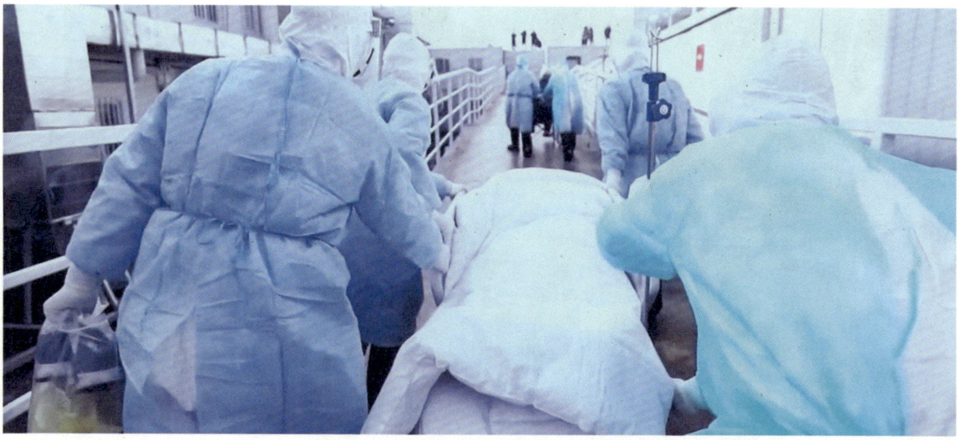

抢救生命的医护人员

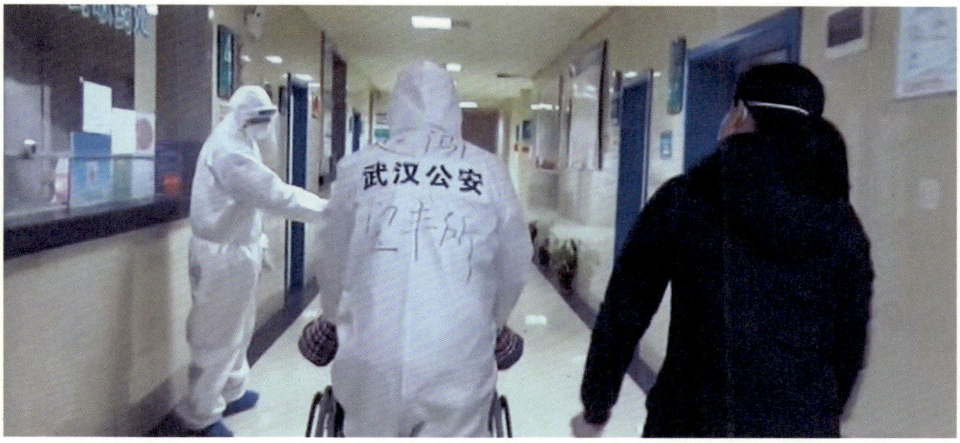


挺身而出的人民警察

不分昼夜的建设者

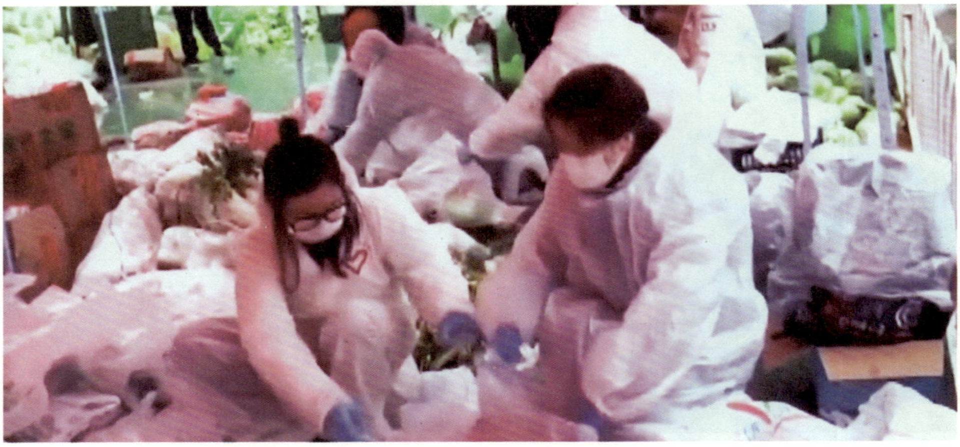

守护城市的志愿者

这一次，英雄更是每一个努力生活的你……

有阴影的地方，必定有光！即使再微弱的光，也能照亮一处黑暗。

感谢闪耀微光的每一个人！幸得有你，山河无恙！

主创人员：

王敬东、吕媛媛、任佳、陈欣、李夏、武文多、陈腾

【编者按】在新型冠状病毒肺炎疫情防控阻击战中，除了湖北武汉，全国各地也都投入这场战役中。该报道讲述了黑龙江的医务人员、公安干警、基层干部作为中坚力量，冲锋在第一线，用医术和仁心、勇气和担当、坚守和奉献，构筑起坚固的生命防线。

## 龙江一线战“疫”群英谱

首播时间：2020 年 2 月 25 日
首播平台：国际在线黑龙江频道

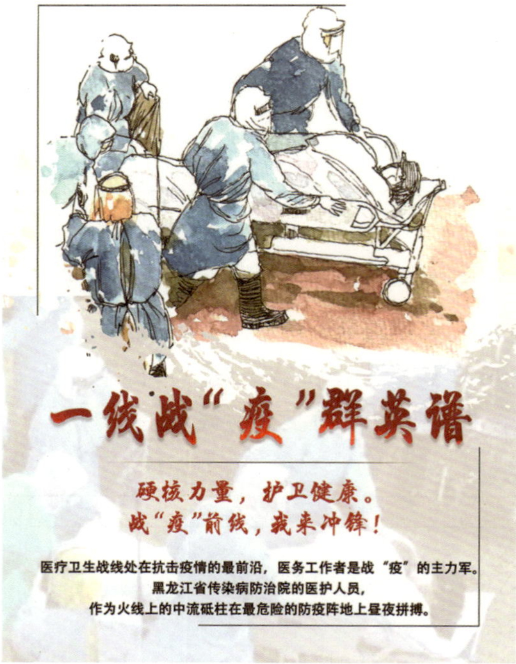
一线战“疫”群英谱
硬核力量，护卫健康。
战“疫”前线，我来冲锋！
医疗卫生战线处在抗击疫情的最前沿，医务工作者是战“疫”的主力军。
黑龙江省传染病防治院的医护人员，
作为火线上的中流砥柱在最危险的防疫阵地上昼夜拼搏。

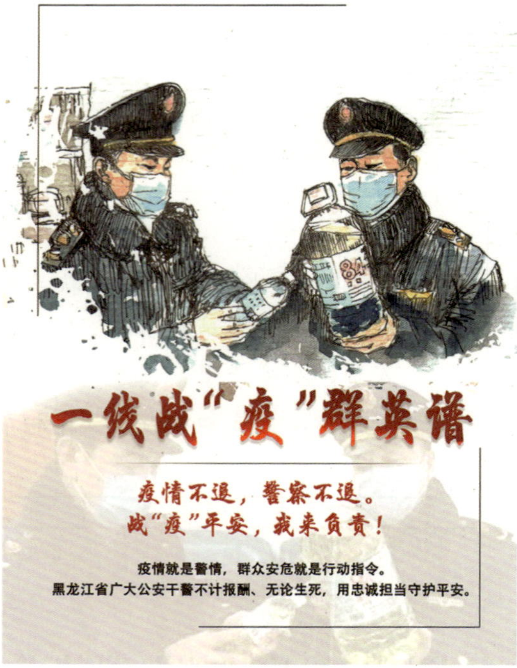
一线战“疫”群英谱
疫情不退，警察不退。
战“疫”平安，我来负责！
疫情就是警情，群众安危就是行动指令。
黑龙江省广大公安干警不计报酬、无论生死，用忠诚担当守护平安。

一线战“疫”群英谱
防控疫情，人人有责。
乘客安全，我来守护！
加强疫情防控，应对客流回升，
中国铁路哈尔滨局集团有限公司全力保障乘客安全。
全天候严防死守，车厢列车全面查杀，铁路人24小时在岗。

一线战“疫”群英谱
哈药速度，龙江温情。
战“疫”质效，我来提升！
哈药集团在广东省东莞市采购的N95口罩生产线及口罩生产原材料，
用时34小时安全抵达哈尔滨。哈药集团全体员工加班加点，
保障龙江医疗防控物资供应。

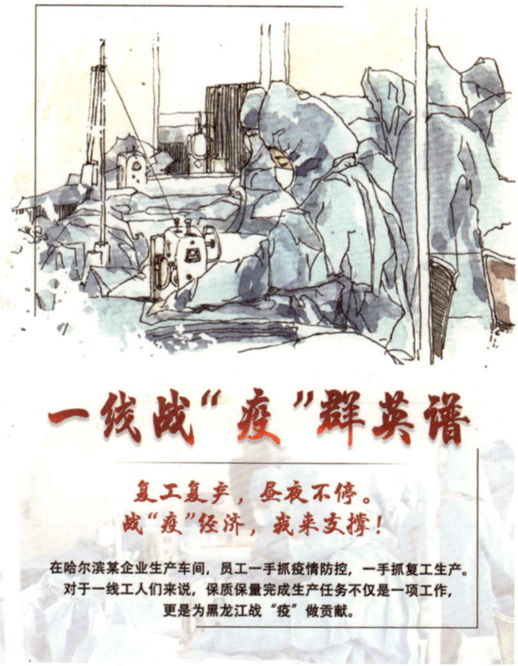

主创人员：
吕丹丹、于灵爽、孙嘉驹、刘嘉丽

【编者按】《同行有你》是总台央视联合数十家城市电视台制作推出的抗击疫情公益短片。通过执法记录仪记录的四个故事，讲述面对疫情，每个人都在贡献着自己的力量，每一份勇敢和温暖都会驱散冬日的寒冷。同行有你，我们一起向前！

## 同行有你（公益短片同名歌曲歌词）

首播时间：2020 年 2 月 5 日
首播平台：央视新闻频道《东方时空》

我知道这世界从来没坦途
既然出发就已写下诗篇
迎着狂风和暴雨
向前走不后悔
美好它总是要翻山越岭
你的肩膀有风暴
你的脚下有荆棘
不孤单，满天星光
它一直闪耀着勇气
这片土地写下了你我的记忆

同行有你，逆流而上
微小的光也能划破夜空

翻过山河看朝阳
寒风吹不灭心中的火焰

同行有你，迎风向前
微小的沙也能凝聚成塔
跨过江河看日出
冷雨浇不灭心中的勇气

我知道这世界从来没捷径
既然出发就已写下辽阔
踩着泥泞和险阻
向前走不后悔
风光它总是要磕破手脚
你的身后有风暴
你的心中有荆棘
不孤单，满天星光
它一直闪耀着力量
这片土地写下了你我的故事

同行有你，逆流而上
微小的光也能划破夜空
翻过山河看朝阳
寒风吹不灭心中的火焰

同行有你，迎风向前
微小的沙也能凝聚成塔
跨过江河看日出
冷雨浇不灭心中的勇气

主创人员：
张利箭、陈晨、姚勤、李伟

## 第二节　你安好，我无恙

【编者按】新冠病毒是一种新型病毒，传染性和危害性显而易见。全国无数医务工作者冒着被感染的风险，奋战在抗疫一线救治患者；患者很清楚这场疾病是前所未有的，他们把恢复健康，甚至是生的希望都交给了医生护士，表达了完全的尊重和敬意。在一线，每天都能听到、见到医护和患者互相理解、彼此信任的故事，虽然隔着口罩和防护服，但医患双方在共同抗疫，给予彼此温暖和鼓励，这些都深深地感动着我们。医护人员全力救治患者，患者的信任、理解与配合，我们看到了中国医患关系最美好的样子。

【编者按】亲人间的情感，是经历生死离别时的守望相助，是困顿迷惘时的支持引导。在武汉肺科医院，来自内蒙古援鄂医疗队的护士长杨婧和100多位同事，奔波在5个重症病区，像亲人一样，悉心照顾每一位患者。医患之间的和谐友爱，如涓涓细流一般滋润着每一位患者的心田。

## “美羊羊”杨婧：像亲人一样对待患者

首播时间：2020年3月31日
首播平台：央视综合频道、新闻频道《新闻联播》

【导语】随着国内疫情逐渐好转，越来越多的患者正在康复出院，武汉市也在逐步恢复正常的医疗秩序。但是，在武汉，仍有2000多位新冠肺炎患者亟须救治，援助武汉的医疗队和当地医护人员们一起坚守在10家定点医院，他们用最后一公里的温暖陪伴，守护患者的平安。来自内蒙古医疗队的护士长杨婧和100多位同事进入武汉肺科医院，已经40多天了，他们奔波在5个重症病区，像亲人一样，悉心照顾每一位患者。虽然隔着防护服和护目镜，看不清杨婧的样子，但相处时间长了，患者们还是记住了这位热心周到的护士长，大家亲切地称呼杨婧是内蒙古来的“美羊羊”。

【解说】在武汉肺科医院的病区里，每天下午三点，熟悉的音乐响起，病友们会跟着内蒙古医疗队的护士长杨婧练习八段锦，尽管只有短短15分钟，却被患者们称作恢复体能的“黄金一刻”。

【同期】

患者：舒服多了。每次练完之后，都测一下氧合指数，上去了。挺管用的。

**【解说】**陪着患者们练完八段锦，杨婧的防护服从里到外都湿透了，护目镜里全是水雾。别看大伙儿现在练得起劲，可是，杨婧开始在病区教八段锦的过程并不轻松。在中医院工作的经历，让杨婧琢磨着，哪些运动对肺部受损的患者恢复可能有效。在咨询了很多中医后，杨婧尝试着让重症恢复期的患者练习八段锦。起初，很多患者不了解，更觉得是增加负担，杨婧就不厌其烦，一节一节地给大家讲，八段锦对调整气息的作用。渐渐地，尝试的患者越来越多。

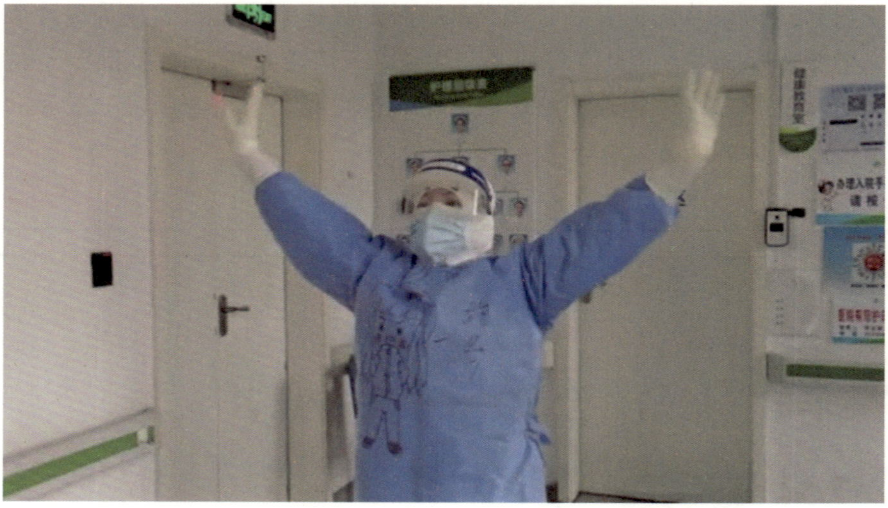

杨婧在教患者练习八段锦

**【同期】**

**内蒙古援鄂医疗队护士长杨婧：**一开始真的挺难的。因为他们都认为，我这是在干吗，在表演吗？然后慢慢地有一个老阿姨，她觉得可以试一试，然后就跟着我打。打完后，她说她觉得她的胸瞬间打开了，呼吸通畅了。当时我就激动得流眼泪了。虽然说我没有什么特别好的特效药，但是通过运动让他们心情变得愉快了，对战胜疾病更有信心了，让他们康复，我就特别高兴。

**【解说】**在武汉市肺科医院，杨婧他们面对的都是重症患者，有的病人会突然出现情绪失控，还有的患者在治疗时，情绪低落，打针、吃药都不愿意配合。杨婧就用上了心理咨询师的专业知识，帮助这些患者渡过这段“特殊时期”。

**【同期】**

**患者：**我特别感谢她，我的家人都住院了，刚开始的时候，我就是不想说话，她就像家人一样，陪着我，找各种话题……

**【同期】**

**杨婧：**我们护士，我们大夫，他认为是最安全的。因为他觉得你健康了，你才会来给我治病。所以你跟他交流的时候要多一点，他们不光要承受病痛的折磨，还要承受自己周围亲人生病了，我不能去照顾，这是对他们心灵创伤特别深的一件事情。用我们真挚的感情呵护他们，温暖他们，最好的信心鼓励他们，让他不孤独。让他感受到，我不是一个人，有人在支持着我，有人在帮助着我。

**【解说】**音乐、笑声和温暖的聊天让杨婧和病人间建立了信任，患者们被这位耐心、细心又带点调皮的内蒙古姑娘深深感动。只要杨婧日常的工作一停下来，就被患者们围住，大家亲切称呼这位来自内蒙古草原的姑娘叫“内蒙古来的‘美羊羊’”。

**【同期】**

**患者：**我叫她“内蒙古来的‘美羊羊’”。她很亲切，有一种亲和力，一来到我们病房，立马就给我们距离拉得很近，非常热心地教我们做八段锦，而且跟我们聊天，让我们放松，叫我们不要有包袱，给我们感觉就跟亲人一样。

**【解说】**武汉市肺科医院是收治新冠肺炎重症患者的定点医院，工作强度很大，40多天里，杨婧他们每天要在重症病房连续工作6个小时，夜班时间还会更长。除了打针输液等基础治疗，由于没有陪护，杨婧他们还要照顾患者生活，尤其是年纪比较大的病人，从一日三餐到清理大小便，都耐心处理，没有丝毫懈怠。

**【同期】**

**杨婧：**戴尿不湿的患者，我们都会检查，尿了马上要换。他的排泄物里边可能就有病毒，活性的病毒。但是我们每个护士都没说因为惧怕，让你多戴一会儿，我过会儿再换，没有。每一个护士只要发现了，必须马上换。

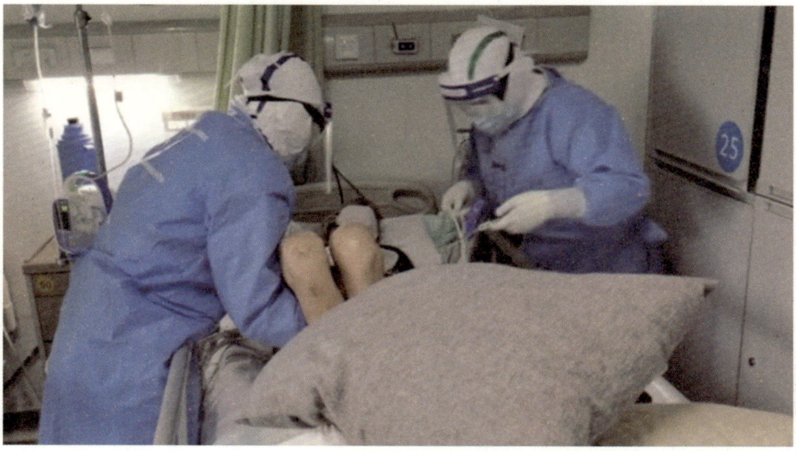

杨婧和同事在护理新冠肺炎重症患者（换尿不湿）

**【解说】**让杨婧最欣慰的是，她负责的病区，有越来越多的患者正在康复，准备出院。这位来自内蒙古宁城县基层医院的女护士长，在疫情暴发的第一时间就写下了请战书，虽然武汉和家乡相隔千里，但杨婧说，患者在哪里，她的照顾就会跟到哪里。

**【同期】**

**杨婧：**我觉得我是一个医务工作者，在这个时期，我就应该冲上去。你不光是一个护士，你还是一个要把你的患者看成亲人的人。到这儿来了，我们是一家人，在长辈、亲人遇到困难的时候，我们都要伸出援手，要兢兢业业、细心、周到地照顾他，让他快点儿康复。

主创人员：
韩冰、韩文旸

【编者按】在危重症监护室，护士与危重症患者接触最多，工作也最危险，她们用快速、敏锐、精细的护理与医生默契配合，合力从死神手中“拽住”病人。北京协和医院的护士李宾宾就是这样一位护士，患者在谵妄状态依然紧紧地拉住她的手，坚持要她陪着自己。

## 护士李宾宾：被患者信任，很有成就感

首播时间：2020 年 4 月 1 日
首播平台：央视新闻频道《新闻直播间》

**【导语】**眼下武汉的现有确诊病例已经下降到了 2000 例以下，但是其中危重症病人的救治依然是难中之难、艰中之艰。有这样一个群体，她们与危重症患者接触最多、工作最危险，用快速、敏锐、精细的护理与医生默契配合，合力从死神手中“拽住”病人。这就是危重症监护室的护士，今天我们来认识来自北京协和医院的护士李宾宾。

**【解说】**记者在危重症病房跟踪拍摄期间，遇到突发状况。

**【解说】**这位患者刚刚拔管，精神状态并不好。她突然扯下刚刚戴上的氧气面罩，阻止医护人员的工作。

**【同期】**

**北京协和医院护士李宾宾：**我们会有一部分病人有 ICU 谵妄，在危重病房的发病率大概在 50% 或者更高一些。

**【解说】**谵妄是指重症病人出现的一种意识混乱状态。这时候，护士李宾宾俯身跟这位患者说了几句话，这位患者紧紧地拉住她的手，坚持要她陪着自己，让其他的医护人员都离开。

【同期】

医护人员：好的。我们走。我们都走，就留她陪着您。

【解说】李宾宾一边安抚病人一边完成了剩下的护理工作。

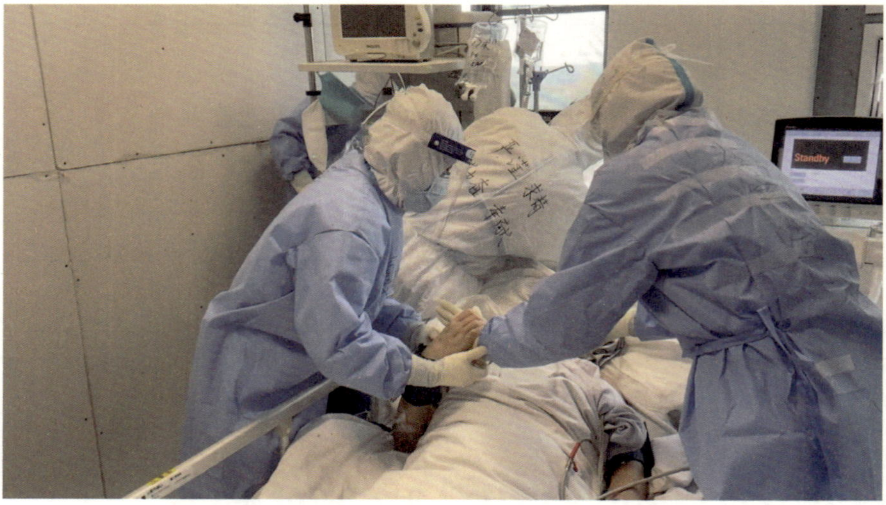

患者出现谵妄情况，医护人员合力安抚

【同期】

记者：为什么会这样？

李宾宾：我觉得她可能也是害怕恐惧的感觉会更多一些，她需要安慰，我可能就是她那个“安慰”吧。

记者：她把别人都甩开了，只拉着你。

李宾宾：我可能跟她交流比较多。之前的沟通，我说：“您是特别难受，是吧？”她当时是清醒的，点了点头。

记者：她握着你的手，你什么感觉？

李宾宾：我觉得被认可了，她可能比较信任我，得到这种回应，这种成就感很大的。

【解说】这位患者身体日渐好转，意识也逐渐恢复，几周前已经从危重症监护病房转移到了普通病房。

【同期】

记者：我们今天如果再去见她，会是一个什么样的场景？

李宾宾：她可能不会记得我了。从 ICU 出来的大部分病人只能记得从 ICU 出来之后的事情。他们很痛苦。他们会选择性遗忘那段记忆。

**【解说】**我们跟李宾宾一起找到了当时的那位患者，眼前的她跟重症病房里的她判若两人。

**【同期】**

**记者：**您记得她吗？

**患者：**我怎么不记得呢。我们是老乡，是我们江苏的。

**李宾宾：**不是。我是北京的。

**【解说】**这位患者认错了人，以为李宾宾是现在病房里的护士。李宾宾做了自我介绍，但是这位病人的记忆只停留在出转移病房的前一天，危重症监护病房的医护人员给她过了一次生日。

**【同期】**

**患者：**我生日那天，我最清楚，那是我最有意义的一次生日，李太生教授给我讲："你从今天起你获得了第二次生命，从现在开始你就一岁。"

**【解说】**再之前的事情，患者都回忆不起来了。但是提到她曾经拉着李宾宾的手，这位患者告诉我们，这个场景她记得。

**【同期】**

**患者：**我记得，记得。我感觉她比较亲切，所以我让她留在我身边。真的还是有点恐惧，40 天没洗澡，我多难受啊，他们给我温暖，她每天护理我，有女儿的那种亲切，我要坚强下来，而且我感觉我的背后，我的家人天天在呼喊我，召唤我。

**【解说】**眼下，这位病人已经可以走动，肺部的情况在好转，最近一次核酸检测结果也是阴性。

**【同期】**

**李宾宾：**您快出院了吧？

**患者：**最近还在恢复中，这个腿还是没力气，其他的都很好。

**【同期】**

**患者：**很感谢他们。很多跟我女儿一样大，这也是别人家的儿女，无非就是穿了一件隔离服。

**【解说】**李宾宾所在的病区是武汉市华中科技大学同济医院中法新城院区东区 7 层的危重症监护病房，无论是患者人工气道管理、吸痰、俯卧位通气、呼吸机的使用、ECMO 的管理，她都要熟练掌握、精准操作。

除此之外，她还要随时关注病人病情变化，帮助他们恢复意识，但是与普通病房不一样，这里患者很少能给出回应。

【同期】

李宾宾：您眨眨眼。

【同期】

李宾宾：怎么样今天？

【同期】

李宾宾：我给您翻个身。

【同期】

李宾宾：这脚这样不舒服吧？我给您换个姿势。

【同期】

记者：你总跟这些没有回答的病人说话？

李宾宾：我觉得可能是出于工作习惯。“我帮您擦一擦。”“我帮您翻个身。”病人有的时候，一天两天没有反应，然后你看时间长了，还是会有的；通过一些干预之后会有的，会有一些帮助。

记者：起到什么样的作用？

李宾宾：因为我们是危重症监护病房，是离死神最近的地方。他们确实也是需要一些心理的支持。他们难受，我知道他们难受，他们心里还是需要一个依靠。

主创人员：
朱慧容、韩文炀

【编者按】在新冠病毒肆虐的3月初，一张医生推着患者共赏夕阳的照片感动了无数中国人。是谁抓住了这美好的瞬间？图片中的医生和患者之间又有什么背后的故事？《新闻联播》带观众一起去发现照片背后的感动。

## “陪你看落日”

### ——一张照片背后的感动

首播时间：2020年3月7日

首播平台：央视综合频道、新闻频道《新闻联播》

【导语】3月5日，一张余晖下背影的照片感动了很多人。我们来看一下这张照片背后的故事。

【解说】老人手指夕阳、医生驻足眺望，余晖下的身影温暖了许许多多的人。照片中的医生，是上海复旦大学附属中山医院援鄂医疗队的队员刘凯。3月5日傍晚，在他护送一位87岁的患者做CT回病房的路上，身后的志愿者拍下了这个瞬间。

【同期】

**志愿者甘俊超：**当时阳光真的是挺好的，我就想着帮他们拍了。晒了一会儿。一两分钟吧。很珍惜这个透气的机会。

余晖下背影（摄影：甘俊超）

【解说】6日一早，记者在武汉大学人民医院东院见到了刘凯医生，他正参与一个远程会诊。他说，没想到自己无意间发在朋友圈里的这张照片居然被热传，仅自己的朋友圈就收获了 500 多个点赞。

**【同期】**

**复旦大学附属中山医院支援湖北医疗队呼吸治疗师刘凯：**本来可能是做一个个人的纪念，没想到能给大家带来一个正能量，让大家感觉到温暖，所以非常惊讶，也非常惊喜。

**【解说】**照片中的患者，是一名 87 岁的老人。由于轮休，刘凯没有进入隔离病区，他通过手机视频问候老人的情况。

**【同期】**

**刘凯：**王老师您好！您感觉怎么样？

**患者：**我今天比昨天好多了。

医生刘凯向记者展示手机中的照片

**【同期】**

**刘凯：**有好多人看到您那张照片，祝您早日康复！

**患者：**谢谢你啊。

**【解说】**刘凯告诉记者，这位老人家 2 月 9 日因感染新型冠状病毒住进重症病房，刚来时症状比较严重，精神状态也不好，不愿与周围人交流。经过医务人员近一个月的努力治疗，现在老人的病情逐渐稳定下来。

【同期】

**刘凯：** 呼吸状态也逐渐地好了，（病情）也平稳了，（血）氧（饱）和（度）也好了，所以我们才决定昨天带着他去做一个 CT，进行一个肺部情况的评估。逐渐好转的过程当中，他还愿意给我们哼一些歌。

【解说】原来，老人年轻时是一名乐团的小提琴手。为了让老人树立战胜疾病的信心，治疗过程中刘凯和同事们经常会陪老人聊聊音乐的话题，慢慢地，老人的心情逐渐开朗起来，每一天的好转都让刘凯格外开心。刘凯来到武汉已经一个月了。比起刚来时病房住满重症患者，刘凯说现在情况已经明显改善，大家都期待着早日战胜疫情。

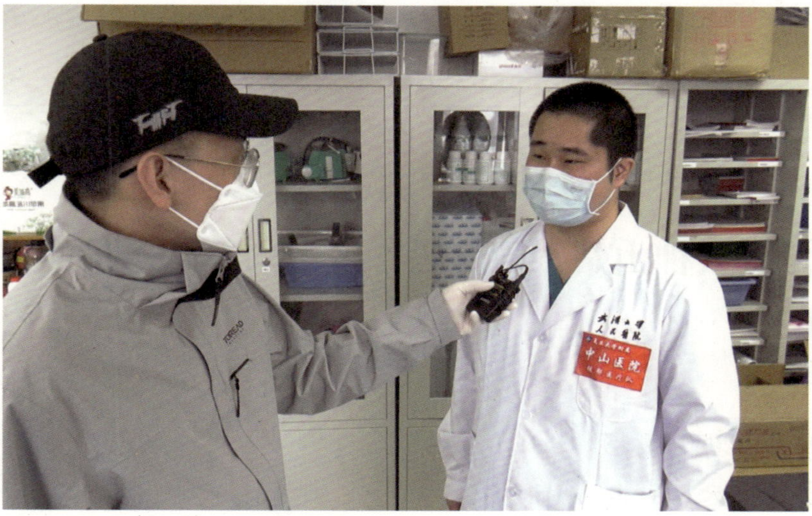

医生刘凯接受记者采访

【同期】

**刘凯：** 有一大部分患者（病情）已经明显稳定，还有一部分患者已经成功转移出院了，我们（病区）之前已经出院了将近二三十个病人。我们一起携手努力，都是渴望一个明日的朝阳。

主创人员：
任永蔚、宁坤、高文鹏、苏童、徐欣宇、潘虹旭、高晨源、钱坤

【编者按】武汉女孩阿念是新冠肺炎轻症患者，在军队医护人员的帮助下，她从方舱医院转到火神山医院，每天和医护人员一起精心照顾重症的外婆。在火神山医院，她和白衣战士们结下“过命”的交情。

# 还记得火神山姑娘阿念吗？她泪别军队医护的视频，看哭无数网友……

首播时间：2020 年 4 月 18 日
首播平台：“央视军事”微信公众号

还记得火神山女孩阿念吗？她进火神山救外婆的故事，曾感动无数网友。最近，军队援鄂医疗队离汉之际，阿念为曾经并肩战“疫”的“战友们”录制了一段送别视频，许多网友看后都说太催泪了。

## 为照顾外婆转到“火神山”，她与“白衣天使”结下“战友情”

今年 2 月，阿念的外婆因感染新冠肺炎病毒，住进了火神山医院，为了鼓励老人和病魔抗争，军队医护人员几经协调，终于把轻症感染者阿念从方舱医院转到了火神山医院。

阿念在外婆身边，亲眼见证了人民军医全力救治、关爱患者的一幕幕。为了表达感激之情，她还和病友们一起动手制作小挎包送给医护人员。

3 月 6 日凌晨，阿念的外婆突发脑梗不幸离世，但阿念全家依然感恩军队医护人员的全力救治，全家当晚作出决定：捐献外婆的遗体做病理学研究，这也是火神山医院第一例自愿捐献的遗体。

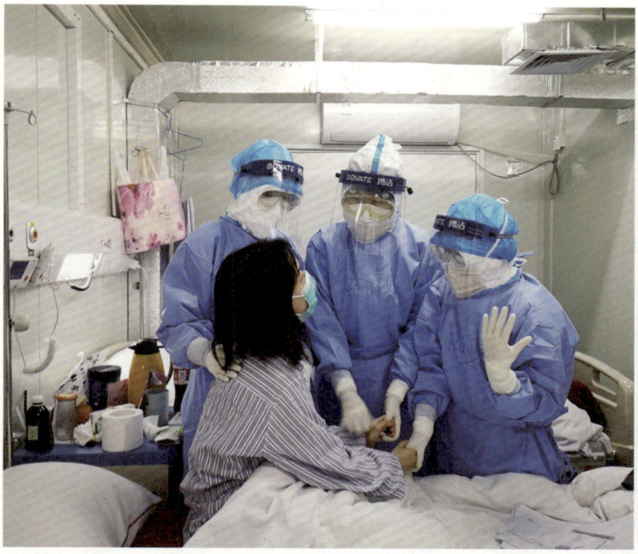

阿念在火神山医院和医护人员

（摄影：王俊康）

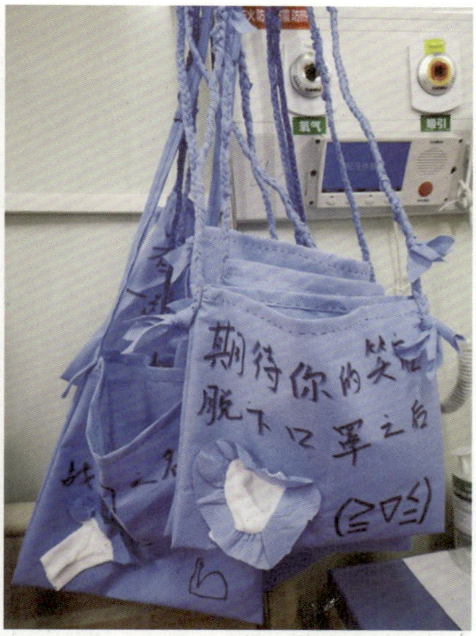


阿念为医护人员制作的小挎包

（摄影：徐文清）

## 强忍泪水道别，遗憾没见过救命恩人的样子

3 月 14 日，阿念出院了，之后得知军队援鄂医疗队要撤离。因为尚在隔离观察中，担心自己无法到现场送别，阿念第一时间录制视频，她有好多话想要跟“战友”说。这个善良的姑娘担心自己会认不出救命恩人的样子。“在火神山医院时，你们可以看到我的样子，但我却从来不知道你们的样子。如果有一天在街上遇到，我可能认不出你们，请不要生气更不要伤心。”乐观的她已经开始期待和白衣战士重逢的那天。“希望有一天，我们能够摘下口罩，在大街上重新认识彼此，一起吃饭聊聊天，聊聊这段特殊时期的经历。”强忍着泪水的阿念说：“你们的离开是一件好事情，火神山终于成为一段历史，但你们永远不会被大家所遗忘。谢谢你们，祝你们一路平安。”

## 终于有机会到机场送别，她的故事打动了无数网友

幸运的是，刚录制完这段道别视频，阿念的观察期结束了，她终于有机会赶去机场，向自己的救命恩人当面告别。虽然就像她自己担心的那样，阿念没能认出每一位“战友”，但那份真挚的情谊感动了无数网友。

军队支援湖北医疗队，静悄悄地来，又静悄悄地走，太多人来不及当面告别，太多话想说给他们听。

阿念与医护人员告别（摄影：王俊康）

主创人员：
刘智力、李昕、侯东合、刘一鸣、孙毛宁、徐蕾莹、梁辰、王俊康、游佳、鞠亚倩、崔晨耘

【编者按】在武汉协和医院西院湘雅重症病房里，医护人员和病人一对一结成“临时家属”，希望没有家人陪护的病人能得到更多精神安慰。同时，这种亲人般的互相温暖，也让湖南的援鄂护士付秦辉，在经历了最初的恐惧和孤独后，与病人共生了一股为生存而斗争的能量。

# 武汉：我的战“疫”日记·临时家属

首播时间：2020 年 2 月 27 日
首播平台：央视纪录频道、“央视频”客户端

“周爷爷，我等一下进来（病房），我要给你带点牛奶。你还想吃什么？苹果、橘子要不要？”

“苹果可以。”

“我放这里。我带了点苹果、红枣，还有牛奶。反正没有了，你就再告诉我，我就再给你拿进来。”

一开始，他们（病人）有一个感觉就是：旁边没有家人，就没有那种安全感。特别是有的老人家，他们可能心里就觉得：“完了，我没有什么希望了。”

比如说 103 床的周爷爷，以前他是不怎么会搭理我的那种（状态），很少下床，可能就是上厕所的时候下一下床。

现在在这种大环境下面，精神的安慰是非常重要的。这个应该是我们最初想要实行这种“临时家属”制度的一个原因。不仅对病人来讲，其实对我们这些远在他乡的医护人员来讲，也是一个牵挂，这个亲人就在我身边的这种牵挂。

现在（是）11:50，准备起床上班，最近我的一个状态就是，睡觉的时候很容易醒，惊醒，突然一下起来。我做的第一件事情是，看一下我床头的闹钟现在是几点钟，离

下一次上班还有多久的时间。

“奶奶，喝牛奶。”

“牛奶好喝。”

上第一个班的时候，我经常去窗户边，我要去透一下气，不然的话我就觉得自己有点发晕、想呕。因为没有经验，尿不湿里面的尿当时其实漏了出来，漏到了我自己的裤子上面。其实我洗澡时候哭了，说不出（原因），也不知道为什么哭。

今天其实有一个病人，从夜里到白天，可能抢救不下七次。凌晨三四点的时候去世了。正好我们车上有一个小姑娘，她是181（去世患者）的“临时家属”。听到这个消息的时候，她当时哭了，我也很害怕我会遇上这种事情。我很害怕。所以，我心里现在想的就是，我要照顾好他（“临时家属”），我要让他平安地走出医院。

（ICU）里面的病人基本上都是一些（使用）有创呼吸机的。每隔两个小时去给他翻一次身，每隔16个小时我们会给这个病人做一次俯卧位。翻他的时候我们至少都是四到五个人，人多的时候可能要七八个人，合作的时候又要注意他（患者）的一些管道不能够脱出来。每次搬动之后，我都会看一下自己的心率，都到130、140了。

“不痛。”

“有点痛，是吧？”

“不痛。”

“好。”

其实我们刚开始来到这里的时候，我们也感觉很孤独，也感觉很害怕。但是就是因为他们（病人）很坚强，他们很相信我们，你会觉得那种正能量会冲破一切的困难。其实，你在治愈他们的同时，也是在治愈自己的心灵。

早上04:30出发到医院，现在10:40。刚从污染区病房出来准备洗澡。

“加油。”

“恭喜。”

“这怎么办呢？这不能握手，给你们敬个礼吧。我当过兵的。”

“好。”

“谢谢。”

“再见。”

我送走他，我好开心。今天有病人问到我想不想家，我很想我父母，也很想我孩子。但是最大的心愿就是我首先要把你们送回家，平平安安地送回家。然后，我自己再平平安安地回家。

主创人员：
刘鸿雁、周俊、白晓、唐慧、范云环、许伟

【编者按】《方舱》是《新闻调查》在武汉市方舱医院即将完成历史使命前赶制播出的约46分钟的专题节目。没有宏大叙事，只有普通患者拍摄的真实方舱生活片段，节目用白描式手法呈现出医护之间携手同心、共同抗疫的细节。本文节选了患者杨晶在方舱内日常治疗的内容，包括核酸检测、糖尿病患者用药等，向大家全景式呈现方舱的真实状态。

## 方舱（节选）

首播时间：2020 年 3 月 7 日

首播平台：央视新闻频道《新闻调查》

**【同期】**

**杨晶：**我们在这儿排队做核酸检测呢，上一次做的结果是疑似阳性，今天再测一次。

**杨晶：**今天难得出太阳，核酸检测就被安排在了户外。听说核酸检测设备也刚入驻我们这里不久。真的是太好了，可以就地进行核酸检测。还是蛮方便的。

**杨晶：**阿姨紧不紧张？

**患者阿姨：**紧张。

**医生：**一点都不用紧张，又不疼，是吧？轻轻刷一下就解决了。但是我肯定要把标本给你取得特别好。

**杨晶：**今天我们在外面——室外做核酸了。在消毒。我刚刚做完。

**医生：**您放松一点啊。张嘴。微微抬头。再抬一下头。好。

**杨晶**：好。开唱。

**医生**：你们唱吧。

**【解说】**江岸方舱医院由湖北省中西医结合医院接管，医疗救治工作主要由湖北、河北、天津、江西、广东、上海等共8支医疗队740名医护人员负责。在这里，每位病患从入住到确定康复，需要进行至少两次核酸检测、一次CT检查。

**【同期】**

**杨晶**：这样临时的一个CT室，就像医院里面的放射科搬了一个过来，叫到我们名字再进去。还有语音，进门后请先报姓名、床号。

**杨晶**：有个医生，外面的，就跟我说什么高密度影，就是新冠的。

**医生**：你这本身就问题不大。

**杨晶**：怎么看呢？

**医生**：怎么看？我现在……我也教不会你。

**杨晶**：得知身体恢复得不错，心情自然阳光起来。方舱里大家逐渐熟悉了，很像一个团结的大集体了。

**医生**：送您两朵花，承载我们的祝福，希望您早点出院。

**【解说】**开舱一周后，江岸方舱医院原有的700张床位全部住满，又扩建了一个区域，病床增加到了900张。

**杨晶**：人一多，事自然也就多了。这么多不同年龄的人住在一起，久而久之，对于药物的个性化需求也多了起来。

**糖尿病阿姨**：帮我解决这个糖尿病问题。

**护士长宁艳婷**：大家都在努力，包括政府，包括里面这些人，都在努力。肯定会想办法给你解决。

**杨晶**：负责我们这片的河北医疗队护士长宁艳婷，在我看来简直就是个女超人，我们提出的所有诉求她都能解决。

**宁艳婷**：没事。这些问题都能解决的。

**杨晶**：在方舱，好多患者都有自身的老毛病，隔离天数一长，原本带的各种药就不够了。别的小毛病还能扛一下，阿姨的糖尿病真是个着急的事儿，也不知道多久可以解决。

**糖尿病阿姨**：我都不知道这里有胰岛素，我想着那个药肯定没有，因为它不是一般的常规药，现在我才晓得。

**杨晶**：他们这次配备的还是很齐全。什么心脏病的药都有。

**糖尿病阿姨**：我就怕来这里怪麻烦他们的。

**宁艳婷：**写上您的床号了，您说我的胰岛素在冰箱就可以了。

**糖尿病阿姨：**我自己带的可以暂存吗？

**宁艳婷：**是没有开封的是吧？可以。你拿过来，我给你做一下标记。

**杨晶：**好迅速啊！没超过半个小时，阿姨已经拿到药了。这是怎么做到的？

**药剂师程贝：**你们是 A 区还是 B 区？我没听清楚。

**护士：**A 区。

**程贝：**好的。好的。我马上送进来。

**护士：**好的。谢谢。

**记者：**你是要给病区里面去送药，是吗？

**程贝：**对。给病区送药。

**记者：**是他们指定的药？

**程贝：**对。有些临时要的，有些病人都是他们临时需要一些药品，我们就要给他送进去。然后再来一瓶强力……强力枇杷露。

**【解说】**在方舱内，中药肺炎 1 号汤剂是轻症确诊患者们的最常规治疗药剂，最多的一天，药剂师程贝往舱内运送了 2800 份。

**【同期】**

**程贝：**好。你们稍微远一点，远一点，这里是缓冲仓。他们里面的人，有一个专门的物资组，他们会从缓冲仓把它分配到各个病区。

**程贝：**A 区，A 区，通过区域大队已经送进去了啊。还有中药注射剂、中药汤剂。

**【解说】**这排集装箱是方舱的临时药房。程贝等六名医生、志愿者的日常工作就是随时保障患者的用药需求。药房可以提供的药品从 80 多种增加到了 200 多种。

方舱轻症患者杨晶与方舱医护人员合影

【同期】

**杨晶：**阿姨，您要打胰岛素了。

**糖尿病阿姨：**对。我打胰岛素。是那个护士教的。看到没？这就是胰岛素，要把它摇均匀，手法要到位，还要消个毒。

**杨晶：**晚饭前，阿姨打上了新拿到的胰岛素，整个人都不再焦虑了。

**糖尿病阿姨：**你们护士是天使，更是我们的贴心人，这样我们的心情也好，我也不再恐惧了，有了战胜疾病的信心。真的很感谢白衣天使。有没有这个点赞的平台？如果有，我的家人我的女儿都想给你们点赞。

**宁艳婷：**没关系。从心里给我们点赞也行。

主创人员：
郭洁、方兴

## 第三节　战“疫”家书

【编者按】见字如面，纸短情长。危难时刻，一封封战“疫”家书用最朴实的方式，诉说着白衣战士内心深处的真情与大爱。他们是妻子、是丈夫，是儿女，是父母，是每一个小家最牵挂的人。家书中的倾诉言语平实但饱含深情，字句简洁但蕴含力量。字字句句写满了果敢坚毅的决心、挺身而出的担当，折射出一个个战“疫”家庭舍小家顾大家、舍小爱成大爱的奉献精神。家书中字里行间的真情流露，让我们更加懂得了危难之际的勇敢“逆行”，是怎样的无私，又是何等的担当。

【编者按】在抗击疫情的关键时刻，武汉一家三代人用各自的方式齐心抗疫守护家园。16 岁女孩陈琪方用充满感情色彩的笔触写下一封公开信，表达了共同战胜疫情的信心。

# 我把外公和妈妈都“借”给你

首播时间：2020 年 2 月 6 日
首播平台：央视综合频道、新闻频道《新闻联播》

【导语】面对疫情，无数医务工作者奋不顾身奋战在一线。在武汉，一名 16 岁的中学生在写给患者的公开信中，就表达了对患者的鼓励，对医生家人的牵挂和战胜疫情的信心。

【现场】

刘凡女儿陈琪方：当我得知我年迈的外公也在前线时，眼眶早已通红，还有我的妈妈，都说他们是党员，会冲上前线。哥们，挺住，我把我的外公还有妈妈都“借”给你了！

【解说】这是武汉高中生陈琪方写给患者的一封公开信。她在信中一方面鼓励患者与病魔抗争，一方面也给正在一线与疫情奋战的外公和妈妈加油。琪方的妈妈刘凡是武汉儿童医院的医生。几天前，儿童医院被指定为武汉市唯一的新型冠状病毒感染的肺炎患儿定点救治医院。已经有 19 年党龄的刘凡在儿童呼吸及免疫系统方面有着丰富的经验，她主动承担起一线临床救治工作。

【同期】

武汉市儿童医院医生刘凡：大敌当前，幼吾幼以及人之幼，所有的孩子都是自己的孩子。这个国家跟社会是我们大家的、集体的，去维护它，这是我们的职责。

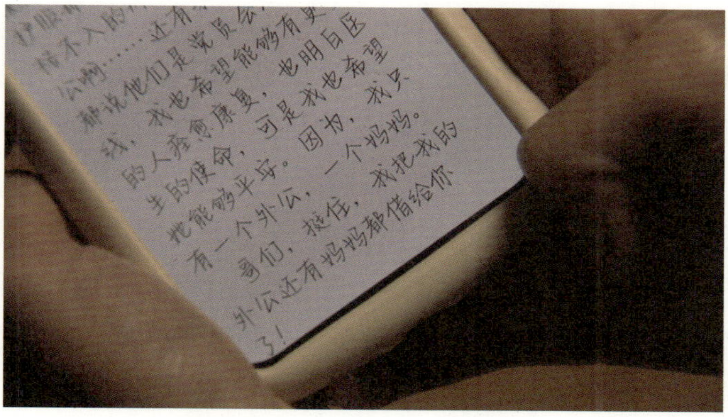

16 岁女孩陈琪方的网上公开信

**【解说】**刘凡医生所在的风湿免疫科改造成了疑似患儿的隔离病房。她负责的这一层收治了 19 个患儿，最大的 12 岁，最小的不到两个月。5 名医生和 15 名护士在这里 24 小时日夜守护。她们中的大多数已经是母亲，却顾不上自己的孩子。

琪方已经快十天没见到妈妈回家了，只能通过微信视频问候一下，往往发过去的一句问候，都要等到第二天才能收到妈妈回复。这让她寝食难安，很希望自己也能帮妈妈做点什么。

**【同期】**

**陈琪方：**我妈妈其实是个抵抗力特别低的人，她给儿童看病有的时候自己都能感着冒回来。（我）又意外地得知我的外公居然还在上班。那我写一封加油的信给他们。

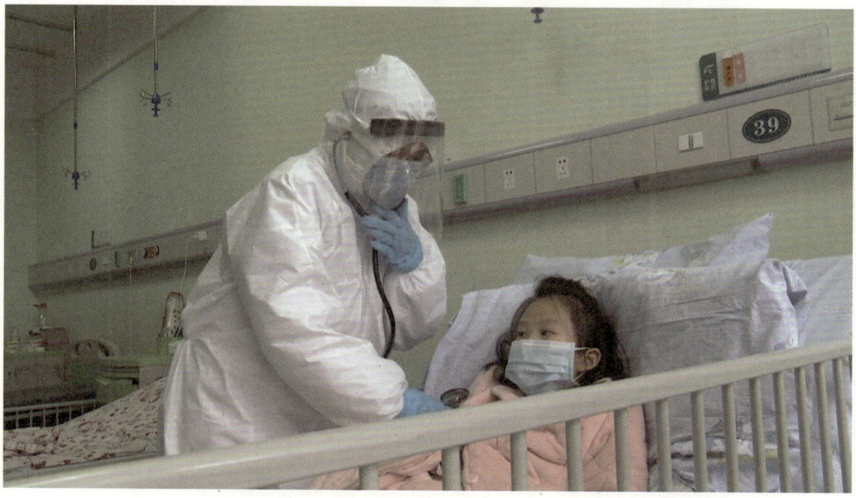


陈琪方的妈妈、武汉市儿童医院医生刘凡在隔离病房给患儿看病

【解说】琪方的外公刘敦礼今年 73 岁，是长江医院退休后返聘的老专家，一位工作了 52 年的内科医生。疫情当前，很多年轻医生被抽调到发热门诊，刘敦礼选择坚守在医院的全科门诊。他说，这是一名老党员的担当。

【同期】

**长江医院老专家刘敦礼：**这是一种使命感，一种责任感，是医生没有哪个往后退缩的。如果我不参加这一次斗争，那我这个医生这几十年的生涯就会留下遗憾。我就这一个小孩（刘凡）。我说："你作为一个党员，你要义无反顾的，思想上要高度警惕，行动上不能够差半点儿。"

16 岁女孩陈琪方

陈琪方的外公、长江医院内科医生刘敦礼在给门诊病人看病

**【同期】**

**刘凡：**我觉得最多的是受到他（父亲）的感染，对我的一种鼓舞，这种鼓舞让我在工作中可能有更大的一种动力。

**【解说】**外公和妈妈的坚强和勇敢给了小琪方信心，她也希望自己写给家人的文字同样能够带给更多人温暖。

**【同期】**

**陈琪方：**在我的世界里面，我的妈妈和我的外公是很能行的，我把他们“借”给你们（患者），他们能顶起我这个家，那同样就可以顶起你们患者的这片天。我发了这个文章出来以后，很多人说：“加油！”“加油！”那一瞬间，觉得这个年挺暖和的。

**【同期】**

**刘凡：**她不是代表一个人、一家人，真的是千千万万的医务工作者的孩子的心声。

**【同期】**

**陈琪方：**加油啊，我的“超人妈妈”。要记得向阳而生，逆风飞翔，乘风破浪，然后归来如往。

主创人员：
文永毅、李志贵

【编者按】自疫情发生以来，总台音频客户端“云听”推出特别策划节目有声书信集《加油！我要对你说》，总台主持人携手各界明星嘉宾，通过拆读自己写给“战‘疫’者”的亲手书信，致敬普通人的壮举，点赞平凡中的伟大。

# 待到春暖花开，祝你新婚快乐！

首播时间：2020 年 3 月 4 日
首播平台：“云听”客户端《加油！我要对你说》

我是王鸥。你好，马瑞。

作为云南省森林消防总队丽江支队的一名消防官兵，一年到头能回家的时候不多，今年春节对你来说尤其特殊。不仅能回家过年了，而且还与未婚妻定下了举办婚礼的日子，就在大年初八。

双喜临门，我能想象你内心的喜悦和期待的心情。这不，腊月二十七，申请的 10 天婚假刚刚批复，你立马就买好了正月初五回昆明老家的火车票。

离回家的日子越来越近了，可是你的喜悦和期待不仅没有加深，反倒慢慢褪了下去。

大年三十这天一大早，战友们都在忙着张灯结彩布置营区，喜气洋洋地迎接新年，你的脸上却有些焦虑。那时候，电视里正在播放有关新冠肺炎疫情的新闻。虽说当时的疫情还不算严重，但是由于多年从事文书工作养成的职业敏感，你敏锐地察觉到，往后的一段日子疫情可能会更加严重。你有些揪心：疫情时期更需要在岗，这婚假还该休吗？可如果不休了，又该怎么跟未婚妻解释呢？这个婚礼已经让她等了太久……

除夕晚上，你拨通了未婚妻的电话，耐心地向她说明疫情严峻的形势，为什么要推迟婚礼，又为什么选择留下来。最后，终于做通了未婚妻的思想工作。挂了电话，你又补发了一条信息，说："待到春暖花开，我再娶你。等疫情结束，一定给你补办一个浪漫的婚礼！"

未婚妻同意了，可父母那关怎么过呢？父母对待婚期选择比较看重、谨慎。果不其然，得知你推迟婚礼的想法，母亲着急了。父母希望孩子结婚的心已经很浓烈了，而且酒店也订好了，请柬也发出去了，怎么能突然说延期就延期呢？你知道父母的心，也不想让他们伤心和为难，可是疫情面前容不得马虎，你还是坚定地说出了那句："我在应急队伍工作，而且还是一名党员，关键时刻我得上一线。"母亲虽心有不甘，但最终还是支持了你的选择。

谢谢你的这个决定，马瑞。记得春暖花开、举行婚礼时，跟大伙儿说一声，我们都等着对你说一句："新婚快乐。"

祖国哪里有危难，人民哪里有需要，哪里就有人民子弟兵。我要对你和你的战友们说："万家团圆时，将士未下鞍，是你在医院、车站、高速路口、生活枢纽处……护佑一方安宁。因为坚守岗位，也许有人错过了婚礼，有人错过了孩子的出生，有人放弃了入伍多年的第一个团圆年，有人和妻子在一线的不同岗位上奋战。是你们把亏欠留给了自己和家人，而把安全感交给了我们。谢谢你！辛苦了！马瑞。"

主创人员：
杨帆、艾双、郑琳、张煜霖

【编者按】在支援武汉期间，援鄂医生董桂英收到了女儿的来信，这封信更加坚定了她心中的信念。在女儿心中，妈妈是棒极了的医生，是全世界最有力量的女人，是奇异的厨艺师，更是勇士。懂事的女儿还为每一位出征的“妈妈爸爸们”折爱心千纸鹤，期待他们平安回来！

# 女儿的爱心千纸鹤

首播时间：2020 年 3 月 2 日
首播平台：“央视频”客户端

**【字幕】**

这是北京大学人民医院急诊重症监护病房的医生董桂英第二次来到武汉。相比第一次，这一次她怀揣着更多的使命与责任。在支援武汉期间，她收到了女儿的来信。这封信，更加坚定了她心中的信念。

**【字幕】**2020 年 2 月 19 日　武汉　晴

**【画外音】**

我是北京大学人民医院急诊重症监护病房的医生董桂英，今天是我到武汉的第 12 天。

初识武汉，是 2019 年秋，去参加中国医师协会重症医学医师分会成立 10 周年。大会有个教授说：“生活由四种事件改变：‘爱’、‘音乐’和‘艺术’，会让你对生活充满更多的激情和热情；但唯有‘失去’，才能让我们变得更加强大和勇敢。”至今这些话仍言犹在耳……

董桂英和同事出发前合影

2月7日，再入江城。我们北京大学人民医院医疗队来到武汉。面对每天不断攀升的疫情报告，来不及过多的思考，便武装上阵，在开放病房的最初26小时，我们北京大学人民医院医疗队就收治了50名重症病患，其中10名是危重症患者。需要较高级别的氧疗措施，甚至有的病人来了就是休克状态，有的合并肾功能衰竭。今天，几名上呼吸机的患者支持条件逐渐降下来了，大家都特别开心无比欣慰，感觉所有的辛苦都是值得的。

还有一个小惊喜，我收到了女儿的来信。她在信里说，我总是特别忙，忙得经常忽略她的存在，但她也告诉我，妈妈是一名勇士，能帮助很多人起死回生。我真是特别欣慰，在这场没有硝烟的战争中，女儿懂得了众志成城，理解了责任和担当。我相信，经历过这样一场彻骨寒冬的生命洗礼，我们必将可以昂扬地站立在春天。

今天欣赏了比利时钢琴家尚·马龙为中国创作的一首关于战“疫”、防疫的国际公益曲——《黎明的编钟声》，歌曲中加入的尚·马龙的中文独白让我特别感动：“夜走了，天亮了。天空和钟声一同醒来了，樱花在温暖的春风中飞扬。”愿这一天早一点到来。

【画面】女儿的信

我妈妈是一个棒极了的医生，她工作在急诊重症监护室，帮助很多爷爷、奶奶、叔叔、阿姨起死回生。

她是全世界最有力量的女人，她像花朵一样漂亮，温柔地和你讲道理的时候像天使，生气教训你的时候像狮子。

她还是一个奇异的厨艺师，可以让任何食材都变成餐桌上的美味，但前提是她有时间。她总是特别忙，忙得经常忽略我的存在，但我明白她是陪在需要她的病人身边。

她更是一名勇士，是我心中的榜样，在武汉疫情需要她的时候，义无反顾地冲到了前线。我想对您说：“我爱我妈妈。”而且你知道吗？妈妈也爱我，而且会永远爱我。

我知道，妈妈所在的医疗队里有很多和她一样的爸爸妈妈，我想对你们说：“我敬佩我的‘妈妈爸爸’，而且你们知道吗？‘妈妈爸爸’也爱我们。在每一次我们需要的时候，他们从未缺席！”

我在为每一位出征的“妈妈爸爸”折纸鹤，我相信你们在春暖花开的时候，定会像北归的大雁一样平安回来！

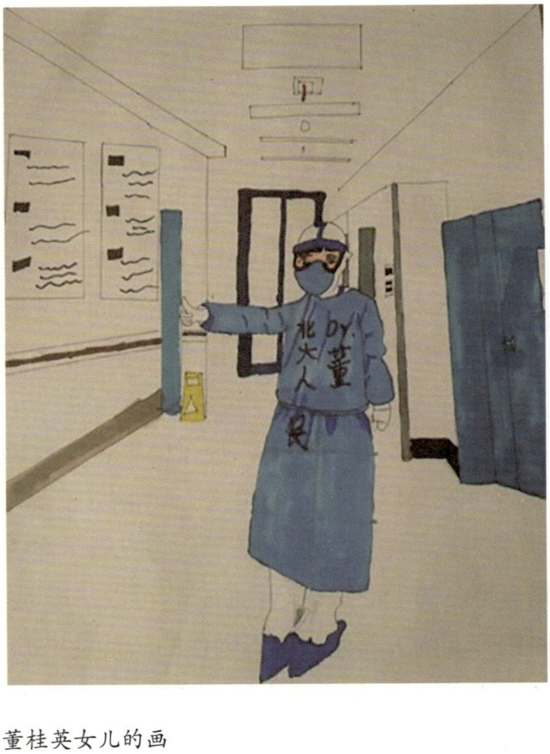


董桂英女儿的画

主创人员：
陈晓夏、宾芳、董晧、郝建隆、谭朕

【编者按】面对83岁老父亲二百余字承载着爱与关切的微信，坚强的援鄂医生万裴琦不禁泪奔。父亲的微信，是给女儿最有力的支持和最温情的呵护。

## 老爸写过最长的微信

首播时间：2020年2月25日
首播平台："央视频"客户端

【字幕】

2020年1月27日，广西医科大学第一附属医院的万裴琦，接到命令，出征武汉。在她援鄂的几天后，收到了83岁父亲发来的一条长长的信息。

【画外音】

**万裴琦**：我来武汉这么久，他（我爸）一直都不敢给我打电话，也不敢发短信，可能也不知道我是在上班，还是在睡觉。昨天晚上（2月1日），他终于发了一条微信。

【画外音】

**万裴琦父亲**：裴琦儿，你随医院勇士大军开赴湖北"火线战场"好几天了。本想早日发个短信了解一下信息的，但由于微信打不开而"夭折"了。我原来以为你气力那么弱，生活环境改变了，天寒地冻，环境恶劣，能否撑住呢？心里嘀咕着！开始我们对这形势都是有点一头雾水、不知天的，心里感到渺茫。你向老妈汇报一些信息后，我们心头凉了下来！我觉得你还是有气概的。乡亲、兄弟、亲戚、好朋友，都说你是勇士，有气质！我说你还是要认认真真保护好自己。

要吃好饭，注意营养，不要像在家那样要吃不吃的。注意休息，不要像在家那样经常熬夜。

祝早日胜利归来。

老爸妈写

2020 年新春初八

万裴琦与同事研讨患者病情

【画外音】

万裴琦：从来没有过这么长的微信，我心里面就感觉……我们平时交流很少的，真的很难得他第一次能给我发这么长的微信。父爱有时候真的是……不是一句话能形容的。

【字幕】

父在千里心系儿，一封家信传万里。

子行千里战疫情，父爱无形胜有形。

主创人员：
陈晓夏、宾芳、董晧、郝建隆

【编者按】医生王燕森在援鄂抗疫期间给刚满百天的儿子“小毛豆”写了《一封家书》，从家庭的“小爱”到医者仁心的“大爱”，展现出援鄂抗疫医疗队的医护人员坚守抗疫最前线的不易和无私的奉献！

# 一封家书

——父爱如山　大爱无疆（中文文稿）

首播时间：2020 年 4 月 14 日

首播平台：国际在线泰文网

亲爱的小毛豆：

见信如面，请妈妈将信念给你听。我是爸爸。今天你已经 100 天了，向男子汉又迈进了一步，你都已经会小爬行，并且会找爸爸了，但爸爸却在另一座城市开始了新的工作。这座城市叫武汉，一座被新冠肺炎疫情笼罩却遍地英雄的城市。爸爸和中日医院的 150 多位同事一起来到这里，目的只有一个：打赢疫情阻击战，取得胜利，武汉的胜利，湖北的胜利，中华民族的胜利……

大家好，欢迎和平平相聚《心灵茶歇》。刚才大家听到的，是一位出征武汉抗击新冠肺炎的医生写给刚满 100 天的儿子“小毛豆”的家书。中日友好医院国家紧急医学救援队领队（中日友好医院院办、党办副主任）王燕森医生，带队驰援武汉，从 2 月 1 日抵达武汉至今，先入驻光谷方舱医院，再转战同济医院中法新城区重症团队，至今两月有余。

泰语主持人许平平为“小毛豆”朗读身在武汉抗疫的爸爸为他写的《一封家书》

王医生想告诉儿子“爸爸为什么不在家”，那是因为爱！武汉疫情肆虐，被感染的患者每天都在增长。作为一名共产党员和医务工作者，他无法视而不见，只想享受小家之乐，不顾大家之危。全国各省市的援鄂抗疫医务工作者，是武汉最后的防线。如果他们不来，他们不坚守，武汉，湖北，乃至全国，都将面临被疫情席卷的风险。到那个时候，无数像“小毛豆”一样的孩子、众多民众都将面临生命威胁。所以：

> 爸爸之所以会义无反顾地奔赴武汉，就是想和同事们一起，尽自己的一份力保护毛豆、保护像毛豆一样的孩子，保护所有的人。

他们被称为“国家队”，是一支英雄的队伍。他们都想念着家里的“毛豆们”，却毫无怨言，听党指挥，召之来、来能战、战能胜！所有的胜利都需要有人付出，暂时的分别，是为了长久的团聚。

王燕森医生在家书中说，一直想给孩子送一个礼物——一个玩具、一件衣服或者一个学步车。但在武汉的经历让他坚信，还有更值得赠予的，甚至高于生命价值的礼物，那便是“责任”与“担当”。王医生亲身经历抗击“非典”和抗击新冠肺炎疫情，两次经历有着不同的感受。上次是“积极”和“勇敢”，这次更多的是“责任”与“担当”。因为责任与担当，他们走向防疫阻击战的战场，成为“最美逆行者”。2003 年，我们抗击“非典”赢了，今天我们一定还会赢！

亲爱的“小毛豆”，你已经 100 天了，你也有自己的责任了！你的责任就是健康成长！等着爸爸和所有在抗疫一线的医务工作者平安归来！等着爸爸回来抱抱你！

主创人员：
许平平、孙铮

【编者按】在群防群控的战线上，潘伟江和陈春红夫妻俩各自坚守岗位，10多天后才终于有了见面的机会。见面时，他们相隔了十来米，妻子的喊话出人意料却又在情理之中："不要再吃泡面了！"这个小家重逢的瞬间，是千千万万个共同战"疫"在最前线的家庭的缩影。

# 一个小家相隔十来米的对话：我在一线　你在"高压线"

首播时间：2020年2月7日
首播平台：央视新闻频道《24小时》

**【导语】**福建厦门的潘伟江是禾山街道禾缘社区的主任，他的妻子陈春红是定点救治新冠肺炎医院的一名护士。自疫情以来，夫妻俩就各打各的仗，都冲在战"疫"最前线。

就这样，一个小家，两个战场，共同战"疫"。已经连续10多天没有见上面的夫妻俩，在6日晚终于有了一次见面的机会。但是在特殊时期的见面，显然不可能有拥抱，而有的是十来米的距离。

**【同期】**

**厦门禾山街道禾缘社区居委会主任潘伟江：**你在"高压线"，我在一线，保护好自己。

**【解说】**这是潘伟江给妻子陈春红的微信留言。从大年初一之后，他们就再也没见过面。陈春红是厦门大学附属第一医院杏林分院的一名护士。这是一家福建省定点救治新型冠状病毒感染肺炎患者的医院，陈春红被分配到了重症病房，负责照顾危重病人。陈春红每天下班只能住在医院指定的酒店，进行自我隔离。

**【同期】**

**潘伟江：**科室有需要，总得有人去。我们社区也一样，总得有人出来干这个活。

**【解说】**潘伟江作为居委会主任，也站在了疫情群防群控的一线。如何筑好疫情防控的第一道防线，守护小区居民的健康安全，作为居委会主任，潘伟江深知责任重大。尤其进入返城高峰，工作强度更大，社区工作人员连轴转了几天。但潘伟江说自己是退伍军人，应该顶上去。

**【同期】**

**潘伟江：**早上吃泡面，中午吃盒饭，晚上吃盒饭，夜宵吃泡面。当兵的人都是特殊材料，顶得住的。

**【解说】**每隔两三天，妻子陈春红就会把一些生活用品列个清单，让潘伟江帮忙送到休息点。每次送东西，妻子都没下班，所以夫妻俩已经连续十多天没有见上面了。这次潘伟江决定等妻子下班。为了避免交叉感染，夫妻俩相隔了十多米远。

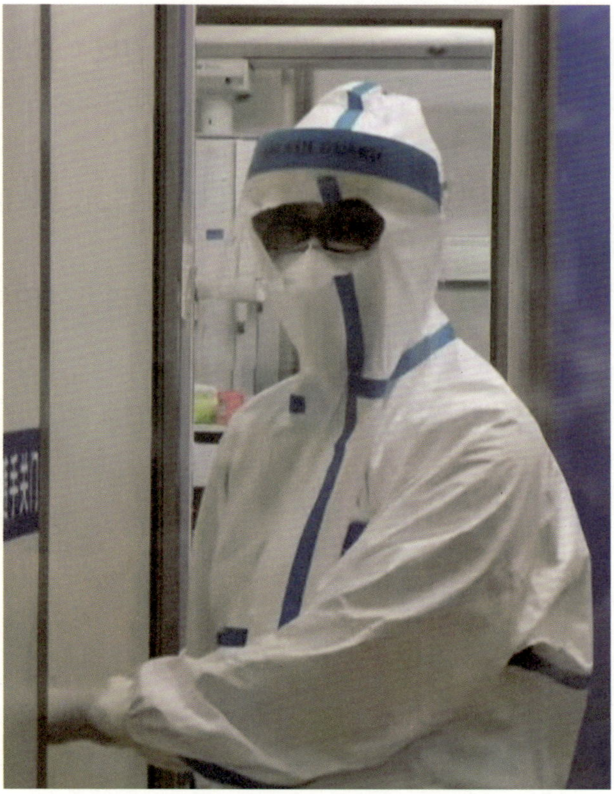

厦门大学附属第一医院杏林分院陈春红工作照

潘伟江和陈春红相隔十来米的对话

【同期】

**潘伟江：**我就给你放在大厅那边了，你自己过去取。

【同期】

**厦门大学附属第一医院杏林分院护士陈春红：**不要再吃泡面啦。记得回去儿子的作业要叫老爸他们辅导，我没办法辅导他。不要再吃泡面啦。

【同期】

**潘伟江：**我在一线，她在“高压线”，她是拿“炸药包”的，我顶多是后勤保障组。（我在社区）尽量做好一点，少送一些人到他们那边。

【解说】夜已深，城市灯光闪烁。此刻，这个小家有着共同的信念就是：“齐心协力战胜疫情，迎来团聚的一刻。”

主创人员：
张斌、陈子淳、吴冰锋

## 第四节　另一条战线

【编者按】用药如用兵，用医如用将。中共中央总书记、国家主席、中央军委主席习近平在北京考察新冠肺炎疫情防控科研攻关工作时，从军事医学研究院到清华大学医学院，从“最有力的武器”到“国之重器”，多次强调科学技术和科研成果之于疫情防控的重要性，他强调要不断完善诊疗方案，坚持中西医结合；要加大相关试剂、疫苗、药品的研发力度……此外，国务院应对新冠肺炎疫情联防联控机制在2020年3月18日印发了《新冠肺炎疫情心理疏导工作方案》。

在抗疫的另一条战线上，从事医疗科研工作、中西医结合治疗、心理治疗的工作人员与一线医护人员众志成城，齐心协力，共同抗击疫情。病毒分离、疫苗研发、中医辅助、心理看护，总台记者跟踪记录了在另一条战线上的技术成果和感人事迹，全景展现了全国同舟共济，携手并肩，坚决打赢这场全人类的抗疫之战的决心和能力。

【编者按】疫情发生以来，一批科学家在实验室中夜以继日，争分夺秒，从分离病毒到建立动物模型，努力了解有关新冠病毒的全貌，寻找与之较量的科学方法。尽快找到这次疫情的致病病原，是赢得这场战役的第一步。

## 战“疫”在另一条战线

首播时间：2020 年 3 月 2 日
首播平台：央视综合频道、新闻频道《焦点访谈》

**【演播室】**

在与新冠肺炎病毒的战斗中，我们一直在与病毒赛跑，这其中就有一支科研队伍。习近平总书记指出，要加快科技研发攻关。综合多学科力量开展科研攻关，加强传染源、传播致病机理等理论研究。疫情发生以来，一批科学家在实验室中夜以继日，争分夺秒，从分离病毒到建立动物模型，努力了解有关新冠病毒的全貌，寻找与之较量的科学方法。最近，记者在中国医学科学院进行了采访，看看他们是怎么研究新冠病毒的。

**【画外音】**

今年春节我是在长春过的。除夕这一天，我们一起包了饺子，但是我的妈妈在研究冠状病毒的第一线，我们祝妈妈过好每一天，早日战胜疫情。

**【解说】**这篇作文的作者叫金子添，是个三年级的小学生。她的妈妈叫任丽丽，是中国医学科学院病原生物学研究所的一位科研人员。疫情发生后，为了尽快找到造成这次疫情的元凶，任丽丽和她的团队一直在紧张地工作。

【同期】

**中国医学科学院病原生物学研究所病原体鉴别实验室副主任任丽丽：**我们团队里的人可能在实验室里面，趴在桌子上睡觉的时间都超过了一个月。因为我们病原所在前面是要打前站，第一波的战斗我们必须得把它完成。

【解说】任丽丽把自己的工作比作一场战役，尽快找到这次疫情的致病病原，是赢得这场战役的第一步。

【同期】

任丽丽：我们接到任务。三家单位吧，这是历次传染病疫情当中要做平行验证工作的，背靠背，要把这个事情做出来，第一时间确定它是一个什么东西，是一种新的冠状病毒。咱们人类以前这个东西不知道会感染人的，它是一种全新的病毒。

【解说】按照科学的做法，明确传染病的病原要由不同单位的科研人员背对背开展实验查证，然后将各自的检测结果互相印证。历时五天五夜，任丽丽所在的科研团队完成了国家卫生健康委交予的平行检测任务，经过与其他科研单位检测结果的相互印证，确定导致武汉病毒性肺炎疫情的致病病原是一种未知的、不同于 SARS 冠状病毒和 MERS 冠状病毒的新型冠状病毒。

【同期】

任丽丽：对于人类来说，它是一种全新的病毒，那么对于这种病毒还有很多问题，我们没有办法去回答，对它还不是很清楚。比如最简单的一个我们想知道的，它在人群里流行了这么长时间，它有没有变化？它这种变化对未来的传播来说有什么样的影响？这种变化会不会导致更重的疾病？我们正在努力在做这一块工作。

【解说】然而，这个确定致病病原的过程十分复杂，首先科研人员要从患者的痰液、肺泡灌洗液等样本中，分离出新冠病毒的毒株，但是病毒分离的工作并不容易。

【同期】

任丽丽：其实我们做一个比较来说吧。SARS 病毒当年分离的时候是非常容易的。但是这个病毒分离的时候我们还是遇到一点难度的，就第一代的时候，它滴度还是非常低的，在细胞上长得不太好。冠状嘛，这个“小冠冠”的话，就像一把钥匙，它得在细胞上对应那个受体，开了那个锁以后它能钻到细胞里去。但是，至少它那个“小冠冠”得在，它得进到细胞里才能进行复制。如果这个头上的“小冠冠”掉了，它就没有办法进到细胞里面去了。这个“小冠冠”一掉，就不太容易分了。

【画面】电镜下的新冠病毒

【解说】这就是成功分离出的新冠病毒，病毒大小都是纳米级的，在电子显微镜下放大后，我们才能看到它的样子。而分离病毒的过程，也充满了风险和挑战。

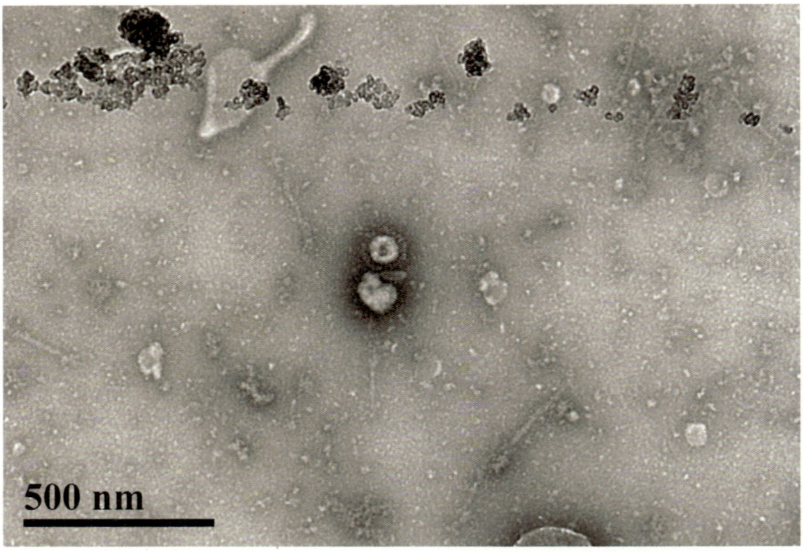

电镜下的新冠病毒

【同期】

任丽丽：我们临床医生们帮助把病人的样本提取出来，包括像我们肺（泡）抽出来的这个灌洗液，然后取的咽拭子，病人咳出来的痰液。因为在临床上可能是一个一个的病人，但是在实验室的话，我们遇到的就是一堆样本，你要把这个样本接到细胞上，你要接触到这个样本。所以，风险还是有的。

【解说】病毒分离的工作意义重大，它为研究疫情感染与发病机制、传播途径，以及疫苗和药物的研发工作提供了重要依据。

【同期】

任丽丽：因为这个病毒分离出来是很重要的一个环节。分离出来以后，这个病毒还能在敏感动物身上再引起同样的症状。再从动物身上再把它分出来，你能看到这个病毒，这才是（科赫法则）一个完整的链，所以病毒分离是最关键的一个环节。要用病毒做新的药物的筛选，去做疫苗的评价，去制备一些抗体，因为后续的科研工作都得需要它，所以它的意义是很大的。

【现场画面】任丽丽和鲍琳琳一起研究数据

【解说】对于病原确认，国际上要求有完整的验证链条。首先要从患者提供的样本中分离出致病的病毒，再将病毒植入健康动物体内，同样的疾病会重复发生，接下来要从实验发病的动物模型中再度分离培养出这种病毒，完成以上步骤，并得到确实的证明，就可以确认这次疫情的致病病原。

【同期】

**任丽丽：**国家遇到这么大的疫情，我们是大团队的作战——病原所、药物所、动物所都在一线工作。技术上的沟通和交流，相互的支撑这一点很重要，实际上是一个大团队实力的体现。

【现场画面】鲍琳琳等正在穿防护服，准备进入实验室

【解说】分离出病毒后，接下来很重要的一步工作就是要建立动物模型。这项工作就是由医学实验动物研究所鲍琳琳所在团队承担的。2003 年 SARS 疫情暴发的时候，鲍琳琳就参与了抗击 SARS 疫情的科研工作，如今她又承担起抗击新冠肺炎的科研任务。

【同期】

**中国医学科学院医学实验动物研究所感染性疾病研究平台主任鲍琳琳：**17 年前，我还是一个小姑娘，今天我也长大了，已经开始从当初的辅助性工作，到今天有一些工作可以自己来做的时候，觉得自己也可以贡献一份力量了。说不出来是什么感觉，就是觉得我还是有用的。

【解说】鲍琳琳工作的实验室内与外界有 -100 帕的压力差，长时间在负压环境下的实验室内工作，对科研人员的身体健康会产生影响。

【同期】

**鲍琳琳：**我们这个实验室跟外面的压力差是比较大的，进入实验室的那种感觉会是缺氧。然后，在实验室待的时间久了呢，就像人上到高原，但是你人上到高原的时候，有很多人是去游玩，你可能就回来了，但是我们这是工作需要，长时间都在这样一个环境当中。曾经我们有一个所长，她在里面待的时间太久了，SARS 的时候，就是耳朵会听不见。这么多年了，她有一只耳朵一直也是听力没有再恢复。

【解说】虽然这些工作中的风险和压力，鲍琳琳从来没有跟家人提及。但也只有家人的支持，才能让她安心地投入工作。

【同期】

**鲍琳琳：**有一些东西也没有办法跟家人交流。可能想的更多的是抓紧把这个任务完成，当时我们想的就是我们在实验室里面多努力一分，前线的医护人员或者病人有可能就多一丝希望。真的是这么想的。

【解说】和鲍琳琳一样，她的同事们这个春节大部分时间都是在实验室度过的。这张合影是鲍琳琳和同事一起拍的，拍摄时间是今年大年初一的早晨。大年三十，他们还在实验室里紧张地工作，当大家走出实验室已经是初一的早晨，于是有人提出大家合张影，记录下这个特殊的春节。

【画面】一张照片

动研所工作人员大年初一合影

【同期】

鲍琳琳：你缩短的这些时间可能都是在临床上，我只是说可能，就是能够抢救人的生命，然后能给医生去争取时间。这个都可能会发挥这种作用的，疫情（感染者）的那个数字，真的是不断鞭策我们。看到那个数字，对我们就是一种无形的压力。

【解说】此次疫情，我国在短时间内分离并确定病原，获得国际社会高度评价。世界卫生组织总干事谭德塞评价说，中国用创纪录短的时间甄别出病原，及时主动同世界卫生组织和其他国家分享有关病毒基因序列。中方采取的措施不仅是在保护中国人民，也是在保护世界人民。

【同期】

任丽丽：病原鉴定出来，那么发现它以后进一步要适应需求了。因为你要把病人鉴定出来，早一点发现谁感染，早一点把他们隔离了。这在传染病防控里面叫控制传染源，就避免大规模流行。试剂盒做完以后，我们就能够帮助一线临床快速去筛查病人。

【解说】在团队的共同努力下，科研工作有了新的进展。研究人员发现，目前临床检测新冠肺炎，除了用 CT 影像学检查外，更多的是用核酸咽拭子检测的方式。由于采样难度大等原因，不仅容易影响核酸的检出率，而且核酸检测的取样对于医务人员感染的风险也比较大。

**【同期】**

**任丽丽：**核酸检测方法，它实际上受到很多因素的影响，它并不是说百分之百都能做出来。因为如果病人潜伏期非常长，他来的时候病毒在这个位置就复制得很少很少。做病毒的核酸，它虽然快，但是它也有它检测灵敏度的一个下限。大家都说明明CT都有变化了，为什么我这儿还做不到呢？这个是有可能的，就是还是那个问题，你取的这个样本里面到底有没有？有多少？这些直接影响到检测的结果。所以这种情况下怎么办？那在病毒学诊断当中，实际上它的方法本身来讲就是要进行互补的，不能完全依赖于一种方法。

**【解说】**针对核酸咽拭子检测受取样等原因影响检出率，容易发生漏诊等情况，任丽丽所在的科研团队用半个月的时间，研制了化学发光法血清抗体检测试剂。这种检测方法是抽血，通过血液检测，这样不仅能降低医务人员暴露风险，而且可以批量检测，提高了检测效率。目前这种血清试剂正在进行注册审批，很快将应用于临床。

**【同期】**

**任丽丽：**那你感染了，你的血会有变化的，因为身体里会有反应。这个时候，有一个急性期的抗体叫IgM抗体，你要是查到IgM抗体阳性，然后病人又有CT(肺部影像)的变化，考虑到这种感染的可能性，减少漏诊的情况。

**【解说】**同新冠肺炎疫情的这场战斗，科研人员一直没有停止。目前一些药物已经进入临床试验阶段，有六种疫苗也正在通过动物模型评价中。科研人员与时间赛跑，加快研发步伐，依靠科学最终将战胜疫情。

**【演播室】**

今天大家看到的，只是从北京到全国各地众多科研团队中的代表。新冠肺炎暴发后，众多科研院所、高等院校和企业的科研人员都投身到了这场战“疫”中，努力用自己的专业所长为抗击疫情做贡献，从科学的途径去认识、了解病毒，并寻找克敌制胜的办法。他们更是在与时间赛跑，因为早一天，哪怕是早一小时获得突破，就会有更多生命被拯救和病患康复，直接减轻前方医护人员的压力与威胁，为最终胜利带来希望。

主创人员：
王宁、王守城

【编者按】在抗击疫情的另一条战线上，他们24小时轮班保障着全院所有患者的用药安全，大家把这里称为战“疫”前线的“弹药库”。这也是在此次疫情报道中，媒体首次聚焦医院药房。

# 战疫情·在一线24小时值守　保障患者用药安全

首播时间：2020年2月25日
首播平台：央视综合频道、新闻频道《朝闻天下》

【导语】武汉同济医院中法新城院区是这次疫情最早被征用的定点医院，目前1000多名重症、危重症患者在这里接受治疗。医院里有这样一群人，他们不是医生，也不全是护士，他们24小时轮班保障着全院所有患者的用药安全，大家把这里称为战“疫”前线的“弹药库”，来一起看看他们的故事。

【现场】

**华中科技大学附属同济医院药学部组长裘琳：** 对于一场战争来讲的话，我们应该是一个“弹药库”吧。第一步我们先根据医嘱，打印出调配单调配药品。然后再根据每个病人的医嘱，把药品分配到每一个病床。这一个药品，护士老师再进行一次核对，每一份药品都要通过这个入口进仓。然后里面的护士老师配好以后，会从这个出仓口把药品送出来，至少是有5道核对程序的。

【同期】

工作人员：你好，药房。

【现场】

**裘琳：** 以前我们的静脉配置中心，大概一天的成品输液量只有300袋，但是现在每天为前线大概输送了 3000 袋的这个输液量，比原来翻了大概 10 倍。

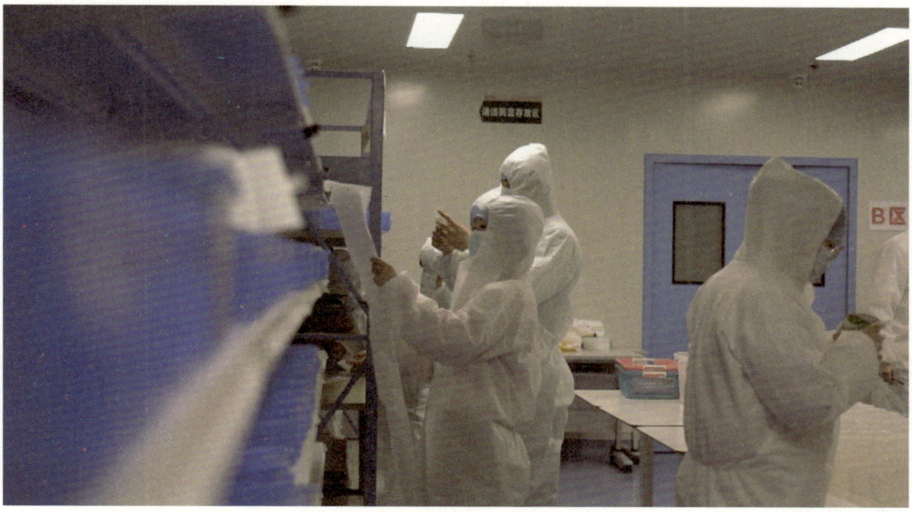


裘琳和组员配药

【现场】

**记者：**这一天得出多少量？

**同济医院护理部主管护士李云葵：**这个不少。平常我们在病房只管一个（病区），到这里是管 6 个（病区），原来这个工作是在病房的，现在就减轻了病房护士的工作量。

【现场】

**记者：**我看你这一路都在小跑。

**同济医院药学部初级药师黄如毅：**东西太多。

**记者：**车也不够用，我看现在。

**黄如毅：**车……是的。现在这个时间段是最紧张的了。

【现场】

**黄如毅：**完了。没药了。

**记者：**药现在用量特别大。

**黄如毅：**特别大。现在（大概）是 1100 位病人，好像是。

**记者：**经常会碰到这种没有药的情况吗？

**黄如毅：**没有药，有专门在外面补药的。

【现场】

**工作人员：**现在这个量起来了。所以，还要再拿个 10 箱来。现在已经用完了。

【现场】

**裘琳：**今天比较乱，是因为药品在这边。腾空一个房间，全部用来放口服药。

**记者：**里面那个空间不够用了吗?

**裘琳：**这边重症收得比较多了以后，会逐渐发现有很多老年人会有其他的疾病。我们现在要备一些其他疾病的用药来帮助他们恢复。所以我们就要把里面的空间尽量腾给针剂，把口服药和针剂分开，就可以补充更多“弹药”送往前方。

【现场】

**工作人员：**那有三个大架子，那个货架，一个、两个、三个。然后，还有桌子。往这一摆。

**裘琳：**可以了。可以再来一组。没有架子进来了，赶快把药上架，然后维护货位号，等一会儿准备发药。

**工作人员：**还差一点点儿。

**裘琳：**加油。

【现场】

**裘琳：**94 个药。不少啊。

【现场】

**裘琳：**药房开始发药了，我们这边就都是口服药了。这么写是为了提示同事，大家相互多看一眼，避免出错。所以就多写一句，然后他们自己也会对一遍的。

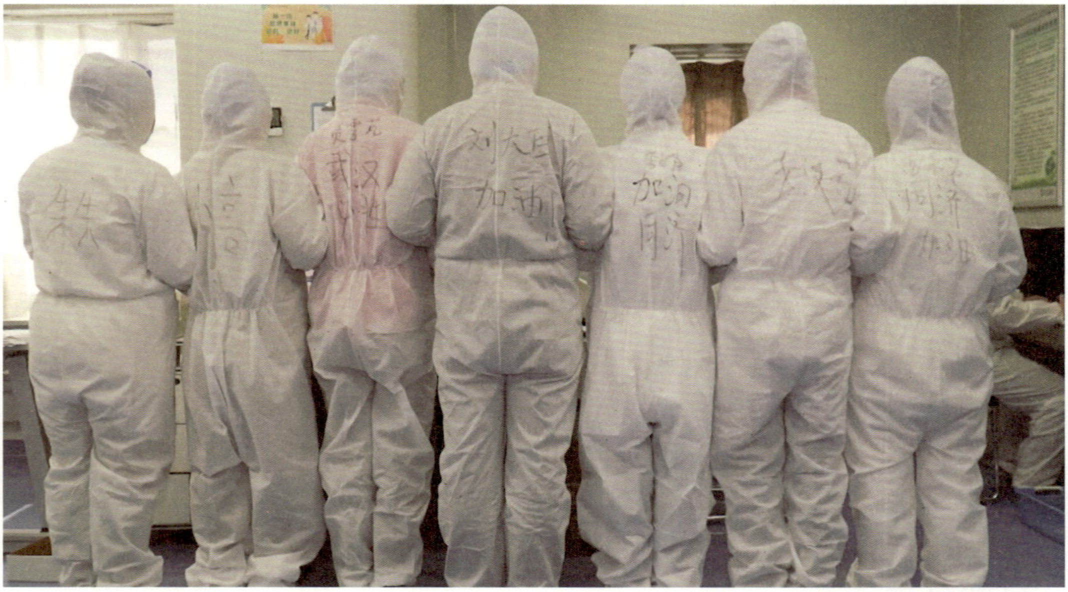

药房工作人员在防护服上写上“加油”互相鼓励

**【现场】**

**记者：**这个是配好的药吗？

**同济医院护理部护理员李琴霞：**对。这个是配好的药。等一下会有人来接，就直接送到病区。

**记者：**这个药出去都是这么送的吗？

**李琴霞：**一般都需要打包。箱子送到病房去，都是进了污染区了，又不能回收。箱子不够用，就只能用这个袋子。

**【现场】**

**李琴霞：**B10 东一袋。B9 东一袋。11 东一袋。10 东一袋。

**【现场】**

**工作人员：**这个我都签了吧？

**李琴霞：**对。

**【现场】**

**同济医院药学部副主任李娟：**不能出一点点错。原来我们在药房的时候，我们核对完了交给病区，病区护士在打之前会配置。但是现在从我们这儿出去，就已经是配好的点滴药了，所有的压力都在这儿，把护士的时间还给患者，让更多的时间用于救治患者。所以这个事情就由我们静配中心来做。

**【现场】**

**记者：**今天都弄完了吗？

**同济医院药学部药师王远：**目前全弄完了，但是 5 点之前可能还会有。偶尔会有几个病区还会调。

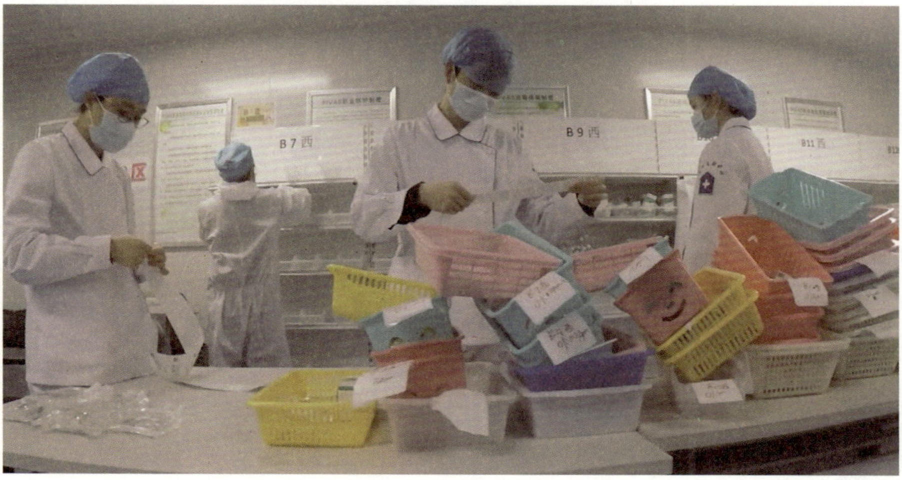


药房工作人员分发配制好的药物

**记者**：现在就是可以稍微轻松一点了。

**王远**：然后，5 点之后是夜班。夜班应该还会再忙。

**记者**：一个人在家里待吗?

**王远**：对呀。我老婆也在一线。她去宾馆隔离了。

**记者**：父母知道你们都在一线吗?

**王远**：没跟他们讲这个。讲这个他们不都得吓死。

**【现场】**

**裘琳**：小孩现在送到我爸爸妈妈那边。因为老公在我们医院的另外一个院区，也在一线。我们两个都不能回家，所以孩子只有靠父母了。希望早点结束。

主创人员：
王涵、李炜、向林

【编者按】新冠疫情发生后，世界各国启动疫苗研发工作。我国在第一时间组织精干科技力量进行疫苗攻关，进展显著。节目从科普角度向人们介绍新冠疫苗的相关情况，同时也介绍了目前我国疫苗研发的进展和国际地位，以及研发人员为了让安全有效的疫苗早日诞生而日夜赶工的情况。

## 疫苗研发　稳中求快

首播时间：2020 年 4 月 21 日
首播平台：央视综合频道、新闻频道《焦点访谈》

**【解说】**4 月 12 日，由军事科学院军事医学研究院生物工程研究所陈薇院士团队研发的腺病毒载体重组新冠病毒疫苗，开展了Ⅱ期临床试验。这是全球目前唯一进入Ⅱ期临床试验的新冠病毒疫苗。

**【同期】**

**中国工程院院士、军事科学院军事医学研究院研究员陈薇：**我们这次Ⅱ期临床有个很大特点，就是放开了年龄的上限，让 60 岁以上的志愿者也能加入其中。新冠肺炎危重患者中，高龄人群较多，疫苗要为他们提供安全屏障。

**【解说】**新冠疫情发生后，世界多国启动疫苗研发工作，但目前进入临床试验的并不多。陈薇院士团队主导的腺病毒载体重组新冠病毒疫苗研发工作进展显著，目前处于国际领先地位。

此外，4 月 14 日，在国务院联防联控机制发布会上，科技部社会发展科技司司长吴远彬透露，由国药集团中国生物武汉生物制品研究所、北京科兴中维生物技术有限公司联合有关科研机构研发的新冠病毒灭活疫苗近日也进入临床试验阶段。

**【同期】**

**科技部社会发展科技司司长吴远彬：**说明临床前的各项研究工作呈现出良好的效果，符合疫苗在人身上进行试验的要求。

**【解说】**这就意味着，我国目前已经有两种类型的三款疫苗进入了临床试验。疫苗是阻断传染病最有效的办法。人体中对于外来病毒的入侵，其实具有天然的抵抗力，但是像新冠肺炎病毒、SARS 病毒这类新型的冠状病毒，人体内的免疫系统无法识别，发生了“认敌为友”的情况。而疫苗的作用，就是要让人体的免疫系统来认识病毒这个敌人是什么样子，然后发动免疫系统攻击它。

与药物不一样，疫苗用于健康人，面对一个全新的未知病原体，新冠病毒疫苗的研发困难重重。为提高成功率，我国在研发技术上选择多箭齐发，最终确定五种不同的技术研发疫苗，覆盖了全球研发新冠病毒疫苗的主要类型。

**【同期】**

**中国工程院院士王军志：**从经典的技术到最新的技术，每一个技术路线我们都筛选进行支持。然后，最终谁跑得快，谁能够最后成功，实际上到最后要经过大规模的临床验证以后才能确定。

**【解说】**这五种技术路线分别是灭活疫苗、重组蛋白疫苗、腺病毒载体疫苗、减毒流感病毒载体活疫苗和核酸疫苗。国药集团和北京科兴中维生物技术有限公司生产的灭活疫苗就是把病毒的毒性去除，把完整的病毒打入人体系统，建立免疫反应。这种病毒灭活疫苗属于传统技术路线。

**【同期】**

**王军志：**灭活疫苗因为生产工艺比较成熟，有很多成功的先例。就是容易大规模生产。

**【解说】**除此之外，科学家还会通过基因工程技术，选择新冠病毒体上有标志性的一部分蛋白让免疫系统认识，来激发人体免疫反应。目前，各国都是选择新冠病毒表面的 S 蛋白或者 S 蛋白的一部分来进行“组分疫苗”研发。

比如：腺病毒载体疫苗，也就是陈薇院士团队主导的疫苗技术路线，就是把 S 蛋白基因插入载体腺病毒的基因内，进入人体产生免疫，以后人体免疫系统就会针对带 S 蛋白的新冠病毒起反应。

**【同期】**

**王军志：**腺病毒载体的话，相对比较成熟，在埃博拉防控中也进行过应用，所以这是它的优点。但是毕竟它是要经过病毒表达蛋白抗原，能不能产生足够的抗体，还有能不能足够保护，这个都需要在临床试验中再进行验证。

中国工程院院士王军志向记者介绍新冠病毒疫苗研发进展（摄影：刘文）

【解说】重组蛋白疫苗，就是通过基因重组技术构造 S 蛋白的一部分，让人体的免疫系统认识，以后免疫系统见到带有这种蛋白的新冠病毒就会激发免疫反应。

【同期】

王军志：这个疫苗它的成分比较单一，在我们国家也有成功的经验，比如我们的乙肝疫苗，成分单一的话容易控制，临床不良反应发生（率）有可能比较低，缺点就是它的有效性，这个需要在临床上进行试验验证。

【解说】核酸疫苗是直接把 S 蛋白对应的 DNA/RNA 打进人体，让它在细胞里表达病毒的 S 蛋白或者 S 蛋白的一部分，再让细胞识别。这款疫苗临床前制备过程相对简单，应急响应快。

【同期】

王军志：它是一个全新的技术，目前还没有成功的先例，目前在国际上用在其他疾病，都在临床试验阶段。

【解说】减毒流感病毒载体疫苗，就是把 S 蛋白的部分基因插入减毒流感病毒载体中，经鼻腔滴注进行接种后，激发人体免疫系统对新冠病毒的免疫反应。目前，重组蛋白疫苗、核酸疫苗、减毒流感病毒载体活疫苗这三种技术路线疫苗的研发也在顺利推进中。

因为疫苗的重要性，每次有重大传染病传播，国家都会在第一时间组织动员优势科技力量开展疫苗攻关。

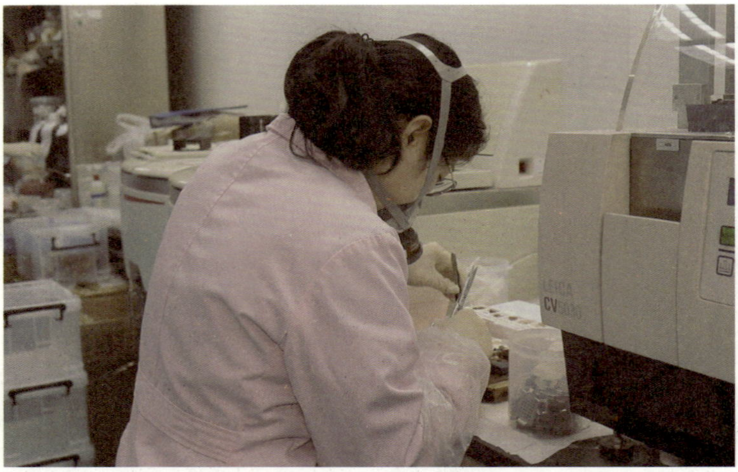

中国医学科学院医学实验动物研究所工作人员正在加紧进行动物实验，对疫苗进行安全有效性评价

疫苗的研发过程十分复杂，需要经历毒种库构建、疫苗自身设计和构建、动物实验安全性有效性评价、临床试验的安全性有效性研究、规模化生产等步骤。一般来说，一种全新疫苗的研制需要 10 年左右，甚至更久的时间。但是我国新冠病毒疫苗的研发只用了 3 个多月就已经有两种三款疫苗进入临床试验阶段，这是如何做到的呢？当年 SARS 来袭，我国科学家用了三个月时间才知道是冠状病毒，这次我国相关单位在获得不明原因肺炎样品后，一周内就确定了全基因组序列，成功分离毒株，并在第一时间与世界分享。在此基础上，中国医学科学院用了不到两周时间就确定了用作实验的动物。此外，在管理层面，也采取多部门协同合作的方式。

**【同期】**

**中国食品药品检定研究院生物制品检定所副所长徐苗：**我们现在把原先的串联改为并联。以前可能做完一项，再做下一项。现在把有些过程……就是在做这项的同时做下一项。

**【解说】**这样的运行模式大大缩短了疫苗的研发时间，如此快的操作，安全性是怎样保证的呢？

**【同期】**

**吴远彬：**尽管疫情紧迫，加快速度，但是必须是在尊重科学的前提下，必须是在保证安全的前提下，我们来加快相应的工作。

**【解说】**新冠病毒疫苗与其他疫苗一样，从研发到最终进入市场，它的安全和有效性评价几乎贯穿整个过程。

【同期】

王军志：在刚开始起步阶段，要建立一个有效的工艺，能够控制质量的工艺，还有（建立）质量标准（保证）能够生产出合格的疫苗，使那个疫苗能够符合国家标准。我们国家的这个标准和国际是接轨的。它建立在科学严谨的评价基础上。

【解说】符合国家标准的疫苗生产出来，就要进入动物实验阶段，动物实验过程主要对疫苗的安全性、有效性，以及会不会引起免疫过激反应等指标作出评价。

【同期】

记者：动物实验的阶段大概要多长时间？

中国医学科学院医学实验动物研究所所长秦川：最长的是两个月，最短的是一个月。这个时间是不同的，它是根据疫苗的免疫原性来决定的。

【解说】动物实验在一定程度上能证明疫苗的有效性，但动物在实验室感染的方式与人类在真实世界中接触病毒的方式不一样，一个疫苗是否有效，最终还需要在人体上证明。所以无论是陈薇院士团队的腺病毒载体疫苗还是其他两款灭活疫苗都是通过动物实验阶段的安全有效性评价，获得药监部门的审批后，才进入临床试验阶段。疫苗的临床试验要经历三个阶段，Ⅰ期主要进行小范围试验，健康人群，几十人，年龄主要集中在青壮年。

中国医学科学院医学实验动物研究所所长秦川向记者
介绍新冠病毒疫苗动物实验阶段效果（摄影：刘文）

【同期】

王军志：Ⅰ期病人要求得比较少，主要是人体耐受性、安全性。

【解说】在Ⅰ期试验安全性有保证且有抗体产生的情况下，进入Ⅱ期临床，试验人群年龄范围进一步扩大，观察人数也有所增加。

【同期】

王军志：Ⅱ期临床这些人打了以后要跟踪观察的。打完以后，他们的抗体过几个月，过半年，过多长时间都要进行跟踪（检）测，测完了以后才能知道我（们）的疫苗能够保护多长时间，而且（接种）疫苗（后）这个抗体的滴度达到多高才能够有保护作用，这个里面评价还挺复杂的。在观察的过程中，试验方案里面有详细不良反应的要求、统计，包括停止临床试验的标准，要（是不良反应）超过一定的程度就要暂停临床试验。

【解说】在安全性、有效性都没有问题的情况下，疫苗可以进入Ⅲ期临床，Ⅲ期临床样本量要几千，甚至上万人。

【同期】

**科技部"863计划"疫苗项目首席科学家杨晓明：**Ⅲ期临床的观察的目标就是在流行地区要评价针对流行病的实际过程中能不能预防。现在不管是武汉，还是湖北，乃至全国，疫情已经控制下来了，所以在Ⅲ期评价现场要求来说它是不适合的，是因为疫苗打了不发病，还是因为没有病而不发病，这两个不一样。现在疫情重的一些国家，非常愿意和我们一起做临床。

【解说】在疫苗研发的过程中，每一个环节国家都有详细的技术指南和评价标准，经过重重闯关，疫苗才能最终投入生产，投放市场。那么，是不是只要注射了疫苗就能保证百分之百不被感染呢？

【同期】

**杨晓明：**疫苗是百分之百，但是个体，人体免疫系统不一样，有些人打了，没有产生抗体，但是99%的人都保护了，他也就保护了。

【解说】对于很多人关心的病毒是否发生变异，发生变异后会对疫苗的研发有多大影响，专家也作出了回应。

【同期】

王军志：它的变异有两种：一种是没有影响，变异比较小；一种是有影响，它影响到它的免疫原性，使现在研发的疫苗对它不产生保护作用，目前还没有发现病毒变异影响疫苗的情况。

【解说】王军志院士表示，现在无论研究机构还是疫苗研发企业都在密切监测病毒是否有变异的情况发生。

【同期】

王军志：万一产生变异以后，影响到疫苗效果的时候，这个就要及时地改变，就要重新启动新的技术路线。

**记者：**那是否意味着是从零开始了？

**王军志：**还不是，那就根据变异的情况。因为现在的这个技术，经过这一段时间研究，这些方式都很成熟了，实际上到最后就是在这个里面，相当于换个零件就行了。

**【解说】**面对新冠疫情，在不降低标准、保证安全有效的前提下，用最短的时间研发出可用的疫苗是举国上下共同的愿望，各个单位都在加班加点赶进度。

**【同期】**

**国家药品监督管理局中国食品药品检定研究院科研人员：**有时候新冠疫苗到得比较晚的话，我们会工作到晚上九十点钟。因为现在都是分秒必争的。

**【解说】**目前，在中国医学科学院医学实验动物研究所，还有 5 个各种类型的疫苗在做动物实验。科研人员正在抓紧时间对疫苗的安全有效性进行评价。

**【同期】**

**秦川：**8 个疫苗在我这儿做了评价，目前评价出来的有 3 个：有两个还是有保护作用的，有一个就是不理想。在 4 月份，我们（总共）能评价完成 7 个，后面 1 个将在 5 月份完成。

**【解说】**新冠疫情发生后，世界多个国家启动新冠病毒疫苗的研发工作。中国作为最早获取基因序列的国家，积极与世界共享基因测序的数据。病毒无国界，只有合作，才能尽快完成疫苗的研发。

**【同期】**

**王军志：**中国目前的话，可以说在国际整个的疫苗研发中，处于先进行列。

**【同期】**

**吴远彬：**疫苗的研制，不管是谁研究成功，都是对人类的一个贡献，所以在这个过程当中，我们也在不断地加强与国际的合作。

主创人员：
赵园、刘文

【编者按】仝小林院士提出“关口前移”的治疗方针，并制定了应对此次疫情的中药通治方，实现了群众提前预防，缓解了轻症患者的早期症状，减轻了一线社区医生的压力，降低了感染风险。在应对重大公共卫生事件时，这一举措格外具有示范意义，因此也被称为“武昌模式”。

# 中西医结合　彰显中国智慧（节选）

首播时间：2020 年 3 月 14 日
首播平台：央视中文国际频道《中华医药　抗击疫情》

**【解说】**为了能在第一时间参与新冠肺炎的预防和救治，1 月 25 日，第一支国家中医医疗队正式启程奔赴武汉。而就在此前一天的除夕夜，国家中医医疗救治专家组组长、中科院院士仝小林就已经抵达了武汉，开始调研工作。经过几天的深入调查，结合当地疫情及社区感染情况，他提出了“关口前移”的治疗方针，并制定出了应对此次疫情的中药通治方，也被称为“武汉抗疫方”。

2 月 2 日，武汉市新冠肺炎防控指挥部医疗救治组发出通知，对在院确诊和疑似病人的轻、中症患者治疗推荐使用由仝小林院士和湖北省武汉市专家组讨论后拟定的中药协定方，即“1 号方”，根据不同症状，增加 4 个配方进行增减。从 2 月 3 日起在社区大规模发药至今，“1 号方”合计发药 70.2 万余服，其中代煎汤剂 30 多万袋，颗粒剂约 80 万袋，按 14 天服药疗程计算，覆盖人群 5 万余人。

同时，为了追踪方剂的使用效果，他与中国中医科学院的刘保延教授团队一同开发了一款手机应用软件，用以了解方剂使用者的反馈情况，并提供线上医疗咨询。截至3月11日，累计扫码患者达11 906人，并通过8万多日记卡反映他们服药后的情况。

这一系列举措，不但让大量的群众提前预防，缓解了早期症状，同时也减轻了一线社区医生的压力，降低了感染风险。在应对重大公共卫生事件时，这一举措格外具有示范意义，因此也被称为“武昌模式”。

**【同期】**

**主持人：**我想大家都会产生这样的疑问：“武昌模式”到底是怎么产生的，所推出的中药方又是如何起作用的呢？接下来，我们来连线一下现在身在武汉一线的中国科学院院士、此次抗击新冠肺炎疫情国家中医医疗救治专家组组长仝小林院士。

仝院士，您好。

**国家中医医疗救治专家组组长、中科院院士仝小林：**主持人好。

**主持人：**仝院士，您好。首先请问您刚刚到武汉的时候，看到的是什么情况呢？为什么会选择武汉市的武昌区呢？

**仝小林：**这是当时给我们带来了震撼的一幕，1月25日一大早，我们这些专家就到金银潭医院去看这些住院的轻型、普通型，包括一些重型的病人。结果到了一家医院之后，一看，病人，尤其是发热门诊的病人，特别特别多，一天的门诊量达到1000多人。就那么几个医生，根本就看不过来。我一到了发热门诊的时候，好多病人拿着片子、拿着化验单就要给我看，说：“快给我们看吧。”“快给我们看。”我从早上5点到，现在快到11点了。我们就想到应该是从社区开始做起，因为社区是真正防疫的桥头堡，武昌又是一个重灾区，所以当时想到了这个以后，我们1月29日开始在一起研究，如何布控整个武昌区的治疗问题。

**主持人：**仝院士，那您在医院看到很多的患者在排队就诊的过程当中，他们有什么样的症状吗？您基于中医的角度对这样的症状是怎么来做判断的？又是怎么开药方的呢？

**仝小林：**我们当时是首先看这些病人，就看到他们的舌是非常淡的，然后有齿痕，舌苔非常厚，白白的、厚厚的、腻腻的，还腐腻，所以这种情况我们第一感觉是他是一个偏于寒和偏于湿的。再看他们有乏力、气短、食欲不振，大部分都有发热，包括有的恶心、呕吐、腹泻等这些症状，这些情况综合在一块儿，我们感觉到一个情况，就是这个病人他在体内是偏于寒湿，所以我们考虑到这个病是寒湿疫。然后结合我们考察这个环境，当时我们就想到了要用“通治方”来治。

**主持人：**我们也看到了您提出的这个“通治方”。那您提出这个方子有什么样的依据呢？有什么样的古方可循吗？

**仝小林**：我们这个“通治方”就是根据病人情况确定的一个基本的治则，就是宣肺。我们用的就是麻杏石甘汤，然后肺这个地方，寒湿瘀肺，所以用葶苈大枣泻肺汤，包括明朝吴又可的达原饮，还有温病里的藿朴夏苓汤，这些方子组合在一块儿，包括二陈汤，这个是健脾化痰。因为中医在治疗这次（疫情）的时候呢，除了祛寒以外，主要就是化湿，把湿气给利掉。

**【同期】**

**主持人**：刚刚我们聊到了“通用方”的治疗效果，那么“武昌模式”整体的效果如何，对于武昌区的影响又怎么样呢？接下来，我们要连线一下武汉市武昌区卫健委副主任王辉。

王主任，您好。

**湖北省武汉市武昌区卫健委副主任王辉**：主持人好。

**主持人**：首先要问您的是对于武昌区整体来说，“武昌模式”到底起了什么样的作用？

**王辉**：应该说，咱们中医中药防控的“武昌模式”对整个疫情，我觉得起到非常好的正向作用，甚至是决定性的作用。2 月 3 日，仝院士开始在武昌区使用他的整个中医的药方。2 月 3 日以后，我们看到的确诊数据确实是上升。但是在 2 月 18 日的时候，我们整体的确诊数是一个断崖式下降，那么这个断崖式下降在 2 月 18 日以后几乎呈一个平稳趋势。

我们可以看到 2 月 18 日之前和 2 月 3 日之间就正好是一个 14 天。所以说，我感觉仝院士的预防方和治疗方能够对这场疫情，应该说它的发生和发展起到一定扭转性的作用。如果说这个预防方用得更早，可能疫情还能控制得更好。

**【同期】**

**主持人**：那么我们在与仝小林院士进行前期沟通的时候也了解到，虽然仝院士身在武汉抗疫一线，但同时也在积极开展抗疫方面的国际合作，并且提出中医药方面的建议。就这一问题，我们再来连线一下仝小林院士。

仝院士，您好。仝院士，您能不能给我们介绍一下中医药在抗击新冠肺炎疫情的过程当中，援助国际的相关情况。

**仝小林**：我们现在联系，主要是通过世界针灸联合会。因为他们在全球的很多的国家都有相应的会员，所以主要跟他们在连线，了解一下包括伊朗、意大利等这些国家，他们在中医、中药介入的一些情况，包括他们病人的发病的情况，包括那些病人的表现的情况，也是在跟他们沟通，现在中成药或者中药介入的困难在什么地方，正在跟他们沟通。这个我们国家政府的层面已经开始在启动这些事情，所以估计后面政府层面会有很多具体的部署。

**主持人**：仝院士，您是如何看待这种国际合作的，是不是也是让世界重新认识中国中医药的一个好的机会呢？

**仝小林**：是的。现在这次疫情本身是给我们国家带来了很大的损失，但是我们国家取得了非常宝贵的经验。这些宝贵的经验，包括中医药的一些经验，对这次世界的抗疫一定会起到非常好的作用；而且通过这次的抗疫，我觉得也是全世界来认识中医药、中医药走（向）世界、让全世界受惠于中医药的很好的时机。我觉得这次的机会应该把握住，让中医药真正地走向世界。

主创人员：
抗击疫情特别节目组

【编者按】火神山医院中西医结合学组在何种背景下成立，如何运行？中医药如何辨证施治，如何精准组方？中西医之间如何相互取长补短、科学施治？患者及他们的主治医师如何从不同角度评价中医药治疗的实效，这些问题都在《火了！火神山医院里的中医诊疗》得以生动解答。

# 火了！火神山医院里的中医诊疗（上）

首播时间：2020 年 3 月 18 日
首播平台：央视国防军事频道《正午国防军事》

**【导语】**在这场抗疫阻击战中，中医药扮演了重要的角色。接下来的《火神山一探究竟》的小版块，跟随记者薛冰的镜头一起探究中医药疗法。

**【解说】**这里是火神山医院里的取药处。工作人员早晨一上班，就先要按照中医专家前一天开出的 200 多个处方，通过操作中药配方颗粒系统，完成 100 多味药材的自动化配制。之后，随着每天配药量的不断增加，他们很快启动了另一台备用配药设备。而今，这里每天要为全院患者配制 1000 多服中药颗粒剂。

**【现场画面及字幕】**火神山感染八科一病区

**【同期】**

**火神山医院新冠肺炎患者潘女士：**那个中药我每天连那一点药底我都把它喝进去，非常好。

**火神山医院中西医结合学组组长朱蔚：**就是一滴都不浪费。

**【解说】**上个月 25 号，患者潘女士刚入院时，咳嗽，胸闷，必须 24 小时吸氧。4

天后，她开始服用中药，自我感觉逐渐好转。

【同期】

**患者潘女士：**吃完后感觉非常好，肺部的吸收好很多，好像也不咳嗽了，再感觉到我的血氧各方面（都有好转），还有最主要就是一个出虚汗，现在频率很低，然后就是慢慢地感觉到自己的体力啊，说话的中气啊，感觉都好了很多。

【同期】

**朱蔚：**来，我们看看你的舌头。我再对比一下，看一下。来，把舌头伸出来。回去以后呢，这个舌苔还是稍微有一点儿腻，但是比你原来的时候强多了。

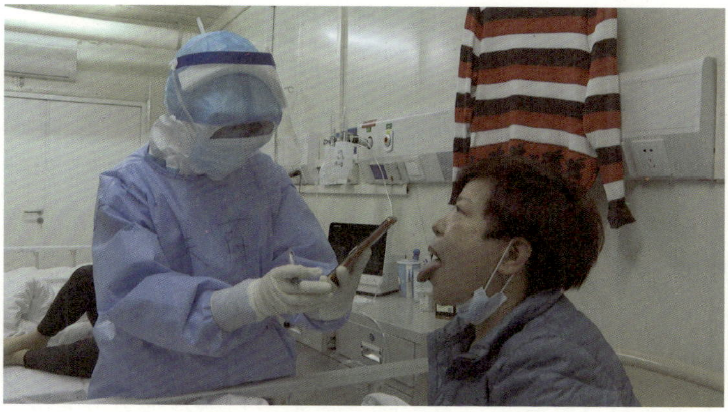

中医专家朱蔚用手机记录患者舌象（摄影：薛冰）

**患者潘女士：**但是上次照的好像比这（严）重多了，舌苔的颜色。

**朱蔚：**现在就剩中心这一点儿了，稍微还有一点儿苔印。

**【解说】**正在问诊的是火神山医院中西医结合学组组长朱蔚医生。每天，她都会来到病房，通过望闻问切，了解每位患者的病情变化和服药反馈，并用手机记录患者的舌苔变化。

中医通过观察舌苔的厚薄，可以判断病人感邪的深重和体质、脾胃状况，根据舌苔的颜色黄白来判断疾病的性质。因此，朱医生他们也把舌象称为中医诊疗新冠肺炎过程中的“金标准”。

与潘女士同病房的冯大姐病情相对较重，但通过两周的中药治疗后，症状逐步好转。

【同期】

**朱蔚：**她刚来的时候那个舌苔都是（剥）脱的，上面都是一层一层的裂纹，但是现在慢慢开始感觉水润……润滑一点儿了。通过（服用）我们益气滋阴的（中药），我们发现现在这段时间，尤其对于这种病程时间长一些的病人，她的气阴两伤的（情况）还真是比较多，就是觉得口干得特别明显，最开始是吧？现在口干的（症状）改善一点儿没？

**患者冯女士：**嗯。

**朱蔚：**就能好一些啊。

**患者冯女士：**嗯。

**【同期】**

**朱蔚：**（患者冯女士）她的病情属于我们这种瘟病后期的气阴两伤的病人。一直在给她用一些益气滋阴的药物，调解阴阳平衡，提高机体的免疫力，然后让机体有自身的能力来对抗这个病毒。

**【解说】**朱蔚医生说，此次新冠肺炎属于中医湿毒性瘟疫范畴，也就是湿邪引起的急性传染性外感热病。病因可以概括为：疫毒、湿、热、痰、瘀。但针对不同患者的具体病症，又有湿毒、热毒、寒毒轻重不同的差异。所以，在治疗过程中，必须严格执行辨证论治原则。

要做到辨证，前提是问诊过程的精准，除了观察患者舌象，脉象也是一个重要指标。火神山医院中西医结合学组的 5 名中医都具有 15 到 30 年不等的临床经验，即使戴着 3 层手套也不会对号脉产生过多影响。但为了尽可能避免不同医生的感官差异，医院还引入了这样的中医四诊仪，通过仪器对部分患者进行望闻问切四诊抽检，确保中医诊疗的规范化、精准化。同时，这也有利于助力临床科研，形成大数据，指导后续疫病防治工作。

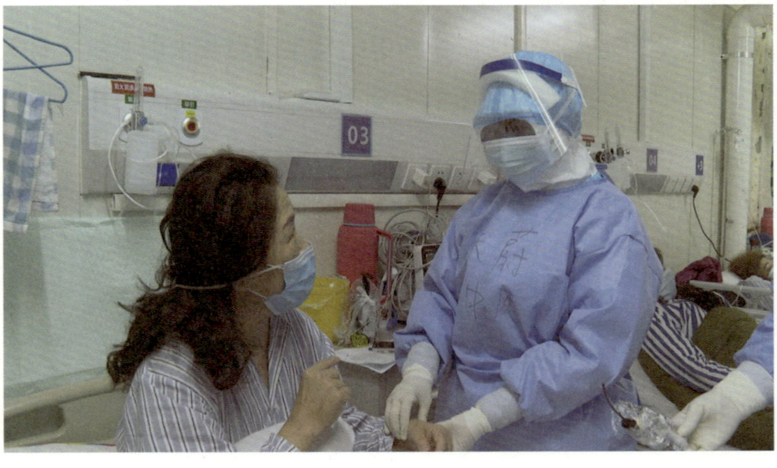

中医专家朱蔚为新冠肺炎患者把脉（摄影：薛冰）

**【同期】**

**总台央视记者薛冰：**这样一个病区大概是有 60 名患者，而为所有患者分别完成望闻问切的过程一共需要大约 3 到 4 个小时。接下来，朱蔚主任会回到医生办公室，结合问诊的情况，还有她手上这些每位患者的舌苔照片，来为大家有针对性地调整中药的处方。

## 火了！火神山医院里的中医诊疗（下）

**【导语】**火神山医院的中西医结合学组共有 5 位中医，朱蔚担任组长。那么他们在火神山是如何针对不同患者开方抓药的呢？继续跟随记者薛冰的镜头一探究竟。

**【解说】**诊疗初期，朱蔚医生设计了“火神山医院新冠肺炎患者中医症候群量表”，通过观察舌象、脉象等四诊，5 名中医分别搜集了所在病区近 300 名患者的中医症候群，罗列出新冠肺炎患者出现的超过 20 种症状，通过评分对患者的病情进行量化。

**【同期】**

**朱蔚：**这个症候量表一个是总结症型，第二个是我们来评估病情用的，那么有分就（可以）来判断：症状高（多）的（严重的），分肯定就高；那么症状少的，我们的分就低。

**记者：**那您能不能给我们举个例子，对于新冠肺炎这种病来说，什么样的症状他的分就会高，什么样的（症状）就会低一些？

**朱蔚：**就是说，症状最明显的，发热、胸闷，甚至呼吸困难，甚至有痰，乏力明显，这种（患者）的分肯定就高。

**【解说】**按照患者评分数据，中西医结合学组又根据火神山医院重症、危重症患者较多的实际，进一步细化症型，辨证施治，开具处方。

**【同期】**

**朱蔚：**我们这个症型相对来说就分得比较多一些，也更符合我们火神山的临床实际，这样我们就基本上分了 8 个症型，然后制定出来相应的方子，我们组给它起了一个很霸气的名字，叫“火神克冠系列”。

**【解说】**“火神克冠系列”共 8 个协定方，是按照轻型、普通型、重型、危重型和恢复期病人分别制定的，其中危重型患者实行一人一方。每个协定方都标明了各自的临床表现、处方和用法。而为了加速患者康复，降低个别种类中药材可能产生的副作用，中医师们也会定期问诊，及时调整处方。

火神山医院利用中药配方颗粒系统为患者配药（摄影：薛冰）

【同期】

**朱蔚：**从最开始的我们是要求我们全院（病人）“应服尽服”中药，但是等到我们基本上第二次、第三次去的时候，我们的病人，包括我们的主管医生还有我们的病区主任就会追着我们说：“这个病人该吃中药了。你怎么还没过来啊？”就是他们会追着我们吃中药，这是什么原因，就是因为中药开始起效了。

【解说】8 个协定方共涉及中药材 100 多味，处方中药材味数少的不足 10 种，多的近 20 种。随着临床疗效的显现，火神山医院患者症型的划分和诊疗建议也被中央军委推广到全军运用，有力配合了西医诊疗。

【同期】

**火神山医院四科一病区主任吕镗烽：**在轻型、普通型和重型（患者）里面，中医发挥了不可替代的独特的作用。我们发现轻型病人和普通型病人在服用中药以后，他们的病程是明显缩短了，并且减少了向新冠肺炎重症发展的概率。当然，在重型（患者）里面，我们有一部分病人也服用了中药。当然，同时是跟西医结合在一起的综合治疗，这样会提高病人的治愈率。

【同期】

**朱蔚：**在火神山医院我们全靠中药治愈疾病，我觉得这也是不科学的。因为最先进、最前沿的这种治疗方法我们都在使用。相对来说，治疗手段都非常综合。那么中医在当中起到的最大的作用是什么呢？给病人最直观的就是，改善他们的症状特别明显。

**【解说】**为了加速患者康复，降低个别种类中药材可能产生的副作用，中医师们会定期为患者问诊，及时调整处方。

**【同期】**

**朱蔚：**所有的药物都要考虑到它们的副作用的问题，那么我们在制定这个协定方的时候，首先我们就把对肝肾功能明确有损害的药物肯定是剔除在外，不用的；第二个呢，就是我们会随时观察病人病情的变化，所以我不建议我们的病人自己去试用我们的处方，而是一定在医师指导下，在医师辨证了以后再用。

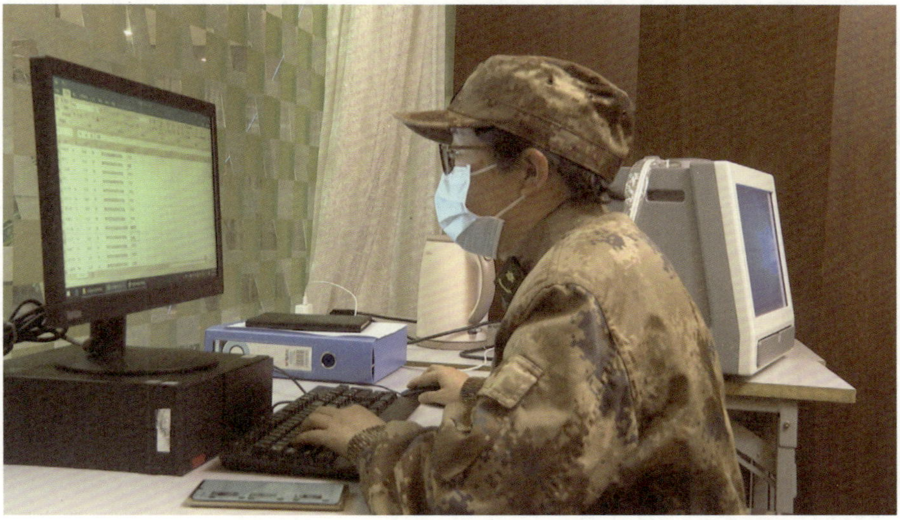

火神山医院利用中药配方颗粒系统为患者配药（摄影：薛冰）

主创人员：
薛冰、胡瑞、王居蔚、冯团、张军华

【编者按】无论是康复患者，还是失去亲人的家属、一线医生，甚至普通武汉人，都经历了或大或小的心理创伤。在疫情防控各个阶段，习近平总书记多次强调，要加强心理干预和疏导，有针对性做好人文关怀；要高度重视心理健康，动员各方面力量全面加强心理疏导工作。下面这篇报道记录了援汉医疗队和武汉本地的精神科医生、心理治疗师、心理咨询师，通过临床心理干预、心理热线、社区心理服务等方式，打响了这场看不见的“心理保卫战”，开辟了一条通往新生的路。

# 一条名叫新生的路

首播时间：2020 年 4 月 4 日
首播平台：央广中国之声

最近两周，阿楠梦见过外婆很多次。

外婆不幸去世以后，阿楠有些奇怪：妈妈似乎很平静，和往常没什么两样。

直到有一次，妈妈翻到很多年以前给外婆写的信。情绪就再也绷不住了。

妈妈哭着对阿楠说：“妈妈以后找谁撒娇呢？”

那一刻，阿楠觉得自己反而更像是“妈妈”。

在心理专家肖劲松看来，疫情让每个人都接受了一场“生死教育”。从心理危机干预的视角看，不少经历了丧亲之痛的人，还在学习如何面对现实。

## 身体状况好了，心理问题却出现了

1 月 30 日下午，肖劲松接到医院感染科主任的紧急求助电话：一位患者情绪激动，不配合治疗，有轻生的念头。

病房里，不安的情绪从患者不停挥舞的手臂蔓延开来。护士给她打针，几次都打不进去。

原来，他们一家七口人都被感染，包括她的父母、丈夫，还有 6 个月大的孩子。

“我把一家人都害了。”她的语气充满自责和负罪感。“我是家里的罪人。”

肖劲松是武汉大学中南医院神经内科主任医师，他的另一个身份是湖北心理咨询师协会会长、国家高级心理咨询师。进入病房和患者谈了 30 分钟，肖劲松说，通过谈话找到她心里的结是第一步。“我还有没有救？”“我的家人能不能得到救护，能不能治好？”这些疑问得到肯定的答复之后，需要做的是调整她对事件的认知模式。

“疫情之下，你也无能为力，每个人都是受害者。”“你不是罪人。你和家人是一个战壕里的战友，全家人是团结一致的，你们共同的敌人只有病毒。”

几天后，肖劲松得到反馈，这位患者的情绪逐渐平复，也在积极配合治疗。另一个好消息是，她的孩子检测结果是阴性，没有被感染。

肖劲松还接到过一位男性患者的求助，电话里的声音急迫而无助：“请你无论如何都来病房一趟。”心理医生为了尽可能减少传染的风险，对患者的心理救援更多以电话的方式进行。“但有的时候，患者就是需要一双看得见的手拉他一把。”

这名患者入院时病情并不算重，但情况却在一个晚上急速恶化。“病人可能经历了免疫风暴。”血氧饱和度从 100 骤降到 50。

幸运的是，在医生们紧张讨论到底要不要上 ECMO 时，4 个小时后，患者的血氧饱和度又奇迹般地恢复了正常。这名患者也从重症监护室转到了普通康复病房。

但他偏偏是在病情持续向好的情况下寻求紧急心理支持。

原来，除了血氧饱和度最差的那段时间，他始终保持清醒状态，他清楚地知道自己的身体经历了怎样惊险的“过山车”。

上海援鄂心理医疗队领队、上海市精神卫生中心副院长王振也遇到了类似案例，有时心理问题并不只是以情绪的形式表现出来。“医生通知一位患者准备出院，但听到‘好消息’，患者反而出现了胸闷、喘不上气的症状。”

王振说，其实这些身体症状并非来自新冠肺炎病毒，而是来自心理问题。“我感觉自己没有康复，为什么让我出院？”“出院以后隔离点条件不好怎么办？”“家人会不会不欢迎我？”

经过心理疏导，这名患者症状逐渐消失，三天后顺利出院。

在王振和队友们支援的金银潭医院，病房里的焦虑、抑郁患者并不少见。他说：“救命之后还要救心。不少病人身体状况减轻了，心理症状却显露了出来。”

## 与地震不同，疫情持续时间长，甚至可能出现复合型创伤

王振的团队于2月21日抵达武汉。此后，以精神科专科医生为主的心理医疗队，由国家卫健委统一组织，从全国各地陆续赶赴武汉，进入定点医院和方舱医院。

“这次疫情有特殊性，持续一个月左右时人们仍处在‘应激期’，在这个时间点有序、科学地开展心理干预，是及时和必要的。”

王振说，除了临床患者的“心理急救”，更多的心理援助以缓慢而持续的节奏展开。“特别是对那些在疫情中遭遇重大变故，甚至亲人离世的人来说，心理创伤导致的抑郁，甚至创伤后应激障碍（PTSD），大多会在1到3个月后出现，少数甚至会在1年以后暴发。”

那场大哭之后，阿楠开始读懂了妈妈：“她也曾是个孩子，她也是第一次面对失去。”

武汉市精神卫生中心“心心语心理热线”心理咨询师李智，是来自北京的心理志愿者。她曾经听到一个类似的困惑。一位来电者求助，说自己似乎失去了哀伤的能力。“我爸爸前几天去世了，我和爸爸关系很好，可我为什么并不那么难过？”

“其实，出现这样状况的不止你一个。并不是你不哀伤，更不是你不爱爸爸。”

李智说，心理学中有一种“隔离机制”“压抑机制”，当一个人感到特别痛苦时，往往会产生生物意义上的防御机制，屏蔽哀伤和痛苦，短时间内表现为“似乎不那么难过”或者“哭不出来”。

但就像即将爆发的火山，“你无法给每个火山口都盖上盖子”。几个星期或者几个月后，当遇到某一个场景，也许是和爸爸去过的球场，也许是别人家的亲人发生不幸，甚至也许是一件和这件事完全没有关系的事，都有可能触发开关，所有情绪就会突然爆发。“对自己、对周围的人，都可能造成危机。”

“5·12汶川大地震”时，肖劲松是湖北支援四川心理救援队的培训导师。大地震让很多生命戛然而止，映秀镇漩口中学的时钟定格在了5月12日14点28分。肖劲松说：“很多人出现应激障碍，比如房屋倒下的瞬间经常‘闪回’。那段短时间的记忆成了很多人触发创伤后应激障碍的‘按钮’。”

## 与地震、火灾等灾难不同，新冠肺炎疫情已持续数月

长期从事临床心理工作的王振，主要研究领域包括心理应激与心理创伤。王振告诉记者：“汶川地震更多是关于某一个瞬间的一次创伤事件。但这次对很多患者和家属而言，在两个多月的时间里，这样的‘按钮’可能不止一个。比如目睹了亲人离世、自己被感染、康复后回到社区被个别人歧视……这些都可能造成复合型创伤。”

“人有很强的心理韧性。”随着疫情防控形势好转，一些因疫情而起的创伤会被时间抚平，完成自我愈合。但如果创伤的水位超过了心理的闸门，寻求帮助是必要的。

王振理解求助者内心的徘徊，不少人被病耻感困扰。

“这并不是一件丢人的事。”

“虽然复合型创伤疗愈难度增大了，但如果及时寻求专业心理治疗，绝大多数仍是可以治愈的。”

## 白衣英雄的斗篷下面，其实是一个个可以选择不坚强的普通人

从 2 月中旬开始，各支援汉医疗队开始陆续配置了专门的精神科医生。目前已经有超过 400 名精神科医生来到武汉，他们的任务，重点在保障医护人员。

在直面生死的一线，医护人员受到了巨大的心理冲击。复旦大学附属中山医院重症医学科钟鸣医生，已经在金银潭医院奋战超过两个月。私下里，同事给他起的外号是“ECMO 大神”，似乎他总能创造奇迹。但钟鸣坦言：“这次真的不一样。”

与以往很多转入重症病房就处在深度昏迷状态的病人不同，钟鸣曾经遇到一位患者，他刚跟患者说：“如果你再好一点，我就要把你转出院了。”但第二天，他却得知这名患者病情突然加重，不幸去世。“当一个非常鲜活的人，在跟你有很多交流互动之后，突然不好了，给人的冲击是很大的。”

不过，根据多家武汉心理热线的反馈，几乎没有医护人员拨打心理热线。

王振告诉记者，只有出现了严重失眠的情况下，他们才会想起求助精神科同事。“多数只是希望开点帮助睡眠的药。”

“前期他们陷在高负荷的工作中，无暇‘舔舐伤口’。”王振说。医护人员身上的白衣，并不是心里的铠甲，一些创伤如果没有经过及时的疗愈也存在隐患。这或许是许多医护人员离“英雄”这个词最近的一次，但“英雄的斗篷下面，其实是一个个可以选择不坚强的普通人”。

“创伤总是先于语言的。”王振和他的团队在开展谈话治疗的过程发现，并不是每个人都能清晰地描述自己所经历的事件。“因为创伤将人们逼到了理解能力的边缘。”更多的时候他们只能作出情绪化的表达。或者，干脆保持沉默。医务人员也不例外。

王振说：“很多人只是不允许自己不坚强，‘我是来治病救人的，不是来看医生的’。”

要读懂每一句“我没事”里的“有事”，不是一件容易的事。“这需要技巧，更需要信任。”

3 月 7 日，在金银潭医院的小花园里，王振和队友们为女医护人员开了一场“巴

林特小组”心理叙事分享会。王振告诉记者:“护士居多，也有少数医生，他们都不是主动来的，感觉像是为了完成任务才来的。”

“但来了之后就有效果。”在精神科医生引导下，队友们逐渐打开了心里的锁。

一位本地的医护人员说，在早期一床难求的环境下，医护人员经受着身体和心理的双重压力。“一位朋友打电话说，我的家人病了，没床位，你救救我吧。”“实在没有床位，你告诉我在家里应该怎么办？”

王振能感受到这名医护人员的无奈:“一个电话、两个电话、三个电话……后来她甚至不敢再接电话，直接把手机放在家里。”“(因为）每一次电话都是一次心痛，每一次电话都是一次创伤。”

这些从来没跟人分享过的压力在表达之后得到了宣泄。逐渐地，不少医护人员开始主动寻求精神科医生的心理支持。

“宣泄之后的舒畅感是一个好的开始。”王振说。

王振建议，为医护人员配置相应数量的精神科医生应当成为突发应急事件的标配。理想状态下，应当按照 1∶10 或者 1∶20 的比例配置。“但现在显然是难以实现的。”

武汉本地医护人员和各地援（鄂）汉医疗队队员，总数超过七万，而援（鄂）汉精神科医生约 400 多名，比例尚不足 1∶100。

中科院院士、北京大学第六医院院长陆林说，目前我国有 3 万多名精神科医生，相比发达国家人均精神科医生数仍存在较大差距。与心理治疗师、心理咨询师不同，赶赴前线的精神科医生原本应当主要承担医护人员心理的保障工作，但实际情况是，精神科医生还需要承担大量原本并非他们职能范围之内的任务。

“不是他们不能对普通患者做心理咨询，是他们原本可以发挥更大的作用。”

### 心理热线：那些看似不相关的问题，其实都与疫情有关

除了线下的精神科医生、心理治疗师，还有上千名来自全国各地的心理咨询师守候在热线当中。

武汉精神卫生中心的“心心语”心理热线（027-85844666），已经开通了 24 年。疫情前，每天在常规工作时间由心理咨询师值守一部座机，就基本可以满足咨询者的日常需求。

然而，疫情后热线数量激增。

2 月 5 日，热线正式调整为 24 小时工作制，并通过科技手段实现云接听，由 150 余名全国各地志愿者轮流排班。咨询师从 600 多人的报名者中选出，每人每周接听 3 个小时。

武汉精神卫生中心医生张家秀介绍，很多年轻咨询师很有热情，但如果仓促上阵，甚至可能出现“替代性创伤”。为了防止这样的情况出现，定期会有业界的专家老师为志愿者们做督导。每一通电话背后都有一整个团队做支撑。

截至 3 月 31 日，“心心语”心理热线总接听量达到 8385 通。

焦虑、内疚、恐惧、伤心、不安……8385 种情绪从电话的这头传到那头。

疫情初期的电话，普通市民占了大多数。河北邢台的咨询师谢顺领说，怀疑自己被感染的“疑病”现象大量出现。“自己一量体温，只有 36.3℃。”

电话那头的心理咨询师翟娟已经有 13 年的从业经验。她最早接到的电话，来自一名双向情感障碍者。疫情暴发后，“原本有心理疾病、精神疾病的人最敏感，最先感知到不安”。

翟娟说，这名女性求助者情绪低落，什么也不想做，她认为自己有精神疾病是一件很羞耻的事。疫情来袭，自己什么都做不了。甚至时常出现臆想：“想象自己是医务工作者，被感染，然后英雄般地离开。”

翟娟小心地安抚她：“在你的表达里，我听到了你很想为城市承担点什么，为他人做点什么，但是自己的现状也很糟糕！可我认为，你已经做到自己的最好状态了！”电话那头是 10 多秒的停顿，然后是一个深呼吸：“谢谢你！我会坚持的！至少我还活着！”

“他们需要的不过是被当作正常人看待，被理解、被尊重。”翟娟告诉记者。其实，心理热线能做的很有限，并不能算“心理治疗”，更像是“心理支持”。“如同一颗心理的速效救心丸，但能不能产生效果全看咨询师的‘火候’。”

每通电话的咨询时间被严格限制。

从最初的 40 分钟，到 30 分钟，再到 20 分钟。“心理热线与面询不同，并非倾诉越多，效果越好。”张家秀说。

经验丰富的咨询师听 5 到 10 分钟就可以对患者的程度进行评估，捕捉有效信息，再用 5 到 10 分钟给予积极的支持和合理的建议。如果是热线无法解决的问题，还可以通过武汉市精神卫生中心寻求精神科医生帮助。

翟娟解释道，假如你的实际年龄是 30 多岁，而在热线咨询中表现出来的也许是十几岁的状态。心理学中把这称为“退行”。所以你给他的时间越多，“退行”的程度就可能越深。

很多电话接起来的第一句，都是：“我还以为打不通。”“我只是试着打一下。”

翟娟说，每一份小心翼翼都让人心疼。“可以想象，选择拨打电话时他们遇到了多大的心理冲击。”

咨询师李智说，从表面上看，并非每个市民咨询的问题都与疫情直接相关。但从心理学角度讲，很多都是在疫情大背景之下的："一部分求助者意识不到这一点。"

李智还是北京一所大学的心理咨询师。她注意到，学生们在校园 BBS 上关于和父母关系的话题近一段时间大量增多。"很多同学进入大学之后，或许再也没有和父母待过如此长的时间。"

来自武汉的热线同样如此。小区封控之下，无论是社区工作者还是隔离在家的人们，都积压了大量的负面情绪。李智坦言："热线里亲子关系、夫妻关系，甚至各种婆媳关系问题都比以前要多。"

翟娟说，这几天，热线电话的数量开始有所回落，疫情不再是唯一的咨询主题。不过，更让人担心的其实是那些还没有打电话或者寻求帮助的人。

### "灰犀牛"要来了，那些藏起来的创伤怎么办?

"灰犀牛"是金融术语，指大概率会出现的危机。肖劲松把这个概念用在了武汉可能出现的灾后心理危机上。

"创伤是逐渐显现的，此次疫情慢性应激的特点会很突出，有些人会找到新的平衡，但有些人会失衡。"肖劲松判断，需要心理干预的人群里，大约只有 10% 寻求了心理援助。

"与 2008 年相比，国家层面灾后心理危机干预已经有了明显进步。"陆林说。随着网络通信技术的通达，越来越多的热线渠道、网络咨询渠道开通。"心理疏导和心理干预"已经不再是一个新概念，但普通民众的心理知识普及仍需要加强。

一些情绪问题和心理问题可能通过身体信号显示。陆林谈到了一位患者，总以为自己胃出了问题，拖了几个月，胃镜做了很多次，后来才发现其实胃部的不适是由心理问题引起的。

同济大学附属东方医院临床心理科医生冯强回顾自己在武汉客厅方舱医院的经历，他提到了一个词："主动"。

"与等在电话中不同，那些躲在热闹之外的情绪，大多不会选择求助，需要我们主动去发现。"冯强还借助了志愿者社工的力量："比如有的患者不愿意跟医生讲的，可能会跟社工讲，社工如果察觉患者需要心理帮助，会把信息提供给我，我们进舱时再做有针对性的心理援助。"

王振认为，心理干预的重点在于识别。但识别并不等于"挨家挨户上门"，而是需要"信任"基础。

有心理工作志愿者问王振，可以对康复驿站的出院患者提供哪些心理帮助？他回答说，最大的帮助就是最日常的关心，建立联系，建立信任。“假如他后续遇到心理困惑，第一个就会找到你。”

肖劲松说，如果心理工作者们不主动出击，那么心理危机的“灰犀牛”就不是大概率事件，而是必然事件了。

线上线下结合的方式，让武汉本地的专业心理工作者们，拥有了来自全国的大后方。雷神山医院任心理工作组组长程文红介绍，雷神山医院的心理团队以上海和陕西的6位精神科医生为主，与中南医院的心理医生团队密切配合，他们还在线上招募了35名心理治疗师团队，作为线下力量的补充。同时，当地的社工志愿者也待命，作为病人出院回家之后的心理支持力量。

让心理咨询师“进社区”和“进农村”是肖劲松下一步的打算。“老年人是目前心理干预的短板。”

湖北省心理咨询师协会正在加紧培训近千名心理咨询师，尝试让心理服务在社区扎根。但肖劲松坦言，经过两轮培训能够达到上岗标准的有400多人，线下力量仍有短缺。

“不仅是像以前，搞搞活动，办办讲座。”肖劲松说。这或许是一个漫长的过程。“目标是让心理工作融入社区的日常运转，争取让每一个社区都有相对固定的心理咨询师或者经过专业心理培训的工作人员，与社区网格员配合，尽可能让居民的潜在心理危机得到及时的干预。”

肖劲松明白，即便这样做也并不能百分之百找到那些真正需要帮助的人。

“但这个工作必须要做。太多情绪被压抑。”

“或许，需要3到5年的时间。”

### 每个武汉人都有自己要过的心理关

外卖员老计从大年初一起就奔波在武昌的大街小巷，很多订单背后都有一段故事。有医生给ICU同事点的，有女儿送给医生爸爸的，还有市民送给贵州医疗队的。

老计说自己脾气急。2月份的一个订单就令他上火。

订单要求里写着，一份肉松红豆面包加一份新鲜热干面。老计说，第一眼看到订单，他的想法是：“嚯，真是个小少爷。”但转念一想，隔离在家一个多月，这两份食物或许就是这个年轻人最真实的心理投影。

“新鲜热干面和袋装热干面是两种东西，对武汉人有特别的意义。”老计后来告诉这位年轻人。“我能理解，我也一个多月没吃新鲜热干面了。”并不是每个人都能像医护人员那样和病毒来一场直接较量，但每个武汉人都有自己要过的那道心理关。

疫情期间，全国各地的志愿者与武汉市精神卫生中心的心理工作者们并肩作战，夜以继日，向10 000多人次提供专业的心理援助，共同为疫情建立起一条心理防线

阿楠在自己的微博里写道:“比起‘你要加油’，还是更喜欢‘不用那么坚强。来，到我怀里哭一场’。”

阿楠很庆幸家里在最难过、最压抑的阶段，还有三只宠物。它们活蹦乱跳，“不经意就跟着快乐起来。”

武昌区某小区负责小区封控的下沉干部钱辉说:“有居民不理解我们的工作，对我们发脾气。我们心里不好受。但后来觉得，他并不是针对我，只是闷在家里太久了，情绪不在这里释放，就会在那里释放。也就释然了。”

有人说，小区封控期间屡有冲突，是武汉人泼辣直爽的性格使然。

肖劲松不这样认为:“疫情带来的心理影响正在悄然影响每个人。”

王振说，地震的时候，如果跑到一个空旷的地方，你会觉得自己是安全的。但疫情不一样。在武汉，即便你没有和病毒“正面交锋”，但也一定感受到了病毒的威胁。没有人能做到不焦虑。

## 这是一座城市的心理创伤，需要时间慢慢愈合

一个多月没有回家的爸爸，就要从康复隔离点回来了。

27 岁的刘雨做了一件在自己看来很勇敢的事，留下来等爸爸。她把这段微妙的心情记了下来。

“心理上还是担心爸爸会带病毒回家，上午匆忙把妈妈送到对面大姐家了，本来家人也让我一同过去的。可一想到爸爸已经一个人在外面待了那么久，一回家全家人都不在也不是那么回事，于是决定一个人留下来陪他。”

刘雨说，想到选择留下陪爸爸这件事，感觉像是疫情给自己考了次试。“好在自己考得不错，有一点小骄傲。”

这或许就是看不见的心理世界里，一个普通武汉人的英雄主义。

刘雨曾在社交平台看到过一张武汉路牌，那条路的名字很治愈，叫“新生路”。

刘雨说，解封以后，她有两件事情要做：一件是去吃份新鲜的热干面，另一件就是和“新生路”的路牌拍一张照片。

武汉市武昌区新生路（摄影：李行健）

（陈楠、刘雨均为化名）

主创人员：
高岩、郭静、李行健

# 第五节　天使伙伴

【编者按】在抗击疫情的过程中，无数普通人勇于奉献，积极投身战“疫”行动中，成为疫情防控阻击战中的重要力量。武汉封城期间，志愿接送医护人员上下班的快递小哥，全家齐上阵24小时为医护人员制作配送餐食的小餐馆经营者，免费为医护人员剪头发的理发师，为医护人员筹集发放护目镜、免费修配眼镜的眼科诊所老板，全球各地积极为武汉筹集运送医疗物资的人们……在总台记者一篇篇生动鲜活、感人肺腑的报道中，可以感受到人间大爱汇成的战“疫”暖流。世界卫生组织总干事高级顾问布鲁斯·艾尔沃德感慨地说：“志愿者真的把自己放在了保护中国和世界各地的前线。”战“疫”路上，不仅有白衣天使在前方驰骋沙场，还有一个个平凡而伟大的天使伙伴默默支援着前方。

【编者按】《志愿者汪勇》讲述了一位武汉快递小哥在抗击疫情中的突出表现和心路历程。大年初一，他义务接送第一位武汉金银潭医院的护士，从此加入了武汉抗击疫情志愿者的大军。他在两小时内组建起为医护人员配送一万多份快消食品的网络，他和很多志愿者一起传递温暖和爱心，汇集成抗击疫情的伟大力量。汪勇也荣获“中国青年五四奖章”、“最美快递员”特别奖等。

## 志愿者汪勇

首播时间：2020 年 2 月 23 日
首播平台：央视新闻频道《面对面》

**【导视】**大年初一，他出门接送抗击疫情前线的医护人员。

**汪勇：**当时考虑到可能真的是一辈子不会遇到比这个更大的事情了。

解决交通，供应餐食。

**汪勇：**别人来救命的，难道说你还找他们要钱？

一个普通快递小哥，为何能一呼百应？

**汪勇：**按照一句老话，就是说“生死之交”。

《面对面》专访志愿者汪勇。

**【解说】**35 岁的汪勇是武汉市一家快递公司的快递小哥，从小生长在武汉，每天忙于送快递、打包、发快递、搬货。工作之余，他偶尔也会开网约车贴补家用。然而，一场疫情改变了汪勇的生活轨迹。大年三十那天晚上，终于闲下来的汪勇刷手机了解各种信息。出于好奇，他进了一个志愿者建立的微信群——金银潭医院区域医护人员车辆需求群。

【同期】

汪勇：我就想先进去看一看。里面有医生，我想看他们聊天聊什么，我就想了解一下现在一线的现状，其实是抱着看一看的态度进去的。我看到群里面一个医护人员在那里不停地发需求，出发地、目的地、时间、姓名、电话。就是一条求助信息，一个小时发一次，最后也没人理她。

记者：她发了多少次？

汪勇：应该有个三四次。

记者：那就三四个小时过去了？

汪勇：对。就感觉这个医护人员下班是没有办法（回家）的。

【解说】位于武汉市东西湖区的金银潭医院，是武汉市最早集中收治新冠肺炎患者的定点医院，也是收治新冠肺炎患者最多的医院之一。1 月 23 日，武汉关闭离汉通道之后，全城的公交、地铁停运，加上医院位置偏远，医护人员的上下班的交通成为难题。

【同期】

汪勇：我就是看到用车信息重复出现，需求时间是凌晨 6 点，那证明这个人是下夜班的人，最开始我也没有往这里面想。刷一下朋友圈，朋友圈也说有一些护士她们就从这里走回去大概得 4 个小时。了解这样的信息，看到她这样的需求，我想到晚上 11 点肯定没人接。因为她明天早上是 6 点钟的需求，在里面没有回复的话，她明天早晨肯定也要走回去。当时这么个想法。我当时所有的资源就一台车，口罩是提前买的，放车上的大概有 6 个，我最起码可以送他们上下班。

记者：你想到你跟他们接触之后，你会面对的是什么吗？

汪勇：就想着出去我被感染风险系数其实不高，也就 5% 不得了，真正出问题的概率。

记者：还有零有整的，还是 5%。

汪勇：最多 5%。因为我的身体素质基本上风险系数很低，我比太多人感染的风险系数低，所以我觉得我有资本出去，当时是这么想的。毕竟这个事比较大，当时考虑到可能真的是一辈子不会遇到比这个更大的事情了。

【解说】对于所有武汉人来说，这都是一个前所未有的除夕之夜。在经历了反复的思想斗争之后，汪勇下定决心，要去接那个大年初一早晨六点从医院下夜班的求助者。

【同期】

汪勇：大年初一凌晨 1 点钟，我给她回的信息，因为 11 点钟之后还是没有人理她，我给她回了一条信息说："我去接你。"其实，我当时真的有点头脑发热，就把这个信息回了。

**记者**：为什么？

**汪勇**：当时心里有个小鹿撞撞撞，就是我一定要做这个事，想做这个事，5 点半，我给她打电话，她接了，接的时候愣了一下。"我是过来接您的。我过一会儿就过来了，但是我就一个 N95 口罩，我没有其他的。您能不能给我一点酒精？"因为当时其实在网上了解的信息，我知道酒精对我来说很重要。

**记者**：干吗用？

**汪勇**：消毒啊。她下车我要消毒，不然我（感染）的风险系数很高。我说："您如果能提供酒精，我就能来接您。"那个小丫头有点不相信，不相信有人来接她。她愣了一下，没回复。大概接近 10 秒钟就跟我说："好。我有酒精。您来吧。"05：50，我到那个位置，之后给她打电话，她差不多 6 点钟下来。我们就上车就走。

**【解说】**汪勇的家里有父母、妻子和两岁的女儿。妻子没有工作，汪勇是家里的主要经济来源。这次出门，汪勇给家里人的理由是公司过年需要值班，很多外地人走了，他不得不去。第一次接送的是一名金银潭医院的女护士，虽然事先对于自己面临被感染的风险有了预估，可是当真正与刚从医院出来的医护人员同坐一车的时候，汪勇还是感到害怕。

**【同期】**

**记者**：毕竟是从金银潭医院出来的人？

《面对面》记者董倩专访志愿者汪勇

**汪勇：**我的紧张是本能的紧张，就是她坐在后面，我时刻身体的反应就是后面有个危险。我开车开得很好，我就不自觉地会看一下后视镜，看后面有个人，时刻提醒我后面有个危险，可能会伤害到我的身体。

**记者：**这个危险是你自找的？

**汪勇：**当时第一下是怕了，有点慌，其实最开始规划这个事情的时候没有慌，但真正她坐上来的时候我慌了。当时的疫情恐慌是特别严重的，每个人的思想都是觉得这个是很致命的一个东西，而且武汉市病死患者大部分都是从这个医院出来的。就是说，这个地方是很恐怖的一个地方。

**记者：**送这位护士，你在路上用了多久？

**汪勇：**回去就 20 分钟。

**记者：**这 20 分钟，整个人真实的状态是什么样的？

**汪勇：**抖。那个腿抖了一天。

**记者：**真的？

**汪勇：**两条腿抖了一天。

**【解说】**送完那位女护士之后，微信群里的用车需求还在不停出现，双腿发抖的汪勇继续接送别的医护人员。大年初一这一天，他接送金银潭医院的医护人员超过了 30 人次。与平时开网约车不同，他开车的目的不再是为了挣钱。

**【同期】**

**汪勇：**从第一个乘客下车，他们都在给我钱，她给我发个红包。我说："小妹，是这样的，大年初一这么大疫情，我出来把你带过来，估计你这个红包装不下。钱就不要给我了，肯定不够。"我说："你这样，你加我个微信，你要上班你跟我说，能来接我一定来接你。"当时考虑的不是钱。

**记者：**那你这么拼命是为了什么？

**汪勇：**就觉得我应该做一点什么，不为什么。

**记者：**为谁？

**汪勇：**为这个事情做点什么，这个事情很大了，很危险了。我了解到的情况越多，我就觉得越危险。

**记者：**谁危险？什么危险？

**汪勇：**都危险。医护人员这一条线绷得太紧。如果这一条线绷了，所有人都危险了。我越怕越觉得危险，所以我能多做点就多做点。

**【解说】**汪勇住在金银潭医院附近。他知道，即使在平时，很多出租车司机都回避这里，更别说现在是非常时期。第二天，他继续出车了。因为担心将危险带到家里，他继续找理由住到了单位的仓库。

【同期】

记者：后来你的防护服、护具都是谁给你解决的？

汪勇：医生护士没有防护服，医用的防护服太紧缺了，他们本身就不够。

记者：你跟他们张过嘴吗？

汪勇：没有。怎么好意思？怎么张嘴？其实我做的就是为他们做点事情。最后，还找他们要东西，那不就成负担了吗？你最多给我点酒精就行了。找他们要酒精，因为酒精外面确实没有，我每天消耗量特别大，每下一个人我都要全车喷一点，每下一个人喷一遍，中午回去之后，我全身的消毒再做一遍。为什么到现在我来来去去有那么多人跟着我，没有一个人有感冒发烧、拉肚子、乏力这样的症状？就是说，我们其实做得很细，而且很严密。

【解说】经过两三天的义务接送，汪勇发现，医护人员对车辆的需求越来越多，他一个人一辆车，根本就忙不过来；因为坐不上车，有的医务人员只能深夜步行上下班。他把金银潭医院需要用车的信息往其他的群里发送，并开始招募志愿者。

【同期】

汪勇：我开始选人的要求，第一条是必须一个人住。你过来送医护人员做的是好事情，万一你没有办法避免的情况下感染了，我可以接受。但是如果你感染之后家里有人也感染，出去再感染，那个就接受不了。其实来了很多人，我大概推了三四十人，因为他们没有办法跟家人分开住，后来真的能在这里的人有二三十人，专门来跑金银潭。

【解说】随着支援武汉的医疗队越来越多，汪勇希望有更大的力量加入，满足医护人员的用车需求。通过发到朋友圈的求助信息，他联系到一家共享单车的负责人，在医院附近充分投放共享单车，满足了医护人员短距离的用车需求。之后，汪勇和其他志愿者又联系到了一家共享电动单车公司，在金银潭医院周围投放了 400 台电动单车，便利了更远一些的交通。同时，汪勇跟一家网约车公司商议，希望他们加入解决医护人员的出行问题。

【同期】

记者：你一个人对接人家一个企业怎么对接？

汪勇：难是难一点。最开始还是很粗暴的方式转发。滴滴工作人员电话我要有一个，就不停转发，找到了联系上了之后，再来慢慢沟通。我们这一群人在这里拼死拼活，你看能不能协助处理一下。

记者：打感情牌？

汪勇：对。这个事情我一路走来都是这样一个方式。这个事情办不办得成，我不知道，但我一定要办。我一定要去沟通，办了再说。

记者：吃过闭门羹没有？

汪勇：太多了。

记者：为什么不帮你？

汪勇：为什么要帮你？你就是一个个人，比如他们是一个大的企业，他们有他们的规章制度在那里。

记者：那最后大公司帮你忙没有？

汪勇：其实我放弃了。但是他们的人没放弃，跟我对接的一帮工作人员没放弃，他们一直没放弃，突然有一天联系我："勇哥，这个事情好像还有别的办法。"给我开了两个账号，一个账号可以同时叫三台车。就是我同时可以帮医护人员叫六台车到现场，基本上可以解决我的问题。

【解说】公司力量的加入，极大缓解了志愿者司机的压力。后来，政府开通了医院到医护人员住处的通勤车，交通问题得以系统化解决。因为每天跑车和处理问题越来越多，汪勇的理由很难编下去了。

【同期】

汪勇：因为我每天要跟她花时间"演戏"，我的孩子早晨起来要跟我视频，中午吃饭要视频，晚上睡觉要视频。后面完全没时间了，就直接给我老婆发条信息。信不信我？她看到信息还有点恐慌，以为是我感染了，哭了半天。我说："没多大事。我现在跟他们在一起做志愿者，我在跟他们做一些资源协调的工作，不停跟他们打电话，所以没有时间接你的语音视频。你看能不能每天晚上咱们视个频就算了？"之后我爸妈其实担心之余，跟我表达的就是很多鼓励，说："你在外面一定要注意。爸妈为你这个事情感到骄傲。"其实，从 2 月 13 日到现在，他们都睡不好觉。

【解说】也就是在逐步解决交通问题的同时，汪勇了解到，疫情期间金银潭医院的值班医护人员大多住在各处的酒店，因为酒店不提供餐食，医护人员在酒店休息时就没有饭吃。为了解决这部分医护人员额外就餐的问题，汪勇使用募集来的两万多元资金，开始为他们免费提供方便面和矿泉水。

【同期】

记者：你自己有饭吃吗？

汪勇：我也有泡面，就安排泡面给他们吃。不到一周，因为有一个护士朋友圈发出来说："我好想吃大米饭！"有些小妹妹就这么说。还有人说："我不吃米饭，我会死。"就这种开玩笑的一些话说出来。

**记者：**撒娇性质的？

**汪勇：**撒娇性质的。但是这也是个实情，我们也只能给他们提供泡面。没有人吃上白米饭。

**记者：**这件事情跟你有什么关系？护士吃不上大米饭和你作为一个志愿者司机有什么关系？

**汪勇：**就感觉这些人是来武汉救我们的那种人，他们是援汉团队，结果我们连饭都不能给他们吃，觉得很愧疚。当时，4 点钟看到这条消息，我说："今天再怎么样，晚上要让他们吃一下大米饭。"

**【解说】**当天，汪勇在网上发出了筹集 30 份米饭套餐的求助休息，几个小时内就有了结果。一家饭店提供 16 元一份的套餐，因为当时没有筹集这方面的资金，汪勇自己掏钱买了 30 份。

**【同期】**

**记者：**那你这出来不仅不挣钱还往里掏钱？

**汪勇：**那别人是来救命的，难道说你还找他们要钱？我不好开口。真不好开口。别人本来在自己的城市好好的。

**记者：**那天大米饭的问题算解决了。这是一次性的解决，还是说你想到更远？

**汪勇：**想到更远。我知道我撑不了多久。我如果每天花钱买，我撑不了多久。我就那 3000 块钱，已经花了快 1000 块钱了，我肯定撑不了多久，我从晚上 8 点钟就开始找，当天晚上还没找到资源。我（第二天）早晨又找他们，全部发动他们找。

**记者：**你想找什么资源？

**汪勇：**免费供餐。因为我自己本身供应不起这些饭，我就要找免费供餐这种公益性的资源。

**【解说】**汪勇发布的求助信息迅速在网上传播。第二天一早，两家餐厅与汪勇对接，承诺每天免费为金银潭医院的医护人员提供 100 多份盒饭。但是，供应了几天之后，汪勇发现，这两家餐厅每天还要为其他医院供应 2000 多份餐食，产能达到了极限。他开始考虑运营一家专门保障医护人员餐食供应的餐厅。

**【同期】**

**汪勇：**花了两天的时间对接餐厅，我的方式也是一样的。很简单，我手上人多，我就在群里喊一声，我说我需要 5 个代收的人。不到 5 分钟，不下于 5 个人在里面回复，就说："我来。""我来。"因为我当时可能在志愿者里面有一定知名度了，我办成了几件他们认为还很可以的事情。之后我的方法就很简单：你们 5 个人，比如我现在在汉口，你们就围着路上到处转，只要开门的酒店，只要是开门的，里面只要有人，问他们老板电话问得到的，定位、电话、姓名发给我，我就过去。之后有个朋友介绍说，有一个烤肉店的老板，就跟他打了个电话一聊，他说我跟他的想法是一样的，所以他也愿意站出来做这个事。

**【解说】**2 月 5 日，新盘活的餐厅开始运营，每天 700 份盒饭的产量，既保障了金银潭医院医护人员的额外就餐，也解决了为医护人员服务的网约车司机的餐食。然而，由于武汉市疫情防控的规定，这家餐厅被迫关闭。汪勇只能继续寻找突破的可能性。武汉市一家大型便利店愿意提供所需的餐食。然而，也就在免费供应了 10 多天之后，意外情况再次发生。

**【同期】**

**汪勇：**我跟你说当天发生了什么事情。提前一天便利店给我打电话，他说："不好意思，勇哥，我这边的仓库由于疫情管控要关门。"你可以想到结果是什么吗？15 000 多份餐每天，每天供出去免费的给医务人员餐 15 800 份，是什么概念？7800 号人吃不到饭了。这个事情很大吧。那 15 800 份饭，根本没有一个企业能供得上来。所以我当时知道这个消息的时候，我其实心里很慌。

**【解说】**虽然心里发慌，但这时候的汪勇手里已经有了不少可以利用的人手和资源。由于不能生产热饭菜，只能用快消品顶上缺口。他找到库存 10 万份以上泡面的企业，又从便利店拿到配送明细单，几个小时内建立起一个每天配送 1.5 万份泡面的网络。而这只是他用来备份的 B 计划，他的 A 计划，就是协调有关部门，看能否尽快让这家便利店恢复生产。

**【同期】**

**记者：**你要去跟政府交涉？

**汪勇：**对。一纸禁令是谁下的，我要去找他。

**记者：**怎么去跟政府交涉？

**汪勇：**具体细节不说，我先夸奖一下我们武汉市政府的应变能力。我在 4 点钟的时候把这张网组建起来之后，感觉心里就已经踏实了一半，之后开始联系我所能联系上的政府方面的人，最后辗转联系到武湖街道办事处的时候，跟他们一说，他们还一愣。他们了解到这个情况之后，大概过了 15 分钟，他说："这个事情肯定要上报。"上面决定说："你们明天可以正常恢复生产，但是你们手续要同时补起来。你如果要生产，你就有一些手续要补，就是这个样子。"

**记者：**解决了？

**汪勇：**基本上解决 80% 了。之后我马上联系便利店，4 点多钟得到这个消息，我赶紧给他们打电话。我说："你赶紧联系你所有的人力去把这个生产恢复起来，明天 1.5

万份你绝对要续上。你不能断，你断了没人能补。”便利店也很给力，二话没说就搞炒饭。1.5 万份饭的米和油，米好解决，油好解决。第二天就供了 1.5 万份的米饭。很牛。搞了一晚上。

【解说】汪勇称自己是一个“组局的人”，出行、用餐——每组一个局，他就交给一个人管理，再腾出手来做其他事情。因为平日里和医护人员接触得多，汪勇知道对他们生活上的支援必不可少。医护人员的眼镜片坏了，手机屏碎了，需要买拖鞋、指甲钳、充电器，甚至秋衣、秋裤，在群里通过接龙喊一声，很快就有专人采购，帮他们搞定。上海医疗队的两名医生过生日，志愿者帮他们买了蛋糕。

【同期】

记者：汪勇你说，你为什么能够一呼百应？

汪勇：可能很多人看到我做事的结果，有的人他连见我一面都没见，就一个电话，很相信我。

记者：你说，在这种情况下，人和人之间的信任是靠什么建立起来的？

汪勇：在这种情况下，按照一句老话就是说“生死之交”，这个时候还愿意出来做事的人，其实都是想出一份力，目标是一样的。我们就要干这个事情。就是说，这些事情就是为了一些医护（人员），我们能做的不多，不能像医护（人员）那样在一线救死扶伤。我们做的就是后勤，能把他们的后勤保障好，他们就不用操什么心了。

记者：回过头去看这 20 多天，你觉得你做了一件什么事？

汪勇：真正做的事情就是传递那一点点的温暖和感动，别人给我的，我给别人的，最后这个雪球越滚越大。

【解说】2 月 19 日，我们采访的当天，汪勇接到了单位复工的通知，让他第二天到单位报到。因为在志愿者活动中的突出表现，他从一名快递小哥升职到了分部经理，管理四个营业网点。

主创人员：
张士峰、王惠东、董倩、孟克、张诚、赵裕华、谢琳、王枫

【编者按】大年初一，武汉视佳医眼科门诊部负责人陈庆丰和哥哥星夜兼程从温州老家返回武汉，为医护人员筹集20多万副护目镜，并坚持为医护人员义务修配眼镜。陈庆丰说："很多年以后，当我们再回忆今天我们为这次疫情做了什么，我付出了一些，会让自己心安。"

## 陈庆丰：眼镜的故事

首播时间：2020年3月8日

首播平台：央视新闻频道《面对面》

【导语】大年初一，星夜兼程，从温州回武汉。

陈庆丰：我在这里面和武汉大部分人一样，是为武汉这个城市疗伤的，我是其中一员。

为医护人员筹集20多万副护目镜。

陈庆丰：这时候，其实我已经感觉到了，别人做不了的事情忽然全部一下子到了我们两兄弟身上。

《面对面》专访武汉视佳医眼科门诊部院长陈庆丰。

【解说】这家武汉视佳医眼科门诊部，位于华南海鲜市场的隔壁，平日里以视力矫正和验光配镜为主营业务。正在忙碌的是来自温州的一对兄弟，弟弟陈庆丰是院长，哥哥陈庆申是董事长。在武汉市关闭离汉通道的40多天时间里，他们因为为武汉医护人员募集20多万副护目镜，并坚持为医护人员免费修配眼镜而受到关注。

【同期】

**记者：**现在每天工作量大不大？

**陈庆丰：**前面几乎每天都是从早到晚，经常要加班，头脑都是关闭状态，就是做事。有时候一坐在沙发上面就睡着了，所以我最近得罪了好多人，包括你们来采访（的记者）。

**记者：**您推过？

**陈庆丰：**推了三次。你这个节目来第一下子我很高兴。第二个念头，开始警惕我的高兴，我说武汉疫情当前，我怎么可以为自己做一点点事情感到高兴呢。开始觉得自己有点羞耻感。我说不行，我不允许自己这么做。

**【解说】**陈庆丰所说的“一点点事情”，是从 1 月 24 日大年除夕开始的。当时，他和哥哥陈庆申已经回到了温州老家。他们在武汉打拼生活了十多年，但春节回老家过年是惯例。

【同期】

**陈庆丰：**除夕夜，大家都在看央视春晚，我跟夫人看那些疫情视频，觉得心里很难受，这是我生活的地方，现在这么紧急。正在这个时候，协和医院有个医生，平时他学术各方面很厉害，他打电话过来说：“怎么办？我们有三层楼的医生都要隔离，现在眼睛是完全暴露的。”他讲着讲着，那种叹气把我们心吊得很高。

**记者：**这位大夫给您打电话的目的是什么？

**陈庆丰：**他希望得到我们的帮助。

**【解说】**与口罩不一样，即使在医院，护目镜也是冷门，平时基本没有储备。那位医生朋友的求助电话让陈庆丰意识到，武汉市医护人员对护目镜的需求非常紧急，且数量巨大。

【同期】

**记者：**但是您做过护目镜吗？

**陈庆丰：**护目镜我们没有做过。

**记者：**您不是也帮不上忙吗？

**陈庆丰：**我当时想，我们浙江的温州和台州，正好是全国的眼镜制造重要基地。我们了解到，台州那个地方生产大量护目镜。

**【解说】**初一一早，兄弟二人出发前往台州，找到了生产护目镜的厂家，进行采购。

【同期】

**陈庆丰：**开始去的时候，其实库存很少的。

**记者：**有多少？

**陈庆丰：**那时候应该是一万副左右，结果那个老板知道我们两个人确实要开车回武汉的时候，把他也搞吃惊了，结果他成了中间商，到处去把周边（生产）护目镜的厂家，有库存的全部拉过来，集中到他那里给我们。

**记者：**后来他又帮您找到了多少？

**陈庆丰：**找到两万多副。

**记者：**多长时间准备的？

**陈庆丰：**就是两个小时左右。

**【解说】**当天上午，陈庆丰兄弟二人出资28万元，加上部分朋友的爱心捐助，采购了三万多副医用护目镜。按照他们最初的设想，他们要立即开车把这批护目镜送往武汉。然而，温州到武汉一千公里的路程，刚回到家就要重回武汉，并不容易。

**【同期】**

**陈庆丰：**因为我自己开了一辆小车，结果三万多副护目镜往地上一放，像一座小山，我就知道完了。我这怎么拖走？那时候内心很着急，我就发朋友圈："有没有谁有大卡车或中型小车？我不需要司机，我自己当司机。给你租金也可以。我要把护目镜送到武汉去。"我发了一个帖。很多人转发这个帖。结果杜桥那边来了两个党员干部，他们正月初一连夜通宵开车。我们下午5点钟左右出发的，到武汉是凌晨4点钟左右。

**记者：**怎么就不能等一晚上呢？

**陈庆丰：**我们很清楚，我们就说每等一个小时，这一个小时之内有很多医生可能得不到应有的保护，我们很清楚这个事就是和时间赛跑。

**【解说】**星夜兼程的途中，陈庆丰在朋友圈里发布了这样一条消息："一整天马不停蹄，一共收购32 920副护目镜，总计78件货！已由台州市邮政局派专车免费运送！我和老大押车跟进！无比感恩……"他请有需求的医护人员留言写下联系方式和需求，以便到达武汉后尽快发放，结果有几百人留言。

**【同期】**

**陈庆丰：**第二天一大早，到了我们门诊部门口以后，看到那么多车过来，有些医生从"火线"上刚下来，都很疲惫，恍如隔世。

**记者：**为什么？

**陈庆丰：**跟我平时看到的医生都不一样，他们很疲惫很紧张，有的人走路都踉踉跄跄。

**记者：**多长时间就发完了？

**陈庆丰：**很短的时间。我还没有来得及搬到我们门诊里面去，就放在门口的时候人已经围过来了，武汉几乎所有的医院都来人了。围过来的时候，一个多小时全部发完了。发完了，我们门口还有很多长的车排着，这个时候我心里就很难受了，好像觉得我还能够做一些什么，心里非常不忍。这时候其实我已经感觉到了，别人做不了的事情，忽然全部一下子到我们两个兄弟身上了。

**【解说】**那天，就在人群渐渐散去的时候，又有三位医生赶来，其中一位女医生得知护目镜已经发放完时，竟然无法控制地哭泣起来。陈庆丰兄弟把自己佩戴的两副护目镜取下来送给他们，那也是门诊部里的最后两副。

**【同期】**

**记者：**您已经尽力了？

**陈庆丰：**不。你这个说法跟我的心理完全不一样。我自己是这个企业的老总，我要对这个领域里面所有东西负起责任。我其实也蛮狂妄的，可能别人做不了了，大家都在家里面，这个护目镜上面还有再大的需求，我都要把它满足掉。

**记者：**您用什么满足？

**陈庆丰：**大年初三，我发了一个朋友圈，我说："全国求购护目镜，大框游泳镜作为暂时替代品我也要，只要价格没有高得离谱。我们一起来做爱的接力去支援武汉。"我把我的微信号放上去，结果铺天盖地的人帮我转发，这个时候我一看，厉害了，全国人几乎都知道了。我就开始迅速组建了三四个群，有个群是采购的，有个群是了解医生需求的，还有个群是怎么送到医生那里去的，要对接。这几个群共同作业，而且越做越专业，整个流程这时候已经是团队作业。这个时候武汉其实志愿者千千万万，我很明显感觉到我只是这里面的千分之一甚至万分之一。

**【解说】**有意愿，有行动，带动更多的人投身其中，为武汉医护人员筹集护目镜的活动在全国范围内展开。热心的人们虽然互不相识，但却彼此信任，配合密切。

厦门眼镜协会筹集 14 万副护目镜，通过陈庆丰捐赠给医护人员。那时候，就连替代护目镜的游泳镜，也在陈庆丰的搜集之列。

**【同期】**

**陈庆丰：**我们看一下效果，体验一下。这个效果好，我非常满意。现在四周做到了完全贴合，百分之百滴水不漏。我相信这样，再厉害的病毒也奈我无何。非常好，谢谢！

**记者：**游泳镜比护目镜要好找吧？

**陈庆丰：**好找多了。游泳镜协会知道了，游泳镜也有一个圈子。他们知道了说："（没想到）我这个行业还可以为这次武汉疫情作一些贡献。"其中有一个人赶紧就跑出来，一下子建立一个群，第一时间先给我捐了一万块钱。他告诉大家说："你看我捐钱了，你们不要乱涨价。"

这个时候，（有人）就说：“我们开始每天玩手机，觉得自己报国无门，现在我们也有机会了。”结果一下子捐的也有，买的也有，那时候又进来了 5 万来个游泳镜，大框的。

**【解说】**一时间，陈庆丰兄弟俩的门诊部成了为武汉医护人员筹集护目镜的中转站，他们与其他志愿者一起，不分昼夜忙碌着。筹款、采购、运送、分发，每项工作都有条不紊，一环接着一环向前推进。

**【同期】**

**记者：**您当时从武汉走出去了，这回又跑回来，那个时候武汉疫情的蔓延到底是什么情况？您担心不担心？

陈庆丰为医护人员修配眼镜

**陈庆丰：**你说不担心那是假的。每天从早到晚回家的时候，每天都后怕的。基本上开始那几天，那些医生那么疲惫，他们靠近我的时候我发现我想躲。这时候，有个不知道什么的东西起作用，我感觉躲开对他们不礼貌，我不好意思躲。后来我听说喝酒是 OK 的，我每天喝酒，我酒量已经变得很好了。还有一个视频说，吃大蒜好。确实有一些专家说吃大蒜好，后来我就吃生大蒜。吃了以后，朋友问我有什么体会？我说被病毒感染的痛苦和吃大蒜的痛苦，估计是差不多的。在肚子里面好难受，但是还是坚持吃、每天吃，以防万一。病毒是无形的敌人，我们都看不见。

**【解说】**心存恐惧，但仍要有所行动。在行动中，陈庆丰收获了更多的感动和力量。

**【同期】**

**陈庆丰：**有的人主动找我，报六七十元一副（游泳镜）。“你这个平时两三块钱的东西卖这么贵，现在退给你，你又不退款。”我就告诉他，我不是一个人在做公益，我是陪你一起做公益，如果你没有这样一颗心，我说我拒绝跟你交流。面对这样一个疫情，国家是我的，也是你的，凭什么你不去做，如果你这一刻涨价你肯定会后悔。因为这个疫情我们百年一遇，二十年以后三十年以后，你的孩子问你：“爸爸当时那么大的疫情你做了什么？你到时无言以对，你自己心安吗？”

这样一讲打动了很多人，很多人开始愿意把价格放下来，甚至直接把钱还给我。“我不要钱了，我发给你算了。”很感动人。其中有一个人，她就跟我说：“我弱弱地问一句，我家里有一个游泳镜。我的孩子今天早上说的。他说：‘妈妈，我这游泳镜用过的，我看了你的微信不知道这个游泳镜能不能用？’”她发给我的时候，还发了一个不好意思的小表情，我当时愣了一下，很快就说：“可以。赶紧。”

**记者：**一副？

**陈庆丰：**一副。就是一副。我说可以，我其实很快感受到了对方，在千里之外的一个孩子，有了一个很单纯很善良的心，我觉得应该给他这样一个机会。

**【解说】**据不完全统计，从1月25日至今，陈庆丰、陈庆申兄弟二人通过不懈努力，累计筹集捐赠护目镜24万多副、替代泳镜5万多副，累计筹集捐赠款项达230多万元，其中兄弟二人自掏腰包共计捐款46万多元。

**【同期】**

**记者：**在这个时候，怎么看这个钱呢？

**陈庆丰：**说实话，我当时看护目镜有这么大的量的时候，我问我老婆：“出了这么多钱，你心疼吗？”她回过来，她说：“不心疼。这个事，我认为是救命，我很高兴。”后来这么大的量的时候，再加上我也不知道什么时候复工，复工以后我们会不会破产我都不知道。不瞒你说，我第一印象说，如果破产，在这个时候破产还好一些。

**记者：**为什么？

**陈庆丰：**我是为了大家。我觉得为了这次的疫情，我付出了自己。就像“死”一样，一种叫死亡，一种叫牺牲，我觉得这时候是牺牲，这个时候破产就破产了，没有人嘲笑我这时候破产。

**【解说】**随着国家资源的集中调配，武汉市医护人员的护目镜问题得到解决。但是，因为疫情，武汉市几乎所有的眼镜店都关门停业，医护人员的眼镜维修成了一大问题。

陈庆丰2月9日的朋友圈这样写道：“最近有4个朋友辗转找到我：外省医疗支援

队的专家眼镜损坏了，希望得到帮助，当然可以帮助！我们很愿意！我们可以专门为你开门工作！”

**【同期】**

**陈庆丰：** 我说：“谢谢你给我一个服务你的机会。”他们那么辛苦，我们能做一点，是我们的机会。昨天浙二院王院长打电话说，他眼镜坏了，他还挺不好意思。我说：“王院长，你打电话来，我不知道有多高兴，我可以为你做一点什么？”这是第一个。第二个我们干这个 20 多年了，这个事情非我莫属了，我绝对不允许自己说“不”，我如果说了一次“不，我做”，做不好我后悔一次，但是没做，我估计会后悔一辈子。我肯定会好好去做的。

**【现场】**

四川医疗队的女医生来店里修眼镜。

**记者：** 您是四川的医疗队？

**医生：** 第一批的。

**记者：** 哪个医院？

**医生：** 就是这个红十字医院，大年初一过来的。

**记者：** 眼镜哪天开始坏的？

**医生：** 就上十几天班就坏了，鼻托都坏了，都掉了。

**记者：** 多少度？

**医生：** 700 度。

**记者：** 那你怎么过的这段时间？

**医生：** 没办法。为了病人我们肯定要坚持，防护眼罩、面屏压着我很难受，所以说我能够坚持就坚持，实在不行了。因为我不知道你们这边开门的，所以说让我感觉真是感动。你们真是了不起。

**【解说】** 唐文君是第一批支援武汉的护士。根据她的情况，陈庆丰兄弟二人决定免费为她修理好眼镜，同时再给她免费配一副更适合佩戴的备用眼镜。陈庆丰的眼科门诊有 450 多名员工，因为疫情压力，负责修理和配镜的员工返回后都需要居家隔离，无法前来上班。陈庆丰和哥哥陈庆申从院长和董事长的位置，回归到了验光师和配镜师傅的角色。

**【同期】**

**陈庆丰：** 你几点钟上班？

**唐文君：** 4 点。

**陈庆丰：** 现在几点？

**记者：**03:20。

**陈庆丰：**你这样，我 10 分钟就可以给你验光，完了以后你先回去上班，下次再有空直接马上过来。以最快的速度，10 分钟肯定给你搞好。

**记者：**先去验光？

**唐文君：**主要怕耽误我的时间。

**陈庆丰：**我以最快的速度，这边已经弄好了。这边能用了。过来吧。

**【解说】**作为机构董事长，陈庆申虽然是磨镜片起家，但已经 20 多年不亲自操作了，而且现在主要靠电脑制作镜片。无奈之下，陈庆申只好通过视频向员工学习。

**【同期】**

**陈庆申：**这个可以了不？正在启动。

**员工：**等一下。

**陈庆申：**还要等一下？还用不用按对勾？现在可以了不？

**陈庆丰：**这个我都不好意思看，我几乎看不下去了，因为每一次都需要视频。我说："你怎么回事？"他说："我也不知道。平时打麻将都记性蛮好。就是记不住。"像刚才他还是需要视频学习，不知道为什么。如果是我，我肯定学得会。

**记者：**您说大哥不？

**陈庆丰：**我不会说他。这个时候我只有感动和敬佩，我不会说。有一天他应该是做了接近 20 副。他跟我看，他说我回家门打不开了。他指纹磨没了。我们家电子锁用指纹，他打不开了，找他老婆要密码。然后手完全平了，这个地方还磨得很薄很薄，平时没搞过。现在这么多年，20 多年，粗活都没干过了，都在办公室。

**记者：**舍得吗？

**陈庆丰：**你要知道，来武汉，陆陆续续加起来，到了最后有三万多人。三万多人当中，你会发现医学专业毕业的人个个都戴眼镜。按概率来说，总会有一些人每天都会发生眼镜坏了的故事，结果我这里成了一个"倒金字塔"，那么大的需求落到我这个点上面来了。过了很多年以后，当我们再回忆今天我们为这次疫情做了什么，我付出了一些，会让自己心安。因为我看到现在社会很多人就是指责、指责，但是他没有为自己指责的内容负起责任来，没有付出行动，付出自己。他有一天一定会后悔的。

主创人员：
张士峰、王惠东、董倩、孟克、张诚、赵裕华、谢琳、郭佳、王枫

【编者按】该作品真实记录大连小伙蒋文强误入外地回武汉人员的高铁专门车厢并滞留武汉，成为隔离病区一名志愿者的故事。他从害怕到克服恐惧、走向淡定，上演了一幕抗击疫情的“温暖剧情”。小伙子的经历被网友戏称为“现实版的‘汉囧’”。

# 小伙“大连”武汉战“疫”记（第一集）

首播时间：2020 年 3 月 11 日
首播平台：“央视新闻”客户端

【导语】武汉市第一医院隔离病区里有一位“90 后”的小伙子，因为是辽宁大连人，大家都叫他“大连”。他是一名志愿者，也是医院里的“大红人”。因为用医护人员的话说，他上演了一幕抗击疫情的“温暖剧情”。

2 月 15 号，“大连”本想去长沙一趟，结果误入高铁上外地回武汉人员的专门车厢，阴差阳错滞留武汉。在这期间，他到医院做起了志愿者，在隔离病区与病毒对抗。小伙子的经历被网友戏称为“现实版的‘汉囧’”。

【现场画面及字幕】

3 月 7 日 22:00，武汉市第一医院，东北小伙“大连”刚下班。

【现场】

**记者：**每天下班都是这么晚？

**蒋文强：**对。每天都是这么晚。就是我早上去医院的时候天还没有亮，我晚上回去的时候天黑了，回酒店的时候天已经黑了。我也不知道我为什么火了，保洁算技能吗？拖地算技能吗？你说人家网红火了吧，有特长。我有什么特长？我有保洁特长。

**记者：** 那你现在知道吗？

**蒋文强：** 我现在知道我火了。因为医院到处都是看见我叫我“大连小伙”。

**【同期】**

**蒋文强：** 当我下去以后，我就发现问题大了。没有卖票的，什么都没有，高铁站什么都没有。上网搜酒店，酒店没有；叫滴滴，滴滴没有。我就搜“志愿者”，上同城上搜“志愿者”，我找志愿者的目的是来帮我，不是来找工作。然后，当我搜出“志愿者”的时候，下面就蹦出有招聘的东西。蹦出来以后上面就 4 个字吸引了我的眼球——“包吃包住”。我当时想就是，即使要我们去工作的话，也应该有个培训，培训个一天两天。到时候培训个一天两天之后，可能我找到办法了。我就可以走了，我就混两天。当时说实话，我就想是混两天。没有想到会直接就……第二天就会让我进病房。

**【一组病房干活快剪】**

**【同期】**

**蒋文强：** 大爷，我扫一下垃圾。

**患者：** 谢谢。

**蒋文强：** 不客气。

**【同期】**

**蒋文强：** 很多活都是以前没有做过的，包括收垃圾，还有拖地。我在家很少干家务，但是在这儿的话，可能把我前二十多年没有干的家务，我这一下全干了。

**【现场画面及字幕】**

每天工作 12 个小时，负责清理病区垃圾、拖地、消毒。

**【同期】**

**记者：** 你还记得你第一天工作的时候什么样子吗？

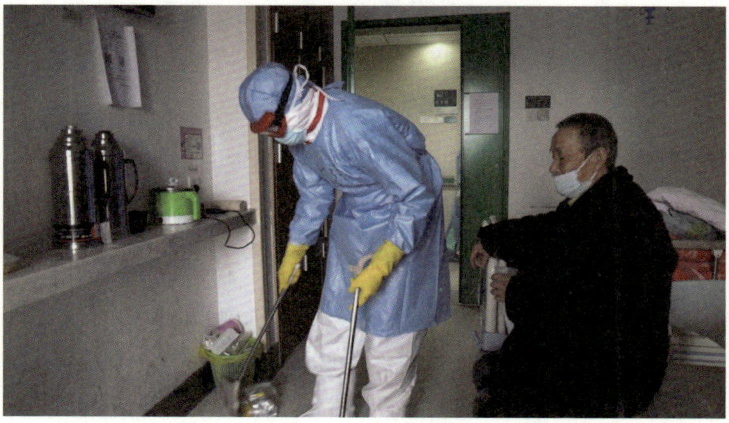

正在病房打扫卫生的“大连小伙”

**蒋文强：**印象深刻。穿防护服的时候，我看大家穿好了以后，我也学着穿，就是依葫芦画瓢，然后就穿好了。穿好了以后总感觉这儿不对那儿不对。戴护目镜我总感觉，我一吸气，眉毛这儿有点儿凉风。我就感觉是空气会漏进来到我眼睛里，我就一定会被感染。我就害怕，找督导老师。他说："如果手粘上，你不用手揉眼睛，如果没有唾液或者固体什么的粘到你的眼睛上，你的眼睛被护目镜挡上是没有问题的，即使透点儿空气是没有问题的。"我还是半信半疑，我问了好几个都是这么说了以后，我才相信。问了第一个我不信，问了好几个我才信。

**【字幕】**

做好防护，"大连"正式上岗了。

**【同期】**

**蒋文强：**我收的第一个饭盒，我清晰地记得，我手上戴着三层手套。他们戴两层，我戴三层，然后我这边全是胶带捆的。我把手伸进最底下的饭盒，它下面是黏糊糊的、稠的，我伸下去的那一瞬间，我心里就咯噔一下。它有水，第一反应就是完了我被传染了。手拿着那个饭盒的时候，不知道往里放，脑袋有点儿不知道该怎么做了，后来我就放进去了，放进去以后我就想出去。出去以后那个病人喊："小伙子，还有垃圾桶。"我就看到垃圾桶，那个垃圾桶里面基本上是病人吃剩的苹果核、酸奶，都是靠近嘴的东西，特别特别害怕。然后我蹲下去那一瞬间，因为防护服是密封的，蹲下去的那一瞬间，空气从我这边吹出来了，然后我就感觉我有点儿不敢站起来。如果我站起来的话，会不会再吸进空气，害怕。

**【现场画面及字幕】**

更大的考验接踵而来。

**【同期】**

**蒋文强：**第二天上午，一个大爷的鼻子一直流血，他把手纸按在鼻子上，一会儿手纸就透了，就变成红色了，他就扔，没扔准，扔到我腿上了。我当时就想："完了。这下肯定完了。"护士看到了。护士特别好。护士看见我可能有点儿害怕。她说："小伙子，你去把簸箕拿来，拿点卫生纸来，我帮你一起收拾。"那个护士在我看来，她是"真汉子"，真的比我都"爷们"，拿着手纸，戴着手套，直接拿手纸开始包地下沾了血的手纸往垃圾桶里放，我当时就想："你这是'真汉子'。"我没敢动。护士当天就没有让我去碰那个血。因为保洁大多数都是阿姨、叔叔，她一看就明白我肯定不是以前干过的。她说："要么你就换衣服，出去把你的腿处理一下，拿手消消一下。"我当然选择出去了。我怕了。我真的怕了。我出去了。我浪费了一套防护服。我当时确实是怕了，没法再待下去了。

**【字幕】**

一连串的经历，“大连”打起了退堂鼓。

**【同期】**

**蒋文强：**当天我就在想找其他的工作。算了，这个不能干了。但是当我网上搜，发现只要是招人的，都是医院的，一个样子的。

**记者：**后来怎么克服这些恐惧的？

**蒋文强：**每天去护士站里面，我看他们的工作强度和工作内容，他们跟病人接触的情形，我经常跟他们聊天。我说：“你这样不害怕被传染吗？”他说：“不会的。无论你从哪个病房出来，无论你碰没碰病房的东西，你要养成一个好的习惯，就是立马做手消，这样会保证你的安全。再一个，不要乱碰身上的任何一个部位，因为你脱衣服的时候，你不知道哪一个部位是你沾染过的，你不要碰。”就是这样，一点一点教我，也就是一天一天我去上班，一点一点慢慢积累。

**【现场画面及字幕】**

战胜了进病房的恐惧，但心中仍有抗拒。

**【同期】**

**蒋文强：**我进病房，我保持一种什么状态呢？我在外面吸一口气，进病房不吸气、憋气，赶快处理完，赶快走。然后有的患者会主动跟我聊天，因为他们也渴望跟医护人员聊天了解自己的情况。大家穿的衣服都一样，他把我当成医生了。因为医生大部分都是男的，他把我当成医生了，就会主动跟我说话，我特别抗拒他们，不想跟他们说话。

**【字幕】**

出院患者慢慢增多，“大连”逐渐卸下心防。

**【同期】**

**蒋文强：**我也记不清是从哪一刻开始，我想跟他们说话了，我能接受他们跟我说话了。我接触的第一位出院患者，她说她今天要出院。我说我们俩聊聊这个病到底是什么情况。她说着说着把我当成医护人员，因为我没有写保洁，我一直写的是“大连”。她说：“我特别感谢你们。”就开始流泪了，把我当成医生了，然后说了一些感恩的话。我当时也被感动到了，就是那一瞬间我心想是真的能好。因为我总感觉看新闻报道，没有亲身经历，没有亲身感受，眼见为实。

**记者：**就是看到他们痊愈了。

**蒋文强：**看到真的有痊愈出院的，我想有得治，然后我就想，她四十多了，那我的抵抗力肯定比她好。我的体格也比她好，那我也能好。我即使被感染了，我也能好。

那时候有一点就放下了。

【现场】

蒋文强：你不是说今天做 CT 吗？

患者：做了，CT 也做了。

蒋文强：然后呢？

患者：在等明天的结果，今天该查都查了，明天抽个血就完了。明天要是正常，我星期一就可以出院了。

【同期】

患者：他是大连的，总在我这里收东西，我就跟他很熟了，他把他的经历跟我讲了，我很佩服他，真的挺好的。

【同期】

记者：您知道小伙子从哪儿来吗？

患者：大连。

记者：您怎么知道的？

患者：那个字上面，就是那个“大连”，我认了半天，我用手指了，我就说不出话来。我说：“你大连来的？”他说：“是。”我好震撼，那么老远，到这里，真是冒着生命危险，做着这么脏的活。你说像我们这是传染，这是病区的人，原来情绪不好，看到他以后，真的变了。我跟你说，我看到他以后我真的情绪变了。他们这样奉献，我很感动。中国有这样这么好的青年，放下一切从那么老远跑到这里干这么脏的活。

【现场画面及字幕】

勤奋、热心和乐观，“大连”成了病区里的红人。

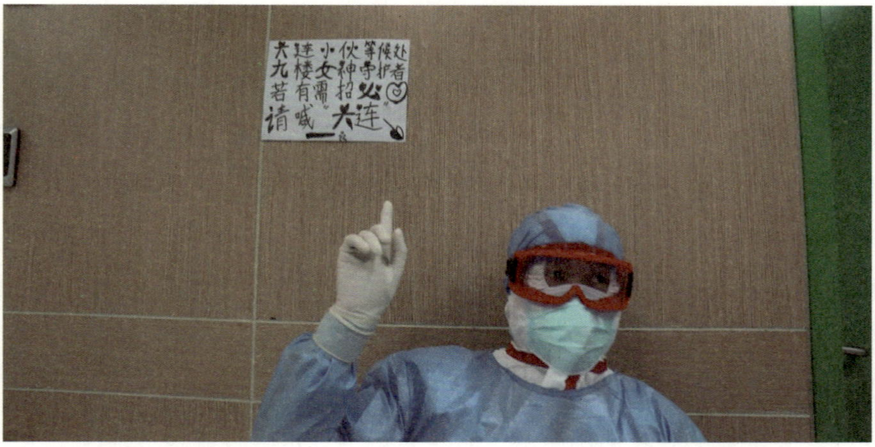


“大连小伙”介绍他的“工位”的由来

【现场】

记者：这是在这儿立的工位？

蒋文强：有的时候，我工作的时候他们找不到我，我就在上面写了这个“大连小伙等候处”，然后就是告诉他们找不到我就喊“大连”，然后我就在这儿放了一个椅子。这是他们一点一点加上去的，然后就变成了这样。

记者：叫你干什么？

蒋文强：有需要的时候。比如说刚才的这个传东西，他们都是有需要就喊我。有时候中午下去推饭，推病人的饭，有时候也喊我。

【现场】

医护人员：“大连”，我想让你帮我搬盐水。

蒋文强：好。

【同期】

护士：当时那个时候还不知道他是保洁员，还以为他是这边的男护士。他还挺逗的，总找我们讲话什么的，我就觉得这是个人才。

【同期】

护士：我觉得真的挺勇敢的，让我想到了一部电影——《人在囧途》，但是我觉得他确实挺棒的，因为也挺机智的，虽然说被滞留在武汉了，但还能想到跟医院联系，找一份志愿者的工作；而且他挺勇敢的，一般人我觉得都挺害怕到这个环境的。

【字幕】

怕父母担心，孝顺的“大连”隐瞒了滞留武汉的实情。

【同期】

蒋文强：爸爸妈妈，我瞒着你们，其实我在武汉，你看到这么多人帮助我了，我挺好的。我身体也挺好的，我抵抗力强，我会保护好自己。现在武汉每天都是好几千人在治愈，确诊的病例也非常少。我保护自己也非常好，这场疫情马上就要过去了，然后我一定会平安到家的。我们一定会战胜疫情的。战胜疫情的时候，就是我平安到家的时候……

主创人员：
王宇、温露、马丽君、吴经伟、李昊

【编者按】该报道讲述湖北武汉“90后”音乐老师华雨辰成为志愿者、担任方舱医院播音员的抗疫故事，选自总台央广音乐之声制作的系列节目《青春无悔》第一集。

## 方舱播音员华雨辰

首播时间：2020年3月30日
首播平台：央广音乐之声

**【同期】**

**告治愈者书：**亲爱的舱友们，你们好！从您走进方舱的那一天起，我们和您的患友们，就一直陪伴在您左右……

**【主持人口白】**

这个声音来自武汉市青山区方舱医院的播音员华雨辰，她是当地的一名小学音乐老师。2020年2月，方舱医院准备收治患者，并开始招募播音员。华雨辰接到了电话，被询问是否愿意作为志愿者，参与方舱医院的播音工作。2月14号，她正式去到方舱医院的话筒前，向舱内人员播报消息，传递温暖。早在1月23号，这位“90后”的武汉姑娘就开始承接不同种类的志愿工作。直到今天，她仍在康复疫站担任着播音员的角色。“你需要我，我就马上来。”她践行着这句最想对家乡武汉说的话。

**【同期】**

**梅卿源：**雨辰，你好！我是MusicRadio音乐之声的主持人，梅卿源。

**华雨辰：**大家好，我是华雨辰。

**梅卿源：**在平时按职业来讲，得叫你一声“华老师”。那没想到疫情期间，咱们竟然成了同事，首先还是向你致敬。我了解到，其实早在 1 月 23 号，你就已经开始做各种志愿工作了，当时是一个什么样的心情？

**华雨辰**：当时很着急吧。看到手机上面铺天盖地的那些信息，都是武汉面临灾难级的这种疫情。作为一个武汉人，当时在家里是非常着急的。看到群里面在招募那个志愿者的时候，我马上就报名了。可能这个我能做，只要需要我，还是愿意出去，尽一份自己的力量。

**梅卿源**：除了在方舱医院做播音员之外，你还记得你大概做了多少种不同类型的志愿工作吗？

**华雨辰**：接送医护算一种，然后方舱的播音员是一种，那种搬运物资的搬运工也是一种，然后还有测量体温，我还有帮一些居民帮他们买药，像这样的工作我也都做过。

**梅卿源**：刚刚听到其实有很多种不同种类的志愿工作，可是这些毕竟和真正坐在方舱医院里面担任播音员，性质好像不大一样。你第一次接到电话邀约，去做这个方舱播音员的时候，是什么心情，害不害怕？

**华雨辰**：当时听到电话里的这个任务的时候，我心里还是有点慌了，有点害怕的。然后后来领导就跟我说，他说要抽调老师去当播音员，又能符合普通话标准的，然后呢，音色可能也比较适合的，首选就是音乐老师。说到这儿的时候，我就跟领导说："我愿意去，您不用说了。"我本来就在外面当志愿者，一个人能够兼顾的话，就尽量避免让两个人同时承担这样的一种风险。

华雨辰担任测温员

**梅卿源：**每次去做播音员，在方舱工作的时候，大概都有些什么样的工作内容呢？

**华雨辰：**我们最首要的工作就是要平复他们的情绪，所以我们绝大多数的内容都是选择一些轻柔的音乐，用音乐来衔接天气呀、日期呀，这样的一些播报，还有一些临时性的通知。

**梅卿源：**听你的播音，能感受到你一直都是饱含着情感，整个的工作过程当中有没有什么瞬间和经历，是让你也感觉到一些温暖的？

**华雨辰：**我才知道的一件事。前两天，我们去送那个河南第五批医疗队。其实挺巧的，那个河南第五批医疗队就是来武汉支援我们青山方舱的，相当于我曾经跟他们是战友。他们后来过来跟我说："谢谢。有你的声音一直在舱内陪伴着我们。"我当时那一瞬间心里是特别特别感动的。

**梅卿源：**所以你回看这段时间自己的志愿工作，你会怎么总结和评价你的选择还有收获？

**华雨辰：**我觉得我特别庆幸，在这个时期我选择当一名志愿者。在这个过程当中，我觉得我既帮助了别人，对自己也是一种锻炼。然后我又结识了像我一样，在这个非常时期站出来当志愿者的很大的一群人，这群人其实给了我非常大的力量。

**梅卿源：**我听说，2 月份的时候，你还给自己的同学们布置了一个作业，就是让他们去录制一首歌，然后把它做成一个云合唱，是这样吗？

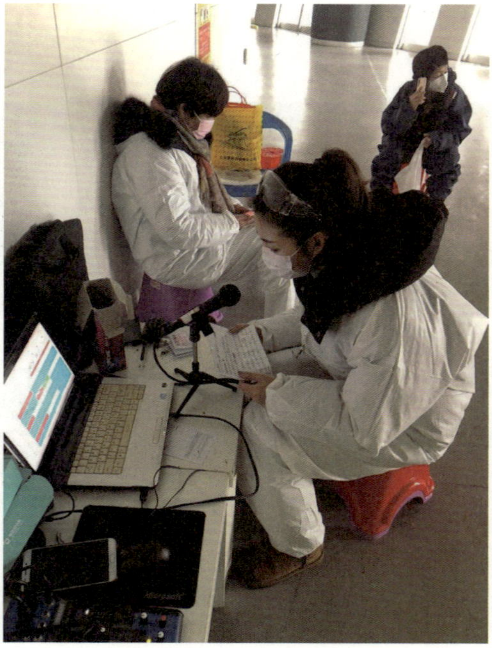

华雨辰在"方舱医院"担任播音员

**华雨辰：** 嗯。对。我自己特别喜欢《夜空中最亮的星》这首歌。又在这个非常时期，我觉得这首歌它对我的意义，可能对我们武汉每一个人的意义又不一样了。

**梅卿源：** 不知道我们有没有这个荣幸，能够听你稍微轻唱两句这首你最喜欢的歌呢？

**华雨辰：**（歌曲）我祈祷拥有一颗透明的心灵，和会流泪的眼睛，给我再去相信的勇气，oh 越过谎言去拥抱你。每当我找不到存在的意义，每当我迷失在黑夜里，oh 夜空中最亮的星，请照亮我前行。

**梅卿源：** 谢谢华老师。其实在疫情期间，你在方舱医院里播送了那么多好听的音乐给患者和医护人员，所以我们今天也把这首你最喜欢的《夜空中最亮的星》送给你，也送给和你一样勇敢的志愿者，再次向你们致敬。

**【歌曲播放】** 逃跑计划乐队的《夜空中最亮的星》

主创人员：
毛才桃、刘磊、章莹莹、王昱森、钟晓光、张卓然、杨若希、梅卿源、李晓东

【编者按】54 岁的法国人福雷德多年前随爱人来到武汉定居。新冠肺炎疫情期间，他同家人一起坚守在武汉，并在第一时间加入了为医护人员配送物资的志愿者。危难时刻，国际友人与中国人民同舟共济的战“疫”故事感人至深，展现了国外人士对中国所采取抗疫措施的信心，也传达了“共抗疫情，不分国度”的信念。

## 坚守在武汉的法国志愿者（中文文稿）

首播时间：2020 年 2 月 27 日
首播平台：CGTN 法语频道电视端、新媒体端

**【同期】**

**法国志愿者福雷德：** 武汉的早餐，可以一个月都不重样儿，太不可思议了！

**【解说】** 在武汉住了多年的福雷德，曾经是这座城市的代言人之一。这里是他的第二故乡，一个他始终如一爱着的地方。尽管疫情肆虐，福雷德依然同家人坚守在武汉。当得知志愿者招募消息时，他就毫不犹豫地加入其中。

**【同期】**

**福雷德：** 1 月下旬，当我接到（用）私家车往医院运送物资的志愿者招募时，我想我正好有一辆车，于是就报了名。因为我就生活在这里，我妻子的家人也都在这里，我也没有被感染，所以我想我可以提供一些帮助。

**【解说】** 福雷德加入的这支志愿者队伍，由十几个普通人自发组成。他们随时做好准备，整装待发。只要医护人员有需要，即便是夜里，他们也随叫随到。

**【同期】**

**志愿者王治翔：** 因为疫情，就感觉不分国度了。大家都属于人类，然后要抗击疫

情。就感觉他很大爱，每天都无怨无悔的。我觉得爱是相通的，对整个一线这一块。在送物资的时候，每一次领任务，我们都尽量少给他派发任务。每次福雷德都会站出来：“赶紧给我一些任务，我也要去干活。”我们每次有什么事情的时候都第一个想到他，怕他心里面有什么不舒服的地方。包括我们每次在吃饭的时候，第一个就想到福雷德，赶快让他先吃上饭，然后每次他都竖个大拇指：“棒！棒！”

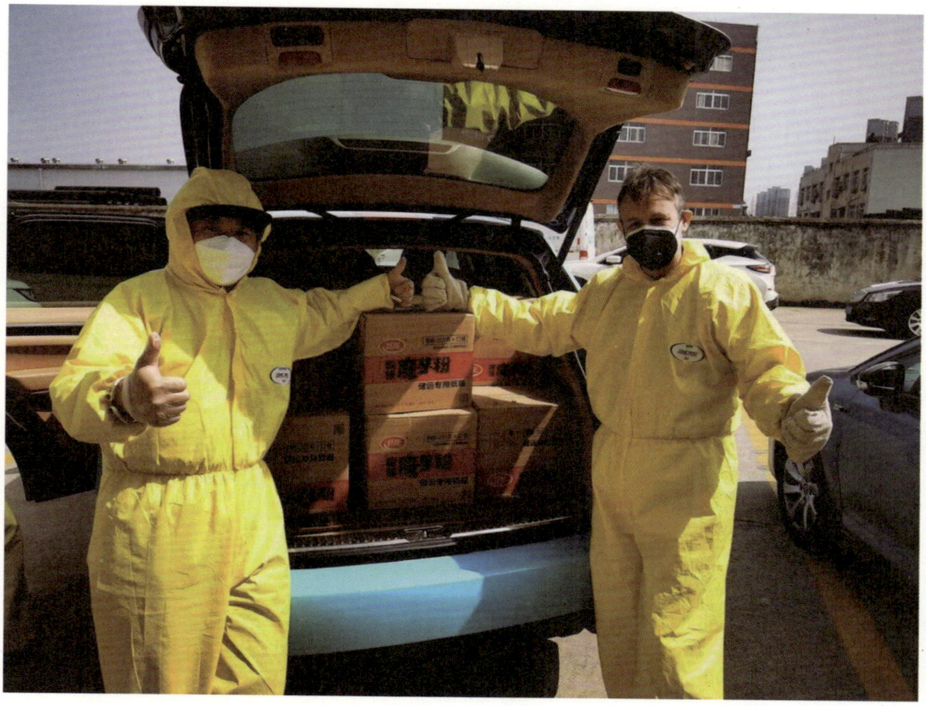

福雷德（右）和其他志愿者为医院运送物资（采访嘉宾供图）

**【同期】**

**福雷德：**我对（中国）政府有信心，他们所做的一切都在正确的道路上。对于中国人来说，我认为当有志愿者加入，有很多人提供帮助，让事情往好的方向发展时，人们就能有信心战胜这场疫情。而且身在法国的法国人中，也有很多人给予了支持。他们尝试往中国邮寄防护物资，手套、口罩等等。我分享自己在这里拍的照片、录的视频，或是我在中国的社交网络上看到的，告诉大家正在武汉发生的事情，这样大家就看得到情况在改善。目前感染者越来越少，治愈者越来越多，情况变得越来越好。

**【解说】**福雷德的妻子非常支持他的志愿者行为。她说：“我觉得作为公民就应该具有社会责任感，我们希望可以真的作出一些实质性的帮助，特别是看到医护人员有所需。”

福雷德还提到了他那些一直住在中国的法国朋友们，以及疫情发生前就回到了法国、现在还未能回到中国的法国朋友们。他们一直关注着福雷德在社交网络上发布的动态，所有人都相信疫情很快就会结束，那时他们就能够再次说一声：“欢迎来武汉。”“武汉我来了。”“我爱武汉。”

主创人员：
刘芳、夏铭、张慧

【编者按】疫情发生之初，为了缓解医务人员人手紧缺的情况，武汉市共青团武昌区委受武昌区卫健局委托，通过网络招募了一批医务志愿者支援区内的定点医院和隔离点。一群“80后”“90后”青年医务志愿者从天南海北汇集到武汉，逆向而行，坚守在最需要的地方。

## 湖北武汉　“志愿”有我·医护志愿者：用温暖抚慰你的伤痛

首播时期：2020年3月5日
首播平台：央视新闻频道《朝闻天下》

【解说】在武昌区黄鹤楼街的一处密切接触者隔离点，红白相间的警戒线，把入口处围得严严实实，门外几位志愿者防护服、护目镜全副武装，仔细检查无误后，进入隔离区。

【现场】

志愿者：我们打电话通知了，联系好了之后，拿对讲告诉你们，从哪个房间开始往下清人。从四楼开始清，四楼清完，五楼清。其中，505房的这位小朋友他先跟他的姑妈和妹妹先在这，因为他家里没人照顾。

【解说】隔离点留观人员基本以成年人为主，但也有不少年龄较小的儿童。年仅三岁的小女孩圆圆（化名），因父母以及奶奶先后被感染，一时无人照料。经过商量，她的姑姑临时过来照顾，姑侄俩也成为志愿者们关注最多的人。

隔离点内工作人员在沟通如何照顾年龄较小人员的相关事项

【同期】

**黄鹤楼街隔离点医务志愿者陈蕊蕊：**因为我是一个爱画画的人，经常会给一些小孩子画一些漫画，告诉他们："其实你们并不孤单，我们一直都在。"因为有一些小孩子是爸爸妈妈没在身边，只有自己的外婆啊，还有姑姑在身边。我虽然没有成家，但是我已经把他们当作自己孩子来看待了。

【解说】圆圆年纪小，饮食上与成年人不同。这一点，志愿者也提前做了考虑。

【同期】

**黄鹤楼街隔离点医务志愿者童钡：**这个我们来自河南的小慧护士很早就考虑到了，然后跟我们团委的领导沟通了之后，马上跟艳阳天酒店反映，他们每餐会给我们做两份儿童餐，主要以蒸鸡蛋，就是这些方便小孩的消化的饮食为主。

【解说】安置好圆圆，其他人的生活起居也要负责。量体温、送餐，除了这些常规工作，志愿者还会特别关注近期因为疫情失去亲人的隔离对象，当他们情绪低落时，志愿者会陪他们聊天，帮助他们从悲痛中走出来。

【同期】

**陈蕊蕊：**所以我画个太阳是让她知道一下，我们要开朗一点，因为我们现在是需要抵抗力的时候。

【同期】

**黄鹤楼街隔离点医务志愿者肖文谦：**毕竟14天的隔离时间会让一些人的心情变得稍微压抑，他们的心情很沉重。我们一方面安抚他们的情绪，让他们更好地恢复到正常生活中来；另一方面也是希望让他更好、更阳光地面对生活。这次疫情带给他们一些痛苦，但是也要让他们记住，我们会用真心和阳光去温暖他们。

【解说】付出总会有回报。志愿者的努力，每个人都看在眼里，半个月相处下来，渐渐地，从起初的不理解到相互理解，彼此之间的关系越来越融洽，虽然隔着一层防护服，但沟通起来丝毫没有障碍。

【现场】

**志愿者：**是不是今天走？帮你确认一下，你今天有接到通知说需要做二次核酸检测吗？

**患者：**是讲了，有点问题还是怎么？

**志愿者：**不好意思，你现在还不能走，再等一下。

**患者：**好。再见。

【现场】

**志愿者：**5405对吗？

**患者：**对。打电话通知我让我收拾东西的。

**志愿者：**您拿着您的卡，然后去一楼就可以了。

**患者：**现在下去？

**志愿者：**对。现在下去就可以，在前台我们做一下登记和一些交接，您就可以解除观察了。

【解说】这几天，陆续有人满了隔离期，也符合解除观察的条件，可在他们填好表格拿上行李的那一刻，并没有急着离开。

【现场】

**解除隔离观察人员陈女士（化名）：**我这种没有问题的，我可以去做志愿者吗？

**志愿者：**你可以通过政府的招募网站。在网上搜一下，有相应的渠道。

**陈女士：**看到外面那么多人，外地那么多人来支援我们武汉，何况我是武汉本地人嘛，对不对？在我们家也出了这种事，我就越发想去做点什么。

【解说】像陈女士这样想要加入志愿者的人，不在少数。

【同期】

**解除隔离观察人员刘女士（化名）：**无法用语言表达。我的女儿说等病好了，恢复好了以后，一定要去献血浆，因为我女儿也被传染了，我爱人也是。我爱人现在在同济光谷医院；女儿在方舱医院，已经出舱了在家隔离。

记者拍摄隔离点工作人员交接班

【解说】当志愿者，献血浆，画画，不分性别，不论年龄大小，每个人都在用自己力所能及的方式来表达心中那份感恩。在疫情暴发的初期，这群年轻的“80 后”“90 后”志愿者，虽然身处外省，但并没有置身事外，而是选择在第一时间，逆向而行。

【同期】

肖文谦：我们在网上认识的，我们来自中国的五湖四海，有沈阳的，有深圳的，有河南安阳的，有济南的，我是沧州的。我们几个人在网上相识，然后组成了一个医疗小队，集体报名，很荣幸一起被筛选进来，然后就一起过来做志愿者。

【解说】“90 后”志愿者陈蕊蕊在深圳的一家医疗机构工作，从去年的 12 月份就开始关注武汉的疫情，很早就想报名来到一线。

【同期】

陈蕊蕊：武汉有难，那我们要过来支援，这个申请已经很久了。嗯，说句实在话，我为什么想要来，其实我就是一条心，想要帮忙，我们要往初心的方面去做。

主创人员：
王波涛、潘巍

【编者按】2020 年 1 月 25 日，武汉封城的第三天，25 岁的武汉市民吴悠将“义务送药、送口罩、送病人”的牌子挂在电动车前，并拍了自己和药店的照片放在微博上。不一会儿，点赞量达上万人次，求助信息纷至沓来。之后三个月，吴悠都在为这些求助信息四处奔波，为武汉市民义务送药。在封城期间的武汉，像吴悠这样义务买药、送药的志愿者，还有很多。

# 一个人与一座城

## ——我叫吴悠　我是武汉人

首播时间：2020 年 2 月 17 日
首播平台：“央视频”客户端

**【字幕】**由于养猫，吴悠之前囤了 500 多个医用外科口罩。武汉封城后，他决定把这些口罩送给那些素不相识的陌生人。

**【同期】**

**吴悠：**我平时没事干的时候总走这座桥。现在，这就是武汉。

当时，我只是给自己身边的朋友，包括朋友的朋友去送一些口罩，后来给他们送完之后还剩一些，我就开始在微博上面发消息，最初我和我的学生一起分开去送。到现在，我们有二十多个志愿者了。开始的时候送的时间不长，大概从早上十点多到晚上六七点。最近，尤其是这一周，送的离武汉市越来越远了，经常送到深夜，最晚的一次大概是凌晨四点到家。

我的电动车停在一边充电，然后我现在找别的电动车，还要送一家人，要送到一个隔离宾馆去。这是最后一个了，马上要结束了。一开始只是想帮帮忙，到了后来的

志愿者吴悠为需要帮助的人帮送物资

坚持，可能更多的是责任感吧。一开始其实的确有点害怕。我记得第一次给确诊患者送药的时候，我是穿着羽绒服，戴着头盔，然后很迅速地完成了一个送药的过程。后来，随着防护措施跟上来了，心里也就渐渐地踏实了。

【字幕】吴悠和自己的伙伴们，目前已经累计为 300 多户家庭送去了他们所需要的药物。

【同期】

吴悠：今天给我最大的感觉就是：今天已经十五天了，按照暴发期来讲，刚刚过了一个暴发期。从第一天开始到现在，那些救助的人，他们有的已经好了，有的挺过来了，有的正在慢慢地恢复之中。

虽然我是个土生土长的武汉人，在之前的时候，这个城市对我来讲，只是一个落脚的地方。这个事情发生以后，我才发现，这个城市确实还有一个很骨子里的东西在我们的基因里面。

我觉得之前易中天老师对武汉的评价，在这一次抗疫行动中，或者在我身上，我觉得展现得很明显："就是，只要是对的，搞（做）了再说。"

【字幕】我一生都想成为钟南山这样的人，我也跟大家一样都害怕死亡，但如果我的生命充满了意义的话，我就会很坦然地面对离去。

主创人员：
陈晓夏、宾芳、董皓、赵常亮

【编者按】从河南到湖北，往返将近一千公里。退伍老兵王国辉用自己的行动证明了“一方有难八方支援”的精神，更践行了作为一名退役军人“若有战，召必回”的承诺。该报道采取纪实拍摄手法，全程跟拍了王国辉从河南老家前往武汉捐献蔬菜的善举，通过采访一同筹备这次行动的老战友、为分发蔬菜提供帮助的武汉城管工作人员、接受蔬菜的小区居民等，全景描绘了一幅军民众志成城抗击新冠肺炎疫情的温暖画卷。节目播出后引起了网民热议，激发了更多人的善举，并促成了不久后王国辉的更大规模的武汉捐菜之行。

## 退伍军人老王武汉送菜记（上）

首播时间：2020 年 2 月 26 日
首播平台：央视国防军事频道《正午国防军事》

【导语】“一方有难，八方支援。”为了支援武汉，各地的援助物资源源不断运抵武汉。接下来我们要说的是一位从河南拉着新鲜蔬菜到武汉的菜农，他叫王国辉，是河南省周口市沈丘县白集镇田营行政村的一位农民，他的另外一个身份是退役军人，曾经在武汉当兵 17 年。疫情发生后，王国辉在除夕当天就拉着 5 吨蔬菜送到了火神山医院建筑工地，这个月 25 号，他又一次带上 30 吨新鲜蔬菜从老家河南出发了。（接片子）

【解说】25 日下午 3 点，记者在武汉黄陂区的一处汽车大市场，见到了刚从河南赶到武汉的王国辉，这满满三卡车蔬菜是他这一趟带来的。

【同期】

记者：王大哥，我问问您这路上开了多少小时？

河南退伍军人王国辉抵达武汉匆忙吃午餐（摄影：薛冰）

河南退伍军人王国辉忙着联系蔬菜接收方（摄影：薛冰）

**退役军人王国辉：** 8个小时。

**记者：** 这车上都是些什么菜啊？

**王国辉：** 这边主要是菠菜，那两辆车上是上海青。

**记者：** 上海青。我看您急成这样，为什么这么着急？

**王国辉：** 因为这是绿叶菜。不然的话，它会腐坏的。

**【解说】** 这里并不是王大哥此行捐菜的地方。在这儿，他先要找到一个人。

**【解说】** 正在说话的这位叫杨东旭，也来自河南。他就是王国辉要找的人。2002年退役后，杨东旭留在武汉经营一家汽车贸易公司。因为两人都曾在空军驻汉某部队当兵，王国辉亲切地称他为杨班长。不过，两人相识还要源于几天前王国辉在战友微信群里发出的一条消息。

**【同期】**

**退役军人杨东旭：** 他在（微信群）里面说，（他）想把菜捐过来。我说："行。我来给你联系。”就这样，他在（老）家（河南）比较着急，说这件事情到今天三天了。他还要组织菜，还要找车辆。

**【解说】**就这样，一边是熟悉当地情况的杨班长帮忙联系对蔬菜需求最迫切的接收方；另一边是王国辉紧急组织村民采摘、整理、装车、启程。两个地方，同时为一件事忙活着。

**【同期】**

**杨东旭：**现在在一线的，除了医生和护士以外，我们街上清扫卫生的，包括社区里面，就是环卫工人在付出，在做这些事情。那么，这些菜呢？给他们是更合适。

**【同期】**

**王国辉：**真的很累。从（24 日）凌晨 5 点钟开始起来装车。

**记者：**凌晨 5 点啊。

**王国辉：**嗯。光装车的，我们村民，加我们民兵，昨天（23 日）下午装了一车，今天早起装了一车，前前后后光装车的最少有 60 人。

**【解说】**王大哥告诉记者，从 22 日下午他们就开始采摘第一批蔬菜；23 日一天，最多的时候有 100 多人赶来帮忙。而为了让武汉人民吃得放心，王国辉还在出发前专门去为这批菜开具了所有检验检疫证明。

**【同期】**

**王国辉：**这是一个合格证。这个合格证是我们周口市颁发的第一张合格证。

**记者：**为什么是第一张啊？

**王国辉：**因为在这个时候，没有大批量出菜，唯一的就是我们大批量出菜了。现在我们这个特殊时期，我们给武汉送的东西，更应该是合格的。因为这个是特殊时期，我们要让他们吃得真正地放心。

**【解说】**为了保证蔬菜新鲜，王国辉和另外两名司机开了近 8 个小时车，一路上只喝了几口水。当记者问到，来武汉，家里人会不会担心时，才知道原来王大哥的妻子就在武汉打工，孩子也在这儿上学，一家人已经 5 个多月没有见面了。

**【同期】**

**王国辉：**我好久都没见过孩子、老婆了。

**记者：**那今天能见一见吗？能不能让她们去这个卸菜的地方？

**王国辉：**不知道小区让不让出来。不知道。但是我要是把她们接回去（河南老家），村里边的人肯定是……

**记者：**会担心吧？

**王国辉：**会担心的。

**【解说】**特殊时期，作为外来人员的王国辉按照疫情防控规定，不能马上与妻子、孩子见面。

【同期】

王国辉：嗯，可以走了。

王国辉：走吧，杨班长。他俩（司机）都吃完了吧？

王国辉：吃完了吧，李师傅？

王国辉：好。走。

【解说】任务在身，王大哥匆匆吃完饺子，再次启程赶往第一个蔬菜卸货点。

## 退伍军人老王武汉送菜记（中）

【导语】其实，这已经不是王国辉大哥第一次来湖北送菜支援一线了。大年三十那天上午，王国辉带上口罩、防护服和泡面，开着一辆满载 5 吨上海青和冬瓜的货车，从河南沈丘县向武汉出发，晚上 9 点左右将蔬菜送到了武汉火神山医院建设工地。作为曾在武汉当兵、生活近 20 年的一名退伍军人，眼前的武汉竟和自己记忆中的样子有着天壤之别。

【同期】

王国辉：大年三十回来，到初一走，除了环卫工人和警察同志，（还有）火神山医院的工程车辆，看不到人，那时候心里才真是不知道什么滋味。在武汉当兵的时候，武汉人头攒动，你夜里 12 点上街，12 点照样有人吃消夜；两点钟出来，两点钟有人吃消夜；夏天 40 多度的天，你出来，一样有人打着赤膊在街上逛街。但是现在……真的。

【解说】1996 年，王国辉来到武汉当兵，这一待就是近 20 年。2015 年，他回到老家沈丘县田营村创业，搞蔬菜大棚种植，后来担任了村党支部书记。今年春节看到武汉发生疫情后，他当即决定前往武汉捐赠蔬菜。

【同期】

王国辉：我在部队就是当炊事员的。“兵马未动，粮草先行。”那家伙，吃是最难的。况且大年三十，集中两三千号人建咱火神山医院，上哪儿买菜去啊。我后来又在武汉搞了 4 年蔬菜批发。搞批发的早都回家了，更何况疫情（蔓延），那更走了。这个时候，咱们（农民）有这个便利的条件，尽咱们（一份力），真是尽一份力。

【解说】捐完菜，王国辉又连夜赶回村里，在自家菜棚的简易房进行了 14 天的“自我隔离”。虽然他的故事经当地媒体报道后引起了广泛关注，但他觉得自己只是做了该做的事。

河南退伍军人王国辉送完第一站准备前往第二站送菜（摄影：薛冰）

**【同期】**

**王国辉：**我既是河南人又是武汉人，因为我出生在河南，我 18 岁当兵；接着，在部队干了 17 年，（退伍后）在武汉做生意，我在武汉待了 20 年。等于说，我前面的光景，一半一半，我现在老婆、孩子也落户在这儿了。你说哪是我的家？都是我的家。我为我家人做点事。不需要（感）谢。

**【解说】**退役后，王大哥依然以一名民兵的身份，延续着自己的军人梦。而这也源于他对部队、对军人的信念。

**【同期】**

**王国辉：**当我知道火神山医院被部队接管的时候，那时候我就想，这场战“疫”是百分之一百没问题了。

**记者：**为什么这么有信心？

**王国辉：**部队有铁的纪律，执行力强。

## 退伍军人老王武汉送菜记（下）

**【导语】**用王国辉大哥的话说：“这次武汉之行完全是一场爱心接力的结果。”由于疫情，各地实施交通管控，原有蔬菜订单被纷纷取消。无奈之下，王国辉发了个朋友圈向大家求助。让他没想到的是，一传十，十传百，很快 30 多吨蔬菜被抢购一空。而更让他没想到的是，这些爱心人士在伸出援手的同时，还一致决定，把菜全部捐到武汉去。他到达武汉的当天傍晚，王大哥终于来到了蔬菜捐赠的第一站，疫情较为严重的江汉区。

**【解说】**知道王国辉要来捐赠爱心蔬菜，江汉区城管局的工作人员早早就赶到约定地点，做好卸货准备。

**【同期】**

**总台央视记者薛冰：**我们现在来到了江汉区城管局的一处物资分发点，我们看到现在这些城管的工作人员，还有环卫工人，正在争分夺秒地把这些蔬菜，新鲜的蔬菜，运送到最需要的地方。

**【同期】**

**武汉江汉区城管执法局工作人员秦懿：**我们今天来的大概有 30 多个人，我们下去以后就会把这个物资妥善地再分发下去。

**记者：**大概是计划怎么分配法?

**秦懿：**当时杨大哥跟我们说的是，捐赠给我们区 10 吨蔬菜，主要是供应我们的食堂，食堂里面集中开火；再一个就是，把它分到一线的环卫工人手中。

**【解说】**每袋重约 20 斤的蔬菜包很快就被分装到不同车上，继续运往一线环卫工人手中。

**【同期】**

**江汉区城管局环卫工人彭小华：**雪中送炭啊。这是雪中送炭。现在蔬菜还是很紧张。因为没有进来的。没有流通的，是吧？市场上蔬菜还是很紧张的。当然，对我们肯定是蛮大的帮助的。我们感谢他们，我们从内心里蛮敬佩这些军人。真的。

**【解说】**不知不觉，路灯已经点亮。经过一番交谈，王国辉和杨班长得知，现场负责接收捐赠蔬菜的江汉区城管执法局工作人员秦懿以前曾是一名武警战士。因为这次疫情，三位退伍老兵得以相识。

**【同期】**

**王国辉：**我们都是战友。我们也就是刚才说的，虽然说脱下了这身军装，但是“召之即来，来之能战，战之必胜”。还是这句话。等春暖花开，大家 5 月份一起武大看樱花。不为别的，大家相聚一场。

**记者：**也就是说，如果没有这次疫情，你们三位退伍军人也不会聚在一起。

**王国辉：**是的。往往就是这样的。

**【解说】**三人匆匆告别后，王国辉大哥再次出发，把剩下的菜运往张家湾街道长江社区。虽然这个有 6000 多人的社区距离河南沈丘非常遥远，但通过新闻报道，他们对王国辉这位退伍老兵并不陌生。

江汉区城管工作人员协助王国辉的车队卸菜（摄影：薛冰）

【同期】

**武汉张家湾街道办事处副主任王卫东：**无论是从他这个军人的出身，还是在武汉生活（过），还是从一个普通的（农民），也是村里面的支书，这个举动都让我们非常感动。

【解说】众人拾柴火焰高。在几十位社区居民和志愿者的帮助下，蔬菜很快被从车上卸下。王国辉的送菜任务算是终于完成了。

【同期】

王国辉：今天晚上要迅速地赶回去（河南沈丘）。

记者：为什么？

王国辉：因为家里还有很多工作等我来做。还有一个爱心人士购买了（村里）5000 多斤蔬菜要送到社区去。

【同期】

**薛冰：**从早上 5 点，天还没亮，就开始忙活；到现在，已经晚上 10 点，又趁着夜色匆匆离开。从河南到湖北，往返将近 1000 公里。王大哥说，这只是他作为一名退役军人分内的事而已。听完王大哥的话，我仿佛觉得这车身上的一条条红色的标语，更像是一条条长长的红色的绸带，把武汉人民的心和王大哥的心紧紧地联系在一起。在这里，我们也希望王大哥的回程能够一路平安。

主创人员：
薛冰、胡瑞、田萌、徐林

【编者按】疫情暴发初期，在中国国内口罩、防护服等物资紧缺的情况下，世界各地的很多人第一时间筹集物资，支援中国抗击疫情。该报道选取发生在美国洛杉矶、以色列特拉维夫、德国法兰克福、澳大利亚悉尼、荷兰阿姆斯特丹等地志愿者筹集运送物资的感人视频，展现在危难面前，没有人是一座孤岛，所有人都命运相连。来自世界各地的，不仅有抗“疫”物资，还有充满温情和力量的祝福。

## 全球志愿者：共同抗“疫”，我们在一起

首播时间：2020 年 3 月 5 日
首播平台：“央视频”客户端

**【同期】**

**（美国洛杉矶）陈锋（网名：烙饼）：**大家好，我是烙饼，现在我在洛杉矶，我们已经到了洛杉矶国际机场，全日空航班的工作人员在帮着和货运的工作人员去确认我们这个物资可不可以装下。口罩是直接送给武汉协和医院等三家一线医院的医疗物资，这些物资都是由我们本地的朋友，通过各种渠道从洛杉矶买的。

**【同期】**

**（以色列特拉维夫）自媒体人高佑思：**手套、口罩、所有设备、成吨的物资都在这儿了。我们所有努力的结果。我们要把这个贴在箱子上，到中国之后可以清楚知道是救援物资。如果这些口罩能送到湖北武汉，帮助那里的人渡过这个难关，这将是我生命中最美妙的一件事情。（英语）

**【同期】**

**（德国法兰克福）叶岱：**我这边是德国黑森转运，我现在在法兰克福，自从 1 月底

我们听到、了解到国内暴发新冠病毒的疫情以来，我们马上开始在整个欧洲范围内寻找各种各样的医疗物资。我们第一时间采购了首批 N95 的口罩，大概在 2 月初的时候，我们就发往国内进行了捐赠。那之后，我们持续地在欧洲范围内去寻找防护服、护目镜，还有一些消杀用品，然后持续地往国内发，包括这些都是。

**【同期】**

**（中国上海）飞行员冯潇：** 这架飞机是一架包机，从上海虹桥飞往武汉机场，现在这边正在装载的是救援物资。我是一名飞行员，同时也是中共党员，我也有幸参与到了武汉包机的航班当中，将医护人员还有救援物资送往武汉。最近几次航班当中，我一想到货仓当中会有很多救援物资，这无疑增加了我职业的使命感、荣誉感。

**【现场】**

留荷学生学者为中国加油！

武汉加油！中国加油！

这次我们站在中国身后，加油！（英语）

武汉雄起！加油！

加油武汉！加油中国！

没有人是一座孤岛，所有人命运相连

主创人员：
陈晓夏、宾芳、王未、黄哲颖

# 疫情下的温馨站台　小女孩儿和铁警这个互动好暖！

首播时间：2020 年 2 月 18 日

首播平台：央视网

自 1 月 23 日离汉通道关闭，武汉铁路公安处部分铁路民警就承担起协助物资转运的工作。他们一直坚守一线，有的不敢回家，竭尽所能为疫情防控前方提供后备支援。2 月 14 日，Z235 次旅客列车上的物资转运完成后，车厢内的一个小女孩透过车窗高举着一幅蜡笔画与铁警互动，为武汉加油，为中国加油，非常暖心！

女孩在车厢内隔窗展示绘画，为铁路民警加油（摄影：刘成）

主创人员：
李珊珊、杨兆荃、朱婷、刘成

## 看不清，忘不掉！最特别的自拍照

首播时间：2020 年 4 月 8 日
首播平台：央视网

央视网联合腾讯策划推出“最美自拍照”活动，在武汉解封首日引发全网刷屏关注。活动以抗疫一线志愿者群体为切口，聚焦在武汉“封城”76 天内投身抗疫物资筹集转运的志愿者们，征集数千张物资交接“自拍照”并选定典型故事跟拍专访，独家推出公益纪录短片《最美自拍照》。

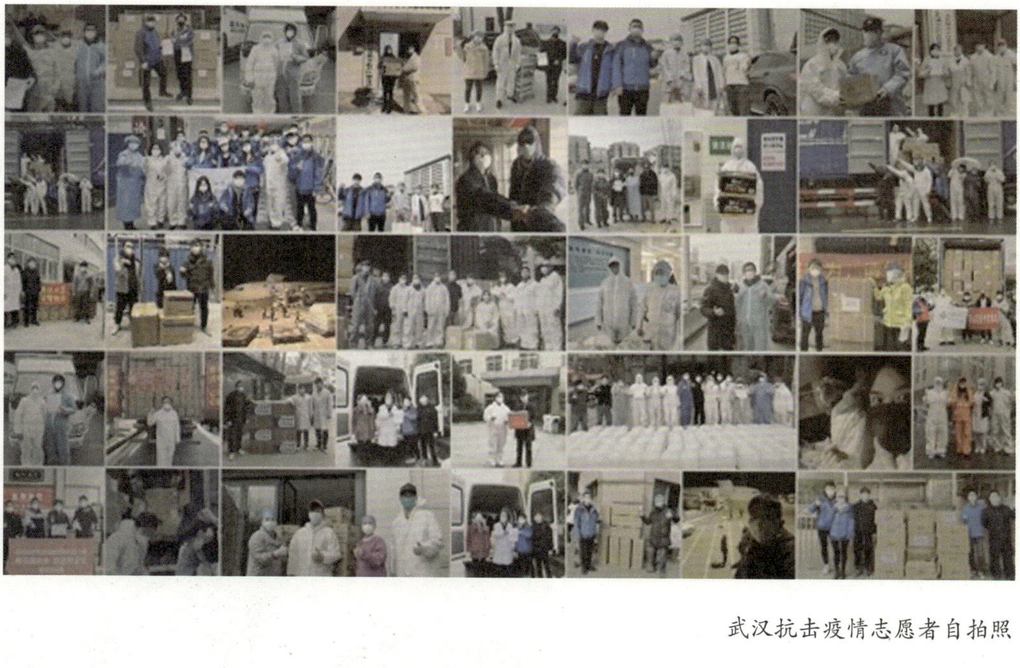

武汉抗击疫情志愿者自拍照

主创人员：
王敬东、邢明、于晓丹、李夏、韩雪、岳淼、井天增、张弛、宗诚程

# 战“疫”朋友圈

首播时间：2020 年 2 月 9 日—2020 年 3 月 26 日
首播平台：“央视新闻”客户端

新闻新媒体中心独家策划推出《战“疫”朋友圈》系列报道，展现了各行各业的人为抗击疫情所作出的努力。报道通过“朋友圈”的形式小角度切入，更接地气，“小而轻”的形式格调清新，温暖人心，为武汉一线人员鼓劲加油，平实生动，不落俗套。

截至 4 月 26 日，已推出 28 篇特稿，就近百位人物抗击疫情的事迹，制作微视频，讲述发生在医疗、民航、铁路、公安、电力、通信、社区、志愿者、国企、“歪果仁”、复工复产等各领域的温情感人故事，在新媒体端取得良好传播效果，被央视新闻频道、中文国际频道等采用。

《战“疫”朋友圈》记录的都是凡人善举，寻找能够引发观众共鸣的小故事。他们的故事有关惦念与自豪，有关遥盼与牵挂，有关使命与责任。此节目注重细节叙事，基于体量和表现形式，聚焦社会正能量，以一个微小的“点”映射事物全貌，推动情节发展，调动观众情绪。

在疫情防控阻击战中
有人执飞包机前往国外
接湖北籍旅客温暖回家
有人坚守和奋战在防控一线
守护人民健康
有人返回工作岗位
二十四小时值守
他们勇于担当
只为阻断疫情蔓延

黔南州公安交通管理局高速五大队民警袁海

八角中里社区党委书记李美红

守护我们共同的家园
疫情就是命令
防控就是责任
在新冠肺炎疫情阻击战中
广大共产党员冲锋在前，彰显担当
全力投入疫情防控当中
他们说：“在这个紧要关头，我是党员，我得上！”

南航 CZ3002 航班乘务长田静

维和部队退伍军人田世明

中国铁塔万州分公司通信保障人员张学军

自强不息、守望相助的基因
流淌在每一个中国人的血液中
一方有难，八方支援
疫情无情，人间有爱
疫情发生后
人们通过各种方式
投身抗击疫情的行动中
诠释了新时代的人间大爱
汇成了共同战“疫”的暖流

广西南干村村支书陈善鹏

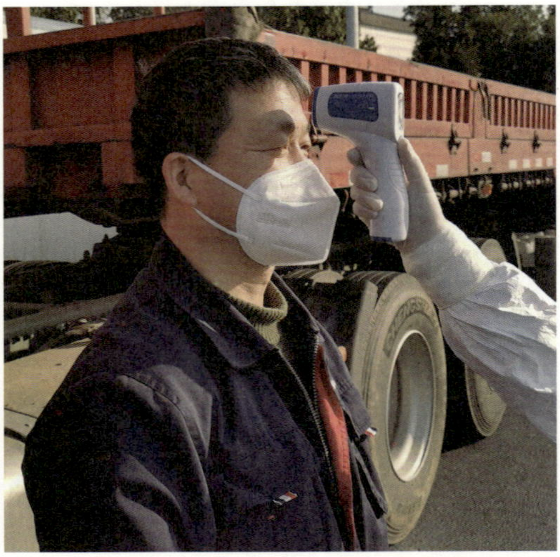

航空工业宝胜驾驶员杨春良

新冠肺炎疫情发生以来
中国政府举全国之力
中国民众团结一心
还有一群生活在中国的外国人
他们留在武汉，患难与共
他们前往武汉，运送物资
他们心系武汉，尽己所能
岁寒可知松柏
患难方见真情

法国驻武汉总领事贵永华

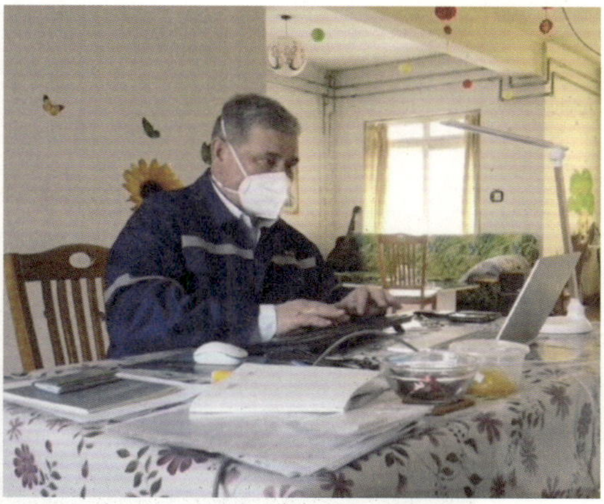

田湾核电站俄罗斯专家亚历山大

疫情笼罩之下
他们不惧艰险
以自己的担当和付出
守护着武汉这座英雄的城市
汇聚起同舟共济的强大信念

中铁十五局集团员工温瑞

武汉市公安局蔡甸公安检查站的民警张志军

在抗击疫情的战斗中
守护生命的她

保障供应的她
坚守岗位的她
用专业能力和本领
以敬业精神和担当
奋战在自己的岗位

山东省烟台市消防救援支队指战员肖聪

主创人员：
总监制｜杨华
监制｜王姗姗、张鸥
制片人｜崔霞
记者｜崔霞、尹庚午、关红妍、乔全兴、李雯婷、顾小慈、杨弘杨、张熙、靳丹妮、刘婷玉

## 全球守护者之武汉环卫工人：团结一致，走向胜利

首播时间：2020 年 3 月 27 日
首播平台：CGTN 官网

视频讲述了湖北省武汉市一名环卫工人的故事。李志宏在武汉环卫工作岗位上已经工作了 25 年。疫情暴发后，他和工友们担负起了回收废弃口罩的责任。每天给街道和居民楼门前消毒后，他还要开着环卫车去各小区回收废弃口罩。他相信只要大家团结在一起，疫情很快就会被消灭。

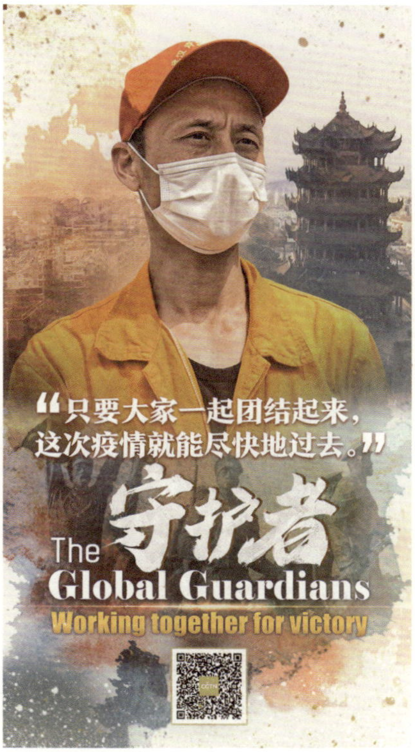


主创人员：
李向阳、金雨嘉

# 致敬默默工作的人

## ——单车维系武汉基础交通

首播时间：2020 年 3 月 22 日
首播平台：CGTN 官网

疫情期间，“单车猎人”的工作就是每天从各社区搜罗来单车进行维修、清洁、消毒等工作后再统一投放到社区和医院等需求量比较大的地方。“我能做的，就是帮助医生护士节约出来 20 分钟休息时间。”“单车猎人”是城市里默默奉献的众生之一。封城期间，在安静的武汉市区里，还有很多人，坚守着自己的岗位，为抗击疫情贡献一份力量。

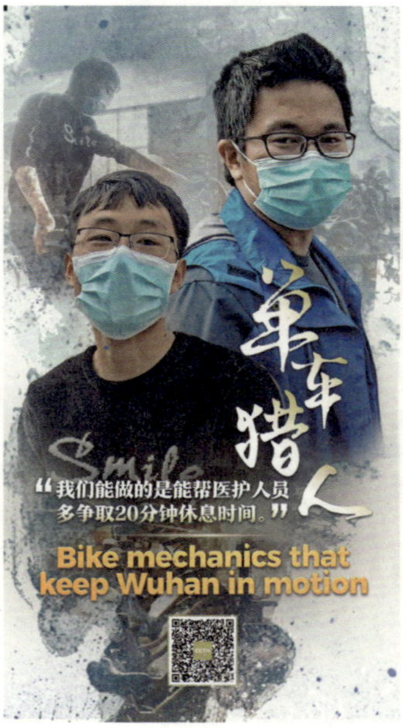


主创人员：
张施磊、庞新华、温雅茹、王凯琳

## 我是志愿者（选编）

首播时间：2020 年 2 月 19 日—3 月 25 日
首播平台：央广中国之声

中国之声特别策划《我是志愿者》展现凡人英雄的无私大爱。2 月 19 日开栏，每天在中国之声《新闻纵横》《新闻进行时》《新闻晚高峰》《央广夜新闻》等节目中滚动播出，共 36 期。通过微博、微信等途径搜集线索，完全以志愿者第一人称视角的形式展现。每天在中国之声公众微信号推送。代表篇目《一个 90 后武汉姑娘的故事，她的声音你一定要听》点击量超过 10 万人次。

**郝大学　我们蓝天救援队的信念就是："竭尽所能地挽救生命！"**

经常出现在地震、洪水、山火现场的江苏沛县蓝天救援队队员在武汉接送抗疫物资（摄影：陈宝红）

### 王飞　无论身在何处，时刻牢记警察的身份，守一处平安，护一方百姓！

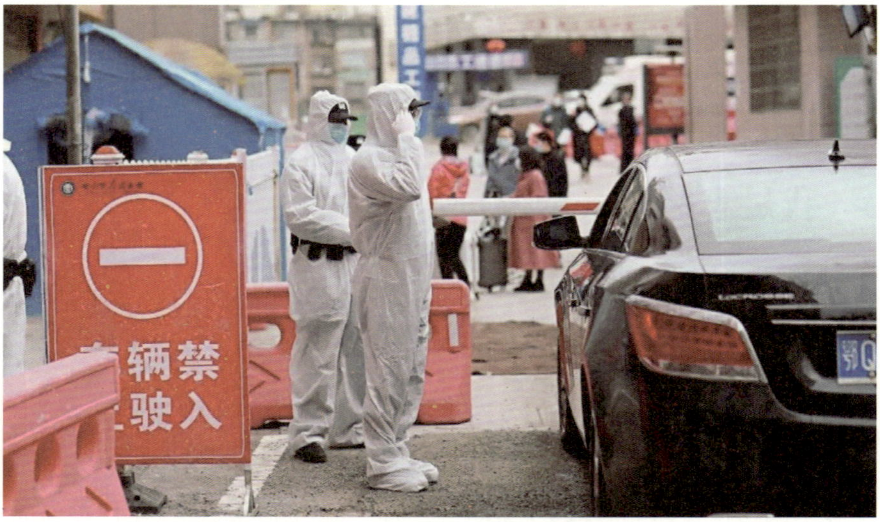


王飞，浙江金华市公安局的一名公安特警。春节期间，带着家人回到湖北恩施利川市探亲滞留当地，请战就地参加志愿工作，为家乡值守，成为志愿警察。图为王飞在医院外值守（摄影：湖北省恩施州公安局宣传处张东平）

### 冯安明　我不是救星，但可能是一线希望。

冯安明，今年48岁，武汉市青山区青山小学的校长，疫情发生后成为一名专门负责接送发热病人的志愿者，一天里最多曾接送二十多个病人。图为冯安明到社区接发热病人

**陈鑫　没想到能以这种方式为抗疫出一份力。看到聋人患者翻译需求信息，秒回。**

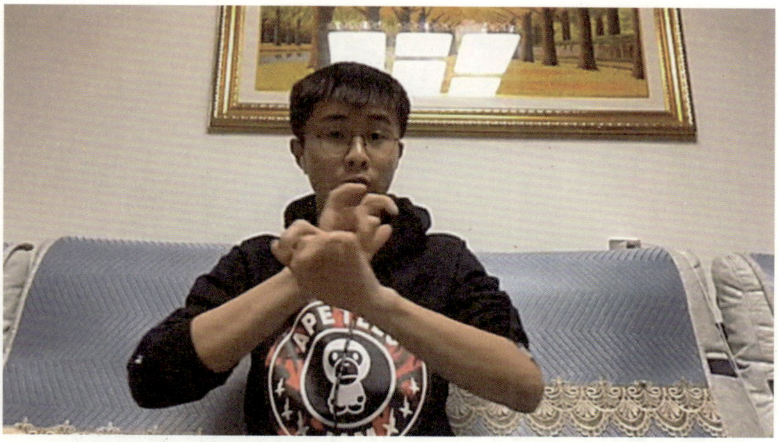

南京科技职业学院“00后”学生陈鑫在录制手语版防疫指南（摄影：陈鑫）

**杨杰　司机、工程师、鱼贩子，我就是这么能干！有一次，在泰康同济医院，一个通宵，我们就安装了十五台呼吸机！**

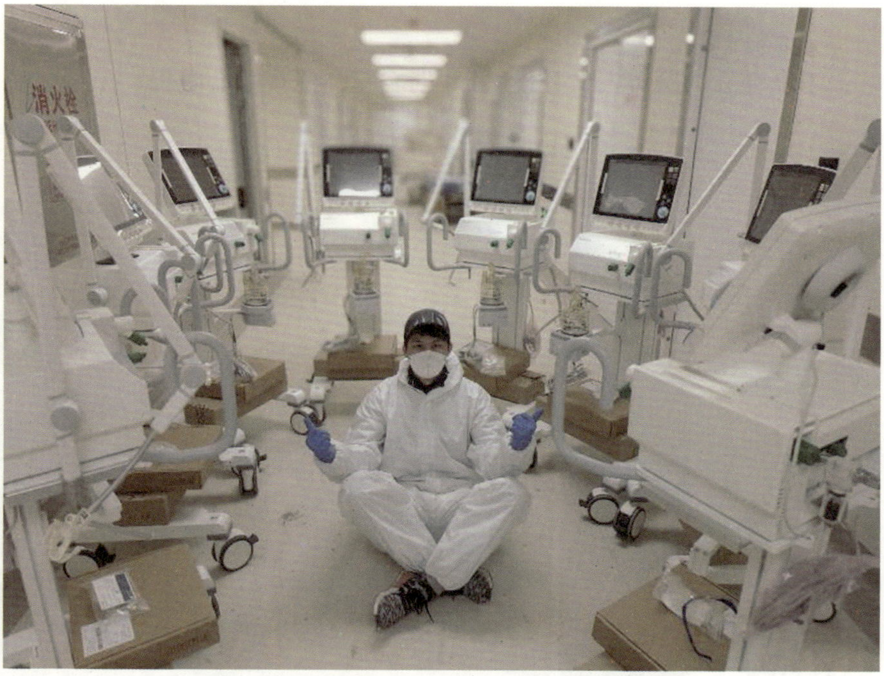


杨杰，2020年春节前从武汉回安徽探亲期间，看到火神山医院建设亟须运送物资，连夜从安徽到南京取物资回武汉，此后在武汉做志愿者，专职运送医疗物资，兼职安装ECMO、呼吸机和紫光杀菌机器人，闲时给火神山医院、雷神山医院等医院的医务人员联系改善伙食。图为杨杰和他安装的十五台呼吸机（摄影：杨杰）

## 哈荣　我是“半个武汉人”，武汉是我第二个家。

新冠肺炎疫情暴发以来，许多在武汉工作的国际友人没有撤离，而是选择留下来与中国人民一起共同抗击疫情，来自巴基斯坦的联想工程师哈荣就是其中之一。武汉抗击疫情期间，哈荣加入武汉当地的志愿者行列，并成为他们当中的“环球沟通大师”，负责海外捐赠物资的对接。图为哈荣通过电话沟通捐赠者和受助人（摄影：哈荣）

## 于跃茹　为医务人员开设 24 小时食堂，深夜暖心暖胃。

于跃茹，武汉市汉口火车站地区综合管理办公室党组书记，疫情期间和其他志愿者伙伴开办了一个 24 小时“暖心食堂”，确保“白衣天使”随时都能吃上热乎的餐点。图为医护人员结束工作后在“暖心食堂”加餐（摄影：于跃茹）

**刘家睿　这场战役，就是我的“成人礼”。**

刘家睿，武汉市蔡甸区汉阳一中的高三学生，2020 年将迎来人生中两个重要关口——成年和高考。2 月中旬，武汉的住宅小区实行封闭管理，刘家睿当起了社区志愿者。图为刘家睿利用课余时间为小区的居民服务

**徐和璋　“巴铁”叫我 Ali，医生叫我“路人甲”，其实我是……**

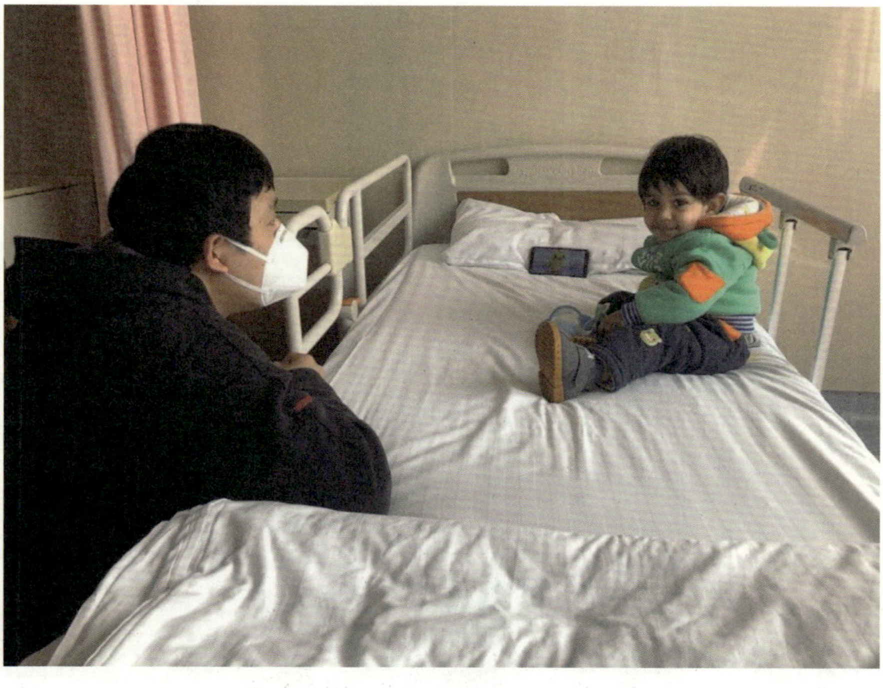

徐和璋，武汉人，湖北省通信管理局的一名员工。1 月 23 日（大年二十九），徐和璋第一时间加入了志愿者队伍，从接送医护，到运送医疗物资，再到帮助医疗队采购，他一直在路上，不仅帮同胞，也帮“巴铁”。图为徐和璋（左）陪巴基斯坦友人一岁半的儿子玩耍（摄影：徐和璋）

## 韩乐乐　我的请战书写得很简单：“我是退伍军人。”

韩乐乐，今年 34 岁，一家物业公司的项目经理，退伍军人，参与过抗击“非典”，经历过抗洪，有处理突发事件的经验。2 月 1 日，韩乐乐带领公司的 9 名同事进驻火神山医院，成为第一批到达这里的志愿者，负责后勤保障工作。图为韩乐乐在火神山医院门前拍照留念

## 王宁　驰援武汉医疗废物处理，扛着医疗废物桶就像抱着个炸弹。

志愿者王宁所在团队正在进行医疗废物转运（摄影：武汉美诺文化张诚）

**姜孟阳　“人”字的结构就是互相支撑，什么都没有生命重要。**

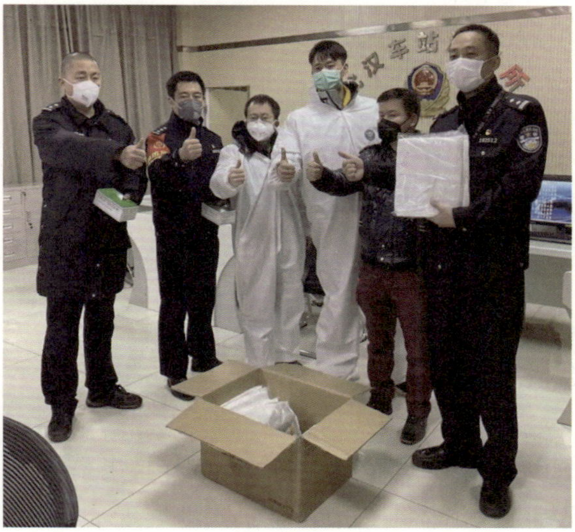

姜孟阳，家住武汉市黄陂区，是一名木工，因为援建火神山医院而滞留武汉，成为志愿者，为社区服务。图为姜孟阳（右二）向武汉火车站派出所送防护服（摄影：姜孟阳）

**杨志珍　逆行千里，我记住了这个坚强的春天。**

杨志珍，从山西太原只身一人远赴湖北武汉。有人说，她是“千里走单骑”，从一名邮政“绿衣使者”变为一名“白衣战士”。有人说，她是“用生命在做志愿者”。危难时刻，她挺身而出，不畏生死，在抗疫一线志愿服务40天，用行动传递爱的温暖。图为杨志珍在武汉市蔡甸协和江北医院中药房配药

主创人员：

高岩、樊新征、张棉棉、李思默、刘飞、周益帆、任梦岩、肖源、常亚飞、于子敬、郭鹏、凌姝、郑颖、郑澍、陈瑜艳

# 《战“疫”故事》第三季

首播时间：2020 年 4 月 1 日—4 月 12 日
首播平台：央视综艺频道

中央广播电视总台文艺节目中心策划制作推出系列节目《战“疫”故事》，于 3 月 8 日起在央视综艺频道播出，节目全景式地展现了中国抗疫的众志成城与英勇奋战。节目共制作了三季。第三季 12 期节目邀请雷恪生、冯远征、林永健、刘佩琦、雷佳等部分文艺界代表，通过关键词讲述战“疫”故事里的“铭记时刻”。节目为观众讲述平民英雄触动人心的感人事迹，为身患病痛的人们带去心魂的抚慰，为全中国各行各业奋战在抗疫工作中的人们传递出希望、烘托出生命的温度和强大的精神能量。

无畏

时间

奔跑

青春

复工

谢谢

主创人员：
刘欣

（无畏） （时间） （奔跑）

（青春） （复工） （谢谢）

# 第四章
# 慎终如始

越是在这个时候，越是要保持头脑清醒，越是要慎终如始，越是要再接再厉、善作善成，继续把疫情防控作为当前头等大事和最重要的工作，不麻痹、不厌战、不松劲，毫不放松抓紧抓实抓细各项防控工作，坚决打赢湖北保卫战、武汉保卫战。

——摘自习近平总书记 2020 年 3 月 10 日在湖北省武汉市考察新冠肺炎疫情防控工作时的讲话

## 第一节　英雄的城市

正是因为有了武汉人民的牺牲和奉献，有了武汉人民的坚持和努力，才有了今天疫情防控的积极向好态势。武汉人民用自己的实际行动，展现了中国力量、中国精神，彰显了中华民族同舟共济、守望相助的家国情怀。武汉不愧为英雄的城市，武汉人民不愧为英雄的人民，全党全国各族人民都为你们而感动、而赞叹！党和人民感谢武汉人民！

——摘自习近平总书记2020年3月10日在湖北省武汉市考察新冠肺炎疫情防控工作时的讲话

【编者按】这篇评论文章以武汉“解封”事件为标志，全面回顾了武汉“封城”抗疫的鏖战历程，深情歌颂了“封城”期间以习近平同志为核心的党中央带领人民进行湖北保卫战、武汉保卫战的伟大抗疫壮举。

# 致敬英雄之城

## ——写在武汉解封之际

首播时间：2020 年 4 月 8 日
首播平台：央视网《央视快评》

4 月 8 日零时，在江汉关大楼激越的钟声中，武汉醒来。

从立春到清明，从长夜到破晓，76 个日夜的逆行，76 个日夜的坚守，76 个日夜的期盼。这是一场前所未有的鏖战，拼的是万众一心的斗志，拼的更是一往无前的毅力。历史会记住这座英雄的城市，历史会记住守望相助的人们，历史更会记住在中国共产党领导下全国人民同舟共济驰援武汉的壮举。

英雄之城铸造不屈之魂。千钧一发时刻，武汉人民识大体、顾大局，一声令下，毅然响应“封城”；紧要危难关头，武汉人民不畏艰险、坚守一线，在风暴之地敢与疫魔一较高低；胶着对垒之际，武汉人民顽强不屈，不低头、不服输，挺过了这一个个苦战的日子。一如习近平总书记所赞扬：武汉不愧为英雄的城市，武汉人民不愧为英雄的人民。

此刻，黄鹤楼白云悠悠，长江水涛声依旧。目睹重现的盎然生机，我们更当铭记与感谢。铭记那些为了抗疫而牺牲的英雄和逝去的同胞，他们为了我们今日的春光失去了宝贵的生命，擦亮了这个时代的精神底色。感谢那些伟大的逆行者，在这场艰苦卓绝的斗争中，来自全国各地的340多支医疗队、4.2万名白衣战士奔赴主战场，为同胞拼命。感谢一直战斗在第一线的1400万武汉人民，他们以奉献与坚守诠释着武汉市民同样是最英勇的战士、最可爱的同胞。在这场严峻的斗争中，960万平方公里的国土上，地无分南北，人无分老幼，14亿中国人同舟共济，捐款捐物，鼓劲助力，争着为这场国家战疫出一份力，以实际行动为“武汉必胜、湖北必胜、中国必胜”做下最好的注脚。

4月8日凌晨，在武汉北高速收费站，工作人员移除围栏

当然，“解封”不等于“解防”。我们还要继续奋战。当前，全球疫情加剧扩散蔓延，疫情传播尚未彻底阻断，无症状感染者犹存传播风险。武汉人还需继续筑牢防线，着力完善疫情防控长效机制，做到慎终如始，善作善成，确保完胜。

壮哉大武汉，威武我中华。“中华民族历史上经历过很多磨难，但从来没有被压垮过，而是愈挫愈勇，不断在磨难中成长、从磨难中奋起。”武汉的76天，是中国力量、中国精神的生动彰显。武汉解封，是疫情防控阻击战的重要阶段性标志。我们坚信，在以习近平同志为核心的党中央坚强领导下，中国人民一定能夺取这场抗疫之战的彻底胜利。

3月10日，医护人员在武昌体育馆方舱医院前举行休舱仪式

主创人员：
钱蔚、李绍飞

【编者按】微视频《武汉，76 个日与夜》采用横轴移动一镜到底的方式，配合手绘的表现形式，全景展现中国人民守望相助的战“疫”故事。微视频还原七十多个日夜的关键节点，配合大量的同期声，将武汉封城76 天中的典型人物及故事生动再现，着力描绘出全民协同战胜疫情的坚定决心。

# 武汉，76 个日与夜

首播时间：2020 年 4 月 8 日
首播平台：央视网

1 月 23 日至 4 月 7 日
这 76 个日与夜
每一位平凡英雄的冲锋与付出
都值得铭记

那一日
“封城”
武汉按下暂停键

那一夜
正值除夕
人民子弟兵逆行出征　奔赴武汉

那一日
她对女儿说
“妈妈打怪兽去了，很快就会回来”

那一夜
“武汉加油”的字样
照亮了长江两岸

那一日
他们隔着玻璃亲吻
交换彼此的爱意

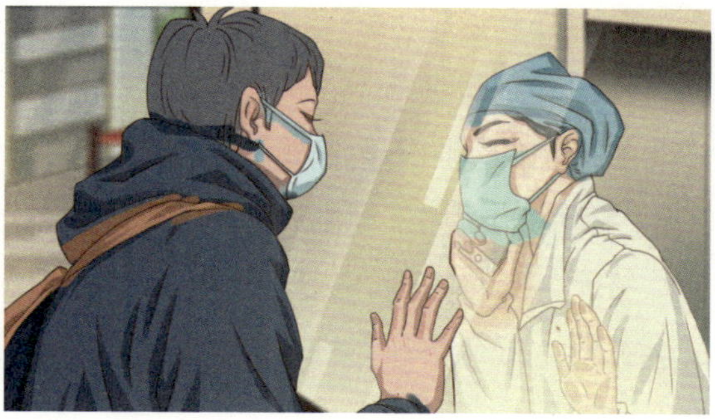

那一夜
56 岁大叔风雪中值守
只说一句“扛得住”

那一日
援鄂医疗队陆续返程
露出一张张笑脸

那一夜
如约而至
武汉按下重启键

从奔赴到返程
从凛冬到暖春
当疫情的阴影不再笼罩天空
当街头的烟火气渐渐升起
终于，与你重逢在人间最美的四月天
武汉，好久不见，别来无恙！

# 武汉，76 个日与夜（视频文稿）

【解说】自 2020 年 1 月 23 日 10 点起，全市城市公交、地铁、轮渡、长途客运暂停运营。无特殊原因，市民不要离开武汉，恳请广大市民、旅客理解支持。

【字幕】1 月 24 日，武汉封城第二日。

【同期】

出发！

是！

我要求你们，一个也不能少！

有没有信心？

有！

【解说】经中央军委批准：解放军派出 3 支医疗队共 450 人，昨晚从重庆、上海、西安三地出发，紧急前往武汉！

【字幕】1 月 29 日，武汉封城第七日。

【解说】从除夕夜开工以来，武汉火神山医院一直在加班加点紧急建设。广大的观众和网友都当起了云监工，为建设者们加油鼓劲。经过十多个昼夜的奋战，武汉雷神山医院今天交付使用。并将接收首批患者入住。

【同期】

我打怪兽马上就回来。

【解说】目前国家卫健委部署了省际对口支援体系，19 个省份集中优势资源，来自山西多地的 60 名医护人员组成第 6 批支援湖北医疗队从太原启程。辽宁在前期派出 1300 多名医护人员，驰援武汉疫情防控工作。108 名队员乘坐包机于昨天凌晨两点左右抵达，已经派出了 3.2 万余名医护人员来支持湖北武汉。

【同期】

**钟南山**：大家全国帮忙，武汉是能够过关的，武汉本来就是一个很英雄的城市。如果里面有我尽的一份力，我就没有太多的遗憾。

【字幕】2 月 5 日，武汉封城第十四日。

【解说】短短十多天里，武汉三镇 14 家方舱医院，累计收治轻症患者 1.2 万名。

【字幕】2 月 7 日，武汉封城第十六日。

【同期】

（我们是）山东大学齐鲁医院的。

（你们）是哪个医院的？

（四川大学）华西医院。

**【字幕】**2 月 8 日，武汉封城第十七日。

**【同期】**

**抗击疫情的所有人员：**节日快乐！中国加油！

元宵节快乐！

节日快乐！等我回家！

妈妈！

妈妈在这儿打怪兽呢，宝宝。等病毒战胜了之后，妈妈就回去了啊！

老婆，等疫情结束我再娶你！

**【字幕】**2 月 15 日，武汉封城第二十四日。

**【同期】**

妈，我爸今天没有戴口罩？

妈，高血压的药一定要吃！

爸妈，我很想你们，我想抱抱你们。

我觉得很值得，我们现在送的不仅仅是一份餐那么简单了，我们可能更多的送的是一份希望。

希望医护人员让他们疲惫的心温暖一下。

这背后有成千上万个网友的爱心。

我不要你出来，我们工作人员送上门，好不好？你这年纪我们也不放心你出来。不出门是对自己和他人最好的防护。先不着急，放松心情好不好？这个时候一定要保持良好的心态。

我就是个司机没啥好说的，既然答应了运送这趟物资，这就是我的使命。

白鹭 8787，非常感谢您的到来，谢谢你们不惧风雪驰援武汉。没关系，武汉加油！

**【解说】**各地在严格做好疫情防控的同时，采取切实有效的措施，稳步推进重大项目建设和企业复工复产。

成立 13 个工作专班，驻厂组织企业开足马力，生产医用防护服等物资，保障防疫一线的需求。

**【字幕】**3 月 10 日，武汉封城第四十八日。

**【解说】**今天下午随着最后一家方舱医院在武汉休舱，14 家方舱医院全部正式休舱。

【同期】

从 2 月 5 日开始收治首批轻症患者到今天，在武汉方舱医院运行的 35 天中，七千多名患者康复出院。可以说方舱医院这一次呢，创造了我们的中国经验。她们也是妈妈，也是女儿，也是妻子，但她们就是舍小家顾大家，到我们这边来。我觉得她就是我们的巾帼英雄。

你们在我心目中都是最可爱的人，所以我在这里代表党中央向你们表示诚挚的慰问，致以崇高的敬意！

你们辛苦了！

【字幕】3 月 17 日，武汉封城第五十五日。

【同期】

什么待遇？最高礼迎！

什么任务？接英雄回家！

走！

尊敬的白衣天使们，我们如约而赴，来接你们回家啦！

看到这个数字我特别兴奋，0 也就意味着我们要回家了。

天使！

明年春天来看樱花，来吃热干面，来吃小龙虾。

【字幕】武汉解封。

主创人员：
唐晓艳、兰军、龙禹潆、马雨

【编者按】过去两个月（2 月到 3 月）对许多人来说都是异常艰难的时期，新冠肺炎病毒肆虐全球，对中国乃至全世界都是巨大考验。在中国疫情形势最严峻的武汉，突如其来的灾难颠覆了市民的生活。他们经历了什么？《武汉 50 日》以纪实报道的形式，梳理、串联了新冠肺炎疫情中的重要节点，描绘了从国家到个人在抗击疫情中所承担的责任和扮演的角色，以及这座英雄城市不屈不挠的抗争精神和人民的牺牲与奉献。

## 武汉 50 日（中文文稿）

首播时间：2020 年 4 月 7 日

首播平台：China Plus Radio 英语广播

【导语】过去两个月对许多人来说都是异常艰难的时期。新冠肺炎病毒肆虐全球，对中国乃至全世界都是巨大考验。在中国疫情形势最为严峻的武汉，突如其来的灾难颠覆了那里九百万居民的生活。他们经历了什么？面对新冠病毒，他们如何走出恐惧？如何展现了人性中最美好的一面？他们又是怎样遏制了病毒传播的势头？总台记者黄越自疫情暴发高峰时期一直在武汉前线进行采访报道，请听她为我们讲述她在这座英雄城市所见证的广大人民不屈不挠的抗争精神和他们的牺牲与奉献。

【解说】2020 年 3 月 10 日，武汉最后一家方舱医院正式休舱，至此，16 家方舱医院全部停止使用。

（背景音：医护人员唱歌）

这是休舱仪式上医务人员在方舱医院前的草坪上歌唱。自 2 月初接收第一批患者，武汉方舱医院共收治了 12 000 多名轻症患者，在遏制新冠疫情中发挥了重要作用。何叶青是其中一位患者。

**【同期】**

**何叶青：**我非常感谢援汉医疗队。治疗期间我和来自福建、新疆和安徽等地的医务人员都成了好朋友。刚才他们都来跟我道别。

**【解说】**至此，我已在武汉驻留了 36 天。

**（背景音：火车站）**

**【解说】**2 月 4 日早晨的北京依旧清寒，我踏上前往武汉的高铁。此前，我从未见过如此空空荡荡的火车站，无论是在北京还是在武汉。

从武昌火车站到酒店，街上几乎没有其他行人或车辆。这个居住着九百万人口的大都市安静得令人害怕。我明白：冠状病毒正在肆虐。

**（背景音：救护车警报器）**

**【解说】**抵达当日，武汉新增新冠肺炎病例 1967 例。数字每天都在攀升，到 2 月 12 日达到峰值，有超过 13 000 个新增病例。

建筑工人争分夺秒地将体育馆和两个展览中心改建成方舱医院。来自全国各地的医疗队带着他们最好的医生、护士以及医疗用品奔赴武汉。

在接下来的日子里，我目睹了世界卫生组织称之为“历史上最雄心勃勃、最敏捷，也最积极的疾病防控工作”。

## 第一部分

**【解说】**2019 年 12 月，武汉报道了不明原因肺炎病例。该疾病后来被世卫组织命名为新型冠状病毒肺炎。主要症状包括发烧、咳嗽和呼吸困难。

派往武汉的中国政府专家组组长钟南山后来证实了的确存在人传人，且有医务人员感染。

## 第二部分

**【解说】**2020 年 1 月 3 日，中国开始向世卫组织和世界各国通报新冠肺炎疫情信息。

1 月 9 日，新闻报道了第一例死亡病例。彼时，成千上万的中国人正登上飞机和火车或返回家乡，或去外地旅游，以庆祝传统的新春佳节。

**（背景音：火车站）**

随着感染数量的激增，武汉的医护人员、医疗物资以及病床极度缺乏，各大医院纷纷通过自己的官方社交媒体账号网上告急。

**【解说】**赵智刚是武汉新冠肺炎定点医院的大夫。他告诉我，疫情暴发初期，这里的医疗系统几乎崩溃了。

**【同期】**

**赵智刚：**我们所有的医生都在接诊。医院的其他科室，包括感染科、呼吸科的医护和所有专家，每天几乎 24 小时工作。但即便如此，我们仍然无法收治所有来我们医院的病人。

**【解说】**就在那时，全国各地乃至海外同胞都竭尽所能地捐赠物资，包括口罩、手套、护目镜和防护服。与此同时，全国医护人员迅速集结驰援武汉。

向前是来自四川省的医务工作者。

**【同期】**

**向前：**我们在 2008 年地震中经历过类似的情况，所以知道人们在遇到紧急情况时是多么需要帮助。我们义不容辞。

**【解说】**陈静是来自甘肃的护士。

**【同期】**

**陈静：**我和我的队友都主动申请参加这场“战斗”。我做护士 12 年了，这是我第一次面对这样的紧急情况。

**【解说】**同时，两座临时医院拔地而起。武汉在十天之内建成了有 1000 张病床的火神山医院，并于 2 月 4 日开始接诊。不久，有 1600 张病床的雷神山医院也完工并交付使用。

然而，这些还是不够。为了确保所有病人都得到救治，武汉决定将几个公共场所改建为方舱医院来收治轻症患者。

2 月 5 日，随着全国各地紧急医疗救援队的到来，两家方舱医院开始收治患者。

**【同期】**

**河南国家紧急医疗救援队队长赵松：**我们团队中有 46 人，包括医生、护士和工作人员，可以保证我们的后勤需求。我们还带来了 8 辆医疗车。所有成员都随时准备应战。

**【同期】**

**海南队蔡毅：**我们第一批派了 100 名医务人员，第二批是国家紧急医疗救援队，共有 58 人和 10 辆救援车。

**【解说】**海南队副队长陈潇男表示他们对这场特殊的战斗充满信心。

**【同期】**

**陈潇男：**我们的帐篷可以摆在广场上，病床可以放在里面。我们带来的 9 辆医用车辆功能齐备。

**【解说】**方舱医院一开始曾遭到诟病，因为网上一些图片显示里面一排排病床距离很近。有人说这更像是监狱而不是医院。我决定进舱一探究竟，并发回了以下连线报道：

**新闻主播：**你在方舱医院内印象最深刻的是什么？

**记者：**人们的沉着、乐观给我印象最深。我以为他们会惊慌，但事实并非如此。那里的护士告诉我，每天早上 9 点，他们都会为患者播放音乐让大家做早操。

**新闻主播：**那里的医务人员主要做什么？

**记者：**护士每 4 小时测量一次患者体温，给他们分发药物。医生会密切关注患者的病情，并为他们安排 CT 检查或核酸检测，看他们是否正在康复或恶化。

**新闻主播：**随着更多患者入院，交叉感染的危险也随之上升，他们采取了什么措施防止感染？

**记者：**医护人员都穿防护服、戴护目镜和口罩，确保其皮肤不会暴露在外。与患者接触后，他们都会认真进行手部消毒。

**【解说】**第二次进方舱医院时，我一直待到午餐时间，发现那里食物供给非常充足。

**新闻主播：**在遏制此次疫情的过程中，如何保障武汉数以千计的冠状病毒患者在方舱医院内有充足的饮食也是备受关注的问题。本台记者黄越就此采访了当地某餐饮企业。

**记者：**自本月初以来，这里的 31 名餐厅工作人员每天工作 14 个小时，保障方舱医院患者的一日三餐。经理陈思思说，直到后期更多企业加入，他们的压力才得到缓解。

**【同期】**

**陈思思：**起初，我们每天为七八家临时医院提供超过 6000 份盒饭，当时我们只有 26 名工人。更多饭店加入之后，我们现在只需要为两家医院提供服务。

**记者：**目前，陈经理的餐厅每天供应 5000 份盒饭。工作人员住在宿舍以减少感染机会，他们每天都要测体温并做好消毒工作。

## 第三部分

**【解说】**随着全国范围内确诊病例的不断增加，各地相继启动了最高级别的公共卫生应急响应。

1 月 23 日，武汉封城，所有公共交通服务均被叫停。武汉居民颜丝说，刚开始封城的时候她特别恐慌。

**【同期】**

**颜丝：**我一开始吓坏了。我们从来没有想到事情会如此糟糕，所有的信息我们都是从互联网上看到的，可是无法分辨真假。我真的很恐慌。

**【解说】**农历新年假期在全国范围内延长了，学校开学推迟，人们开始在家工作，大型会议和聚会被迫取消。几天后，世界卫生组织宣布疫情为全球紧急公共卫生事件。

武汉封城前夕，全市有超过 500 万人离开，大约 900 万人留在了这里。

最初，每个家庭可以派一人出去采买物品。三个星期后，他们都不得不待在家里，靠社区工作者、志愿者和快递员为他们配送日常必需品甚至药物。

**新闻主播：**首先，请介绍一下武汉目前的总体情况如何？

**记者：**从 2 月 11 日起，武汉所有社区全面封锁，以进一步减少人员流动、遏制新冠病毒的传播。除抗疫工作需要的人员以外，普通居民一律不得随意离开小区，外来访客也不得随意进入社区。

**新闻主播：**那他们如何购买食物和生活必需品呢？

**记者：**超市仍然营业，但只有指定的社区工作者可以进入。人们可以通过在线团购订购生活用品。然后，社区根据订单组织购买和配送。老年人和有特殊需要的人可以直接与社区工作者联系，由社区工作者去超市购买他们需要的物品。

**新闻主播：**这期间有其他疾病的人如何就医呢？

**记者：**2 月 17 日，武汉发布了收治其他疾病患者的医院名单。当地政府还建议，如果不是危重病患者，可以通过在线平台去看医生，以避免交叉感染。同时，对于患有慢性疾病且需要长期服药的居民，社区还与指定的药房合作，由社区工作者代为采买药物并送到患者家中。

**【解说】**社区工作者告诉我，他们从未想象过自己能承担如此重任。

**【同期】**

**社区工作者：**疫情暴发时，大家都没有什么准备。我很高兴我的队友们没有一个回避这一挑战。

**【解说】**武汉有 7000 多个居住社区，而社区工作者的数量非常有限。为了尽可能满足居民的需求，志愿者们挺身而出。

**【同期】**

**志愿者：**我就住这个社区。我觉得社区工作者们太辛苦了，为 4000 多个家庭提供帮助。大排查时，他们挨家挨户上门，我很敬佩他们，所以我想帮助他们。

**【解说】**90 后年轻人曾被视为“垮掉的一代”，而这次，他们似乎在一夜之间长大了。

**【同期】**

**90 后代表：**我们这儿有个老人有甲状腺疾病，需要的药在附近药店买不到。我们就走很远去给他买药。他送了我一些防护手套，告诉我要小心保护自己。我很感动，其实他自己也没有多少手套。

### 第四部分

【解说】随着越来越多的医疗队抵达武汉，与病毒的抗争逐步升级，医务人员竭尽全力面对挑战：

【同期】

**医务人员：**基本上，接到ICU的电话后，我用两分钟时间准备麻醉和气管插管，然后必须在20分钟内完成所有防护设备的佩戴。然后我们上楼，上楼大概需要3分钟。

当时我一个人在病房里，同事们都忙着外面的其他工作。那天，3名患者转走了，5个病人转进来。我忙到根本没有注意时间，后来医生来查房时，他看到我瘫倒在椅子上，已经站不起来了。

【解说】我采访了武汉第一医院重症监护病房，并在那里做了直播报道：

【同期】

**记者：**我是早上五点半到达的这家医院，6点前跟这位大夫进入ICU。过去两小时里，这里的医护人员非常非常忙碌，他们需要对这一层的两位重症病人进行检查。说实话，这是我第一次进入收治新冠肺炎重症患者的ICU病房，过去我们也许只能在电影或电视剧里看到这样的场景，但现在，一切都真实地发生在我眼前。此时此刻，我唯一想说的就是，医生护士们真的太了不起了！也让我们一起为这些患者们祈祷祝福吧。

【解说】来自全国各地的300多个医疗队、42 000多名医务人员一直在湖北一线抗疫。他们每天所做的不仅是医疗救治，还有人文关怀。

21岁的黄晓颖来自福建省宁德市。她发现病人吃饭时没有太多配菜，就把从家乡带来的花生分给病人。

【同期】

**黄晓颖：**病号饭的品种非常有限。我觉得如果能给他们些零食应该还挺好的，感觉就像跟朋友分享好吃的一样。

【解说】护士长郑丽兵说，在她照顾的病人中，有一个17岁的女孩，她的祖父母也感染了新冠病毒。

【同期】

**郑丽兵：**她才17岁。我一直很担心她。她情绪低落，也不爱说话。我以前学过手语，我很想和她互动，所以我就教她手语歌。

【解说】到2月中旬，卫健委宣布有1700多名医务人员感染，其中6人去世，包括李文亮医生。

## 第五部分

**【解说】**由于疫情暴发时未能及时有效应对，武汉初期的防疫工作受到批评。2月13日，中央决定湖北省和武汉市换帅。

随着新领导上任，武汉开展了为期三天的“四类人”大排查。

**记者：**武汉在每个社区门口都设立了检查点，居民出入必须测量体温。与此同时，大量的社区工作者和志愿者开始挨家挨户进行排查。

郭慧敏是社区志愿者。她的工作是对患者进行登记，这些患者的核酸结果呈阳性，都在等医院床位。

**【同期】**

**郭慧敏：**今天我们把八个人送到了指定的地方进行治疗或者隔离，其中两人被送到了方舱医院。现在我们手上登记在册的确诊患者已经没有了，但有可能在上门排查时发现其他患者，那我们就会帮着把他们送到医院。

## 第六部分

**【解说】**2月17日，中国大陆确诊病例达到58 097例。24日，全国六个省将应急响应级别从一级降至二级或者三级。

2月28日，国务院新闻办新闻发布会宣布每日新确诊病例、疑似病例、确诊病例中重症和危重症病例的比例以及死亡率均在下降，表明疫情已得到有效控制。

3月1日，武汉第一家方舱医院休舱，其他方舱医院也相继休舱。

**新闻主播：**听说武汉最大的方舱医院周日关闭，请介绍一下详细情况。

**记者：**这是武汉2月初建成的第一批方舱医院中的一个。自2月7日启用以来，共有15个来自全国各地的医疗队在这里治疗了1760名患者，其中868人从这里治愈出院。

**新闻主播：**到目前为止，武汉有多少家方舱医院休舱了？

**记者：**到目前为止，已有11家方舱医院休舱。自从第一个方舱医院开始收治患者以来已过去33天了，截至本周日，武汉方舱医院共为12 000名患者进行了治疗。

**【解说】**到3月10日，武汉16家方舱医院全部关闭。国家卫健委主任马晓伟总结说，方舱医院在抗击新冠肺炎疫情中起了至关重要的作用。

随着武汉局势的稳定，一线医务人员，特别是第一批援汉医务人员终于可以稍事休息了。

**新闻主播：**你采访了江苏省重症护理团队。请介绍一下他们的情况。

**记者：**我昨天采访的医疗队是全国数百支医疗队之一，由20名护士组成，都是二三十岁左右的年轻人，都在重症病房工作。她们与当地医务人员携手合作，在中南医院治疗重症患者。每天每 6 到 7 个小时护士换一次班，每个护士照顾 2 到 3 名病人。从密切关注患者的病情到照顾患者，所有这些工作都是由这些 ICU 护士来完成的。

**新闻主播：**这支重症护理队只是援汉医疗队的一小部分，其他医疗队是如何安排休假的呢？

**记者：**随着越来越多轻症患者康复出院，有些医疗队会在休假几天后转移到其他指定医院工作。在湖北其他城市，比如黄冈市，有一支 100 多名医护人员的医疗队已经被护送到某度假村进行为期两周的疗养。

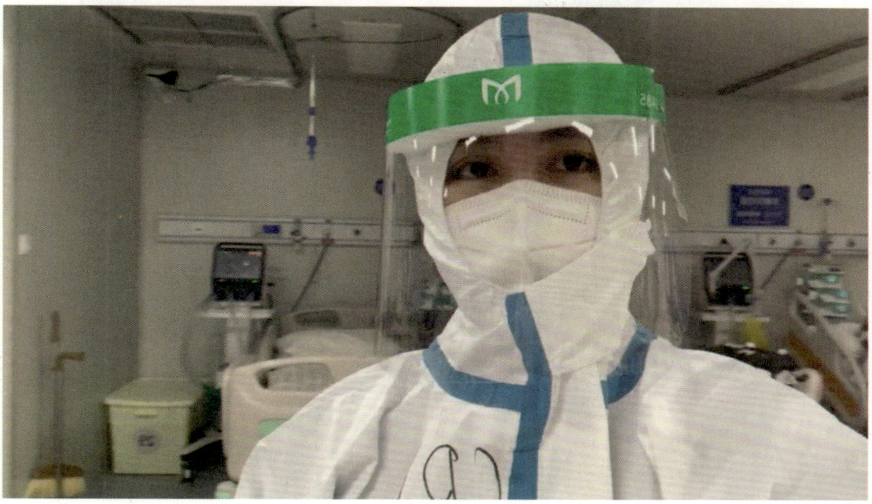

2020 年 4 月 8 日，记者黄越在武汉雷神山医院 ICU 直播

**【解说】**正如许多人在疫情中互相鼓励的那样："没有一个冬天不可逾越，没有一个春天不会到来。"就在我写这篇报道的时候，第一批援汉医务人员已登上了返程航班。

今天，武汉仍在救治尚未出院的患者，而中国其他地区业已开始努力复工复产，力争让人们的生活尽快回到正常轨道。

中国的疫情得到了控制之后，世界许多其他国家确诊病例的数量却在不断攀升。中国的医疗专业人士再次出发奔赴一些疫情最严重的国家，包括意大利、伊朗和塞尔维亚，协助当地专家和医院共同抗击疫情。

3 月 18 日——我在武汉的第 44 天，武汉首次报告确诊病例零新增。在我即将离开武汉之时，当地人邀请我和我的同事们来年再来武汉，欣赏这座城市春日里美丽的樱花、品尝他们的招牌热干面。不过首先，他们还要继续奋战，以赢得这场前所未有的战斗的最终胜利。

2020 年 3 月 18 日，福建省专科护理队完成援汉任务准备撤离，酒店工作人员与医疗队员拥抱惜别（摄影：黄越）

主创人员：
黄越、吴佳、李培春、赵健夫

## 第二节　归时江城暖

【编者按】随着疫情防控形势逐渐转好，这些来自全国各地为湖北、为武汉“拼过命”的援鄂医疗队开始有序撤离。武汉盛放的樱花见证了这个春天最美好的离别，“请允许我向你们道一声谢谢，幸得有你，山河无恙，致敬每一个守护生命的英雄”。

【编者按】“你这一辈子，有没有为别人拼过命？”疫情暴发以来，来自全国各地的4万多名医护人员集结湖北，这些最美的逆行者在疫情的最前方为挽救生命、阻断疫情拼尽全力。终于，疫情形势逐渐好转，武汉的樱花也开了，被按下“暂停键”的城市正在恢复生机。3月17日起，援鄂医疗队陆续撤离武汉，湖北人民带着最诚挚的敬意和最深的感恩为他们送别。

## 来时暖江城　归时江城暖

首播时间：2020年3月29日

首播平台：央视新闻频道《焦点访谈》

**【演播室】**“你这一辈子，有没有为别人拼过命？”这些日子，很多人用这句话向抗击新冠病毒的白衣天使们致敬。疫情暴发以来，来自全国各地共4万多名医护人员集结湖北。这些最美的逆行者在疫情的最前方为挽救生命、阻断疫情拼尽全力。终于疫情形势逐渐好转，武汉的樱花也开了，被按下暂停键的城市，正在恢复生机。从3月17日开始，逆行的援鄂医疗队陆续撤离。

**【同期】**送别现场

谢谢白衣天使！

一路平安！

感谢你们！

我们舍不得你们！

欢迎你们到武汉来玩！

小朋友再见！

**【同期】**

**武汉金银潭医院院长张定宇：**在这里的所有的同事，我们的亲人，我们的朋友，感恩大家！你们所有人都是超人啊！

**医疗队员：**谢谢，谢谢张院长！

**【解说】**从3月17日，第一支援鄂医疗队撤离武汉开始，这些天，这样送别的场景在湖北经常都会发生，面对医疗队启程离去，武汉人民、湖北人民带着最诚挚的敬意和最深的感恩，为他们送别。在吉林援鄂医疗队即将撤离时，一位武汉女孩来到了他们驻地门前。

**【现场】**

**武汉女孩：**我路过这儿准备回家，看到“援鄂”两个字，我就想过来感谢他们，希望他们能安全回家。

**【同期】**

**吉林省支援武汉前线指挥部总指挥高山：**她看到了吉林医疗队要撤离，站在我们驻地的门口，号啕大哭，令我们很感动。虽然很辛苦，也付出了很多，非常留恋武汉，留恋武汉人民的感恩之心，留恋武汉人民这种坚守！

**【解说】**武汉这座英雄的城市，这里英雄的人民，给白衣天使们留下太多难忘的记忆。在护士长李利的行囊里，还有一份特别的纪念。这是24名队员手指印拼成的心形图案，曾挂在病房里为患者送去祝福和希望。如今，他们要把这幅画带回广州放入南方医科大学南方医院院史馆。

**【同期】**

**广东省首批支援湖北疫情防控医疗队总护士长李利：**“每一个与你们一起度过的日子，都用来寻找春天与光明。”我觉得他们武汉人民真的很勇敢、很坚强，还有是我们医护人员的一种用心和爱心。

广东省首批援鄂医疗队总护士长李利接受采访

【解说】武汉一位大学生志愿者找来防护服，在上面描绘了自己的心意。

【同期】

**志愿者：**实在是想送一点有心意的礼物给他们，现在也没有地方买礼物，就只有在家里画画，画在防护服上，希望给他们留一个纪念。

我们昨天送陕西医疗队，就是画了一个花木兰。

昨天我们专门赶到陕西队，去给他们送的画，然后下一期山东队，要给他们画一个黄鹤楼和一个山东青岛的栈桥。

【现场】

大家好，我们是武汉交警，武汉交警向英雄致敬，敬礼！

【解说】在武汉，当每一支援鄂医疗队撤离时，都有这样一支公安队伍前来送行，他们是为援鄂医疗队撤离执行护送任务的汉警快骑。

3 月 26 日送别新疆首批援鄂医疗队，孙远已经执行了 25 次援鄂医疗队撤离的护送任务。每一次护送，他都心怀感激。

【同期】

**武汉交警汉警快骑民警孙远：**他们在武汉生病的时候，最需要人帮助的时候，放弃与家人团聚，冒着生命危险到武汉来进行帮助，其实全武汉市民都有这样一颗想要现场为他们送行的心，只不过现在疫情还没有结束，小区还进行封控不能出来。那么我们汉警快骑接到了这个任务，也是承载了我们武汉市民的心愿，也是想要对他们表达我们的敬意，我们此次护航将会按照我们交管局最高的礼遇、最佳的形象和最深的敬意来全程为他们护航。

【解说】江西援鄂医疗队即将撤离时，医护人员和前来送行的武汉警察一起合影，在他们眼中，这些坚守岗位的武汉人更值得尊重。

【同期】

**江西援鄂医疗队医护人员朱琳：**其实他们也是最美的逆行者，他们也付出了很多。很多武汉人都一直坚持在自己的岗位上，其实这也值得我们尊重和感动。所以我觉得，我们给他们深深鞠一躬，也是表达我们对他们深深的敬意。

【解说】不能出门的武汉市民，只能在阳台和窗口向准备撤离的医疗队员们挥手致意，而在湖北的其他地方，能出门的市民们走上街头，为医疗队员们送行。这是 3 月 22 日湖南医疗队启程返湘时，10 万黄冈市民自发上街送行的场面。

【送别现场】

感恩湖南，一路平安！

【解说】在送别的队伍里，每一个人都在用自己的方式表达他们内心的感激，一位小女孩拿着自己描绘医护人员的画，感谢医疗队叔叔阿姨。

**【字幕】**车队离开，小女孩一家人一路追送。

**【现场】**

电动摩托车上，小女孩拿着一幅画。

医护人员：小心一点，小朋友，谢谢你！

**【同期】**

**湖南援鄂医疗队医护人员朱薇霖：**我们做的努力没有白费，我们终于让这个城市看到它原来该有的神气和模样！

**【解说】**在过去的两个多月里，来自全国各地的4万多名医护人员支援武汉、支援湖北，他们不辞辛劳、昼夜工作，为控制疫情和及时救治病患作出了巨大贡献。在他们光荣完成任务即将启程回家时，湖北各地都在用最高的礼遇向这些最大的功臣表达他们最深的敬意。为了保障每一支援鄂医疗队能安全顺利地撤离，中央指导组组织专班统筹推进各项工作。

**【同期】**

**中央赴湖北指导组成员、交通部运输服务司二级巡视员许宝利：**一定要让他们安安全全、平平安安、顺顺利利地返回各自的家乡，与他们的亲人、与他们的朋友、与他们的同事团聚，这就是我们的想法，所以大家也都是这么一个心情。

**【解说】**在湖北，各地党委政府和公安、交通、发改、工信、民航、铁路、邮政等部门精心组织援鄂医疗队的返程工作，承担运输任务的客运企业也选用了最好的车辆，配备了最优秀的驾驶员。

**【同期】**

**湖北公路客运集团有限公司党委书记、董事长梁智：**我们以最优的服务保障这次工作，还有我们自己制作的一张感恩卡片。“向逆行的英雄致敬，把苦、累、怨留给自己，将安、乐、康送给病人，谢谢你们用生命守护生命，风雨同舟感恩有你！”

**【解说】**为了让医疗队医护人员能够轻松返程，邮政、顺丰、京东等8家快递企业为援鄂医疗队提供了返程行李免费寄递服务。

**【同期】**

**湖北顺丰速运有限公司公共事务部负责人何向军：**这样做的目的也是为了更好地表达我们对所有援鄂医疗队员的这种无私奉献的这种感谢。

**【解说】**有些援鄂医疗队乘坐高铁撤离，铁路部门从运力上也进行了充分保障，提供温馨、细致、周到的服务。

**【同期】**

**中央赴湖北指导组成员、国家发展改革委经济运行调节局副局长刘明：**人多的话就安排专列，如果人少的话就安排专门的车厢，为了防止太近距离接触，我们要求他们乘坐率必须控制在 50% 左右。上车之后，给他们提供温馨细致的服务。

**【解说】**大部分援鄂医疗队的医护人员都会乘坐飞机离开，他们在交警的护送下乘坐客运车辆到达机场后，为了让他们轻松返程，同样有机场的工作人员和志愿者为他们提供最优的服务。除了正常的登机牌，武汉天河机场还精心设计了一张纪念登机牌送给这些“白衣天使”当作留念。

**【同期】**

**湖北机场集团有限公司副总经理罗国伟：**这个背后我们还让医疗队员，给他们的航班命名为“胜利号”，他们的目的地确定为“美丽的故乡”，给他们确定的舱位叫“功勋舱”。很多由于之前没有乘坐航班离开、乘坐高铁和大巴离开的医疗队员纷纷向机场打来电话或者通过微博来联系，希望获得这样的登机牌，机场也会将这些登机牌陆续寄到这些医疗队员的手中。

**【解说】**在机场，很多志愿者和机场工作人员前来送别医疗队员。

**【同期】**

**中央赴湖北指导组成员、国家卫健委医政医管局监察专员焦雅辉：**整个过程当中，满满的都是这些感动。他们非常有心，给我们每一个队员都准备了礼物，而且每一天的礼物都是不一样的，有鲜花，有当地特色小吃、各种各样的礼物。他们非常用心，我觉得所有这些细节，真的都是让人非常感动的。

**【同期】**

**四川省第八批援鄂医疗队队员李玉娟：**从病房里的病人到这些工作人员，给了我们非常大的支持，所以说我们要感谢他们，我们并不是英雄，我们只是在践行医务人员的使命和初心。

**【同期】**

**武汉市志愿者戴利清：**武汉人民谢谢你们！再来的时候你们就是武汉最尊贵的客人！谢谢你们！

每天都是感动，留一个纪念吧，尽量多留一点回忆。

**【解说】**说不尽的都是感谢，道不尽终要离别，湖北人民用最高的礼遇、最深的敬意表达了他们对白衣天使的感激。对白衣天使来说，这两个多月的时间与湖北人民朝夕相处，早已结下深厚的情谊。有医护人员在临别前还写下“从此荆楚是故乡”的词句。每一个医护人员手机里，都存了好多珍贵的照片，这一张张珍贵的照片留下的不仅是满满的回忆，这段不平凡的经历，也在他们的生命里烙下了不灭的印记。

**【同期】**

**浙江省援鄂医疗队队员潘晓丹：**当时那个患者是出院的，他一直打听我，等着我。等到我弄好了，进去了，看到我了，留了一张照片，他才回家。他从口袋颤抖着拿出一张纸条，纸条上记满亲人的电话号码。他把我也归纳在里面，留下了我的号码。（哽咽、流泪）对不起，今天有点失态，不好意思。

**【解说】**这些最美的白衣天使，在湖北最危难的时刻迎难而上，他们来时天寒地冻，离开时已是满目春光。

**【同期】**

**广东省首批支援湖北疫情防控医疗队队员朱海秀：**我父母说让我向这个地方好好地告别，好好地记住在这里战斗过 59 天的地方，记住每一个温暖我的人，谢谢武汉人民，也谢谢你们，谢谢！（鞠躬）

**【同期】**

**青海援鄂医疗队队员：**祝福武汉！武汉加油！

**【同期】**

**东航广播词：**尊敬的白衣天使们，我是本次航班的机长，我们非常荣幸能履行约定，在杏林春暖之时，接你们回家，过去的一个多月，中国人用举世瞩目的效率和速度，走出了疫情的至暗时刻，迎来了生机勃勃的明媚春光，在此，请允许我真诚地向你们道一声谢谢，幸得有你，山河无恙，致敬每一个守护生命的英雄。

援鄂医疗队队员乘飞机返回家乡

**【演播室】**幸得有你，山河无恙，你们是这个时代最可爱的英雄。那一个个包裹着白色防护服的身影，那一张张被口罩和护目镜遮住的脸，将成为这场疫情留给我们的最深刻的记忆，让我们满怀尊敬和珍惜。目前，已完成救治任务的援鄂医务人员正在分批撤离。这些白衣天使们回到家乡，将在接受 14 天的隔离之后各自返岗，祝愿他们都能平安健康。而国家医疗救治专家组以及高水平的重症救治团队仍将继续坚守在重症定点收治医院，直到患者的救治任务特别是重症患者的医疗救治任务全部完成。

主创人员：
皮望星、冯成

【编者按】四川广元支援武汉医疗队出发前，一位丈夫对着妻子哭着喊道："赵英明，你平安回来，我包一年家务！"戳中了全国上亿人的泪点。分别67天后，四川第二批医疗队终于在今年4月初平安归来。全国观众都在期待这对夫妻团圆的瞬间，当初分别时那句"最美情话"又能否兑现呢？

## 遇见你·赵英明回家了 丈夫兑现"最美情话"

首播时间：2020年4月8日

首播平台：央视新闻频道《24小时》

### 第一集 回家

【解说】疫情发生以来，四川省累积派出10批次医疗队，共1463名医疗队员。4月3日，794名队员解除隔离修整，四川各地市（州）市民用极高的礼遇迎接他们回到家乡，而其中有很多我们期待的相遇、牵挂的结局也在发生。下面我们大家先来看一段视频。

【现场】

蒋昊峻：赵英明，你平安回来，我包一年家务！

【解说】这段视频相信很多网友都不陌生。当中被呼喊的赵英明和她的队友们也于4月3日回到家乡四川广元。回家的医疗队员们会做些什么？许下的诺言能否兑现？这些白衣天使们的抗疫背后，还有哪些不为人知的细节？让我们走进他们的故事。

【现场画面】医疗队员们做出发前的准备。

**【现场画面及字幕】**2020 年 4 月 2 日，都江堰定点隔离酒店。

**【解说】**一边是医疗队员们马上结束隔离，准备回家。另一边，他们的亲人也开始了紧张的准备。赵英明的丈夫蒋昊峻打算停下手头的工作，抽出一段时间专门陪伴妻子。为此他通知了自己理发店提前预约的客人，赶在妻子回家前，把手里的工作做完。

**【现场】**

**顾客：**你妻子明天回来吗？

**蒋昊峻：**是的。

**顾客：**现在全国人民都在监督你，14 亿人都在监督你。

**蒋昊峻：**一旦我做了家务，他们都要做，所有的医护家属都要跟着我做。

**【解说】**就在此时，同事们给了蒋昊峻一个意外惊喜。

**【现场】**

那是你打的（横幅）吗？有心了，来，起来看看。

我觉得赵姐和医疗队是我们广元人的骄傲，别人都要去看，我们更要去。

**【现场画面及字幕】**2020 年 4 月 3 日　都江堰定点隔离酒店

**【现场】**

**记者：**今天穿什么，精心打扮一下？

**蒋昊峻：**必须穿这件，因为这件是她在武汉支援时候给我买的，网购的。

**记者：**她给你买的衣服，你给她买的什么？

**蒋昊峻：**刚开始她说那边口味有点偏甜，我就去超市给她买了一大堆辣的东西，第二次给她买了护肤品那些的，因为她老是消毒，对皮肤不好。

**【现场画面及字幕】**医疗队在路上行进现场。

**【现场画面】**蒋昊峻准备鲜花。

**【解说】**3 号下午，蒋昊峻和家人来到医院事先通知的家属集合地点，准备前往市政广场迎接妻子的归来。其他医疗队员的家属也陆陆续续赶来，大家都努力用最强仪式感来迎接即将归来的亲人们。

**【同期】**

**广元消防支队消防员满凯：**这是我们最高礼遇的制服，我老婆是战士，我要用最高的礼遇迎接她。

**【同期】**

**记者：**写的什么？

**广元援湖北医疗队医师魏燕丈夫：**欢迎回家，错过了情人节，错过了妇女节，很多很多的日子都错过了，过个情人节吧。

**【解说】**家属越来越多，期待的气氛越来越浓。而蒋昊峻突然告诉了我们一个秘密，就是在出发前，自己为什么会喊出那样一句话。

**【同期】**

**蒋昊峻：**当时走的时候因为医疗队物资很紧缺，他们自身每个人头上差不多只有五六个（口罩），我通过我所有的关系都没有找到。我甚至开车三四个小时就为了找一个口罩，也没有找到。

**【同期】**

**广元市第一人民医院邓主任：**我们当时各级医疗机构筹集起来的只能够保证五天。

**【同期】**

**蒋昊峻：**当时就感觉自己帮不上什么忙，因为我不知道她能不能平安回来，所以心里就有那份担心，所以会喊出那句话。

**【现场画面及字幕】**2020 年 4 月 3 日下午 6 点　京昆高速广元陵江收费站

**【解说】**下午 6 点，医疗队员们乘坐的车辆抵达广元。

**【同期】**

**广元市援湖北医疗队护师赵英明：**空气就不一样，这就是广元的空气。

**【现场画面】**民众欢迎，车上医疗队说谢谢。

蒋昊峻和儿子在张望，敬礼。赵英明和医疗队员下车。

**【同期】**

**蒋昊峻儿子：**妈妈呢？

**蒋昊峻：**没看到呢，那不是妈妈吗？看，妈妈在那里！叫她！

**蒋昊峻儿子：**妈妈，妈妈。

**【现场画面】**蒋昊峻拨开人群，冲过去拥抱妻子。其他医疗队员拥抱家人。

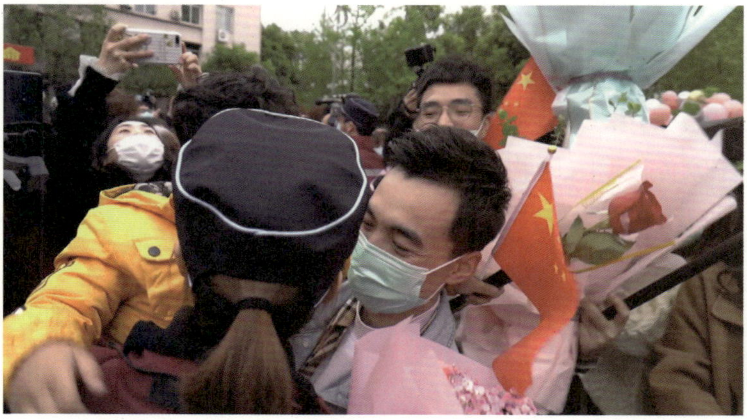

赵英明一家三口团圆

（背景音：“医疗队是我们广元的骄傲！广元的英雄！”）

【解说】60多天的思念，所有的思念都化成了拥抱和泪水。而接下来的一段日子，这些白衣战士将进行短暂休整，开始回归正常的家庭生活。

【同期】

**赵英明儿子**：妈妈，你一定要试试家里的新沙发，可舒服了。妈妈，我在家里的经过，你也看见了吧。

**赵英明**：我看见了呀，你跟爸爸一起做家务，妈妈都看见了呀，你现在变成一个小小的男子汉了，妈妈特别地开心。

## 第二集　团圆

【解说】这批医疗队员春节期间奔赴武汉，一别67天，好不容易和家人团圆，他们会做些什么？而他们离家的日子里，又错过了哪些故事？我们继续来看。

【现场】

**广元援湖北医疗队护师赵英明**：好久没回家，感觉变了，变敞亮了。

**蒋昊峻**：先坐到这里来再说，咋个样？这个躺起来很舒服的，升起来。

**记者**：你有没有注意到沙发后面还有一个小东西。

**赵英明**：你买的吗？你买这个干吗呀？扫地？这个扫得干净吗？

**蒋昊峻**：忙的时候它扫，不忙的时候我扫。

**蒋昊峻**：你那个手机该淘汰了。

**赵英明**：我手机就是消毒，每次酒精喷，听筒有的地方就不是很好，每次给他打语音就听不见。

**蒋昊峻**：壳子我也给你贴了一个，平安喜乐，我给你挑的。

**赵英明**：这么细心。

【现场】

**蒋昊峻**：这些都是从武汉带过来的，洗了一早上。

【解说】回到家的第二天，赵英明换上了自己喜欢的衣服。而一个早上，蒋昊峻在洗洗涮涮，忙于家务。而陪儿子玩的赵英明把这些都用手机拍了下来。

【现场】

**赵英明**：你在擦地呀？

**蒋昊峻**：衣服挂都挂不下了，洗了一早上，地拖了。她做到了她的承诺，我也要兑现我的承诺。

【同期】

**赵英明**：我相信他说到他肯定能做到，但我肯定不忍心看他一个人做，肯定我还是要帮助他。我们的相处之道就是一个家是两个人共同维护起来的。

**【解说】**在支援武汉期间，赵英明一直工作在武汉红十字会医院的 ICU 病房。回家后，她最大的感受就是终于可以睡一个踏实觉了。

**【同期】**

**赵英明：**那种情形下，心情很焦虑，第一是入睡很困难。睡着了就会做梦，梦见自己发烧了、咳嗽了、被惊醒了，惊醒以后就测体温，看自己有没有发烧，就这样反复，入睡很困难。回来以后卸下了这些，心里面就是很放松的状态，跟家人们在一起，睡觉睡得很踏实。

**【字幕】**赵英明和老公逛超市。

**【解说】**由于在春节期间出发的，一家人都没能好好过个年。回家后，赵英明和丈夫蒋昊峻商量全家要一起补过一个新年。在去采购的路上，有的市民把这两口子认了出来。有人对着他们拍照，有商家非要送他们东西，但被他们拒绝了。而更多人是在认出赵英明后，表达了对医疗队员们的感激。

超市老板对赵英明表达感激

**【同期】**

**超市老板：**你很了不起，是广元人民的骄傲，也是全国人民的骄傲。

**赵英明：**阿姨，这是我们应该做的。我们干这个工作，就应该做这个事情。

**超市老板：**如果没有你们，我们不可能站在这里的。

**【解说】**蒋昊峻出发前的一声喊话，让很多人认识了这一对夫妇，但这也让赵英明夫妇感觉到了压力。

【同期】

赵英明：因为我自己就觉得驰援武汉是所有医务工作者的本职工作，我也是做了自己该做的事情。他当时喊的那句话，初衷就是想让我平安回来。然后我也觉得他是喊出了所有白衣战士家属的心声。然后现在我们平安回来了，接下来也会投入到自己的工作和生活当中去，我也不会忘记我的本职工作是一名医务工作者。

【解说】回到家里后，久违的一家人坐在一起包起了饺子。一家人边包边聊，话题转向了医疗队在武汉的经历。

【现场画面】和家人包饺子。

【同期】

赵英明：当时我们那天晚上刚去的时候，才到武汉的时候，我们不晓得情况，帐篷都带上的，我们想的是在医院要睡帐篷，搭帐篷睡觉，都已经做好了准备。结果最后车子拉到酒店去了，我们问今晚住这儿吗？他们说“嗯”，我们好高兴哦，医院也是把最好的给我们，他们那边也是把最好的都给我们了。

【现场画面】饺子上桌了。

【同期】

为你逆行而战，感到高兴、自豪。（谢谢，你们也辛苦了）大家齐心协力战胜了疫情，谢谢，谢谢你们！

来嘛，我们来吃一颗饺子，团圆饺。饺子吃了就代表团圆了，团圆了，团圆了。

主创人员：
陈凯、庞丁、张俊卿、缪秋成

第一集

第二集

【编者按】3月17日，青海第二批支援湖北医疗队102名医护人员撤离。记者记录了医疗队队员徐燕收拾行囊、离开武汉的全过程，通过徐燕行李中的一件纪念服、徐燕和队员们在酒店走廊里制作的板报，以及徐燕和队员们的话语等，展示了医护人员对武汉的深情厚谊和对武汉人民的深切祝福。

## 青海第二批支援湖北医疗队撤离　我已把武汉当成我的家

首播时间：2020年3月18日

首播平台：央视新闻频道《朝闻天下》

**【解说】**青海第二批支援湖北医疗队全部102名队员今天（3月17日）撤离，他们于2月4号抵达武汉，随即投入到支援武昌方舱医院的战斗中。一个多月的时间里，他们累计护理住院患者328人，其中出院246人。在离开武汉的时候，他们说，早已把武汉当成自己的家。

**【同期】**

**青海第二批支援湖北医疗队队员徐燕：**现在的心情就是，要回家了，特别激动。另一方面，我们回家了，这就预示着这边的疫情就要结束了，我们更激动了。

**【解说】**藏族队员却吉卓玛是一名90后，她说，在武汉的这40多天，已经与这座城市结下了深厚的感情。即将离开，有难忘也有不舍。

**【同期】**

**却吉卓玛：**舍不得（走）。因为这边的病人还没有清零。我希望他们能够赶快好起来，真的，能够早日出院。

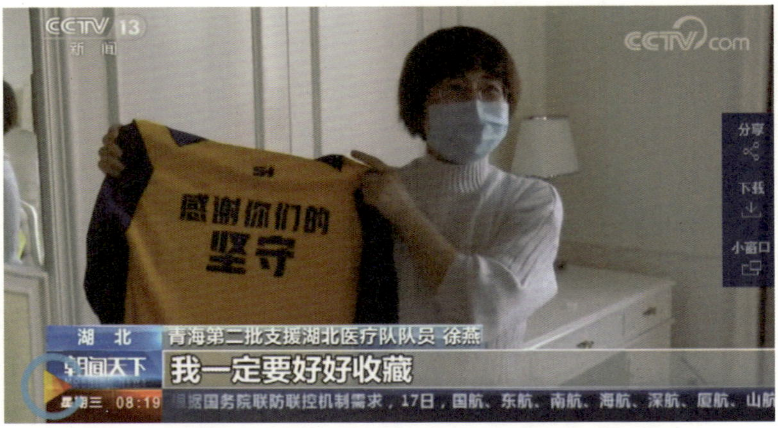


青海医疗队成员徐燕向记者展示她要亲自带回家的一件方舱医院的纪念服（摄影：郑忠营）

**【解说】**相见时难别亦难。在队员徐燕的行李箱里，有一件她特别珍重的礼物，武昌方舱医院发的纪念服。她把其他衣物都已经邮寄回家了，唯独这一件，她说，她要亲自带回青海。

**【同期】**

**徐燕：**是这件衣服，我没打算回去穿，穿起来太奢侈了，这应该挂在衣橱最显眼的地方，让我的孩子们看看，我曾经也为了这次疫情赴一线，我要给她做榜样，让她以后也要有奉献精神。我要好好收藏，一辈子收藏。

**【解说】**在徐燕的心里，她把从青海来武汉支援称为回武汉。她说，她早已经把武汉当成自己的家。

**【同期】**

**徐燕：**回到这边，就是说，我当时从家里往这边走的时候，我就感觉，我应该去一个家。我把武汉当成一个家，我要去照顾我的家人，让他们早日康复。

**【解说】**在25楼住宿的所有队员里，徐燕年纪最大，却是大家眼里的开心果。刚到武汉这边，她就带着大家一起，用了两个晚上在走廊里制作了板报，写满了祝福、加油、鼓劲的话语。

**【同期】**

**徐燕：**我们在这个板报之前，跳了《国家》的手语舞。就是说，有家才有国，有国才有家。

**【解说】**板报上，千纸鹤是大家一起叠的，树干是用酒店的便笺纸贴出来的，大树的绿叶是用饮料瓶的塑料皮剪裁出来的。虽然因陋就简，却寄托着大家对武汉满满的祝福和深情厚谊。

【同期】

徐燕：春天来了，树木终将会发芽，疫情终将会过去。一切都会好起来。还有这些花，本来想着用樱花，但是没有找到那么多材料，所以就用这些代替了。但是我们把最好的祝福献给武汉人民，扎西德勒！我们这次来的时候，是万人空巷，等着我们下一次来的时候，那就是一片繁华。

【解说】马上就要离开这个奋斗了 40 多天的地方了，徐燕和队友们用歌声唱出了对湖北、对武汉的爱和祝福。

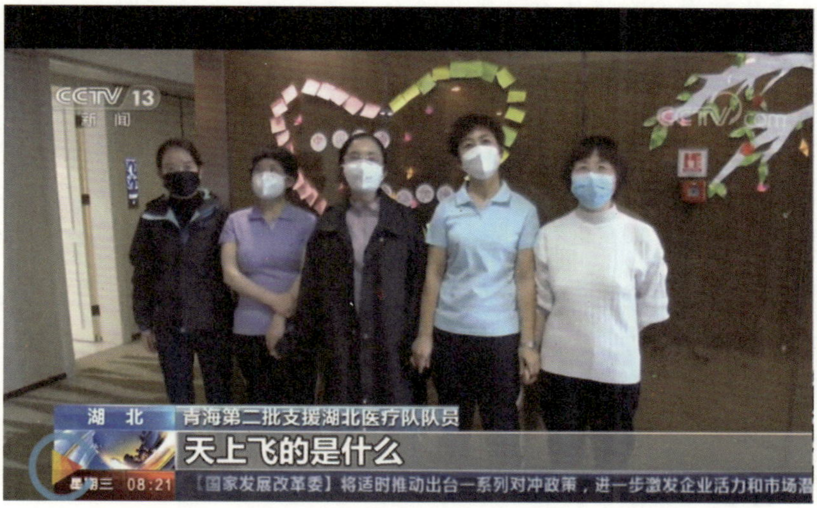


青海医疗队队员徐燕带着队友一起用歌声表达对武汉和武汉人民的祝愿
（摄影：郑忠营）

【现场】

天上飞的是什么？鸟儿还是云朵？我把自己唱着，你听到了没？

风里飘浮着什么，花瓣还是露水？

我把欢乐散布，你收到了吗？

用天籁传递爱，中国爱拉索，幸福不遥远。

主创人员：
刘轩、郑忠营

【编者按】《湖北战“疫”直通车》是央视网和国家卫健委、湖北省卫健委、湖北省疾控中心共同打造的健康科普全媒体服务平台，也是政府部门和中央主流媒体合作的首个聚焦湖北疫区人民核心健康文化需求的全媒体公益服务平台。平台致力于通过图文、视频等全媒体产品及央视网、央视影音、未来电视和合作机构等全媒体矩阵，建立全国人民与湖北人民众志成城、守望相助的情感纽带，普及健康知识，提供心理辅导。自2020年2月20日起，连续推出27集系列原创短视频产品。其中，《还你山河无恙，家和人安》讲述的是广东省援鄂医疗队在返程之际与武汉群众合唱《歌唱祖国》的感人故事。

## 还你山河无恙，家和人安

首播时间：2020年3月23日（本集）

首播平台：央视网、“央视影音”客户端

**【现场画面及字幕】**连日来，各批次援汉医疗队陆续撤离武汉。

20号下午，广东省第二批援汉医疗队即将撤离。137名医疗队员与武汉群众齐唱《歌唱祖国》，共抒粤鄂两地情深。广东省第二批援汉医疗队负责汉口医院呼吸六、七病区，已于3月19号实现患者“清零”。21号上午，黑龙江省第6批援汉医疗队即将撤离，武汉的百姓们隔空道别。

**【同期】**

武汉加油，中国加油！

武汉必胜，中国必胜！

加油！

欢迎你们明年再来看樱花！
谢谢你们！
辛苦了！
要保重！

广东省第二批援汉医疗队在撤离前与当地群众共唱《歌唱祖国》

【同期】

**志愿者徐蕴：**我们一直在这个点值守，所以说跟他们来来往往也有了感情，虽然舍不得他们，但是也希望他们能够早日平安回家。

**广东省第二批援汉医疗队队员舒昱立：**就是我们整个医疗队上下一心，大家克服了各种困难，不断地发挥自己团队的力量，还有个人的优势，不断地想尽办法，把病人从生死线上拉回来，最后信心来了，决心有了，我们这场战“疫”就走向胜利。

**黑龙江省第六批援汉医疗队队长张俊：**我经常愿意讲，我们不是英雄，我们是职责所在，因为是医生，我们都是中国人，这个国家召唤我们，必然要来的，武汉是英雄的城市，武汉人民是英雄的人民，向武汉致敬！

**【字幕】**只想还你山河无恙，家和人安。

本集链接

主创人员（全集）：
赵军胜、范雷、许磊、张曦健、张竞、鲁杨、张国霞、范丽

全集链接

【编者按】疫情发生以来，全国各地派出330多支医疗队、4.2万名医护人员支援湖北。因为同根，他们千里驰援，不舍昼夜；因为同乡，我们倍感自豪，时刻牵挂。3月17日，全国援鄂医疗队陆续撤离湖北。为迎接英雄归乡，央视新闻推出“我的同乡英雄”系列人物盘点，邀请他们来到聚光灯下，拍一组照片，用图像记录感动；同时启动主题融媒体活动，走进全国18个城市，将132位医护人员肖像海报投放在5万余座户外电子屏中，并同步进行新媒体直播，共同致敬“我的同乡英雄”。

## 我的同乡英雄（海报选编）

首播时间：2020年3月7日（首轮）、2020年3月18日（第二轮）
首播平台：“央视新闻”客户端

主创人员：
王颖、蔡建元、徐冰、李浙、李雪溦、王晶、陈江彬、朱婧、曹莹、赵娜、蔡珊珊、姜昊宇、何贵松、谭学仕、孔德婧、胡俊伟、张璐、陈萍萍、李伟、马烨、关欣、张景、王茜、贾宏伟、蒋安琪、孟祥龙、王若璐、杨瑜婷、马玮璐、史萌

河北
医疗队
人民医院
内二科副主任
李博
央视新闻
多点责任心，与武汉人民共克时艰，共渡难关！
视患者如亲人，多点细心，多点耐心。
我的同乡英雄
众志成城　共同战疫

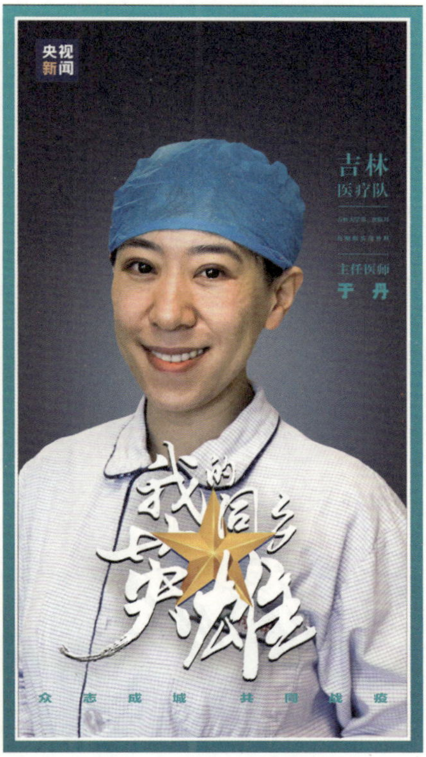
央视新闻
吉林
医疗队
主任医师
于丹
我的同乡英雄
众志成城　共同战疫

央视新闻
吉林
医疗队
吉林省
一汽总医院
郑伟
我的同乡英雄
众志成城　共同战疫

华中科技大学培养了我，
是时候回报这片土地了。
央视新闻
江西
医疗队
江西省妇幼保健院
主任医师
余腊梅
我的同乡英雄
众志成城　共同战疫

唯愿疫情早散，
江城樱红如昨！
央视新闻
江西
医疗队
南昌大学第二附属医院
主任医师
王恺
我的同乡英雄
众志成城 共同战疫

我没事，
在病房里我才放心。
央视新闻
山东
医疗队
山东大学第二医院
主任医师
马承恩
我的同乡英雄
众志成城 共同战疫

我是一名退伍老兵，
理所应当再披盔甲，再上战场！
央视新闻
山东
医疗队
青岛市市立医院
主任护师
位兰玲
我的同乡英雄
众志成城 共同战疫

医疗队有各个科室的精英，
我们之间相互给予信心。
央视新闻
山东
医疗队
青岛大学附属医院
主任医师
于文成
我的同乡英雄
众志成城 共同战疫

广东医疗队
深圳市
中医院
丁晓英
央视新闻
我的同乡英雄
众志成城　共同战疫
中共深圳市委宣传部　深圳市卫生健康委员会　深圳市城管和综合执法局
图片支持　南都传媒

广东医疗队
深圳市
人民医院
管骅
央视新闻
我的同乡英雄
众志成城　共同战疫
中共深圳市委宣传部　深圳市卫生健康委员会　深圳市城管和综合执法局
图片支持　南都传媒

广东医疗队
深圳
出入境边防检查
总站医院
黄金
央视新闻
我的同乡英雄
众志成城　共同战疫
中共深圳市委宣传部　深圳市卫生健康委员会　深圳市城管和综合执法局
图片支持　南都传媒

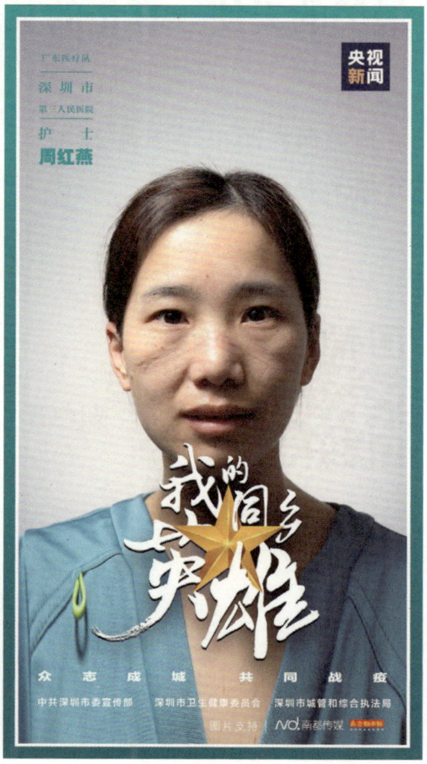
广东医疗队
深圳市
第三人民医院
护士
周红燕
央视新闻
我的同乡英雄
众志成城　共同战疫
中共深圳市委宣传部　深圳市卫生健康委员会　深圳市城管和综合执法局
图片支持　南都传媒

【编者按】《最美的天使　真正的英雄》系列微视频选取总台对援鄂医疗队的报道内容，为每一支医疗队量身打造一集微视频，讲述疫情暴发后，各地迅速响应中央号召，抽调医护战线精兵强将，从刻不容缓驰援湖北到圆满完成任务胜利撤离的全过程。每集微视频以医疗队全体人员名单为结尾，向战“疫”天使再次致敬——祖国和人民不会忘记你们！

## 最美的天使　真正的英雄（海报）

首播时间：2020 年 3 月 27 日
首播平台：央视网

全集链接
主创人员：
晋延林、胡旭萍、张莹莹、李晶晶、张秋皛、杨曦楠、彭栗喆、杜依依、刘欣欣

福建支援湖北抗击新冠肺炎疫情医疗队
武汉，我们来了
山西省第九批支援湖北医疗队
贵州省援鄂中医专家队出征仪式
海南西部中心医院支援湖北医疗队
不辱使命敢打必胜

# 第三节 我们还在这里

湖北和武汉疫情防控任务依然艰巨繁重，其他地区人员流动和聚集增加带来的疫情传播风险在加大，加强疫情防控必须慎终如始，对疫情的警惕性不能降低，防控要求不能降低，继续抓紧抓实抓细。

——摘自习近平总书记2020年3月4日在中共中央政治局常务委员会会议上的讲话

【编者按】随着抗疫形势持续向好，各地援鄂医疗队陆续撤离武汉。但直至四月初，仍有一部分重症和危重症患者在医院进行治疗。在他们身边，有一批援鄂医疗队的医护人员仍然在坚守，毫不放松地与病魔抢夺时间、拯救生命。战“疫”的最后阶段，要啃的都是硬骨头！节目记录了北京协和医院和吉林大学第一医院两支援鄂医疗队在关键时期拯救病患的情况，展现他们的坚守和敬业。

## 众志成城　白衣为甲守江城

首播时间：2020 年 4 月 7 日
首播平台：央视新闻频道《焦点访谈》

**【现场】**

一二三，走。

**【解说】**4 月 6 号是北京协和医院援鄂国家医疗队接管华中科技大学附属同济医院中法新城院区重症病房的第 71 天，中法新城院区收治的重症、危重症患者占武汉重症患者的 20% 以上，近些天，各援鄂医疗队都在有序撤离，北京协和医院医疗队仍坚守在这里，继续重症患者的救治工作。

**【解说】**这位患者今年已经 72 岁，感染新冠肺炎后，肺功能严重衰竭，目前依靠 ECMO（人工肺）支持呼吸。为了清除患者支气管里的分泌物，医疗队正在对她进行支气管镜的检查。

**【同期】**

**北京协和医院重症医学科护师马鸿鸣：**当天来了之后就用上了 ECMO，到现在已经来了20多天，病情也是相对稳定，也没有继续再恶化。但是目前来看好转的也不是特别明显，所以我们还在尽各种方法努努力，看看是不是最后能够帮助他闯过这一关。

【解说】2月4号，北京协和医院接管同济医院中法新城院区ICU的第一晚，就遭遇了前所未有的挑战，当天有18个等待抢救的危重症患者送到这里。

【同期】

**北京协和医院重症医学科主任医师王京岚：**来的病人基本上都是插了管子来的，或者来了之后马上需要你去插管，当时的状况就是说甚至你在这边抢救着呢，旁边病人就到了，你发现那个病人也需要抢救。

【解说】协和医院医疗队接管的病区共收治109名患者，现在还有10名重症、2名危重症患者在接受治疗。在北京协和医院医疗队接管的病区里，ECMO、血液透析等最高级别的生命支持设备随处可见。在精心、科学救治之下，医疗队期待着每位患者都能转好。

在治疗新冠肺炎的同时，将危重症病人的脏器衰竭尽可能拉回到平稳的状态，是医疗队目前救治攻坚的重点。为此，他们采用协和ICU病房小组制管理模式，每个小组统筹匹配各个专业人员，充分发挥各个专业诊疗优势，全力救治重症危重症患者。

【同期】

**北京协和医院感染内科主任医师刘正印：**我们有感染科的，有危重症医学科的，有呼吸危重症科的，有心脏科的、肾脏科的、血液科的，还有一些外科系统的，所以说是相当庞大的一个队伍。大家都是集中精力、全心全意、多学科合作，来攻一个病人治疗个体化的方案。

【解说】目前在ICU接受治疗的重症患者，除了患有新冠肺炎，还有一些患者有其他基础性疾病，而这也是目前医治的重点。

【同期】

**刘正印：**尤其是脑梗死的特别多，除了脑梗死的，还有高血压的，还有心脏病、糖尿病等一系列疾病的，这是我们现在救治的一个重点，也就是说，虽然这些病人的核酸都是阴性了，但是他们的基础性疾病就导致他目前还不能走出ICU病房。

【解说】在大家的努力之下，北京协和医院接管病区的空床位越来越多，经过70多天的努力，从刚接管病房时的情况不明，到现在多学科的有序合作、诊疗方案的完善，北京协和医疗队正在尽最大力量挽救更多患者的生命，他们的专业和敬业精神，感染着当地的医护人员。

【同期】

**华中科技大学附属同济医院中法新城院区护士长曹亚玲：**最开始病人（病情）很重，从守着一个个病人气管插管、气管切开、拔出气管插管、脱呼吸机，一个病人一个病人慢慢守过来真的很不容易的。每早跟所有教授一起查房，把每个病人细小的指标慢慢调整过来。

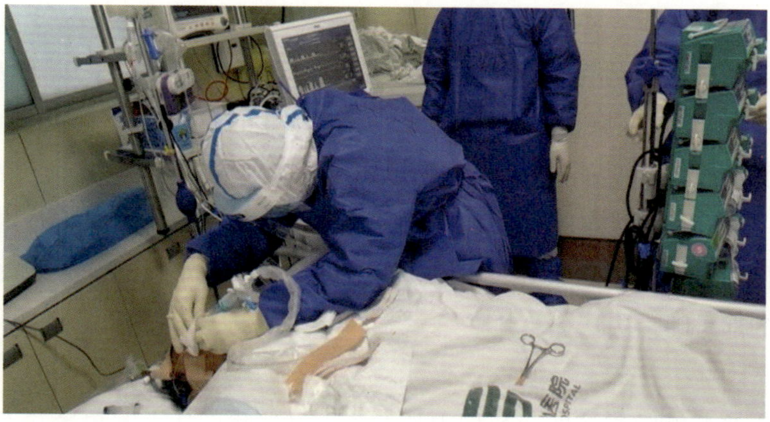

国家援鄂医疗队队员为新冠肺炎重症患者进行插管

**【解说】**如今，战“疫”已经到了最关键的阶段，北京协和医院援鄂医疗队表示，他们将在这个战场上坚持战斗到最后一刻。

**【同期】**

**刘正印：**总得有一个人在这里坚持到最后一步，坚守到最后一刻，和武汉共进退。

**【解说】**新冠肺炎疫情发生后，国家相关部门根据疫情迅速进行调配，1月24日，国家卫健委首次派出上海和广东两支医疗队驰援武汉，2月4日，各地驰援武汉的医护人员达到1万人，2月9日，医疗力量达到2万人，2月15日，医疗力量超过3万人，2月21日，驰援武汉的医护人员达到4.2万人。不到一个月的时间，全国最强医疗力量以最快的速度向武汉集结，展现了中国速度、中国规模和中国效率。

**【同期】**

**国家卫生健康委医政医管局监察专员郭燕红：**在其中我们有诸多的院士团队，我们有各个专业的学科带头人，还有我们委属委管医院的国家队，还有各省的最强的、最优势的医护力量云集武汉，参与到医疗救治工作当中，为实现我们提高治愈率、提高收治率、降低感染率和降低病亡率作出了重要的贡献。

**【现场】**

A：多巴胺有吗？

K：多巴胺也没有。

A：那挺好的，来的时候我们很大剂量的血管药来维持他的生命体征，现在这样就明显好转了，降压药都已经撤掉了。

【解说】这是武汉市肺科医院的 ICU 病房，吉林大学第一医院的一百多名医护人员仍然在这里忙碌着，肺科医院已经是这支医疗队在武汉的第二个战场。

【同期】

**吉林大学第一医院副院长吕国悦：**我们是在 2 月 7 号的时候整建制地接管了中法院区 50 张床位的重症区域。我们共收治了 63 名重症的患者，最后剩了 7 名患者，这些患者新冠肺炎的核酸检测都是阴性，所以说可以转到普通的病房进行普通的治疗。

【解说】3 月 30 日，吉林大学第一医院医疗队接到的不是回乡的通知，而是转战武汉市肺科医院继续接诊新冠肺炎患者。陌生的环境，更艰巨的任务，救治到了关键时期，要啃的都是硬骨头。

【同期】

**吉林大学第一医院重症医学科护士长昝涛：**虽然我们病人的数量并不是很多，但是所有危重病人所有支持的项目全都用上了，包括心肺支持的 ECMO、肾脏支持的血液滤过，包括呼吸支持的呼吸机，同一个病人会三样机器一起使用，所以这个病人的病情严重程度是非常非常危重的。

【解说】来不及体味之前救治获得成效的欣慰，医疗队又开始了新的艰难征途。

【同期】

**吉林大学第一医院心血管内科主任郑杨：**这种病人到了一个非常危重也比较晚期的阶段，能不能在我们救治的这段时间，至少能够让他还有生的希望，其实大家都渴望着在这个过程当中能够展示一个医生或护士应该有的责任和能力。

【解说】郑杨，吉林大学第一医院心血管内科主任，今年 63 岁，是这支医疗队年龄最大的医疗队员。疫情发生后，她主动申请支援武汉，已经在这儿奋战了 60 多天。

作为医生，要做到对每个患者心里有数。郑杨在关注病人身体指标的同时，也希望能多给这些患者一些关爱和支持。

【同期】

**郑杨：**因为他看不到你的表情，看不到那种医生对他的关切啊、关怀啊，这种表情上的交流上是没有的，完全是靠语言。

【解说】援鄂医疗队除了用精湛的技术救治患者，也在精心地照顾护理患者。

【同期】

**昝涛：**肺科的病人因为他们上着 ECMO、上着血滤，一部分病人是昏迷的，还有一部分病人是镇静的，这类病人所有的都是不能自理的，全都需要护士来辅助，包括翻身、叩背、吸痰、皮肤护理等，所以这个对护士来说他的劳动强度更大了，他的专业要求更高了。

【解说】护士长昝涛从事护理工作多年，深知在照顾和守护患者时，每一个微小的细节都不能错过。

【同期】

昝涛：护士其实就是前哨兵，他就是医生的眼睛，医生们经常会说没有突然的病情变化，只有病情变化突然被发现，那么这个发现者是谁呢？这个第一发现人一定是护士，所以一个好的重症护士会及时地发现患者的病情变化，及时地告知医生，让医生能够最快地作出反应，作出判断，为患者提供最有效的治疗。

【解说】在团队的共同努力下，一周前在肺科医院接手的 8 名危重症患者中已有患者病情好转。

【同期】

医护人员：这三个比较重的，剩下其他的都好转了或者是准备出院了，旁边那个就是明显好转了，所以我们这两天就在联系，联系看看能不能转到普通病房。

【解说】4 月 6 号下午，北京协和医院接管病区的 27 床病人也出院了，他要转去普通医院继续进行治疗。出院之前，不少医护都跑到病房和老人告别。对于医疗队来说，这是他们坚守在武汉最大的意义。

【同期】

刘正印：看到他们出院我就好开心，因为这代表他康复了，重新获得新生了。

【同期】

马鸿鸣：最欣慰的时刻就是（病人）可以从这里出去。

【解说】3 月中旬，随着湖北和武汉疫情防控形势发生积极变化，国家医疗队开始有序分批撤离，截至 4 月 7 号，武汉还有重症患者 181 人，仍有 900 余名国家医疗队队员在武汉坚守。他们在武汉协和医院西院区、同济医院中法院区、人民医院东院区、雷神山医院、金银潭医院和肺科医院等 6 家定点医疗机构继续开展医疗救治工作。

【同期】

郭燕红：我想蕴含在我们每一个中国人身上的就是这种家国情怀，一方有难，八方支援，能够集中统一领导，集中力量办大事，所以我觉得正是这种家国情怀和制度的优势，能够让我们在这样一个应该说是传播速度最快、感染范围最广、防控难度最大的一次疫情的考验当中，我们交出了一张可以说是让祖国、让人民满意的答卷。

【现场画面及音乐】

今天是我来到武汉的第 72 天，

今天是我来武汉的第 60 天，

刚才在我们重症病房转出的一位患者，给了我们非常大的信心。

在这 60 天里面，通过我们的医疗护理，看着危重病人一步步地好转到出院，我们真的是非常高兴，非常感动。

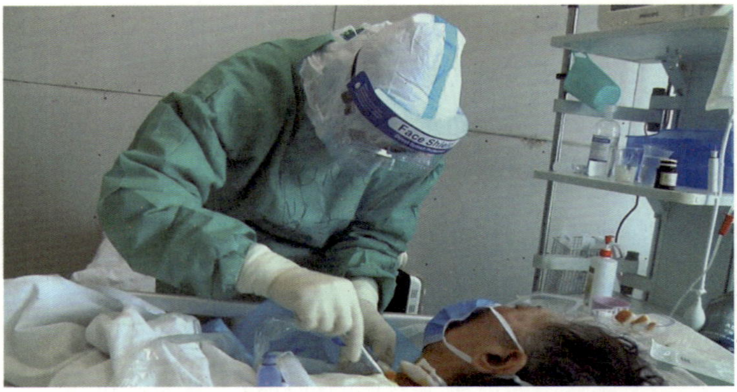


4 月 6 日，北京协和医院援鄂国家医疗队队员为新冠肺炎患者清理伤口

主创人员：
赵园、刘晓晨、冯成、徐宇召

【编者按】国家卫健委高级别专家组成员、北京协和医院内科重症医学科主任杜斌是驰援湖北的“重症八仙”之一，也是全国援鄂医疗队全部撤离后继续留守武汉指导重症救治的20名专家之一。节目讲述了杜斌在武汉近100天的抗疫故事，回顾了疫情暴发三个月以来医学专家与新冠肺炎这种未知疾病的“交战”。在一线指导救治的过程中，杜斌的冷静理性、低调担当也是所有赴湖北指导组专家组成员的缩影。

# 杜斌：最后的坚守

首播时间：2020 年 4 月 19 日
首播平台：央视新闻频道《面对面》

**【导视】**留守武汉的重症专家。

**杜斌：**大家还是希望这些病人能够有个最好的结果。

临床指导，建言献策。

**杜斌：**最重要的不是去决定一个人的生死，最重要的就是当你的决定能够影响一群人的生死的时候。

《面对面》专访国家卫健委高级别专家组成员、北京协和医院内科重症医学科主任杜斌。

**【解说】**2020 年 4 月 15 日，在武汉坚守 81 天后，北京协和医院援鄂医疗队 179 名队员撤离武汉，这是全国援鄂医疗队中最后一支撤离的队伍。新冠肺炎疫情期间，全国共有 346 支医疗队、四万两千余名医护人员驰援湖北。随着最后一支援鄂医疗队的离开，武汉市新冠肺炎患者的救治工作转移到本地医护人员肩上。而与他们并肩作战的，还有 20 名继续留守武汉、指导重症救治的多学科专家。北京协和医院内科重症医学科主任杜斌就是其中之一。

**【同期】**

**杜斌：**永远问自己一句话，就是我们在治什么病，为什么治的是这个病？

**记者：**大家都觉得这个疾病在武汉可能渐渐地就过去了，因为重症病人也都陆续地转轻了，也有的痊愈了，您现在还忙什么？

**杜斌：**现在这些病人，尤其是剩下的危重病人在治疗上的难度是蛮大的，有相当多的病人住院时间都非常长，有的甚至是从 1 月底开始一直住到现在，这些人在治疗上的难度一方面在于他的基础疾病，有相当一部分人基础情况就很差，营养的状态、基础的心肺疾病、基础功能就差，还有一些病人因为这一次新冠肺炎造成的后果确实非常严重，所以在治疗上矛盾的地方很多，也需要多个不同专科老师共同参与，大家还是希望这些病人能够有个最好的结果。

**【解说】**截至 2020 年 4 月 18 日，湖北新冠肺炎重症病例下降至 22 例，均为武汉病例。除了继续指导重症病例的治疗，杜斌他们还要会诊、督导其他疑难病例。3 个月前的 1 月 18 日，作为国家卫建委派出的第三批专家，杜斌第一次赶赴武汉，加入由钟南山院士担任组长的 6 人高级别专家组，杜斌是高级别专家组中唯一的重症医学专家。

**【同期】**

**记者：**让您去武汉做什么？

**杜斌：**当时没有具体说任务，实际上之前就已经知道武汉这边有不明原因的肺炎，只是不知道疫情到底是什么样。

**记者：**您就知道有这个事，卫健委让您来，您觉得您是做这行的，能到这来要处理什么问题？

**杜斌：**一定是有一些重症的病人需要处理的，在此之前我知道已经有感染科和呼吸科的老师来过，一直没有 ICU 的、没有重症的老师来，让我们来的目的一定是有病人病情进入到比较危重的阶段，需要 ICU 的医生来贡献我们的智慧和力量的时候。

**记者：**您到了以后要做什么？因为像您做 ICU 的基本上是救火般的存在了。

**杜斌：**下了火车直接来到的就是武汉会议中心，我如果没记错，大概是两点左右到的，那天下午国家卫健委医政医管局给我们大家的任务，就是把复印的 45 份病历交给我们，希望能够熟悉这个病的临床特点、它的一些基本表现。

**记者：**经过读这 45 份病历，您得到的是什么？

杜斌：当时对这个病，靠仅仅看这45份病历，（若说）对这病有一个特别完整的认识，其实并没有，但是当时确实能看到的就是上呼吸道感染起病，或者是甚至有些人起病就是一个下呼吸道感染、发热、干咳，逐渐地出现呼吸衰竭，这是比较常见的表现，所以大概有这么一个印象。1月19日那天上午花了一点时间去听取湖北省卫健委和武汉市卫健委的汇报、疫情的情况，采取了什么样的措施，过了以后应该去了武汉市的CDC（疾病预防控制中心），因为武汉市CDC是最早发现这样一组病人，他们的病原微生物可能是跟冠状病毒有关的机构之一，然后去了金银潭医院。金银潭医院因为时间的关系，并没有进到病房里去看病人。

【解说】事实上，那时候比起治疗，高级别专家组需要马上解决的是另一个问题。1月19日，高级别专家组连夜返回北京，第二天就向公众示警，肯定了新冠肺炎人传人的现象。全国抗击新冠肺炎疫情的阻击战正式打响。

【同期】

杜斌：后来给我的任务是说原计划1月21日的晚上会有一个WHO（世界卫生组织）的视频会，1月21日早上7点钟，我因为在往协和医院去的途中，告诉我这个会会推迟到1月22日，这样的话意味着我要开了视频会之后，如果再想回来就到了1月23日。所以后来我就跟医政医管局的领导沟通了说，能不能不让我参加这个会。

记者：您急着想干什么去？

杜斌：因为还是想看看病人的情况是什么样，之所以叫临床医生，只有到床旁去，才真的会了解到病人真实情况是什么样的，别人的介绍是重要的，但自己一些主观的感受也是非常重要的。

记者：您看来是对于开会，还有一些行政上面的安排是不大感兴趣的？

杜斌：当然也很重要，但是对我这种人来说其实我喜欢简单。

【解说】1月21日，杜斌重返武汉，直奔金银潭医院的ICU病房。

【同期】

记者：印象深的病人是什么样？

杜斌：比如说我们会看到有一些病人二氧化碳升高的，血里的二氧化碳升高的水平非常高，而以前我们看到的这样的病人，二氧化碳这么高，而且上了呼吸机，也很难去纠正的这样的病人，其实更多的是在那些老慢支的病人出现的。我还记得非常清楚，我在金银潭一个上午在病房里就弄一个病人，那个病人我觉得导致他二氧化碳升高的原因，和我以前看到的支气管炎，看到的肺气肿的病人，二氧化碳升高的原因是一样的，所以就按照那样的一个想法，按照那样的方式去调整他的呼吸机的指标参数，但其实我记得在他床旁，待了大概3个小时还是4个小时，反正记不得了，一个上午，待完之后其实发现效果很有限。

**记者：** 您是ICU的医生，当您待了3个小时而且一直守着，也想尽了办法没效果的时候，您当时什么感觉？

**杜斌：** 当时确实有点无能为力的感觉，医生不是神仙，医生总是有不同的情况，也总有医生束手无策的状况发生，其实某一个病人出现问题并不可怕，可怕的是有一堆病人全出现类似的问题。

**【解说】** 从那以后，杜斌每天来回奔波在武汉所有收治新冠肺炎重症患者的医院之间，最多的时候一天要巡查5家医院的ICU病房。当时武汉市医疗资源紧张，无论是人力资源还是医疗物资，以及防护装备都极为短缺，ICU病床更是一床难求。

**【同期】**

**杜斌：** 大概最难的时候是1月底到2月初的一段时间，那时候碰到的问题我觉得是多方面的，一方面的问题是病人非常多。病人非常多的意思是，当我们ICU的床位能够空出来一张的时候，不管这张床位是什么原因空出来，外面总有无数的病人在等着，没有足够的床位去收治。我觉得还有一个当时看得不是太清的问题是，我们知道对于传染病而言，其实如果你的人与人之间的感染没有完全切断，你没有办法减少发病的人数，只是把你的着重点强调在救治方面，其实是徒劳的，因为你可能有数以千计甚至是万计，或更多的病人在后面新出现，在等待你去救治，你是救不完的。

**【解说】** 1月26日，杜斌所在的北京协和医院派出首批国家援鄂医疗队队员，进驻武汉同济医院中法新城院区，之后又相继派出两批队员增援，整建制接管武汉同济医院中法新城院区的重症监护病房，杜斌被任命为协和ICU的临时科主任。

**【同期】**

**杜斌：** 我最长的时间穿了（防护服）10个小时，在病区待了10个小时，我知道他们刚来的时候，其实是没有人见过新冠肺炎的病人，我自己觉得有这样的职责、责任去告诉这些同事们，无论是医生还是护士，其实你应该做什么。

**记者：** 对医生来说也有恐惧的时候？

**杜斌：** 当然，对谁都有恐惧，谁都是人，对于尤其是可能会影响自己的生命健康的事情，大家都有恐惧，都有不同程度的畏惧，我觉得这事很正常。当你碰到需要插管的病人的时候，作为主任，我有这个能力去插管，一定是我来做，如果我不做，我就没办法要求别人去做。对我而言，我不可能去说，你不要去害怕这个事没有问题。这个是没有用的，只有去做才会让大家知道，作为医生也好，作为护士也好，这是你应该做的事情。

**记者：** 事后评估，做的这样的一个带领，会对后来产生什么影响？

**杜斌**：这可能要问他们而不是问我，我希望给他们产生的影响是，这个是我们能做的，这也是我们应该做的。对于护理的老师，其实我在技术上帮不了他们太多，更多的是告诉他们我在边上在帮你们，比如我可以帮他们翻身，可以帮他们给病人吸痰，可以帮他们怎么样去换单子，都可以。

**记者**：这些事平时在自己的ICU里做吗？

**杜斌**：这些事做得不多，其实更多的是让他们体会到，我跟你们在一起。

**记者**：这有多重要？

**杜斌**：这很重要，我觉得这很重要，当你碰到这么多未知的时候，您总希望有人能够支持你，有人能够帮助你，而在这样的一个前提下，有人帮助你的情况下，我相信大家会把自己本来熟悉的事情能够做好。

**【解说】**作为中央赴湖北指导组专家组成员，杜斌的责任不只是在一线抢救危重病人，他还要投入精力，与全国各地的同行们探索诊疗方案。因为白天太忙，跟外地专家的沟通探讨多半在晚上进行。

**杜斌**：对我而言，这回两个不同的身份其实有点尴尬，一个身份是我可以去管某一个病人或者某几个病人。

**记者**：这是医生的身份？

**杜斌**：这样的一个身份，当我的判断错误了，我可能会影响到某一个病人的生命；当我判断对了，可能是某一个或者某几个病人的生命，因此得救，或者是他的结果因此而改变。但是还有另外一个身份是国家专家组的成员，当你的想法、你的做法影响到一群人的时候，其实对你的压力就不只是增加了一倍、两倍的事了，万一你的判断是错的，万一我在对手里的这几个病例的结论是有偏差的，这样你影响到的是更多人的治疗的过程。当然写到诊疗方案当中这样一些意见，尤其是我们对于重症病人，应该叫危重症病人的处理意见，其实不仅仅是我一个人的意见，是我们重症的几位老师一块儿商量。

**记者**：那您压力为什么还这么大？

**杜斌**：但是仍然是这样的，最重要的不是去决定一个人的生死，最重要就是当你的决定能够影响一群人的生死的时候。

**【解说】**为了提高治愈率，降低病亡率，在一线救治过程中，杜斌等专家组成员不断总结经验，摸索治疗新冠肺炎的有效手段。

**【同期】**

**杜斌**：所以现在的问题是我们应该去找什么原因让他休克，而这个休克绝对不是激素来治的。

【解说】在他们的努力下，新冠肺炎诊疗方案更新了七版。但对于新冠肺炎这种疾病，还有太多的未知留给医务人员和科研工作者去探寻。

【同期】

记者：有没有您作为专家组去的时候，人家问您的问题也回答不上来的？

杜斌：当然，这很常见。

记者：那会挂不住吗？

杜斌：不会，不会，我觉得其实当你不知道的时候你就说不知道，不知道的时候硬说自己知道，反而是挂不住的时候，这不奇怪。

记者：对疾病也有一个认识过程，在这个寻找和摸索的过程中，你们心里面会经历过一个相对艰难的阶段？

杜斌：确实有点艰难，最艰难的就是我们到底在哪个地方的治疗过程当中发生一些变化，才有可能改变这些人的结局，我觉得纠结的地方是在这儿。

记者：问题是目前没有人知道这个答案，在这个过程中你们要经历什么？

杜斌：不断提出假设，验证你的假设或推翻你假设的过程，我哪些判断是对的，哪些判断是不对的。在初期就有医生跟我说："杜斌我觉得这些病人怎么心肌的损害好像挺明显的。"我还记得很清楚，我当时觉得没什么事吧，我好像没觉得有什么问题，当时其实我无视了人家的这些发现和建议，但后来的确在看到了更多的病人、其他的一些病人之后发现这点可能是我忽略掉了。

记者：那你会怎么办？

杜斌：后来在跟那位医生沟通的时候，我说对，我说我错了，这不奇怪。

记者：从1月份算到现在，几个月的时间过去了，作为医生您觉得对这个病了解多少？

杜斌：充其量是一半，可能还是夸大的、乐观的估计。我们了解到这个病是由什么东西引起来的，比如说我们都知道是新型冠状病毒，我们也知道大概常见的临床表现是什么，甚至我们还能知道早期的气管插管是有助于改善病人的病死率，或者改善病人最终的结局，但是我们不知道的是为什么它会到今天这样，这中间到底它的因果关系是什么，有哪些措施能够阻断这样一些关键的进展、病情的进展、其实目前为止我们仍然不知道。

记者：我问个外行的问题，病假如从1月开始算起到现在，不到四个月的时间，你们也治疗了那么多的病例，为什么这样一个似乎看起来是基础性质的问题，到现在还没有一个答案？

杜斌：其实这很正常，我们也有很多的东西是不知道的，比如说同样是流感，流感是我们看到的更多的，发现流感病毒已经有好多好多年的时间了，但是我们如果问一个问题，为什么大多数人是上呼吸道感染，只有极少数人变成了肺炎，为什么？其实我们仍然回答不了这个问题。

**【同期】**（3 月 16 日国新办记者会）

在防控传染性疾病，如抗击新冠肺炎疫情，我认为最重要的是预防和控制，其次才是治疗，不做准备就是准备迎接失败。

**【解说】**2020 年 3 月，杜斌出席了两场国务院新闻办公室举行的疫情防控英文记者见面会，向中外媒体分享中国抗疫经验。近段时间以来，杜斌一直保持着和国外同行们的交流，分享新冠肺炎重症治疗经验。

**【同期】**

**记者：**你们会给其他国家的这些医生带来一些什么样的帮助？

记者董倩采访杜斌

**杜斌：**昨天晚上刚和世界卫生组织南美分部组织了一个线上的讨论，其实之前也跟欧洲、美国以及其他国家交流过，我自己觉得作为临床医生来说，大家关注的东西无外乎几点，一个什么样的治疗是有效的，那这里面包括药物，比如抗病毒药，比如激素的治疗，还包括一些像呼吸机的这些治疗当中，这是一方面。另外一方面他们也感兴趣你们的防护是什么样，作为中国的医务工作人员，他的防护级别、防护设备都用到什么样的程度。另外一方面，我觉得仍然不能够回避的就是到底在这个疾病当中，我们得到了什么样的经验，我们得到了什么样的体会，应该说这样的经验不是一个人，甚至不是一群人，可能是很多人，包括其他国家的这些医生，大家彼此之间的交流当中得到的一些经验、一些教训，这些经验和教训，我觉得也许对于我们处理类似病人的时候，以后处理跟这有类似表现的病人的时候可能会让我们多一些思路。哪怕一个团队再有能耐，你也只是治疗这一些病人，一年治疗几百个、几千个病人了不得了，而你如果能够影响到更多的人，把你的知识、你的能力、你的经验去传播给更多的人，才会让不仅仅是你这个学科能够做得更好，而且能让更多的病人从中获益，我相信这才是我们对于像协和这样的医院的医生，最重要的要求，不仅仅是自己好。

主创人员：
张士峰、董倩、张诚、丁芳、孟克、赵裕华、王枫

【编者按】武汉新冠肺炎疫情防控取得阶段性成果，3月18日0点到24点，武汉确诊病例和疑似病例首次出现“双零”。在防控形势持续向好的情况下，医疗救治还面临哪些难题？危重症、重症救治如何争分夺秒，和死神抢时间？这篇报道如实记录了中央指导组专家组成员童朝晖等在同济医院中法新城院区现场会诊以及争分夺秒抢救重症、危重症患者的珍贵场面。

## 中国顶级医学专家坚守武汉，为重症患者阻击死神！看“王炸”天团会诊现场

首播时间：2020年3月20日
首播平台：央广中国之声《新闻纵横》

**【解说】**武汉新冠肺炎疫情防控取得阶段性成果，3月18日0点到24点，武汉确诊病例和疑似病例首次出现“双零”。在防控形势持续向好的情况下，医疗救治任务仍然繁重。目前湖北全省仍有6636例患者在院救治，其中重症1809例、危重症465例，多数危重症患者合并基础疾病，救治难度较大。

攻坚阶段，重症救治面临哪些新的难题？重症、危重症救治如何在争分夺秒，和死神抢时间？请听总台央广记者郭静、黎明昨晚发自武汉的报道。

**【同期】**（多学科会诊）

医生：感染的部位在哪里？会不会有合并症的感染？这个人，她的危险因素都有。第二个，她黄疸到底是怎么回事？

**【解说】**已经接近中午 12 点了，华中科技大学附属同济医院中法新城院区的这间会议室里，多学科联合会诊仍在进行。这位患者的情况比较复杂，患慢性肾炎近十年，这次又因主动脉夹层而接受了一个长达 12 小时的大手术，术后出现感染、黄疸等症状。

**【同期】**（多学科会诊）

**童朝晖：**外科这方面，我同意安教授的意见。我觉得她做了手术后，这个假体，首先即便怀疑感染，也不是肺部感染，所以我同意结合使用……

**【解说】**说话的，是中央指导组专家组成员、首都医科大学附属北京朝阳医院副院长童朝晖。坐他旁边的，是北京大学人民医院重症医学科主任、北京大学支援湖北抗疫医疗队专家组组长安友仲。和他们一起讨论病例的，还有同济医院呼吸内科、重症医学科、肾病内科、心脏外科的多位主任和教授。

趁着中午短暂的午休时间，童朝晖教授接受了记者的采访。他告诉记者，今天（3 月 19 日），正是重症患者向高水平定点医院集中、重症救治策略调整的第一天。

**【同期】**

**童朝晖：**刚好今天是第一天策略调整。前一阵不是定点医院很多嘛，现在医疗队开始撤了，撤了以后战线开始回收，定为 7 家定点医院，包括同济中法、光谷（院区）、省人民东院、协和西院、肺科、金银潭……就定为回收的、集中收治的医院。我们就按照定点医院分工，我就负责这家医院。说的不是指导工作，说“一起工作”，“一起工作”就是要一起到病房去查房，然后病例讨论，包括死亡病例讨论，就是一块工作。目的也是为了进一步加强重症、危重症的救治，按照中央的要求降低病死率。

**【解说】**童朝晖是 1 月 18 日与北京协和医院内科重症监护室主任杜斌教授、东南大学附属中大医院邱海波教授一起，作为第一批援助专家抵达武汉的。他此行的目的，就是负责危重症患者的临床救治。讨论病例、查房、指导重症和危重症患者的治疗……这就是这位国内知名的呼吸危重症专家过去 62 天每一天的生活。

**【同期】**

**童朝晖：**重症病例早期是多，尤其是那会儿床位不够的时候，在社区、在家，很多病人都已经很重了，包括已经收上来的病人也很重。

**记者：**我看有一天是一确诊，近三分之一都是重症。

**童朝晖：**对，所以实际上很多人在家或者在社区的时候就已经符合重症标准了。

**记者：**现在咱们的重症，包括危重症病人，他们的情况跟前期相比有没有什么变化？

**童朝晖：**现在数量不是那么大，但是病情不轻，并发症多，不太好处理。有的都是之前积压下来的，有的插着管的，有的上着 ECMO 的，一个月的，甚至 50 天的都有。时间长，持久战，越拖久越不好办。他之所以拖这么长时间，说明他还是有问题，比方说基础疾病没治好，年龄比较大。这些病人，你说他也不好，他也不坏，拖拖拖，最后可能结局都不一定太好。你看很多人因为得了新冠肺炎以后出现脑梗、脑出血，有的出现新冠肺炎以后住院一查查出肿瘤，这种情况都会导致它的原发病不好治——新冠肺炎不好治，第二个，你还得治疗他的并发症，所以治疗难度比较大。

**【解说】**2003 年“非典”时，童朝晖曾带领 43 名医务人员建立北京朝阳区妇幼保健院 SARS 病房，期间他们收治了近百例患者，无一死亡，被称为“中国顶级 SARS 病房”。和 17 年前的“非典”相比，此次的新冠肺炎病毒到底有什么不同，是他屡次被问及的问题。

**【同期】**

**童朝晖：**SARS 病毒攻击的是一个器官，呼衰（呼吸系统衰竭），对临床大夫尤其是对危重症医生来讲，一个呼衰可能我们还有办法把它拉过来。这一次的病人大家也看到了，这个病毒不光攻击呼吸系统，还攻击心脏、肾脏，甚至凝血纤溶系统。一个器官，医生觉得还可以；三个器官，医生就会觉得很困难，所以治疗起来就比较棘手。总体来讲这个病，我的感觉是轻的多——轻症还是多，重的重，轻症至少占 80% 左右，重症占到 20% 左右，但是它分母大、基数大。

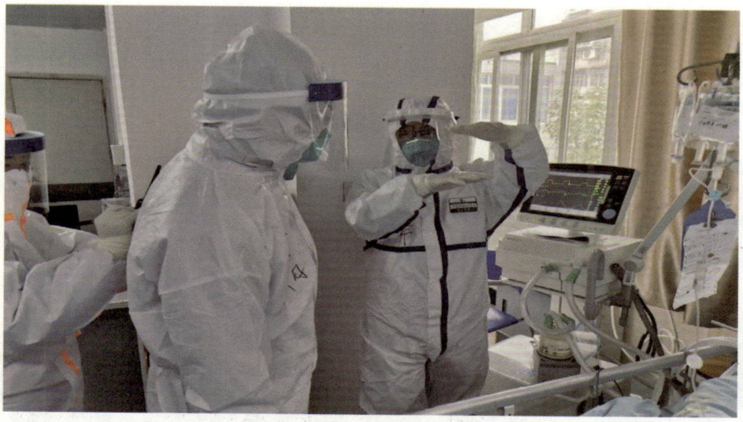

中央指导组专家组成员、首都医科大学附属北京朝阳医院副院长
童朝晖在重症病房

**【解说】**北京大学人民医院重症医学科主任安友仲，是 2 月 1 日随医院第二批支援湖北医疗队出征武汉的。作为国家突发公共卫生事件应急救治专家，他曾参加抗击

SARS、汶川救援、雅安救援、H1N1 防控等国家重大疫情或灾难救援。他很感慨，在驰援湖北的 42 600 名医护人员中，有 19 000 名重症医学专业医务人员。这既说明我国重症医学近些年飞速发展，同时也在提示，量够，质是否也能达到？

他说，重症医学的学科特征决定，重症患者救治是场攻坚战，场场都是硬仗，重症救治，既需战略求全，也需战术求精。

**【同期】**

**安友仲：**ICU 是非常有意思的，它是一个医院的全科，你几乎学的生理解剖、生化免疫、药理、组织胚胎这些全都能用得上，挑战大，但是成就感也比较大。你永远在后头追着他抢救没戏，所以你最好能走到前头去。其实成功的问题是战略和战术要匹配，就是战略要宏大，但是战术要精细。这其中很重要的一个问题，就是你是不是能够把细节做到位？你如果细节做到位了，你才能够有一个很好的效果，才能有一个很好的结局。真正重症救治，刚才会诊，你们俩也听到了，是做的细活，微调，而且在调整之间，你一定要学会抓主要矛盾。你注意到那些细节了吗？你扣上了一个面罩，你漏气量有多少？你的呼吸频率，你的人机到底打架不打架？是不是机器能够帮上你，还是说人机之间在打架，反而加重了你的肺损伤，使你走得更快了？

**【同期】**

**童朝晖：**我先摸摸底儿啊，我明天和你们一起工作，我肯定会天天进病区。北医三院，12 个病重；北京医院，7 个病重；北大人民，11 个病重……

**【解说】**下午 02:30，多支医疗队参加的“危重病例讨论”又开始了。同济医院中法新城院区副院长祝文涛说，这样的讨论会，每周都举行好几次。

多支医疗队参加的“危重病例讨论”现场

**【同期】**

**祝文涛：**我们每周都会举行定期的讨论，至少是两次到三次，相当于隔天或者隔两天会讨论一次，你管的病区，你觉得病情需要大家一起用集体智慧来合计一下，都会来讨论下，今天下午就这种状况。

**【解说】**童朝晖说，明天他会进入病区查房。坚持分类管理、精准施策，统筹更多高水平医疗资源，“一人一策”，加强护理力量和精细化管理，努力降低病死率，是眼下的重点。

**【同期】**

**童朝晖：**就目前看起来，至少这些重症型里头有一些可以降为普通型；还有一些危重的，插管、上呼吸机的不是太多，有些病人报的重症，可能还不一定是重症，也可以降级；再就是危重症这一块，数量也不是很大。所以我今天筛完以后，明天我再进病房去看一看，看看到底是个什么情况。医生看病，我们要做到的是不该死亡的一定不能死亡，这是我们治病救人的一个基本要求；第二个是我们在决策上、治疗方案上不能有问题，要保证应该活的都能活，不该死的不能死。

主创人员：
郭静、张明浩（黎明）

【编者按】在大部分援鄂医疗队陆续启程返乡之际，天津援鄂第五批医疗队中有50名队员，压下对亲人的牵挂，与战友道别，申请继续留守武汉，转战新冠肺炎重症战场。记者试图以朋友的角度探访他们的生活，更全面地还原了一群可爱的医护人员，通过有着新疆味道的“天津煎饼果子”去感受这座城市的温暖、奉献与凝聚力。

# 我们还在这里！“煎饼果子”继续守护“热干面”

首播时间：2020年3月22日
首播平台：“央视新闻”客户端

这几天，安静许久的武汉，又响起飞机的轰鸣，如同奏响了凯歌，送别各地支援湖北的医疗队。有人踏上归途，有人还在坚守。他们，压下心中的思念，与战友道别，投入重症与危重症的救治工作中，他们，继续守护武汉！

**当队友离开后……**

天津第五批援湖北医疗队，原本303人。在顺利完成江岸方舱医院医护工作后，大部分人员于3月17日撤离，还有50名经验丰富的医护人员转至武汉协和医院西院区，参与救治重症与危重症病人。

米颖，天津市第一中心医院副主任护师。在江岸方舱时，她就像个家长，操心着队里大大小小的事情。她曾想给女儿写信，只开了个头，就再没有下文了。

同事说：“她来到武汉后，更多的话都说给了我们。你看她笔记本里给女儿只写了一句话，但我们的微信群里都是她大段大段的经验和嘱咐。”

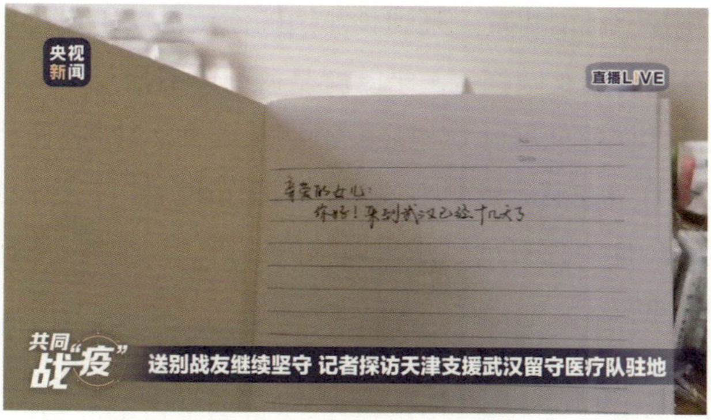


天津市第一中心医院副主任护师米颖写给女儿的一句话

如今大部分队员已平安回家，米颖的心也算放下了："把他们带出来，就要保证他们安全回去。"

周怡，天津医科大学第二医院护师。进方舱前，她剪掉了一头长发："没事，能长出来的都不心疼！"

从方舱到协和，她这个物资库的"管家婆"也要"冲锋陷阵"了。周怡现在上的护理班是队里公认最辛苦的，要从凌晨 4 点半一直忙到早上 8 点半。疲惫过后，推开房门，同她一起笑一起闹的室友已经回天津了。周怡有那么一点点失落，"但留下来我挺自豪的，我能做些什么，还能继续为这个城市再做些什么？"

## 维吾尔族小哥＋天津煎饼果子＝武汉温度

在驻地酒店的一楼，一个特别的煎饼果子摊，引来不少天津的医护人员。谁会想到，摊主竟是位来自新疆的维吾尔族小哥。

新疆小伙热甫凯提·阿布利孜的煎饼果子摊

小哥本名热甫凯提·阿布利孜，来到长江边的武汉，就给自己起了个名字叫凯江。在武汉四年，他一直跟着朋友做餐饮，干的就是摊煎饼的活儿。

天津第五批援湖北医疗队驻扎这里后，酒店经理为了让他们吃到家乡的味道，就联系了凯江的朋友，希望在酒店支个煎饼摊。凯江知道后，二话没说就到这里免费给医护人员摊起了煎饼。他不仅自创了水果口味的煎饼，还要时不时秀两下“花式摊煎饼”，惹得大家笑声不断。

天津的医护人员笑着说：“跟家里味道不太一样，这是武汉的味道”。热腾腾的煎饼，不仅解了他们的乡愁，还带着武汉的温度，裹着来自维吾尔族同胞的情谊。继续坚守的日子，他们不孤独。

主创人员：
温露、吴涛

【编者按】不麻痹、不厌战、不松劲，“严防输入”的这张防护网既需要织得足够长，也需要织得足够密。我国有 9 个省（自治区）与 14 个国家陆地接壤，陆地边界线长达 2.2 万公里，陆地边境开放口岸达 91 个，境外疫情从陆路方向向我国输入的风险很高。本期节目聚焦另一种“坚守”，关注绥芬河、满洲里、腾冲等陆路口岸针对境外疫情输入风险采取的措施、面临的挑战以及解决的方法。

# 严防输入 织密安全网

首播时间：2020 年 4 月 20 日

首播平台：央视新闻频道《焦点访谈》

**【演播室】**目前，国内新冠肺炎疫情防控的重点是“外防输入、内防反弹”，介于我国枢纽地区和口岸城市防止疫情输入的压力不断加大，有关部门加强了对空港、海港和陆地口岸的防控措施，中国有漫长的陆地边境线，人员、货物往来频繁，如何把好这道防线，防控境外疫情从陆地输入的风险，形势严峻。

**【解说】**这是国家移民管理局每天晚上 7 点都要举行的工作会议，研判对输入性疫情的防控。目前，我国有 9 个省（自治区）与 14 个国家陆地接壤，截至 4 月 9 日，有 12 个国家报告新冠肺炎疫情，累计确诊病例总和已超过 2 万。而且我国陆地边界线长达 2.2 万公里，陆地边境开放口岸达 91 个，境外疫情从陆路方向向我国输入的风险很高。

**【同期】**

**国家移民管理局边防检查管理司司长刘海涛：**空港基于前期的部署，我们已经大量压减了航班，最大限度地减少了从空中这个航线疫情的输入，目前应该说总体的控制还是有效的，我们现在已经停止了国际邮轮这样旅客量比较大的船舶的停靠，只保障了货轮的出入境，也是总体可控，现在的风险主要来自陆地边境。

**【解说】**由于全球新冠肺炎疫情的蔓延，3 月份以来，从黑龙江绥芬河入境的旅客越来越多。3 月 31 日，绥芬河口岸紧急启动应急预案，成立由口岸委、海关、边检、外事、公安、卫生、疾控等多个单位组成的疫情防控工作组，但疫情输入的风险不断加大。

**【同期】**

**黑龙江出入境边防检查总站办公室主任王凤阁：**自从境外疫情暴发以来，我们当日入境旅客最高达到 495 人，实际上 495 人对我们来说是我们平常业务量的十分之一，但是恰恰因为疫情，给我们检查员从生理上、心理上都造成了挑战和压力。

**【解说】**4 月 2 日，绥芬河首次报告有确诊的输入病例，截至 4 月 15 日，有 350 人确诊新冠肺炎，无症状感染者 34 人。而在此之前，绥芬河的本土确诊病例是零。突然激增的境外输入病例，给绥芬河带来了很大的防控压力，也让这里成为人们关注的焦点。

绥芬河位于黑龙江省东南部，是牡丹江市管辖下的一个县级市。面积 460 平方公里，人口大约为 7 万，与俄罗斯滨海边疆区接壤，有一条铁路、两条公路与俄罗斯相通。随着境外输入病例的增多，绥芬河这道国门面临前所未有的防控压力。

4 月 7 日，黑龙江省委成立绥芬河市疫情防控工作组，对由黑龙江省内口岸的入境人员，实行第一入境地即是隔离地的措施，并严格实行“6 个 100%”闭环管控措施，就是对入境交通工具 100% 登临检疫、对入境人员 100% 实施体温监测、100% 验核健康申明卡、100% 实施核酸采样检测、100% 开展流行病学调查、100% 实施集中隔离。

**【同期】**

**绥芬河海关公路办旅检二科科长牟柏宇：**首先咱们要对交通工具进行 100% 登临检疫，对旅客申报的健康信息进行核实，要求旅客如实申报健康申明卡的信息，并一对一地采取流行病学调查的方式，获取相关旅客线索和信息，通过固定体温监测设备，对进境旅客实行体温复测。

**【解说】**由于对每一位入境人员，都需要采取闭环管控措施，这给绥芬河海关的工作带来了不小的压力。

**【同期】**

**绥芬河海关公路口岸办事处王百海：**疫情发生以后，防疫这块的任务比原来任务量增大了很多。我们原有的人员也不足以完成这些任务。

【解说】为了加快入境人员通关速度，绥芬河海关抽调机关人员组成后备组，充实到一线工作。24 小时昼夜通关。当地政府、海关、边检多个部门迅速联动，绥芬河市政府调集疾控中心、市人民医院医护力量支援口岸核酸检测取样工作。并且临时培训 40 名工作人员参与到入境人员流行病学调查当中。

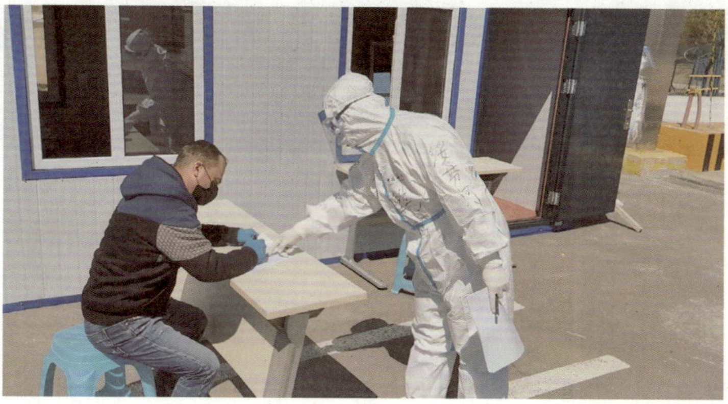

绥芬河入境人员检查登记工作

【同期】

王百海：按照省防指的最新要求，周期已经缩短到 5 天了，之前我们防指要求是每 14 天循环做一次检测。这两天，我们前期做过检测的一些已经到第 5 天周期了，我们按照要求对这样的也做了采样，就是第二次采样了。

【解说】从 4 月 7 日起，鉴于输入疫情的压力，绥芬河口岸旅检通道临时关闭，但是口岸公路货运还正常通行。绥芬河是俄罗斯远东地区许多城市的“菜篮子”，客流虽然按下了暂停键，但口岸的窗口职能，依然在发挥着作用。现在每天大约有 50 名左右境外司乘人员进出境，对这部分人员的健康检测也纳入了工作范围。

【同期】

绥芬河海关关长赵城臣：首先第一个要确保国门安全，然后才能保证黑龙江省和国家的安全。现在的疫情形势比较严峻，我们在口岸一线采取的检疫措施，也是为了确保后方的安全。

【解说】与绥芬河情况类似的还有位于内蒙古的中俄边境城市满洲里，从 4 月 6 日首次检测到入境确诊病例，到 4 月 16 日，满洲里累计境外输入新冠肺炎确诊病例达 74 例、疑似病例 10 例。

绥芬河海关关长赵城臣接受采访

【同期】

**央视记者修治国：**我身后的这个地方就是，满洲里公路口岸的旅检大厅，往常的时候，每天从这里过往的人数能达到成百上千人。但是从4月8日，伴随着旅检通道的关闭，这里已经变得安静起来。现在，满洲里公路口岸的人员往来通道已经实施关闭，货物通道依然保持正常开启，两国之间的货物往来保持正常。

**【解说】**目前，满洲里的铁路、公路、航空口岸客运通道已经全部关闭，所有货运车辆的入境人员在海关、边检工作人员引导下，一律实施体温检测、健康申明卡检查、流行病学调查、核酸检测。有症状人员将送去定点医院，其他人员一律隔离。

【同期】

**满洲里市卫生健康委员会主任赵云鹏：**现在我们是有三所定点医院，所有的确诊患者、疑似患者和有个别发热症状的患者，全部收治到定点救治医院，同时对入境来的其他人员，我们也全部就地集中隔离到我们指定的隔离场所。

**【解说】**满洲里市成立了防境外输入处置工作前线指挥部，下设9个工作组，实施严格的入境人员闭环管理，减少不必要的人员跨境流动。

除了对入境人员实施闭环管理，对与入境人员接触的工作人员采取集中管理措施也十分必要。满洲里市对海关、边检、公安、交通、医护人员等所有一线防控人员，全部实行隔离、封闭管理，确保每一个入境人员和接触人员都在闭合的管理链条之内，防止出现疫情的蔓延。

中央对于防范疫情输入始终高度重视。中央政治局召开常委会会议明确指出，当前，国内外疫情防控和经济形势正在发生新的重大变化，境外疫情呈加速扩散蔓延态势，我国疫情输入压力持续加大。要及时完善我国疫情防控策略和应对举措，把重点放在外防输入、内防反弹上来。随后，中央应对新冠肺炎疫情工作领导小组也多次召开会议，对防范境外疫情经边境输入提出了要求。各地根据中央要求，结合实际情况，针对境外疫情，加强边境防控。

**【同期】**

**刘海涛：**边境线的漫长，除了对外开放的 91 个陆地边境口岸以外，还有大量的边境的通道、渡口、山口，小路有上千条。在常态下，人员的交往是很频繁的，有些就是亲戚，所以一天可能就要串两个门，边境上没有天然的屏障。

**【解说】**为了防控境外疫情输入，除了加强边境口岸管理，对于那些中外接壤、双方居民交往频繁的边境地区，也必须加大防控力度。

云南省边境线长达 4000 多公里，口岸通道众多，出入境人流量大，部分边境州市面临很大的疫情跨境输入风险。目前云南全省各边境州市、边境县市、边境乡镇（街道）、抵边村（社区）实施封闭式网格化管理，严格控制边境地区非必要人员往来。对 19 个陆路口岸、14 个通道暂停客运功能，仅保留货运通行功能，其余通道暂时关闭。

在腾冲市的边境，由于国境线长，有入境人员会从山林小道偷越国境，进入猴桥，进入腾冲。所以在距离第一道防线 5 公里处的国门位置，设置了第二道联合防线。这里有联合工作组，对入境的货运车辆和人员进行登记管理，同时还设置了进口物资临时交易点，为不能入境的缅籍人员必要的生活物资和防护物资购买问题提供帮助。

**【同期】**

**刘海涛：**我们现在已经暂停了边境地区出入境证件的签发，从政策杠杆的角度，调节出入境活动的频度和流量。我们和去年出入境的数量做了一个比较，全国陆地边境入境人员的数量大幅度地降低，降低了九成多。

**【解说】**据国家移民管理局边防检查管理司司长刘海涛介绍，为减少非必要的人员跨境流动，疫情发生以来已关闭的边境口岸继续关闭，季节性口岸延期开关，禁止第三国人员从边境口岸出入境，严格控制签发各类边境地区出入境证件，限制旅游、探亲、访友等非必要出入境活动。

在筑牢国门防线之余，也必须保持边境城市的贸易畅通。每年 4 月份是东南亚国家水果等农产品上市的旺季，大量的东南亚农产品通过广西友谊关口岸进入中国内地。友谊关位于广西崇左，是通往越南的重要陆路通道和国家一类口岸。目前每天从友谊关口岸出入境的运输车辆达 600 多辆。3 月 21 日至 4 月 12 日，从友谊关海关辖区出入境的人员平均 3917 人次。为此，友谊关海关强化跨境司乘人员管理，加强入境卫生检疫，对跨境人员制定严密的防控措施，确保在做好疫情防控的前提下保障国际货运畅通。

【同期】

**广西某国际物流公司货物代理员甘静：**考虑得很全面、很周到，排除了很多风险，这样我们就放心地到越南货场去接货了。

**【解说】**目前，友谊关尚未发现相关疫情及疑似病例，在做好疫情防控的同时，实现了对外贸易的畅通。

【同期】

**友谊关海关关长李伟丰：**友谊关海关进一步压紧压实防控责任，落实落细各项防控要求，严防境外新冠肺炎疫情传入，保障中国与东盟国家的国际产业链和贸易畅通。

**【演播室】**从 2 月 26 日首次出现境外输入性病例，到 3 月 13 日境外输入的新增确诊病例超过本土，严防境外疫情输入成为现阶段中国抗疫阻击战的一大考题。筑牢防线，守好国门，只靠加强几大口岸卫生检疫是不够的，漫长的边境线上，哪儿都不能有疏漏。“严防输入”的这张防护网既需要织得足够长，也需要织得足够密。

主创人员：
蒋薇薇、杨洋、刘琦

【编者按】3月26日，绥芬河口岸发现第一例境外输入核酸检测呈阳性入境人员，截至4月7日，绥芬河—波格拉尼奇内口岸旅检通道临时关闭，经绥芬河口岸入境人数达到2497人。所有入境人员需要集中隔离，当地所有满足条件的宾馆都被征用。记者蹲点其中一家宾馆23天，记录了这个边境小城和每一个普通市民的坚守与奉献。

## 绥芬河宾馆里的战疫人 让隔离人员平平安安回家

首播时间：2020年4月28日

首播平台：央视新闻频道《24小时》

**【导语】**绥芬河是我国重要的中俄陆路口岸，在抗击疫情期间并没有本土病例，直到3月26日，绥芬河发现第一例入境人员核酸检测阳性。从此境外输入病例持续上升，截至4月7日，绥芬河—波格拉尼奇内口岸旅检通道临时关闭，累计入境人数达到2497人。所有入境人员都要进行核酸检测并且集中隔离。然而绥芬河符合集中隔离标准的宾馆只有15家，在这期间绥芬河定点集中隔离宾馆遇到了哪些困难？又是如何解决的？总台记者通过23天的蹲点观察，记录了这个全过程。

**【同期】**

**记者杨洋：**现在走的是绥芬河最繁华的街道，两边全都是带有俄文字样的商铺。但是现在都贴着暂停营业的告示。这条街是宾馆最集中的地方，每天你都会发现又有一个宾馆门前出现了这样的医疗垃圾转运车和这样黄色的围挡，说明这个宾馆被当作隔离人员集中观察的地方。

【同期】

**绥芬河凯翔宾馆负责人李佰波：**我们是 3 月 29 号接到的通知，说要住境外回国的隔离人员。接到任务比较紧急，我们就赶紧通知服务员回到岗位上，抓紧时间打扫卫生、购买物资，紧接着下午卫生防疫部门就过来培训，医院的医护人员，包括包保单位和疾控中心的人就都到位了，边培训，边打扫，做接待准备。

【解说】李佰波是绥芬河凯翔宾馆的负责人，让她没有想到的是，接到通知当晚，她的宾馆就入住了 30 名境外入境隔离人员，当地负责凯翔宾馆隔离事宜的工作人员任鹏举、2 名医护人员以及 2 名宾馆服务员随即上岗。

【现场】

**凯翔宾馆工作人员：**我们现在也都上战场了，马上就要来人了，隔离的。

【同期】

**凯翔宾馆包保单位工作人员任鹏举：**他们 30 个小时，已经是没吃没喝了。情绪也很焦躁。后期经过我们做工作，大部分情绪都平稳了。

【解说】让人猝不及防的是，第二天，隔离人员中就发现了 3 例确诊病例。宾馆内工作人员的情绪出现了波动。

【同期】

**李佰波：**特别恐慌。就不行了，人要崩溃了。

**记者：**那你当时犹豫了吗？

**李佰波：**家人各个方面有，包括来自员工家人的一些压力，也有，说的这图啥啊？这为的是啥啊？这不是为了钱，这么大的压力，这么大的风险，但是已经做了。

【解说】服务员于柏松，当天就接到家人的电话，他的母亲听说了儿子在隔离宾馆工作的消息，一着急病倒了。家里人也提出让他马上辞职。

【同期】

**宾馆服务人员于柏松：**说疫情这么严重，家里就你一个儿子，你还有个孩子才 8 岁。你也不和家里商量一下就去了。如果不是这场疫情，我可能不管什么事我都走了，大的付出我付出不了，小段时间的，我还是可以的。这边工作不能干一半扔一半啊。

【解说】面对被感染的风险，没有人退缩，很快，凯翔宾馆的 50 间客房全部住满，每天送饭，测量体温，工作人员尽全力保障隔离人员的生活。

【现场】

**杨洋：**现在在绥芬河的车越来越少，越来越多的是医疗垃圾转运车、警车，还有救护车。现在绥芬河所有的宾馆都已经满员了，为了减轻这里的压力，开始把这里集中隔离的人员向牡丹江其他地区进行转运。

【现场】

被转运人员：谢谢你们这么多天的照顾！再见！

【解说】4 月 21 号，陆续入住凯翔宾馆的 70 名隔离人员全部转运完毕。宾馆清空，等待后续任务。

【现场画面】人员转运。

【同期】

任鹏举：现在我终于踏实了。我们平平安安地把隔离的 70 个人都平平安安地送出去了，也希望确诊者早日康复。我们任务完成了。

【同期】

于柏松：我们该隔离了，隔离完我也要撤了，直接回家看看我妈妈他们。

【解说】和凯翔宾馆一样，疫情期间绥芬河一共有 15 家宾馆被征用为集中隔离点。截至 4 月 28 日，还有 6 名境外入境人员在隔离，不少人还坚守在岗位上。

【同期】

驻宾馆医务人员张博闻：看到一丝曙光吧，家里人离团聚的日子可能近一些。

【同期】

李佰波：不仅是我们自己，还有很多人在做。如果说每个人都退缩的话，那绥芬河谁来保护，谁来守护。我们挺一下，国内就会安全一些。

【同期】

任鹏举：我们要集中隔离 14 天以后，如果再有任务，我们再上。

记者：你这个手机后面怎么贴两个小心心？

任鹏举：我女儿贴的，漂亮吧。每天视频都说想爸爸，问我什么时候回家。我们现在很少视频了，没时间，有时候忙到太晚了。

【同期】

任鹏举女儿：爸爸你们什么时候回来啊？我想你想得都哭了。

主创人员：
杨洋、刘琦、彭海龙

# 第四节　命运与共担风雨

重大传染性疾病是全人类的敌人。新冠肺炎疫情正在全球蔓延，给人民生命安全和身体健康带来巨大威胁，给全球公共卫生安全带来巨大挑战，形势令人担忧。当前，国际社会最需要的是坚定信心、齐心协力、团结应对，全面加强国际合作，凝聚起战胜疫情强大合力，携手赢得这场人类同重大传染性疾病的斗争。只要我们同舟共济、守望相助，就一定能够彻底战胜疫情，迎来人类发展更加美好的明天！

——摘自习近平主席2020年3月26日在二十国集团领导人特别峰会上的发言

【编者按】文章聚焦疫情发生以来习近平主席在多个场合就团结合作发表的重要论述，全面梳理了中国向世界提供的力所能及的帮助以及中国经验在世界抗疫中发挥的重要作用，展现中国以实际行动践行人类命运共同体理念，体现了中国对全球公共卫生安全以及人类发展的责任与担当，并向世界呼吁团结合作是抗击疫情的最有力武器。

## 团结合作是最有力的武器

### ——中国抗疫实践带给世界的思考之三

首播时间：2020 年 4 月 28 日

首播平台："央视新闻"客户端《国际锐评》

"在这场危机中，中国选择积极开展国际合作，分享抗疫经验，展现了大国担当……我要向中国人民的勇气和严谨表示敬意。"近日，法国前总理让-皮埃尔·拉法兰对中国抗击新冠肺炎疫情的表现作出这样的评价。

2020 年初，面对这场突如其来的疫情，在中国国家主席习近平的亲自指挥下，14 亿中国人民同舟共济、团结奋战，为世界筑起了第一道防线，取得了疫情防控的重大胜利。联合国秘书长古特雷斯评价说，中国人民为了遏制病毒传播所作出的牺牲，是对全人类的伟大贡献。

在这场看不见硝烟的全球抗疫战场上，中国从未缺席。

人们看到，疫情发生以来，习近平主席同 20 多位外国领导人和国际组织领导人通电话时，始终强调"人类是一个命运共同体"，强调"团结合作是最有力的武器"。在

3 月 26 日举行的二十国集团领导人应对新冠肺炎特别峰会上，习主席呼吁，“国际社会最需要的是坚定信心、齐心协力、团结应对”。他还提出“坚决打好新冠肺炎疫情防控全球阻击战”“有效开展国际联防联控”“积极支持国际组织发挥作用”“加强国际宏观经济政策协调”等 4 点倡议，为全球抗疫合作指明了方向，注入了信心与动力。

二十国集团领导人应对新冠肺炎特别峰会

与此同时，中国坚持公开、透明、负责任原则，第一时间向世界卫生组织报告疫情、第一时间向全球分享新冠病毒基因序列、第一时间开展疫情防控专家国际合作。世界卫生组织驻华代表高力说，早在去年 12 月 31 日就得到中方非正式通知。从今年 1 月 3 日起，中方定期与世界卫生组织、有关国家和地区组织以及中国港澳台地区及时、主动通报疫情信息。第 74 届联合国大会主席班迪评价说，中国在防控疫情过程中展现出的领导力与透明度堪称典范。

从 3 月开始，疫情在全球加剧蔓延，波及 200 多个国家和地区，世界公共卫生安全遭遇前所未有的挑战。中国在国内疫情得到有力控制的情况下，向世界提供力所能及的帮助。

“今天我们将满载中国捐赠给非洲的医疗物资飞往埃塞俄比亚。谢谢中国！”

“一路平安！中非友谊万岁！”

3 月 22 日，埃塞俄比亚航空 ET3751 航班机组与广州塔台的这段对话令人泪目。这趟包机上满载着中国企业捐赠的抗疫物资，计划帮助 54 个非洲国家解决物资短缺的燃眉之急。

中国不只向非洲伸出援助之手。截至 4 月 19 日，中国已向 127 个国家和 4 个国际组织提供了包括医用口罩、防护服、核酸检测试剂、呼吸机等在内的物资援助，向 15 个国家派出 17 批医疗专家组。中国还向世界卫生组织提供 5000 万美元捐款，毫无保留地与国际社会分享疫情防控和诊疗方案，专门建立了新冠肺炎疫情网上知识中心和国际合作专家库，与 100 多个国家和地区举办了 40 多场技术交流视频会议，与国际社会开展疫苗和药品研发合作……

中国这么做，既是对国际社会在中方抗击疫情最困难时给予支持与帮助的回报，也是基于人道主义精神对生命的救助，更是以实际行动践行习近平主席提出的人类命运共同体理念，体现了对全球公共卫生安全以及人类发展的责任与担当。

中国的真诚付出赢得了世界的赞扬。“感谢中国”成为意大利、西班牙不少媒体的热词；当中国医疗队抵达塞尔维亚，塞总统武契奇亲自接机并亲吻中国国旗；欧盟委员会主席冯德莱恩录制视频讲话，感谢中国对欧盟抗击新冠肺炎疫情提供的支持……

借鉴中国经验，德黑兰、纽约、伦敦等地建立了方舱医院，欧洲多国实施了流动紧急管控措施，美国试验血浆疗法，伊拉克新冠肺炎患者用上了中成药……特别是 4 月 24 日湖北武汉重症病例清零，意味着湖北武汉保卫战取得决定性的胜利，也意味着中国形成了一套具有国际先进水平的新冠肺炎重症救治经验。这将为世界各国救治重症患者、拯救生命带来希望和曙光。

美国传染病学家克利福德 · 莱恩说，中国在疫情防控方面的经验和举措具有开创性、启发性，可以帮助其他国家少走弯路。世界比以往任何时候都更需要获取中国疫情防控的专业知识和成功经验。

值得一提的是，“世界工厂”正加班加点、夜以继日地生产抗疫物资，努力为各国防控疫情提供保障。加拿大《环球邮报》评论道，中国以创纪录的速度生产全球所需医疗用品，帮助人们渡过难关，这将创造历史。美国盖茨基金会联席主席比尔 · 盖茨认为，中国正在帮助其他国家，并参与供应一些关键物资，这将为全球抗疫带来重大改变。

中国不求回报，因为中国人深知，帮助别人就是帮助自己。这场全球公共卫生危机，让国际社会对人类命运共同体理念有了更加深刻的感知。在经济全球化时代，新冠肺炎疫情不会是最后一次重大突发事件，各种传统安全和非传统安全问题还会不断带来新的考验。处于世界前所未有之大变局中的人类应该如何应对？这场疫情已经给出了答案。

“战胜疫情，规则就是团结、团结、团结！”世卫组织总干事谭德塞如是呼吁。“这次大流行病，给世界大团结作出了很好例证。”国际权威医学杂志《柳叶刀》也发表社论。

确实，病毒没有国界，疫情不分种族。团结合作、同舟共济、守望相助才是人类战胜危机继续前行的希望。正如美国前国务卿基辛格在《新冠大流行将永远改变世界秩序》一文中所强调的，没有一个国家可以单靠自己的努力战胜病毒；解决当前的需要，最终必须与全球合作的愿景和计划相结合。

主创人员：
梁馨文、徐艳清、盛玉红、王姗姗

【编者按】特别报道《中国医生逆行海外》从多个渠道挖掘素材，通过中国援外医生视角，讲述中国医疗专家组在塞尔维亚、意大利、柬埔寨等国家，与当地同行联合抗疫的故事，综述了中国援外抗疫医疗专家组在海外抗疫工作的成果、当地的方向，体现了共同的医者仁心。

# 《中国医生逆行海外》之意大利：同树之叶　同担风雨

首播时间：2020 年 4 月 5 日

首播平台：央视新闻频道《战疫情》特别节目

**【演播室】**漂洋过海，深入疫区。当新冠肺炎病毒在全球多国暴发，中国医生逆行海外，恪尽职守，守望相助。在欧洲，意大利疫情防控形势严峻，关键时刻中国第一个提供医疗物资并派遣医疗专家，三批中国抗疫医疗专家组携物资硬核驰援，与意大利人民并肩作战。

**【字幕】**2020 年 3 月 13 日，晴。我们在意大利战“疫”的序幕，正式拉开了。战“疫”的使命永远是无国界的。

**【解说】**唐梦琳在罗马写下她的意大利抗疫日记，她来自四川大学华西医院重症医学科，是小儿 ICU 护士长。

此时，距离她和她的同事们抵达这里还不到 24 小时。

**【字幕】**当地时间 3 月 12 日，第一批中国医疗专家组抵达。

**【同期】**

**第一批赴意抗疫医疗专家组成员唐梦琳：**大拇指也是我们容易忽略的地方。

**【解说】**唐梦琳等 9 人是中国政府派遣至意大利的第一支抗疫医疗专家组，也是意大利迎来的第一批国际援助者。

此刻，意大利正面临“二战”后最大一场危机，新冠肺炎确诊病例不断攀升，成为整个欧洲防控形势最为严峻的国家之一。

至暗时刻，中国抗疫医疗专家组携物资分批次来到这里，万里驰援，披甲迎战。

**【字幕】**当地时间 3 月 18 日，第二批中国医疗专家组抵意。

**【同期】**

**米兰塔台：**东航 7041，十分感谢你们的支持，我们代表我们的国家，表达对你们的感谢！

**【同期】**

**中国机组：**加油意大利！坚持住！照顾好我们的医生，中意友谊长存！

**【解说】**“我们是同海之浪、同树之叶、同园之花”，在迎接中国专家的现场，意大利人打出了这样的横幅。

古罗马哲学家塞内加的名句，穿越千年，在此刻表达着意大利人的感谢。

**【字幕】**当地时间 3 月 26 日。

**【同期】**

**第二批赴意抗疫医疗专家组成员周华：**我在意大利米兰，现在大家可以看到的是我们米兰的大街。米兰的群众现在对于疫情的防控意识在不断地加强，我们在马路上基本上看不到行人，车辆也比较少，偶尔看到的一两个行人也都戴着口罩。我们今天早上去了贝加莫的医院，把我们带来的一些口罩、防护服送过去给他们医院。我们去了以后，他们非常欢迎。非常感谢我们给他们带来的东西。当然我们也看到，上次去过以后，我们提了一些建议，很明显他们已经采纳了，医护人员的防护得到了明显的加强。

**【解说】**“集中硬隔离、居家硬管控”，中国专家明确防控思路，推动意大利出台更加严格的隔离管控措施；改造传染病房三级防护设置，提高公众和医护人员防控意识，中肯建议得到意方高度认同；介绍中国诊疗方案，分享中医药诊疗经验，引起意大利同行的浓厚兴趣。

**【同期】**

**意大利外交部长迪马约：**今天（3 月 13 日），我尤其要感谢来到意大利和科研人员分享抗击疫情经验的中国专家们。

**【同期】**

**意大利托斯卡纳大区主席恩里克·罗西：**即使面临着严峻的疫情，我们仍然能感受到这种团结一心和友爱之情。

3 月 14 日，首批援意医疗专家组在意大利国家传染病研究所附属医院向一线医护人员介绍诊疗经验（摄影：邓宗宇）

【字幕】当地时间 2 月 15 日，意大利专机运送医疗物资前往中国。

【解说】事实上，中国不会忘记，一个多月前，在国内抗疫的紧要关头时，意方组织专机送来医用物资，总统府举办特别音乐会传递支持；中国也不会忘记，12 年前的汶川大地震，意大利率先向中国提供援助，并派遣 14 名急救专家驻扎绵阳。

【字幕】当地时间 3 月 25 日，第三批中国医疗专家组抵意。

【解说】“投我以木桃，报之以琼瑶”，这是中国一以贯之的善意与担当。

【同期】

**意大利总台央视记者邓宗宇：**从国家级传染病医院到疫情“震中”的贝加莫，从意大利中南部逆行至疫情严重的北部，从华人集中的社区到中国留学生的身边，三批中方医疗专家组的足迹遍布亚平宁半岛。

“我们是同海之浪、同树之叶、同园之花”的名言，不仅出现在迎接中方医疗专家组的横幅上，更印刻在中意两国人民的心中，中意志同道合、携手抗疫，更是人类命运共同体的生动诠释。

主创人员（全集）：

华磊、孟祥婷、盛宇虹、矫燕、吴瑕、钱思羽、曹志、邓宗宇、张颖、冯辉、张艳萍

【编者按】系列微视频《万里驰援》，以中国援外专家组在第一现场“随手拍”的独特视角，聚焦他们在世界各地传授“中国经验”，与海外医护并肩抗疫的故事，体现人类命运共同体下的“中国温度”。

## 中国专家在塞尔维亚：方舱变样　小德视频点赞

首播时间：2020 年 3 月 29 日

首播平台：“央视新闻”客户端《万里驰援》

《万里驰援》《同心抗疫》这些视频来自中国赴塞尔维亚抗疫专家组的随手拍。3 月 21 日，6 人专家组抵达塞尔维亚首都贝尔格莱德，他们到达的第三天，贝尔格莱德下起了鹅毛大雪。

### 雪中送炭

六名抗疫专家都来自广东，这个时节的家乡应该是艳阳当头，但在塞尔维亚，他们深一脚浅一脚雪中奔走。

了解死亡病例、进入重症病房、考察筹建中的方舱医院，风雪中，脚步不停。

### 送·经验

“现在房间肯定是没问题的，但是住进来以后的管理非常重要”“世界卫生组织根据中国的经验推荐四种药，其中两种在塞尔维亚是有的”。——中国赴塞尔维亚抗疫专家组

中国赴塞尔维亚抗疫专家组在贝尔格莱德合影

从病房规划到药物使用、从治疗方法到院感控制，每个细节都不放过。贝尔格莱德会展中心的方舱医院，一开始只是摆满病床，中国专家组建议改布局，加上隔板建立分区。再去时，方舱变了样。3 月 29 日，这里开始收治第一批患者。

十来天里，中国专家组顶风冒雪倾囊相授，毫无保留。

中国赴塞尔维亚抗疫专家组带去的礼物是 U 盘，内存治疗新冠肺炎的指南和规范

## 送·希望

中国专家走访诺维萨德市传染病医院时，楼上重症病房里的病人向他们挥手，他

们也远远地跟病人竖起了大拇指。

什么是“铁杆朋友”？就是，尽我所能。

## 成了偶像的偶像

为了迎接中国专家，贝尔格莱德多处亮起了中国红，塞尔维亚《闪电报》上，中国专家熊艳就这样与心水的偶像同框。

如今，她成了偶像的偶像，网球名将德约科维奇在公开视频中感谢中国专家。

“中国是我们的好朋友，在这样的逆境中一直与我们同在。这份帮助对我们而言意义非同一般，不仅是解决了我们防疫物资和医疗设备的燃眉之急，最重要的是派遣了专业的抗疫人士。”——诺瓦克·德约科维奇

是的，朋友，疫情终会过去！并肩作战的情谊长存！

主创人员（全集）：
尚晓煜、张宗尧、王子桐

中国专家在塞尔维亚：方舱变样　小德视频点赞

【编者按】在埃塞俄比亚，有一座特殊的“抗疫堡垒”，它就是当地首家中资综合性医院——爱菲医院。在这里，一位中国院长带领着来自世界各地的医护人员，奋斗在抗疫最前线。

## 坐镇埃塞“抗疫堡垒”的中国院长

首播时间：2020 年 4 月 24 日

首播平台：央视新闻频道《朝闻天下》

**【演播室】**在埃塞俄比亚，有一座特殊的“抗疫堡垒”，它就是埃塞俄比亚首家中资综合性医院——爱菲医院。在这里，一位中国院长带领着来自世界各地的医护人员，奋斗在埃塞俄比亚的抗疫最前线。

**【解说】**21 日一早，这家位于埃塞俄比亚首都亚的斯亚贝巴的医院里，医护人员正在奔走忙碌。

**【同期】**

**爱菲医院院长王剑华：**我会跟中国专家们讨论的，拿上样本。

**【解说】**这天，医院里的一位新冠肺炎疑似病例转为确诊，王剑华带领医护人员迅速将病人转移到了隔离病房。

**【同期】**

**王剑华：**现在我们这里的病人基本上还是比较平稳的，这也是第一例在埃塞确诊的中国（人）病例。

**【解说】**爱菲医院目前共收治了 4 例确诊病例，除了这位中国病人之外，还有埃塞俄比亚当地人和国际组织工作人员，其中 2 例已经治愈出院，此外还收治了 42 例疑似病例。这家去年 11 月才刚刚开业的医院已经成了支持当地抗疫工作的坚实堡垒。

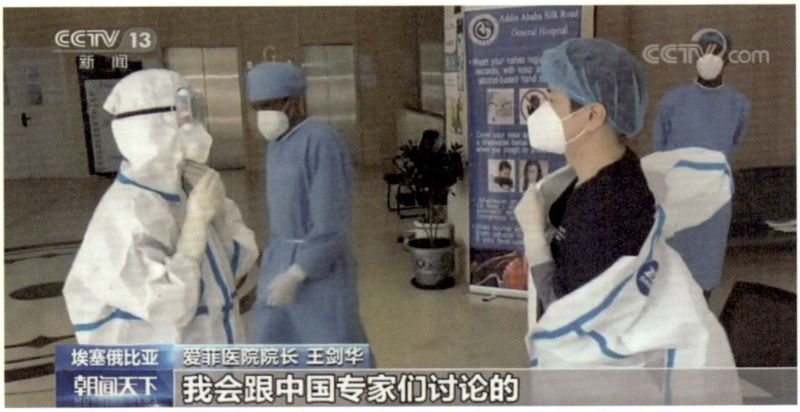


《朝闻天下》视频截图：爱菲医院院长王剑华

埃塞俄比亚于 3 月 13 日确诊第一例新冠肺炎病例后，爱菲医院迅速作出应对，在中国建筑集团有限公司的帮助下，用 5 天时间将地下一层改建为隔离病房，中国驻埃塞俄比亚大使馆为医院紧急调配了 3000 套防护服、3000 套隔离衣、1.9 万个 N95 口罩，还有许多中资企业为医院捐赠了大量物资，国内的专家们也不遗余力地远程指导他们做好疫情防控准备。

**【同期】**

**王剑华：**周五（3 月 27 日）晚上我就收到他们（埃塞俄比亚）卫生部的通知。他们说目前疫情没有想象中那么简单，很多危重病人我们这里吃不消。我说，如果真的你们愿意的话，我可以把我的整个医院也拿出来。这是我的责任。

**【解说】**3 月 30 号，爱菲医院正式成为埃塞俄比亚的新冠肺炎治疗定点医院，仅开放发热门诊。在王剑华的带领下，20 位医生统一住在附近的宾馆里，分为两组，每天 4 个班次轮岗。这些来自世界各地的医护人员，在疫情面前携起手来，用自己的辛勤付出践行着让病人们“健康所系、性命相托”的信念。

一天晚上，王剑华接到急诊病人的电话，急忙叫上其他几位已经休息的医生，一起赶往医院。

**【同期】**

**王剑华：**晚上 10 点 12 分，我们把 ICU 的医生调过来了。这是我们的感染科医生，是俄罗斯的，刚刚被我从被窝里面挖出来。病人还没到，我们的医生确实太辛苦了。

【同期】

**爱菲医院埃塞俄比亚护士长吉瑞：**现在是非常艰难的时候，对所有人来说都是一个挑战，我们尽可能地互相支持、互相安慰，能跟大家共事，我感到很幸运，特别是在这样一个充满挑战的困难时期。

【同期】

**爱菲医院俄罗斯医生迈克尔：**我希望这次的新冠肺炎疫情能够尽快过去，当然免不了会有困难，每个医生都在面对这些困难。但我们每天都在战胜困难，我们得到了友好的支持，包括在中国国内的医疗团队，我们保持着不间断的联系。我们会没事的，所有人都会没事的。

【解说】“所有人都会没事的”，正是为了实现这句话，在全世界的各个角落，医护人员们的忙碌身影不分昼夜、穿梭不停。

【同期】

**王剑华：**两周了，没怎么好好休息过。36.5°，正常。终于可以回到房间了。好的，晚安。

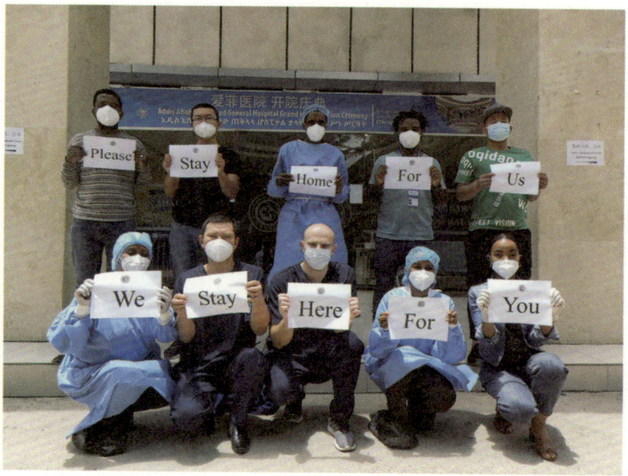


爱菲医院医护人员举着抗疫标语（爱菲医院提供）

主创人员：
许琪、郑红、吴婷、宗帅